Banküberfälle sind der pure Kick!

(Märtha, 79 Jahre)

Nichts kann sie aufhalten: Die Rentnergang bestehend aus Märtha, Stina, Anna-Greta, Snille und Kratze setzt zu einem neuen Coup an. Sie brauchen Geld, viel Geld, um endlich das »Pantherdorf« bauen zu können. Davon träumt Märtha schon lange – es soll ein Treffpunkt für Ältere mit Kino, Spa, Internet-Café und vielen anderen Annehmlichkeiten werden. Der Weg zum Geld führt sie aber zunächst nach St. Tropez, wo die fünf Freunde eine Luxusjacht kapern und sich mit schwerreichen Russen einlassen. Ein wunderbarer Abschluss der Trilogie – ein Buch, das Sie noch lange schmunzeln lässt.
»Viel Witz und hohe Moral – eine herrlich erfrischende Komödie!« Svenska Dagbladet

Catharina Ingelman-Sundberg studierte Geschichte und Marinearchäologie. Fünfzehn Jahre ihres Lebens verbrachte sie damit, auf dem Meeresgrund nach Wikingerschiffen und Galeeren zu suchen. Danach studierte sie Journalismus und schrieb mehrere erfolgreiche historische Romane. Ihr erstes Buch mit der sympathischen Rentnergang »Wir fangen gerade erst an« wurde ein internationaler Verkaufserfolg und ist in 26 Ländern erschienen. Die Autorin lebt in Stockholm.

Weitere Informationen finden Sie unter www.fischerverlage.de

Catharina Ingelman-Sundberg

Rente ist Blech, klauen ist Gold

Roman

Aus dem Schwedischen
von Stefanie Werner

FISCHER Taschenbuch

Aus Verantwortung für die Umwelt hat sich der S. Fischer Verlag zu einer nachhaltigen Buchproduktion verpflichtet. Der bewusste Umgang mit unseren Ressourcen, der Schutz unseres Klimas und der Natur gehören zu unseren obersten Unternehmenszielen.

Gemeinsam mit unseren Partnern und Lieferanten setzen wir uns für eine klimaneutrale Buchproduktion ein, die den Erwerb von Klimazertifikaten zur Kompensation des CO_2-Ausstoßes einschließt.

Weitere Informationen finden Sie unter: www.klimaneutralerverlag.de

Erschienen bei FISCHER Taschenbuch
Frankfurt am Main, Februar 2021

Die schwedische Originalausgabe erschien 2016
unter dem Titel »Ran och inga visor« bei Forum, Stockholm.

Die Publikation erfolgt durch die freundliche Vermittlung
der Grand Agency, Stockholm.

Für die deutschsprachige Ausgabe:

Satz: Dörlemann Satz, Lemförde
Druck und Bindung: CPI books GmbH, Leck
Printed in Germany
ISBN 978-3-596-70092-9

Für meine wunderbaren Leser,
die mich so viele Jahre begleitet haben!

PROLOG

Die ältere Dame stellte eine Champagnerflasche in den Kühlschrank und schloss die Tür. Es war ein Riesenspaß, nach einem Banküberfall zu feiern, doch der Champagner musste unbedingt kalt sein.

Märtha Andersson summte vor sich hin, während sie ein Tablett hervorholte, es mit fünf hohen Champagnergläsern und Knabbereien bestückte und auf dem Küchentisch abstellte. Dann ging sie hinüber ins Schlafzimmer, um sich für das nächtliche Abenteuer herzurichten. Während sie sich umzog, ging sie ihren Plan in Gedanken ein letztes Mal durch. In genau zwei Stunden würde die Seniorengang wieder zuschlagen, und dies würde ihr bislang anspruchsvollstes Vorhaben werden. Märtha nahm ihren Schlüsselbund vom Flurschränkchen und begab sich hinaus in die Dunkelheit.

1

Als der Müllwagen vor dem Bankgebäude anhielt, nahm niemand davon Notiz. Auch nicht davon, dass das Rohr des Müllsaugers ausgefahren und an den Müllschlucker angeschlossen wurde. Es war 4.30 Uhr in aller Herrgottsfrühe, und niemand, der zu dieser Zeit auf Stockholms Straßen unterwegs war, interessierte sich für die Müllabfuhr. Außer der Seniorengang. Ein Blitz leuchtete am Himmel auf, und die fünf älteren Herrschaften grinsten sich mit zufriedener Miene an. Auf dieses Gewitter hatten sie gewartet.

»Also dann«, sagte Märtha und sah an dem riesigen Bankenpalast empor. »Den Banken gefällt es nicht, wenn man Geld abhebt. Jetzt werden sie aber was erleben!«

Sie drückte am Bedienelement des Müllsaugers herum und warf einen Blick durch die Windschutzscheibe. Der Müllwagen hatte ein Fassungsvermögen von zehn Tonnen. Der Inhalt des Tresorraums würde also ohne Frage hineinpassen. Nun mussten sie nur dafür sorgen, dass er auch dort landete.

»Okay, hier sind eure Masken«, sagte Märtha und überreichte Snille eine bärtige Pavarotti-Maske, Kratze bekam einen grinsenden Elton John und Stinas Sohn Anders eine glatzköpfige Brad-Pitt-Fratze. »Und nun los mit euch. Viel Glück!«

»Und was ist mit mir?«, warf Anna-Greta ein und reckte sich nach der lächelnden Margaret Thatcher aus Latex.

»Ach ja, natürlich«, murmelte Märtha und gab ihr die Maske.

Die angehenden Bankräuber setzten ihre Masken auf, verließen den Wagen und platzierten sich wie geplant auf der

Straße, während Märtha und Stina im Auto zurückblieben. Jetzt aber!

Auf dem Bürgersteig strich Snille zufrieden über das Rohr, das in den Müllschlucker führte, zupfte seine Arbeitskleidung zurecht, die auf der Brust das Logo BEZAUBERND SAUBER trug, und ging Richtung Eingang. Der wesentlich jüngere Anders von derselben Firma folgte ihm mit zwei Mülltonnen, und die anderen warteten noch einen Moment, bevor sie sich anschlossen. Kratze hatte sein Halstuch umgebunden, und die Kollegin Anna-Greta, die einen großen Filzhut trug, stützte sich nur zum Schein auf ihren Stock. (Der im Übrigen nach wie vor etwas krumm war, seit sie ihn im Grand Hotel mit ins Dampfbad genommen hatte. Trotzdem war es immer noch ihr Lieblingsstock.) Die Freunde sahen hinauf zum Himmel. Dunkle, schwere Wolken, ein blitzender Lichtstrahl und ein paar erste Regentropfen. Das sah gut aus.

Langsam fiel grauer Regen auf sie nieder, und die Häuser nahm man in der Dunkelheit gerade noch schemenhaft wahr. Nur wenige konnten die Gestalten, die sich auf der Straße zu schaffen machten, sehen, geschweige denn sie erkennen. Es war perfekt. Snille tippte den Türcode ein und hielt den anderen wie ein Gentleman die Tür auf.

»Denkt daran, euch still zu verhalten. Ein paar Stockwerke über uns schlafen die Bewohner noch«, ermahnte er die anderen.

»Ja klar, wir sind mucksmäuschenstill«, antwortete Anna-Greta mit ihrer Donnerstimme. Wie immer trug sie ihr Hörgerät nicht.

Die Seniorengang huschte schnell durch die Eingangstür, während Anders, der die extra aus verstärktem, aber ultraleichtem Frigolit hergestellten Mülltonnen vor sich herschob, mit etwas Abstand hinterherkam. Märtha hatte darauf bestanden, dass die Mülltonnen sehr leicht sein müssten, denn die zusammenklappbaren Leitern, das Werkzeug und der Rest ihrer Ausrüstung wogen schon einiges. Wenn man als Verbrecher bereits in den Achzigern war, musste man seine Kräfte schonen.

Die Bankräume im Erdgeschoss ließen sie links liegen, stattdessen stiegen sie in den Aufzug und fuhren in den ersten Stock, wo sich der Personaleingang der Bank befand. Die Gang hatte die Baupläne des Gebäudes genauestens studiert und wusste, dass man 50 Zentimeter dicke Türen stürmen musste, wenn man sich dem Tresorraum auf dem üblichen Wege nähern wollte. Allein die Sprintschrauben hatten einen größeren Durchmesser als die stärksten Telefonmasten. Da war es sinnvoller, sich auf den Kieferboden darüber zu konzentrieren, der nur mit Gips und Spanplatten isoliert war.

»So eine Konstruktion kann man mit einmal Niesen zu Fall bringen«, hatte Märtha gesagt, als sie den Coup planten. »Spanplatten und Gips. Meine Güte, was für ein Pfusch!«

Ein Teil ihrer Vorbereitungen hatte darin bestanden, die Bank zu besuchen und sich über Geldanlagen zu informieren. Und bei der Gelegenheit hatte sie darauf geachtet, vor dem Bankangestellten den eleganten Fußboden zu loben. Anschließend hatte sie sich auch gleich danach erkundigt, wie er verlegt worden war und wo man ihn bekäme, denn so einen schönen Boden hätte sie auch gern in ihrer Wohnung. Wie bei jedem Verbrechen war eine ausgefeilte Planung enorm wichtig.

Snille spürte einen Schweißtropfen am Kinn. Die Arbeitskleidung war viel zu warm. Eine Latex-Pavarotti-Maske zu tragen taugte sicherlich, um die Polizei irrezuführen, aber sie war klebriger als Karamelltoffees. Kratze machte seine Elton-John-Verkleidung offenbar wenig aus, und Anna-Greta schien als Margaret Thatcher ganz in ihrem Element. Auch wenn eine ehemalige Premierministerin kaum Arbeitskleidung mit der Aufschrift BEZAUBERND SAUBER getragen hätte.

»Ich hab's!«

Snille sah sich kurz um, holte einmal tief Luft und hebelte mit

Hilfe eines Dietrichs das Schloss an der Tür zum Personaleingang auf. Dann öffnete er sie vorsichtig, huschte zur Alarmanlage hinüber und verursachte einen Kurzschluss. Die anderen folgten ihm, und als sie die Tür hinter sich geschlossen hatten, knipsten sie ihre kleinen LED-Lampen an und ließen die Lichtkegel durch den Raum wandern. Dunkle Ziegelsteinwände, frisch verlegter Boden, ein paar Bücherregale, Stühle und in der Mitte ein Konferenztisch. Hier sah es aus wie an jedem beliebigen Arbeitsplatz – nur dass er sich oberhalb eines Tresorraumes befand, in dem mindestens 10 Millionen Kronen lagerten.

Snille griff nach der einen Mülltonne und fischte Stichsäge, Bohrmaschine, Hammer sowie ein blaues und ein rosafarbenes Sparschweinchen heraus, die er von der Bank geschenkt bekommen hatte. Von diesen Sparbüchsen ließ man besser die Finger, sie enthielten nämlich kein Geld, sondern Sprengstoff. Snille, der auf langjährige Erfahrung als Ingenieur und Erfinder zurückblicken konnte, hatte die Ansicht vertreten, dass 12-Zoll-Feuerwerkskörper mit Schwarzpulver die Arbeit erheblich erleichtern würden, und ohne dass Märtha dies erfuhr, hatte er noch ein bisschen nachgewürzt. Besonders die Ladung in der rosa Sparbüchse hatte es in sich.

»Jetzt brauchen wir die Leitern«, sagte Snille und kratzte sich unter dem Pavarottibart. Anders hob sie aus Mülltonne Nummer zwei und werkelte ein bisschen im Halbdunkel herum. Schließlich gelang es ihm, die Leitern zusammenzubauen. Daraufhin atmete Snille noch einmal tief durch und sagte:

»Also, meine Freunde, jetzt müssen wir nur das Loch in den Boden kriegen.«

Bohrer und Stichsäge kamen nun zum Einsatz, als Snille, Kratze und Anders zu Werke gingen. Anders hatte sich übrigens für die Brad-Pitt-Maske entschieden, weil er jünger als die anderen aussehen wollte, doch das bereute er jetzt, denn sie saß so eng, dass er kaum Luft bekam.

In dem schwachen, bläulichen Licht gelang es den Männern, mehrere Löcher in den Boden zu bohren und sie anschließend mit der Stichsäge zu vergrößern. Dann kamen die Sparschweine zum Einsatz. Snille schwitzte so sehr, dass er kurzzeitig Angst hatte, er würde wegen des Flüssigkeitsmangels kollabieren, denn eine Wasserflasche hatte er nicht dabei. Wer hätte gedacht, dass es in einer Bank an Flüssigem fehlen konnte?

Märtha sah am Giebel des Gebäudes, in das ihre verkleideten Freunde hineinmarschiert waren, hinauf. Nur Stina und sie waren im Wagen zurückgeblieben. Snille wollte ein Signal geben, wenn sie im Tresorraum angekommen waren und ein Loch in die Mauer des Müllschluckers gefräst hatten. Und dann mussten die Damen bereit sein. Den Sauger anschalten, volles Rohr … Märtha versuchte, sich an den Grundriss zu erinnern. Snille und die anderen würden sicherlich eine ganze Weile brauchen, bis sie die Löcher in den Boden gebohrt hatten, und dann würde es bestimmt noch eine halbe Stunde dauern, um durch die Wand zwischen Tresorraum und Müllschlucker zu kommen. Wenn nichts Unvorhergesehenes geschah. Sie hatten eine der größten Banken Stockholms ausgewählt, eine mit dem umfangreichsten Bargeldbestand. Denn jetzt wollten sie ein richtig großes Ding drehen, um genügend Geld für die Menschen zu ergattern, die Unterstützung dringend nötig hatten. Und dort war angeblich richtig viel zu holen. In den Datenbanken hatten sie nämlich nicht alle Informationen über das Gebäude finden können, weil die Grundrisse der Stockwerke über den Geschäftsräumen aus Sicherheitsgründen nicht verfügbar waren. Daraufhin hatte sich Märtha schluchzend an das Stadtarchiv gewandt und von ihrem wichtigen bauhistorischen Forschungsprojekt berichtet. Schließlich wollte sie eine Abhandlung über die Geschichte dieses Gebäudes schreiben, und das sollte ihr Lebenswerk werden. Dann erst gab sich der Archivar geschlagen und stellte ihr ein paar alte Mikrofiche-Aufnahmen zur Verfügung.

Sie musste selbst darüber lachen und spielte mit den Fingern an ihrem Joystick. Das, was sie jetzt noch nicht über Lagerräume, Treppenhaus, Müllschlucker und Stromleitungen in der Bank wusste, war auch nicht wissenswert. Sie kannte sogar die Stärke von Boden und Wänden … Wieder warf sie einen Blick auf das Bankgebäude. Unglaublich, wie lange das alles dauerte. Hoffentlich war nichts schiefgegangen.

»Habt ihr das gesehen? Fünfzig Zentimeter dick, genau wie Märtha es gesagt hat«, nickte Kratze und schaute auf die Bohrlöcher im Boden.

Snille legte die Stichsäge beiseite.

»Okay, dann her mit den Sparschweinen!«

»Hier ist Ihr Sparkapital«, sagte Anna-Greta und reichte sie ihm.

»Gut, dass wir nicht zuerst das Loch zum Müllschlucker gebohrt haben. Dann hätte es die ganze Zeit gestunken«, sagte Kratze.

»Na ja, also Geld stinkt auch«, murmelte Anders. »Denk doch mal an all die Schmiergelder …«

Snille warf die Sparschweine durch die beiden Löcher und machte ein paar Schritte zurück.

»Ruhe jetzt. Macht die Ohrenstöpsel rein und geht in Deckung!«, rief er und winkte die anderen zu sich hinüber, in das Büro des Bankdirektors, das etwas abseits lag. Er hatte weder Zündschnur noch Feuerzeug, Snille wollte den Sprengstoff elektronisch zünden.

»Ohrenstöpsel? Hast du jemals versucht, Ohrenstöpsel in eine Elton-John-Latexmaske zu stecken?«, brummte Kratze.

»Wieder mal ein Denkfehler«, antwortete Snille belustigt, machte die Augen zu und zündete den Sprengstoff.

Märtha warf einen unruhigen Blick auf das Stockwerk, das oberhalb der Bank lag. Manchmal konnte sie ein schwaches Licht in einem der Fenster erkennen, doch das war alles. Etwas musste schiefgegangen sein.

»Stina, warte hier. Ich komme gleich zurück«, sagte sie und rutschte von ihrem Sitz herunter.

»Nein, halt«, protestierte die Freundin, die in Männerarbeitskleidung und tief ins Gesicht gezogener Schirmmütze neben ihr saß. »Ich kann den Müllsauger nicht allein bedienen.«

»Aber ich komme doch gleich wieder, ich will nur nachschauen, ob da drinnen alles in Ordnung ist.« Märtha strich ihr beruhigend über den Handrücken. »Du musst in der Zeit die Stellung halten.«

Stina zuckte ängstlich mit den Augen, und Märtha streichelte ihr sicherheitshalber auch über die Wange. Hoffentlich blieb Stina ruhig. Ihre Freundin machte sich immer unnötige Sorgen.

»Ich bin gleich zurück«, wiederholte Märtha, öffnete die Tür und schlüpfte hinaus auf die Straße. Sie sah sich um, konnte niemanden entdecken, lief zum Eingang und tippte den Türcode ein. Dann ging sie die Treppe hinauf und blieb vor dem Personaleingang stehen. Alles ruhig. Nicht einmal Anna-Gretas Stimme war zu hören. Märtha drückte die Türklinke herunter und trat ein. Mein Gott, was macht Pavarotti hier, ist der nicht tot, dachte sie noch, als ihr einfiel, dass das ja Snilles Latexmaske war.

»Ich hatte Angst, zu viel Sprengstoff zu verwenden. Es hat einfach nur ›pjuuit‹ gemacht!«, murmelte Snille. »Du hast gesagt, dass die Ladung nicht mehr als bei einem Feuerwerk sein darf«, entschuldigte er sich und wies auf den Boden, wo man nur ein paar Brandflecke rund um die Bohrlöcher sah.

»Ich meinte ein *großes* Feuerwerk«, antwortete Märtha.

»Okay«, erwiderte Snille und holte noch mehr Sparschweine aus der Mülltonne. »Jetzt kriegst du was zu sehen. Geh in Deckung!«

Wäre die Pavarotti-Maske nicht so starr gewesen, hätte man Snille lächeln sehen können, aber der Gummi schluckte das Latexlächeln, und keiner entdeckte, wie Snille feixte. Die Senioren brachten sich in Sicherheit und hockten hinter einem schweren Eichentisch. Es dauerte ein paar Sekunden, dann krachte es ordentlich.

»Meine Herrn!«, hustete ein über und über mit Staub bedeckter Elton John im Göteborg-Dialekt, als Mörtel, Parkett und Gips in einer riesigen Staubwolke einstürzten.

»Nicht schlecht!«, rief Anders unter seiner Brad-Pitt-Maske, schüttelte ein bisschen Mörtel aus dem Gummihaar und versuchte, ein Niesen zu unterdrücken.

»Aber hoppla, das hat gesessen!«, wieherte Anna-Greta so hoch, dass sich die Margaret-Thatcher-Maske fast löste.

Märtha sagte kein Wort. Ihr Herz schlug so heftig, dass sie kaum Luft bekam. Snille hatte versprochen, keinen so starken Sprengstoff zu verwenden, aber das musste im ganzen Haus zu hören gewesen sein.

»Wir müssen uns beeilen«, flüsterte sie und kroch an das Loch im Boden heran. Die Sprengkraft war enorm gewesen, sie hatte den Boden aufgerissen, so dass man nun direkt in den Tresorraum sehen konnte. Doch nicht nur das. Die Schließfächer waren beschädigt und die Türen baumelten auf schiefen Scharnieren hin und her. Unterlagen, Schmuck und sogar ganze Goldbarren lagen da unten im Tresorraum kreuz und quer zwischen Gipsresten und Mörtel.

»Und jetzt her mit den Leitern«, ermahnte sie Snille und winkte Anders zu sich hinüber. Stinas Sohn war ihre Hilfe, er übernahm immer die schweren Aufgaben, wenn die Seniorengang zuschlug. Jetzt platzierte er die Leitern so, dass die alten Leute hinunter in den Tresorraum gelangen konnten. Sie kletterten hinab und sahen sich um. Alles war perfekt, nur das Wichtigste fehlte: die Ziegelsteinmauer zum Müllschlucker stand noch.

»Dann feuere ich eben noch mal eine Ladung ab!«, schlug Snille vor.

»Nein, warte mal!«, sagte Märtha und ging vor zur Wand und tastete mit dem Daumen die Tapete ab. »Das habe ich mir doch gedacht. Das Gebäude wurde in den sechziger Jahren renoviert, und damals machten die Bauherren jede Menge falsch. Nicht nur, dass Dach, Wände und Böden schimmelten, schaut euch das an!« Sie zog ein Stück Tapete ab, und schon kam ihr der Putz entgegen.

»Die Fugen verwittern. Von außen sehen sie gut aus, aber innen sind sie der reinste Hagelzucker. Damals hat man Beton gern mit Brackwasser angerührt. Hier brauchen wir wirklich keinen Sprengstoff. Das …«

»Für Vorlesungen haben wir später Zeit. Im Moment überfallen wir eine Bank«, brummte Kratze.

»Ich will doch nur, dass ihr wisst, warum«, erklärte Märtha hartnäckig. »Wir müssen wirklich nur die Fugen weghacken und die Ziegelsteine herausheben, dann landen wir direkt im Müllschlucker. Reißt euch zusammen. Ich muss jetzt zum Wagen zurück.« Und mit diesen Worten kletterte sie schnell die Leiter hinauf, lief durch das Büro des Bankdirektors und schlich leise wieder zur Tür hinaus.

Unten im Tresorraum setzte der Rest der Seniorengang seine Arbeit fort. Mit dem spitzen Geologenhammer hackte Anna-Greta voller Inbrunst die Fugen klein, während sie ein Liedchen vor sich hin summte, das die Arbeiter in den Steinbrüchen in Bohuslän vor langer Zeit gesungen hatten. Für eine ehemalige Bankangestellte arbeitete sie erstaunlich unbeschwert. Die Zeit im Altersheim hatte ihr ohne Frage gutgetan.

»Ich habe noch etwas Sprengstoff als Reserve«, rief Snille schwitznass unter der Pavarotti-Maske und reckte sich zum Boden der Mülltonne. Triumphierend hielt er zwei weitere Sparschweine in die Luft, dieses Mal beide hellblau. »Ihr habt ja keine Ahnung, wie bei denen die Post abgeht!«

Als Märtha auf die Straße hinauskam, schien diese genau so still und verlassen wie zuvor. Ein einsamer Nachtwanderer kam um die Ecke und etwas entfernt tauchte ein Auto auf. Märtha blinzelte ein wenig und machte einen Schritt zurück. O nein, ein Streifenwagen! Er kam ihr auf der Fleminggata entgegen, doch hielt nicht an, sondern bog in die St. Eriksgata ab und verschwand. Märtha hielt die Luft an und atmete langsam wieder aus. Jetzt sollten sie sich beeilen, bevor noch jemand Verdacht schöpfte, dachte sie. Möglicherweise hatte das Müllauto keinen TÜV mehr, oder es gab zwischenzeitlich neue Verordnungen, die die Polizisten zu prüfen hatten.

Sie sah auf ihre knallgrüne Arbeitskleidung mit den Reflektoren hinab und hätte sich gewünscht, etwas Eleganteres zu tragen als die Müllmann-Uniform. Warum hatte sie nicht etwas Diskretes ausgesucht? Das bereute sie jetzt, und als sie sich wieder zu Stina in den Wagen setzte, war sie ganz unzufrieden mit sich selbst. Die Freundin sah Märthas Gesichtsausdruck und hielt ihr zum Trost eine Tüte Dschungelschrei, ihre Lieblings-Lakritzpastillen, hin. Stina wusste, dass Märtha Süßigkeiten liebte, auch wenn diese wochentags versuchte, sich zurückzuhalten. Aber unter besonderen Umständen, und dazu zählten auch Banküberfälle, gönnte sie sich schon mal eine Portion extra.

»Danke«, sagte Märtha und nahm eine Handvoll Pastillen. Und gleich darauf noch eine. Stina schielte zu ihr hinüber.

»Gibt es Probleme?«

»Wenn man alt ist, dauert so ein Überfall doch etwas länger«, antwortete Märtha. »Sie waren noch nicht einmal durch die Mauern durch.«

»Das kann nicht wahr sein … Aber schau mal, o Gott!« Stinas Stimme überschlug sich.

Es sah aus, als ob in der Etage über der Bank etwas aufflackerte und Staubwolken durch die Fensterscheiben den Weg ins Freie suchten.

»O nein! Snille hat noch ein Sparschwein gezündet!«, sagte Märtha und schaltete den Müllsauger an. »Jetzt müssen wir uns beeilen!«

Sie drückte den Joystick nach vorn, und das Gerät ging los.

»So, das war's«, sagte Snille und warf den letzten Stein auf den großen Haufen mit Ziegeln. »Ein Schwein hat gereicht.«

Er wischte ein paar hellblaue Kunststoffreste beiseite und beugte sich vor zum Müllschlucker. Ein strenger Geruch nach Abfluss und Müll machte sich unter seiner Maske und im ganzen Tresorraum breit. »Es ist Zeit, die Schätze auszugraben. Schnell, schnell. Her mit den Spaten und Eimern!«

»Aber es stinkt«, beklagte sich Kratze.

»Geld fällt nicht vom Himmel. Es muss auf der Erde verdient werden. Los jetzt«, ermahnte ihn Anna-Greta unter ihrer Margaret-Thatcher-Maske.

»Ja ja, hör auf zu nörgeln«, sagten auch die anderen, und dann fingen Pavarotti und Elton John an, die Kostbarkeiten in schnellem Takt in den Müllschlucker zu schaufeln, wobei ihnen Brad Pitt half und sie gleichzeitig anfeuerte. Schmuck, Gold und Scheine landeten mit Schwung in dem modernen Müllentsorgungssystem. Es flog geradewegs davon, und alle wussten, warum Märtha den Müllsauger auf die höchste Stufe gestellt hatte.

Drei goldene Halsketten, fünf Goldbarren und 300 000 schwedische Kronen in Tausenderscheinen konnte Anna-Greta noch mitrechnen, bevor sie sich selbst beim Zählen ertappte. Das war eigentlich überflüssig, denn ihre Jahre in der Bank waren längst vorbei.

Die Senioren arbeiteten schwer, und alle keuchten beunruhigend. Sich unter Latexmasken derart anzustrengen ist hart, doch keiner wagte es, sie abzunehmen. Schließlich gab es Überwachungskameras.

»Nur noch ein bisschen«, feuerte Snille die anderen an und legte sich noch mehr ins Zeug. Glücklicherweise wurden die Berge der Kostbarkeiten immer kleiner, und aus dem Müllschlucker konnte man unten ein nettes Schlürfen hören. Es war gar nicht mehr viel. Snille beobachtete, wie Scheine, Unterlagen und Schmuck in den Müllcontainer gesaugt wurden, und als es einmal richtig laut schlürfte, überlegte er, wie viele Millionen sie eigentlich schon gescheffelt hatten. Blieb nur zu hoffen, dass die Mieter nicht aufwachten und auf die Idee kamen, ihren Müll in den Schlucker zu werfen, dann hätten sie ein Problem, dachte Snille, als mit einem Mal eine große Plastiktüte voller Scheine angesaugt wurde, steckenblieb und die Öffnung verstopfte.

»Ich mach das«, rief Anna-Greta sofort, und bevor sie jemand davon abhalten konnte, schob sie die Tüte mit ihrem Stock in das Rohr. Doch leider war der Sog so stark, dass nicht nur die Plastiktüte, sondern auch der Stock verschwand.

»Ach du liebe Zeit!«, entfuhr es ihr, während der Stock mit Geklapper im Müllschlucker landete und ihr die Holzspäne um die Ohren flogen. »Das hat jetzt bestimmt die Nachbarn aufgeweckt. Wir sollten fertig werden.«

»Fertig werden? Meinst du das ernst? Hierauf steht GEFÄNGNISSTRAFE, ist dir das klar?«, zischte Kratze unter seinem steifen Latexgrinsen. Er hatte den Satz kaum zu Ende gesprochen, da stockte er plötzlich. Aus dem Treppenhaus waren schlaftrunkene Stimmen zu hören, und kurz darauf folgten Hilfeschreie.

In dem großen, bunten Müllwagen bemerkte Märtha, wie aus dem Müllsauger auf einmal ein beunruhigend röchelndes Geräusch kam, gleichzeitig gingen die Lichter in den Wohnungen an, die oberhalb der Geschäftsräume lagen.

»Hoppla. Jetzt sollten wir verschwinden. Wir haben ohnehin

schon einige Millionen«, sagte sie, den Mund voller Dschungeldrops. Sie reckte sich vor, um noch einmal zuzugreifen, doch tat sie dies so hastig, dass ihr die Tüte auf den Boden fiel.

»Ich hebe sie auf«, sagte Stina bereitwillig und beugte sich vor. Dabei geriet sie allerdings mit dem Bauch an den Joystick. Und da kam aus dem Müllsauger ein lautes Gebrüll.

»Was war das? Ein dicker Wertsack vielleicht?«, fragte Märtha.

»Ich glaube, ich habe eventuell …«, murmelte Stina.

»Vielleicht sollte ich mal auf Vollgas schalten«, sagte Märtha, nahm das Bedienelement und drückte den Joystick nach unten.

»Nein, nein«, schrie Stina voller Panik, denn sie hatte den Hebel so verstellt, dass er auf »reverse« gerutscht war. Die frisch gestohlenen Wertgegenstände wurden nun mit voller Wucht zurück in die Bank geschleudert.

Die Senioren stiegen derweil im Tresorraum gerade die Leiter hinauf, als plötzlich ein Geräusch erklang, als wäre das Wasser in der Wohnung abgestellt worden, und nun drehte man den Wasserhahn zum ersten Mal wieder auf. Es hustete, pochte und rasselte im Rohr, und dann kam mit einem riesigen Puff der alte Müll heraus, gefolgt von Gips, Spänen und Mörtel. Kurz darauf schossen Geldscheine, Broschen, Testamente und goldene Armbänder wie Projektile in den Tresorraum zurück und am Ende eine goldene Kette und Anna-Gretas verbogener Stock.

»Aber Märtha, meine Kleine! Schalt das ab, abschalten!«, stöhnte Snille, während er gemeinsam mit Anders versuchte, den Versammlungstisch vor die Öffnung zu bugsieren, um zu verhindern, dass alles zurück in den Tresorraum fiel.

»Na so was, da ist mein Stock«, seufzte Anna-Greta und zeigte traurig auf den Griff, der einiges abbekommen hatte. Im Holz fehlte ein großes Stück.

Dann ertönte ein neues, sonderbares Geräusch, danach ein langgezogenes Säuseln. Dann Stille. Offenbar hatte Märtha ausgeschaltet. Aber dann brummte es wieder, erst leise, dann lauter, und die Gegenstände wurden zurück in den Müllschlucker gesaugt. Aber darüber hinaus war jetzt auch etwas anderes zu hören. Ein Martinshorn. Und zwar ganz nah.

Im Müllwagen auf der Straße brach Panik aus.

»Es scheint, als hätten die Nachbarn die Polizei verständigt«, stellte Stina fest.

»O Gott, ja, am besten hauen wir ab«, rief Märtha gestresst und konnte kaum abwarten, bis die letzten Dinge aufgesaugt waren. Dann legte sie eilig den Rückwärtsgang ein.

»Meine Liebe, vergiss nicht den Müllsauger«, protestierte Stina, warf sich vor und stand mit dem Fuß auf der Bremse.

»Meine Güte, an was man heutzutage alles denken muss«, murmelte Märtha leicht errötet. »Ich meine, man vergisst das alles so schnell.«

»Hilfe, ich sehe schon einen Streifenwagen«, fiel Stina ihr ins Wort.

»Wenn sie kommen, dann erzählen wir, wir hätten Probleme mit Essen im Müllsauger gehabt«, sagte Märtha und holte einen alten, verklebten Pizzakarton hervor. »So was verstopft den Sauger gar nicht selten.«

»Du denkst wirklich an alles!«

»Ja, wenn ich es nicht vergesse …«

»Aber das stinkt wirklich erbärmlich«, sagte Stina.

»Du, das hier ist kein Taxi, das ist ein Müllwagen«, antwortete Märtha.

Die Seniorengang hörte das Martinshorn unten im Tresorraum. Sie kontrollierten, dass sie nichts vergessen hatten, und stiegen eilig hinauf in das Besprechungszimmer. Dort bürsteten sie sich gegenseitig den gröbsten Staub vom Körper, und dann gingen sie so ruhig und gelassen wie möglich ins Treppenhaus und hinaus auf die Straße. Die Mülltonnen schoben sie vor sich her. Ein Betrunkener, der an der Bank vorbeilief, erschrak, als er Brad Pitt, Elton John und Pavarotti mit zwei Mülltonnen erkannte, dicht gefolgt von Margaret Thatcher. Er rieb sich die Augen. Von Likör sollte man doch besser die Finger lassen. In diesen Mixturen konnte ja alles Mögliche drin sein.

Der Streifenwagen fuhr auf die Ecke Sankt Eriksgata / Fleminggata zu und hielt vor der Bank fast an. Der Regen wurde stärker. Die Beamten ließen die Fensterscheiben herunter.

»Hallo, Sie!«

Kratze und Anders taten so, als würden sie die Stimmen nicht hören, und schraubten das Müllsaugerrohr ganz gelassen los. Zum Schein hoben sie auch eine Bierdose und ein paar benutzte Servietten von McDonalds vom Boden auf und warfen sie in die Mülltonnen. In der Zwischenzeit drückte Märtha wieder einen Knopf, so dass der Sauger eingefahren wurde und in einer Parkposition stoppte; anschließend hob der hydraulische Schaltarm die Tonnen auf den Wagen. Ihre Hände tasteten nach der Plastiktüte, die sie für den Ernstfall dabei hatte, und da – genau da – wurde aus dem Regen ein wahrer Wolkenbruch. Die Polizisten, die eigentlich gerade aussteigen wollten, überlegten es sich anders und schlossen die Fensterscheiben.

Snille und Kratze gingen vor zum Müllwagen und klopften an der Fahrerseite an die Tür.

»Fertig«, rief Snille, öffnete die Tür und stieg ein. Dann setzten sich die anderen auf die einzelnen Plätze dahinter. Es war eng, und der Überfall hatte viel Schweiß und Hirnschmalz erfordert. Doch sie hatten sich dagegen entschieden, zwei Autos zu nehmen. Zwei Fluchtwagen stellten immer ein höheres Risiko dar.

»Es sieht so aus, als hätten wir wirklich einige widerlich stinkende Abfälle erwischt«, sagte Kratze schnüffelnd und hielt Elton John fest die Nase zu.

»Aber sicher«, sagte Märtha. »Als Fahrer der Müllabfuhr kann man nicht überzeugend genug sein, deshalb habe ich das hier mitgenommen, falls die Polizisten zu aufdringlich werden.« Und dann löste sie den Knoten ihrer Plastiktüte, in der die offenen Dosen mit gegorenem Hering lagen, und fuhr die Fensterscheibe herunter.

»Haltet euch die Nase zu. Wir fahren los.«

Sie schlug das Lenkrad ein und bog auf die Straße, gab Gas und fuhr dicht an dem Streifenwagen vorbei, bevor sie ganz in Ruhe die Sankt Eriksgata hinuntersteuerte. Die Polizisten, die soeben die Scheibe hinuntergelassen hatten, fuhren sie stöhnend wieder hoch, und es dauerte eine ganze Weile, bis sie sich wieder erholt hatten und mit gezogenen Pistolen in die Bank stürmten.

Die Seniorengang bog in Richtung Roslagstull ab und fuhr weiter nach Djursholm. Im Müllreservoir des Wagens befanden sich mindestens zehn, wenn nicht sogar fünfzehn Millionen für die armen Schlucker, denen sie das Leben erleichtern wollten. Doch eigentlich benötigte die Seniorengang ein paar Hundert Millionen Kronen, um Märthas großen Traum in die Tat umzusetzen: nämlich einen Ort zu schaffen, an dem sich Senioren treffen und amüsieren konnten, wo sie das Leben genossen, einfach einen Platz, an dem eine Menge Annehmlichkeiten nur für sie geboten wurden. Ein bisschen so wie ein Dorf in den guten alten Zeiten, wo sich jeder wohl fühlte, nur sollte es etwas moderner klingen, ein Vintagedorf oder ein Dorf der Freude vielleicht? Oder warum nicht auch *Pantherbau*?

2

Meist sind es die Fehler *nach* einem Verbrechen, die dazu führen, dass Diebe gefasst werden und im Kitchen landen, dachte Märtha, während sie den Müllwagen aus der Stadt hinauslenkte. Wie viele Verbrecher lehnen sich selbstzufrieden zurück, wenn sie die Tat selbst hinter sich haben. Dann machen sie eine Dummheit und werden erwischt. Nein, das würde der Seniorengang *nicht* passieren. Sie mussten alle bei der Sache bleiben und durften keinen Augenblick unkonzentriert sein, dachte sie und machte in letzter Sekunde einen Schlenker, um einem einsamen Fußgänger auszuweichen, woraufhin sie mit quietschenden Reifen in eine Kurve schleuderte, bevor sie darauf kam, dass sie vielleicht etwas langsamer fahren sollte. Sie konzentrierte sich wieder und griff mit den Händen fester ums Lenkrad.

Wie blöd hatten sich doch diese jungen Kerle angestellt, die vor einigen Jahren Bilder aus dem Nationalmuseum geklaut hatten! Die Täter waren mitten im Dezember direkt vom Museum mit einem Boot geflüchtet, doch dann grölten sie auf dem Wasser so laut, dass ein Schiffskapitän auf sie aufmerksam wurde. Kein Wunder, dass es nicht lange dauerte und sie verhaftet wurden. Ganz zu schweigen von dem Hubschrauberüberfall. Da vergaßen die Täter ihr GPS auf dem Beifahrersitz, und die Polizisten konnten ganz einfach beweisen, dass die Verdächtigen am Tatort gewesen waren. Etwas Derartiges würde der Seniorengang nicht passieren, denn sie hatten bereits einen Plan. Und der sah nicht vor, irgendwelche Spuren zu hinterlassen … Deshalb hatten sie schon vor einiger Zeit eine Müllschluckanlage in ihrer Villa auf der Stadtinsel Djursholm installieren lassen, so mussten sie den Sauger einfach nur anschließen. Ein Knopfdruck genügte, ein Schalter auf »reverse«, und dann würden alle Schätze direkt in ihrem eigenen Keller landen, bevor sie den Müllwagen zum Depot zurückbrachten. Einfach und genial. Keiner würde auf die Idee kommen, bei ein paar alten Leutchen auf Djursholm nach der gestohlenen Beute zu suchen. Ach was, so alte Menschen saßen doch den ganzen Tag nur da und lösten Kreuzworträtsel.

Märtha bog vom Norrtäljeväg ab in Richtung Djurholmstorg. Auf Höhe des Geschäfts fuhr sie rechts den steilen Hügel bis zur Kuppe hinauf und drosselte die Geschwindigkeit, als sie ihr neues Zuhause, das Haus am Auroraväg 3, erreicht hatten. Die alte Jugendstilvilla lag wunderschön von Büschen und Eichen umgeben am Hang und war eine der unzähligen heruntergekommenen herrschaftlichen Häuser auf Djursholm. Es hatte drei Stockwerke, die mit dunkel gebeiztem Holz verkleidet waren, und ganz oben einen Turm mit Glasveranda. Märtha liebte diese Villa, und wäre da nicht dieser griesgrämige Nachbar gewesen, der millionenschwere Bielke, hätte man diesen Wohnort als die reinste Idylle bezeichnen können. Früher hatte auf seinem Grundstück ebenfalls eine Jugendstilvilla gestanden, doch dieser Kotzbrocken hatte sie abreißen lassen und dort stattdessen einen viereckigen Klotz hingestellt, der wie eine Festung aussah. Vor dem grauen Betonbunker hatte er einen luxuriösen Swimmingpool mit Treppen und Geländer installiert, und rundherum standen große Bottiche mit verwahrlosten Blumen und Gewächsen, die langsam von Giersch und Löwenzahn erstickt wurden. Aber am allerschlimmsten waren immer noch die geschmacklosen Stein- und Kunststoffskulpturen, die in seinem Garten standen. Ein großer Löwe aus Granit lag mit den Vorderpfoten auf einer Erdkugel, und ein Weihnachtsmann, der in fröhlich roter Farbe prangte, trug eine aufgeplatzte Plastikmütze, ein anderer hatte auf dem Rücken einen Sack. Wären da nicht die herrlichen Fliedersträucher und unzähligen Apfelbäume gewesen, die zumeist die Sicht verdeckten, hätte Märtha niemals eingewilligt, dieses Haus zu kaufen. Sie wollte sich nämlich an der schönen Natur in ihrer Umgebung erfreuen.

Mit Wehmut dachte Märtha an den herrlichen Garten bei Vetlanda, den sie schweren Herzens hatte zurücklassen müssen. Doch die Gemeinde hatte beschlossen, genau vor ihrer Nase eine Autobahn zu bauen, und das hatte den Ausschlag für die Entscheidung gegeben, wieder nach Stockholm zu ziehen. Nach Värmdö, wo sie vorher gewohnt hatten, wagten sie sich nicht zurück, daher fiel die Wahl auf Anna-Gretas alte Heimat, den Stadtteil Djursholm. Dort fühlten sie sich sicherer. Nicht so viele Rockerbanden und Gangster, dafür Finanzjongleure in teuren Anzügen. Aber die griffen normalerweise keine alten Leute an. Außerdem war Djursholm ein ruhiger und beschaulicher Ort, die Anwohner dort hatten eine gute Kinderstube und schätzten die Kultur. Früher hatte hier auch die Kinderbuchautorin Elsa Beskow gelebt. Märtha malte sich aus, wie sie dort in ihrer großen Vierzigerjahre-Villa am Klavier gesessen, wie sie gezeichnet und sich ihre Geschichten ausgedacht hatte. Vielleicht war Märtha deshalb auf die Idee gekommen, einen herrlichen Ort für die älteren Menschen zu schaffen. Ja, ein Vintagedorf, einen richtigen *Pantherbau* mit Kino, Theater, Spa, Garten, Internetcafé, Friseur, Schwimmbad und Bar, einfach einen schönen Treffpunkt, wo man die letzten Jahre seines Lebens so richtig genießen konnte. Es war ihr Traum, dass die Seniorengang dies irgendwann verwirklichte, aber um die anderen ins Boot zu holen, musste sie klug vorgehen. Denn sobald ihren Freunden klarwurde, wie viel Geld dafür nötig war, würden sie begreifen, dass das nicht ohne neue Verbrechen ging. Die Millionen aus der Bank in allen Ehren, aber ein *Panthernest*, oder ein Dorf der Freude, wie man es vielleicht nennen könnte, würde Milliarden verschlingen.

Märtha schaltete runter, versicherte sich mit einem Blick in den Rückspiegel, dass ihnen niemand gefolgt war, und steuerte den Carport neben dem Keller an. Dieses schwere Fahrzeug zu manövrieren war nicht ganz leicht, daher stand es nun etwas schräg, doch das passierte selbst echten Müllmännern! Jetzt galt es, die Beute schnell abzuladen.

»Zeit, den Müllsauger anzuschließen«, sagte sie und nickte den anderen zu. Ein verschlafener Pavarotti (Snille) und ein mindestens ebenso müder Elton John (Kratze) stiegen aus dem Wagen, während Märtha nach dem Bedienelement griff und das Rohr ausfuhr. Die Männer zogen es bis zur Kellerwand und wollten es gerade anschließen, als sich ein dringliches menschliches Bedürfnis bemerkbar machte. Die frühen Morgenstunden wirken sich bei älteren Herren gern auf diese Weise aus, so dass sowohl Pavarotti als auch Elton John starken Harndrang verspürten.

»Einen Moment!«, gestikulierte Snille und lief eilig um die Ecke, Kratze gleich hinterher. Doch Märtha hatte das nicht so schnell mitbekommen und schon den Joystick nach unten gedrückt. Mit einer Wolke Heringsduft flogen einige Testamente, Barren und Geldscheine aus dem Wagen, bevor die Männer mit noch halb heruntergelassenen Hosen erschreckt zurückgerannt kamen und das Rohr anschlossen, was sie eigentlich gleich hätten tun sollen. Märtha hörte daraufhin alle möglichen Geräusche und stellte sich vor, wie gerade Geldscheine, Münzsammlungen, Goldbarren und einiges mehr in den Keller flogen. Doch dann stoppte die Maschine mit einem Mal, und es gab einen lauten Knall, als hätte jemand einen Schuss mit einem Gewehr abgefeuert.

»O nein, Anna-Gretas Stock!«, jammerte Stina, und da tat es auch schon wieder einen Puff, und die Überreste des Spazierstocks flogen hinunter in den Keller.

»Arme Anna-Greta, was machen wir nun?«, murmelte Märtha, während die Maschine langsam wieder normale Geräusche von sich gab und schließlich verstummte.

»Wenn Snille ihn nicht mehr reparieren kann, kaufen wir ihr einen neuen«, sagte Stina, und Märtha nickte. Dann gab sie den Männern ein Zeichen, dass sie das Rohr abkoppeln konnten. Doch nichts geschah. Verärgert stieg sie aus.

»Was ist los?«, fragte sie die beiden.

»Komm mal hierher«, sagte Snille leise und wies auf ein paar Scheine und einen Goldbarren auf dem Boden. »Ich glaube, da ist auch einiges unter dem Wagen gelandet.«

»Kein Problem, ich mach das schon. Ich fahre rückwärts den Hang hinauf«, sagte Kratze und war sofort zur Stelle. »Das ist Männersache, wir können mit solchen schweren Fahrzeugen besser umgehen.«

»Wunderbar, aber lass mich erst noch den gegorenen Hering herausholen«, antwortete Märtha, öffnete die Fahrzeugtür und griff nach der stinkenden Plastiktüte.

»Mist, diesen Geruch werden wir nie – wieder los!«, brummte Kratze und wollte sich die Nase zuhalten, hatte aber nur Latex zwischen den Fingern. Meckernd kletterte er auf den Fahrersitz, warf einen Blick über die Schulter und fuhr die ersten Meter rückwärts, als Märtha an die Scheibe klopfte.

»Kratze, erst das Rohr einfahren!«

»Hatte ich gerade vor«, sagte er und wurde rot, tat dann, was sie sagte, und fuhr bergauf, wo er den Wagen auf dem Privatparkplatz des Nachbarn parkte. Der unangenehme Nachbar befand sich gerade auf einer Weltumseglung, daher störte das keinen. Mit dem Nachbarsgarten war es dasselbe. Die Gartenpflege hatte sein Besitzer einer Firma übertragen, die zwischenzeitlich Konkurs angemeldet hatte, doch darüber verlor die Seniorengang kein Wort. Ihnen gefiel es sehr, dass der Lärm der Rasenmäher, Trimmer und sonstigen Gegenstände verstummt war, diese typischen Djursholm-Geräusche. Dagegen störte es sie überhaupt nicht, dass der Garten verwilderte.

Kratze stieg aus, und als er aufs Haus zuging, hob er einen

Goldbarren und die Reste eines Briefmarkenalbums von der Erde auf, doch mehr fand er nicht. Dann ging er zu den anderen ins Haus hinein.

Die Seniorengang war kaum im Müllkeller angekommen, da brachen sie in heillosen Jubel aus. Der Boden war übersät von Goldbarren und Geldscheinbündeln, und Anna-Greta warf sich in reinster Verzückung hinein in das Geldmeer. Selig wedelte sie mit einem Bündel durch die Luft, als hielte sie einen Fächer in der Hand.

»Oh«, stöhnte sie und schloss die Augen.

»Wie das aussieht«, rief Märtha erschrocken. »Stellt euch vor, jemand sieht das. Am besten räumen wir sofort auf …«

»Ach was, auf Djursholm gibt es doch keine Polizisten, nur Betrüger und richtig *fette* Finanzhaie«, kicherte Anna-Greta, fast beschwipst vor Freude, und warf ein paar Geldscheine in die Luft. »Obwohl du recht hast, hier riecht es nicht so sehr nach Scheinen, sondern eher nach vergorenem Hering.«

»Ja, stimmt. Verfärbte Scheine nach einem Banküberfall entfärben, das kriege ich schon hin, aber diesen Heringsgestank, keine Ahnung«, knurrte Snille, der sich nun endlich die Pavarotti-Maske vom Gesicht gezogen hatte.

»Hört mal her, jetzt sollten wir uns zusammenreißen und nicht dieselben Fehler machen wie andere Diebe. Jetzt müssen wir die Spuren beseitigen. Gründlich!«, ermahnte Märtha die anderen.

»Ja, du hast recht, aber den Geruch kriegen wir nie raus«, sagte Anna-Greta und hielt ein Bündel Scheine am langen Arm in die Luft. »Ich hab eine Idee. Wir schicken eine Mitteilung an die Presse und nennen diesen Überfall den *Stinkeraub*«, fuhr sie fort und brach daraufhin in derart heftiges Gelächter aus, dass Stina ihr vors Schienbein treten musste.

»Nimm dich zusammen, Anna-Greta, jetzt dürfen wir uns nicht gehen lassen!«

Und in dem Moment, als sie das sagte, ertönte von oben ein sonderbares Geräusch. Irgendwie quietschte es, bollerte und schlug merkwürdig auf den Boden, dabei wurde das Geräusch auch immer lauter. Ja, es klang, als käme etwas den Hang hinuntergerollt. Und zwar kein Auto oder Motorrad, sondern etwas viel Schwereres. Und je näher das Geräusch kam, desto stärker vernahmen sie den Heringsgeruch.

»O nein, mein Gott, ich glaube, das …«, sagte Märtha, dann rannten alle hinaus. Sie kamen gerade noch rechtzeitig, um zu sehen, wie der Müllwagen die Büsche durchschlug, die Treppen hinunterpolterte und im Pool des Nachbarn versank. Große Luftblasen traten an die Wasseroberfläche, und es rauschte und blubberte, während der Müllwagen langsam auf den Boden sank. Dann wurde es still.

»Du liebe Zeit!«, sagte Stina und presste sich erschrocken die Hände vors Gesicht.

»Ein Müllwagen in einem Swimmingpool, das habe ich im Leben noch nicht gesehen«, stellte Snille fest.

»Dann wird der Wagen jetzt wenigstens sauber«, murmelte Märtha.

»Und stinken tut er auch nicht mehr«, fügte Anna-Greta hinzu.

Kratze sprach kein Wort, er starrte nur auf den Pool. Hatte er vielleicht vergessen, die Handbremse anzuziehen? Er konnte sich nicht erinnern.

»Was sagtest du noch, Kratze, ihr Männer seid es gewohnt, so große Fahrzeuge zu lenken?«, fragte Märtha.

»Ja, dann weißt du sicher auch, wie man die aus einem Swimmingpool wieder herausbekommt«, fügte Stina hinzu und kicherte leise. Dann sagte keiner mehr ein Wort, alle sahen besorgt zu dem LKW, der die Büsche kaputtgefahren, den Sicherheitszaun durchbrochen und das ganze Becken gefüllt hatte. Oben auf dem Dach des Wagens lagen ein Fliederzweig und ein Löwenzahnblatt.

»Welch ein Glück, dass der Pool des Nachbarn so tief ist«, sagte Märtha und versuchte, die Dinge positiv zu sehen.

»Ich sage ja gar nichts«, antwortete Kratze und versuchte, die Reste eines Stachelbeerstrauchs wieder aufzurichten. »Darin hat er sogar Tauchgeräte für seine Abenteuerreisen getestet.«

»Aber wisst ihr, was? Wir haben eigentlich Glück gehabt. Wer sucht schon in einem Swimmingpool nach einem Müllwagen«, fuhr Märtha fort.

»Stimmt, da hast du recht«, sagte Kratze, und da ging es ihm gleich erheblich besser. »Aber man kann ihn im Wasser schon ziemlich gut sehen …«

»Das ist richtig, aber da werden wir eine Lösung finden. Die findet sich immer«, sagte Snille. »Ich könnte wetten, der Herr Nachbar hat eine elektrische Poolüberdachung.«

Snille sah sich um und entdeckte ein kleines Häuschen neben dem Wasserbecken. Er knackte das Schloss und verschwand. Kurz darauf erklang ein Motorengeräusch. Langsam wurde die Poolüberdachung über der Wasseroberfläche ausgefahren, und nur wenig später war der komplette Pool verdeckt. Keine Spur von einem Müllauto.

»Gut, nicht wahr?« Snille stellte den Motor aus, schraubte ein bisschen herum und riss dann eins der Kabel am Bedienelement ab. »So schnell entfernt jetzt keiner die Überdachung. Und wir haben ein bisschen Zeit zum Nachdenken.«

»Die werden wir brauchen«, antwortete Märtha.

3

Banküberfälle sind der pure Kick, dachte Märtha – allerdings hatte sie nur eine ungefähre Vorstellung davon, was ein Kick in Wirklichkeit war. Sie war schweißgebadet und musste sich im Bett mindestens hundertmal hin- und hergedreht haben, denn das Bettlaken war verdreht wie die Farben einer Zuckerstange. Ihr Hirn arbeitete auf Hochtouren. Immer wieder ging sie den Banküberfall im Geiste durch und suchte nach Fehlern. Hatten sie irgendwelche Spuren hinterlassen? Und dann diese Panne mit dem Müllwagen. Märtha hatte Kratze das Parken überlassen, um sein Selbstbewusstsein als Mann nicht zu untergraben, und das war gründlich in die Hose gegangen … Als Verbrecher durfte man eben nicht so gefühlsduselig werden und an die anderen denken, nein, ein Verbrechen war nur etwas für Profis! Zum Glück war am Ende alles gutgegangen. Sollte die Polizei trotzdem einen Zusammenhang zwischen dem Müllwagen und dem Banküberfall herstellen, würde sie sich schwertun. Dann könnten sie so viele Depots und Stellplätze kontrollieren, wie sie wollten, sie würden nichts finden. Ein Müllauto in einem Swimmingpool! Darauf wäre selbst sie nicht gekommen …

Märtha und ihre Freunde hatten es nicht geschafft, ihre ganzen Errungenschaften sofort zu sichten, sondern hatten sich zuerst ein Nickerchen gegönnt. Nur ein Stündchen, das den Kopf wieder frei machen sollte, bevor sie anfingen, das Geld zu zählen. Und dann musste gefeiert werden. Kein Verbrechen ohne Champagner – oder zumindest einen besonderen Likör. Märtha gähnte, stand auf und holte Papier und Stift. Wenn sie die Beute sortiert und versteckt hatten, mussten sie gleich überlegen, wie sie ihr Robin-Hood-Geld verschenken konnten. Märtha machte eine To-do-Liste und zog sich langsam an. Dann nahm sie Stift und Block in die Hand und ging die Treppe hinunter in die Küche. Höchste Zeit für eine Besprechung.

Kurze Zeit später saßen Märtha und die anderen mit einer Tasse Kaffee um den großen Eichentisch im Keller versammelt. Das kleine Fenster war mit schwarzem Stoff verhängt, und die Lampen brannten. Ein penetranter Heringsduft hing im Zimmer, und hin und wieder hörte man lautes Gähnen. Alle waren müde und hätten gern noch länger geschlafen, doch sie mussten sich so schnell wie möglich um die gestohlenen Millionen kümmern. Außerdem musste eine Lösung für das Müllauto gefunden werden. Welch ein Glück, dass der Kotzbrocken und die anderen Nachbarn verreist waren, keiner schien von dem Vorfall etwas bemerkt zu haben. Die Fliedersträucher und die hochgewachsenen Büsche verdeckten das meiste, und als die Seniorengang das Gebüsch wieder in Ordnung gebracht hatte, sah es im Großen und Ganzen nicht viel anders aus als in jedem anderen verwahrlosten Garten. Dennoch, es reichte ja schon, wenn nur ein Mensch auf die Idee kam, unter der Poolbedachung nachzusehen. Außerdem stank es im ganzen Haus nach vergorenem Hering. Wie Snille zu sagen pflegte: Mit Heringsduft ist es wie mit Rechnungen. Man wird sie nicht von alleine los.

»Fünf Goldbarren, tonnenweise Geldscheine in Bündeln, drei Münzsammlungen und eine Briefmarkensammlung. Nicht schlecht, gar nicht schlecht.« Anna-Gretas etwas bürokratischer Ton hallte durch den Hobbykeller. Ihre Stimme klang dabei ungewöhnlich hell und froh.

»Aber diese Geldscheine. Ihre Nummern sind doch sicher registriert? Mittlerweile ist man in den Wechselstuben ja so furchtbar streng«, sagte Stina, und ihre Stimme zitterte. Ihre religiöse Erziehung in Jonköping hatte seine Spuren hinterlassen, deshalb fiel es ihr immer noch so schwer, sich an Banküberfälle zu gewöhnen. Noch viel mehr Angst bekam sie, wenn sie daran dachte, das erbeutete Geld in Umlauf zu bringen. Sie schämte sich wie ein Verbrecher und hatte ununterbrochen Angst, gefasst zu werden.

»Wir könnten gebrauchte Wohnwagen und Luxusyachten kaufen«, schlug Kratze vor und legte seinen Arm um Stina, um sie zu beruhigen.

»Und wenn die auch gestohlen sind, dann haben wir es auch noch mit Hehlerei zu tun.« Stina schüttelte den Kopf.

»Nein, mit gesetzeswidrigen Geschäften haben wir nichts am Hut«, widersprach Märtha und sah die anderen mit ernster Miene an.

»Ich glaube, dann bist du in der falschen Branche«, antwortete Kratze.

»Aber unsere Überfälle haben ja zum Ziel, anderen Freude zu bereiten«, entgegnete sie.

»Ich bin mir nicht sicher, dass wirklich *alle* deiner Meinung sind.«

Nun klapperten die Kaffeetassen. Während die fünf sich über die Waffeln hermachten, betrachteten sie die Berge an Kostbarkeiten, die sich auf dem Boden stapelten. Hin und wieder wühlten sie ein bisschen zwischen den Geldscheinen herum und dachten nach. Anna-Greta hielt sie lange in der Hand und blätterte, ganz in Gedanken vertieft. Dann sah sie pötzlich auf, mit einem breiten Lächeln im Gesicht.

»Wisst ihr, was? Ich habe eine brillante Idee!«, rief sie aus, und man hörte schon ein fröhliches Glucksen, das langsam zu einem ausgelassenen Pferdewiehern wurde, doch in letzter Sekunde konnte sie sich wieder fangen. »Wir gründen eine Gesellschaft, kaufen von dem erbeuteten Geld ein Seniorenheim oder eine

Schule, verkaufen das Objekt schnell wieder und überweisen den Gewinn in die Karibik.«

»Du meinst doch wohl nicht, wir sollten es so machen wie diese Risikoinvestoren!«, empörte sich Stina.

»Halt, stopp! Hier wird aber an Alten oder Schulen kein Geld verdient. Wir *verschenken* das Geld, das darfst du nicht vergessen«, protestierte Märtha.

»Genau das haben wir vor. *Verschenken*!«, schob Anna-Greta hinterher, strich sich lässig ihr langes, graues Haar hinters Ohr und richtete sich auf. Lächelnd sah sie ihre Freunde an. »Gesellschaften, die nur auf Profit ausgerichtet sind, überweisen jede Menge Geld aus Schulen, Pflegeheimen und Pflegediensten von Schweden ins Ausland, ohne einen Cent Steuern zu bezahlen, und die Verantwortlichen haben keinerlei Überblick mehr!« Ihre Wangen brannten vor Wut. »Und wir müssen ja nicht mal ein Unternehmen plündern, wir haben das Geld ja schon! Wir überweisen es einfach in die Karibik, gründen dort eine Firma und holen es dann nach Schweden zurück, ohne Steuern zu bezahlen. So vermehrt sich das Geld!«

»Aber wer, bitte, bezahlt Steuern auf geklautes Geld?«, fragte Kratze.

Darauf brach Schweigen aus, und zwar lange, und alle sahen sich etwas betrübt an – bis Anna-Greta sich rührte, die anderen anschaute und den Kopf in den Nacken warf.

»Versteht ihr denn nicht: Wir waschen das Geld in der Karibik und am Ende können wir *noch mehr* Geld an die Armen verteilen!«

Den anderen fiel es etwas schwer, das zu verstehen, und Anna-Greta musste ihnen erklären, wie sie das alles mit Hilfe eines Anwaltes regeln könnten.

»Je mehr Firmen wir gründen, desto schwieriger wird es für die Behörden, herauszufinden, was wir da treiben«, sagte sie.

»Ich finde, eine Firma reicht, meint ihr nicht?«, antwortete

Snille, der das Leben nicht unnötig kompliziert machen wollte. Er wollte drechseln, schnitzen und sich seinen Erfindungen widmen. Geldspielereien waren nichts für ihn.

»Nein, wir brauchen zwei Unternehmen, eins in der Karibik und eins in Schweden. Dann besorgen wir uns für das schwedische Unternehmen eine Kreditkarte und haben direkten Zugriff auf unser Geld.« Anna-Gretas Augen leuchteten verzückt.

»Über einen Geldautomaten?«, fragte Kratze und machte große Augen.

»Ja natürlich! Dann kann unser schwedisches Unternehmen bei der Firma in der Karibik Geld leihen. Das wird dann unverschämte Zinsen verlangen, und wir machen in Schweden einen Riesenverlust. Die Steuern fallen dann komplett unter den Tisch, und wir werden *noch* reicher. Genau wie die Milliardäre.«

»Aber bitte, warum muss man denn so was veranstalten? Kann man nicht lieber etwas Nützliches tun?«, fiel Snille ihr ins Wort.

»Eben. Dieser Finanzzirkus passt doch gar nicht zu uns. Wir bezahlen in Schweden unsere Steuern, anderfalls sind wir keinen Deut besser als all diese Finanzhaie«, mischte sich Märtha ein.

»Genau. Ohne die Steuern funktioniert nämlich die Gesellschaft nicht«, argumentierte jetzt auch Stina, dann holte sie die Nagelfeile heraus und begann, voller Inbrunst zu feilen. Sie hatte seit zwei Tagen schon keinen Nagellack mehr aufgetragen, höchste Zeit, sich darum zu kümmern. »Und wenn man nun schon reich ist, dann … Entschuldigung, wenn ich das noch nicht ganz verstanden habe, aber wenn man viel Geld hat, dann kann man sich doch auch die Steuern leisten, oder nicht? Warum zahlt man dann nicht einfach?«, fragte sie nach.

Lautes Seufzen und Stöhnen war nun zu hören, als sie sich alle über die Macht der Finanzwelt den Kopf zerbrachen. Ganz offensichtlich schwirrten ganze Billionen Kronen durch die Cyberwelt, die wohl nie bei denen ankamen, die sie dringend nötig hatten, und gleichzeitig verliehen die Banken Luftgeld, das sie gar nicht besaßen. Kein Wunder, dass das schwer zu verstehen war. Schließlich faltete Märtha entschlossen die Hände vor dem Bauch und fuhr fort.

»Anna-Greta, anstelle dieser Kapitaldribbeleien würde ich lieber wissen, wie schnell wir das Geld von unserem Banküberfall verteilen können.«

»Sobald ich einen guten Anwalt gefunden habe, bitte ich ihn, monatliche Überweisungen auf das Konto der Diakonie vorzunehmen. Das klappt deshalb perfekt, weil unser Konto in der Karibik geheim bleibt und keiner sieht, woher das Geld kommt.«

Das hörte sich gut an, fanden auch die anderen und nickten, aber gleichzeitig waren sie traurig, dass sie so wenig Geld zu verteilen hatten. Heutzutage brauchten so viele Menschen Hilfe, um zurechtzukommen. Unterbezahlte Pflegekräfte, verarmte Rentner, Schulen, Seniorenstifte, kulturelle Einrichtungen ... Die Seniorengang musste sich wirklich ins Zeug legen, um allen etwas abzugeben. Außerdem ging es noch um etwas anderes. Märtha holte ihr Strickzeug heraus. Geld für Bedürftige in allen Ehren, aber Geld hat die dumme Angewohnheit, dass es von allein weniger wird, dachte sie. Während sie alle noch über ihre Kräfte verfügten, sollten sie etwas schaffen, das Bestand hatte. Etwas, das viele Menschen erfreuen konnte, auch wenn sie selbst nicht mehr lebten. Dieses Dorf der Freude, diesen Traumort für die Älteren.

Sie schloss die Augen und hatte ein Bild von glücklichen Senioren vor einem glitzernden Pool vor sich. Andere saßen an der Bar, ganz gemütlich in bequemen Sesseln, und hielten bunte Cocktails in der Hand, während die nächsten sich mit Gartenarbeit in einem der vielen Gewächshäuser des Seniorenzentrums die Zeit vertrieben. Auf der Bühne des Theaters spielte eine Schauspieltruppe *Arsen und Spitzenhäubchen*, und von der Boulebahn erklangen fröhliche Stimmen. Welch herrliche Vision ...

»Dein Strickzeug!«, rief Snille und rettete es gerade noch vor dem Absturz auf den Fußboden.

»Danke«, sagte Märtha leise und griff wieder nach den Maschen. Es war nur so, dass das Dorf der Freude oder der *Pantherbau* vermutlich Unmengen von Geld verschlingen würde, wesentlich mehr als so ein großes, teures Sportstadion, das die Politiker in Auftrag gaben, um sich mit der Bauindustrie gutzustellen. Aber sie mussten das Dorf ja nicht auf einen Schlag erbauen, sondern konnten auch erst einmal bei einem Spa oder einem Restaurant beginnen. Mit ein paar Hundert Millionen. Märtha zupfte an dem halbfertigen Schal, zog die Augenbrauen hoch und versuchte, den Faden wieder aufzunehmen. Wenn Unmengen von fünfundzwanzigjährigen Abgängern von der Handelsschule, die hinter den Ohren noch ganz grün waren, zu Geld kommen konnten, dann würde das doch wohl auch fünf abenteuerlustigen Senioren gelingen.

»Wisst ihr, was? Wir haben viel zu tun. Wenn wir wirklich achtzehn Millionen, oder was wir jetzt ergattert haben, verschenken wollen, haben wir eine Menge Arbeit vor uns.«

»Ach was, das geht schnell. Übergib sie dem Staat, dann verschwinden sie im Handumdrehen«, entgegnete Kratze.

»Wie auch immer, alles, was wir erbeutet haben, müssen wir erst mal verstecken«, warf Snille ein, und die anderen waren ganz seiner Meinung. Schnell packten sie an und verstauten die Beute in dreckiger Bettwäsche, die sie in drei Wäschekörbe mit anderer Schmutzwäsche warfen. Obendrauf legten sie Kratzes und Snilles ungewaschene Unterhosen, danach warfen sie die Pavarotti-, Thatcher- und Elton-John-Masken in den Heizkessel. Als sie fertig waren, holte Kratze die Champagnerflasche und fünf Gläser.

»Und jetzt wird gefeiert, nicht wahr?«

»Ja, natürlich«, sagte Märtha und nickte Kratze zu. Er verteilte die Sektgläser und schenkte mit angedeutetem Diener ein. »Zum Wohl und danke euch allen«, sagte Märtha und erhob ihr Glas.

»Zum Wohl«, antworteten die Freunde, stießen miteinander an und tranken voller Ehrfurcht.

»Dass wir das wieder geschafft haben«, sagte Anna-Greta und klatschte vor Glück in die Hände.

»Ach, das Klauen ist doch ganz einfach«, meinte Stina. »Das Geld hinterher zu waschen und es denen zukommen zu lassen, die es nötig haben, ist doch tausendmal schwieriger.«

Alle Mitglieder der Seniorengang waren sich einig, dass noch viel Arbeit vor ihnen lag und dass es jetzt an der Zeit war für die Mittagspause. Die Besprechung wurde vertagt, und jeder begab sich in sein Zimmer. Märtha war die Treppe schon halb hinauf, da spürte sie eine Hand auf ihrer Schulter.

»Märtha, ich muss mit dir reden!« Snilles Stimme klang ernst.

»Jetzt?«

»Ja, genau jetzt. Lass uns doch in die Bibliothek gehen.«

Schläfrig und mit dem Gefühl, dass er etwas Wichtiges loswerden musste, gehorchte sie. Wenn es Probleme gab, löste man sie am besten gleich. Er wartete, bis sie im Zimmer war, sah sich um und schloss die Tür. Dann zog er sein Sakko zurecht, anschließend seine Fünfzigerjahrehose, woraufhin er langsam und vorsichtig auf die Knie sank. Sie starrte ihn mit großen Augen an. Ach, er sah ganz einsam und verlassen aus!

»Märtha, ich möchte dich heiraten!«

»Aber mein Lieber. Du musst doch nicht auf die Knie gehen, um mir einen Antrag zu machen, das ist doch nicht nötig«, sagte Märtha erschrocken und sah auf Snille, der nun ein Häufchen Elend auf dem Boden war.

»Ich bin es leid, heimlich verlobt zu sein. Ich möchte, dass wir jetzt heiraten«, murmelte er und kam keuchend hoch in den Kniestand. Dann hielt er sich am Türrahmen fest und richtete sich so würdevoll wie möglich auf. Anschließend angelte er einen goldenen Ring aus seiner Jackentasche und hielt ihn Märtha vor die Nase.

»Danke«, sagte sie leise, errötete und nahm ihn entgegen. »Wie lieb von dir«, fuhr sie fort, doch in ihrem Eifer fiel er ihr aus der Hand und kullerte über den Boden. Da saß Snille gleich wieder auf den Dielen.

»Jetzt weiß du, warum ich dafür bin, dass wir jeden Tag Gymnastik machen«, sagte Märtha etwas voreilig und merkte sofort, dass das vielleicht nicht die passende Antwort in dieser Situation war.

»Hmpf«, sagte Snille.

»Entschuldige, aber es ist schon gut, sich fit zu halten«, fuhr sie fort. Sie ahnte, dass auch dieser Hinweis gerade etwas fehl am Platze war. Snille kam wieder auf die Füße, ohne sich am Türpfosten abzustützen. Auf einmal sah er ganz trotzig aus.

»Gymnastik? Schon, meine Liebe, aber die Gelenkigkeit kommt vom Yoga. In den Yogastunden mit Stina habe ich viel gelernt«, sagte er, und in seiner Stimme lag eine ganze Menge Unmut.

Märtha starrte ihn an. Er widersprach ihr! Exakt seit dem Tag, an dem sie sich verlobt hatten, fielen Widerworte von ihm. Mittlerweile konnte er richtig bockig sein, und schon einige Male hatte er versucht zu bestimmen, was sie tat. Es war besser, wenn Männer sich um eine Frau bemühen mussten, und es nicht selbstverständlich war, dass sie da war, dachte Märtha. Deshalb sollte eine Frau nie heiraten. Und jetzt dieser Antrag! Sie hatten sich doch noch nicht einmal von dem Banküberfall erholt! Oder hatte er Angst, dass sie gleich das nächste Verbrechen vorschlagen würde? Sie schielte auf den Ring, den Snille nun fest zwischen Daumen und Zeigefinger hielt.

»Den anderen bekommst du, wenn wir heiraten. Dann machen wir ein Fest!«, sagte Snille und steckte ihr das glitzernde Gold an den Finger. Sie strich mit dem Zeigefinger über den Ring und sah ihn an. Natürlich wollte sie mit ihm zusammenleben. Aber …

»Heiraten? Ja, mein Lieber, das klingt schön, aber wie gesagt, wir müssen doch jetzt erst einmal das Geld vom Banküberfall verteilen, du weisst schon …«

Snille schob sie von sich fort.

»Dann ist das Geld vom Banküberfall also wichtiger?«

»Nein. Natürlich nicht. Aber jetzt können wir doch die Armen und Alten nicht im Stich lassen! Das Geld muss jetzt unter die Leute.«

»Geld zu verschenken ist also wichtiger?« Snilles Stimme klang schrill.

»Aber mein Lieber, du weisst doch, dass wir beide zusammengehören!«, sagte Märtha, beugte sich vor und nahm ihn fest in den Arm, bis sie spürte, dass er sich wieder beruhigte. »Wir schieben die Hochzeit nur ein bisschen auf.«

»Ein bisschen? Meinst du, wir werden dann trotzdem bald heiraten?«, murmelte Snille erleichtert und merkte, wie er rot wurde und die Energie, die sie ausstrahlte, ihn wieder erreichte. Er hatte gehofft, gleich nach dem großen Banküberfall zu heiraten. Aber sie hatte schon recht, das Geld musste verteilt werden. Da konnte er mit seinen romantischen Plänen ja nicht alles aufs Spiel setzen. Die Hochzeit musste noch etwas warten. Was Märtha sagte, stimmte. Wie immer. Man musste es nur verdauen.

»Okay. Erst wird das Geld verteilt, aber dann heira …«

»Wundervoll, Snille, du bist so flexibel!«, fiel Märtha ihm ins Wort und schlang wieder die Arme um ihn. »Keiner ist wie du! Oh, wie ich dich liebe.«

Und da wurde Snille schon wieder rot und verlor endgültig den Faden. Hand in Hand gingen sie hoch in ihr Zimmer, und sie hatten beide ein gutes Gefühl. Märtha traf jetzt die Entscheidungen, aber wenn sie verheiratet waren, würde er ihr zeigen, wer die Hosen anhatte. Vorausgesetzt, sie landeten nicht im Gefängnis.

Mittlerweile war es später Nachmittag, und alle hatten noch einen kleinen Schwips vom Champagner – außer Märtha, die aufgekratzt und glücklich war. Immerhin passierte es nicht jeden Tag, dass sie einen Heiratsantrag bekam. Doch weder Snille noch sie konnten richtig entspannen, denn sie hatten ununterbrochen die Nachrichten verfolgt. Der Überfall war bei den Fernseh- und Radiosendern der Aufmacher gewesen, und die Polizei stand in höchster Alarmbereitschaft. Alles, was die Seniorengang in den folgenden Stunden tat, konnte ausschlaggebend sein, ob sie auf freiem Fuß blieben oder nicht. Sie mussten also auf der Hut sein, sich jeden Schritt genau überlegen und durften keinesfalls auch nur den kleinsten Fehler machen.

Während die Polizei auf der Jagd nach den Tätern des großen Banküberfalls war, fragte sich Märtha, welche Überlegungen die Kommissare wohl anstellen mochten. Vielleicht kam ihnen jemand auf die Schliche, weil sie weder mit Maschinenpistolen geschossen oder mit Krähenfüssen geworfen noch Autos angezündet oder Geiseln genommen hatten. Da blieben nicht mehr so viele Diebesbanden übrig, die so vorgingen. Auf der anderen Seite hatten sie ja Sprengstoff benutzt, und das war schon kriminell. Kratze hatte sogar vorgeschlagen, eine Maschinenpistolensalve in die Decke zu schießen, damit es professioneller aussah, aber da hatte Märtha energisch widersprochen. Erstens benutzten sie aus Prinzip niemals Waffen und zweitens: Nur weil andere sich nicht zu benehmen wussten, mussten sie das nicht nachmachen. Außerdem war die Seniorengang ja schon lange von der Bildfläche verschwunden, und niemand konnte ahnen, dass sie nun wieder aufgetaucht waren.

Märtha rollte den Servierwagen ins Turmzimmer und stellte Kräutertee, Vollkornkekse und andere Bio-Lebensmittel auf den Tisch (Stina hatte gerade so eine Phase). Damit für jeden etwas dabei war und es keinem den Appetit verdarb, hatte sie außerdem handfeste Mohrenküsse, Schokoladenwaffeln und den üblichen Moltebeeren-Likör dabei. Schließlich war es wichtig, dass sich alle wohl fühlten.

Als sie damit fertig war, klingelte sie mit der Essensglocke und rief die anderen. Die Veranda ganz oben im Türmchen war sehr schön, und der wackelige Aufzug, den sie im Haus hatten, beförderte sie ohne Anstrengung hinauf. Es war einfach gemütlich, im Turmzimmer zu sitzen. Außerdem hatten sie von hier eine gute Aussicht auf die Straße und das Nachbargrundstück und bemerkten, wenn in ihrer Nähe eine unbekannte Person auftauchte. Gleichzeitig konnten sie ihre Besprechung fortführen.

»Willkommen! Bitte bedient euch, hier ist Kaffee«, sagte Märtha, als alle versammelt waren. »Ich meine natürlich den Kräutertee.«

Anna-Greta kam herein und belegte ihren Lieblingssessel, Stina drehte in der Tür wieder um, um ihre Handtasche mit dem Schminkzeug zu holen, und als Letztes schlenderten Snille und Kratze herein, beide noch sehr verschlafen. Ein Mittagsschläfchen in allen Ehren, doch jetzt hätten sie etwas mehr Schlaf vertragen können.

Als alle ihren Platz eingenommen und sich bedient hatten, kehrte Ruhe ein. Die Tassen klirrten, und mitunter hustete jemand diskret. Keiner war schon wieder stocknüchtern, doch Märtha fand, dass die Zeit für eine Pause lang genug gewesen sei. Sie sah sich um, unterdrückte ihren Impuls, noch einmal zu bimmeln, und räusperte sich dezent.

»Wir hatten ja schon darüber gesprochen, wie wir das Geld aus unserem Diebstahlfonds Gittergroschen am besten verwenden. Diesmal stimme ich dafür, dass es in erster Linie in Pflegeheime, Sozialdienste und Schulen fließen sollte. Und natürlich in Altenheime und kulturelle Einrichtungen«, begann Märtha. »Danach können wir ein eigenes Projekt in Angriff nehmen, ein Vinta …«

»Vergiss bitte die Seemänner nicht. Sie haben auch ein bisschen Unterstützung nötig«, warf Kratze ein. »Ich sage nur Ausflaggung und so.«

»Und die Erfinder«, ergänzte Snille. »In Schweden gibt es jede

Menge geniale Erfinder, doch sie werden vom Staat überhaupt nicht gefördert. Hervorragende Ideen werden deshalb von ausländischen Unternehmen gekauft oder gleich von ihnen geklaut. Die Erfinder sollten wir unterstützen.«

»Natürlich kommen die Seeleute und die Erfinder auch auf die Liste«, sagte Märtha und notierte dies auf ihrem Block. »Aber gleichzeitig sollten wir auch langfristig etwas ins Auge fassen, das Bestand hat, ich dachte da an einen schönen Ort für ältere Menschen, ein Vinta …«

»Und die Bibliothekare?«, fiel Stina ihr ins Wort. »Sie kümmern sich doch hauptsächlich um unsere Kultur. Und dann die Krankenschwestern, Lehrer und …«

»Wisst ihr, wir haben nicht den gesamten schwedischen Haushalt zu verteilen, wir haben nur einen kleinen Bankraub unternommen«, erklärte Märtha.

»Klein ist gut. Das hat ganz schön gekracht, als der Boden einbrach«, sagte Kratze und grinste.

»Kommen wir wieder zur Sache!«, rief Märtha die anderen lauthals auf und faltete die Hände, als wäre sie ein Priester. »Ich bin dafür, dass wir das Geld zuallererst an Menschen verteilen, die im Sozialdienst und in der Pflege arbeiten. Und darüber hinaus möchte ich ein neues, tolles Projekt vorschlagen, ein Vintagedorf, einen richtigen *Pantherbau*, ja, ein Dorf nur für Ältere.«

»Einen Jurassic Park für Alte, meinst du?«, fragte Kratze breit grinsend.

»Wieso Vintagedorf? Das klingt so nach alten Kleidern, nein, ich finde, das Geld sollten wir an alle Niedriglohnjobber verteilen. Die sollten einen Bonus bekommen genau wie die Geschäftsführer«, fand Snille.

»Bonus an die Niedriglohnjobber? Stark!«, meinte Kratze.

»Ja, natürlich, keine schlechte Idee, aber dann habe ich einen Plan«, sagte Märtha.

»Daran haben wir nicht den geringsten Zweifel«, antwortete

Snille und ergriff ihre Hand. »Aber eins nach dem anderen. Wir können nicht alles auf einmal erledigen.«

Eins nach dem anderen? Märtha lehnte sich zurück. Da hatte er recht, vielleicht sollte sie sich zügeln. Es machte ja keinen Sinn, eine Bank auszurauben, wenn man das Geld danach nicht an die Bedürftigen verteilte, sondern gleich mit dem nächsten Projekt loslegte. Aber danach dann wirklich. Da konnte Snille sagen, was er wollte. Die Idee von diesem Vintagedorf würde sie verfolgen – oder wie es auch immer heißen mochte.

4

Kommissar Jöback von der Stockholmer Polizei hatte eine nervenaufreibende Nachtschicht hinter sich. Erst hatte er einen Anruf von einer älteren Dame bekommen, die berichtete, sie hätte Pavarotti und Elton John vor der Nordeabank auf Kungsholmen gesehen. Die Dame, sicherlich weit jenseits der Siebzig, war mit ihrem Hund Gassi gegangen und hatte dabei die Gestalten entdeckt. Nun philosophierte sie darüber, ob es Bankräuber in Verkleidung sein könnten. Jöback war sehr höflich gewesen und hatte ihr freundlich mitgeteilt, dass auch er Elton John und Pavarotti sehr schätze, doch dass er kaum glaube, dass sie eine Bank ausraubten. Da behauptete die Dame, dass ihr außerdem eine Gestalt aufgefallen sei, die Margaret Thatcher ähnlich sah, und dass die möglicherweise auch beteiligt war. Daraufhin hatte er geantwortet, er habe ihren Hinweis notiert und er würde ihn überprüfen, doch nun müsse er leider los, weil noch ein Notruf eingegangen sei. Dann hatte er laut gegähnt und die Füße auf den Schreibtisch gelegt.

Zwei Stunden später hatte ihn ein Anruf aus Djursholm geweckt, der ihn gelinde gesagt richtig wütend gemacht hatte. Die Diplomatenehefrau Astrid von Bahr hatte nicht schlafen können und war auf den Balkon hinausgegangen, um zu lesen und ein bisschen frische Luft zu schnappen. Dort hatte sie an ihren untreuen Ehemann denken müssen – der sie kürzlich nach vierzig Jahren Ehe wegen einer jüngeren Frau verlassen hatte –, als sie plötzlich ein sonderbares Geräusch vernahm. Es hatte wie ein Lastwagen geklungen, und als sie von ihrem E-Book-Reader aufgesehen hatte, konnte sie in der Ferne einen Müllwagen erkennen, der einen steilen Hang rückwärts hinabgerollt war. Danach hatte sie ein gewaltiges Krachen gehört und dann völlige Stille. Sie hatte noch eine ganze Weile gelauscht, konnte aber nicht ausmachen, ob das Auto wieder wegfuhr oder irgendwelche Stimmen zu hören waren.

»Ein Müllauto kann sich doch nicht in Luft auflösen, Herr Kommissar!«

Da stimmte Jöback zu, und er unterhielt sich mit ihr noch lange und ganz freundlich, bis er all ihre Theorien von Terrorakten und Mafiaverbrechen leid war. Ja, allmählich wurde er wirklich zu alt für diese Nachtdienste. Ihm fehlte einfach die Geduld. Die Leute redeten so viel Quatsch.

»Dann bedanke ich mich für Ihren Anruf«, versuchte er sie zu verabschieden, und ließ mit einem langen Pusten die Luft aus den Lungen.

»Aber vielleicht ist das Müllauto im Gebüsch gelandet«, sagte die Dame.

»Das könnte schon sein«, antwortete Jöback.

»Und wenn es jemand gekapert hat?«

»Oder vielleicht war es ein schwarzes Loch? Gibt es Schlucklöcher auf Djursholm?«

»Schlucklöcher? Wie unheimlich!«, antwortete Jöback mit gespielter Empathie.

»Ja, genau.«

»Aber Sie sind sicher, dass es sich um einen Müllwagen handelte, nicht um einen Krankenwagen oder ein Feuerwehrauto?«, fragte Jöback.

Da hatte sich die Dame beschwert, dass er sie zum Narren halte, doch er hatte ihr daraufhin versichert, dass er ihr Interesse an der öffentlichen Ordnung sehr, sehr ernst nahm. Danach hatte er sich für den Hinweis bedankt, das Gespräch rasch beendet und zu seinem Polizeihund Cleo gesagt, dass ältere Damen wirklich nicht zu lange allein sein sollten. Wenigstens ein Hund sollte ihnen Gesellschaft leisten, genau wie ihm. Sonst kamen einem wirklich wirre Gedanken.

Snille stand auf, ging vor ans Turmfenster und sah hinaus in den Garten. Seit ihrem großen Raubüberfall waren einige Wochen verstrichen, und die Polizei hatte sie noch nicht vorgeladen. Die Ermittler glaubten nicht, dass der Schlag gegen die Nordeabank von schwedischen Verbrechern verübt worden war, alle sprachen von einer internationalen Bande. Schweden hätten sich nicht als Margaret Thatcher verkleidet, sagte die Polizei, als Pavarotti oder Brad Pitt im Übrigen auch nicht. Die Wahrscheinlichkeit wäre größer gewesen, wenn sie Masken mit den Gesichtern von Thore Skogman, vom König oder Lill-Babs getragen hätten, und so wurde die Seniorengang nicht einmal bei den Spekulationen in den Medien genannt.

»Man sollte sich nicht an einer Theorie festbeißen, sondern verschiedene Spuren verfolgen«, predigte Jöback direkt in die Fernsehkameras, vermutlich inspiriert vom ehemaligen Polizeichef, der sich gerne so ausgedrückt hatte. »Wir ermitteln an breiter Front«, fügte er hinzu und kam sich wirklich wichtig vor.

Die Zeitungsartikel über den großen Bankraub wurden immer weniger und die Kolumnen immer kleiner, und schon seit einigen Tagen kam der Überfall in den Nachrichten gar nicht mehr vor. Die Mitglieder der Seniorengang entspannten sich nach und nach, und Snille fand, dass es nun höchste Zeit war, endlich die Hochzeit zu feiern. Ja, er sollte am besten noch mal Anlauf nehmen, um mit Märtha darüber zu sprechen. Aber das war gar nicht so einfach. Er spazierte im Turmzimmer im Kreis herum, blieb vor dem Fenster stehen und sah in den Garten, während er versuchte, seine Gedanken zu sammeln. Eine Kohlmeise flog vorbei und setzte sich auf einen der Zweige. Auf dem Grundstück standen sehr viele Bäume; ja wirklich, es sah wild aus. Sie beklagten sich über ihren Nachbarn, doch um ihren eigenen Garten stand es keinen Deut besser. Das schwarze Eisengitter hatte einen Anstrich dringend nötig, und im Kiesweg hatten sich Unkraut und Moos breitgemacht. Am Hang zwischen Haus und Zaun standen mehrere Eichen, die längst hätten gestutzt werden müssen, und da, wo einst vermutlich ein schöner Rasen geglänzt hatte, wuchs nur noch hohes Gras. Snille seufzte und dachte, dass ihre Türmchenvilla genauso aussah wie viele dieser klassischen verfallenen Villen auf Djursholm. In denen ältere Damen lebten, die Klavier spielten und Bücher lasen, doch die es nicht mehr schafften, Haus und Garten in Ordnung zu halten.

Er und Kratze litten darunter, denn sie kamen jetzt auch nicht mehr mit einem so großen Anwesen zurecht, und einen Gärtner wagten sie nicht einzustellen, solange sie noch immer Überfälle planten. Snille schielte zu Märtha hinüber. Das war wirklich ihre Schuld, denn sie konnte einfach nicht abschalten, sie verwickelte sie ständig in neue Projekte, so dass Haus und Garten auf der Strecke blieben. Und obwohl er ihr einen Antrag gemacht hatte, hatte sie noch nicht angefangen, die Hochzeit zu planen. Als er so vor dem Fenster hin und her schlenderte, wurde er mit einem Mal sauer. Da saß sie mit ihrem Buch in der Hand und kümmerte sich einen Dreck darum, wie es aussah. Und ihre Hochzeit war ihr auch egal. Er ging zu ihr hinüber.

»Hast du jetzt mal genauer darüber nachgedacht, wann wir heiraten?«, fragte er, und sein Tonfall war für seine Person ungewöhnlich scharf.

»Heiraten, sagtest du?«, fragte Märtha, während sie dort in ihrem geblümten Lieblingssessel hockte und las. Sie blätterte leicht nervös weiter und spürte den Druck ihres Verlobten. Sie las gerade *Das Geheimnis des Alterns, Methoden, die Ihr Leben verlängern*, geschrieben von einem Gesundheitsjournalisten aus einer der großen Tageszeitungen. Snille hingegen hatte sich einen aufgeschraubten PC vorgenommen, ein älteres Modell, das er schlachten wollte, um sich mit der Technik vertraut zu machen. Aber offenbar war das schiefgegangen, denn er hatte den Computer halb auseinandergebaut zurückgelassen, und jetzt stand der schon eine ganze Weile am Fenster.

»Ja, die Ehe schließen«, buchstabierte er und kehrte wieder zum Innenleben des Computers zurück.

Märtha legte das Buch beiseite und strich Snille sanft über den Kopf, eine Mischung aus Liebkosung und Klaps. Sie hatte zu viel um die Ohren. Nicht nur, dass sie Verbrechen planen und die Beute verteilen musste, sie hatte sich auch noch gesund zu ernähren, Gymnastik zu machen und die grauen Zellen in Gang zu halten. Und jetzt wollte Snille sie heiraten. Tja, das konnte zwar ganz nett sein, und sie hatte ihn auch lieb, aber zuallererst mussten sie das frisch gestohlene Geld an die verteilen, die es nötig hatten. Außerdem war es mit der Ehe so lala, hatte sie gehört. Männer wurden dann mit einem Mal so *fordernd*. Erst laden sie einen zum Essen ein und machen einem den Hof, dann wollen sie einen plötzlich *besitzen*. Bevor sie überhaupt Hallo sagen konnte, würde sie da stehen und Kuchen backen und ihn bedienen. Sie hatte mal von einem Paar gehört, das vierzig Jahre harmonisch zusammen gewesen war, doch als sie dann im Altersheim zusammenzogen, wollte der Mann mit einem Mal, dass sie um halb sechs in der Frühe seine Unterhosen und Strümpfe wusch. Nein, wirklich, das brauchte sie nicht! Mit der Ehe hatte es noch Zeit. Zumindest ein paar Monate … Aber was konnte sie jetzt als Ausrede vorbringen?

»Aber Snille, mein Liebster! Du weißt doch, dass du der Mann meines Lebens bist. Doch wenn wir jetzt das Geld vom Bankraub nicht unter die Leute bringen, dann müssen vielleicht ganze Krankenhausabteilungen geschlossen werden. Die Krankenschwestern und das Pflegepersonal müssen besser bezahlt werden. Höchste Zeit, die Sache mit dem Bonus in Angriff zu nehmen!«

»Dann sind Krankenschwestern also wichtiger als unsere Hochzeit?« Snille schniefte.

»Nein, natürlich nicht, mein Schatz«, sagte Märtha etwas abwesend, denn ihre Gedanken kreisten darum, wie man einen Bonus verteilen und gleichzeitig ein Vintagedorf verwirklichen konnte. Zudem mussten sie sich demnächst aufmachen und die Millionen holen, die sie in einem Fallrohr am Grand Hotel deponiert hatten. Für eine Hochzeit war doch gar keine Zeit! Sie traute sich nicht, Snille in die Augen zu schauen, und fingerte lange an ihrem Rocksaum herum, bevor sie zu ihm aufsah. »Es ist gerade alles so viel. Und es wäre doch auch furchtbar, wenn unsere Millionen im Fallrohr verwittern, weil sie da zu lange lagern.«

»Dann ist also ein FALLROHR wichtiger als unsere Beziehung?«

»Aber hör doch, mein Lieber. So meine ich das doch nicht. Ich sage doch nur, dass wir dieses Geld holen sollten. Anna-Gretas Strumpfhosen werden doch nicht bis in alle Ewigkeit halten«, sagte Märtha und beugte sich vor, um ihn in den Arm zu nehmen.

»Dann sind alte STRUMPFHOSEN also wichtiger als … jetzt reicht's!« Er sprang auf und trat heftig gegen den Computer. Snille steuerte auf die Tür zu, und dann hörte man nur noch einen lauten Knall.

5

Anna-Greta kam in ihrem Ferrari angerauscht, den Zigarillo in der Hand. Der Wind wehte und wirbelte ihre grauen Haare wie Serpentinen hinter ihrem Kopf durch die Luft. »Hier kommt Pippi Langstrumpf, hollahi, hollaho, hollahopsassa«, sang sie aus voller Brust, als sie an den Boutiquen auf der Kungsgata vorbeischoss. Sie nahm einen Zug, doch bekam den Rauch in den falschen Hals und fing an zu husten. Mist, es war nicht leicht zu rauchen, wenn man offen fuhr. Sie drückte den Zigarillo im Aschenbecher aus und konzentrierte sich stattdessen aufs Fahren.

Märtha hatte gesagt, nach einem Verbrechen sollte man wenigstens für eine Weile nicht auffallen, aber einen Ferrari konnte man sich leisten, fand Anna-Greta. Ein Leben lang war es ihr Traum gewesen, sich so einen Luxusschlitten zu gönnen, und jetzt hatte sie endlich die Möglichkeit dazu. Sicherheitshalber hatte sie ihn gebraucht gekauft und die Ummeldung bei der Zulassungsstelle noch nicht vorgenommen. Also blieben ihr noch ein paar Monate, in denen sie inkognito über die Straßen des Landes rollen konnte. Danach sollte sie das Fahrzeug wohl lieber wieder abstoßen, aber dann hatte sie auf jeden Fall ein bisschen Spaß gehabt. In ihrem Alter war es höchste Zeit, seine Träume zu realisieren, außerdem brauchte sie den Wagen jetzt für ihr Image. Sie befand sich nämlich auf dem Weg zu einem Rechtsverdreher, der einen schlechten Ruf hatte und erst kürzlich aus der Bundesanwaltskammer ausgeschlossen worden war. Sie hatte Nils Hovberg gegoogelt, dann einiges über ihn recherchiert und herausgefunden, dass er wie die Faust aufs Auge passte. Er hatte seine Kanzlei in Östermalm, und unter all den Kamelhaarmänteln und Nerzen in diesem Teil Stockholms gab es auch lichtscheue Gestalten wie sie, also halbseidene Typen, die Geld außer Landes bringen wollten. Sie schielte auf die Sporttasche auf dem Beifahrersitz. Schmiergeld, eine ganze Menge Scheine. Das sollte reichen. Für den Anfang …

Anwalt Hovberg klang gut, so nach Königshof. Anna-Greta hatte herausgefunden, dass er sich auf Panama und die Karibik spezialisiert hatte, und er bekam gute Bewertungen von verdächtigem Gesindel sowohl auf Flash Net als auch auf anderen unseriösen Websites. Zudem war seine Homepage die beste. Sie hatte sich für seine Kanzlei entschieden, weil er die Dinge beim Namen nannte. Vor allem waren ihr folgende Zeilen ins Auge gesprungen:

Wir sind die am stärksten auf den Klienten fokussierte internationale Anwaltskanzlei. Wir möchten Zeit und Ressourcen in Ihr Unternehmen investieren, damit Sie Ihre hochgesteckten Ziele erreichen. Die Juristen unseres Büros sind erstklassig qualifiziert, was Geldtransaktionen ins Ausland angeht, und unsere Beratung richtet sich global nach Ihrer Organisation.

Anna-Greta schob den Aschenbecher mit dem Zigarillo zurück ins Armaturenbrett und summte. Vor allem war es ein Satz auf dieser Website, der sie überzeugt hatte. Er lautete:

Wir kennen uns mit kriminellen Regimen und Geschäftsroutinen vor Ort aus, genau dort, wo Sie Ihr Geschäft abwickeln möchten. Auf diese Art sichern wir Ihr Investment bestens ab.

Wie sie doch das Internet liebte! Natürlich klang das vielversprechend. Sie parkte den Wagen in der Grev Turegata, fuhr das Verdeck hoch und reckte sich nach ihrem neuen Gehstock, den Märtha für sie gekauft hatte. Er besaß sowohl eine Vorrichtung für eine Wasserflasche als auch eine Klingel, was für die Situationen gut war, in denen man ihr aus dem Weg gehen sollte. Sie hatte ihn schon ins Herz geschlossen, auch wenn sie ihrem alten Stock noch hinterhertrauerte – Snille war dabei, ihn zu reparieren. Also stieg sie mit Mühe aus dem Wagen (furchtbar, wie tief der lag) und griff nach ihrer neuerworbenen Sporttasche mit Rollen. Einen Moment lang blieb sie auf dem Bürgersteig stehen und schnaufte, bis sie nach ein paar tiefen, sauerstoffreichen Atemzügen weiterspazierte. Die Kanzlei lag in der Grev Turegata 93. Jetzt musste sie alles daransetzen, ihr Anliegen so seriös wie möglich zu präsentieren.

Nachdem eine Sekretärin sie ins Büro gebeten hatte, landete sie in einem echten Bruno-Mathsson-Sessel vor einem großen Eichentisch. Hinter dem Schreibtisch saß ein kleiner Mann mit rundem Gesicht und zarten Händen. Er erhob sich, als sie hineinkam, und begrüßte sie mit einem Diener und festem Händedruck.

»Wie kann ich der gnädigen Dame behilflich sein?«, fragte er und schielte auf ihre Sporttasche.

»Mein Mann«, sagte Anna-Greta und holte ihr Spitzentaschentuch heraus. »Er ist kürzlich verstorben, und nun möchte ich mit dem Erbe etwas Gutes tun.«

»Aha, das ist sehr großzügig … Haben Sie Papiere dabei?«

Anna-Greta holte einen gefälschten Personalausweis, den Totenschein ihres erfundenen Mannes sowie einen Goldring hervor, in dem die Namen Oskar und Anna-Greta eingraviert waren. Er war sehr schön. Snille hatte den Ring mit Asche und Zahnpasta geschliffen und ihn mit Schwefelwasserstoff geschwärzt. Der Ring sah aus, als sei er mindestens fünfzig Jahre alt. »Ich weiß ja gar nicht, ob Sie den Trauring überhaupt benötigen. Den würde ich am liebsten als Andenken behalten«, sagte Anna-Greta, schluchzte ein bisschen zum Schein und schnäuzte sich laut.

»Nein, nein, den brauche ich nicht. Nun, wie kann ich Ihnen helfen?«

Und da fing Anna-Greta an, von ihrem verstorbenen Mann zu erzählen, dessen großer Traum es gewesen sei, ein Heim für Arme und Alte aufzubauen. Doch damit all das Geld nicht vom Finanzamt kassiert werden konnte, wollte er, dass sie ein Pflegeheim in der Karibik mit einer Tochterfirma in Stockholm gründet. Er hatte berechnet, dass so viel weniger Steuern fällig wären, und dann könnte sie noch viel mehr an die Bedürftigen weitergeben. Der Anwalt sah auf und fuhr sich mit den Fingern über die buschigen Augenbrauen.

»Und von wie viel Geld reden wir?«

»Na ja, Oskar hat sein Leben lang gespart. Außerdem war er leider ziemlich geizig und gönnte weder sich selbst noch mir etwas. Und Kinder bekamen wir keine, also hat er einiges mit in den Sarg genommen. Zuvor hatte er ja noch seine Mutter beerbt, und das Geld hat er nicht angelegt, weil er den Banken misstraute. Auf dem Sterbebett bat er mich, seine Aktien und Antiquitäten zu verkaufen, alles Inventar und auch einen Hof in Vetlanda. Sie können mir glauben, ich habe eine ganze Menge cash.«

»Sprechen wir von Millionen?«

»Fünfzehn«, gab Anna-Greta an, denn sie wollte ja nicht exakt die Summe nennen, die beim Bankraub erbeutet wurde.

»Fünfzehn Millionen«, wiederholte der Anwalt. »Die dürfen Sie wegen der Steuer aber nicht ins Ausland bringen.«

»Ich weiß, aber ich habe gehört, Sie sind ein Spezialist für solche Angelegenheiten«, erwiderte Anna-Greta und zwinkerte.

»Das mag schon sein. Deswegen sind Sie also hier.«

Der Anwalt lächelte, gab etwas in seinen Computer ein und

drehte den Bildschirm so, dass sie ihn sehen konnte. Dann redete er viel, zeigte auf verschiedene Diagramme und schlug eine findige Lösung nach der anderen vor. Nachdem sie eine Weile diskutiert hatten, nickte Anna-Greta schließlich, zog an der Sporttasche und stellte sie auf den Tisch.

»Dies hier ist ein kleiner Vorschuß für Ihre Dienste. Können wir dann so verbleiben? Ich brauche jetzt Hilfe mit der Unternehmensgründung. Wie wäre es mit einem Pflegeheim, so wie es mein Mann vorschlug?« Sie legte den Kopf ein wenig schief und leckte sich verführerisch über die Lippen, wie sie es im Kino bei sehr sinnlichen Frauen gesehen hatte.

»Wie bitte?«, fragte der Anwalt und strich über die Sporttasche.

»Nur für die Kaffeekasse«, antwortete Anna-Greta lächelnd. »Tun Sie mir den Gefallen, mein Lieber, mein Mann wäre darüber sehr glücklich gewesen.« Wieder zupfte sie das Taschentuch heraus und verdrückte ein paar Tränen. Dann kam es über sie, und nur mit Mühe brachte sie unter Schluchzen ein paar Worte hervor: »Sie wissen ja nicht, wie es ist, wenn man einen Menschen verliert, mit dem man gemeinsam durchs Leben gegangen ist. Dreiundfünfzig Jahre lang waren wir unzertrennlich. Oskar war so ein guter Mann, und jetzt möchte ich ihm seinen letzten Willen erfüllen. Ein Pflegeheim in der Karibik und dann nur ein klitzekleines Tochterunternehmen in Stockholm.«

»Ach so, ich verstehe«, sagte der Anwalt Hovberg, dem Anna-Gretas Tränen schon sehr zusetzten. »Das kriegen wir schon hin, Sie werden sehen.«

»Und jetzt noch das vielleicht Wichtigste von allem. Die Hälfte des Geldes soll an die Diakonie gehen. Ich möchte, dass sie jeden Monat eine Zuwendung erhält.«

»Verstehe.«

»Die Hälfte von fünfzehn Millionen sind siebeneinhalb. Die können Sie als Monatsraten verteilen. Gut, haben Sie vielen

Dank«, sagte sie zum Schluss, steckte ihr Spitzentaschentuch in die Tasche und erhob sich. Dann ging sie und ließ ihre Sporttasche mit Schultergurt stehen. Darin befand sich eine Million Kronen in abgenutzten Scheinen. Snille hatte ihnen die Antikbehandlung zukommen lassen.

6

Die Seniorengang saß in der Küche ihrer verfallenen Villa und trank Kräutertee. Stina hatte darauf bestanden, dass alle von Kaffee auf Tee umstiegen, denn sie hatte eine hauseigene Mischung hergestellt. Die sollte die Sinne schärfen und auch sonst gut für die Gesundheit sein. Die anderen nickten brav und fügten sich.

Die Küche war recht groß. Die fünf waren zwar noch nicht dazu gekommen, sie nach ihrem Geschmack einzurichten, doch immerhin funktionierte sie. Die Wände waren in einem warmen Weiß gestrichen, zwischen den Kassettentüren und den zwei Sprossenfenstern war eine hellblaue Täfelung angebracht. Die schmalen, hohen Schränke hatten kürzlich eine Beleuchtung erhalten, und auf der Arbeitsplatte neben der Spüle standen eine Kaffeemaschine und eine Saftpresse. In der Mitte des Raumes thronte ein schwerer Mahagonitisch mit weißen Armlehnstühlen, und auf dem Boden befand sich ein abgenutzter, gemusterter Teppich, der zur übrigen Einrichtung überhaupt nicht passte. Doch weil er aus Snilles Elternhaus in Sundbyberg stammte, beschwerte sich keiner. So blieb das gute Stück einfach dort liegen.

Märtha und ihre Freunde hatten warme Scones und Marmelade auf den Tisch gestellt und tranken zaghaft aus ihren hellblauen Tassen aus Gustavsberg, während sie Anna-Gretas Bericht vom Besuch beim Anwalt lauschten. Sie hatte mitgeteilt, dass es viel zu erzählen gebe. Nun schluckte sie den letzten Bissen hinunter, entfernte ein paar Krümel von ihrer Spitzenbluse und sah lächelnd in die Runde. Ohne nachzudenken, holte sie einen Zigarillo heraus und steckte ihn sich in den Mund.

»Jetzt läuft's, bald können wir unsere Beute ausgeben«, sagte sie stolz. Der Zigarillo hing in ihrem Mundwinkel, und fröhliche Lachfalten übersäten ihr Gesicht. »Ihr hättet Hovbergs Gesicht sehen sollen, als er die Sporttasche mit den vielen Scheinen bekam. Jetzt hab ich ihn an der Angel.«

»Wie meinst du das, es läuft?«, fragte Stina nach.

»Eine ganze Tasche mit Schmiergeld?« Snille machte ein erstauntes Gesicht.

»Ja, Anwalt Hovberg ist unsere Investition in die Zukunft.« Anna-Greta suchte nach dem Feuerzeug und wollte ihren Zigarillo gerade anzünden, als ihr einfiel, dass die Freunde ihr das Rauchen verboten hatten. »Entschuldigung, ich habe es ganz vergessen.« Sie musste husten, und die anderen sahen sie besorgt an.

»Du hast doch nicht wieder damit angefangen? Rauchen ist tödlich«, sagte Märtha.

»Gar nicht, ich brauchte es nur für mein Image, als ich den Anwalt besucht habe. Wie soll sich eine alte Dame sonst Respekt verschaffen?«

»Genau«, nickte Kratze.

»Hovberg hilft uns bei der Firmengründung. Bald landen fünfzehn Millionen in der Karibik, und wir bekommen unsere Kreditkarte, damit wir das Bargeld hier in Stockholm abheben können. Er weiß genau, wie man die unterschiedlichen Rechtsgrundlagen in dem einen oder anderen Land unterlaufen kann. Da ist eine Million Schmiergeld nicht viel.«

»Eine Million? Wenn man im Internet eine Firma für 20 000 Kronen kriegt?«, schimpfte Kratze.

»Aber ich habe einen Anwalt engagiert, der uns *langfristig* beraten wird«, entgegnete Anna-Greta und errötete. »Er wird sich um all unsere Geschäfte hier und in der Karibik kümmern, und er steht unter Schweigepflicht.«

»Und wenn wir nun all unser Geld verlieren?«, rief Stina und war völlig außer sich.

»Mach dir keine Sorgen«, sagte Märtha und nickte der Freundin aufmunternd zu. »Ich vertraue Anna-Greta. Sie weiß, was sie tut.«

»Großer Gott, das hoffe ich wirklich. Bald verschwinden fünfzehn Millionen einfach so im Cyberspace!«, seufzte Snille und sah verzweifelt nach oben. »Ich kapiere das nicht. Wie kann denn Geld, das wir aus einem Tresorraum auf Kungsholmen geholt haben, in der Karibik landen?«

»Herr Hovberg kennt sich damit aus. In der Karibik schert sich kein Mensch darum, wie man zu so viel Geld gekommen ist. Die sind heilfroh, richtiges Geld auf ihrem Bankkonto zu haben«, fuhr Anna-Greta fort. »Er wird ein fiktives Pflegeheim auf den Cayman Islands einrichten.«

»Genau. Das ist wasserdicht. Kein Mensch hat da einen Überblick«, fügte Kratze hinzu.

»Und von dort überweisen wir das Geld an die Pflegedienste und Heime, ohne dass jemand Verdacht schöpft. Außerdem versprach Hovberg, sich um die monatlichen Auszahlungen an die Diakonie zu kümmern. Und wenn er nicht spurt, kann ich ihn sofort anzeigen. Beweise habe ich.« Anna-Greta angelte ihr Handy aus der Tasche und hielt es den anderen vor die Nase. Dann klickte sie auf ihre Fotos. Auf dem Weg aus seinem Büro hatte sie ein paar Bilder von ihm gemacht, wie er ein paar Scheine aus der Sporttasche holte und sie in seine Tasche steckte.

»Aber Anna-Greta, das war wirklich nicht nett von dir«, mahnte Snille.

»Stille Wasser sind tief«, antwortete Anna-Greta belustigt und wollte nach ihrem Sektglas greifen. Ihre Hand tastete durchs Nichts, bis sie die Teetasse erblickte. »Ach so, ja, jetzt haben wir ja Kräutertee.« Sie goß sich nach und betrachtete die gelbliche Flüssigkeit eingehend. »Wenn wir davon eine ganze Tasse austrinken, könnten wir dann ein bisschen Champagner zur Belohnung bekommen?«, fragte sie zögernd und brach dann in ein derart heftiges Pferdelachen aus, dass die anderen sie wieder beruhigen mussten.

Märtha hatte lange wortlos dagesessen und Anna-Greta zugehört. Die Sache mit der Geldtransaktion von einem Konto auf ein anderes weit weg in der Karibik war ihr zu wenig. Sie sollten sich echte Aufgaben vornehmen, damit sie nicht einrosteten und sich langweilten. Am besten wäre es, wenn sie ihre wohltätigen Aktionen mit der Eröffnung eines Restaurants verbinden könnten. Als erste Etappe auf dem Weg zu ihrem Vintagedorf. Sie sah auf und schaute die anderen der Reihe nach an. Ja, höchste Zeit, etwas zu unternehmen. Bevor sie nur noch nichtsnutzig und teilnahmslos herumhingen.

7

In der Sveabucht glitzerte das Wasser, und die Bewohner von Djursholm machten ihren Sonntagsspaziergang ganz in Ruhe am Strandväg entlang. Nur die Seniorengang nicht. Märtha hatte ihre Freunde zu einem Powerwalk mitgenommen und ging mit flottem Schritt voran.

»Wie läuft's?«, rief sie den anderen zu, die ihr hinterhertrabten. »Bewegt die Stöcke ordentlich! Das ist sehr gut für Herz und Kreislauf. Und außerdem verbraucht das doppelt so viel Energie!«

»Aber sollten wir nicht lieber Energie *bekommen*?«, keuchte Kratze, der kaum hinterherkam. »Außerdem haben wir Sonntag. Man soll den Feiertag heiligen.«

»Mein Lieber, das kannst du später immer noch«, antwortete Märtha sofort und hob die Stimme. »Und außerdem ist Nordic Walking für Knie und Rücken viel schonender als Joggen.«

»Weisst du, das hatte ich auch überhaupt nicht vor«, schnaubte Kratze.

»Und man bewegt viel mehr Muskelgruppen. Vor allem im Bereich der Beine, im Bauch, im Rücken, in den Armen und in der Brust.«

»Wenn du dich wenigstens auf eine Muskelgruppe beschränken könntest. Jetzt bekommen wir ja überall Muskelkater«, stöhnte Kratze.

»Das kommt nur, weil du nicht trainiert bist.«

»Jetzt reicht's aber«, schrie er.

Anna-Greta machte ein paar Schritte vor und legte Märtha die Hand auf die Schulter.

»Liebe Märtha, sei etwas nachsichtiger. Männer mögen es nicht, wenn man sie herumkommandiert.«

Märtha hielt inne.

»Stimmt, da hast du vielleicht recht«, murmelte sie und schwieg. »Worte sind schnell gesagt. Ich sollte vorher besser nachdenken.«

»Ach weisst du, das gilt für jeden«, sagte Anna-Greta und lächelte.

»Ich glaube, wir haben uns jetzt genug bewegt. Wie wäre es mit einer kleinen Stärkung?«, unterbrach Stina die beiden und stützte sich auf ihre Stöcke. »Etwas Ordentliches im Magen braucht man schließlich auch. Ich frage mich, ob sie in Djursholms Värdshus auch etwas Gesundes auf der Karte haben.«

»Gute Idee, jetzt gibt's was zu essen«, rief Snille. »Wie wäre es mit Schweinebraten und Kartoffeln und dazu dicke Butterbrote mit Bacon? Und als Nachtisch Kuchen und Torte. Danach legen wir uns aufs Sofa und verdauen.«

Er schielte zu Märtha hinüber, um zu sehen, wie sie darauf reagierte. Doch seine Geliebte hatte nicht zugehört oder tat einfach nur so. Sie verzog keine Miene.

»Apropos Restaurant«, sagte Märtha. »Gut, dass ihr darauf zu sprechen kommt. Ich habe immer noch dieses Vintagedorf im Kopf, den Traumort für Senioren. Ich wünsche mir wirklich ein richtiges Dorf der Freude, mit Spa, Theatern, Friseursalons, Gewächshäusern, Boulebahnen und Restaurants für uns Ältere.«

»Dorf der Freude? Super! Wie viele Freudenhäuser muss es da denn geben, damit es ein ganzes Dorf der Freude wird?«, fragte Kratze und zwinkerte Snille zu. Märtha verlor den Faden, und alle mussten lachen.

»Dann eben ein Dorf der Wünsche«, fuhr sie fort. »Wir könnten doch als Erstes das Restaurant in Angriff nehmen. Quasi als ersten Schritt, und um den Rest kümmern wir uns später.«

»Du hast die Gymnastikräume vergessen, Märtha. Bist du sicher, dass du nicht die meintest?«, stichelte Kratze.

»Ein Restaurant? Super Idee«, fiel Stina ein und machte ein begeistertes Gesicht. »Wir könnten es ›Rentner-Restaurant‹ nennen, und es sollte besonders auf die Älteren abgestimmt sein. Viel Gesundes, Bio und so Zeugs.«

»Ja, richtiges *Pantheressen*«, stimmte Märtha zu.

»Ich bestehe auf Gulasch«, sagte Kratze. »Und das Restaurant soll ›Steife Brise‹ heißen.«

»Oder Restaurant ›Leicht zu kauen‹«, schlug Snille vor und stieß Kratze in die Seite. Die Männer grinsten.

»Aber Snille!«, protestierte Märtha. »Jetzt setzen wir uns hin und reden in Ruhe darüber.« Sie zeigte auf eine grüngestrichene Bank, die ein Stückchen entfernt stand.

»Hinsetzen finde ich gut«, sagte Snille.

Die Seniorengang machte es sich auf der Bank bequem und atmete erst einmal tief durch. Von hier aus hatten sie einen schönen Blick auf die Germaniabucht und die Luxusvillen am Strandväg. Am Wasser sah man die eine oder andere Botschaft und alte, mehrstöckige Häuser. Als Anna-Greta die Grundschule auf Djursholm besucht hatte, konnten es sich Lehrer, Bibliothekare und Blumenhändler noch leisten, in dieser alten Villenidylle zu wohnen. Jetzt war es ein Stadtteil für die Reichen geworden.

»Könnt ihr euch noch an die widerlichen Fertiggerichte aus der Mikrowelle im Altersheim Diamant erinnern?«, fragte Stina.

»Ja, so ein Hohn für uns Alte!«, meinte Anna-Greta.

»Jetzt sollten wir uns etwas richtig Erstklassiges überlegen!« Stina holte ihre Puderdose heraus, klappte den Spiegel auf und zog ihren Lippenstift nach. Sie hatte die besten Ideen, während sie sich schminkte, und darauf wies sie immer dann hin, wenn die anderen kritisierten, dass sie pausenlos auf ihr Aussehen bedacht war. Doch ihr Facelift war schon eine Weile her, daher war es wichtig, mit Lippenstift und Puder nachzubessern. »Wir sollten uns auf richtige Gourmetküche spezialisieren und eine Atmosphäre schaffen, in der man sich zu Hause fühlt. Es wäre toll, wenn wir ein Lokal am Wasser finden würden, wo man eine schöne Aussicht hat.«

»Nicht schlecht, Stina, nicht schlecht«, sagte Anna-Greta. »Ich weiß auch schon, wo, Hornsbergs Strand auf Kungsholmen. Da waren einmal ein altes Asphaltwerk und eine Brauerei, aber jetzt ist das Gelände komplett saniert. Da werden noch Grundstücke verkauft. Und von dort hat man einen grandiosen Blick aufs Wasser.«

»Hornsbergs Strand, eine super Idee«, rief Märtha aus.

»Ja, und leerstehende Gebäude gibt es dort auch. Auch welche, die noch nicht vermietet sind«, fuhr Anna-Greta fort. »Wir könnten da vielleicht einen Mietvertrag bekommen.«

Märtha zog einen Stift und einen Notizblock aus ihrer Gürteltasche.

»Wenn wir ein Restaurant eröffnen, müssen wir den ganzen Laden schmeißen. Habt ihr Ideen für ein gutes Konzept?«

Jetzt ging der Spaß erst richtig los. Während sie den Möwen zusahen, wie sie übers Wasser flogen, machten sie Brainstorming, und Märtha schrieb mit. Als sie fertig waren, war Märthas Block voll. Sie sah auf.

»Na, wollt ihr hören, wie unser Traumrestaurant aussehen soll?«

Alle nickten, und sogar Kratze machte ein neugieriges Gesicht. Märtha blätterte vor und zurück und las laut vor.

»Alle Angestellten sollen anständige Löhne und gute Arbeitsbedingungen erhalten, und die Räume müssen mit Rollatoren und Rollstühlen problemlos befahrbar sein …«

»Man sollte auch gut mit dem Stock gehen können«, unterbrach sie Anna-Greta. Alle nickten.

»Es soll ein ruhiges Restaurant sein, ohne Musikberieselung. Aber damit sich jeder wohl fühlt, könnten wir an jedem Tisch Kopfhörer installieren, so wie im Flugzeug, damit jeder das hören kann, was ihm gefällt«, fuhr Märtha fort.

»Gut. Dann können auch die Gäste, die schlecht hören, die Lautstärke aufdrehen«, ergänzte Anna-Greta.

»An jedem Tisch sollte ein Mixer stehen, damit man das Fleisch einfach reinschmeißen kann, wenn es zu hart zum Kauen ist. Funktioniert per Knopfdruck«, schlug Snille vor.

Die anderen sagten kein Wort dazu und sahen Snille ins Gesicht, um festzustellen, ob er Witze machte. Doch Snille blieb ernst, und so lächelten die anderen und nickten.

»Geht in Ordnung, wenn es nicht zu laut wird«, sagte Anna-Greta, die nichts hören konnte, wenn es in der Umgebung zu laut war. »Und natürlich darf das Essen nicht durch die Gegend spritzen.«

»Gut«, sagte Märtha und blätterte weiter in ihrem Notizblock. »Stina, deinen Vorschlag finde ich sehr gut. Diese Idee, dass es im Restaurant einen Dating-Tisch für Singles geben soll.«

»Genau, einen Dating-Tisch für die, die alleine sind. Zum Beispiel Witwen oder Witwer oder auch ältere Junggesellen und Junggesellinnen«, erklärte sie und machte ein zufriedenes Gesicht. »Für sie halten wir bequeme Stühle und gut gewürztes, erotisches Essen bereit. Und dann stellen wir nur eine Salz- und eine Pfeffermühle auf den Tisch, damit sich die Gäste gegenseitig ansprechen müssen. Nicht schlecht, oder?«

»Klasse, Stina«, lobte Märtha.

»Ein super Vorschlag«, stimmte auch Anna-Greta zu, die wieder Single war. »Und dann könnten wir an einigen Abenden in der Woche Speed-Dating veranstalten. Jeder Gast bekommt einen Zettel mit einer Nummer, die wir dann in eine Glasschüssel legen. Dann ziehen wir immer wieder mal zwei Zettel heraus, und die Nummern, die gezogen werden, haben anschließend ein

Date«, phantasierte sie mit verträumtem Blick. Anna-Greta hatte sich von ihrem Freund Gunnar getrennt, denn er hatte keine anderen Gesprächsthemen als Computer und Arbeit gefunden. Zudem war es um seine Allgemeinbildung schlecht bestellt gewesen. Das Leben bestand doch nicht nur aus Mathematik und EDV. Es gab auch Dinge wie Kunst, Musik und Literatur. *Kultur*. Doch das Einzige, was ihn neben den Zahlen interessierte, war, wenn seine Lieblingsmannschaften im Fussball oder beim Hockey gewannen. Sie schnaubte. Nein, sie musste sich einen neuen Mann fürs Leben suchen, warum es also nicht im eigenen Rentner-Restaurant mit einem Date probieren?

»Und im Restaurant beschäftigen wir die besten Köche Schwedens und das beste Servicepersonal, aber wir stellen nur Ältere ein«, fuhr Märtha fort.

»Gegen ein paar jüngere Bedienungen hätte ich auch nichts einzuwenden«, meinte Kratze, und Snille stimmte zu. Da kam es zu einer kurzen Diskussion, aber am Ende einigte man sich auf den Kompromiss, dass die Angestellten sechzig plus sein sollten. Natürlich würde man das nicht schriftlich fixieren, sonst riskierten sie, Ärger wegen Diskriminierung zu bekommen – oder wie man das nannte. Und keine Regel ohne Ausnahme, in bestimmten Fällen konnte man auch auf Jüngere zurückgreifen, sagte Märtha mit Nachdruck – alles, um die Herren zu beruhigen.

»Und die Speisekarte?«, fragte Märtha, der es gefiel, wie sich alle engagierten.

»Ich will Speckpfannkuchen mit Preiselbeeren«, sagte Kratze und schielte zum Värdshus hinüber. Langsam bekam er nämlich Hunger.

»Nein, wir sollten eine moderne Küche haben, vegetarisches Essen, Vollwertnahrung und Biokost«, meinte Stina.

»Ich setze meinen Fuß nicht über die Schwelle, wenn es nicht Fleischbällchen, Kohlrouladen, Fleischwurst und Steckrübenpüree gibt«, protestierte Snille.

»Natürlich sollten wir das allerbeste Essen haben«, meinte Anna-Greta. »Und dann taufen wir das Restaurant ›Gourmet Frieden‹.«

»Restaurant Frieden, wo wir Zeit für dich fienden«, dichtete Stina, doch verstummte, als ihr auffiel, dass der Reim nicht ganz saß. Sie räusperte sich. »Aber wenn wir ein Restaurant eröffnen wollen, gibt es viel zu tun. Höchste Zeit, loszulegen.«

8

Die grauen Wände des Speisesaals, die langen, abgewetzten Holztische und die ausgeblichenen, graugrünen Gardinen vor den Fenstern waren noch im Stil der fünfziger Jahre und schrecklich ungemütlich. Doch in einem streng bewachten Gefängnis ging es auch nicht um schönes Wohnen, sondern ums Einsperren. Hier wurden einige von Schwedens gefährlichsten Verbrechern gefangengehalten, deshalb wurde lieber in Alarmanlagen und Stacheldraht investiert als in eine angenehme Einrichtung.

Es war Zeit fürs Mittagessen, und ein paar Gefangene gingen an die Essenausgabe und holten sich Hering und Kartoffelmus. Andere entschieden sich für Hirschsteak mit Preiselbeeren, doch die Mehrheit bediente sich bei der Pizza. Die Leuchtstoffröhren flackerten, und die Geräusche von klapperndem Besteck und Stühlen, die über den Boden schrabbten, mischten sich mit derben Sprüchen und Gelächter. Es war lauter als sonst. Schweden hatte gerade ein Qualifikationsfußballspiel gewonnen, und alle versuchten, sich gegenseitig zu übertönen.

Kenta Udd warf zerstreut einen Blick auf den Fernseher und musterte die anderen Typen, die um ihn herumsaßen. Jeans, Tattoos und finstere Mienen. Lauter Schwerkriminelle! Er selbst hatte viel von der Welt gesehen und war das Leben hinter Gittern langsam leid. So ging es ihm jedes Mal, wenn er einsaß, doch leider hatte er ein Talent, in schlechte Kreise zu geraten, und dann passierte es halt. Weil er groß und muskulös war, fiel er positiv auf. Bei Schlägereien war er gut zu gebrauchen, außerdem brachte er die Leute dazu, ihre Schulden zu bezahlen. Das Problem war nur, dass er manchmal zu kraftvoll zuschlug, und dann landete er wieder im Kitchen wegen Körperverletzung. Aber jetzt hatte er im Internet ein Mädchen kennengelernt. Sie schien ganz okay zu sein. Einige Male hatten sie sich schon getroffen, wenn er auf Freigang war. Am liebsten würde er sich aus den kriminellen Kreisen verabschieden und ein Leben wie jeder stinknormale Schwede führen. Er könnte eine Autowerkstatt oder eine Pizzeria aufmachen. Das Mädchen konnte gut kochen, und daher war der Gedanke an die Pizzeria sehr verlockend. Die könnten sie zusammen aufbauen. Vor dem Fernseher brachen die anderen in Jubel aus, und Kenta schaute auf.

»Was für ein Tor! Zlatans Hackenstoß wieder mal!«, kommentierte einer in der Runde.

»Nicht schlecht, aber was für miese Pässe er kriegt«, fand ein Typ, den Kenta nicht kannte. Ein Neuer.

»Na ja, er kann nicht nur rumstehen und auf Vorlagen warten. Ein bisschen muss er sich auch selbst anstrengen!«, konterte Kenta, rülpste laut und stand auf. Er aß gern und schlurfte vor zur Essenausgabe, um Nachschlag zu holen. Sein Blick wanderte über die Servierplatten, doch obwohl ihm klar war, dass Fleisch oder Fisch viel besser für ihn waren, griff er noch einmal nach der Pizza. Zwei große Calzone zum Schluss, das war eine gute Idee. Er wollte sich gerade wieder hinsetzen, da bemerkte er einen Ellenbogen in der Seite.

»Hey du, halt die Klappe, Zlatan ist gut!« Der Neue, ein wieselartiger Typ in den Dreißigern, sah ihn scharf an. Der Kerl, der erst seit ein paar Tagen einsaß, war durchtrainiert und bis zum Hals hinauf tätowiert, man konnte es oberhalb seines T-Shirts sehen.

»Ja, aber der Typ ist doch faul, verdammt nochmal.«

»Quatsch, das ist einer der besten Fußballspieler der Welt, klar?«

»Ja, ja, schon gut«, brummte Kenta, ging wieder zum Tisch zurück und setzte sich. Der Wiesel-Typ kam hinter ihm her und ließ sich neben ihm nieder. Er hatte einen scharfen, durchdringenden Blick. Seine Haare waren kurz, blond und struppig, und er trug einen Ring im Ohr.

»Johan, Johan Tanto«, sagte er und hielt ihm die Hand hin. »Aber die meisten nennen mich Vessla. Hab früher selbst Fußball gespielt.«

»Ah, cool. Kenta, Kenta Udd«, antwortete Kenta und begutachtete den Neuankömmling. Der Typ hatte wirklich einen passenden Spitznamen bekommen. Vessla hieß Wiesel, und so schmal und feingliedrig war er auch. Durch jedes Zementrohr hätte er sich hindurchzwängen können. Trotzdem war er muskulös.

»Bist du schon lang hier?«, fragte er.

»Paar Jahre, werd in einem Monat entlassen.«

»Warum haben sie dich eingebuchtet?«

»Scheiß Pech.«

»Ach, komm schon. Was war los?«

»Koks und Drogen, du weißt schon«, antwortete Kenta, ohne ins Detail zu gehen.

»O.k., das Übliche. Wir organsieren den besseren Leuten ihren Stoff, aber wir sind die Dummen, die sitzen«, Vessla wischte sich mit der Rückseite der Hand über den Mund.

»Und du?«

»Hab einen Typ ein bisschen hart angefasst. Wollte nicht zahlen, der Idiot. Im Restaurant!«

»Aha, Erpressung und Schutzgeldgeschäfte?«

»Wenn man nicht bezahlt, ist man selber schuld. Der Typ wollte nicht, und da bin ich voll ausgerastet.« Der Kerl stopfte sich das Essen in den Mund und redete trotzdem weiter. »Hatte Widerworte, deshalb hab ich ihm die Fresse poliert. Leider war da 'ne Überwachungskamera.«

»Shit happens.«

»Das hättest du sehen müssen, ich dachte schon, der Penner ist tot.« Vessla sah plötzlich ganz ernst aus. »Ich muss mich ein bisschen zusammenreißen.«

Kenta sah ihn fragend an, schnitt ein ordentliches Stück von seiner Calzone ab und schob es sich in den Mund. Doch das Stück war zu groß, und er fing an zu husten.

»Wie viele Jahre hast du gekriegt?«

»Vier. Hab aber nicht vor, die abzusitzen.«

»Ist schwer, hier abzuhauen.« Kenta Udd probierte es noch einmal mit seiner Pizza, diesmal mit einem kleineren Stück.

»Gibt doch Freigang. Nie im Leben vergammel ich hier. Aber du kommst doch bald hier raus. Schon Pläne?«

»Will 'ne Pizzeria aufmachen. Geld waschen. Ist aber gar nicht so einfach mit all den Genehmigungen und so.

»Pizzeria?« Einen Moment lang wurde es ganz still, Vessla sah ihn an. »Also Restaurant und Schutzgelder? Du, damit kenn ich mich aus.« Er stand auf, um Nachschlag zu holen, doch dann zögerte er und blieb mit dem Teller in der Hand stehen. »Also, wenn du mich hier rausholst, helfe ich dir. Dann kriegst du es nicht mit Brandbomben oder so 'nem Mist zu tun. Versprochen. Überleg's dir.«

Kenta sah ihn eindringlich an. Vessla machte einen energischen und entschlossenen Eindruck, ein Typ, der Dinge auf die Reihe bekam. Vielleicht sollte man sich solche Leute warmhalten. Wenn man so einem aus dem Bunker half, könnte man vielleicht endlich ins normale Leben zurückkehren. Denn als Vorbestrafter war es gar nicht so leicht, wieder wie ein normaler Schwede zu leben, erst recht nicht in der Restaurantbranche. Doch wenn er sich mit Vessla gutstellte, passierte ihm vielleicht nichts.

9

Kommissar Per Jöback saß über den Computer gebeugt und spielte Candy Crush. Ein PC-Spiel half ihm, den Kopf frei zu kriegen. Da konnten die grauen Zellen in Ruhe arbeiten, und er kam wieder auf neue Ideen, wie er die schwierigen Fälle lösen könnte. Inzwischen war er schon fortgeschritten und spielte mindestens eine Stunde pro Tag. Dass man von einem Computerspiel so fasziniert sein konnte! Seine Freunde meinten schon, er sei Candy-Crush-süchtig, doch diese Unterstellungen hatte er strikt zurückgewiesen. In seinen manischen Phasen jedoch fragte er sich selbst, ob das möglicherweise mit dem Kick vergleichbar war, den man von Heroin bekam. Doch er wagte nicht, das auszusprechen. Nein, natürlich hatte er alles unter Kontrolle! Plötzlich hörte er Schritte auf dem Flur und kurz darauf ein lautes Klopfen an der Tür. Widerwillig sah er auf.

»Herein!«

»Sie haben Besuch«, kündigte Kollege Jungstedt an.

»Bitte nicht Blomberg!«

»Doch, in der Tat, und er hat einen Hefezopf dabei.«

»Sag ihm, dass ich nicht da bin!«

»Zu spät. Viel Vergnügen!«, grinste Jungstedt, während gleichzeitig ein freundlich lächelnder Blomberg in der Tür erschien. Kommissar Ernst Blomberg war einer der IT-Spezialisten bei der Polizei gewesen, doch vor kurzem war er pensioniert worden. Um seine Person kursierten einige Gerüchte. Es hieß, er sei ein wirklich guter Hacker gewesen, als Chef jedoch weniger kompetent. Als er verabschiedet wurde, gab es die üblichen Geschenke, doch niemand vermisste ihn wirklich, seit er weg war. Einigen tat er allerdings leid, denn er hatte ein großes Vermögen bei zwielichtigen Geschäften verloren und fristete sein Dasein nun als verarmter Rentner in einer Einzimmerwohnung in Sundbyberg. Manchmal versuchte er, seinem Leben zu entfliehen, indem er die Polizeiwachen im Land aufsuchte und ihnen seine Dienste als freier Mitarbeiter anbot, um seine Pension aufzubessern.

»Nett, Sie zu sehen, Jöback«, fing Blomberg an und angelte eine Thermoskanne aus der Schultertasche (als er zuletzt zu Besuch gekommen war, hatte Jöback mitgeteilt, dass der Kaffeeautomat leider kaputt sei, deshalb hatte er heute vorgesorgt). »Ich störe hoffentlich nicht? Habe richtig guten, altmodischen Filterkaffee dabei, den können wir jetzt genießen.« Er strich über die Thermoskanne und lachte herzlich. »Na, wie geht's denn so?!«

»Danke, gut, aber sehr viel Arbeit«, klagte Jöback, doch ärgerte sich sofort über seine Auskunft.

»Dann brauchen Sie vielleicht zusätzliches Personal? Ich habe mich ja noch eine ganze Weile mit den Ermittlungen beschäftigt und bin auf dem Laufenden, was die Entwicklungen im Internet angeht. Sagen Sie mir einfach Bescheid. Vielleicht kann ich für Sie ein bisschen hacken.«

»Danke, gut zu wissen, aber dafür haben wir im Moment kein Budget.«

»Und der Überfall auf die Nordeabank? Dafür brauchen Sie doch Leute. Wie sieht es aus, kommen Sie voran?«

»Schwieriger Fall, eine internationale Bande, aber wir haben Interpol eingeschaltet. Unheimlich, wenn die Mafia schon nach Schweden kommt.«

»Die Mafia? Glaube ich nicht. Das sind stinknormale Bankräuber. Was suchen internationale Banden in Schweden? Nein, im Ausland ist viel mehr zu holen.«

»Da liegen Sie falsch, Blomberg. Denken Sie mal an die Militärgang. Die haben kleine Bankfilialen auf dem Land ausgeraubt.

Hier haben wir es mit einer Vereinigung zu tun, die sich auf die kleineren Länder spezialisiert hat.«

»Wer weiß. Aber nehmen Sie doch ein Stück Hefezopf. Frisch gebacken. Was einem so alles in den Sinn kommt, wenn man Rentner ist! Ich habe auch schon Blumen gepflanzt und angefangen, Gemüse anzubauen.« Blomberg grinste breit, holte sein Taschenmesser heraus und schnitt ein paar Scheiben ab. Jöback liebte Hefegebäck, und Blomberg wusste das.

Der Polizeikommissar zögerte. Wenn er jetzt dieses Stück Hefezopf nahm, würde Blomberg seine Besuche bestimmt nicht einstellen. Deshalb sollte er sich beherrschen.

»Sorry, ich muss an die schlanke Linie denken!«, entschuldigte er sich.

»Ach was, nehmen Sie! Sagen Sie nicht, dass ich den Zopf umsonst gebacken habe. Ich habe mich richtig darauf gefreut, mit Ihnen Kaffee zu trinken und über die aktuellen Fälle zu plaudern. Vielleicht fällt mir etwas auf, und wir finden die Lösung gemeinsam. Ich könnte Ihnen ein bisschen unter die Arme greifen. In so vielen Jahren sammelt man schon die eine oder andere Erfahrung. Ach, wie schön das ist, wieder mit alten Kollegen zusammenzusitzen und sich zu unterhalten!« Blomberg schnitt sich selbst ein großes Stück Hefezopf ab.

Dieses große Stück Kuchen würde ihn eine Viertelstunde kosten, schließlich konnte er Blomberg ja nicht mit einem angebissenen Stück in der Hand zur Tür hinausschieben, dachte Jöback. Gleichzeitig lief ihm das Wasser im Mund zusammen. Er hatte ohne Pause gearbeitet und brauchte wirklich einen Kaffee. Der Duft von frischem Backwerk machte ihn fertig. Vielleicht konnte er doch ein kleines Stückchen nehmen. Nur ein ganz, ganz kleines.

»Hier, einen Kaffee trinken Sie doch auf jeden Fall«, drängelte Blomberg, zog zwei mitgebrachte Plastiktassen heraus und schraubte den Deckel von der Thermoskanne ab. Dann goss er den Kaffee ein und schob Jöback eine Tasse hin. »Klassischer Filterkaffee und kochend heiß!«

Der Duft vom Kuchen mischte sich nun mit dem Kaffeearoma. Im Hefezopf waren viel Butter und Kardamom und Hagelzucker noch obendrauf. Blomberg sah Jöbacks Blick.

»Kommen Sie, nur ein kleines Stück. Man kann sich doch nicht ständig gesund ernähren.«

Der Duft vom Hefezopf stieg ihm in die Nase, und wie gesagt, Jöback hatte lange gearbeitet. Außerdem musste er noch viele wichtige Mails schreiben. Er brauchte den Kaffee, und dazu konnte er genauso gut ein Stückchen vom Zopf essen. Dann konnte er einfach sagen, dass er für einen Monat verreisen würde, oder die Mitarbeiter an der Rezeption anweisen, Blomberg nicht wieder durchzulassen. Der pensionierte Kommissar sollte zu Hause bleiben, statt mehrmals im Monat an seiner alten Arbeitsstelle aufzutauchen! Jöback reckte sich nach dem Stück Kuchen.

»Ja, die Ermittlungen. Man bleibt schnell an einer Stelle stecken«, sagte Blomberg, während er den heißen Kaffee schlürfte. »Als ich damals mit …«

»Bei uns nicht. Wir verfolgen alle Hinweise. Mensch, der schmeckt aber lecker!« Jöback biss ordentlich ab.

»Ja, aber die Sache mit der internationalen Bande. Sind Sie sich da so sicher? Es könnten auch Schweden gewesen sein.«

»Nein!« Jöback schob sich das ganze Stück in den Mund, so dass ein bisschen Hagelzucker auf den Boden fiel.

»Auch wenn man glaubt, dass man viele Spuren verfolgt, kann man gedanklich trotzdem in eine Sackgasse laufen. Ich muss da noch an einen Fall denken, wo wir uns alle sicher waren, dass …«

»Machen Sie sich keine Sorgen. Wir haben uns wie gesagt nicht an einer Theorie festgefressen, sondern ermitteln an breiter Front.«

»Und die Seniorengang, haben Sie die mal gecheckt?«

»Diese Siebzigjährigen, die eine Bank in Småland ausgeraubt

haben? Die Rentnergang? Nein, wir denken eher in internationalen Zusammenhängen.«

»Nein, nicht die Alten, ich denke an diese Senioren, die letztes Jahr die Bilder aus dem Nationalmuseum herausgetragen haben.«

»Ach, das ist Geschichte. Die Bilder sind ja wieder da. Aber Ihr Hefezopf ist wirklich unglaublich gut.« Jöback aß auf, stützte die Hände auf die Armlehnen und machte Anstalten aufzustehen.

»Das waren ausgefuchste Rentner, besonders diese Frau, die Märtha hieß. Man kann sie und ihre Freunde nicht ausschließen. Vielleicht haben sie …«

»Diese Alten sind mit so einem Bankraub doch überfordert. Das ist eine Nummer zu groß für sie. Nein, wir machen unseren Job hier gut, seien Sie beruhigt. Nehmen Sie jetzt den Hefezopf mit und bieten Sie ihn doch den Mädels an der Rezeption an. Die werden sich freuen. Ich muss heute noch einiges wegschaffen und fürchte, wir müssen ein anderes Mal weiterreden.« Jöback leerte die Kaffeetasse und fuhr den PC hoch.

»Eine schicke Kiste haben Sie da. Zu meiner Zeit waren die Computer noch viel größer und langsamer.«

»Ja, kann schon sein, aber …«

»Falls es Probleme gibt, einen Rechner zu knacken oder wenn ein paar Seiten Schwierigkeiten machen, melden Sie sich. Ich komme gern!« Blomberg lehnte sich im Sessel zurück und sah überhaupt nicht aus, als wolle er gehen. Genüsslich knabberte er an seinem Hefezopf. »Wie läuft es denn beim Hockey? Haben Sie ein paar Tore geschossen?«

»Wie gesagt, die Arbeit ruft!« Jöback stand auf und hielt ihm die Hand hin.

»Ich habe noch mehr Kaffee. Möchten Sie keinen mehr?« Blomberg hob die Thermoskanne. »Diese Seniorengang, die die Bilder gekidnappt hat, von denen könnte ich noch einiges erzählen …«

Kommissar Jöback warf den Plastikbecher in den Papierkorb und ging zur Tür.

»So, ich wünsche Ihnen noch einen schönen Tag.« Er hielt die Tür sperrangelweit auf.

»Ich kann Ihnen viele Dienstleistungen anbieten«, rief Blomberg und erhob sich widerwillig. »Ermittlungen, PC-Fortbildungen, alles, was Sie wollen! Ich bin noch voll drin.«

»Ich werde es mir merken. Wir melden uns. Und noch einmal danke für den Kuchen.«

Kommissar Jöback führte Blomberg freundlich, aber bestimmt hinaus und seufzte erleichtert, als der alte Kollege endlich verschwunden war. Es müsste gesetzlich geregelt sein, dass Rentner nicht mehr an ihren ehemaligen Arbeitsplätzen aufkreuzen dürfen, zumindest nicht in dem Umfang, dass sie drei-, viermal im Monat vor der Tür standen. Er ging zurück an den Schreibtisch und sank vor dem PC auf seinen Stuhl. Er würde es diesem Blomberg schon zeigen. Bald würde er die Räuber einlochen, die die Nordeabank geplündert hatten. Dann würde er sich wundern, dieser Besserwisser. Ja, die Verbrecher vom Pavarotti-Überfall hätte er bald hinter Schloss und Riegel!

10

Die Riddarfjärd-Bucht glitzerte in der dunklen Nacht, und man hörte die Geräusche der Stadt aus der Ferne. Die Silhouette des Stadshus erhob sich dunkel und mächtig im Nordosten, und am Kai, entlang des nördlichen Mälarstrands, schaukelten die Schiffe an ihren Tauen. Im Hintergrund rauschte der Verkehr von der Schleuse. Zwei dunkelgekleidete Männer bogen vom Weg ab und liefen in den Rålambshovspark hinein. Vessla blieb stehen und wartete auf Kenta.

»Jetzt gehen wir quer durch den Park, und dann biegen wir auf den Smedsuddväg Richtung Marieberg ab«, sagte er und wies auf den kleinen Pfad. Es war kalt und klamm, eine Augustnacht ohne Vollmond.

»Okay«, sagte Kenta Udd, der sich ihm an die Fersen heftete. Vessla hatte seinen Plan in die Tat umgesetzt und war gleich beim ersten Freigang abgehauen. Er hatte Kenta in seiner Einzimmerwohnung in Fredhäll aufgesucht. Der Kumpel hatte ein Bett für die Nacht gebraucht und gegen das Versprechen, bei der neuen Pizzeria zu helfen, hatte Kenta eingewilligt. Danach würde er als ehemaliger Gefangener und frischgebackener Pizzeriabesitzer nachts ungestört schlafen können. Vessla war cool. Er hatte sein Versprechen gehalten und ihm schon einige Schutzgelderpresser vom Hals gehalten. Im Gegenzug hatte Kenta ihm Unterschlupf gewährt, ein Bett und Essen zur Vergügung gestellt. Einen entflohenen Sträfling zu verstecken war eine heikle Sache, man konnte schnell selbst in Schwierigkeiten geraten. Aber so war das Leben, die ganze Zeit ein Geben und Nehmen. Er sah auf. Sie waren fast an der Brücke angekommen.

»Da! Siehst du das?«

Der Schatten eines Fahrzeugs war schemenhaft unter der Västerbro erkennbar. Es war ein alter Dampfer, auf dem eine zusätzliche Etage mit großen Fenstern angebaut war. Restaurant Galax. Kenta atmete die feuchte Luft ein und zitterte. Das Lokal hatte in einer Stadtteilzeitung vier Sterne bekommen, aber der Besitzer war so dumm gewesen, nicht zu zahlen. Er hatte kein Schutzgeld springen lassen und sich seine Angestellten selbst ausgesucht, obwohl Vessla und seine Kumpel richtig Druck gemacht hatten. Also war er selbst schuld. So ein Typ machte das Geschäft in der ganzen Branche kaputt. Er war ein Außenseiter, ein verdammtes Unkraut, also musste das Restaurant weg.

Kenta und Vessla sahen sich hastig an und näherten sich dem Restaurant vorsichtig. Jeder von ihnen trug einen Rucksack. Kentas Rucksack scheuerte an der Schulter, aber Vessla ging so schnell, dass Kenta nicht wagte stehenzubleiben. Er keuchte. Mist, diese zusätzlichen Kilos, die er mit sich rumtrug, spürte er deutlich. Er legte einen Zahn zu, sah sich besorgt um, doch er konnte nichts Verdächtiges entdecken. Es war 4.15 Uhr, die meisten Leute schliefen noch. Auf der Straße liefen nur einige Nachtschwärmer herum. Aber der Smedsuddsväg war still und verlassen. Nur wenige trauten sich um diese Uhrzeit allein auf die Straße.

»Sch!« Vessla blieb plötzlich stehen und hob die Hand. Er schielte zum Restaurant hinüber und atmete leise. Sie blieben regungslos stehen. Lange Zeit rührte sich keiner von beiden. Kenta war unruhig.

»Falscher Alarm«, gab Vessla Entwarnung, zog seinen Rucksack zurecht und ging weiter. Schweigend setzten sie ihren Weg fort, und als sie unter der Brücke ankamen, hatten sie einen guten Überblick. Das Restaurant-Schiff lag im Halbdunkel, und das

Deck war leer. Vor den großen Fenstern hingen Gardinen, dahinter konnte man Tische und Stühle erahnen. Es schien niemand an Bord zu sein, doch sicherheitshalber hockten sich Kenta und Vessla noch eine Weile unter die Brücke und beobachteten das Schiff. Alles war dunkel, und der Kahn schaukelte leicht. Keine Lichter, kein Blinken von der Alarmanlage. Der Gastwirt musste bescheuert sein, dachte Kenta, während sein Blick über das Deck streifte bis hinauf zum Schornstein, auf dem in großen Buchstaben GALAX stand. Vielleicht hatte er auch irgendwo eine verborgene Alarmanlage installiert. Eigentlich ein komischer Name für ein Restaurant, aber immerhin konnte man ihn sich leicht merken. Und viele kamen zum Essen hierher. Das Gasthaus war für seine gemütliche Atmosphäre, für die ausgewählte Seezunge und den Lachs mit den selbstgemachten Soßen bekannt. In zwei Jahren hatte sich dieser Ort zum Publikumsmagneten entwickelt und die Kunden von Restaurants aus der Gegend abgeworben. Und das, obwohl der Wirt keinen Cent abgedrückt hatte. So was rächte sich. Vessla setzte den Rucksack ab und holte die Bootsfender raus, die er seitlich aufgeschlitzt hatte.

»Den Kanister!«

Kenta öffnete den Rucksack, und Vessla zog den Kanister heraus. Er schaute sich rasch um, füllte dann die Fender mit in Benzin getränkter Putzwolle und achtete darauf, dass er oben einen langen Docht anbrachte. Noch einmal sah er sich um, bevor er Kenta den Kanister zurückgab, der ihn schnell wieder in den Rucksack steckte. Mensch, wie der nach Benzin stank, er musste ihn so schnell wie möglich loswerden. Vessla legte die Fender in eine Plastiktüte und sprang an Bord. Als er an Deck war, hängte er sie auf und knotete eine geteerte Schnur an die Dochte. Dann holte er das Feuerzeug heraus, zündete es an und hielt die Flamme an die Schnur. Als sie brannte, zog er sich geschickt ans Heck zurück und sprang wieder an Land. Er gab Kenta ein Zeichen, und dann liefen sie geduckt davon. Sie standen schon zwischen den Bäumen, als die Flammen aufloderten. Der Wirt des Galax hatte nicht einmal den Reinigungstrupp der Gastronomiemafia einstellen wollen, und er hatte sich geweigert, Fleisch und Alkoholika von den richtigen Lieferanten zu bestellen. Keine Frage, er war selbst schuld.

11

Die Seniorengang saß gemütlich oben im Turmzimmer und ruhte sich aus, als sie den Wagen hörten. Ungewöhnlich schnell sprangen sie auf und liefen ans Fenster. Das Motorengeräusch wurde immer lauter, das Fahrzeug fuhr langsamer, und nach einer Weile konnten sie den großen Betonmischer am Tor stehen sehen. Der Fahrer hielt und setzte dann an, zwischen den Gartentoren rückwärts einzuparken.

»Kleine Märtha, sollen wir es wirklich tun? Ist das keine Schnapsidee?«, fragte Snille und sah seine Verlobte beunruhigt an. Er beugte sich vor, um mehr sehen zu können. Das große, schwere Fahrzeug fuhr nun rückwärts auf das Nachbargrundstück. Bosse Beton kam eine Stunde zu spät, und die Rentner waren schon nervös geworden. Aber jetzt stand er mit seinem Zement vor der Tür, und es gab kein Zurück mehr. Beim Nachbarn drüben stand Kratze in Arbeitskleidung am Swimmingpool und wies den Wagen, der langsam rückwärts fuhr, ein, so dass er direkt neben dem Pool zum Stehen kam. Stina, die Kratzes Frau spielte, winkte auch ein wenig und sah sich hin und wieder besorgt um. Der Nachbar, der sich gerade auf einer Weltumseglung befand, würde doch wohl nicht gerade an diesem Tag zurückkommen?

»Früher oder später wäre die Poolabdeckung kaputtgegangen, und dann wäre man uns auf die Schliche gekommen. Wir hatten doch gar keine Wahl«, antwortete Märtha. »Wir mussten etwas unternehmen.«

»Aber nun auch noch Bosse Beton! Kann man dem wirklich vertrauen?« Anna-Greta konnte die Hände nicht stillhalten.

»Na sicher, er ist nur kein Schwede. Seine Polen fahren nach einem Monat wieder nach Hause, die tratschen nicht. Und dann holt er sich die nächste Mannschaft«, beruhigte Märtha sie.

»Und wenn unser Nachbar nun plötzlich zurückkommt«, seufzte Snille. »Es ist ganz schön nervenaufreibend, Verbrecher zu sein. Immer passiert so viel Unvorhersehbares.«

»Ja, das stimmt, aber ein kleines Risiko muss man immer eingehen, und das Müllauto kann ja nicht dort liegen bleiben und vor sich hin rosten. Außerdem waren da auch noch Abfälle drin. Und der Gestank …«

»Das mit dem gegorenen Hering war vielleicht etwas übertrieben, aber jetzt ist es eben so.« Märtha faltete die Hände vor dem Bauch und sah durchs Fenster. »Das Blöde an so einem Verbrechen ist, dass die Polizei immer hinter einem her ist und man auch die letzten Spuren beseitigen muss.«

»Mit Zement?«

»Ja, sie haben ihre Fahndung doch ausgeweitet.«

Und das stimmte. Märtha machte sich Sorgen. Die Seniorengang hatte in der Umgebung Streifenwagen beobachtet, und jedes Mal, wenn ein Volvo mit der Aufschrift »Polizei« vorbeifuhr, stieg die Nervosität. Dann tranken sie zur Beruhigung eimerweise Kräutertee und mussten die ganze Nacht aufs Klo rennen. Schließlich hatte Märtha gemeint, dass es jetzt genug sei mit Bangen und man nun etwas unternehmen müsse. Aber was? Dann hatte Kratze die Idee gehabt.

»In meiner Jugend hatten wir Zement von Portland geladen«, hatte er eines Abends draußen auf der Veranda erzählt. »Ich hatte auf einem Zementschiff angeheuert, das zwischen Portland und New York Fracht fuhr. Ihr könnt euch nicht vorstellen, wie unheimlich das war. Wir hatten ständig Angst, mit einem anderen Schiff zu kollidieren. Dann wären wir auf der Stelle gesunken. Genau wie all die Fahrzeuge, die im Bermudadreieck verschwinden.«

»Uh, das klingt gruselig«, sagte Stina. »Wenn ich mir vorstelle, dass du so gefährliche Sachen gemacht hast!«

»Ja, ich habe schon darüber nachgedacht, meine Memoiren zu schreiben«, fuhr Kratze fort und tat ganz wichtig. »In meinem Alter ist es ja durchaus üblich zu erzählen, was man erlebt hat, bevor man alles vergisst. Und wie gesagt, ich habe schon einiges erlebt.«

»Sagtest du Zement?«, fragte Märtha plötzlich. »Wie viele Tonnen fasst so ein Fahrzeug?«

»Also wir hatten Lastwagen mit hundert Tonnen und mehr …«

»Prima. Wir brauchen nur ein paar Tonnen für den Swimmingpool. Wir begraben das Müllauto einfach unter Beton.«

»Im Schnee versteckt, bei Tauwetter entdeckt. Im Beton verschwunden, wird niemals gefunden«, kicherte Stina.

»Genau. Wir schütten alles zu und müssen uns nie wieder Sorgen machen!«, fuhr Märtha fort.

Und dann stand sie auf und packte lauter Leckereien auf den Servierwagen. Neben den Tassen mit dampfendem Tee stellte sie auch den Moltebeeren-Likör und die Kaffeewaffeln, und dann hockte die Seniorengang bis Mitternacht auf der Veranda. Märthas Notizblock füllte sich, und Snille tippte eifrig in seinem Taschenrechner herum, weil er verschiedene Festigkeitsberechnungen anstellte für die Kombination Pool und Zement. Sicherheitshalber gingen sie allesamt am nächsten Tag hinüber und nahmen am Swimmingpool Maß, damit wirklich alles stimmte. Und als sie einen Teil der Poolüberdachung zur Seite fuhren, merkten sie, wie das Wasser von Müll, Schimmel und Rost bereits verunreinigt und verfärbt war.

»Höchste Zeit, etwas zu unternehmen«, sagte Märtha.

Trotzdem dauerte es noch eine ganze Woche, bis sie sich wirklich dazu durchringen konnten. Das Projekt war ja, gelinde gesagt, riskant. Aber fünfzig Meter von ihrem eigenen Haus entfernt lag im Swimmingpool des Nachbarn ein tonnenschwerer Beweis. Ein Beweis, der verschwinden musste.

12

Bosse Beton setzte den Zementmischer noch ein paar Zentimeter zurück bis zur Kante des Pools, dann hielt er und zog die Handbremse an. Er schaltete den Motor aus, stieg vom Fahrersitz und stand nun mit den Armen in die Seite gestützt da und glotzte. Am Rand der Poolabdeckung waren zwei schwarze Rohre zu sehen.

»Was zum Teufel ist das denn?« Er zeigte auf die Rohre, die an der Seite des Pools herausragten.

»Der Zement soll da rein.«

»Aber wofür brauchen Sie den Zement?«

»Das ist geheim, ein Schutzraum, wissen Sie«, antwortete Kratze. »Sicherheitsangelegenheit des Landes und so.«

»Sie meinen, ich soll den Brei auf diese Rohre da kippen?«

»Ja genau. Sehen Sie die Anschlüsse? Einfach den Schlauch ankoppeln und reinpumpen. Meine Jungs erledigen den Rest«, sagte Kratze und zeigte auf die Kupplungsrohre, die Snille an der Poolkante angebracht hatte. Unter der Poolabdeckung teilte sich das Rohr in mehrere Verzweigungen, damit sich der Zement gleichmäßig im Pool verteilte. »Der Schutzraum muss Platz für mindestens zehn Personen bieten, es wird also ein bisschen Arbeit werden.«

»Ja, ja, die Djursholmer. Da reicht wieder nicht das Normalprogramm, die müssen jetzt auch noch eigene Schutzräume haben«, murmelte Bosse Beton und schüttelte den Kopf. Brummend stieg er wieder auf seinen Fahrersitz, ließ den Motor an, fuhr den Schlauch aus und versuchte ihn anzuschließen. Doch die Kupplungen passten nicht ineinander. Er versuchte es mit zwei anderen Endstücken und einem kleineren Rohr. Schließlich funktionierte es. Zum Glück, denn der Mischer lief bereits auf Hochtouren.

»Sie bleiben dabei, Sie wollen wirklich, dass ich den Beton da reinpumpe?«, fragte Bosse Beton erneut und sah Kratze skeptisch an.

»Ja, verflucht nochmal. Und je schneller, desto besser. Die Jungs warten schon.«

»Okay«, sagte Bosse Beton, rief seine Leute zusammen, kontrollierte die Kupplung ein letztes Mal, bediente dann den Hebel am Schaltbrett und steigerte die Drehzahl des Motors. Kurz darauf lief Beton aus dem Rohr, klatschte an die Wände des Schlauchs, worauf ein gleichmäßiges Schlurfen zu hören war, als die graue Masse das Rohr passierte. Eine halbe Stunde später hatten er und seine Jungs den Wagen leergepumpt.

»Prima, dann brauchen wir nur noch zwei Fuhren«, sagte Kratze und bot ihm eine Dosis Snus an. »Im Keller haben wir zwei Mischer stehen, die Volldampf fahren und den Beton so schnell wie möglich brauchen. Die Jungs, die hier die Mauern machen, sind gleich da.«

Bosse Beton nickte. Er sollte liefern und keine Fragen stellen. Hauptsache, er bekam die Kohle schwarz. Seine Polen waren klasse. Sie arbeiteten fleißig und fragten nicht nach Urlaubsgeld, Arbeitgeberabgaben und solchem Mist. Die wollten nur ihre Kröten. Mit einigen, die mittlerweile in Schweden wohnten, war es allerdings nicht so unkompliziert. Die machten lange Mittagspausen, tranken zwischendurch Kaffee und ließen um fünf Uhr alles stehen und liegen. Seine polnischen Jungs hingegen blieben natürlich, bis die Arbeit erledigt war. Bosse Beton holte sein Handy heraus, führte schnell ein Telefonat und drehte sich zu Kratze um.

»Der restliche Zement ist gleich da.«

Snille, Märtha und Anna-Greta, die im oberen Stock am Fenster standen und zusahen, waren so nervös, dass sie ihr Mittagessen ganz vergaßen. Zu wissen, was sich unter der Poolabdeckung befand, und jetzt nur zusehen zu können war die reinste Qual. Einige Male wäre Märtha beinahe hinuntergelaufen und hätte Anweisungen gegeben, doch davon konnte Snille sie abhalten.

»BB ist Kratzes Projekt«, hatte er sie ermahnt.

»BB? Seit wann schwärmt er auch für Brigitte Bardot?«

»Nein, ich meine Bosse Beton ist Kratzes Projekt, und du musst dich zurückhalten.«

Als zwei weitere Fahrzeuge ihre Ladung abgeliefert hatten, hob der Zement die Poolüberdachung langsam an.

»Meine Güte«, sagte Anna-Greta.

»Na seht ihr, es ist geschafft. Jetzt muss der Zement nur noch abbinden«, erklärte Snille.

»Dann gehen wir jetzt rüber zu Kratze und helfen ihm in der Zwischenzeit beim Aufräumen«, sagte Märtha.

In Windeseile liefen sie hinüber zum Nachbargrundstück. Als sie ans Becken kamen, standen Kratze und Stina da und starrten in das, was einst ein Pool gewesen war.

»Gut, dass ihr da seid«, sagte Kratze mit Snus unter der Oberlippe. »Wenn Bosse und seine Leute abgefahren sind, machen wir die Überdachung ab.«

»Nein, nein, lass das. Der Zement ist nass, Vorsicht. Wir können hier keinen Krimi mit Leiche gebrauchen«, meinte Snille.

»Ach was, das ist ein Swimmingpool«, entgegnete Kratze und wischte sich mit seinem Taschentuch sauber. Er war sichtbar verwirrt und wurde erst wieder ruhig, als er Bosse Beton bezahlt hatte und dieser mit seinem Trupp endgültig verschwunden war.

»Puh, bin ich froh! Diese Typen haben mir wirklich Angst gemacht«, sagte er, fuhr sich noch einmal über die Stirn und blieb mit dem Taschentuch in der Hand stehen. Es war nun schon später Nachmittag, und der Wind kühlte angenehm ab.

»Bist du sicher, dass sie dir die Sache mit dem Schutzraum abgekauft haben?«, fragte Märtha.

»Sieht so aus. Ich habe nur das Wort Russland fallen lassen und gesagt, dass wir in unruhigen Zeiten leben. Und dann habe ich ausgeholt bis zu den Atomtests in den fünfziger Jahren und dass man nie wissen kann, was die Zukunft bringt.«

»Ja, mit der Zukunft hast du völlig recht«, sagte Anna-Greta.

»Gut, dass die Polen jetzt weg sind«, meinte Kratze, lächelte und hielt sein Taschentuch vor sich hin, dass es im Wind flatterte. »Schaut mal, ein Segel wie bei einem Großsegler.«

Im nächsten Moment hatte der Wind sein Taschentuch erwischt, das nun bunt durch die Luft wirbelte und in dem Durcheinander verschwand.

»Nein, nicht mein Lieblingstaschentuch«, rief Kratze und sprang hinterher, doch er stolperte in seiner Eile, fiel hin und schlug mit dem Kopf voraus an den kniehohen Betonlöwen, der an der Treppe stand. Seine Stirn kollidierte mit dessen Vordertatze und der harte Aufprall bewirkte, dass Kratze Sterne sah. Während er auf dem Boden kollabierte, wurde das Taschentuch vom Rohr angesaugt und in den Zement gezogen.

»Kratze!«, schrie Stina.

Doch Kratze hörte nichts mehr. Er war ohnmächtig geworden.

Als er wieder zu sich kam, war es ihm furchtbar peinlich, und er tat so, als sei nichts passiert. Er weigerte sich hartnäckig, einen Arzt aufzusuchen. Erst als ihm schlecht wurde und er sich übergeben musste, willigte er ein, in die Notaufnahme zu fahren. Einer wie er war doch nie krank, und wenn man über einen Weihnachtsmann stolperte, war das noch lange kein Grund, das überlastete Krankenhauspersonal zu beschäftigen. Nach einer Weile hatte Stina ihn doch so weit, dass er mit ihr in ein Taxi stieg und ins Krankenhaus nach Danderyd fuhr. Es war Freitagabend, das Wochenende stand vor der Tür. Stina hatte zwar gehört, dass das die ungünstigste Zeit war, um ein Krankenhaus aufzusuchen, aber jetzt hatte sie keine Wahl. Kratze ging es schlecht, deshalb traute sie sich nicht, bis Montag zu warten, um einen Arzt in der Praxis zu konsultieren. Sie hasste Krankenhäuser, und ihr wurde mulmig, kaum, dass sie in der Notaufnahme angekommen waren. Die Leute husteten, sahen blass und mitgenommen aus, und ein verrotzter kleiner Junge lief herum und nieste, so dass sie Angst bekam, sich anzustecken.

»Wir haben hier einen Notfall«, sagte Stina und hielt den ersten weißen Kittel fest, der an ihr vorbeirannte. Es war eine junge Frau mit hübschen, dunklen Augen und langem, schwarzem Haar. Auf ihrem Namensschild stand Schwester Camilla.

»Ich komme gleich, ich muss nur erst noch …«, entschuldigte sie sich und flitzte so schnell weiter, dass Stina die Erklärung nicht mehr zu hören bekam. Sie zog eine Nummer und ließ sich mit Kratze im Wartezimmer nieder. Stina sah sich um, während sie an ihrem Nummernzettel herumzupfte. Der Raum wirkte mit seinen lichtgrauen Wänden, den braunen, durchgesessenen Stühlen und ein paar Tischen, auf denen Zeitungen lagen, ziemlich kalt. Ein leichter Geruch von Putzmittel hing in der Luft.

Kratze musste sich nicht mehr erbrechen, doch er war völlig erledigt, ungefähr so, als hätte er im Ring gestanden und eine ordentliche Tracht Prügel abbekommen. Als Camilla wieder auftauchte, sprang Stina vom Stuhl und stellte sich ihr in den Weg.

»Ich hatte vorhin angerufen, und Sie haben gesagt, wir sollen uns beeilen. Es geht ihm wirklich sehr schlecht.«

»Ach was, alles in Ordnung«, sagte Kratze und warf interessiert einen Blick auf die junge Schwester.

»Sch!« Stina knuffte ihn in die Seite und drehte sich wieder zu Camilla um.

»Er hat einen Schlag an die Stirn bekommen, und das kann doch, soweit ich weiß, gefährlich sein.«

»Wir lieben die Stürme, die brausenden Wogen …«, sang Kratze.

»Ja, wir werden ihn aufnehmen, aber ich bin hier leider gerade allein. Wir sind etwas unterbesetzt, daher … ja, der Arzt wird ihn sich anschauen …« In dem Augenblick sprang die Tür auf, und drei randvolle Teenager betraten die Notaufnahme. Sie schrien und grölten, und zwei von ihnen mussten sich gegenseitig stützen, um nicht umzufallen. Die jungen Leute bluteten aus Wunden im Gesicht und an den Händen, und ihre Kleidung war zerrissen. Einer hatte eine eingedrückte Nase, der andere hatte sich die Oberlippe eingerissen.

»Wir brauchen einen Arzt. Sofort!«, lallte der junge Mann mit der dicken Lippe.

»Er ist leider beschäftigt.«

»Verdammt, wo ist der Arzt?«, brüllte sein Kamerad.

»Äh, wir gehen mal hier rein«, meinte der mit der dicken Lippe und torkelte zu der Tür, an der UNTERSUCHUNGSRAUM stand. Er machte ein paar Schritte zur Seite und fiel beinahe über eine alte Dame, die auf einer Liege im Flur lag und darauf wartete, genäht zu werden. Sie hatte sich an der Hand verletzt.

»Eine Bettpfanne, ich brauche eine Bettpfanne«, jammerte die Dame.

»Ja, ja, bin schon unterwegs«, antwortete die Schwester, während sie gleichzeitig versuchte, die Typen von der Tür wegzuschieben. Da musste sich der mit der dicken Lippe übergeben.

»Scheiße«, sagte sein Freund und hielt sich die Nase zu. »Schwester, kommen Sie mal her und wischen Sie das auf!«

»Setzen Sie sich hin, dann kümmern wir uns darum«, sagte die Krankenschwester so freundlich wie möglich und legte dem Jungen zur Beruhigung die Hand auf die Schulter. »Der Arzt kommt gleich.«

Nachdem es der gestressten Schwester gelungen war, die Jungs auf ein paar Stühle zu platzieren, kam sie zu Stina zurück.

»So, das war eine Kopfverletzung. Ich rufe schon mal in der

Röntgenabteilung an. Der Arzt muss jeden Moment da sein. Warten Sie bitte noch einen Augenblick.«

»Ich bin auf eine Löwentatze geknallt«, erklärte Kratze und zeigte auf seine Stirn.

»Es war eine Skulptur aus Stein, also ein Löwe aus Stein«, schob Stina zur Erklärung hinterher. »Er hat sich übergeben, es geht ihm wirklich schlecht.«

»Wir lieben die Stürme, die brausenden Wogen …«, summte Krazte.

Jetzt reagierte die Krankenschwester.

»Eine Kopfverletzung, ja, genau. Tut mir leid, aber das müssen wir sofort untersuchen …«, sagte sie und stolperte weiter zum Untersuchungsraum. Da ging die Tür auf, und der diensthabende Chirurg stand da.

»Wie lange soll ich denn noch warten, Schwester? Die Patientin hier muss genäht werden, und ich brauche Assistenz. Das habe ich schon vor einer halben Stunde gesagt.«

»Ja, ja, ich komme, ich bin heute Abend allein hier, das ist nicht so einfach …«

»Ich muss jetzt nähen!«, sagte der Arzt. »Nicht gestern und nicht morgen, sondern jetzt.«

»Wir müssen uns zuerst um den Patienten hier kümmern!«, protestierte die Schwester. »Das ist eine Kopfverletzung!«

Der Arzt sah etwas verdutzt aus, ging zurück in seinen Raum und schloss die Tür. Da verging Kratze die Lust.

»Nähen hin, nähen her. Was machen wir hier eigentlich? Die haben ja doch keine Zeit für uns«, brummte er. Mit einem säuerlichen Grummeln erhob er sich, so dass die Zeitschriften vom Tisch herunterfielen. »Jetzt fahren wir nach Hause. Ein richtiger Mann wird von allein gesund.« Er zog seinen Stahlkamm aus der Hosentasche und suchte nach einem Spiegel. Taumelnd trat er den Weg zur Toilette an und war gerade dabei, das Licht anzuknipsen, als Stina ihn eingeholt hatte.

»Kratze, mach langsam! Mit Kopfverletzungen ist nicht zu spaßen«, sagte sie und hakte ihn ein. »Komm, Schatz.«

»Ach was, es ist alles in Ordnung«, antwortete Kratze, um sie zu beruhigen, und zog den Kamm übers Haar, um den Mittelscheitel zu korrigieren. Da sah er den riesigen Bluterguss auf der Stirn, die Schwellung, die sich wie ein weicher Hügel ausgedehnt hatte, und das geronnene Blut, das aus der Wunde hinuntergelaufen war.

»Hilfe!«, keuchte er, und dann hörte man nur noch einen dumpfen Schlag. Kratze war wieder ohnmächtig geworden.

Die ganze Nacht wachte Stina an seinem Bett, während ihm Blut abgenommen wurde und man ihn zum Röntgen brachte. Am Morgen kam dann endlich ein Spezialist, der kurz darauf Entwarnung gab. Auf den Röntgenbildern war nichts zu sehen, aber Kratze hatte sich eine Gehirnerschütterung zugezogen, und nun musste er sich die nächsten vierundzwanzig Stunden ruhig verhalten.

»Dafür habe ich keine Zeit«, antwortete Kratze und zog an seinem Kopfverband.

»Kratze, Schatz«, sagte Stina. »Beruhige dich!«

»Okay, dann eben für dich«, knurrte er, nahm ihre Hand und strich ihr über die Wange. Sie war die ganze Nacht bei ihm geblieben und hatte ihm geholfen, sie war eine echte Freundin. Es ging ihm in Wirklichkeit nämlich gar nicht so gut, und da war es schön, sie in der Nähe zu wissen. Er sah sie nachdenklich an und spürte von innen heraus große Wärme. Ja, Stina war eine Person, auf die man sich verlassen konnte, und wäre es ihm nicht so schlecht gegangen, hätte er sie gern ein bisschen geküsst.

»Falls es ihm schlechter geht, klingeln Sie«, sagte der Arzt.

»Wird nicht vorkommen«, antwortete Kratze und ging in Richtung Tür. Auf der Schwelle lief er fast der Krankenschwester in die Arme. Sie duftete nach Mandel und Veilchen und war nun nicht mehr so unter Strom.

»Die Bandage steht Ihnen gut«, sagte sie und lächelte nett. Und da wäre Kratze beinahe ein drittes Mal umgekippt. Krankenschwestern, dachte er noch. Wie die sich abrackerten! Wenn sie das nächste Mal ihr Geld vom Banküberfall verteilten, musste es unbedingt an Krankenschwestern, Schwesternschülerinnen und unterbezahlte Pfleger im ambulanten Dienst gehen.

Am nächsten Morgen schlief Kratze aus und hörte nicht, wie Stinas Sohn Anders kam und eine Ladung Kies und zwei Tonnen Erde mühevoll über den Beton schaufelte. (Immerhin tat er so, als hätte er es nicht gehört.) Schließlich verlegten die Senioren mit vereinten Kräften den Rollrasen, den sie im Gartenbaumarkt gekauft hatten, mit Ausnahme von Kratze. Das war ziemlich mühsam und zeitraubend, aber mit Anders' Hilfe gelang es ihnen schließlich. Dann machten sie ein paar Schritte zurück und besahen sich ihr Werk. Sie drehten eine Runde um den ehemaligen Pool, schauten sich an und nickten. Jetzt konnte niemand mehr erahnen, was sich unter der Erde verbarg, und das war schon beruhigend. Nur Stina meinte noch immer, sie solle Kratze im Auge behalten. Als sie zurück ins Haus kamen, holte sie sich ein Buch, setzte sich in seinem Zimmer in einen Sessel und wachte an seinem Bett. Als er ein paar Stunden später endlich wieder auf den Beinen war, ließ er sich nicht von ihr stützen, er wollte unbedingt allein gehen. Er schaffte es auch zu den anderen in die Küche, aber da sagten die anderen einstimmig, dass er ungewöhnlich blass und klapprig aussehe, ganz anders, als man ihn kannte.

»Ach was, mir geht's gut«, versicherte er ihnen und ließ sich langsam und behäbig nieder. Und da saß er dann und schwieg lange Zeit, während er hin und wieder durchs Fenster zum Nachbargrundstück schaute. Nachdem er eine Tasse Kaffee getrunken und eine Zimtschnecke gegessen hatte, stemmte er die Hände in die Seiten und sagte mit entschiedener Stimme:

»Wisst ihr, was? Wir müssen unserem Nachbarn schreiben. Das veränderte Erscheinungsbild seines Gartens verlangt nach einer Erklärung.«

13

Märtha hatte lange in der Bibliothek gesessen und an dem Brief an Bielke gefeilt. Was schrieb man einem Nachbarn, den man gar nicht kannte, wenn man soeben seinen geliebten Swimmingpool mit Zement gefüllt hatte? Entschuldigung? Tut mir leid, der Beton wurde versehentlich an der falschen Stelle abgeladen? Oder ich verspreche, es nie wieder zu tun? Einfach war das nicht gerade, doch plötzlich kam Märtha eine Idee. Nichts geht über echte Bürokratie. Sie kicherte vor sich hin, holte sich eine Schokoladenwaffel und eine Tasse Kaffee, setzte sich an den Computer und begann zu schreiben. Eine halbe Stunde später war sie fertig.

»So«, sagte sie aufgekratzt und klickte auf *Drucken*. Als der Drucker laut rasselte, wurde im Papierausgabefach ein Blatt sichtbar. In dem Moment kam Snille ins Zimmer. Sie nahm das Papier heraus und hielt es ihm vor die Nase. »Schau mal. Ich habe verschiedene Fassungen entworfen. Was hältst du davon?«

Snille sah sie erwartungsvoll an, zog die Brille auf seine Nase zurecht und begann zu lesen.

> Mitteilung an den Eigentümer des Grundbesitzes I:374
> Auroraväg 4, Djursholm
> Auf dem Grundstück, das zum Grundbesitz I:374 Djursholm gehört, wurden schwerwiegende sanitäre Missstände festgestellt, weshalb die Gemeinde sich veranlasst sah einzugreifen. Ihr Swimmingpool ist schon länger von Ungeziefer befallen, besonders der krankheitserregende Bakterienstamm *Plank-*

tus mytos truxis hat sich dort ungehemmt vermehrt. Da diesem Bakterium und weiteren Organismen in Ihrem Pool krankheitsverursachende Wirkungen nachgewiesen wurden, musste das Umweltschutzamt tätig werden.
Wir haben Sie zum wiederholte Male angeschrieben, doch da sie weder Stellung bezogen noch bei den Ortsterminen anwesend waren, sahen wir uns veranlasst, entsprechende Maßnahmen in die Wege zu leiten. Da der Befall Ihres Pools bereits weit fortgeschritten war, konnten weiterführende Maßnahmen nicht verhindert werden.
Folglich wurde der Pool saniert, wieder mit Zement gefüllt und mit einem künstlichen Rasen bedeckt. Die Kosten dafür belaufen sich auf 280 000 SEK.
Sobald Sie den Fall mit Ihrer Versicherung geklärt haben, bitten wir Sie, den o. g. Betrag auf folgendes Konto zu überweisen:
0537 – 8896929 Djursholms Straßen- und Tiefbauamt. Geben Sie bitte den Verwendungszweck auf der Überweisung an.
Mit freundlichen Grüßen
Bettan Olsson
Umweltschutzamt, Gemeinde Danderyd

Snille schob sich die Brille von der Nase und musste laut lachen. Zärtlich strich er Märtha über die Wange.

»Du bist ja ganz schön frech. Das ist unser Konto. Erst zerstörst du den Pool des Nachbarn, und dann lässt du dir das auch noch bezahlen.«

»Ja klar, so läuft das heutzutage. Die Stadt baut eine Straße, die an deinem Haus entlangführt, die du gar nicht haben willst und um die du nie gebeten hast. Und trotzdem sollt du als Hauseigentümer dafür bezahlen. Wir gehen mit der Zeit, Snille.«

»Ja, so gesehen schon«, murmelte er und warf einen Blick aus dem Fenster. Es war schön geworden. Sattgrüner Rasen lag genau da, wo vorher der Swimmingpool gewesen war, und Stina hatte auf Kratzes Anweisung hin entlang der ehemaligen Poolkante üppige Blumenkübel aufgestellt. In der Mitte der Rasenfläche standen ein Tisch, ein Sonnenschirm und elegante Gartenmöbel von Mornington. Es sah aus, als wäre der Garten schon immer da gewesen.

»Ach was, das war nur ein Scherz. Wir können wohl kaum unser eigenes Konto angeben, dann haben sie uns gleich«, kicherte Märtha. »Und auch wenn es jetzt gut aussieht, wird es sicher ungemütlich werden, wenn unser Nachbar nach Hause kommt. Im Ernst: Was hältst du davon, für eine Weile unterzutauchen, damit uns niemand damit in Verbindung bringt? Zumindest bis sich die Lage beruhigt hat?«

»Aber wir wollten doch heiraten!« Snilles Lächeln erstarb.

»Schon, aber wenn wir im Gefängnis landen, werden wir über Jahre getrennt sein. Nein, wir wollen doch zusammensein, nicht wahr«, sagte Märtha und drückte ihn fest. Sie wedelte mit dem Brief vor seiner Nase herum. »Wir werfen ihn ein, und dann verreisen wir. Wir sollten eine Weile abtauchen. Das könnte doch unsere Hochzeitsreise sein«, schlug sie vor.

»Das glaubst du doch selbst nicht! Und was ist mit dem Geld im Fallrohr? Das wolltest du doch auch noch holen.«

»Stimmt«, antwortete Märtha. »Das sollten wir wirklich in Angriff nehmen. Es wird eine Zeit dauern, bis das mit den Konten in der Karibik funktioniert, und wie gesagt, die Krankenpflege befindet sich in einer akuten Krise. Wenn wir schon fünf Millionen da oben liegen haben, sollten wir die auch verschenken.«

»Hab ich es nicht gesagt? Ein Fallrohr ist wichtiger als unsere Beziehung.« Snille seufzte.

»Aber mein Lieber, du hast das doch selbst vorgeschlagen, und du hast völlig recht. Wer weiß, wie lange die Geldscheine im Rohr heil bleiben. Lass uns das Geld gleich holen, und danach fahren wir weg. Wir könnten uns einen schönen Ort aussuchen, an dem uns keiner sucht und wo wir richtig Zeit füreinander haben.«

Aber als Märtha aufsah, war Snille fort. Er war gegangen.

An diesem Abend zog er sich zurück und kam nicht zum Abendessen. Der Mann in Märthas Leben, der immer so warmherzig und lieb war und immer nur ihr Bestes wollte, war ganz einfach beleidigt. Märtha verspürte eine tiefe Unruhe und begriff, dass sie sich mehr um ihn kümmern und sich etwas richtig Gutes ausdenken sollte, um ihn aufzumuntern. Sie überlegte. Was sprach dagegen, ihm die Federführung bei der Operation Fallrohr zu übertragen, dann hätte er eine spannende Beschäftigung. Menschen mussten Verantwortung tragen und etwas Sinnvolles tun können, damit sie sich wohl fühlten.

Märtha griff die Sache am nächsten Tag bei der abendlichen Tasse Tee wieder auf. Es war acht Uhr, und sie hatten es sich draußen auf der Veranda gemütlich gemacht. Vom alten Kristallleuchter an der Decke fiel das Licht behaglich auf die Senioren, und auf dem Tisch brannten drei dicke Kerzen. Die Gang hatte gerade zu Abend gegessen, und auch wenn Snille sich kaum am Gespräch beteiligt hatte, war er immerhin dabei. Draußen vor dem Turmzimmer säuselte der Wind in den Bäumen, und ein Dachziegel klapperte unheimlich laut, als würde er jeden Moment hinunterfallen. Wie viele andere Villen auf Djursholm, die aus der Zeit der Jahrhundertwende stammten, war ihr Haus renovierungsbedürftig. Doch für so etwas war keine Zeit.

»Wisst ihr, was? Wir sollten das Geld aus dem Fallrohr holen, bevor es vergammelt«, begann Märtha und stellte ihre Teetasse wieder ab. »Kein Mensch weiß, wie lange so eine Strumpfhose hält.«

»Doch, doch, meine Strumpfhose war hochwertig und außerdem an Ferse und Spitze noch verstärkt«, sagte Anna-Greta und sah beinahe etwas beleidigt aus.

»Und ich habe alles ganz ordentlich in den schwarzen Plastiksäcken verpackt. Die müssten halten. Das Fallrohr führt ja direkt am Balkon von Prinzessin Lilians Suite vorbei. Wir können hingehen und die Säcke rausziehen. Glaub mir, die fünf Millionen sind sozusagen schon wieder da«, meinte Kratze.

»Aber da logieren nur Präsidenten und Superstars, vergiss nicht, dass wir vom Grand Hotel sprechen. Da kommen wir nicht rein.«

»Dann müssen wohl Putin oder Obama die Strumpfhose herausangeln, wenn sie das nächste Mal in Stockholm sind«, sagte Kratze grinsend.

Alle schienen daran interessiert zu sein, das Geld wiederzuholen, nur Snille hatte bislang kein Wort dazu gesagt. Märtha rührte ihren Tee um und schielte ihn von der Seite an. Er war ganz verändert.

»Snille, was meinst du? Das Personal im Hotel wird uns nicht noch mal in die Suite hineinlassen, aber wir müssen doch an das Geld herankommen.«

»Mmmh«, sagte Snille.

»Aber du hast doch bestimmt eine Idee.«

Lange Zeit schwieg er und verzehrte schmatzend drei Haferkekse, dann legte er los.

»Ich weiß«, sagte er mit einem Mal und sah auch gleich viel fröhlicher aus. »Wir brauchen uns nicht für 80 000 Kronen pro Nacht im Grand Hotel einzumieten. Wir mieten eine Hubarbeitsbühne.«

»Eine Hubarbeitsbühne«, riefen die andern aus und waren begeistert.

»Ja genau. Wir mieten einen richtig großen Kran, tun so, als müsse das Fallrohr repariert werden, demontieren das Fallrohr an der Prinzessin-Lilian-Suite und nehmen es mit. Dann haben wir die Kohle zurück.«

»Phantastisch, Snille. Dass dir immer so etwas Raffiniertes einfällt. Aber meinst du wirklich, das ist so einfach, wie es klingt?«, fragte Märtha.

»Natürlich. Es gibt viele Arten von Arbeitsbühnen, und man kann die nach einer eintägigen Schulung bedienen.«

»Tatsächlich«, sagte Märtha und holte ihren Notizblock und einen Stift heraus. »Wisst ihr, was, ich glaube, es wäre am besten, wenn ihr Männer die Sache in die Hand nehmt. Und wir anderen sind euer Stand-by-Personal auf dem Boden.«

Snille und Kratze sahen sich kurz an, nickten und standen auf. Sie gingen an den Barschrank. Snille betrachtete lange die Kognak-Flaschen und entschied sich für den teuersten.

»Nur ein kleines Schlückchen, dann werden wir wissen, wie wir das anstellen.«

Und so machten sie es. Die Operation Fallrohr wurde das Männerprojekt.

Der Countdown für die Operation Fallrohr lief, und Snille und Kratze verfolgten ihre Aufgabe mit großer Ernsthaftigkeit. Da Kratze nach seiner Gehirnerschütterung noch immer Kopfschmerzen hatte, übernahm Snille erst einmal die Federführung. Tagelang hatte er sehr energiegeladen und motiviert geklungen und der Mietfirma in Solna selbstbewusst erklärt, dass er eine Hubarbeitsbühne für eine komplizierte Renovierungsarbeit am Grand Hotel benötigte. Das alte, antike Hotel musste für einen geheimen Besuch aus Übersee renoviert werden, und daher war Eile geboten. Auf diese Weise war es ihm gelungen, sofort einen Lift zu mieten, und Märtha und die anderen lobten ihn über alle Maßen für sein tatkräftiges Handeln. Doch da keiner der älteren Gentlemen es sich vorstellen konnte, den Auftrag selbst auszuführen, hatten sie Stinas Sohn Anders zu einem Kurs in Oskarshamn geschickt und für ihn eine Fahrerlaubnis erworben. Nach einem Kurstag bei dem Unternehmen Motivation war er der Meinung, nun jeden Lift der Welt steuern zu können, und die Kursnote hatte sein Selbstvertrauen enorm gesteigert. So sehr, dass Stina sich etwas Sorgen machte.

»Aber mein Junge, denkst du wirklich, dass du das Fallrohr vom Korb aus abmontieren kannst und damit heil wieder unten ankommst?«, fragte sie ihn.

»Überhaupt kein Problem. Ich weiß genau, wie das geht«, antwortete Anders.

»Den Hublift zu bedienen ist eine Sache, du musst aber zusätzlich auch die Arbeit erledigen«, gab Märtha zu bedenken.

»Ach was, das ist doch ganz einfach. Da braucht man nur seinen gesunden Menschenverstand«, antwortete Anders. Wenn die Millionen in Sicherheit waren, würde er eine schöne Summe absahnen, und daher war er sehr engagiert. Wie immer war er arbeitslos und brauchte jeden Cent, den er kriegen konnte.

»Aber willst du das nicht erst einmal üben?«, fragte Stina.

»Nein, Mama, das kriege ich locker hin!«

Anders klang ziemlich überheblich, was Stina beunruhigte. Zu selbstsichere Männer, die »alles können«, sind *immer* ein Unsicherheitsfaktor.

Es war ein früher Sonntagmorgen, es gab kaum Verkehr, und nur wenige Personen hielten sich vor dem Grand Hotel auf. Ein paar Stunden nach Mitternacht hatten die Senioren das Gebiet um die Cadier-Bar mit den orangenen Plastikbändern vom Straßenbauamt abgesperrt und ein Schild mit VORSICHT BAUARBEITEN! installiert. Was ja vollkommen stimmte, nur war es nicht irgendeine Bauarbeit. Der Plan war, dass Anders das Fallrohr mit dem Geld möglichst schnell abmontieren und es dann durch ein ähnliches Rohr aus Metall ersetzen sollte, um sich dann wieder auf den Boden hinabzulassen. Im Anschluss mussten sie das Fallrohr mit dem Geld nur in ihrem Fahrdienstwagen verstauen und nach Djursholm hinausfahren, während Anders gleichzeitig beim Vermieter den Lift zurückgab. Da der Liftbesitzer seine

Dienste im Internet angeboten hatte, war er vermutlich nicht ganz seriös und würde deshalb wahrscheinlich keine Quittung ausstellen. Der Plan schien wirklich wasserdicht. Außerdem hatte Anders die Länge, die Kupplungsteile und den Durchmesser des Fallrohrs recherchiert. Alles war bestens vorbereitet.

Die Sonne schien, und es war so ein früher Spätsommermorgen, dass die Luft klar war und alle Farben strahlten. Im Fahrdienstwagen sang die Seniorengang *Hoch auf dem gelben Wagen*, um sich in Stimmung zu bringen. Das Lied gab ihnen Kraft und Selbstvertrauen, und das konnten sie jetzt wahrlich gebrauchen. (Auch wenn sie nicht auf einem Wagen saßen, sondern in ihrem Auto.) Alle fühlten sich voller Energie. An einem Morgen wie diesem konnte man unmöglich schlechtgelaunt sein oder pessimistisch. Snille legte seine Hand zuversichtlich auf Märthas.

»Jetzt regeln wir das, und dann haben wir eine Sorge weniger, du wirst schon sehen, kleine Märtha.«

»Glaub mir, das freut mich. Es ist so ein gutes Gefühl, wenn du dabei bist, das beruhigt mich sehr.«

Snille drückte ihre Hand noch einmal, so dass Märtha wohlige Wärme überkam. Wie herrlich, dass man einen Lebensgefährten an seiner Seite hatte, wenn es ernst wurde. Ihr Vorhaben war nicht einfach, und sie konnten schlimmstenfalls gefasst werden.

»Prima, Anders ist bereits da«, sagte Snille und zeigte auf einen großen Lastwagen mit Kran, der nah an der Cadier-Bar geparkt stand. »Dann legen wir mal los!«

Anders, der den Wagen in Solna abgeholt hatte, war mit dem Laster vor das Grand Hotel gefahren und hatte ihn an der Cadier-Bar geparkt. Als er das Fahrdienstauto erkannte, stieg er aus und hielt den Daumen hoch. Die Kegel standen noch an Ort und Stelle, auch wenn das Schild nun etwas schief hing. Außer Stina und ihren Freunden, die im Fahrdienstwagen saßen, waren keine Menschen in der Nähe zu sehen. Die Waxholmsboote schaukelten sanft an ihren Tauen, und auf der anderen Seite der Bucht spiegelte sich das Schloss auf der silberglänzenden Wasseroberfläche. Zufrieden sah Anders auf seinen Ruthman 270, einen Kran, von dem er in der Fortbildung nur Gutes gehört hatte. Die Hubbühne, die auf den leichten LKW montiert war, sah fest und stabil aus.

»Wie läuft's?«, fragte Stina, als sie alle aus dem Fahrdienstbus ausgestiegen waren und nun vor Anders standen. »Du bist doch vorsichtig, damit du nicht irgendwo hängen bleibst oder abstürzt?«, fragte sie und warf einen ängstlichen Blick auf den Korb, der sich am Ende des langen Hebearms befand.

»Kein Problem, Mama. Das ist eine super Hubarbeitsbühne. Man kann sie hoch, runter und zur Seite steuern, und außerdem kann der Korb rotieren, so dass man überall hinkommt. Besser geht es nicht«, antwortete er, während er vor sich hin summend die Steuereinheit am Gürtel befestigte, den er um die Taille trug.

»Hübscher Gürtel«, sagte Snille und piekste ihn in die Taille. Der Lift brummte auf.

»Halt, nein, lass das«, rief Anders erschrocken.

»War doch nur Spaß. Du arbeitest aber ganz diskret?«

»Natürlich! Mit einem Lift, der über zwanzig Meter ausgefahren werden kann, mache ich mich so unsichtbar wie möglich.«

»Ich meinte mehr den Lärm. Wenn du sehr vorsichtig beschleunigst, hört man davon nicht so viel.«

»Ja klar, ich stelle den ganzen Apparat auf lautlos«, brummte Anders und kletterte in den Korb. Er machte ein paar Schritte hin und her, und blieb aus Versehen an der Kante des Korbs mit der Steuereinheit hängen. Der Joystick wurde hinuntergedrückt, der Motor beschleunigte, und er verschwand hinauf in die Luft.

»Um Gottes willen«, rief Anna-Greta und schlug die Hände zusammen. Stina traute sich gar nicht hinzusehen.

Anders geriet oben im Korb ins Schwitzen. Mit lautem Brummen fuhr er immer höher. Erst als der Lift fast komplett ausgefahren war, bekam er die Bestie wieder unter Kontrolle. Benommen sah er über die Kante nach unten und zuckte zusammen, als er begriff, wie weit oben er sich befand. Plötzlich wurde ihm schrecklich schwindelig. Höhenangst, o Gott, er bekam Höhenangst, daran hatte er überhaupt nicht gedacht!

Er vermied den Blick nach unten und versuchte sich zu konzentrieren. Anna-Gretas Strumpfhose sollte sich von der Regenrinne aus betrachtet im zweiten Abschnitt des Rohres befinden, und da musste er den Kran so steuern, dass er ganz dicht ans Fallrohr kam. Mit zitternden Händen griff er wieder nach dem Joystick und bewegte ihn so, dass der Korb direkt ans Rohr fuhr. Puuh, das funktionierte, Hauptsache, man war ruhig und sah nicht nach unten. Doch das Fallrohr war aus der Nähe betrachtet wesentlich rostiger, als es im Fernglas ausgesehen hatte. Einen Moment lang machte er sich Gedanken, wie Anna-Gretas Strumpfhose in diesem feuchten Matsch wohl aussehen mochte, doch dann tröstete er sich damit, dass sie ja in schwarze Mülltüten verpackt und mit Kratzes Seemannsknoten zugeschnürt war. Das sollte funktionieren.

Vorsichtig manövrierte Anders den Korb so, dass er ganz dicht an die Stoßnaht vom Rohr herankam. Da hielt er an und beugte sich vor, um das Rohr zu lockern. Er fasste beherzt zu und drehte an dem Metall, so fest er konnte. Doch das Mittelstück wollte sich nicht bewegen. Er versuchte es noch einmal, mit noch mehr Kraft, doch es drehte sich keinen Millimeter. Die Rohrstücke waren zusammengerostet. Anders spürte Panik aufkommen. Schließlich konnte er nicht das komplette Fallrohr abmontieren. Und wenn er versuchte, zwei Rohrteile auf einmal zu entfernen? Doch dann musste er fast bis zum Balkon der Prinzessin-Lilian-Suite hinauf. Anders versuchte, einen klaren Gedanken zu fassen. Was hatte er noch bei der Schulung gelernt? Ja, man sollte nur kleine Bewegungen machen und »langsam und ruhig« vorgehen.

Ganz, ganz langsam steuerte er den Kran an den ersten Dachfirst, um die scharfe Kupferkante herum und unter das Dach. Das war kein Problem, und wenn die Prinzessin-Lilian-Suite an diesem Wochenende nicht belegt war, müsste alles wunderbar funktionieren. Langsam steuerte Anders den Korb so, dass er direkt unter der Rohröffnung war, und hielt an. Noch einmal atmete er tief durch, spannte die Muskeln an, umfasste das Rohr ganz fest und versuchte, die Verschraubung zu lockern. Er drehte, ruckelte, schüttelte und riss, doch dieses verflixte Rohr bewegte sich nicht vom Fleck. Nicht einmal mit dem besten Rostschutzmittel der Welt und der Kraft mehrerer Männer hätte man das geschafft. Die alten Metallfallrohre hätte man schon vor langer Zeit erneuern müssen.

Wie gut, dass es einen Plan B gab. Er hatte Snilles Erfindung dabei, eine lange Angel mit einer stabilen Angelschnur und mehreren Spezialhaken mit Widerhaken. »Wenn irgendwas nicht klappt, dann kannst du immer den Angeltrick anwenden«, hatte Snille gesagt und ihm auf die Schulter geklopft. Anders hätte sich gewünscht, der Kelch wäre an ihm vorbeigegangen. In einem Fallrohr zu angeln war nicht ganz seine Sache.

Er drückte den Joystick nach unten, so dass der Lift ein bisschen höher fuhr. Hoffentlich wachten da oben in der Suite keine Gäste auf. Er sah hinunter auf die Straße und erkannte die Gesichter der anderen, wie sie nach oben starrten. Uuups, da war der Schwindel schon wieder. Er spürte ein komisches Gefühl im Magen, die Beine wurden weich, und er sank im Korb auf den Boden. Der Lift, mit dem sie bei der Schulung geübt hatten, war nicht im Geringsten so hoch gewesen. Wenn er doch nur das Fallrohr zu fassen bekäme und sich dort festhalten könnte! Nein, das würde nicht klappen. Er atmete einige Male tief durch, bis er merkte, dass er langsam die Kontrolle zurückgewann. Dann fuhr er hoch zum oberen Ende des Fallrohrs. Als er sich ungefähr eineinhalb Meter oberhalb der Rohröffnung befand, stoppte er, machte die Angel fertig, hielt sie über die Öffnung und ließ die

Schnur hinunter. Langsam ließ er die Leine ins Rohr hinab, bis er spürte, dass sie an irgendetwas hängenblieb. Dieses Etwas kam ihm weich und etwas uneben vor. Außerdem hing es an der einen Seite des Rohrs, ohne es zu verstopfen, genau wie es zu erwarten gewesen war. Das musste es also sein. Wunderbar! Er fing an, die Angel zu bewegen, damit sich die Widerhaken festsetzen konnten, und kam sich dabei ziemlich blöd vor. Nicht nur, dass er eine Angel in ein Fallrohr ließ, er angelte auch noch darin.

Und auf einmal hörte er ein Geräusch. Als er aufsah, entdeckte er eine barbusige Frau im Slip, die sich ans Geländer der Prinzessin-Lilian-Suite lehnte. Sie rief etwas ins Zimmer hinein.

»Liebling, hier ist jemand, der am Fallrohr steht und angelt.«

»Ja sicher, Liebes, komm wieder rein. Steh nicht draußen rum, sonst erkältest du dich noch und schadest deinem guten Ruf.«

»Ich rede keinen Unsinn. Es ist wahr, ich schwöre. Da draußen steht ein alter Typ und angelt im Fallrohr. Mit einer echten Angel.«

»Und, hat er schon einen Fisch?« Aus der Suite erklang lautes Gelächter. »Nee, komm jetzt. Du hast schon wieder zu viel getrunken.«

»Schau es dir selber an!«

»Ha, ha! Ich hoffe, es beißt einer an. Wie wäre es mit einem Leckerbissen fürs Frühstück? Kannst du uns eine Makrele organisieren?«

»Jetzt bist du wirklich blöd!«

»Okay, dann lieber einen Hecht!«

»Idiot!«

Anders hörte energische Schritte und schloss, dass die Frau wieder hineingegangen war. Oder war sie dabei, ihn zu holen? Hastig zog er die Angel hoch und legte sie zurück in den Korb. Am besten verduftete er sofort. Er drückte den Joystick nach unten, doch kam aus Versehen an den Knopf mit der Rotationsfunktion. Außer Kontrolle fuhr er nun im Kreis herum, immer weiter in wilder Fahrt, während sich der Lift unterhalb des Balkons wie ein Scheibenwischer vor und zurück bewegte. Da kam der Mann auf den Balkon.

»Was zum Teufel?«

»Ich hab doch gesagt, dass hier draußen ein Mann war und geangelt hat.«

»Geangelt? Das hier ist wohl eher ein Seeungeheuer.«

Anders zog die Steuereinheit zu sich, der Motor heulte auf, und im nächsten Moment senkte sich der Korb hinunter auf den Lastwagen. Mit letzter Kraft schaffte Anders es gerade noch, die Bewegung zu stoppen, bevor er auf die Ladefläche krachte. Zitternd kletterte er hinunter auf die Straße.

»Was ist passiert?«, fragte Märtha.

»Ach, das Getriebe hat nicht funktioniert.« Anders zuckte lässig mit den Schultern.

»War das kein Bedienungsfehler?«, fragte sie.

Da fluchte Anders, taumelte zurück in den Lastwagen und ließ den Motor an. Er fuhr die Scheibe herunter.

»Wir sollten besser sofort verschwinden!«

»Und du warst dir so sicher. Was ist denn passiert, mein Lieber?«, fragte Stina nach. Aber Anders hatte die Scheibe schon wieder hochgefahren.

»Damit hätten wir zweitausend Kronen für die Miete der Hubarbeitsbühne in den Sand gesetzt. Ganz zu schweigen von den Millionen im Fallrohr«, seufzte Anna-Greta.

»Aber solche Maschinen können ganz schön knifflig sein. Jetzt fahren wir nach Hause und gönnen uns eine schöne Tasse Tee mit Scones. Alle Mann ins Auto!«, rief Märtha, öffnete die Wagentür und sprang auf den Fahrersitz.

»Äh, ich würde für Rüdesheimer Kaffee plädieren«, brummte Kratze und stieg auf den Rücksitz, während Snille schweigend dasaß. Kratze und er hatten die Verantwortung für diese Aktion gehabt, und er selbst hatte Märtha zeigen wollen, dass er wirklich alles unter Kontrolle hatte. Und nun war es ein Fiasko geworden. Märtha warf einen Blick in den Rückspiegel und sah seine finstere Miene. Sie machte einen U-Turn und fuhr schnell vom Parkplatz hinunter in Richtung Nordiska-Kompaniet-Kaufhaus und Sveaväg. Dann sagte sie:

»Das lag nicht an uns. Das war die Jugend, die es nicht hingekriegt hat. Jetzt fahren wir nach Hause und planen einen zweiten Versuch. Es gibt immer eine Lösung. Manchmal klappt es eben nicht beim ersten Mal«, sagte sie.

Snille summte eine Weile und sprach kein Wort, fühlte aber umso mehr. Ihm wurde klar, warum er so viel auf Märtha hielt. Einer der Gründe war, dass sie in jeder Lebenslage ein aufmunterndes Wort parat hatte. Selbst wenn der Jüngste Tag bevorstand, würde sie ihre gute Laune nicht verlieren. Wie interessant, würde sie vielleicht sagen, das wird bestimmt ein spannendes Erlebnis. Er fasste sich und faltete die Hände vor dem Bauch.

»Manchmal ist es gar nicht so schlecht, wenn man mit etwas scheitert. Man entwickelt sich weiter, und dann kommt man auf neue Ideen.«

»Genau meine Meinung«, antwortete Märtha, und ihre Stimme klang warm und herzlich. »Und wisst ihr, was? Nächstes Mal kommen Kratze und du auf die ultimative Lösung.«

»Kann schon sein. Aber jetzt legen wir erst einmal eine Pause ein, vielleicht mit einem kleinen Tapetenwechsel. Das war alles ganz schön viel«, meinte Snille.

»Ja. Warum fahren wir nicht nach Göteborg?«, schlug Kratze vor.

Märtha sah in den Rückspiegel und beobachtete sie still. Tapetenwechsel und untertauchen würde nicht bedeuten, dass man keine Pläne mehr macht. Im Gegenteil, vielleicht kam man auf neue Ideen. Und wenn es Kratze glücklich machte, warum eigentlich nicht?

14

Märtha und ihre Freunde spielten Karten, während der Zug durchs Land tuckerte. Dafür, dass sie auf den Fahndungslisten standen, waren sie sehr laut, aber alle freuten sich so, dass sie endlich aufgebrochen waren. Bis zum Schluss hatten sie Nerven beweisen müssen. Auf dem Weg vom Grand Hotel nach Hause wäre Märtha beinahe in eine Polizeikontrolle geraten, und hätte Snille nicht so laut geschrien, säßen sie jetzt wohl nicht hier. In den Abendnachrichten hatten sie gehört, dass die Polizei zusätzliches Personal angefordert und die Fahndung intensiviert hatte. Das klang sehr beunruhigend. In ihrem Eifer, Geld herbeizuschaffen, vergaß Märtha manchmal, dass nach ihnen noch gesucht wurde. Sie sah sich nicht als Verbrecherin, sie betrachtete es eher so, dass die Seniorengang den Auftrag hatte, die gute alte Gesellschaftsordnung wiederherzustellen, die in den achtziger Jahren abhandengekommen war. Aber natürlich mussten sie behutsam vorgehen, damit die Polizei sie nicht schnappte. Denn wenn sie im Gefängnis landeten, wer sollte dann den Schwachen und Bedürftigen helfen?

Nach dem missglückten Versuch mit dem Fallrohr war Snille etwas geknickt, doch Märtha hatte alles getan, um ihn zu trösten. Sie hatte Perücken gekauft, und so verkleidet hatten sie einen Stadtspaziergang gemacht. Zweimal war sie mit Snille durch den Clas-Ohlson-Elektromarkt spaziert, damit er sich die neuesten technischen Entwicklungen anschauen konnte, und dann hatten sie Flohmärkte besucht und den Diakonieladen, um stabiles, altes Werkzeug zu kaufen. Danach hatten sie einen Ausflug zu einer Motormesse gemacht, wo Märtha geduldig gewartet hatte, bis Snille alle Motoren und Motorräder ausführlich studieren konnte. Sie wusste, dass er, wenn er sich nur ein bisschen zwischen seinen geliebten technischen Apparaturen aufhalten konnte, bald wieder so froh und munter sein würde wie sonst. Sie war sogar so weit gegangen, mit dem Taxi zu Delselius' Konditorei nach Gustavsberg zu fahren, nur um seinen Lieblingskuchen zu besorgen. Was tut man nicht alles, um seinen Mann bei Laune zu halten? Als sie dann wieder alle gutgelaunt waren, hatte Märtha sich ein Herz gefasst und vorgeschlagen, nach Göteborg zu reisen. In erster Linie wegen Kratze. Die Gehirnerschütterung hatte an seinen Kräften gezehrt, und auch wenn er so getan hatte, als sei alles wie früher, war er doch abends auffällig früh zu Bett gegangen. Als er nun im Zug auf dem Weg in seine Heimatstadt saß, lebte er richtig auf.

Schon als sie Uno spielten, fing er wieder an zu mogeln. Da verschwanden andauernd Karten, und es wurde auch nicht besser, als sie es mit Bridge und Canasta versuchten. Hin und wieder fanden sie eine Karte im Mittelgang, und niemand konnte sich erklären, wie sie dorthin gekommen war, aber da Kratze ununterbrochen gewann, gab es Anlass für gewisse Vermutungen. Doch keiner maulte, weil sich alle so freuten, dass ihr Freund überaus fröhlich war und sich offenbar doch besser von seiner Verletzung erholt hatte als gedacht. In ein paar Stunden würde er seinen Sohn Nils wiedersehen. Der Vierzigjährige wohnte in Göteborg und war Kratzes einziges Kind. Kratze und Nils waren aus einem Holz geschnitzt, sie verstanden sich gut und mussten nicht viele Worte verlieren. Nils war Kapitän und Steuermann auf Containerschiffen und Öltankern und meist draußen auf dem Meer, deshalb sahen sich die beiden nur selten, aber jetzt war er zufällig zu Hause, und Kratze freute sich riesig, ihn zu treffen. Kratze hatte Nils' Kindheit komplett verpasst, weil er immer auf See gewesen war, aber im Erwachsenenalter hatte er versucht, die Zeit nachzuholen. Jetzt würden sie sich wiedersehen. Nils wohnte noch immer in seinem Lieblingsstadtteil Majorna und hatte netterweise zugesagt, dem Vater sein Sommerhäuschen zur Verfügung zu stellen. Und wer sollte da schon nach einer Gang pensionierter Bankräuber suchen? Die Seniorengang hatte vor, mindestens zwei Wochen an der Westküste zu bleiben, dann würde Kratze richtig Zeit für ihn haben.

»Natürlich kümmere ich mich darum, dass du hier wohnen kannst, Papa. Einen Garten gibt es auch. Es wird dir gefallen!«, hatte Nils gesagt.

Märtha hatte ein paar Worte fallen lassen, dass es ihnen eventuell etwas schwerfallen könnte, sich von einer dreistöckigen Djursholmsvilla auf ein Sommerhäuschen umzustellen, aber Kratze hatte ihnen versichert, dass die Westküste spitze sei und das Häuschen an diesem schönen Fleckchen Erde eine untergeordnete Rolle spiele. Außerdem kenne die Not kein Gebot. Im Radio hatten sie gehört, dass die Polizei eine heiße Spur habe. In absehbarer Zeit, so Kommissar Jöback, würden sie die Fahndung ausschreiben. Das hatte sehr bedrohlich geklungen.

»Wir stehen kurz vor der Aufklärung«, hatte der Kommissar ergänzt und dann mitgeteilt, dass eine neue Bande im Land wüte, die bei ihren bisherigen Ermittlungen noch nicht überprüft worden war. Die würde man jetzt einkreisen.

Hatte sie jemand mit der Hubarbeitsbühne vor dem Grand Hotel gesehen und Alarm geschlagen? Oder hatte Bosse Beton nicht dichtgehalten? Märtha fiel ein, dass sie, Snille und Anna-Greta immerhin so unvorsichtig gewesen waren, zum Nachbargrundstück hinüberzugehen, um zuzusehen, wie der Pool mit Zement gefüllt wurde. Da hätte man sie alle fünf zusammen sehen können. Natürlich hatten sie die Beweise verschwinden lassen, aber vielleicht hatten sie auch etwas übersehen? Und sie mussten zugeben, dass es im Keller noch immer nach gegorenem Hering stank.

Nein, es würde wunderbar sein, für eine Weile zu verreisen, und die Westküste war nicht schlecht. Plötzlich hielt der Zug an, und das Licht ging aus.

»Was hat das zu bedeuten? Probleme mit den Weichen, kaputte Leitungen oder Züge, die zurücksetzen?«, überlegte Märtha und sah aus dem Fenster.

»Nein, vielleicht ein Gleisschaden wegen der Sonne«, schlug Anna-Greta vor.

»Oder Laub auf den Schienen«, meinte Stina.

»Wenn es sich nicht um einen Schneesturm oder vereiste Weichen handelt«, brummte Kratze.

»Seid doch nicht so negativ«, sagte Snille. »Wir können froh sein, dass wir überhaupt vorwärtskommen, nachdem das ganze Transportsystem verkauft worden ist.«

»Alter Freund, Schwedische Eisenbahn, sag, hast du auch schon alle Schienen dran«, dichtete Stina.

»Du darfst die Schwedische Bahn und das Zentralamt für Verkehrswesen nicht in einen Topf werfen«, widersprach Märtha.

»Nächstes Mal reise ich per Schiff. Da weiß man wenigstens, dass man ankommt«, fiel Kratze ihr ins Wort, der ziemlich sauer war, dass sie Verspätung hatten.

Und schließlich ließen sich alle darüber aus, wie ärgerlich es sei, dass sie sich für den Zug entschieden hatten, anstatt zu fliegen. Bis Märtha ihre große geblümte Handtasche öffnete und Plastikgläser, Nüsse, Chips, Mohrrüben und verschiedene Dips hervorholte. Dann machte sie ein bedeutungsvolles Gesicht, legte eine Kunstpause ein und zog auch noch eine Flasche Champagner heraus.

»Man soll die Feste feiern, wie sie fallen. Jetzt feiern wir, dass der Zug schon viele Kilometer gefahren ist, ohne zu entgleisen.«

»Wenn wir jeden Meter feiern, den wir weiterfahren, werden wir sternhagelvoll sein, wenn wir in Göteborg ankommen«, sagte Kratze.

»Ach, man lebt nur einmal«, meinte Märtha, schenkte ein und stieß mit den anderen an.

Acht Stunden später kamen die Rentner ein bisschen beschwipst im Hauptbahnhof von Göteborg an, wo Kratzes Sohn Nils auf sie wartete. Er war groß und dünn, trug eine Lederjacke und hatte ein Tattoo an einem Handgelenk. Er bewegte sich schnell, sein Blick ruhte nie. Ein wenig verschreckt begrüßte er die quasselnden alten Leute, die Tanzschritte machten und abwechselnd Seemanns- und Trinklieder sangen und über das zentrale Verkehrsamt schimpften. Nils erkannte ziemlich schnell, dass Kratze und seine Freunde offenbar nichts zu essen bekommen hatten (der Strom im Zug war ja ausgefallen), woraufhin er gleich ein Restaurant an der Slottsskogskolonie in Majorna ansteuerte.

Märtha und ihre Freunde, die alle einen Riesenhunger hatten, machten es sich in einer Ecke des Restaurants an einem rustikalen Holztisch mit Tischtuch und Blumensträußchen bequem. Es duftete herrlich nach gutbürgerlicher Küche. Märtha griff schon nach der Speisekarte, bevor sie überhaupt Platz genommen hatten. Alle bestellten Fisch, außer Stina, die einen griechischen Salat essen wollte. Wasser tranken alle. Während sie aßen, waren sie still, aber sobald der grösste Hunger gestillt war und die Teller leer wurden, kam die Sprache darauf, wo sie wohnen sollten. Kratze wollte genauer wissen, wie sie die Zimmer untereinander aufteilen wollten.

»Na ja, was heißt schon Sommerhaus, Papa. Wolltet ihr da alle wohnen!? Weißt du, ich habe nämlich ein neues Haus gekauft.«

»Ach was, das ist nicht so wichtig. Wir können schon zusammenrücken«, meinte Kratze munter, der noch immer einen in der Krone hatte.

»Zusammenrüüüücken ist das richtige Wort«, sagte Nils. »Denn es ist wirklich nicht groß, daher denke ich, es wäre besser, wenn …«

»Aber wir sind doch nicht irgendwelche Senioren. Wir kriegen fast alles hin. Und im Vergleich zu Altersheimen ist dein Häuschen sicher der reine Luxus. Und du weißt doch, schlimmer als auf einem Segelboot kann es nicht sein. Als ich über den Atlantik gesegelt bin, schliefen wir zu acht in einer Kajüte, die nur ein paar wenige Quadratmeter groß war. Wie Sardinen in winzigen Kojen mit Strohmatratze! Das hättest du bei Sturm erleben sollen, da …«

»Ich kann euch auch Hotelzimmer buchen«, schlug Nils vor.

»Nee, jetzt wollen wir uns das erst mal anschauen«, rief Kratze und machte eine abwehrende Handbewegung. Er war auf Göteborg und Majorna richtig stolz, und das wollte er seinen Freunden zeigen. Natürlich würden sie in Nils' Hütte unterschlüpfen, alles andere war doch Unsinn. Und wenn sie sich vor der Polizei verstecken mussten, nahmen sie ein paar Strapazen gerne in Kauf …

15

In der Slottsskogskolonie, die am Rand des Waldes lag und aus zahlreichen kleinen, schmucken Häuschen bestand, die verschiedenfarbige Anstriche hatten, roch es nach Herbst und Erntezeit. Die Bäume prangten in unzähligen Farbtönen, und auf den Kieswegen lag schon das erste Laub. Die Sträucher trugen keine Beeren mehr, nur hier und da fand man noch Zweige, an denen Äpfel oder Pflaumen hingen. Einige Gärten waren wild verwuchert, andere hingegen ein Wunder an gepflegten Rasenflächen, Obstbäumen und Blumenbeeten. Überall standen kleine malerische Villen mit weißen Holzleisten und Sprossenfenstern. Hier ging es gemächlich zu. Nils hielt vor einem weißgestrichenen Tor und zeigte auf das Haus.

»Die Häuschen hier in Majorna sind nicht schlecht. Ihr habt keine Ahnung, wie begehrt sie sind. Es gibt Wasser und Abwasser, viele wohnen hier den ganzen Sommer lang. Herzlich willkommen!«, sagte er und öffnete das Tor. Ein frisch geharkter Kiesweg führte zu einem kleinen roten Schwedenhäuschen, an dem eine Fahnenstange stand. Das Haus hatte ein Satteldach, weiße Leisten und einen Wintergarten mit Gartenmöbeln. Draußen stand eine Hollywoodschaukel, daneben ein größerer Lagerschuppen. Im Garten wuchsen Apfelbäume, einige Pflaumenbäume und Beerensträucher. Vor dem Zaun befanden sich gepflegte Blumenbeete.

»Das ist alles, was vom Sommerhäuschen übrig ist?«, fragte Kratze enttäuscht.

»Aber Papa, ich habe doch erzählt, dass ich das alte Haus verkauft habe und dass das neue sehr, sehr klein ist.«

»Klein ist gut, aber Pygmäen sind wir nun nicht«, stöhnte Kratze und fuhr sich mit den Fingern durch seine Schifferkrause.

Doch das sagte er nur sehr leise, denn er wollte schließlich nicht zugeben, dass er nicht richtig zugehört hatte.

»Ich verstehe nicht so ganz, wie du dir das vorgestellt hast, Kratze. Darin sollen wir doch wohl nicht alle wohnen?«, fragte Märtha.

»Mach dir keine Gedanken. Das ist so ein Häuschen, das von außen klein aussieht, aber innen viel Platz hat«, versuchte er zu erklären.

»Ach so, und an Engel glaubst du auch?«, antwortete Märtha.

Nils schloss auf, öffnete die Tür und ließ sie hinein. Gleich rechts befand sich eine winzige Küche mit einem Kühlschrank, einem kleinen Herd, einer Arbeitsplatte und Spüle. Im Wohnzimmer war Platz für einen Esstisch, ein paar Stühle, ein Bettsofa und einen Sessel. Dahinter konnte man ein Loft sehen. Auf dem Boden lagen gewebte Flickenteppiche und an der Längswand über dem Sofa tickte eine altmodische Wanduhr.

»Ja, hier ist es so geräumig, dass man ein Echo hört«, sagte Snille und wich der Ecke des Esstisches aus. Er hatte nicht richtig verstanden, warum sie überhaupt nach Göteborg fahren mussten. Er hatte seinen Heimatort Sundbyberg nur selten verlassen, und wenn sie nur eine Weile untertauchen wollten, hätten sie das auch dort tun können. Aber vor allem dachte er an die Hochzeit. Märtha schien alles mögliche andere im Kopf zu haben. Mein Gott, wie lange sollte er denn noch warten?

»Nein, viel Platz zum Schlafen gibt es hier nicht«, meinte Stina und sah sich um.

»Aber ich kann eine Hängematte nehmen«, bot Kratze an. »Die hatten wir an Bord oft. Man kann sie tagsüber zusammenrollen und hat dann viel mehr Platz.«

»Ja, warum nicht. Und im Vorratsraum gibt es noch zwei Betten und oben auf dem Loft eins. Wenn ihr das auf dem Loft auch benutzt, sind hier drinnen drei Schlafplätze«, sagte Nils.

»Auf dem Loft?« Märtha stierte zum Dach hinauf. »Dann hattest du wohl vor, mich mit dem Katapult hinaufzuschießen?«

»Mach dir keine Sorgen, kleine Märtha. Ich nehme die Koje da oben«, sagte Snille. »Du musst nicht die steile Treppe hoch.«

Aber dann sah er sich das noch einmal genauer an. Für ihn würde es genauso beschwerlich werden, und dann war da noch die Sache mit seiner Prostata. Nächtliche Ausflüge von dort oben waren kaum denkbar. Blieb wohl nur noch der Vorratsraum.

Die Hausbesichtigung dauerte aus erklärlichen Gründen nicht allzu lange, und nachdem sie sich umgesehen hatten, machten es sich die alten Leute auf dem Sofa bequem. Nils setzte Kaffee auf, und bald duftete es im ganzen Zimmer herrlich nach frisch gebrühtem Kaffee.

»Das erinnert mich an die Pfadfinder. Eine Menschenmenge in einem Zelt«, sagte Snille und zog die Beine ein, als Nils sich nach der Kaffeekanne streckte.

»Hauptsache, die Wände werden nicht nur von Zeltstangen gehalten und vom Winde verweht«, fügte Märtha hinzu. In ihrem Inneren stürmte es. Worauf um alles in der Welt hatten sie sich eingelassen? Eigentlich wollten sie der Krankenpflege Geld spenden und ein Restaurant eröffnen, doch jetzt saßen sie in einem Gartenhäuschen in Göteborg. Irgendwie war es anders gekommen als gedacht. Aber vielleicht konnten sie hier einiges über Gartenpflege lernen, in ihrem Vintagedorf sollten ja auch Gewächshäuser stehen, und da war es nicht verkehrt, sich mit Pflanzen und Anbau auszukennen. Das war das einzig Positive, das ihr im Moment einfiel, und daran würde sie sich klammern. Einen anderen Grund zur Freude gab es nicht gerade, wenn man sich mit fünf Personen auf ein paar Quadratmetern zusammenquetschen musste.

Als der Kaffee fertig war, verteilte Nils Plastikbecher an alle, aber die Stimmung war mäßig, denn es gab schon einen gewissen Unterschied zwischen einer Djursholmsvilla und einem Sommerhaus – und zwischen einem normalen Sommerhaus und einem Gartenhäuschen erst recht. Aber nach dem Kaffee blühte Anna-Greta auf.

»Eine Sache geht mir nicht aus dem Sinn«, sagte sie und stellte den Plastikbecher ab. »Wir sind ja hier, weil wir untertauchen mussten. Aber fallen wir nicht gerade dadurch auf, dass wir hier zu fünft hausen? Vielleicht bringt das die Polizei erst recht auf unsere Spur. Was meint ihr?«

Nun entstand so eine Stille, wie sie aufkommt, wenn Menschen anfangen nachzudenken. An dem, was Anna-Greta zu bedenken gegeben hatte, war etwas dran, und Märtha spürte die Spannung, die in der Luft lag.

»Meine Lieben. Hier gibt es keine Polizei«, versuchte sie abzulenken. Dann öffnete sie ihre geblümte Handtasche und holte eine Tüte Dschungelschrei heraus, die von der Zugreise noch übrig war.

»Lasst uns hier die Nacht verbringen, und dann sprechen wir morgen darüber, wie es weitergehen soll.«

Diesen Vorschlag fanden alle gut, und nachdem sie sich mit Dschungelschrei und dem restlichen Kaffee versorgt hatten, stieg die Stimmung wieder. Nils holte Bettlaken und Schlafsäcke hervor, und als er gegen Mitternacht Kratze und seine Freunde verließ, erklangen frohe Stimmen und eine mehrstimmige Version von *Winter ade! Abschied tut weh …* und *Die Blümelein, sie schlafen …* ertönte aus dem Häuschen. Als Begleitung hörte man manches Geklapper, da Snille und Märtha mit Löffeln spielten und auf leeren Keksdosen trommelten. Doch lange hielten sie nicht durch, so wurde daraus bald ein leises Summen auf *Die Blümelein, sie schlafen*, bis es ganz ruhig wurde. Märtha musste schmunzeln. Es würde sich alles finden.

16

Mitten in der Nacht erwachte Anna-Greta von einem lauten Knacken, bei dem der Boden unter der Terrasse erzitterte und mysteriöse Geräusche erklangen. Obwohl die Stirnlampe neben ihr auf dem Kopfkissen lag, wagte sie es nicht, Licht zu machen. Wenn das Einbrecher waren, oder die Polizei … Die Hände fest ums Kopfkissen geklammert, lauschte sie dem Lärm und versuchte, ihn zu identifizieren. Nein, das waren kaum die Ordnungshüter, eher hörte es sich an, als grabe jemand einen Tunnel unter dem Haus. Sie musste an all die Abenteuerfilme denken, die sie gesehen hatte, und wusste, dass man einen Tunnel irgendwo weit weg graben und ganz woanders als geplant herauskommen konnte. Aber warum nur sollte jemand einen Tunnel unter einem Gartenhäuschen graben? Die Geräusche nahmen zu, gefolgt von lautem Atmen und einem kratzenden Geräusch. Anna-Greta schlotterte vor Angst und bereute es sehr, dass sie den Schlafplatz im Wintergarten freiwillig belegt hatte. Wenn es nun doch Einbrecher waren! Stocksteif und schwindelnd stand sie vom Sofa auf, ging ans Fenster und sah hinaus in die Dunkelheit. Sie konnte nichts erkennen. Vorsichtig reckte sie sich nach der Stirnlampe und tastete nach dem Knopf. Nein, erst sollte sie etwas zum Zuschlagen suchen. Das Grillbesteck! Sie nahm den Fleischspieß in die Hand und machte Licht. Da erkannte sie etwas Großes, Schwarzes, das über den Rasen flitzte und hinter einem Zaun verschwand. Ein Dachs!

Meine Güte! Erleichterung mischte sich mit Wut. Vielleicht

gab es hier auch noch Ratten? Sie wäre vielleicht ruhiger gewesen, hätte sie einen Mann an ihrer Seite, der sie beschützte. Da musste sie an Gunnar denken, den Hacker, mit dem sie fast ein Jahr vor dem Bildschirm verbracht hatte. Anfangs war sie begeistert gewesen, doch dann … Nie hatte er Lust gehabt, ins Kino oder Theater mitzukommen, oder in die Oper oder zu Kunstausstellungen. Und mit einem Buch in der Hand hatte sie ihn auch nie gesehen. Er war einfach nur langweilig gewesen. Am Anfang hatte Gunnar ihr viel beigebracht, und sie hatten eine schöne Zeit gehabt, doch seine Oberlehrer-Manier hatte ihr missfallen. Er hatte alles darangesetzt, sie klein zu halten. Ja, er hatte sie geradezu ausgebremst. Die Umarmungen waren mit der Zeit weniger geworden und die Ausreden immer mehr. Am Ende hatte sie es nicht einmal mehr gemocht, wenn er sie in den Arm nahm. Wie hatte es nur so weit kommen können? Wenn er wenigstens mal etwas Neues angefangen hätte, doch er hatte sich nur im Kreis gedreht. Zwischen ihnen war das Schweigen immer größer geworden. Nach einer Weile hatte er immer häufiger vorgegeben, zu seinem Neffen nach Hause zu müssen, und er war auch länger fortgeblieben. Als er eines Tages gar nicht mehr zurückkam, war sie fast erleichtert – doch schöner war ihr Leben davon auch nicht geworden. Sie hatte schließlich die Freude entdeckt, mit jemandem sein Leben zu teilen, und jetzt fehlte ihr die Gesellschaft sehr. Snille und Märtha, Stina und Kratze waren Paare, doch sie war allein. Wenn man etwas erlebte, es aber mit niemandem teilen konnte … nein, sie musste wirklich etwas unternehmen. Sonst würde sie als alte Jungfer enden, und das wollte sie wirklich nicht.

Sie zog die Pantoffeln aus und legte sich wieder hin. Ein paar Stunden Schlaf konnte sie noch vertragen, bevor der Morgen anbrach, denn sie hatte einiges zu tun. Sie hatte festgestellt, dass das Internet funktionierte, also konnte sie kontrollieren, ob die Anwaltskanzlei ihre Arbeit machte und der Geldtransfer in die

Karibik getätigt wurde. Es wäre schön gewesen, sich darüber mit jemandem unterhalten zu können. Die Verantwortung für das viele Geld lastete schwer auf ihr, auch wenn die anderen sie aufmunterten und unterstützten. Und sie konnte nie richtig entspannen, denn das Internet gab es überall – auch wenn man gerade in einem Gartenhäuschen untertauchte. Anna-Greta streckte sich im Bett aus und gähnte. Der Assistent vom Anwalt Hovberg war im Rentenalter. Ob er verheiratet war? Außerdem gab es ja Internetdating. Ob sie das mal versuchen sollte? Nachdenklich zog sie sich die Decke bis unters Kinn, leckte sich übungshalber sinnlich über die Lippen – ein Trick, den sie erst kürzlich gelernt hatte – und fiel in tiefen Schlaf. Bald schnarchte sie laut, während sie im Traum einen jungen, attraktiven Rentner kennenlernte, der sie so mochte, wie sie war: groß wie eine Bohnenstange, nicht gerade hübsch gekleidet, etwas in die Jahre gekommen und viel zu intelligent. Doch diesem adretten Herrn machte das nichts aus, und obwohl sie wie ein Pferd lachte, küsste er sie lange und leidenschaftlich. In dieser Nacht lächelte sie im Schlaf bis in die frühen Morgenstunden.

Als die Seniorengang am nächsten Tag etwas steif und gerädert erwachte, schien die Sonne. Es war einer dieser unglaublich schönen Herbsttage, von denen es im Jahr nur wenige gibt. Märtha und ihre Freunde ließen sich mit ihren Kaffeetassen auf der Terrasse nieder und betrachteten die kleinen, gepflegten Häuschen um sich herum. Hier war es sehr heimelig, nur den Weg in das Gemeinschaftshaus mit den Duschen und Waschbecken fanden sie etwas umständlich. Doch als Rentner konnten sie sich ja Zeit lassen, und sie mussten sich auch nicht mit neuen Verbrechen beschäftigen. Zumindest nicht im Moment. Märtha trank ihren Kaffee aus und summte ein bisschen vor sich hin.

»Wisst ihr, was, ich finde, wir könnten hier ein oder zwei Wochen bleiben«, schlug sie vor. »Wir brauchen ein bisschen Erholung und können Bücher lesen und im Garten arbeiten, so wie es von Rentnern erwartet wird. Das wird doch bestimmt richtig gut? Ich glaube, es könnte uns hier gefallen.«

»Warum nicht? Ich habe oben auf dem Loft wirklich gut geschlafen«, sagte Stina.

»Und das Bettsofa war auch bequem. Außerdem kann ich von hier aus unsere Bankgeschäfte erledigen«, erklärte Anna-Greta und wedelte mit dem Stick fürs mobile Internet.

»Und ich kann mich um den Garten kümmern«, sagte Kratze. »Da gibt es einiges zu tun, der Salat, die Radieschen und so weiter.«

»Dann kann ich ja vegetarisch kochen«, sagte Stina, die sich ein Buch mit dem Titel *Gesund alt werden* angeschafft hatte. »Wenn wir viel Gemüse essen, sind wir gesünder und leben länger«, fuhr sie fort und warf Kratze einen auffordernden Blick zu. Sie versuchte immer, gemeinsame Projekte zu finden, damit er keine Flirts mit anderen Frauen begann, und hier in der Schrebergartenkolonie konnten sie zusammen die Gartenarbeit machen. »Zum Mittagessen kann ich rote Bete kochen, Ziegenkäse mit Honig und Walnüssen. Lecker!«

»Und ich?«, brummte Snille kläglich und fühlte sich übergangen. Wenn sie hier zwei Wochen verbrachten, würde die Hochzeit wieder aufgeschoben werden. Und was sollte er in der Zeit in diesem mickrigen Häuschen tun? Klöppeln? Das war nicht sein Ding. Außerdem konnte er nicht mit Märtha in einem Raum schlafen. Er und Kratze hatten ihre Schlafplätze ja im Schuppen, damit die Damen im Häuschen unter sich sein konnten. Aber Kratze schnarchte wie ein Mähdrescher und redete im Schlaf. Nein, Snille war nicht begeistert.

»Zwei Wochen ... da laufen wir Gefahr, dass wir uns auf die Nerven gehen«, gab er zu bedenken.

»Ach was, daran gewöhnen wir uns schnell. Und hier ist es auf jeden Fall besser als im Gefängnis«, erklärte Märtha. »Wir machen es uns gemütlich. Lies ein gutes Buch, Snille. Wir können auch Monopoly spielen …«

»Wenn es Computerspiele gibt«, brummte er, stand auf und ging hinaus in den Schuppen.

Kratze sah ihm hinterher. Snille ging es nicht gut, es war gar nicht seine Art, so miesepetrig zu sein. Höchste Zeit, etwas zu unternehmen. Er musste Snille dazu bringen, wieder etwas zu erfinden, irgendwas, Hauptsache, er war wieder gutgelaunt. Kratze kraulte seine Schifferkrause eine Weile, dann kam ihm eine Idee. Snille würde keine leichte Aufgabe bekommen. Aber an dieser Erfindung würde jeder seinen Spaß haben.

17

Mehrere Tage lang war Snille kaum zu sehen. Er tauchte zum Mittagessen auf, aber dann verschwand er so schnell wie möglich wieder in seinen Gefilden. Irgendwann begann Märtha sich Sorgen zu machen, sie zog die Strickjacke über und machte sich auf den Weg zum Vorratsschuppen.

Dort klopfte sie an die Tür, doch niemand öffnete. Sie schnüffelte. Ein sonderbarer Geruch trat durch den Türspalt, ein Geruch, der ihr fremd war. Noch immer kam niemand und öffnete. Ungeduldig ruckelte sie an der Türklinke. Da lugte Snille durch den Türspalt und sah aus wie ein Junge, der ertappt worden war.

»Ach, du kommst zu Besuch? Ich hab nicht gedacht, dass … na ja, es ist hier alles etwas durcheinander«, sagte er verlegen. »Ich bin ziemlich beschäftigt, vielleicht können wir einfach später …« Er machte Anstalten, die Tür wieder zu schließen, doch Märtha hatte schon ihren Fuß auf der Schwelle.

»Was um alles in der Welt machst du hier?«, rief sie, als sie den ersten Schritt in den kleinen Schuppen gemacht hatte. Auf dem Boden stapelten sich Kleider und Schuhe, dazwischen ein Computerspiel und Kratzes Halstücher. Unter dem Bett lag ein Berg aus leeren Saftflaschen sowie ein Eimer, Schläuche und eine Werkzeugkiste. Aber vor allem roch es bestialisch. Es war wirklich keine gute Idee, zwei ältere Gentlemen in einem so kleinen Zimmerchen schlafen zu lassen, dachte sie. Und es sah auch alles so sonderbar aus! Anstelle des Bettes, in dem Kratze vorher geschlafen hatte, stand da jetzt eine provisorische Küchenzeile mit Spüle und einem Gartenschlauch, an dem ein Wasserhahn angebracht war. Auf der Arbeitsplatte standen eine kleine Herdplatte, ein Topf mit zugeklebtem Deckel und ein Plastikeimer. Zwischen den Töpfen und dem Eimer verlief ein durchsichtiges Rohr und ganz unten am Eimer befand sich so ein Zapfschlauch mit einem Verschluss, wie man ihn braucht, wenn man Saft herstellt.

»Aber mein Lieber, was tust du da?«

Snille machte ein paar Schritte zurück und sah beschämt aus. Er hatte noch nie selbst gebrannt. Beim ersten Anlauf hatte die Aktivkohle nicht funktioniert, deshalb hatte er versucht, die Flüssigkeit durch zwei von Stinas Vollwertbrotlaiben laufen zu lassen, doch das war auch nichts geworden. Die Maische stank, und obwohl er die alkoholdurchtränkten Brote in dicke Plastiksäcke eingepackt und diese gut zugebunden hatte, hing der Gestank noch in der Luft. Er hatte gehört, dass erfahrene Saufbolde Brote benutzten, um den Alkohol zu reinigen, und gedacht, das würde den Gestank entfernen. Aber Märtha hielt ihre Nase in die Luft und sah sehr misstrauisch aus.

»Aber Snille, du hast doch wohl nicht angefangen, Schnaps zu brennen?«

»Na ja, ihr habt doch alle irgendeine nette Beschäftigung, und da kam ich auf die Idee, Apfellikör herzustellen. Hier in den Koloniegärtchen gibt es doch so viel Obst. Da habe ich einfach einen kleinen Apparat gebaut.« Er beugte sich nach unten und zog einen Glasbehälter, der unter dem Bett versteckt war, hervor. Es war ein alter Mixer, den Stina für Smoothies benutzt hatte. Snille hatte ihn umfunktioniert. Im unteren Teil des Glasgefäßes befand sich ein Ventil, und davon verzweigten sich ein paar Rohre wie Arme eines Tintenfisches. Die Rohre liefen in einen nach unten gebogenen Hahn. »Sieh mal!«, fuhr Snille fort und holte ein paar Schnapsgläser heraus und stellte sie unter die Rohre. Dann goß er Wasser ins Gefäß und öffnete das Ventil, woraufhin die

Flüssigkeit in die Rohre strömte und sich gleichmäßig in allen Gläsern verteilte. »Siehst du. So kann man Zeit sparen.«

Märtha nahm ein Glas in die Hand und roch daran. Ein Schnapsglas mit Wasser. Das war also die Erfindung, mit der er sich beschäftigt hatte, wenn er sich ums Abwaschen gedrückt und Kopfschmerzen vorgeschoben hatte. Sie konnte sich ein Lächeln nicht verkneifen. Snille sah so stolz aus, dass sie ihm einfach nicht böse sein konnte, im Gegenteil, ihr ging das Herz auf. Wie ärgerlich und niedergeschlagen er auch war, er vergrub sich nicht, sondern suchte sich immer eine Aufgabe. Einen Mann wie Snille musste man einfach lieben.

»Du hast doch wohl keine moralischen Einwände, kleine Märtha?«, fragte er. »Ich meine, das ist schließlich eine schöne alte Tradition in Schweden. Und es wäre doch jammerschade, wenn die Äpfel da liegen und verrotten müssten.« Er zeigte auf den Mixer. »Weißt du, ich wollte herausfinden, ob ich eine Apparatur erfinden kann, die in so einem Gartenhäuschen Platz hat. Hier besucht man sich ja oft, und mit diesem Gerät kann man sich zum Kaffee einen genehmigen.«

»Wo hast du denn den Alkohol?«, fragte Märtha.

»Ja, am Anfang hat es nicht richtig funktioniert, aber dann habe ich es noch mal probiert.« Er zeigte auf drei Plastikkanister. »Jetzt werde ich den Alkhol mit Wasser bis auf vierzig Prozent verdünnen. Danach können wir einen richtig guten Likör machen. Du musst mir nur sagen, welche Sorte du willst.«

»Das klingt ja wunderbar! Vielleicht Rote-Beete-Likör oder Mango mit Banane? Was meint denn eigentlich Kratze dazu?«, fragte Märtha und bemerkte erst jetzt, dass sowohl sein Kumpel als auch dessen Bett verschwunden waren. »Wo schläft Kratze überhaupt?«

»Da oben«, erklärte Snille und zeigte auf die zusammengerollte Hängematte unter der Decke. »Er tut so, als sei er auf See, seitdem hört man sein Schnarchen nicht mehr ganz so laut.«

»Verstehe. Hauptsache, es geht euch gut«, antwortete Märtha.

Snille fühlte sich davon ermutigt, beugte sich vor und nahm sie in den Arm.

»Komm, setz dich, dann können wir ein bisschen reden.« Er machte Platz auf seinem Bett. »Wie geht es dir eigentlich?«

»Ganz gut, aber du fehlst mir, wenn du hier draußen wohnst.«

»Ist das wahr?« Ein Hoffnungsschimmer funkelte in Snilles Augen. »Weißt du, ich vermisse dich auch. Sehr sogar. Und ich habe über eine Sache nachgedacht. Was hältst du von einer Hochzeit in Göteborg? Vielleicht könnten wir die Eheschließung sogar hier in der Slottsskogskolonie vornehmen lassen.«

»Vielleicht, ja«, sagte Märtha. »Aber natürlich erst, wenn wir das Geld vom Banküberfall verteilt haben …«

»Ja, und dann war da noch das Fallrohr«, ergänzte Snille.

»Stimmt, das hab ich ganz vergessen.«

»Banküberfall-Beute und Fallrohr. Du hörst, wie das klingt …«

»Wie?«, fragte Märtha irritiert, ärgerte sich über ihre Plumpheit und wollte sich gerade vorbeugen, um ihm einen Kuss zu geben. Doch da war Snille schon beleidigt aufgestanden und auf dem Weg zur Tür.

Kratze und Snille hatten keine Ahnung, was sie mit der ersten mißglückten Fuhre Branntwein anstellen sollten. Der Gestank von der Maische wurde immer schlimmer, deshalb beschlossen sie schließlich, die Brote in Öko-Papiertüten zu verpacken und in der Erde zu vergraben. Nach ihren Berechnungen müssten die Papiertüten nasses Vollkornbrot aushalten und im Boden vollständig abgebaut werden können. Dann würde ihnen auch niemand auf die Schliche kommen, selbst Nils würde von ihrem verbotenen Schnapsbrennen nichts merken.

Gesagt, getan. Die älteren Herren begaben sich in den Garten, gruben ein Loch für die Laibe und gossen den Rest der Maische dazu. Danach schaufelten sie Erde und Laub darüber und brachten die Spaten in den Geräteschuppen zurück. Als sie wieder in den Vorratsschuppen kamen, achteten sie darauf, die Tür sorgfältig zu verschließen, bevor sie die Luke im Boden öffneten, wo sich ihr neuer Lagerplatz befand. Ungefähr zwanzig kleine und große Kunststoffwasserflaschen standen da unten hübsch aufgereiht und enthielten etwa vierzigprozentigen Alkohol. Snille nahm eine Flasche heraus, schraubte den Verschluss ab und goß die Flüssigkeit in den Mixer. Als Nächstes verkorkte er die Rohre bis auf zwei, dann öffnete er das Ventil und ließ den Alkohol in die Gläser tröpfeln.

»Es stimmt schon. Alles direkt einzufüllen wäre schneller gegangen, aber wenn man zu mehreren ist, spart man so auch Zeit«, sagte Snille und reichte seinem Kumpel das Schnapsglas.

»Weißt du, was? Nächstes Mal lassen wir den Schnaps einfach aus allen Rohren fließen. Dann können wir ein Glas nach dem anderen leeren, ohne nachschenken zu müssen. Bedeutet nur ein bisschen mehr Abwasch«, sagte Kratze grinsend und nippte an dem durchsichtigen Getränk. »Und dann müssen wir noch irgendeinen Geschmack zusetzen. Im Moment schmeckt es eigentlich nach gar nichts.«

»Das machen wir morgen. Alkohol ist Alkohol. Zum Wohl!«, sagte Snille, legte den Kopf in den Nacken und leerte sein Glas.

Mit einem zufriedenen »Aaah« sanken die Männer auf Snilles Bett, das von der Nacht noch verwühlt war, klappten den Tisch auf und stellen die Gläser ab. Kratze öffnete eine Tüte Chips – die er vor Stina versteckt hatte – und reichte sie Snille.

»Alkohol und Chips, wie herrlich!«, sagte er und nahm sich eine Handvoll. Die Männer stießen noch einmal an, und dann tranken sie den ganzen Abend ihren Selbstgebrannten und aßen Chips und erzählten sich Geschichten von Schiffen, Motorrädern und Mädchen. In den frühen Morgenstunden wurden sie sentimental, und mit Tränen in den Augen besiegelten sie ihre

Freundschaft. Sie mussten zusammenhalten, da waren sie sich einig, denn die Frauen hätten aus unerklärlichen Gründen viel zu oft den Ton angegeben, seit sie dem Seniorenheim den Rücken gekehrt hatten.

»Nichts geht über ein Gespräch unter Männern«, sagte Kratze und legte seinen Arm um Snille.

»Wohl wahr«, stimmte sein Kumpel zu. »Aber Frauen sind auch nicht schlecht«, erwiderte er, weil er plötzlich an seine Märtha denken musste.

»In angemessener Dosis«, antwortete Kratze.

»Ja, natürlich. In angemessener Dosis«, lallte Snille und dachte wieder an Märtha.

Am nächsten Tag wurde Märtha zeitig wach, und als sie duschen gehen wollte, entdeckte sie ein großes, weißes Zelt auf dem Kiesplatz zwischen dem Gebäude mit dem Festsaal und der Tanzfläche. Natürlich, das Erntedankfest der Kolonie sollte am ersten Sonntag im September stattfinden. Da konnten sie schlecht im Häuschen zusammengequetscht hocken, das würde auffallen. Nein, da sollten sie aus dem Haus gehen und mit den anderen in der Kolonie ein bisschen plaudern. Doch auch das war natürlich nicht ohne Risiko. Am besten wäre es, wenn sie etwas verkaufen würden, dachte sie, so dass sie auf ganz natürliche Art und Weise unter die Leute kämen. Ein paar Äpfel, Tomaten und etwas Rote Beete konnten sie sicher von Nils mopsen, doch das war etwas mager. Irgendetwas brauchten sie zusätzlich.

Als Märtha fertig war, weckte sie die anderen, und während ihre Freunde auf dem Weg zu den Duschen waren, nahm sie sich schnell das Häuschen vor. Viel fand sie nicht, aber diesen Kopfkissenbezug, auf den Anna-Greta Blumen gestickt hatte, die Schallplattendubletten, vier Laibe Vollkornbrot von Stina und das Preiselbeerkonzentrat, das sie selbst vom Nachbarn gekauft und mit Ingwer und ein paar orientalischen Gewürzen aufgepeppt hatte, deren Namen sie nicht kannte. Den Saft wollten sie eigentlich selber trinken, aber Märtha hatte ein paar Wasserflaschen unter der Bodenluke im Schuppen entdeckt. Warum machten sie daraus nicht Limonade und verkauften die? Die Sonne schien, die Besucher würden Durst bekommen, und Getränke liefen immer gut. Zwar war Märtha etwas erkältet und sollte nicht unbedingt Lebensmittel anfassen, doch schließlich gab es Plastikhandschuhe, also würde sie niemanden anstecken. Am besten erledigte sie das jetzt gleich, bevor die anderen zurückkamen. Sie holte ihren Preiselbeersaft nach dem Hausrezept, Wasserflaschen und ein paar leere Flaschen, die sie unter Snilles Bett gefunden hatte. Dann stellte sie sich in die Küche und mischte ihr Getränk zusammen. Ein paar Tüten mit Zitronenwaffeln waren vielleicht auch nicht schlecht, dachte sie und legte auch die dazu. Dann verstaute sie alles in vier Tüten und stellte sie auf die Terrasse. Sobald die anderen wieder zurück waren, würde sie Snille bitten, die Sachen zum Flohmarkt zu fahren.

»Erntefest?«, brummte Snille eine Stunde später, als er vom Flohmarktzelt mit der Karre zurückkam. »Nein, da drehe ich lieber eine Runde zum Hafen.«

»Habe ich Hafen gehört?« Kratze sah sehnsuchtsvoll zum Eingangstor der Gartenkolonie hinaus. Zwar war er noch immer etwas wackelig nach dem Sturz (und den Eskapaden vom Vortag), aber eine Runde in den Hafen würde schon gehen.

»Wir müssen nur in die Straßenbahn einsteigen. Komm doch mit! Wir können uns den Ostindienfahrer anschauen.«

Am Vorabend hatte Kratze viel von dem Ostindienfahrer Götheborg erzählt und wie das Leben der Seeleute früher gewesen war. Snille fand es spannend, sich die Kopie des Schiffs aus dem 17. Jahrhundert anzuschauen. Zu der Zeit hatte es sehr gute Handwerker gegeben, vielleicht würde er noch etwas lernen können. Außerdem hatte er nichts dagegen, für eine Weile zu verschwinden. Große Menschenansammlungen waren nicht seine Sache. Er ging zu Märtha hinein.

»Alles klar, meine Liebe. Dein Tisch ist neben der Dame, die Waffeln verkauft. Da habe ich die Tüten abgestellt. Aber den Verkauf musst du selber regeln. Kratze und ich wollen zum Hafen.«

Er hatte sie nicht gefragt, nicht um ihre Meinung gebeten, was sie davon hielt, sondern einfach nur mitgeteilt, was er selbst entschieden hatte zu tun. Und Märtha musste das schlucken. Plötzlich war er richtig stolz, als hätte er etwas Gutes getan und als wäre er dabei, die Kontrolle über sein Leben zurückzuerobern. Es war keine schlechte Idee, ein bisschen cooler zu werden.

»Wollen du und ich nicht …«, setzte sie an, aber verstummte. Die Enttäuschung stand ihr ins Gesicht geschrieben, doch dann fasste sie sich. »Ja, na sicher, mein Lieber. Ihr wollt also zum Hafen? Dann wünsche ich euch viel Spaß, und versprich mir, nicht die Takelage hochzuklettern.«

Dann bestellte sie ein Taxi. Sie wollte verhindern, dass die Männer zu lange zu Fuß unterwegs waren und müde wurden. Schließlich konnten sie stürzen und sich den Oberschenkelhals brechen. In letzter Zeit hatten sie ihre Gymnastik sträflich vernachlässigt.

Als sie Snille und Kratze gewinkt hatte und sich über den Morotspfad auf den Weg zum Koloniehäuschen machte, ging ihr durch den Kopf, was Snille gesagt hatte. Er schien sich immer weniger um sie zu kümmern. Sie hatte gedacht, er würde es mögen, wenn sie eine Weile zusammen wären, auf dem Flohmarkt nach interessanten Dingen schauten und durch die Kolonie schlenderten. Aber nichts da, er schien es schöner zu finden, sich mit Kratze aus dem Staub zu machen. Vielleicht sollte ihr das zu denken geben. Seine Anwesenheit war nicht selbstverständlich. So leicht wurde man blind für das, was man besaß, und vergaß, sich um seine Liebsten zu kümmern. Und Snille war einzigartig, einen wie ihn gab es nur einmal auf der Welt.

18

Um elf Uhr begann das große Erntedankfest und schwuppdiwupp war die ganze Gartenanlage voller Menschen. Alte wie Junge drängten sich überall auf den Wegen und machten an den verschiedenen Ständen Jagd auf heimische Produkte. Sie füllten ihre Einkaufstüten mit verschiedenen Apfelsorten, Pflaumen und Birnen, die neben Blaubeeren und Preiselbeeren zum Verkauf angeboten wurden. Es gab sogar Tomaten, Gurken und Zwiebeln. Alles, was man sich denken konnte, wurde unter die Leute gebracht. Blumen waren auch dabei, von denen es um diese Jahreszeit reichlich gab, aber Märtha, die keinen grünen Daumen hatte, wusste nicht, wie sie alle hießen. (Allerdings kannte sie sich gut mit Kunststoffblumen aus und wusste, welche stabil waren und welche nur Näpp und bei der kleinsten Berührung auseinanderfielen.) Nein, Gartenpflege, Pilze suchen und alles Grüne, das war nicht ihr Ding – auch wenn sie sich das mit Blick auf ihr Vintagedorf etwas genauer ansehen sollte. Na ja, vielleicht ein anderes Mal. Stattdessen drehte sie eine Runde über den Trödelmarkt. Auch hier gab es eine Riesenauswahl: Bücher, Hausrat, Porzellan, Puzzles und Comics. Und sie konnten in VHS-Kassetten, DVDs und CDs wühlen. Ja, da hätte sie gern ein paar Stunden zugebracht, wäre da nicht die Limonade gewesen, die sie verkaufen wollte. Am besten legte sie gleich damit los.

Sie begrüßte die Dame am Stand nebenan, genoss den herrlichen Duft von Waffeln und Erdbeermarmelade und stellte ihre Flaschen vor sich auf. Was für ein Glück, dass der Waffelstand direkt nebenan war, dann würde sie ihre Limonade auch loswerden. Kaum hatte sie ihre Flaschen aufgebaut, begannen die Leute auch schon, sich um den Tisch zu drängen. Eigentlich hatte sie vorgehabt, selbst erst mal ein Glas zu trinken, um die Limonade zu probieren, doch dazu kam sie nicht. Snille hatte nämlich schon am Morgen das Schild BIO-GETRÄNKE am Stand angebracht, und kaum war sie vor Ort, strömten die Kunden schon auf sie zu. Nichts ist so lecker wie Limonade, dachte sie sich, ein herrlich altmodisches Preiselbeergetränk mit Kohlensäure, Ingwer und einem *Hauch Exotik* – so hätten sie es wohl im Fernsehen ausgedrückt.

Die erste Kundin war Amanda Skogh, die Meckerziege der Kolonie. Sie war bekannt dafür, dass sie übers Gelände lief und anderen hinterherschnüffelte. Nils hatte gesagt, dass sie viel Ärger mache, und deswegen sollten sie nett zu ihr sein. Märtha hatte sich Mühe gegeben, und nun kaufte Frau Skogh eine ganze Flasche. Nach ihr kam eine Gruppe Chorsänger aus der Masthuggskirche zusammen mit ihrem Pfarrer. Märtha, die Chorgesang liebte, ließ sich schnell auf das Trüppchen ein, und nachdem sie ihnen eine Schallplatte und zwei von Anna-Gretas bestickten Kopfkissen angedreht hatte, schlug sie vor, dass sie gemeinsam etwas singen könnten, zum Beispiel einen Walzer. Da kam richtig Stimmung auf, und es endete damit, dass jeder von ihnen eine Flasche kaufte. Ein paar probierten und fragten nach, wie es sein konnte, dass das Getränk so ein starkes Aroma habe, aber da erklärte Märtha lang und breit, es sei nach dem Rezept ihrer Großmutter hergestellt und enthalte viele spezielle Gewürze, und es sei eben keine so gewöhnliche Brühe, wie man sie in den Supermärkten bekäme.

»Wissen Sie, da sind nur echte Biozutaten drin«, fügte sie hinzu.

Kurz darauf blieben vier Novizinnen vom Kloster aus Vadstena an Märthas Tisch stehen. Sie besuchten die Kolonie, weil sie nach mittelalterlichen Kräutern Ausschau hielten, die angeblich von Mönchen im 14. Jahrhundert eingeführt worden waren. Märtha bedauerte, dass sie damit nicht dienen könne, aber stattdessen verkaufte sie drei Kopfkissenbezüge, zwei Schallplatten mit christlicher Musik und überredete sie auch, noch etwas Limonade einzukaufen. Da wurde sie noch einmal ein paar Flaschen los, und als der Masthuggschor zurückkam und Nachschub haben wollte, schrumpfte ihr Vorrat zusehends. Das Geschäft boomte, und zwei Stunden später hatte Märtha fast nichts mehr übrig. Da entdeckte sie Amanda Skogh, die, mit einer Waffel in der Hand, auf dem Salladspfad hin und her torkelte. Sie sang fröhlich und grüßte jeden und fragte, ob jemand ihre Waffel probieren wolle. Sie wedelte mit den Armen, tanzte vor und zurück und sang so laut, dass sich alle erstaunt nach ihr umdrehten. Kaum war sie außer Sichtweite, kam der Chor der Masthuggskirche angetaumelt. Der Pfarrer lallte und grabschte den Sopranistinnen an den Busen, während die Tenöre und die schicken Bässe in einen Wettstreit ausbrachen, wer am lautesten singen konnte. Direkt hinter ihnen näherten sich die vier Novizinnen mit schiefem Schleier. Selbstverständlich waren sie züchtig gekleidet, aber sprangen den singenden Bässen hinterher, hoben kichernd die Röcke hoch und stolperten unaufhaltsam. Das bunte Treiben geriet ins Stocken, und die Besucher starrten sie an. Hatte das Kirchenvolk so wie die Elche im Wald zu viele gegorene Beeren gefuttert, oder waren sie einfach richtig betrunken?

»Und was machen Sie heute Abend?«, fragte die junge hübsche Novizin Yvonne den Pfarrer und blinzelte verführerisch mit den Augen, aber da griffen die Ordensschwestern glücklicherweise ein. Hätten sie sie nicht zurückgehalten, dann hätte Yvonne ihm sicherlich in den Hintern gekniffen. Märtha war schon ein wenig erschrocken, ob das bei diesen Erntedankfesten immer so zuging? Und gerade, als sie dachte, das Chaos könne nicht mehr schlimmer werden, erklang von irgendwoher ein sonderbares Kläffen. Ein Dachs kam auf den Salladsweg mit Brotkrümeln in den Mundwinkeln angelaufen, taumelte hin und her und fiel schließlich im Gebüsch um, die Tatzen in die Luft gestreckt. Märtha sah sich das Schauspiel an, schüttelte den Kopf und dachte, es sei höchste Zeit, nach Hause zu gehen. Nur eine Schallplatte und eine Flasche waren übrig, also hatte sie ihr Tageswerk getan.

»Die hab ich für uns aufgehoben«, sagte sie, als sie zurück war. Sie öffnete die Limonadenflasche und die Kunststoffschachtel mit Waffeln. »Jetzt lassen wir es uns gutgehen!«

Die Männer waren noch nicht nach Hause gekommen, also machten es sich die Damen auf der Terrasse gemütlich und aßen und tranken und unterhielten sich fröhlich, während die Hollywoodschaukel sich wiegte und es langsam Abend wurde. Bald erklang wieder *Winter ade, Abschied tut weh* und dann *Kommt ein Vogel geflogen*, als die frohen, hohen Frauenstimmen spontan begannen, mehrstimmig zu singen.

Als Snille und Kratze später am Abend nach Hause kamen, hörten sie schon von weitem laute Stimmen und Gelächter. Die Leute tanzten und sangen auf dem Platz und von den Gartengrundstücken erklangen frohe Stimmen. Kaum hatten sie das Tor geöffnet, fanden sie den Pfarrer hinter einem Busch, wie er den lauthals lachenden ersten Sopran knutschte. Auch die Tenöre und Bässe, die unterwegs waren, lallten, und als Kratze und Snille ins Café kamen, traf sie der nächste Schock. Da lag ein Grüppchen erledigter Novizinnen auf den Tischen, den Kopf zwischen den Armen, und schnarchte.

»Mein Gott«, sagte Kratze.

»Ja, genau«, meinte Snille. »Der ist jedenfalls nicht hier. Am besten gehen wir nach Hause.«

Leicht verwirrt spazierten sie auf dem Morotspfad weiter, während berauschte Hausbesitzer winkten und sie auf ein Gläschen einladen wollten. Doch die beiden Männer lehnten so freundlich wie möglich ab und wanderten heim. Vor ihrem Häuschen blieben sie am Tor stehen. Jemand hatte im Beet gegraben, genau da, wo sie die Brotlaibe versteckt hatten.

»Mein Gott«, rief Kratze noch einmal.

»Es stinkt nach Maische«, sagte Snille und lief zum Schuppen, um Spaten und Harke zu holen, damit sie die Spuren beseitigen konnten. Als sie damit gerade fertig waren, sahen sie Märtha, die eine leere Saftflasche in der Hand hielt, während die anderen sangen und sich gegenseitig stützten, so gut es ging.

»Ach, wie lecker, nichts kommt an diese selbstgemachte Preiselbeerlimonade heran«, lallte Märtha, woraufhin Stina in haltloses Gekicher ausbrach und Anna-Greta sich mit einer Explosion von Maschinengewehrgewieher anschloss.

»Warum …«, fing Märtha an und sah ihn mit glänzenden Augen an. »Warum hast du nicht gesagt, dass der selbstgebrannte Schnaps in den Flaschen war?«

»Was!? Was hast du getan?«

»Oh, nichts Besonderes. Ich habe nur Preiselbeersaft, Gewürze und Wasser gemischt«, kicherte sie. »Mein Gott, war das lecker! Ich hab alles verkauft.«

»Den ganzen Alkohol!«, stöhnten Snille und Kratze.

»Nee, Preiselbeerlimonade«, sagte Märtha. Und dann brachen die Damen in derartiges Gelächter aus, dass man mit ihnen überhaupt nicht mehr reden, sondern ihnen nur noch zurück ins Haus helfen konnte.

19

Am Tag danach schliefen in der Slottskogskolonie alle sehr lange, und niemand konnte sich erinnern, dass es jemals an einem gewöhnlichen Sonntag im September dort derart ruhig gewesen war. Außer Vogelgezwitscher und Schnarchgeräuschen, die durch geöffnete Fenster nach draußen drangen, war es bemerkenswert still. Der Chor schlief in der Gästewohnung des Gemeindehauses seinen Rausch aus, während der Pfarrer, der mit dem ersten Sopran erwischt worden war, wieder zu Hause war, denn seine wütende Ehefrau hatte ihn abgeholt. Voller Reue drehte er sich auf dem harten, unbequemen Wohnzimmersofa hin und her, ohne Schlaf zu finden, aber was sollte er tun, wenn er aus dem Schlafzimmer verbannt worden war? Die Novizinnen hingegen, die in ihrem ganzen Leben noch nie so viel Limonade konsumiert hatten, weil es das Leckerste war, was sie je getrunken hatten, fragten sich, warum sie eigentlich noch dort waren, denn die Zugfahrkarten für die Rückreise nach Vadstena hatten sie doch für den Vorabend schon gehabt. Zudem litten sie an schrecklichem Kopfweh, das ihnen völlig neu war, ein pochender Schmerz, der trotz Kniefall und Gebet nicht nachließ. Die Pflanzen aus dem 14. Jahrhundert hatten sie völlig vergessen, und die Mohrrüben, die Rote Beete und die Äpfel, die sie stattdessen gekauft hatten, waren genau das Gemüse, das sie mitgebracht und dem Gemüsestand geschenkt hatten. Alles war ganz anders gekommen als gedacht, aber sie waren sich darin einig, dass Gott der Mächtigste war und dass die Preiselbeerlimonade hervorragend geschmeckt hatte.

Die Seniorengang wiederum saß in ihrem Häuschen und hielt sich bedeckt, sie trauten sich nicht vor die Tür. Weil die Leute gesungen und getanzt, aber kaum Geld ausgegeben hatten, hatten die Gartenhausbesitzer noch nie so wenig verkauft wie in diesem Jahr. Alle waren ziemlich sauer, weil so viel Gemüse übrig geblieben war, die Kassen leer waren und der Kopfschmerz sie plagte. Auch in Nils' Häuschen lief die Diskussion auf Hochtouren.

»Aber kleine Märtha, hast du denn nicht gemerkt, dass in den Flaschen Alkohol war?!«, seufzte Snille und schüttelte den Kopf.

»Meine Güte, ich habe eine Erkältung und kam gar nicht zum Probieren. Ich habe mich doch schon entschuldigt!«

Märtha schämte sich, dass sie so nachlässig gewesen war, aber gleichzeitig fiel es ihr schwer, ihre Gesichtszüge unter Kontrolle zu halten. Denn schließlich war es ein urkomischer Abend gewesen, und viele würden sich an dieses Erntefest noch in zehn Jahren erinnern. Aber wie auch immer, wahrscheinlich würde es das Beste sein, wenn sie und ihre Freunde sich wieder verdrückten, denn es war nur eine Frage der Zeit, wann man anfing, über die alten Leute in Nils' Häuschen zu reden. Fünf Senioren, die sich in einem Gartenhaus auf 26 Quadratmeter zwängten, was um alles in der Welt taten die da? Und die Seniorengang wurde in Schweden und im Ausland gesucht. Märtha betrachtete ihre Freunde, wie sie um den Esstisch saßen. Es war hier nicht ideal, natürlich nicht, aber wo sollten sie hin? In den zwei Wochen, in denen sie sich hier versteckt hatten, hatten sie die Nachrichten jeden Tag verfolgt, ohne etwas Neues über den Banküberfall zu erfahren, und das hatte sie verunsichert. Die Polizei hielt möglicherweise Informationen zurück, oder lag es einfach daran, dass die Aufklärung dieses Überfalls nicht mehr oberste Priorität hatte? Vielleicht konnten sie sogar nach Djursholm zurückfahren? Hier in der Slottskogskolonie fühlten sie sich nicht mehr so sicher und geborgen wie zuvor.

»Wisst ihr, was«, fing Märtha an, doch sie wurde von Stinas lautem Lachen unterbrochen.

»Völlig verrückt! Ihr hättet sehen sollen, wie die Novizinnen gelallt haben und mit hochgezogenen Röcken unterwegs waren. So etwas habe ich noch nie gesehen«, sagte Stina und stellte sich hin, um es vorzuführen.

»Nein, wisst ihr, was«, sagte Märtha und klopfte mit dem Salzstreuer auf den Tisch. »Zurück zur Sache. Jetzt müssen wir etwas unternehmen. Wir können uns hier nicht noch wochenlang versteckt halten, und wir müssen das Geld vom Überfall verteilen. Wie läuft es denn mit dem Anwalt, Anna-Greta?«

»Mit Hovberg? Er hat gerade eine Mail geschrieben und mitgeteilt, dass es ihm jetzt gelungen ist, die Firma auf Cayman Islands zu gründen. Jetzt fehlt nur noch die Firma in Schweden, dann können wir das Geld verteilen.«

»Rechne das Geld, das ihr mit dem Saft verdient habt, aber dazu!«, sagte Kratze grinsend.

»Nein, im Ernst, warum sollten wir das Geld nicht an die Niedrigverdiener in der Pflege geben? Das Personal muss besser bezahlt werden. Die Krankenschwestern in der Notaufnahme haben einen furchtbaren Job.«

»Besonders die Dunkelhaarigen, die im Krankenhaus von Danderyd arbeiten?«, fragte Stina und sah Kratze scharf an.

»Alle, die unterbezahlt sind, sollen ein höheres Gehalt bekommen«, fiel Märtha ein. »Ich habe nicht vor, meine Verbrecherkarriere zu beenden, bevor wir eine gerechte Gesellschaft haben, in der jeder Mensch von seinem Gehalt oder seiner Rente leben kann.«

»Hoppla, willst du jetzt schon wieder die *ganze* Gesellschaft retten?«, fragte Snille. »Aber die, die sich sehr anstrengen und gute Arbeit leisten, die sollten schon besser bezahlt werden als die anderen. Ich meine, Gehalt nach Engagement und Leistung. Und die Ärzte tragen ja eine hohe Verantwortung und …«

»Aha, was willst du damit sagen?«, fragte Märtha und sah ihn scharf an.

»Also, ich …«, fing er an und schwieg dann wieder, als er Kratzes warnenden Blick bemerkte.

»Ich habe eine Idee«, sagte Snille. »Wir schmuggeln das Geld zu denen, die es nötig haben. Im Zollmuseum habe ich gesehen, wie man das macht. Wenn wir einen Haufen Bücher kaufen, den Innenteil aushöhlen und da das Geld reinlegen, können wir es an alle Krankenschwestern im Land schicken.«

»Genau, wir könnten das Geld in Bibeln verstecken. Das wäre doch nett?«, schlug Stina vor.

»Eine literarische Schmuggelmethode«, sagte Kratze grinsend und streichelte ihr über die Wange. »Aber weißt du, was, in Schweden gibt es mindestens 70 000 Krankenschwestern, das wird ganz schön anstrengend.«

Es war ein Problem, das Geld auf eine nette Art und Weise zu verteilen, das sahen alle ein. Aber wie in aller Welt sollten sie es dann anstellen?

20

Es duftete frisch nach Äpfeln und Laub, und die Nächte waren nun kälter geworden, das spürte man in der alten Gartenkolonie. Wie lange sollten sie hier noch aushalten und sich verstecken? Anna-Greta ließ ihren Blick über den Bildschirm schweifen und las die letzte Mail. Herr Hovberg hatte berichtet, dass er schon einige Überweisungen in die Karibik getätigt hatte und dass die schwedische Tochterfirma nun gegründet war. In Kürze würden sie die Kreditkarte erhalten. Meine Güte, die Seniorengang verhielt sich schon wie die Finanzhaie. Aber sie hatten kein gutes Gefühl, solange sie noch kein Geld verschenken konnten. Höchste Zeit, nach Hause zu fahren! Anna-Greta fuhr den Computer herunter, doch dann kam ihr eine Idee, und sie startete ihn neu. Stichwort Finanzhai. Wenn nun Carl Bielke, ihr unangenehmer Nachbar, inzwischen zurückgekommen war? Das sollten sie wissen. Vielleicht war er auf Facebook? Dann könnte sie ihn diskret beobachten. Dass sie darauf nicht schon früher gekommen war.

Sie gab das Passwort für den Computer ein und hatte sofort Verzeichnisse, Bilder und Dateien auf dem Bildschirm. Bei Facebook hatte sie sich erst vor kurzem angemeldet, sich aber nicht getraut, ihren echten Namen anzugeben. Deswegen nannte sie sich dort Eva von Adelsparre. Als sie in der Kolonie waren, hatte sie systematisch alte Freunde aus ihrer Jugendzeit in Djursholm angeschrieben sowie alte und neue Nachbarn und sich mit ihnen vernetzt. Fast alle hatten ihre Freundschaftsanfrage bestätigt und mit einem Namen wie Adelsparre dachten wohl die meisten, sie sei eine alte Schulfreundin aus der Grundschule, eine von denen, deren Namen man vergessen hat. Dann hatte sie jeden Tag mindestens eine Stunde voller Entzücken damit zugebracht, herauszufinden, was diese Freunde heute so machten. Es war spannend zu verfolgen, wie sie lebten, welchen Freundeskreis sie hatten und wie ihre Sommerhäuschen und Boote aussahen. Viele Familien aus Djursholm hatten kostbare Grundstücke im Schärengarten, doch ihre Villen in Spanien und an der Riviera oder ihre Luxusyachten und Ferraris waren noch viel protziger. Was für ein Leben ihre alten Klassenkameraden führten, die bewegten sich in einer ganz anderen Welt!

Anna-Greta griff nach einer Zitronenwaffel und öffnete die Facebookseite. Da waren schon wieder zahlreiche neue Nachrichten. Vor sich hin summend scrollte sie die Startseite abwärts. Einer hatte Pilze gesammelt, ein anderer hatte einen Cartoon gepostet und … nein, jetzt mal Konzentration. Sie schrieb den Namen Carl Bielke in das Suchfeld und hoffte, dass sie Glück hatte. Tatsächlich, da ging seine Seite auf. Ja, das war ihr Nachbar, der Weltumsegler mit einem Müllauto im Swimmingpool. Sie atmete schneller. Konnte das wirklich wahr sein? Ein lächelnder Carl Bielke hatte ein Bild von sich gepostet, auf dem er vor einer unglaublich tollen Yacht stand, die sicherlich Millionen wert war. Das war so ein Schiff, das sich nur Königliche Hoheiten, Scheichs und Milliardäre leisten konnten. Und das Wasser war nicht wie in der Ostsee dunkelblau, sondern eher grünschimmernd, so wie im Mittelmeer. Er hatte noch mehr Bilder ins Netz gestellt, und nach einer Weile erkannte Anna-Greta den Hafen von Saint-Tropez, wo sie als junges Mädchen auf Sprachreise gewesen war. Damals kannte kaum jemand das kleine französische Fischerdorf, aber heute war es ein äußerst beliebtes Ziel für Jetsetter. Aber was in aller Welt machte Bielke dort? Der Nachbar sollte doch eigentlich auf einer Weltumsegelung sein. Obwohl das Boot, auf dem er da stand, ganz offensichtlich ihm gehörte, denn er nannte es *meine* Motoryacht. Sie wurde neugierig und scrollte weiter. Bielke ließ es sich offenbar sehr gutgehen. Im Vorjahr hatte er sich auf einer Segelyacht in Cannes ablichten lassen und ebenso auf einer großen Motoryacht in Nizza. Eins dieser Boote konnte man chartern, und als sie den Link anklickte, sah sie, dass es über einen Swimmingpool und wahnsinnig luxuriöse Wohn- und Schlafräume verfügte. 10 000 Euro in der Woche wollte er dafür haben! Du liebe Zeit! An Deck waren strahlende junge Damen zu sehen und die Besatzung in weißen Uniformen. Wenn er nun auch noch bloggte? Ja, kurze Zeit später hatte sie auch seinen Blogg gefunden, wo er mit seinen Luxusbooten und Segeltouren angab. Anna-Greta machte das noch neugieriger, also tippte sie den Herstellernamen der Boote ein und googelte ihren Wert. Sie blinzelte. Motoryachten in Saint-Tropez waren weit über 500 Millionen Kronen wert? Wie um alles in der Welt konnte er sich das leisten? Sie war so fassungslos, dass ihr die Zitronenwaffel im Halse stecken blieb, und erst als sie fertig gehustet hatte, konnte sie wieder einen klaren Gedanken fassen. Mein Gott! Märtha, sie und die anderen waren ja in Wirklichkeit die reinsten Amateure. Was die Seniorengang mit einem Banküberfall einnahm, war ja nichts im Vergleich zu diesen Summen.

Eifrig setzte sie ihre Google-Recherche in Sachen Motoryachten und Luxuskreuzer fort und entdeckte, dass es Schiffe gab, die für 700 Millionen oder mehr zum Verkauf standen! Das entsprach also circa 70 Banküberfällen mit jeweils 10 Millionen Ausbeute! Wie konnte ihnen das entgangen sein? Gleichzeitig meldeten sich die brave Bürgerin und die ehemalige Bankangestellte in Anna-Greta zu Wort und fragten sich, ob Bielke sein Vermögen wohl bei der Steuer angegeben hatte. Also rief sie die Finanzamt-Seite auf, notierte die Telefonnummern, die sie brauchte, und übte dann eine Weile, die Stimme zu verstellen, bevor sie eine Nummer wählte.

»Entschuldigen Sie bitte die Störung, es geht um Carl Bielke im

Auroraväg 4 in Djursholm. Ich bin gerade dabei, ihm ein Haus zu verkaufen. Würden Sie bitte so freundlich sein und mir mitteilen, wie hoch seine Einkünfte sind? Ich möchte nicht übers Ohr gehauen werden …«

Danach rief sie beim Landratsamt und beim Gerichtsvollzieher an. Als sie es klingeln hörte, musste sie daran denken, wie raffiniert sie das alles hingekriegt hatte. Gunnar hatte ihr viel beigebracht, und natürlich vermisste sie seine Gesellschaft mitunter. Aber jetzt ging alles so einfach, seit sie den Computer allein bedienen konnte. Auf diese Art und Weise erhielt sie die Daten direkt: ohne zu betteln, ohne ihn überreden, ihm zu schmeicheln oder sich anderswie anstrengen zu müssen. Nach ein paar Telefonaten war sie im Bilde und sprang so schnell auf, dass sie sowohl die Kaffeekanne als auch die Schale mit den Zitronenwaffeln umstieß.

»Meine Lieben«, rief sie ins Haus hinein. »Hört mal, ihr könnt euch nicht vorstellen, was Bielke für ein Betrüger ist!«

Dann ging sie hinaus und trommelte alle zusammen und sagte Märtha und Stina, sie hätte etwas Wichtiges zu berichten. Die Freunde quetschten sich alle um den Esstisch, legten die Hände in den Schoß und lauschten. Stolz und fast schon etwas eingebildet erzählte Anna-Greta, was sie im Internet recherchiert hatte, woraufhin sie haarklein die Einkünfte, das Vermögen und die Mittelmeeryachten des Steuerhinterziehers Bielke vorstellte. Die anderen waren empört und fragten sich, wie es dieser Kerl nur geschafft hatte, so reich zu werden und keine Steuern zu bezahlen. Anna-Greta war in ihrem Element und gestikulierte wild.

»Er hat ein Millardenvermögen, aber er hat das meiste an der schwedischen Steuer vobei auf die Cayman Islands gebracht«, erklärte sie.

»Wie unanständig!«, sagte Märtha.

»Na ja, ich kenne noch andere, die …«, brummte Snille.

»Geschieht ihm recht, dass er jetzt ein Müllauto im Swimmingpool hat«, meinte Stina.

»Wenn wir diese Millionen, um die er den Staat betrogen hat, zurückklauen könnten, dann wäre das ein gutes Werk«, sagte Kratze. »Dann könnten wir richtig viel an die Krankenpflege und all die anderen Bedürftigen verteilen. Sein Vermögen ist ja mehr wert als ein paar Banküberfälle.«

»Ja, weißt du, Banküberfälle, das ist Portokasse«, sagte Anna-Greta.

»Bankraub ade, reicht grad für'n Kaffee«, dichtete Stina.

Die Seniorengang diskutierte hin und her, wie sie es anstellen könnten, als ihnen aufging, dass sie die Nachrichten völlig verpasst hatten. Sie waren auf der Flucht und sollten informiert sein. Alle schüttelten über diesen Schnitzer den Kopf, doch als sie dann später die Zwölf-Uhr-Nachrichten rechtzeitig im Radio anhörten, wussten sie nicht, ob sie lachen oder weinen sollten. Nichts Neues vom Nordeabankraub.

Es vergingen einige Tage, und Märtha und ihre Freunde trabten durch das enge Häuschen, ohne sich recht entscheiden zu können, ob sie nach Hause fahren oder bleiben sollten. Kratze drehte ein paar Runden an den Häusern vorbei und warf einen Blick in die verschiedenen Gärten. Da kam er mit den Besitzern in Kontakt und befragte sie zu ihren Pflanzen und Züchtungen. Er träumte neuerdings wieder von einem eigenen Gewächshaus und spielte mit dem Gedanken, im Frühjahr zu Hause in Djursholm eins zu bauen. Außerdem hatte Märtha doch von diesem Vintagedorf für die Senioren erzählt. Wenn es ihnen gelang, das zu realisieren, dann könnte er vielleicht einen Kleingartenverein gründen, in dem viele Mitglieder ihre eigenen Gewächshäuser unterhielten. Das wäre herrlich! Kratze fühlte sich in dieser Umgebung wohl, er lebte richtig auf, während Snille immer muffeliger wurde. Er hatte keinen Platz für seine Erfindungen und spürte, dass er sich von Märtha entfernte. Nach den paar

Malen, die sie miteinander gestritten hatten, konnten sie sich immer aussprechen, bevor sie ins Bett gegangen waren, aber jetzt, wo er in diesem Schuppen wohnte, bestand diese Möglichkeit nicht mehr. Sie hatten keine Zeit für ihre vertrauten Gespräche, und eine Gelegenheit, sie länger im Arm zu halten, fand er auch nicht. Da hatte er ihr erst vor kurzem einen Antrag gemacht, und jetzt saß er da, allein auf seinem Bett in diesem Schuppen. Nein, er hatte die Nase voll. Das Gartenhäuschen war viel zu eng, und hierzubleiben war reine Idiotie. Am nächsten Tag bat Snille um ein gemeinsames Gespräch. Märtha spürte, dass es ernst war, als sie sein Gesicht sah.

Etwas nervös stellte sie Filterkaffee und Tassen auf den Tisch, dazu Stinas Haferkekse, und dann schaltete sie die Nachrichten an. Gerade als sie einschenken wollte, klopfte es an der Tür. Alle sahen sich ängstlich an und wussten nicht recht, ob sie öffnen sollten oder nicht. Da ging die Tür von allein sperrangelweit auf, und Nils kam herein. Seine Lederjacke war offen, und seine Augen funkelten.

»Haltet euch fest!«, rief er und gestikulierte wild. »Die Polizei!«

21

Die Polizei? Das Wort allein löste bei ihnen Angst und Schrecken aus. Märtha sprang auf, bereit, sofort zu fliehen. Auch Snille war gleich auf den Beinen, doch als er schon auf dem Weg aus der Tür war, hielt er inne, dachte kurz nach, ging ein paar Schritte zu Märtha zurück und legte den Arm um sie.

»Es ist besser, sich zu verstecken, meine Liebe«, sagte er und warf einen raschen Blick aus dem Fenster. »Da draußen finden wir sicher ein gutes Versteck. Ich kümmere mich um dich.«

»Ach was, beruhigt euch! Ich habe gute Nachrichten!«, sagte Nils und machte es sich lächelnd auf dem Bettsofa gemütlich. »Die Polizei hat drei alte Männer verhaftet. Sie sollen die Bank überfallen haben. Sie werden Rentnergang genannt und sind zwischen fünfzig und siebzig Jahre alt. Das ist die Neuigkeit!«

»Wunderbar!«, rief Stina und fiel Kratze um den Hals.

»Rentnergang! Nur weil man zufällig über fünfzig ist, muss man doch nicht gleich als Rentner betitelt werden«, schnaubte Kratze.

»Dann ist die Rentnergang jetzt im Knast wegen des Raubüberfalls«, sagte Märtha lächelnd und sah die Männer in der Runde eindringlich an. »Könnte es sein, dass die Technik, mit der ihr gearbeitet habt, ein klein wenig veraltet war?«

»Wovon sprichst du, sie hat doch ausgezeichnet funktioniert!«, gab Snille Contra.

»Entschuldige bitte, das war nicht so gemeint, ich musste vor allem daran denken, dass wir keine Waffen benutzen«, brachte sie zu ihrer Entschuldigung hervor.

»Mmh«, sagte Anna-Greta. »Während die Rentnergang hinter Gittern ist, können wir mit Volldampf weiterarbeiten. Dann können wir unser Seniorenrestaurant planen.«

»Das wäre toll«, sagte Stina und strahlte. »Ich kann mir Speisekarten ausdenken und die Einrichtung skizzieren. Wenn wir jetzt loslegen, könnten wir es bis Weihnachten schaffen. Die erste Etappe auf dem Weg zu unserem Vintagedorf.«

»Freudendorf«, fiel Kratze ihr ins Wort.

»Egal, auf jeden Fall können wir gleich morgen nach Stockholm zurückfahren.«

»Ich bin dafür, denn sobald die Polizei begreift, dass sie die falschen Leute eingebuchtet hat, sind wir wieder in Gefahr«, sagte Märtha. »Aber in der Zwischenzeit könnten wir so einiges bewegen.«

»Ein Dorf für Alte mit Russendisko zum Beispiel«, sagte Kratze.

»Aber erst wird gefeiert«, schlug Snille vor.

»Mit Wasser aus der Leitung und Preiselbeeren? Oder vielleicht mit Selters?«, fragte Kratze und machte Grimassen. »Nicht einen Tropfen haben wir übrig. Märtha hat alles verscherbelt.«

»Feiern können wir immer noch, jetzt sollten wir uns unauffällig verhalten«, meinte Stina.

»In Djursholm haben wir massenweise Champagner«, sagte Märtha als Anreiz, und als sie die lächelnden Gesichter um sich herum sah, wusste sie, dass sie sich einig waren. Zeit, nach Stockholm zurückzukehren. Die Hauptstadt wartete.

Der pensionierte Polizeikommissar Blomberg saß auf seinem braunen Cordsofa von Ikea und fluchte laut. Das Bier war alle und die Chipsschale auch. Er tastete in der leeren Schüssel und fluchte erneut. In den Fernsehnachrichten hatte er soeben gehört, dass der Überfall auf die Nordeabank geklärt sei und die Täter sich in Untersuchungshaft befanden.

»Was sind das nur für Amateure! Die Rentnergang? Nie im Leben waren die das. Diese Jungspunde von Kungsholmen sind doch Dilettanten!«, brüllte er und fauchte derart, dass Einstein, seine Katze, erschrocken vom Sofa floh und sich schnell im Kleiderschrank versteckte. Jetzt hatten sich Kommissar Jöback und seine Mannschaft doch tatsächlich von allen Kriminellen diese Rentnergang ausgesucht und sie verhaftet! Wie dumm konnte man sein? Die hatten die Bank mit Sicherheit nicht ausgeraubt. Bei ihren letzten Verbrechen hatten sie Waffen benutzt, und eine Bank würden sie nie ohne Pistole überfallen. Und dann verhaftete man die Kerle, obwohl nicht eine einzige Patronenhülse gefunden worden war. Nein, die Täter mussten solche wie die Seniorengang gewesen sein. Solche, die ihre Überfälle ohne Waffen schafften. Jetzt waren die Rentner eine Weile nicht in Erscheinung getreten, aber vielleicht waren sie untergetaucht und hatten sich erst wieder gerührt, als ihnen die Kröten ausgegangen waren. So war das ja bei vielen Kriminellen. Und der Überfall auf die Nordeabank war einzigartig. Sowohl die Verwendung von Plastiksprengstoff als auch die Art und Weise, wie die Zündschnur platziert war, zeugte von »alter Schule«. Noch hatten sie ihn auf Kungsholmen nicht aus dem Archiv ausgesperrt, so dass er Zugang zu den Ermittlungsunterlagen hatte.

Blomberg überlegte, ob er zum Polizeirevier gehen und seine Theorien darlegen sollte, doch er zögerte. Diesen Jöback und seinen Trupp war er langsam leid. Sie wussten seine Sachkenntnis offenbar nicht zu schätzen und boten ihm nie Kaffee und Kuchen an, nein, er musste den Kaffee sogar selbst mitbringen. Wirklich unverschämt. Dann konnte er seine Theorien ebenso gut für sich behalten. Und zwar so lange, bis eine Belohnung ausgesetzt wurde, dann würde er seine Tipps weitergeben ... Dieser Jöback versuchte zwar, freundlich zu sein, doch damit konnte er seine überhebliche und arrogante Art nicht verbergen. Aber der Anfänger war auch erst 48 Jahre alt und offenbar noch ziemlich grün hinter den Ohren. Blomberg überlegte. Und wenn er nun ein Detektivbüro eröffnete? Ein eigenes …

Ja, dann könnte er private Ermittlungen betreiben, Informationen sammeln und sie teuer an die Polizei verkaufen. Oder noch besser, die Verbrecher gleich verhaften. Von einem eigenen Detektivbüro träumte er schon, seit er ein kleiner Junge war und im Alter von zehn Jahren Astrid Lindgrens Buch *Kalle Blomquist, Meisterdetektiv*, gelesen hatte. Stattdessen war er dann Polizist geworden und damit bis jetzt auch ganz zufrieden gewesen. Aber nun wollte er mehr. Warum sich also nicht den alten Traum erfüllen?

Zuallererst musste er mal die Alten von der Seniorengang erwischen. Vielleicht könnte er sie auch noch für vergangene Straftaten in Stockholm überführen. Wenn ihm das gelang, würde ihm die Polizei sicher jede Menge Nebenjobs geben. Es kamen zwar noch andere für den Überfall in Frage, aber nicht viele Rentnergangs hatten schon mal eine Bank überfallen. Als er noch im Dienst gewesen war, hatte er auch den Kollegen bei Interpol einen Hinweis gegeben, die Sache aber nicht weiterverfolgt, als er pensioniert worden war. Aber jetzt? Wenn er die Kollegen bei Interpol noch mal ansprach, konnte er vielleicht etwas Unterstützung bekommen, die Seniorengang dingfest zu machen. Er war zwar im Ruhestand, aber immerhin hatte er ja alles ins Rollen gebracht.

Mit einem Mal war Blombergs Laune blendend, er stand auf und ging in die Küche. Er öffnete den Kühlschrank, betrachtete die Bierdosen eine ganze Weile und entschied sich für ein Maibock für sich selbst und eine Dose frischen Strömling für Einstein. Ab jetzt hatten die Senioren oberste Priorität. Alles andere musste warten.

22

Märtha und ihre Freunde waren nun seit ein paar Tagen zu Hause und immer noch sehr erholt. Aber die Fahrt und der ganze Wirbel in der Kolonie waren anstrengend gewesen, und nun mussten sie ein bisschen langsam tun. In ihrem Alter bewältigte man nicht mehr alles mit links. Märtha war noch nicht einmal so weit gekommen, mit der Gymnastik wieder anzufangen, und das war ein Zeichen für die anderen, dass sogar sie etwas kraftlos war. Doch nach einem Wochenende mit Computerspielen und Buchlektüre oben im Turmzimmer und ein paar Spaziergängen über Djursholm war die Energie zurückgekehrt.

Am Montagmorgen hatte Märtha kundgetan, dass sie sich nun darum kümmern müssten, das Geld vom Überfall zu verteilen. Die Frage war nur, wie. Die Seniorengang hatte sich in der Bibliothek versammelt, und Märtha ergriff das Wort.

»Wir hatten ja besprochen, dass wir Bonuszahlungen an Pflegekräfte verteilen wollen«, begann sie und schaukelte in ihrem Schaukelstuhl vor und zurück, während sie einen Vollkornkeks in der Hand hielt. Auf dem Tisch stand ein Tablett mit verschiedenfarbenen Gläsern und eine Kanne mit einem gesunden Getränk, das Stina sehr empfohlen hatte, etwas mit Ingwer. In einer tiefen Schale daneben lagen Vollkornkekse oder Holzspankekse, wie Kratze sie nannte.

»Genau, wir hatten ja die Idee gehabt, das Geld in Bibeln zu verstecken, aber vielleicht ist das doch nicht so schlau«, überlegte Stina. »Obwohl es sicher ein Heidenspaß wäre, den Bonus persönlich zu verteilen. Und wir könnten auch noch Blumen mitnehmen.«

»Schon, aber wir können nicht Zehntausende Menschen in ganz Schweden mit Blumen in der Hand besuchen. Bevor wir alle erreicht haben, sind wir längst tot«, widersprach Kratze.

»Huch«, sagte Anna-Greta.

»Ich weiß. Wir schreiben eine Lotterie aus«, schlug Märtha vor und strahlte.

»Lotterie?«, fragte Snille. »Das klingt etwas verrückt.«

»Hört mal. Die Lotterie nennen wir *Einen Bonus für dich, der leer ausging*, und um teilnehmen zu können, muss man Name, Adresse und seine Mailadresse an uns schicken.«

»Und wenn wir die Adressen haben, können wir das Jahreseinkommen beim Finanzamt checken, um sicherzugehen, dass sich kein Großverdiener einschleicht. Und dann schicken wir die Bonuszahlungen direkt an die Gewinner«, sagte Anna-Greta. »Hervorragend!«

»Und wie sollen die Leute davon Wind bekommen?«, fragte Snille.

»Wir könnten in den Zeitschriften *Medizin heute*, *Pflegeguide* und *Gesundheit* Anzeigen schalten«, schlug Märtha vor.

»Okay, dann müssen wir uns nur einen guten Text für die Annoncen überlegen«, sagte Stina. »Also erst den Namen der Lotterie und dann einen Text für das Verfahren.«

»Genau!«, stimmten die anderen zu, lehnten sich in ihren Stühlen zurück, schlossen die Augen und versuchten nachzudenken – alle außer Kratze, der sofort einnickte. Anna-Greta stand auf und fuhr den PC hoch, und als die anderen verschiedene Vorschläge machten, gab sie sie gleich ein und druckte sie aus. Ihr fiel auf, dass einige gute Ideen zusammengekommen waren. »Runter mit dem Bonus, hoch mit dem Bonus, Bonustänzchen, Bonuskreisel, Bonusbingo, Geflügelter Bonus«, war da zu lesen.

Am Ende einigten sich alle auf Bonusbingo, und nachdem sie

noch über Bingolotto im Fernsehen diskutiert hatten, holten sie schließlich Papier und Stift heraus.

»Ich hab' eine Idee«, sagte Märtha. »Wir setzen in die Anzeige ein Bild von unserer Zielgruppe, mit Menschen, die in Krankenhäusern, Pflegeheimen und im ambulanten Pflegedienst arbeiten. Dann schreiben wir *Bonuslotterie extra für dich* darunter.«

Die anderen stimmten alle zu, so dass Anna-Greta gleich anfing, nach einem passenden Bild im Netz zu suchen. Nachdem sie eine Weile gescrollt hatte, entschied sie sich für ein Gruppenfoto mit Krankenschwestern, Pflegepersonal und Hausmeistern, die lächelnd auf einer Krankenhaustreppe standen. Darunter schrieb sie in kleinerer Schrift, dass die Interessenten Namen und Adresse mitteilen sollten, damit man wusste, wer das Geld erhalten sollte.

»Meine Lieben. Das ist alles schön und gut, aber weit kommen wir mit unserem Geld nicht. Das ist wie einmal Pipi in den Mississippi!«, seufztze Märtha. »Wir müssen noch mehr organisieren.«

»Das Geld vom Banküberfall reicht nicht lange. Wir müssen uns mehr vornehmen, THINK BIG. Ich meine Bielke und …«

»Wir könnten eine Partei gründen und Geld für die Wahlkampagne absahnen. Da kriegt man einen Haufen Kohle«, schlug Snille vor.

»Gar nicht schlecht. Da kriegt man Geld für nichts«, meinte Anna-Greta.

»Und für jede Menge Unsinn. Nein, jetzt kommen wir gerade vom Thema ab«, seufzte Kratze. »Ich habe Hunger. Können wir die Besprechung jetzt beenden und Essen kochen?«

Märtha ließ ihren Blick durch den Raum schweifen, dann stand sie auf und hakte Anna-Greta unter.

»Kratze, du hast vollkommen recht. Wenn große Entscheidungen bevorstehen, sollte man keinen leeren Magen haben und sich Zeit nehmen. Und jetzt brauchen wir in der Tat mehrere Hundert Millionen.«

23

Die Erbsensuppe kochte nun, und große, schwere Blasen blubberten in der wunderbar duftenden Hauptspeise. Anna-Greta gab noch Mohrrüben und Schinken dazu und schmeckte das Gericht mit Thymian ab. Und weil sie so gutgelaunt war, kam auch noch ein Schuss Cederlunds-Likör hinein. Märtha beugte sich über den Topf, ließ den Duft in ihre Nase strömen und probierte einen Löffel voll.

»Riecht sehr lecker, aber etwas Salz und Pfeffer kann sie vielleicht noch vertragen«, sagte sie und schmatzte. Sie legte den Teelöffel beiseite und schob den Topf zurück. Anna-Greta nickte, würzte nach und streute etwas Majoran auf die Suppe. Dann kostete sie auch.

»Sehr lecker. Dazu gibt es natürlich Knäckebrot und Käse. Jetzt müssen wir nur noch den Tisch decken.« Sie stellte den Topf zurück auf die Platte. Märtha öffnete den Schrank und holte das Geschirr heraus. Anna-Greta beoachtete sie und strahlte übers ganze Gesicht. Über eine Stunde waren sie nun zusammen in der Küche gewesen und richtig gerührt, dass sie etwas ganz Großes gemeinsam anpacken würden. Als Märtha mit dem Eindecken fertig war, setzte sie sich hin und holte tief Luft.

»Große Herausforderungen warten auf uns, und ohne dich, Anna-Greta, kriegen wir das niemals hin«, sagte Märtha. »Wir müssen versuchen, an das *richtig fette* Geld zu kommen, und zwar auf Biegen und Brechen.«

Sie legte den Kopf in die Hände und fragte Anna-Greta nach dem aktuellen Stand der Überweisungen und Bielkes Geschäften. Dann ließ Märtha Anna-Greta erzählen. Das war das Schöne an Märtha, ihr fiel kein Zacken aus der Krone, sie konnte dem anderen einfach nur zuhören. Schließlich hatten sie sich beide vor den Computer gesetzt und Motoryachten, die zum Verkauf standen, angeschaut und auch recherchiert, wie viel es kostete, solche Schiffe zu mieten. Sie hatten Kabinen, verschiedene Inneneinrichtungen und Swimmingpools gegoogelt und bei all dem Luxus richtig große Augen gemacht. Die Motoryachten, die in Cannes, Antibes und Saint-Tropez lagen, waren die reinsten Paläste. Doch beim Versuch, die Besitzer zu ermitteln, stießen die zwei auf Granit. Fast alle wertvollen Schiffe waren in Firmenbesitz. Dies galt auch für das kostbarste Schiff ihres Nachbarn in Saint-Tropez, eine Yacht, die 600 Millionen wert war und mehrere Stockwerke und einen Hubschrauberlandeplatz hatte. Wäre Anna-Greta nicht so geübt im Internetsurfen gewesen, hätten sie das Unternehmen des Nachbarn nie geortet, doch nach einigen Versuchen fanden sie heraus, dass es Aurora Yacht Inc hieß und in Georgetown auf den Cayman Islands registriert war.

»Kein Wunder, dass der Mensch nie zu Hause ist. Er ist voll beschäftigt«, sagte Märtha und zeigte auf das Bild von der Luxusyacht. »Meine Güte, was muss das für ein Leben sein!«

»Wenn wir uns dieses Schiff unter den Nagel reißen könnten, dann hätten wir ein ordentliches Fundament für unser Vintagedorf, auf jeden Fall für das Restaurant«, meinte Anna-Greta. »Die Frage ist nur, wie. Das wird eine wahre Herausforderung.«

»Und dann engagieren wir Nils, um das Schiff zu steuern. Kratzes Sohn ist schließlich Seemann.«

»Das ist eine gute Idee.«

»Also sollten wir ordentlich Yoga und Gymnastik machen, damit wir fit sind, wenn Seegang ist«, fuhr Märtha fort.

Anna-Greta nickte, wenn auch nicht direkt enthusiastisch.

»Wenn wir von einem Steuerhinterzieher etwas klauen, dann schaden wir niemandem, können aber viele Menschen glücklich machen«, fuhr Märtha fort. »Bielke hat drei Luxuskreuzer, da macht einer mehr oder weniger keinen Unterschied. Und weil er sie nicht versteuert, wird es auch schwierig für ihn, den Diebstahl anzuzeigen.«

»Das ist wieder mal das perfekte Verbrechen! Du bist genial, Märtha«, rief Anna-Greta, und dann lachten sie beide laut und ausgiebig. Märtha sah sich schon in Saint-Tropez herumschleichen und Boote klauen, während die Sonne schien und ihr der Wind um die Nase wehte. Die Seniorengang würde es tun: go BIG. Very, very BIG!

»Das Leben ist ein wundersames Geschenk und jeder Tag eine neue, verlockende Chance«, rief sie und schlug mit den Armen aus.

»Ja, aber wir haben ein kleines Problem«, fiel Anna-Greta ein. »Um an das Geld zu kommen, müssen wir die Yacht verkaufen.«

Märtha holte das Brot aus dem Schrank und legte das fehlende Besteck auf den Tisch.

»Ach weißt du, da fällt uns bestimmt etwas ein. Käufer findet man immer. Jetzt essen wir erst mal. Eins nach dem anderen. Kein Verbrechen ohne gutes Essen und ausgefeilte Pläne.«

»Genau, und mit einem Glas Likör zur Suppe überzeugen wir Kratze und Snille auch«, sagte Anna-Greta und holte die Gläser.

»Für Snille wird es hart werden«, seufzte Märtha. »Er redet ständig davon, dass er heiraten will.«

»Na so was«, sagte Anna-Greta und blieb mit dem Glas in der Hand stehen.

»Männer wollen immer die Kontrolle über einen haben.«

»Warum schlägst du Snille nicht vor, dass ihr am Mittelmeer heiratet. Dann kommt er bestimmt mit nach Saint-Tropez. Stell dir vor, eine ganz romantische Hochzeit am Mittelmeer.«

»Aber dann muss ich doch wirklich ›ja‹ sagen. Nein, ich kann ihn nicht anflunkern.«

»Man kriegt nicht immer alles, manchmal muss man ein Opfer

bringen«, sagte Anna-Greta, doch dann flitzte sie mit einem Mal vor zum Herd. Die Erbsensuppe war kurz davor überzukochen. Schnell zog Anna-Greta den Topf von der Platte. Dann streute sie noch ein bisschen Thymian obendrauf und rührte um.

»Weißt du, vor dem Finanzamt hat Bielke null Einkommen, und dabei besitzt er drei Yachten, die über eineinhalb Millionen wert sind. Die schönste Yacht liegt in Saint-Tropez. Die wartet doch geradezu darauf, geklaut zu werden. Das könnte doch eine schöne Hochzeit wert sein? Liebe Märtha …«

Da wurde es still, sehr, sehr still. Märtha fing an, Runden um den Esstisch zu drehen. Sie sah gar nicht froh aus, und Anna-Greta bekam plötzlich ein schlechtes Gewissen, weil sie ihre Freundin so unter Druck gesetzt hatte. Als Märtha ungefähr zum zehnten Mal den Tisch umrundete, stellte Anna-Greta sich ihr in den Weg und streckte die Arme weit aus.

»Ach, Märtha, meine Kleine, das war doch nur eine Idee.«

»Ja, schon. Eine Motoryacht an der Riviera zu klauen ist eine tolle Idee, aber niemals würde ich deswegen heiraten. Außerdem wollten wir zuerst unsere Aktivitäten in Schweden ins Rollen bringen. Wir können ja nicht einen Überfall nach dem anderen verüben, ohne das Geld zu verteilen. An unserer Beute sollen sich andere erfreuen, sonst sind wir doch nur ganz gemeine alte Diebe. Wenn wir als Erstes ein Restaurant mieten, anstatt es zu kaufen, könnten wir schon jetzt Geld verteilen. Und wenn wir das Geld, das im Fallrohr am Grand Hotel versteckt ist, holen, reicht es für die Miete, die Einrichtung und die Personalkosten. Wenn das alles läuft, können wir uns mit ganz großen Coups beschäftigen – und zum Beispiel Motoryachten klauen und so.«

»Sagt mal, ist das Essen nicht bald fertig? Ich hungere mich zu Tode!« Kratzes Stimme erklang von der anderen Seite der Tür.

»Ja, natürlich. Komm rein«, rief Märtha. »Wir haben nur ein bisschen Pläne geschmiedet.«

»O Kratze, das klingt beunruhigend«, sagte Snille und sah seinen Kumpel ernst an.

»Keine Sorge, nur ein paar neue Verbrechen«, sagte Märtha, die das zufällig gehört hatte und nun Snille zublinzelte. Anna-Greta zog ihre Fünfzigerjahrebrille von der Nase, hauchte aufs Glas und putzte es sorgfältig mit ihrem Taschentuch.

»Weißt du, jetzt hörst du dich an wie diese Kriminellen, die denken, dass sie nie ins Kitchen kommen.«

»Genau. Glaub mir, wir kommen *nie* ins Kitchen«, sagte Märtha.

»Mmh«, sagte Snille.

24

Die Straße war verlassen und diesig vom Regen, doch hinter der riesigen Ziegelfassade brannte noch Licht. Im Polizeirevier von Kungsholmen machte das Ermittlungsdezernat Überstunden. Kommissar Jöback und seine Leute hatten ein Meeting.

»Mist, jetzt stehen wir wieder ganz am Anfang«, seufzte Jöback und schob sich ein Ohrenstäbchen ins Ohr. »Wer hat bloß die Rentnergang ins Spiel gebracht? Die benutzen bei ihren Überfällen Waffen, doch unsere Täter hatten keine.«

»Die Rentnergang? Ich fürchte, Sie haben …«, sagte sein Kollege Jungstedt, doch er verstummte, als er Jöbacks Blick bemerkte.

»Können die in der Bank nicht endlich bessere Alarmanlagen installieren, damit wir nicht immer solche Geschichten auf den Tisch bekommen?« Jöback warf die Ohrenstäbchen fluchend in den Papierkorb. »Mehr als zehn Millionen fehlen, und wir haben nicht eine einzige heiße Spur.«

»Was ist mit dieser Dame, die direkt nach dem Überfall angerufen hat, die ihren Hund Gassi geführt und dann Elton John und Margaret Thatcher vor der Nordeabank gesehen hat? Die könnte doch eine wichtige Zeugin sein«, meinte Jungstedt.

»Eine Alte, weit über siebzig? Sie machen wohl Witze. Alte, zickige Weibsbilder, nein, vielen Dank.«

»Aber sie hat doch auch was von Pavarotti gesagt.«

»Der ist tot!«

»Aber die Räuber hatten vielleicht Masken auf. Sie kennen doch die Maskeradengang …«

»Nein, die haben sich doch als Polizisten verkleidet, das ist ein himmelweiter Unterschied.« Jöback faltete die Hände über dem Bauch und gestattete sich ein Gähnen.

»Und bei dem Überfall in Gorby? Diese Jungs, die sich nach Geschäftsschluss in der SE-Bank einschließen ließen und die Schließfächer geknackt haben? Die kamen doch morgens mit gezogenen Waffen aus der Bank und waren als Gorbatschow verkleidet.«

»Gorbatschow, ach ja, die Alte hat sich wohl an diesen lange zurückliegenden Überfall erinnert, und den Rest hat ihre Phantasie erledigt. Nee, Frauen sollten in der Küche am Herd bleiben. Und sich nicht in polizeiliche Ermittlungen einmischen.«

»Apropos Herd. Als Blomberg mit dem Hefekranz hier war, hat er doch von der Seniorengang geredet, die die Bilder aus dem Nationalmuseum gestohlen hat …«, setzte Jungstedt an.

»Ach was«, fiel Jöback ihm ins Wort. »Ein paar kleine Bilder in einem Museum abzuhängen ist eine Sache, aber in einen Tresorraum einzubrechen ist eine ganz andere. So eine Truppe alter Leute kann doch nichts sprengen.«

»Sagen Sie das nicht …«

Die Diskussion wurde von einem Klopfen an der Tür unterbrochen, und der Laborassistent Knutson trat ein. In der Hand hielt er eine durchsichtige numerierte Plastiktüte, in der ein kleines, dunkles Stück Holz lag.

»Wir sind mit den Proben aus der Bank fertig, und es hat sich bestätigt, was wir angenommen haben.«

»Und?« Jöback drehte sich eine halbe Runde mit seinem Schreibtischstuhl und griff erneut nach einem Ohrenstäbchen.

»Der Holzspan stammt von einem Gegenstand aus Hasel.«

»Und? Ein Splitter von einem Holzgegenstand.« Jöback puhlte in seinem Ohr herum.

»Wir vermuten, dass er vom Griff eines Stockes stammt.«

»Von einem Stock? Dann hat Pavarotti die Bank mit einem

Stock ausgeraubt? Obwohl er tot ist?« Die Ironie in Jöbacks Stimme war nicht zu überhören.

»Na ja, das ist eher so ein Hardwood-Stock mit verziertem Griff, wie ihn ältere Damen gern benutzen.«

»Wie Margaret Thatcher zum Beispiel? Auch sie ist tot.« Jöback warf das Ohrenstäbchen weg und verschränkte die Arme hinter dem Kopf.

Jungstedt sah resigniert zu dem unglücklichen Laborassistenten hinüber und räusperte sich.

»Ein Stock deutet darauf hin, dass ältere Menschen in den Überfall verwickelt waren. Das könnte die Seniorengang gewesen sein. Ich schlage vor, wir nehmen noch einmal Kontakt zu Blomberg auf und hören uns an, was er zu sagen hat. Er kennt sich mit dieser Gang ziemlich gut aus …«

»Ach was, wahrscheinlich war das der Stock eines Bankkunden …«

»Obwohl etwas an diesem Holzspan sehr ungewöhnlich ist. Er war offenbar einer enormen Gewalt ausgesetzt.«

»Wenn Sie damit sagen wollen, dass er wie ein Torpedo ins Zimmer geflogen kam, reiche ich meine Kündigung ein.«

Der Laborassistent überhörte Jöbacks Kommentar absichtlich, zog Baumwollhandschuhe über und nahm den Holzspan aus der Plastiktüte. Er hielt ihn so, dass die anderen ihn sehen konnten.

»Dieses Stück Holz sieht aus, als wäre es mit sehr viel Kraft gegen etwas geschleudert worden. Im Holz haben wir Reste von Beton gefunden. Die Ränder sind ausgefranst und in den Kerben konnten wir mikroskopische Reste von Abfall feststellen. Ich kann mir das nicht erklären. Schließlich haben wir ihn in der Bank auf dem Boden sichergestellt.«

Jöback presste die Fingerkuppen aufeinander und summte eine Weile.

»Das klingt sehr, sehr umständlich. Was genau soll denn da passiert sein? Nein, das bringt uns nicht weiter.«

»Aber wir haben doch einen Etat für externe Dienstleistungen. Warum setzen wir nicht Blomberg darauf an? Ein Span von einem alten Stockgriff, dann ist er doch beschäftigt«, schlug Jungstedt vor, der auch keine Lust mehr hatte, dieser Spur nachzugehen.

»Aber dann kommt er vielleicht wieder mit seinem Hefezopf angerannt …«

»Eben nicht. So halten wir ihn doch auf Abstand. Wir sagen ihm einfach, wir wollen nichts mehr von ihm hören, bis der Fall gelöst ist. Vorher bekommt er keine anderen Aufträge.«

»Jungstedt, Sie sind ein Genie. Dass wir nicht schon früher darauf gekommen sind. So halten wir uns Blomberg vom Leib. Bravo!«

Jöback lachte, stand auf und schickte den Laborassistenten hinaus. Dann wandte er sich wieder Jungstedt zu.

»Ich glaube, dass weder die Rentnergang noch die Maskeradengang etwas damit zu tun haben. Aber wissen Sie, was, vielleicht haben Sie recht mit der alten Dame, die von den Maskierungen gesprochen hat. Vielleicht haben die Kerle, die hinter dem Gorby-Überfall stehen, dieses Mal Pavarotti- und Thatchermasken ausprobiert.«

»Ja, und bei Buttericks kann man bestimmt feststellen, welche Masken sie im letzten halben Jahr verkauft haben. Und an wen.«

»Genau. Wir schicken Blomberg zu Buttericks.« Jöback konnte sich ein zufriedenes Grinsen nicht verkneifen. »Da kann er dann zwischen Räuberhüten und Furzkissen kramen, so viel er will.«

»Ja genau, aber Blomberg ist klüger, als man denkt. Unterschätzen Sie ihn nicht.«

»Er und klug? Hab ich noch nichts von gemerkt. Nein, er soll die Drecksarbeit machen, und wir konzentrieren uns auf das Wesentliche.«

»Und wenn er die Täter überführt?«

»Blomberg? Ach was.« Jöback lachte schallend und ließ die ganze Schachtel Ohrenstäbchen auf den Boden fallen.

Jungstedt ging auf die Knie und half seinem Chef beim Einsammeln. Aus Jöback wurde er einfach nicht schlau. Sein neuer Vorgesetzter schien nichts wirklich ernst zu nehmen. Zumindest keine Hinweise von älteren Damen. In dem Moment beschloss Jungstedt, künftig selbst auf alles ein Auge zu haben. Wenn Jöback sich blamierte, war das dessen Sache, aber er selbst wollte sich nicht lächerlich machen. Er musste schließlich an seine Karriere denken und den Überfall auf die Nordeabank aufklären. Punkt, Schluss. Koste es, was es wolle. Er griff nach dem letzten Ohrenstäbchen, stand auf und ging in sein Büro hinüber. Lange saß er an seinem Schreibtisch und starrte das Telefon an. Dann nahm er den Hörer in die Hand und wählte Blombergs Nummer. Wie gesagt, Blomberg war wesentlich raffinierter, als Jöback annahm. Und in Wirklichkeit hatte er mehr auf dem Kasten als sein eigener Chef.

25

Wie, das Fallrohr?« Anna-Greta stellte ihre Teetasse auf den Tisch und sah Märtha ins Gesicht. Die Freunde waren gerade mit dem Abendessen fertig geworden und hatten sich mit einer Tasse Tee oben im Turmzimmer niedergelassen. Draußen war es noch hell. Doch es war so windig, dass ein Dachziegel klapperte, als würde er gleich abstürzen.

»Ja, wisst ihr, jetzt ist es langsam Zeit, dass wir das Geld vom Fallrohr holen«, seufzte Märtha und legte ihr Strickzeug beiseite. »Kein Mensch weiß, wie lange Anna-Gretas Strumpfhosen noch halten.«

»Du, das haben wir alles schon mal gehört«, entgegnete Snille.

»Ich weiß, aber unglücklicherweise hatten wir beim letzten Mal etwas Pech. Doch nur, weil es uns da nicht gelungen ist, dürfen wir nicht einfach aufgeben. So viele Menschen sind heute auf finanzielle Unterstützung angewiesen. Frauen, die ihr Leben lang gearbeitet haben, bekommen heute eine Rente, die zum Überleben nicht reicht. Sie können es sich oft sogar nicht einmal leisten, in ihrer Wohnung zu bleiben, weil ihre Rente so mickrig ist. Sie haben nur ein paar Hundert Kronen mehr als die, die überhaupt nie gearbeitet haben.«

Ein nachdenkliches Gebrummel kam auf, und alle sahen ein, dass Märtha bitter recht hatte. Und dieses Mal war Snille klar, dass es ihm jetzt gelingen musste. Würde Märtha ihn sonst noch respektieren? Auch Kratze war der Ernst der Lage bewusst. Sie durften sich vor den Frauen nicht noch einmal blamieren. Der neue Versuch musste sorgfältig geplant werden.

»Ich vertraue euch«, sagte Märtha und gab Snille einen Kuss auf die Wange. Doch eigentlich war ihr gar nicht wohl dabei. Wenn die Herren der Schöpfung es noch einmal vermasselten …

Zwei Wochen lang dauerten die Vorbereitungen, dann schlugen sie zu.

Märtha und ihre Freunde kauten an den Nägeln und schlenderten ungeduldig vor der Djursholmsvilla auf und ab, bis Stinas Sohn Anders kam und sie mit dem Fahrdienstauto abholte. Alle hatten das Gefühl, dass sie es jetzt auf Biegen und Brechen schaffen mussten. Sie mussten wirklich schnell Geld für all die Unterbezahlten im Pflegedienst herbeischaffen, bevor die die Arbeit niederlegten und Patienten darunter leiden mussten. Ja, all die Kämpfer in den Altersheimen, Krankenhäusern und Pflegediensten im Land hatten eine Aufmunterung mit goldverzierten Boni dringend nötig – so wie die Jungs in den großen Wirtschaftsunternehmen.

Gähnend begaben sich die Freunde hinaus in die Nacht, um die Millionen im Fallrohr zurückzuerobern, und wären sie nicht mit derartiger Leidenschaft unterwegs gewesen, dann wären sie viel lieber in den Federn geblieben. Doch nach einem kleinen Yoga-Warm-up und einer ordentlichen Stärkung machten sie sich im Fahrdienstwagen zu neuen Abenteuern auf den Weg. Während Anders sie in die Stadt fuhr, grübelten sie noch einmal über das Geld im Fallrohr. Es gab keine wissenschaftlichen Erkenntnisse, wie lange fünf Millionen Kronen in Scheinen in zwei alten Strumpfhosen überlebten, wenn man sie in ein Fallrohr gestopft hatte, und danach konnte man Fachleute auch schlecht fragen. Die Seniorengang musste einfach zuversichtlich sein. Und dann musste es schnell gehen, damit sie nicht zu viel Aufmerksamkeit auf sich lenkten. Um sicherzugehen, hatten sie dieses Mal den Nachtportier und die diensthabenden Wachleute vor dem Eingang des Grand Hotels geschmiert.

Märtha hatte erzählt, die Stockholmer Feuerwehr hätte ihr

fünfzigjähriges Jubiläum, weshalb man sich für die Mitglieder des Rentnervereins eine kleine Überraschung ausgedacht habe. Ihr Mann und seine Kollegen seien seit über vierzig Jahren Mitglieder und würden sich über eine kleine Aufmerksamkeit für all diese Jahre im Dienste der Gesellschaft schrecklich freuen. Es konnte auf der Straße dann für einen Moment etwas laut werden, aber der Gag würde nur ein paar Minuten dauern und dann, versprach sie, würden die Mitglieder des Feuerwehrvereins auch so schnell wieder verschwunden sein, wie sie gekommen waren. Als das Hotelpersonal zögerte, hatte sie sich völlig erschöpft auf ihren Rollator gelegt und angefangen zu weinen und gesagt, dass sie nicht mehr leben wolle. War das Personal denn wirklich so herzlos, dass sie einer alten Frau diese Freude verweigern wollte? Die Wachen hatten sich gewunden und ziemlich verlegen ausgesehen, und da hatte Märtha die letzte Karte gezogen.

»Vor allem geht es ja um Brandschutz, weil wir die Gelegenheit nutzen wollen, ein neues Löschgerät zu testen. Für Sie entstehen da gar keine Kosten, und falls Sie das Gerät irgendwann erwerben möchten, erhalten Sie sogar zwanzig Prozent Rabatt. Nichts ist wichtiger als Brandschutz, und das müsste doch ein gutes Gefühl sein, dass wir die modernsten Geräte direkt vor dem Grand Hotel testen«, ergänzte sie ihre Ausführungen und blinzelte verführerisch.

»Das müssen Sie mit der Hotelleitung abklären!«, entgegnete der älteste Wachmann mit den Händen auf dem Rücken. Seine Uniform war so elegant, dass sie aussah, als hätte man sie direkt aus der Herrenabteilung des Nordiska-Kompaniet-Luxuskaufhauses kommen lassen.

»Ach bitte, bitte, ich habe es meinem Mann versprochen. Nur ganz kurz. Bitte! Wir werden so leise wie möglich sein!« Märtha legte den Kopf schief und griff zu allen Mitteln, die nur alte, gebrechliche Frauen beherrschen. Sie ließ die Stimme kippen, so dass es einem die Tränen in die Augen trieb.

»Hrm«, sagten die Wachmänner und sahen nicht gerade überzeugt aus. Aber als Märtha zu schluchzen anfing und die Tränen unkontrolliert flossen, weil sie sich ein in Zwiebel getränktes Taschentuch unter die Nase hielt, gab sogar der mit dem Anzug vom Edelkaufhaus nach. Märtha schnäuzte, dankte für ihr Vertrauen und versprach, so schnell und leise wie möglich zu sein.

Stockholm schlief, und fast niemand, mit Ausnahme einiger Nachtarbeiter und Partygänger, bewegte sich durch die Straßen, als Anders am Nationalmuseum anhielt und die Seniorengang ausstieg. Sie trugen die schweren, schwarzen Feuerwehruniformen und waren auf dem Weg in die Stadt richtig munter geworden. Snille und Kratze sperrten mit zwei Pylonen und Absperrband von der Polizei die Zufahrt zur Straße vor dem Grand Hotel ab. Dann befestigten sie ein schwarzgoldenes Schild daran, auf dem in Druckbuchstaben WARNUNG stand. Sie hatten diskutiert, ob sie auf das Schild *Warnung, polizeiliche Ermittlungen* oder *Warnung, Sprengstoff* schreiben sollten. Schließlich hatten sie sich darauf geeinigt, nur *Warnung* auf das Schild zu schreiben, dann konnten die Leute Angst haben, vor was sie wollten. Um die Wirkung zu verstärken, hatte Snille die Idee, sie könnten so einen Roboter bauen, der aussah wie die, die nach Bomben suchten, und das fanden alle gut. Sie hatten Snille freie Hand gelassen, und jeder konnte ihn in der Werkstatt singen und vor sich hin summen hören. Schließlich war er mit einer Roboterattrappe herausgekommen, die er aus einem alten ferngesteuerten Auto gebaut hatte, das er in der Verkleidung eines alten Siemens-Staubsaugers versteckte. Das Ganze sah ziemlich echt aus und ebenso das Schild, das Stina auf dem Computer geschrieben und ausgedruckt hatte: WARNUNG EXPLOSIV. Das war ein Reserveschild für den Fall, dass Leute sich zu sehr näherten. Der Roboter sollte nur zum Einsatz kommen, falls die Polizei – oder irgendein Taxifahrer oder Kapitän der Waxholmsschiffe – zu neugierig wurde. Snille hatte hoch und heilig versprochen, sein »Siemens spezial« nicht ohne Not einzusetzen.

»Alles klar, jetzt können wir loslegen«, sagte Anders, als sie mit den Absperrungen fertig waren und die Seniorengang den alten, klassischen Hydranten in der Nähe der Waxholmsboote entdeckt hatte.

»Bist du dir sicher, dass der Wasserdruck das Geld nicht beschädigen kann?«, fragte Märtha und sah mit unruhigem Blick, wie Snille, Kratze und Anders anfingen, den Brandschlauch auszurollen.

»Aber liebe Märtha, nur mit Druckluft kriegen wir die Strumpfhosen nicht aus dem Fallrohr. Dafür brauchen wir Wasser. Und schau, wie viel Glück wir mit diesem alten, ehrenhaften Hydranten haben. Man muss ihn nur aufschrauben und den Schlauch ankoppeln«, sagte Snille.

»Der ist richtig klasse«, stimmte Anders ihm zu und streichelte sanft über die dunkelgrüne Vorrichtung. »Jetzt müssen wir nur noch die Anschlüsse überprüfen und nachsehen, ob die Ausrüstung komplett ist.«

Anders, der direkt hinter Snille stand, beugte sich vor und begutachtete den Schlauch ganz genau.

»Und da soll noch einer sagen, der taugt nur für den Garten«, stellte er zufrieden fest.

»Wie meinst du das?«, fragte Stina.

»Na ja, der wird wie verrückt sprühen«, antwortete Anders.

»Und wie sieht es mit den Flanschanschlüssen aus?« Snille drehte den Schlauch hin und her und zählte drei Einheiten.

»Was?«, brummte Kratze.

»Die Flanschanschlüsse. Wir müssen die Schläuche doch verbinden«, erläuterte Snille.

»Ach so, das meinst du, ja klar«, murmelte Kratze.

Die Schläuche hatten sie in unterschiedlichen Längen gekauft, weil sie Angst hatten, dass sie sonst zu schwer zum Tragen werden würden. Keiner von ihnen war annähernd so trainiert wie ein richtiger Feuerwehrmann, aber sie hatten sich überlegt, dass sie mehrere kleine Schläuche miteinander verbinden konnten, damit sie am Ende einen ganz langen hatten. Die Herren krempelten die Ärmel hoch und setzten die Schlauchteile, so gut es ging, zusammen und versuchten dann, den synthetischen Schlauch am Hydranten zu befestigen.

Märtha, die einen Schritt zurückgegangen war, betrachtete das, was da vor sich ging, mit Abstand. Ab und zu schlenderte sie auf dem Fußweg vor dem Nationalmuseum hin und her und versuchte sich fernzuhalten, während die Männer arbeiteten. Das war jetzt ihr Job. Sonst war immer sie diejenige, die die Verantwortung für ihre Projekte hatte, wie zum Beispiel beim Raub der Renoir- und Monetgemälde aus dem oberen Stock des Museums.

Sie sah an der Fassade hoch und auf die steilen Treppen des Nationalmuseums und lächelte sanft. Hier hatten sie wirklich spannende Augenblicke erlebt. Aber wie gesagt, jetzt war es Snilles und Kratzes Aufgabe, und wenn sie sich nicht fernhielt, würde sie die ganze Zeit nur gute Ratschläge geben, was nicht jeder Mensch zu schätzen wusste. Sie wartete ein wenig und ging dann wieder zurück. Da hörte sie die Männer ächzen und stöhnen, aber nichts geschah. Nein, irgendwie funktionierte es nicht. Da konnte sie sich nun doch nicht mehr beherrschen.

»Wisst ihr, es wäre gut, wenn wir das Wasser demnächst aufdrehen, damit wir uns nicht in diesem Schlauchwirrwarr verheddern«, sagte sie und zeigte auf das Schlangennest an Schläuchen, das sich auf der Straße ausbreitete.

Kratze und Snille brummten, während sie abwechselnd stöhnten und schwitzten bei ihren Anstrengungen, alles zum Laufen zu bringen.

»Ja, und dann sprühen wir meine Strumpfhosen mit Volldampf aus dem Rohr«, meinte Anna-Greta und wieherte vor Lachen.

»Sch«, besänftigten sie die anderen. »Wir dürfen doch jetzt nicht auffallen!«

»Nee, natürlich nicht«, antwortete Anna-Greta mit ihrer Donnerstimme und klang dabei ganz komisch aus dem Bauch, weil sie noch versuchte, ihr voluminöses Pferdelachen zu unterdrücken.

Als Anders, Snille und Kratze die Einzelteile endlich verschraubt hatten und auch der Anschluss an den Hydranten saß, gingen sie vor zum Fallrohr und schoben die Mündung der Feuerspritze in die Öffnung. Um diese Tageszeit, wenn die Morgendämmerung langsam über Stockholm zog, war es hell genug, gleichzeitig befanden sich kaum Menschen auf den Straßen. Vor dem Grand Hotel war es still, und ein Taxifahrer, der gerade auf dem Weg zum Hotel war, sah die Absperrung und wendete.

Jetzt war es so weit, das Wasser anzustellen, aber die viele Arbeit hatte die fünf von der Seniorengang schon so erschöpft, dass sie erst mal eine Weile verschnaufen mussten, bevor es weitergehen konnte. Die Rentner sahen am Grand Hotel hinauf, wo sich das alte Fallrohr von der hellen Hauswand absetzte.

»Und wenn das Rohr undicht ist?«, fragte Stina mit einem Mal.

»Ist es nicht. Solche Rohre sind nicht undicht«, sagte Anders sachkundig, obwohl er keine Ahnung hatte.

»Also, legen wir dann los?«, fragte Märtha, und ihre Stimme klang etwas weniger stabil als sonst.

Snille nickte, stellte sich am Hydranten zurecht, und Anders und Kratze, die den Schlauch im Fallrohr sicherten, hielten den Daumen hoch.

»Ihr seid aber ganz vorsichtig?«, fragte Stina ängstlich und legte die Hände auf die Nasenflügel, wie sie es manchmal tat, wenn sie nervös war. Doch die Männer gaben keine Antwort, und im nächsten Moment erklang ein sonderbares Strömungsgeräusch, das einen daran erinnerte, wie es sich anhört, wenn

Wasser in den Gartenschlauch fließt, kurz bevor er reißt. Der Brandschlauch wickelte sich auf, und als er ganz rund war, schoben Anders und Kratze die Mündung noch ein Stück höher ins Rohr. Auf einmal ging es darin heftig ab, und die Jungs verloren die Kontrolle. Das Mundstück mit Schlauch düste in dem Rohr nach oben und dies mit äußerster Geschwindigkeit. Der Wachmann am Eingang des Grand Hotels machte ein paar Schritte vor und sah sehr irritiert aus.

»Das dürfte physikalisch gar nicht möglich sein«, keuchte Snille, während er mit dem Schlauch kämpfte. Jetzt kamen aus dem Rohr so viele sonderbare Geräusche, dass sie nicht mehr ein noch aus wussten, und der Teil vom Schlauch, der noch auf dem Fußweg lag, begann wild hin und her zu schlagen. Ein Kapitän der Waxholmsschiffe, der noch geschlafen hatte, kam in einem zerknitterten Schlafanzug hoch an Deck und rieb sich die Augen.

»Was zum Teufel ist da los?«, rief er und kam ein Stück in Richtung Kai, um die Störenfriede zurechtzuweisen. »Ach so, meine Brille«, fiel ihm ein, dann stolperte er über eine der Bohlen an Deck und stürzte. »So ein Mist!« Er fluchte laut und rieb sich jammernd sein Knie, während die Möwen erschrocken vom Wasser hochflogen.

»Schalt ab, schalt ab«, rief Märtha, doch da wurde Snille so nervös, dass er den Griff am Hydranten in die falsche Richtung drehte. Mit einem Mal schoss das Wasser mit solcher Geschwindigkeit hinaus, dass die Männer den Schlauch kaum noch halten konnten. Die Wassersäule stieg und stieg, bis sie plötzlich aufhörte. Im Rohr fing es an zu heulen und zu pfeifen, und der Schlauch wurde so dick, dass er zu platzen drohte.

»Hört ihr, was passiert?«, schrie Märtha und rannte vor zum Hydranten. »Wir haben doch hoffentlich nicht das falsche Rohr erwischt?«

»Das falsche Rohr, machst du Witze?«, zischte Kratze, während er versuchte, den Schlauch unter Kontrolle zu halten.

»Wenn nun alle Scheine kaputt gehen … Um Himmels willen, dreht das Wasser ab!«, stöhnte Anna-Greta.

»Eine Sintflut kann man auch nicht stoppen«, fauchte Kratze und warf sich auf den Schlauch, um zu verhindern, dass der um sich schlug, während Stina versuchte, sich auf ihn zu setzen mit der ihr eigenen Eleganz.

»Dies ist der Tag des Jüngsten Gerichts«, rief sie aus und faltete die Hände, doch sie wurde unterbrochen, als etwas ganz plötzlich mit unglaublicher Geschwindigkeit zum Himmel hinauffuhr, während gleichzeitig eine Wasserfontäne in die Luft schoss. Riesige Wasserkaskaden wurden über den Dachfirst gesprüht und fielen mit einer Reihe leerer Flaschen hinunter, die klirrend das Dach hinabrollten. Noch ein Stück weiter oben kam etwas Großes, Dunkles zum Vorschein, das sich langsam senkte. Es berührte die Fahnenstange, die an der Prinzessin-Lilian-Suite befestigt war, stürzte auf das Kupferdach und rutschte dann in Richtung Dachrinne, wo es hängenblieb.

»Jetzt sagt nicht, dass es festhängt«, stöhnte Märtha und spähte, die Hand über den Augenbrauen, hinauf.

»Ach was, da sprühen wir noch mal hinterher«, schlug Snille vor und ihm stand der Spaß dabei ins Gesicht geschrieben. »Los, Anders!«

Also zogen die Männer den Schlauch aus dem Fallrohr und richteten den Wasserstrahl auf die Regenrinne, wo die Müllsäcke in einem der Abzweige festzuhängen schienen. Der schwarze Sack gab dem Wasserdruck nach und pendelte an der Dachrinne hin und her.

»Kann das denn wirklich funktionieren? Nee, ich spreche lieber noch ein Gebet«, murmelte Stina und faltete wieder ihre Hände.

»Der Wasserdruck aus einer Feuerspritze kann ein ganzes Auto versetzen«, antwortete Snille, während gleichzeitig der dunkle Gegenstand da oben nachgab und zu Boden fiel.

»Der Müllsack! Hurra, jetzt sind wir fünf Millionen reicher«, rief Anna-Greta aus, als sie sah, wie das schwarze Ding herabgetrudelt kam.

»Scchh!«, kam von den anderen.

»Natürlich nur, wenn von den Scheinen noch etwas übrig ist«, fuhr Anna-Greta fort.

Die Männer stellten das Wasser ab, und kaum hatten sie es geschafft, den Anschluss loszudrehen, da rannte Anna-Greta auch schon vor zu den Säcken, um nachzuschauen …

26

Die anderen schafften es gerade noch, Anna-Greta davon abzuhalten. Erst als sie ihrer Freundin versprachen, sie dürfe das Geld als Erste zählen, gab sie nach und stieg ins Fahrdienstauto. Während die anderen sich zurechtmachten, ging Märtha zum Nachtportier und zu den Wachleuten, bedankte sich für die gute Zusammenarbeit und versicherte ihnen, wie glücklich ihr Mann sei und dass sie sich an diesen wunderbaren Hotelservice ihr Leben lang erinnern werde. Sie hoffe, dass sowohl die Wachmänner als auch der Portier bald befördert werden würden, und wünschte ihnen einen guten Morgen. Danach verabschiedete sie sich mit einem tiefen Knicks. Aber gerade, als sie mit dem Rollator umdrehen wollte, hielten sie sie noch einmal an.

»Sagen Sie mal, was waren das denn für komische Geräusche?«

»Ach, mein Lieber«, lamentierte Märtha. »Das war die neue Feuerpumpe, Argo 3219. Die hat wirklich nicht gehalten, was uns versprochen wurde. Wir werden sie sofort reklamieren. Aber zum Glück haben wir das jetzt gemerkt. Ja, ein schrecklicher Lärm war das.«

»Das war es auf jeden Fall«, sagte der Wachmann und zeigte zum Gebäude, wo hellwache und wütende Gäste in fast jedem Stockwerk die Fenster geöffnet hatten und wild gestikulierten. Sie schrien herum oder machten das internationale Zeichen für »fuck you«.

»Wie gesagt, es läuft nicht immer nach Plan, aber wenn jeder so freundlich und entgegenkommend wäre wie Sie, dann hätten wir Frieden auf Erden, davon bin ich überzeugt«, sagte Märtha, knickste und schob ihren Rollator davon.

Die Wachen blieben noch eine Weile stehen und sahen ihr hinterher. Dann schauten sie wieder die Hausfassade empor und schüttelten die Köpfe. Es konnte schon sein, dass die alte Dame nicht ganz richtig im Kopf war, aber es ging hier auch um eine Frage der Ordnung. Es würde am besten sein, sowohl der Leitung des Hauses als auch der Polizei Bericht zu erstatten. Schließlich konnten die alten Leute ja noch einmal auf die Idee kommen zu feiern.

Als Märtha wieder zum Auto kam, riss sie die Tür auf.

»Sind alle da? Besser wir verschwinden so schnell wie möglich!«

»Wir warten nur auf dich.« Anders öffnete die Kofferraumtür, damit Märtha den Rollator hineinschieben konnte. Als sie eingestiegen war, düsten sie so schnell wie möglich los, allerdings so unauffällig wie möglich, Anders steuerte schließlich einen Fahrdienstwagen. Er fuhr an Stockholms Ostbahnhof vorbei, bog dann auf die Straße ein, an der die Technische Hochschule lag, und als sie in den Lill-Jansskogen kamen, hielt er an. Er sprang aus dem Wagen und wechselte in Windeseile die Nummernschilder. Dann setzte er die Fahrt nach Djursholm fort.

»Komischer Geruch hier drinnen«, sagte Anders.

Es roch tatsächlich vom Rücksitz her, und alle sahen sich besorgt an. Der sonderbare Duft hieß nichts Gutes, und Märtha hatte zu tun, Anna-Greta und die anderen davon abzuhalten, die Plastiksäcke aufzureißen.

»Wir müssen vorsichtig sein. Am besten öffnen wir die Säcke erst an einem sicheren Ort, wenn wir das Geld auch herausnehmen können«, sagte Snille, und Anna-Greta, die heimlich schon am äußeren Müllsack herumgezupft hatte und gerade dabei war, den inneren aufzuknoten, konnte sich in letzter Sekunde noch beherrschen.

»Ja, natürlich«, meinte sie und sah dabei aus wie ein kleiner Junge, der etwas angestellt hatte.

»Egal, wie verstärkt die Strumpfhosen an Hacken und Ferse waren, die Säcke dürfen wir erst öffnen, wenn alles unter Kontrolle ist«, machte Märtha deutlich.

Anna-Greta sah zu Boden.

Anders gab Gas, und als sie über die Stocksundsbrücke fuhren und gerade nach Danderyd abbiegen wollten, sah Märtha im Rückspiegel, wie Anna-Greta heimlich versuchte, trotzdem eine Hand in den Sack zu schieben.

»AberAnna-Greta, schäm dich! Hatten wir nicht gerade gesagt, dass wir damit warten wollen?«

»Ja schon, aber es sind meine Strumpfhosen«, antwortete sie trotzig, doch ihre Stimme kippte und klang am Ende durchaus schuldbewusst.

Als sie zu ihrer Villa auf Djursholm kamen, fuhren sie an Bielkes Garten vorbei und sahen durch die Fliederhecke, dass Herbstlaub auf den Rasen gefallen war, der auf dem ehemaligen Swimmingpool lag.

»Wenn der Pool nicht voller Beton wäre, könnten wir die Scheine auch dort verstecken«, meinte Snille.

»Hier wird gar nichts versteckt, jetzt haben wir das Geld endlich«, sagte Anna-Greta ungewöhnlich energisch.

»Für die Bedürftigen«, stellte Stina klar.

»Was auch passiert, wir dürfen nicht gierig werden, egal, wie viel wir klauen. Versprecht das jetzt alle miteinander!« Märtha hob streng den Zeigefinger.

»Amen!«, sagte Kratze.

Als sie geparkt, die Kellertür aufgeschlossen und die Müllsäcke in die Sauna hinuntergetragen hatten, atmeten sie auf, und Märtha ging hoch, um den Champagner zu holen.

»Kaum zu glauben, dass wir jetzt endlich das Geld aus dem Fallrohr haben«, sagte sie und verteilte zufrieden die Sektgläser. »Am besten feiern wir gleich. Ich meine, wenn die Geldscheine von Insekten zerfressen oder schimmlig sind, dann haben wir auf jeden Fall noch gefeiert.«

Kratze beäugte das Etikett, hielt die Flasche hoch, so dass sie alle sehen konnten, und nickte.

»Ähh, deine Lebensphilosophie hört sich gar nicht so schlecht an. Ein Henriot Champagner Brut Millésimé, du lebst nicht schlecht.«

»Da bin ich wie Märtha. Den Spaß sollte man sich vorher genehmigen. Wenn das Ganze den Bach runtergeht, dann hat man sich umsonst Sorgen gemacht, und geht alles gut, kann man noch mal feiern«, meinte Snille.

Da gab es Applaus von den anderen, und sie griffen zu den Gläsern und sahen gespannt zu, wie Kratze die Flasche gekonnt öffnete. Anschließend schenkte er jedem mit einem angedeuteten Diener ein.

»Zum Wohle!«, prosteten sie sich gegenseitig zu und nahmen einen ordentlichen Schluck, bevor sie die Gläser wieder abstellten. Eigentlich waren sie weniger interessiert am Champagner, sie benahmen sich eher wie Kinder am Weihnachtsabend. Sie wollten endlich wissen, was in den Säcken war.

»So, meine Lieben, sollen wir uns jetzt einen Blick gestatten?«, fragte Stina, und kaum hatte sie die erlösenden Worte ausgesprochen, stand Anna-Greta auch schon mit der Küchenschere in der Hand parat. Als sie ein Loch in das Plastik schnitt, puffte ein deftiger Verwesungsgeruch heraus, der an eine Mischung aus Kompost, faulen Eiern und vollem Plumpsklo erinnerte. Doch das machte Anna-Greta nichts aus. Mit schnellen Handgriffen schnitt sie den inneren schwarzen Müllsack auf und zog die Strumpfhosen heraus. Alle stürzten sich auf die betagten Beinwärmer, alle außer Kratze, der sich fragte, wie seine Seemannsknoten ein

Jahr am Grand Hotel gehalten hatten. Neugierig griff er nach den Müllsackresten und suchte nach seinen Knoten. Er fummelte vorsichtig an der geteerten Schnur und merkte, dass die Knoten noch fest waren, aber dass sich die Schur graugrün verfärbt hatte. Wenn die Säcke nun ein Loch hatten! Sein Mut verließ ihn, und gerade schon wollte er loschimpfen, als ein gellender Schrei durch die Luft schnitt.

»Die Strumpfhosen sind heil«, trötete Anna-Greta, riss eine von ihnen auf und warf die Geldscheine in die Luft, als wäre sie Dagobert Duck, der in seinen Münzen ein Geldbad nahm. Schein für Schein segelte hinab und fand ein Plätzchen auf den Bänken und dem Saunaboden.

»Aber dieser Gestank ist schon widerwärtig«, hustete Stina und hielt sich die Nase zu.

»Und was ist mit der passiert?«, fragte Snille und hielt die andere Strumpfhose hoch, die schmutzig grau war und zudem sehr, sehr lang. Sie schien kein Ende zu nehmen. Es war die längste Strumpfhose, die sie je gesehen hatten. Offensichtlich hatte sie sich in den vielen Monaten im Fallrohr maximal gedehnt.

»Sollten wir die – ich meine, sollten wir die nicht auch öffnen«, pustete eine ziemlich erschöpfte Anna-Greta, die von dem vielen Geld außer sich war.

»In der sollten noch zweieinhalb Millionen sein. Die Strumpfhose war fast neu, deshalb sehen die Scheine, die darin sind, vielleicht noch besser aus. Auf jeden Fall werden sie nicht so stinken.«

»Vielleicht weniger Fußschweiß?«, fragte Kratze und nahm einen Minzdrops.

»Schüttel' mal die Scheine heraus, dann wissen wir Bescheid. Die Strumpfhose scheint auf jeden Fall trocken zu sein«, sagte Märtha und strich über das Nylon.

»Selbstverständlich. Mit Knoten kenne ich mich aus«, sagte Kratze, griff nach der Strumpfhose und schwang sie verärgert über dem Kopf herum, bis die Scheine haufenweise herausflogen. Sie segelten auf die Lavasteine und den Ofen, und Märtha bekam einen Riesenschreck. Doch dann fiel ihr ein, dass die Sauna nicht eingeschaltet war, und sie beruhigte sich wieder.

Nun war der ganze Boden mit Fünfhundertkronenscheinen bedeckt, und alle waren aufgekratzt, als hätten sie gerade wieder einen Banküberfall hinter sich. Kratze spürte, wie sein Blutdruck stieg. Er musste sich leise davonschleichen, um seine Blutdrucktabletten zu nehmen. Die hatte er im Krankenhaus bekommen, aber keinem davon erzählt, nicht einmal Stina wusste es. Er mochte diese Pillen gar nicht. Ein Seemann kränkelte nie, und ein Seebär wie er brauchte doch keine Medizin. Nein, das passte überhaupt nicht zu seinem Selbstbild. Keiner bemerkte, wie er die Dose öffnete und drei weiße Tabletten entnahm. Er schluckte, hustete ein bisschen und ging wieder zu den anderen.

Den ganzen Tag lang krochen die Mitglieder der Seniorengang in der Sauna herum und kontrollierten die Scheine auf dem Boden. Einige waren dunkel verfärbt und an den Ecken etwas lädiert, andere fühlten sich feucht an und müffelten, aber den meisten war es in Anna-Gretas Strumpfhosen mit verstärkter Spitze ganz gut ergangen. Märtha und ihre Freunde konnten von den fast zehntausend Scheinen auf dem Boden nicht genug bekommen. Sie bestaunten sie, befühlten sie und untersuchten jeden einzelnen Fünfhundertkronenschein ganz genau. Snille sang *Kein schöner Land in dieser Zeit*, während die anderen *Money, Money, Money in a rich man's world* summten. Als sie die Scheine kontrolliert und in Stapeln sortiert hatten, holten sie wieder den Champagner heraus, setzten sich auf die Bänke und stießen an.

»Wisst ihr, wenn ich sehe, wie hervorragend uns dieser Coup gelungen ist, finde ich, wir sollten eigentlich echte Räuber werden«, sagte Märtha und hob ihr Glas.

»Sind wir das noch nicht?«, fragte Snille.

Keiner sagte ein Wort, sie schoben gedankenverloren die Millionen hin und her, bis Märtha wieder den Mund aufmachte.

»Ach, meine Lieben, im Moment ist das ja uninteressant und eher eine philosophische Frage. Wir müssen uns mit wichtigeren Dingen beschäftigen. Wie verteilen wir mehrere Tausend Fünfhundertkronenscheine, die nach Schimmel riechen, an die Bedürftigen?«

27

»Der ambulante Pflegedienst und die Krankenpflege dürfen kein Schimmelgeld bekommen«, sagte Stina entschlossen, und die anderen stimmten ihr zu. Natürlich gab das der ausgelassenen Stimmung einen Dämpfer, als die Seniorengang begriff, dass zehntausend stinkende Scheine ziemlich schwierig zu verteilen waren. Diejenigen, die diese kleinen Stinkbomben in die Hand bekamen, würden sich wundern, also musste man etwas unternehmen.

»Wisst ihr, was? Wir heizen die Sauna an, damit die Scheine trocknen können. Haben wir Essig? Man muss nur ein bisschen Essig in ein paar Schälchen geben und sie eine Weile neben die Scheine stellen, die nehmen den schlechten Geruch auf«, schlug Stina vor, die sich mit Hausfrauentricks auskannte.

»Aber wir müssen das Geld doch verstecken«, wand Anna-Greta ein.

»Es wird doch kein Mensch in einer Sauna, die nach Essig stinkt, nach Geld suchen«, entgegnete Kratze.

»Stimmt«, sagte Märtha und verschwand. Eine Weile war sie fort, dann kam sie triumphierend mit zwei Wäschesäcken zurück.

»Wenn wir den schlimmsten Geruch beseitigt haben, packen wir die Scheine hier hinein und stellen die Säcke zur Schmutzwäsche. Das ist ein super Versteck.«

»Wo hast du denn diese Säcke her? Die findet man doch nur in Wäschereien«, sagte Anna-Greta.

»Stimmt. Ich habe sie aus Bielkes Lagerraum. Wir können sie uns einfach eine Weile ausleihen.«

»Der arme Bielke. Kann man ihm seine Sachen nicht einfach mal lassen?«, fragte Snille.

»Ach was, wir leihen die doch nur für ein paar Tage«, beschloss Märtha. »Jetzt schalten wir die Sauna ein und legen uns ein Stündchen aufs Ohr. Nach diesem ganzen Wirbel können wir ein bisschen Schlaf gebrauchen.«

Die anderen nickten und gähnten laut, froh, endlich ein Weilchen schlafen zu können. Snille stellte die Sauna auf sechzig Grad, und Stina und Anna-Greta bedeckten die Geldscheine mit zwei großen hellblauen Bettbezügen von Ikea, auf die ein Kaninchenmuster gedruckt war. Dann zogen sie sich in ihre Zimmer zurück, zufrieden mit den Heldentaten der Nacht. Sie hatten ihre fünf Millionen zurück und konnten ihre Robin-Hood-Aktivitäten fortsetzen, sobald das Geld getrocknet war. Für Märtha und ihre Freunde war es das Größte, Geld an die Bedürftigen zu verteilen, deshalb waren sie alle in bester Stimmung, auch wenn sie ziemlich erledigt waren. Fünf zufriedene Rentner legten sich schlafen, und bald klangen deutliche Schnarchgeräusche durch die alte Djursholmsvilla (nicht jeder hatte eine Aufbissschiene). Die eben noch so aufgekratzten alten Leute schliefen nun selig mit einem breiten Lächeln im Gesicht und träumten von Banküberfällen und gutem Essen. Ohne zu ahnen, dass der Thermostat kaputt war.

»Verdammter Mist!« Der pensionierte Kommissar Blomberg fluchte laut und starrte mit großen Augen auf die SMS, die auf seinem Handy eingegangen war. Jöback und seine Sippschaft hatten bei ihm angefragt, ob er ein paar ergänzende Recherchen im Zusammenhang mit dem Nordeaüberfall für sie machen würde. Und da hatten sie ihn gebeten, ausgerechnet Buttericks, dieses Verkleidungsgeschäft, aufzusuchen! Sie wollten, dass er herausfand, wer in letzter Zeit Masken von Margaret Thatcher, Elton John, Luciano Pavarotti und Brad Pitt gekauft hatte. Blomberg starrte auf den Bildschirm, während sich sein Gesicht vor Wut verfärbte. Was für ein Auftrag! Das war ja der reinste Praktikantenjob! Wollten sie ihn veräppeln? Er ärgerte sich dermaßen, dass er kaum schlucken konnte. Seine Katze Einstein sprang ihm auf den Schoß. Mit zitternden Händen streichelte Blomberg der schnurrenden Katze über den Kopf und beruhigte sich langsam. Sein lieber Einstein hatte die außergewöhnliche Fähigkeit zu spüren, wenn etwas nicht in Ordnung war, und jetzt war Blomberg so außer sich, dass sogar ein Kater aus Porzellan reagiert hätte. Nie im Leben würde er sich für so eine Scheißarbeit hergeben. Nee, da würde er bestenfalls einen Abend vor dem Computer investieren, an dem er pflichtschuldig ein paar Informationen über Masken und Preise und so etwas recherchieren würde. Das musste genügen. Und das Geld würde er kassieren, zwar nicht für die Arbeit, aber für diese miese Beleidigung! Außerdem brauchte er Rechnungen für sein Detektivbüro, ansonsten würde er früher oder später Ärger mit dem Finanzamt bekommen. Schließlich musste man auch Umsatz machen. Man konnte nicht nur Kosten absetzen.

Blomberg wandte sich nun den täglichen Polizeiberichten zu. Seit er sein privates Detektivbüro gegründet hatte, war er bemüht, täglich neue Informationen von den verschiedenen Polizeibezirken in Stockholm zu bekommen, und jeden Morgen ging er die Meldungen aus der vorherigen Nacht durch. Er setzte sich mit einem Butterbrot in der Hand vor den Computer und fuhr ihn hoch. Gerade als er seine zweite Tasse Kaffee holen wollte, fiel ihm eine sonderbare Meldung auf, die vom Polizeirevier in Norrmalm stammte. Nach der Mitteilung einer Nachtwache am Grand Hotel hatte ein Rentnerverein der Cityfeuerwehr einen neuen Feuerschlauch am Kai getestet, und dies um fünf Uhr morgens. Eigentlich war es so, dass man solche Tests tagsüber abhielt, und es gab auch gar keine Feuerwehr mit diesem Namen. Blomberg googelte den Namen und las sich selbst laut vor:

Es brennt in einem leerstehenden Haus, und nur der LEGO City-Feuerwehrmann kann den Brand löschen! Spring aus dem Feuerwehrauto und fahre die Leiter aus, um auch bis an das kohlschwarze Dach und an die Flammen dort zu kommen! Lösche das Feuer von oben, und durchschneide dann mit der starken Säge die Tür, um die Flammen mit dem Feuerlöscher zu bekämpfen … Die Feuerwehrmänner sind immer bereit! Enthält drei Feuerwehrmänner und Zubehör.

Die *Cityfeuerwehr* war also ein Lego-Bausatz aus Plastik! Meine Güte, irgendein Feuerteufel musste sich mit den Angestellten am Hotel einen Scherz erlaubt haben, oder es war etwas Verdächtiges im Gange. Blomberg ließ seine Kaffeetasse auf den Tisch krachen. Das Grand Hotel lag ja direkt neben dem Nationalmuseum, wo es in der Vergangenheit schon einige schwere Diebstähle gegeben hatte. Ja, ein einziges kostbares Gemälde aus dem Museum war schon mehr wert als das gesamte Einkommen eines Durchschnittsverdieners in seiner ganzen Lebenszeit, und deshalb waren Bilder und Antiquitäten für Kriminelle so interessant. Vielleicht bereitete diese Feuerwehrgang gerade einen Überfall aufs Museum vor? Blombergs Gedanken kamen in Bewegung. Vielleicht war auf den Überwachungskameras vor dem Hotel etwas zu sehen, die Bilder sollte er sich mal anschauen. Dann fiel ihm sein alter Kumpel Eklund ein, der Schiffer auf einem der Waxholmsboote war. Vielleicht hatte der etwas gesehen oder gehört. Blomberg griff nach seinem Handy und wählte Eklunds Nummer. Der meldete sich prompt, und nach ein paar Einleitungsphrasen über Wind und Wetter kam Blomberg zur Sache.

»Ob heute Nacht was vor dem Grand Hotel los war? Da kannst du Gift drauf nehmen!«, schimpfte Eklund in den Hörer. »Irgendwelche Idioten haben mich um fünf Uhr in der Frühe geweckt. Und rate mal, was da im Gange war. Eine Horde alter Leute, die sich an einer Feuerspritze zu schaffen machten. Die haben ja wohl eine Schraube locker. Ich habe versucht, sie davon abzuhalten, aber bin dann dummerweise hingefallen und hab mir das Knie aufgeschlagen.«

»Oh, das tat bestimmt weh.«

»Ja, ganz fies. Aber was diese Schwachköpfe da wollten, kapiere ich nicht.«

»Wie sahen die denn aus?«

»Es waren fünf. Vier standen leider mit dem Rücken zu mir, die konnte ich nicht sehen. Aber sie trugen solche schwarzen Feuerwehruniformen. Und dann war da noch so eine Alte, die vor dem Nationalmuseum mit einem Rollator auf und ab ging.«

»Eine alte Frau mit einem Rollator?«

»Ja, wirklich. Als ob sie den Rest der Gang kontrollierte. Die Alten haben einen Schlauch an den Hydranten geschraubt, und dann ging die Post ab. Das hättest du mal sehen sollen! Diese Rentner haben direkt in das Fallrohr an der Cadier-Bar gesprüht, und dann wurde es furchtbar laut. Aber alles konnte ich nicht sehen, weil ich ja mit meinem Knie an Deck lag. Ich habe noch mitgekriegt, dass sie in einem Fahrdienstauto weggefahren sind.«

»In einem Fahrdienstauto?« Blomberg spürte, wie sein Puls schneller wurde. »Und die waren richtig alt, diese Cityfeuerwehrleute?«

»Aber hallo. Die Alte hatte ja diesen Rollator, und die anderen gingen langsam und vorsichtig und auch gebeugt. Zusammen hatten sie bestimmt ein paar hundert Jahre auf dem Buckel.«

Bei Blomberg fiel wieder ein Groschen. Die alten Leute hatten sich also mitten in der Nacht in der Nähe des Nationalmuseums aufgehalten. Es war klar, dass sie einen Einbruch vorbereiteten. Klar wie Kloßbrühe. Wahrscheinlich brauchten sie den Feuerwehrschlauch, um hineinzukommen. Vermutlich war es ein Leichtes, ein Fenster kaputtzusprühen. Solche harten Wasserstrahlen hatten ja eine Wahnsinnskraft. Blomberg stand auf und lief mit dem Handy in der Hand durchs Zimmer, während er versuchte nachzudenken. Er dachte an den Diebstahl zweier Gemälde aus dem Nationalmuseum, einen Monet und einen Renoir, zusammen 30 Millionen wert. Dieser Coup war noch immer ein Mysterium, obwohl er und seine Kollegen sich lange damit beschäftigt hatten. Die Diebe hatte man nie verhaften können, auch nicht die Kriminellen, die die Handelsbank kurz darauf überfallen hatten, und bei beiden Verbrechen waren ältere Leute auf den Bildern der Überwachungskameras zu sehen gewesen. Und in beiden Fällen war eine ältere Dame aufgetaucht, von der er selbst geglaubt hatte, dass sie damit etwas zu tun haben musste. Aus Mangel an Beweisen hatte man sie nicht verhaften können, aber wenn sie das jetzt wieder war! Blomberg sah hinauf zur Decke, das Handy noch am Ohr, und überlegte. Die gesamte Rentnergang saß im Gefängnis, und die hatte auch keine weiblichen Mitglieder. Dasselbe galt für die Maskenbande. Und trotzdem hatte die Polizei drei unaufgeklärte Diebstähle, die von älteren Leute verübt worden waren: der Überfall auf das Nationalmuseum, der Raub in der Handelsbank und der in der Nordeabank. Wenn das nun alles dieselben Verbrecher waren, eine neue Gang mit alten Leuten, in der es auch Frauen gab? Eine eine alte Dame? Eine Seniorengang.

»Trugen sie denn Masken?«, fragte Blomberg, der vor Aufregung schwitzte.

»Soweit ich sehen konnte, nicht. Aber wie gesagt, sie haben sich langsam bewegt. Ich wette, dass sie mindestens siebzig Jahre alt waren.«

»Weißt du, was, ich komme zu dir raus, dann reden wir weiter«, rief Blomberg und beendete das Gespräch mit ein paar Höflichkeitsphrasen. Mit einem Mal fühlte er sich ganz beschwingt. Alte Leute, die morgens um fünf Uhr Lärm machten. Das klang fast zu schön, um wahr zu sein. Bald hatte er sie hinter Schloss und Riegel.

Am nächsten Morgen erwachten alle von der Seniorengang recht früh und außerordentlich gutgelaunt. Nach endlosen Problemen und Überlegungen, wie sie es anstellen sollten, war ihnen die Operation Fallrohr nun endlich geglückt. Das war so eine tolle Leistung, dass Kratze fand, sie sollten es mit Rüdesheimer Kaffee feiern, doch da sagte Stina ›nein‹ und betonte, wie maßlos diese Trinkerei sei. An diesem Vormittag wollte sie eine Yogastunde geben, und da war es viel besser, wenn sie stattdessen einen gesunden Fruchtsmoothie tranken, eine von ihren Spezialmischungen mit Limette, Apfelsine, Apfel und Banane.

»Oder wir machen eine ganz normale Gymnastikstunde. Dann könnten wir hinterher Tee mit Moltebeeren-Likör trinken«, lockte Märtha die anderen, weil sie fand, dass es Stina mit der Gesundheit manchmal übertrieb. Verärgert sah ihre Freundin sie an.

»Nur Yoga macht deinen Körper wirklich weich«, sagte sie mit schnippischer Stimme.

»Aber Gymnastik hält dich geschmeidig und ist auch gut für die Kondition«, entgegnete Märtha.

»Hej, Mädels, beruhigt euch! Bevor wir die Beine hierhin und dorthin beugen, müssen wir erst mal in der Sauna aufräumen, nicht wahr? Das ist am wichtigsten. Da liegen immerhin noch fünf Millionen«, meinte Snille.

»Ja, da hast du recht«, sagte Märtha. »Erst stopfen wir die Scheine in die Wäschebeutel. Dann geht's mit der Gymnastik los.«

»Oder Yoga«, sagte Stina.

»Geht schon mal runter in die Sauna, dann räume ich das Geschirr vom Frühstück ab«, bot Anna-Greta an, und ohne eine Antwort abzuwarten, begann sie, die Tassen einzusammeln. »Ich komme gleich.«

Die anderen nickten, standen auf und gingen hinunter in den Keller. Aber schon als sie die Tür zur Kellertreppe öffneten, schwante ihnen Böses. Ein warmer, stechender Essiggeruch schlug ihnen entgegen.

»Oh, das riecht nicht gut«, murmelte Märtha und flitzte die Treppe hinunter. Als sie vor der Saunatür stand, sah sie, dass das kleine rechteckige Fenster ganz oben hellrot beschlagen war, und als sie die Tür öffnete, kam ihr ein säuerlicher, klebriger Essignebel entgegen. Sie musste husten und machte ein paar Schritte zurück.

»Was ist los?«, fragte Snille und öffnete sicherheitshalber das Kellerfenster, bevor er die Tür zur Sauna noch einmal öffnete.

»Du liebe Zeit«, war alles, was er herausbrachte, bevor auch er wieder Abstand suchte.

Erst als sie das Fenster und die Kellertür sperrangelweit geöffnet und für Durchzug gesorgt hatten, öffneten sie die Saunatür wieder einen Spalt, und dann lüfteten sie erst einmal eine ganze Weile, bis sie es wagten hineinzugehen. Doch obwohl die Tür schon über eine Viertelstunde offen gestanden hatte, war die Temperatur immer noch über siebzig Grad und in der Luft hing ein beißender Geruch. Allen war klar, dass irgendetwas Unvorhersehbares passiert sein musste. Etwas *sehr* Unvorhersehbares.

»Der Thermostat«, sagte Snille. »Irgendwas an dem Ding ist kaputt. Er hat jedenfalls nicht funktioniert.«

Der Essig in den Schälchen war verdampft, und der feuchte, warme Essigdampf hatte sich wie braune, asymetrische Tropfen über die hellblauen Bettbezüge gelegt. Und die beiden Bettücher mit den kleinen Kaninchen sahen gelinde gesagt katastrophal aus. Märtha trat näher, um die Laken abzuziehen, doch hielt inne.

»Irgendetwas sagt mir, dass uns möglicherweise eine unangenehme Überraschung erwarten wird«, sagte sie. »Die Bettbezüge waren von Ikea und *ziemlich* billig.« Ihre Stimme klang dünn und wacklig.

Kratze zog das Tuch beiseite, so dass die Scheine in alle Richtungen flogen.

»Na wunderbar. Jetzt haben wir Geldscheine, die nach Essig stinken und außerdem völlig bescheuert aussehen«, stellte Kratze fest und trat auf einige bräunlich verfärbte Fünfhundertkronenscheine.

»O nein, jetzt haben die Scheine eine andere Farbe und irgendwie auch noch das Muster vom Laken«, sagte Snille.

»Ja stimmt. Schau mal, kleine Hasen!«, schluchzte Stina und hielt zwei Scheine gegen das Licht. »Fünf Millionen voller Hasen!«

Märtha, Snille und Kratze begannen, in dem Berg aus Scheinen herumzuwühlen, während Stina schniefend versuchte, mit dem Weinen aufzuhören.

»Wenn wir die Scheine hinter Glas legen und rahmen, können wir sie vielleicht im Museum für Moderne Kunst ausstellen«, sagte Märtha und versuchte, die anderen aufzuheitern.

»Dann kannst du bei der Gelegenheit auch gleich Anna-Gretas Strumpfhosen einrahmen«, schlug Kratze vor.

»Das ist überhaupt nicht witzig«, schimpfte Stina, als sie gerade mal nicht schluchzte.

»Hallo, wie läuft's bei euch da unten?«, rief Anna-Greta von der Küche hinunter, doch bekam keine Antwort. Da ahnte sie schon etwas, und so nahm sie sicherheitshalber eine Flasche Fliederblüten-Aquavit und ein Tablett mit fünf Schnapsgläsern mit, als sie sich auf den Weg nach unten machte.

»Wie wäre es mit einem Kurzen? Den haben wir uns wohl verdient«, meinte sie.

»Verdient, na ja, das weiß der Himmel«, sagte Märtha und zeigte ihr ein paar Scheine.

»O Gott, was ist denn da passiert?«, rief Anna-Greta aus und hätte beinahe alles fallen lassen.

»Das hier«, sagte Märtha und hielt ihr einen der Scheine direkt vors Brillengestell. Anna-Greta setzte das Tablett auf der Treppe ab und starrte eine ganze Weile auf den Fünfhundertkronenschein. Sie war mucksmäuschenstill, so still, dass die anderen schon begannen, sich Sorgen zu machen. Dann kam dieses sonderbare Geräusch aus ihrem Bauch, ein Geräusch, das immer lauter wurde und zu einer Donnerbombe anschwoll.

»IM ERNST, EIN HASE!?!«

»Ikea«, seufzte Stina.

»Die Bezüge sind aus dem Schlussverkauf«, erläuterte Snille.

Anna-Greta sank auf die Knie (was ihr mittlerweile nach Stinas Yogastunden recht gut gelang) und sah sich die Scheine im Haufen an.

»Mmh. Die erste Schicht hat einiges abbekommen, aber das ist gar nicht so schlimm.«

»Was sagst du da?«, fragte Kratze. »Wir haben soeben fünf Millionen Kronen vernichtet!«

»Nein! Im Grunde haben wir ein Riesenproblem gelöst!«

»Ich dachte, wir hätten ein Problem *bekommen*«, meinte Märtha.

»Im Gegenteil. Mir kommt gerade in den Sinn, dass das die ideale Art ist, um Geld zu waschen.«

»Sag jetzt nicht, dass du tausende Fünfhundertkronenscheine in die Waschmaschine stecken willst. Oder wolltest du sie nur schleudern?«, fragte Kratze.

»Nichts von alledem. Hört mal her. Wir nehmen Kontakt zur Reichsbank auf. Gemäß den Vorschriften aus dem Jahr 2014 über die Ersatzleistungen von Geldscheinen und Münzen ist die Bank verpflichtet, beschädigte Scheine umzutauschen.«

»Ist das wahr?«, rief Märtha entzückt.

»Auch Scheine, auf denen Hasen sind?«, fragte Stina.

»Na ja, die sollten wir vielleicht vorher abwaschen«, meinte Anna-Greta.

»Ich weiß was. In den Haushaltssendungen im Fernsehen zeigen sie, wie man Flecken rausbekommt«, erklärte Stina. »Da gibt es bestimmt ein paar gute Tipps.«

»Wir schrubben ein, zwei Ziffern weg, und dann legen wir die beschädigten Scheine in ein gut versiegeltes Kuvert und schicken es an die schwedische Reichsbank in Broby. Wenn wir das mit Beträgen bis zu zehntausend Kronen machen, werden sie uns in neue Scheine umgetauscht. Es kann eine Weile dauern, aber das macht ja nichts!«

»Wir können die Scheine umtauschen?« Stina sah aus, als würde sie jeden Moment ohnmächtig werden.

»Genau«, sagte Anna-Greta. »Sie überweisen das Geld sogar auf ein Konto, wenn wir eins angeben. Die Reichbank ist dazu gesetzlich verpflichtet – natürlich nur, wenn das Geld nicht aus illegalen Geschäften stammt –, was wir ihnen ja nicht auf die Nase binden müssen.«

Danach hielt Anna-Greta einen kleinen Vortrag darüber, wie man Verfärbungen mit Aceton und Wasser in der richtigen prozentualen Mischung entfernen kann. Sie einigten sich darauf, dass man die Scheine unterschiedlich behandeln sollte, damit keiner auf die Idee kommen konnte, dass sie denselben Ursprung hatten. Außerdem sollten sie ihre Briefe an die Reichsbank mit etwas Abstand schicken, damit niemand Verdacht schöpfte. Die zwei Säcke in der Waschstube konnten ganz einfach ihre kleine Hausbank werden – ohne versteckte Gebühren und solchen Unfug –, von der sie Geld entnehmen konnten, wann immer sie welches brauchten.

»Genau wie eine Gehaltsauszahlung«, fasste Anna-Greta zusammen.

»Besser als Rente«, sagte Märtha. »Mit diesem Geld kommen wir immerhin aus, auch wenn wir ältere Damen sind. Ich meine, denk mal an all die Frauen, die von ihrer Rente *nicht* leben können.«

Da stimmten ihr alle zu und meinten freudestrahlend, dass sie lieber Diebe als verarmte Rentner seien. Besonders jetzt, da die Seniorengang so viel Geld hatte, dass sie anderen wieder etwas abgeben konnten. Und so war es nun auch höchste Zeit, ein Lokal zu mieten, damit sie ihr Restaurant für ältere Menschen eröffnen konnten.

»Wir fangen mit dem Restaurant an, sammeln unsere Erfahrungen und machen dann mit dem Vintagedorf weiter«, schlug Märtha vor.

»Genau, ein modernes Dorf für Senioren, das ein Vorbild für ganz Schweden sein wird«, sagte Anna-Greta.

»Nein, für die ganze Welt«, entgegnete Märtha. »Wir weisen allen anderen den Weg.«

»Mein Gott, jetzt ist Märtha wieder in Fahrt«, brummte Kratze.

»Stimmt genau«, antwortete Märtha.

28

Nicht alle Geldscheine hatten Farbe abbekommen, sondern nur die, über denen der Bettbezug gelegen hatte. Trotzdem gab es genug zu tun. In den folgenden Tagen verwandelte sich die Sauna in eine ungewöhnliche Arena, in der Märtha und ihre Freunde frisch gewaschene Fünfhundertkronenscheine mit Wäscheklammern an langen Leinen aufhängten. Alle hatten an den Nummern auf den Scheinen ganz besonders geschrubbt und hier und da sogar eine klitzekleines Stückchen von der Kante abgerissen, alles gemäß Anna-Gretas Vorgaben. Wenn die Scheine nur zu zwei Drittel intakt waren, würde die Reichsbank sie umtauschen – doch obwohl Anna-Greta das wusste, fiel es ihr verdammt schwer, einen heilen Schein zu zerreißen.

In der Sauna hing ein ganz eigenartiger Geruch von Essig und Aceton, aber nach und nach sahen die Fünfhundertkronenscheine richtig gut aus. Natürlich gab es auch welche, die an den Rändern leicht hellrosa schimmerten – wie nach einem ganz normalen Werttransportüberfall –, und andere waren mysteriös gemustert, nachdem sie an Ikeas Hasen festgeklebt waren. Aber Gott sei Dank hatten die Senioren alle Tiere mit langen Ohren entfernen können, und das war schon mal ein gutes Gefühl.

Nachdem sie in der Sauna schon hart gearbeitet hatten, konnten die Rentner nun das Geld nach Muster, Farbton und Beschädigung sortieren. Manche Scheine rochen zwar noch leicht nach Essig, doch der Geruch sollte sich mit der Zeit legen, wenn sie länger gelagert wurden. Zufrieden packten Märtha und ihre

Freunde die sortierten Millionen gebündelt wieder in die Wäschesäcke, platzierten etwas Schmutzwäsche darüber und stellten sie in den Wäschekeller. Da konnten sie bleiben, solange die Seniorengang von Zeit zu Zeit ein paar Bündel für die Reichsbank herauskippte.

Als das alles geschafft war, konnte Märtha ein wenig entspannen. Mit Anna-Greta diskutierte sie nun über ihre Zukunft. Rechtsanwalt Hovberg hatte mitgeteilt, dass die Visakarte und die Firmen soweit fertig seien und dass die monatlichen Überweisungen an die Diakonie reibungslos liefen. Bei der Diakonie hatten sie ein gutes Gefühl, denn die unterhielt sowohl Schulen als auch Tagespflege für Bedürftige. Aber am meisten Spaß machte es, wenn sie das Geld selbst verteilen konnten. Als die ersten Überweisungen von der Reichsbank auf ihrem Konto bei der Handelsbank eingingen, begann die Seniorengang sich nach einem Lokal umzusehen. Höchste Zeit, dieses Rentner-Restaurant in Angriff zu nehmen.

An einem kühlen Herbsttag fuhr die Seniorengang hinüber in das neue Gebiet in Hornsberg auf Kungsholmen, um nach einem geeigneten Objekt für das künftige Restaurant zu suchen. Sie begannen ihren Spaziergang an der Ekedalsbro, liefen den ganzen Weg am Wasser entlang, kamen an einem Badeplatz und an einigen Restaurants vorbei und gelangten fast bis nach Kristineberg. Doch alle Lokale, die sie fanden, waren entweder schon vermietet oder viel zu klein.

»Es sieht aus, als wären wir etwas spät dran«, seufzte Snille, der wie die anderen auch schon ziemlich müde war. »Vielleicht müssen wir warten, bis ein Objekt zum Verkauf ansteht.«

»Warten? Nein, für so was haben wir keine Zeit!«, rief Märtha aus. »Wir finden bestimmt etwas, das frei ist. Warum fragen wir nicht mal in dem Café da drüben nach? Das Personal weiß doch meistens Bescheid, wie es hier in der Gegend aussieht, und außerdem können wir eine Tasse Kaffee zur Stärkung gut gebrauchen.«

»Ja, wir sollten auch einen Kundenkreis in dem Gebiet aufbauen, wo wir unser Dorf der Freude planen«, meinte Anna-Greta.

»Also, jetzt erst mal ins Café«, sagte Kratze, kämmte sich das Haar und folgte den anderen.

Das Lokal war nicht groß, und als sie durch die Tür kamen, schlug ihnen der Duft von frisch gebrühtem Kaffee entgegen. Auf den Tischen lagen kleine weiße Tischdecken, und die Stühle aus Birkenholz trugen den Charme der fünfziger Jahre. Die fünf machten es sich bequem, waren aber so erschöpft, dass keiner sprach. Erst mussten sie eine Weile durchatmen und sich bei einem doppelten Espresso und einer Rumkugel erholen, dann kamen die Kräfte zurück. Da stand Märtha auf und ging vor zum Inhaber des Cafés.

»Wir sind auf der Suche nach einem Lokal, das zu mieten ist. Wissen Sie vielleicht, ob in der Nähe hier etwas frei ist?«

»Tut mir leid, davon habe ich keine Ahnung. Da müssen Sie mit Johan sprechen. Er kümmert sich um so was.«

»Johan, welcher Johan?«

Der Chef antwortete nicht sofort, und die Espressomaschine zischte eine ganze Weile, bevor er sich wieder zu Märtha umdrehte.

»Johan Tanto. Seine Familie und er haben mehrere Restaurants in der Gegend hier. Guter Typ. Er hat einem Freund von mir geholfen, eine Pizzeria zu eröffnen.«

Märtha bekam die Handynummer, rief an und vereinbarte ein Treffen für den kommenden Tag. Sie verabredeten sich vor dem Café, und am Tag darauf fuhr die ganze Seniorengang wieder nach Hornsberg. Es nieselte, war grau und nasskalt, aber hier und da sah man doch einige Menschen, die unterwegs waren.

»Dieser Johan, ist der Mitte dreißig?«, fragte Anna-Greta nach einer Weile, als sie einen jungen Mann entdeckte, der sich vor dem Eingang des Cafés eine Zigarette anzündete. Er trug einen schwarzen Pullover, einen grauen Wintermantel und eine glitzernde Kette um seinen Hals.

»Fragen kostet nichts«, meinte Kratze, machte ein paar Schritte auf ihn zu und streckte die Hand aus. »Herr Tanto?«

Der Typ nickte, machte die Zigarette aus und stellte sich als Johan Tanto vor. Er hatte blondes, struppiges Haar, einen Ring im Ohr und ein Tattoo, das oberhalb des Kragens zum Vorschein kam. Früher war ein Tattoo ein Hinweis auf Kriminalität gewesen oder dass einer zur See gefahren war, dachte Märtha, aber heute tätowierten sich Hinz und Kunz. Wie sollte man da die Leute noch auseinanderhalten?

»Ich verstehe, Sie suchen ein Lokal. Da drüben haben wir eins«, sagte er, und ohne eine Antwort abzuwarten, ging er voraus in Richtung Kai. Die Seniorengang kam kaum hinterher, weil er so schnell ging. Er bewegte sich flink, fast wie ein Wiesel.

»Hier ist es«, sagte er nach einer Weile und blieb vor einem großen Lastkahn stehen. »Eine Zeitlang war hier ein Restaurant namens Vinci, und dann wurde es eine Kunstgalerie. Aber die sind jetzt nach Södertälje umgezogen. Wir hatten uns gedacht, dass es wieder ein Restaurant werden sollte. Das Lokal ist total schick und sehr vielseitig einzusetzen!«

»Ein Kahn!«, sagte Stina enttäuscht. Sie hatte sich ein hübsches Restaurant vorgestellt, mit einem Oberkellner, der einen Diener machte und einen an eine schillernde Bar führte. Auf der anderen Seite schien das Boot in einem guten Zustand zu sein. Der Schiffsrumpf war dunkelgrün gestrichen, während das Achterdeck des Schiffs ein helleres Grün trug. Reling und Stützen waren grau. Der alte Pott lag der Länge nach am Kai, und nachdem der Mann ein Tor aufgeschlossen hatte, konnte man an Bord gehen. Stina fiel auf, dass der Steg breit war und stabile Geländer besaß und dass zwischen Kai und Schiffsdeck kein nennenswerter Höhenunterschied bestand.

»Heutzutage muss alles behindertengerecht sein«, sagte Johan, als er Stinas Blick bemerkte. »Aber das ist ja auch sinnvoll.«

Er schloss die Tür auf, trat einen Schritt zurück und machte Platz.

»Der Kahn ist hier fest verankert, und drinnen gibt es ordentliche Räumlichkeiten für ein gutes Restaurant. Natürlich gibt es an der Einrichtung noch einiges zu tun.«

»Gar kein Problem, genau so etwas suchen wir«, sagte Stina und betrachtete die kahlen Wände. Verträumt stellte sie sich vor, wie viel Platz sie hätte, ihre Aquarelle aufzuhängen. Märtha summte vor sich hin. Innen hatte das Schiff große, leere Flächen, aber auf der anderen Seite konnte man Trennwände einziehen und den Raum mit Tischen und Bänken einrichten. Es wäre sogar Platz für Sitzgruppen und eine Bar vorhanden.

»Wo ist das Schiff denn gesegelt?«, wollte Kratze wissen.

»Das war als Kohlelastschiff im Mittelmeer unterwegs«, antwortete der Typ. »Dann hat es ein Åländer gekauft, es zum Restaurant umgebaut, und jetzt ist es hier gelandet.«

Märtha holte tief Luft und schnüffelte hier und da. Sie war nämlich sehr empfindlich, wenn es um feuchte Wände ging. Hier konnte sie aber nichts riechen, im Gegenteil, es war warm und schön. Dann würden sich hier auch ältere Leute wohl fühlen, die Atembeschwerden hatten, dachte sie. Außerdem hatte der Kahn Geländer und Rollstuhlrampen. Das konnte ein Eldorado für Senioren werden. Es kam wie gerufen!

Sie gingen hinüber in die Küche, und Stina sah, dass da zwei Herde, eine richtige Kücheninsel, ausreichend viele Schränke, viel Abstellfläche und zwei Spülmaschinen vorhanden waren. Außerdem war an einer Seite über die gesamte Länge der Küche eine ordentlich tiefe Arbeitsplatte installiert.

»Das sieht ja ganz phantastisch aus«, sagte sie, und auch Anna-Greta nickte begeistert. Sogar Snille schien zufrieden.

»Mmh, das sieht nicht schlecht aus. Dort in die Ecke könnte ich eine kleine Arbeitseinheit mit Werkbank und Werkzeug stellen, falls etwas kaputtgehen sollte. Und außerdem ist hier noch Platz für Motoren, an denen ich schrauben kann, wenn das Restaurant geschlossen ist.«

»Das wird bestimmt gut«, sagte Märtha und ging weiter durchs Lokal. Zum Bug hin war es etwas dunkel, doch mit passender Beleuchtung würde man das in den Griff kriegen. Und ein bisschen romantisch durfte es ja durchaus sein, wenn sie auch Speeddating anbieten wollten. Nach einem zweiten Rundgang schlug die Seniorengang zu. Die Miete war niedrig, und das Schiff machte einen guten Eindruck. Hier würden sie ihr Rentner-Restaurant eröffnen.

Als sie am nächsten Tag im Café den Vertrag unterschrieben, bemerkte Märtha, dass Johan Tanto gestresst wirkte. Ununterbrochen fingerte er an seinem Ring im Ohr.

»Sie scheinen viel zu tun zu haben«, sagte sie.

»In dieser Branche heißt es immer Vollgas geben«, antwortete er ausweichend und hielt ihr den Vertrag hin. Sein Blick war stechend, seine Bewegungen kantig. »Dann viel Glück!«

Er hatte kaum noch Zeit, Märtha die Hand zu geben, bevor er sie zur Tür hinausschob. Snille, der draußen auf sie gewartet hatte, legte ihr den Arm um die Schulter.

»Weißt du, was, mein Herz, wir haben eins vergessen. Wir haben vergessen zu fragen, was eigentlich passiert, wenn der Kahn sinkt.«

29

Genehmigung hin, Genehmigung her. Das ist doch irre! Wenn ich das gewusst hätte, hätte ich niemals vorgeschlagen, ein Restaurant zu eröffnen«, stöhnte Märtha mit hochroten Wangen, einen dicken Stapel Papier in der Hand. Ihre Haare sträubten sich in alle Richtungen, und sie atmete mit kurzen, keuchenden Atemzügen.

»Nimm deine Medizin, meine Kleine«, ermahnte sie Snille besorgt und ließ nicht locker, bevor sie das Asthmaspray gefunden und ihre tägliche Dosis Inuvair inhaliert hatte. Dann fuhr sie sich schnell mit der Hand über den Mund, leckte die Lippen ab und stopfte das Spray zurück in die Handtasche. Sie griff wieder zum Papierstapel.

»All diese Genehmigungen! Wir wollen doch nur ein Restaurant eröffnen und keine ganze Stadt in Betrieb nehmen«, brummte sie.

Die Mitglieder der Seniorengang saßen auf Pritschen vor einem Ausklapptisch hinten im Kahn, alle außer Kratze, der es sich auf einer alten Seemannskiste bequem gemacht hatte. Vor ihnen lagen Formulare, Zeichnungen, Skizzen und Farbmuster.

»Hört mal. Für die Eröffnung des Lokals brauchen wir eine Genehmigung für die Zubereitung von Speisen und außerdem die Erlaubnis, Alkohol auszuschenken«, sagte Märtha.

»Ach, Unsinn. Wir sind doch nie besonders gesetzestreu gewesen«, meinte Anna-Greta.

»Zum Thema Alkohol steht hier auch so einiges. Wir müssen

eine Prüfung zum Alkoholgesetz ablegen, wenn wir alkoholhaltige Getränke ausschenken wollen«, fuhr Märtha fort.

»Ich melde mich freiwillig«, sagte Kratze.

»Aber da geht es nicht darum, Alkohol zu testen, es geht darum, dass man sich mit dem Gesetz auskennt, Kratze«, erklärte ihm Stina.

»Dann lassen wir das«, meinte Kratze.

»Die Gaststättenerlaubnis muss beim zuständigen Gewerbeamt beantragt werden«, fuhr Märtha fort, »und wenn man alkoholhaltige Getränke serviert, muss eine Person vor Ort dafür verantwortlich sein, die sich mit dem Alkoholgesetz auskennt.«

»Meine Güte, wir sind zusammen bald 500 Jahre alt und trinken Alkohol seit, na, das werden über 400 Jahre sein. Was wir nicht wissen, ist auch nicht wissenswert. Deshalb können wir behaupten, dass wir Alkoholkundige hier vor Ort haben«, meinte Snille und erhielt sofort Zustimmung von den anderen.

»Dann hör dir das mal an«, fuhr Märtha fort und zog ein weiteres Papier aus dem Stapel. »Das Amt prüft die persönliche und ökonomische Eignung des Betreibers.«

»Dann sollen die uns mal prüfen!«, rief Anna-Greta fröhlich aus und schob ihre Fünfzigerjahrebrille hoch auf die Stirn. »Die müssten nur wissen, dass unsere Einkünfte auf die Cayman Islands wandern.«

»Also, wir machen eine Steuerplanung, damit wir noch mehr Geld verschenken können, sehe ich das richtig?«, fragte Stina sicherheitshalber nach.

»Ja genau, so ist es. Mauschelgeschäfte sind nicht unser Stil«, klärte Märtha sie auf.

»Ach wirklich, da muss ich etwas falsch verstanden haben«, murmelte Kratze.

»Ich habe schon gehört, was du gesagt hast, Kratze. Aber wir von der Seniorengang springen nur da ein, wo Regierung und Parlament versagen. Sonst nicht«, verdeutlichte Märtha.

»Regierung und Parlament? Ja klar, Märtha. Du hast dir aber noch nicht überlegt, dass du vielleicht Nato-Chefin werden könntest?«, antwortete er, aber nur so laut, dass Snille es hörte. Sein Kumpel musste grinsen.

»Ach, Vorschriften hin oder her. Jetzt weiß ich, wie wir es machen, wir listen sie auf und hängen sie am Eingang aus, dann glauben die Behörden, dass wir sie befolgen«, sagte Märtha.

Diese Logik fanden alle genial, und Anna-Greta holte sich sofort den Laptop. In einer sehr dekorativen Schriftart und beachtlicher Schriftgröße schrieb sie die Verordnungen auf ein Blatt Papier, das Snille dann rahmte und im Eingangsbereich aufhängte. Danach fanden alle, sie hätten für heute genug getagt, aber nein:

»Hört mal, es ist höchste Zeit, dass wir festlegen, wie die Einrichtung werden soll«, fuhr Märtha fort und holte etwas zum Essen. Die anderen machten es sich in der roten Sitzgruppe bequem, und als Märtha Tee mit Ingwer und Moltebeeren-Likör servierte, sanken die fünf noch tiefer in die Kissen. Die luxuriösen Sessel und das prächtige Sofa aus Samt hatten sie für die zukünftigen VIP-Gäste angeschafft. Acht bequeme Samtsessel, die auf einem leicht erhöhten Podest stehen sollten, umrahmt von Topfblumen.

»Und?«, fragte Märtha und ließ ihren Blick über das Lokal wandern.

»Ich bin für Modellboote, die von der Decke herabhängen«, sagte Kratze. »Ich könnte mir stattliche Schiffe vorstellen, also alles vom Segelschiff bis zum Raddampfer. Und es sollte nach geteertem Hanf duften.«

»Nette Idee«, kommentierte Märtha.

»Hat jemand schon an Geldscheine gedacht?«, überlegte Anna-Greta. »Es wäre doch super, wenn wir sie hinter Glas gerahmt im ganzen Restaurant aufhängen würden. Alle möglichen Währungen und Stückelungen.«

»Nee, da muss ich an die Arbeit denken, an Banküberfälle und so, nee, das kannst du vergessen«, widersprach Kratze.

»Stina, du bist doch unsere Künstlerin. Wie hättest du es denn gern?«, fragte Märtha und drehte sich zu ihr um. Märtha machte sich längst Gedanken, dass sie viel zu viel selbst bestimmte, und wollte einiges nun den anderen überlassen – auch wenn es verdammt schwierig war loszulassen. Und warum sollten sie nicht die Hauptverantwortung für die Einrichtung in Stinas Hände legen, da sie doch die Kreative in der Gang war? Märtha schob ihrer Freundin die Zeichnung hin.

»Stina, könntest du das nicht in die Hand nehmen?«

Und tatsächlich, Stina sah von einer Sekunde zur anderen so glücklich aus, dass Märtha wirklich das Herz aufging. Eine weitere Aufforderung brauchte Stina nicht, sie ließ sofort ihrer Künstlerseele freien Lauf.

»Als Erstes würde ich gern meine Aquarelle aufhängen, aber ich habe auch noch eine andere Idee. Erinnert ihr euch noch an die Sauna im Grand Hotel mit diesem grünen Licht und der Dschungelmusik? Warum machen wir aus dem Innenraum nicht eine spannende Dschungellandschaft? Natürlich keinen richtigen Dschungel, aber so ein bisschen eine romantische Szenerie mit Bäumen, Büschen und ein paar ausgestopften Tieren neben den Tischen.«

»Also verlegen wir das Naturhistorische Museum hierher?«, fragte Kratze und schob sich eine Portion Snus unter die Lippe.

»Ich spreche mehr von einer menschenfreundlichen Umgebung, in der man ›ja‹ zur Natur sagt.«

»Bäää«, erwiderte Kratze.

Da trat Märtha Kratze vors Schienbein, damit er den Mund hielt. Manchmal war es nämlich angebracht, diplomatisch zu sein, und jetzt war der falsche Zeitpunkt, um auf Stinas Kosten Witze zu reißen.

Den ganzen Nachmittag saß die Seniorengang da und verhandelte, und Märtha, die die anderen überredet hatte, Stina über die Einrichtung entscheiden zu lassen, bereute ihre Entscheidung mit der Zeit. Denn welche Vorschläge die anderen auch formulierten, Stina ging auf gar nichts ein. Sie bestand auf der Einrichtung unter dem Motto Dschungel und auf den ausgestopften Tieren. Die anderen hielten dagegen, dass dies ja ein Restaurant für Menschen sein solle und kein Zoo, doch Stina bewegte sich kein Stück. Anfangs hatte sie noch zwölf exotische Tierarten vorgeschlagen, etwa Löwen und Tiger und auch einen Bären, doch nun hatten sie Stina nach zwei ermüdenden Stunden Diskussion immerhin so weit bekommen, dass sie sich auf weniger große Bestien einigen konnten, dafür auf Tiere, die aus der nordischen Fauna stammten.

»Okay, einen Dachs, einen Bären, einen Affen, ein Wildschwein, einen Fuchs und ein Eichhörnchen, das kann ich mir vorstellen«, sagte sie entschlossen. »Aber Vögel brauchen wir dann auch.«

»Du hast die Meerschweinchen vergessen«, rief Kratze. »Sie sind viel süßer und brauchen weniger Platz.«

Märtha trat wieder zu.

»Aber nur, wenn ich auch Waldduft und ein grünliches Licht bekomme. Also eine Öko-Beleuchtung«, sagte Stina.

»Du kannst doch nun wirklich kein grünes Licht installieren, da sieht ja jeder aus, als wäre ihm schlecht«, protestierte Kratze.

Da schlug Märtha vor, dass sie sich doch monatlich wechselnde Themen ausdenken könnten, zum Beispiel »Seefahrt« gleich im zweiten Monat, und Blumen im nächsten und so weiter. Da beruhigte sich Kratze, und die Diskussion konnte fortgesetzt werden.

»Und nun noch mal zusammengefasst«, setzte Märtha an, als sie eine Weile im Kreis geredet hatten. »Dieses Restaurant soll eine schöne Einrichtung bekommen, und die wird immer wieder erneuert. Ein Eldorado für die Älteren.«

»Und es wird natürlich kein reiner Spielplatz«, seufzte Kratze.

»Jetzt habe ich langsam genug von deinen patzigen Kommentaren, Kratze! Reiß dich zusammen, oder ich lege dieses Projekt auf der Stelle nieder!«, rief Stina und sah ihn wütend an.

»Aber ich hab's doch gar nicht so gemeint, das war doch nur Spaß«, versuchte Kratze sie zu beruhigen.

»Ich weiß genau, was du meinst. Denk dir doch etwas Besseres aus! Aber das machst du auch nicht. Du kritisierst nur die anderen.«

»Meine Lieben, ich finde, jetzt sollten wir uns nicht aufregen. Wie wäre es mit einer wunderbaren Tasse Tee mit Ingwer?«, ging Märtha dazwischen.

»Ingwer? Nicht auch das noch«, seufzte Kratze.

Und da wurde Märtha klar, dass sie an diesem Tag nicht weiterkommen würden, deshalb schlug sie vor, nach Hause zu fahren. Stina konnte ja noch einen Abstecher zum Naturhistorischen Museum machen, falls sie noch recherchieren wollte, und dann konnten sie auf dieser Grundlage beim nächsten Mal weiterüberlegen.

»Morgen werde ich ins Museum fahren und in Erfahrung bringen, was sie im Magazin haben. So machen wir das«, sagte Stina und klang ungewohnt herrisch. Alle anderen sahen sich verblüfft an, aber dachten sich, man ließe sie am besten machen. Und wenn sie schon die Verantwortung für das Restaurant haben sollte, dann war es logisch, dass sie auch über die Einrichtung entscheiden durfte.

Am Tag danach ließ Märtha (wenn auch mit gewissen Bedenken) Stina mit Anders und Emma zum Naturhistorischen Museum aufbrechen, um festzustellen, ob die Museumsleitung einige ihrer zahlreichen Exponate, die sich im Magazin befanden, zur Verfügung stellen würde.

»Aber wenn ihr etwas mitbringt, dann achtet in Gottes Namen darauf, dass ihr kein Ungeziefer einschleppt«, gab sie ihren Freunden als letzten Rat mit auf den Weg, bevor sie ihnen zum Abschied winkte. Sie war von Stinas Dschungelidee nicht sehr begeistert und eher skeptisch. Aber nun hatte sie die Aufgabe delegiert, also musste sie zu ihrem Wort stehen.

Am späten Nachmittag des folgenden Tages, als Stina und ihre Kinder den Kai hinauffuhren, sah Märtha, dass sie einen großen Anhänger gemietet hatten. Neugierig ging sie vor zum Gespann, hob die Plane hoch und schnappte nach Luft. Unter dem grünen Verdeck lag alles von Dachs über Fuchs bis zu einem kleinen Elchkalb und einem Reh – aber Gott sei Dank war kein Bär dabei. Dafür aber ein ausgestopfter Wolf.

»Sie hatten keinen guten Bären. Der, den sie uns angeboten haben, war so von Motten zerfressen, dass ich lieber die Finger davon gelassen habe«, sagte Stina.

»Der hat vielleicht schon lange keine Blaubeeren mehr bekommen«, sagte Kratze.

»Dann hast du stattdessen den Wolf mitgebracht? Tja, dieses Tier ist ja immer aktuell«, sagte Märtha, weil sie etwas Positives sagen wollte. Stina hatte für den Eingang eigentlich einen Balu-artigen Bären gesucht, und dieser Wolf benötigte glücklicherweise viel weniger Platz. Aber … Märtha drehte sich zu Stina um.

»Meinst du wirklich, wir sollten den in den Eingang stellen?«

»Ja, wir müssen die Gäste doch willkommen heißen«, antwortete Stina.

»Mit einem Wolf?«, fragte Snille.

»Wir können daneben doch ein Schild aufstellen, auf dem WILLKOMMEN steht!«

Nun versuchten die anderen, sie stattdessen von einer Einrichtung mit Büchern zu überzeugen, wo sie die Wände mit Zitaten von herausragenden Schriftstellern schmücken könnten, doch Stina war für kein Argument zugänglich. Da schüttelten die anderen den Kopf und gaben auf. Ohne zu wissen, dass sie eine Urgewalt losgetreten hatten.

30

Meine Güte, was für ein Geschoss hatte Stina denn da eingestellt! Wie ein Wirbelwind stürmte die rothaarige Kellnerin Betty mit ihrem frohen Lachen und ihrer äußerst kurvigen Figur in den Lastkahn. Sie war zwar auch nicht mehr jung, aber so weiblich! Snille sank nieder auf seinen Stuhl und schloss die Augen, um ihr Bild wieder vor sich zu sehen. Und da war sie, tanzte vor ihm, während dieses perlende Lachen übers ganze Deck wirbelte. Er ertappte sich dabei, wie er lächeln musste, und erst, als ihm ein Haarbüschel in den Kragen fiel, wachte er auf. Stimmt, er war ja beim Friseur. Und hier sollte man sich benehmen.

Die fünf von der Seniorengang färbten sich regelmäßig die Haare, um jünger auszusehen, denn sie wollten nicht erkannt werden. Wenn man auf der Fahndungsliste stand, musste man auf Zack sein und an alles Mögliche denken, und zurzeit hatte keiner von ihnen Lust, im Gefängnis zu landen. Es mochte schon stimmen, dass es einem dort besser erging als in einem Altersheim, aber sie hatten sich an ein Leben in Freiheit inzwischen gewöhnt. Sie aßen gutes, nährstoffreiches Essen, taten regelmäßig etwas für ihre Fitness und führten ein sinnerfülltes Leben, das sie jung hielt. In ihrer Djursholmsvilla hatten sie es gut, und nur wenn sie in Freiheit waren, konnten sie das Geld vom Banküberfall verteilen und anderen Menschen helfen. Es war wichtig geworden, nicht geschnappt zu werden.

»Gefällt es Ihnen so?«, fragte der Friseur und kämmte Snilles braunes Haar zu einem schönen Pony. Snille hatte sich eine jugendliche Frisur schneiden lassen, an den Seiten sehr, sehr kurz und oben in der Mitte dafür umso länger.

»Sieht gut aus«, sagte Snille und nickte.

»Und der Bart?«

»Mein Bart?«

»Ja, bei älteren Herren ist er nicht mehr so hübsch. Sieht etwas verwildert und graugesprenkelt aus.«

»Okay, dann färben sie ihn auch, aber er soll dran bleiben«, sagte Snille entschlossen und auffällig schnell. Er war stolz darauf, dass er mit der Mode ging, und hatte dabei diese Rothaarige im Kopf. Jüngere mochten Männer mit Bartwuchs, und er wollte wirklich nicht altmodisch erscheinen.

»Wenn Sie ihn behalten möchten, würde ich vorschlagen, dass wir ihn etwas stutzen.«

»Nie im Leben. Er soll natürlich bleiben«, antwortete Snille, dem es nicht gefiel, bevormundet zu werden. Schon genug, dass Märtha ihm ständig sagte, was er tun solle. Nein, an diesem Tag war ihm richtig nach Widerspruch zumute. Immer war er der Meinung gewesen, dass Märtha und er gut zusammenpassten, und nun? Sie hatte seinen Antrag zwar angenommen, aber schob die Hochzeit ständig auf. Erst sollte das Geld vom Banküberfall verteilt sein, und jetzt ging es um das Restaurant. Erst wenn das alles lief, würde … Aber das Restaurant war doch jetzt Stinas Projekt. Konnte seine Märtha niemals abschalten? Er fuhr mit dem Zeigefinger über den Verlobungsring. Der Tag, an dem sie ›ja‹ gesagt hatte, war der glücklichste seines Lebens gewesen. Und nun? Vielleicht wollte sie gar nicht verheiratet sein, vielleicht sollte er auf sie pfeifen und die Verlobung lösen? Gleichzeitig verging ihm die Lust. Als sie vor einem Monat diese Rothaarige eingestellt hatten, die ihn so freundlich angelächelt hatte, hatte er sich selbst dabei ertappt, wie froh ihn das machte, und er hatte ebenso herzlich und innig zurückgelächelt. Er spürte ihre Wertschätzung, und so etwas hatte er lange nicht empfunden. Liebe ist nicht einfach immer da, man muss sie pflegen, dachte er. Man darf sie nie als selbstverständlich begreifen, so wie Märtha es tat. Wenn man für seine Liebe nichts tut, verblasst sie, ja genau wie ein Muskel, den man nicht bewegt. Lange hatte er darüber nachgegrübelt, nein zu sagen, doch jetzt war es nicht mehr so wichtig. Etwas Neues war in sein Leben getreten. Seine Gedanken drehten sich wieder um Betty. Denn von Tag zu Tag hatte sie ihm mehr bedeutet. Und schließlich gab es doch ältere Gentlemen, die mit jüngeren Frauen verkehrten, das war ihm schon in der Stadt und im Kino aufgefallen. Konnte schon sein, dass diese Herren meistens ziemlich vermögend waren, aber die Rothaarige hatte ja keine Ahnung von seinen finanziellen Verhältnissen und schien sich auch nicht dafür zu interessieren. Sie mochte ihn so, wie er war, und hatte sogar davon gesprochen, mit ihm eine Runde auf dem Motorrad zu drehen, das er auf dem Hinterdeck geparkt hatte. Da hatte er ein ziemliches Kribbeln verspürt und sich nicht getraut zu sagen, dass er vielleicht doch ein bisschen zu alt war, um die Karre noch zu fahren.

»Bitte schön. Macht siebenhundert Kronen«, sagte der Friseur, zog den Umhang ab und bürstete noch ein paar Haarsträhnen von Snilles Kragen. Er lächelte kurz und ging vor zur Kasse. Snille strich sich einige Male über die Wange, stand für sein Alter ungewöhnlich geschmeidig auf und schlenderte hinterher. Ach ja, das Geld. Das hatte er vergessen.

»Ich bezahle übers Internet«, sagte er ganz lässig, nickte, zog sich den Mantel über, setzte seinen Hut auf und ging durch die Tür.

»Aber stopp, warten Sie, ich brauche Ihre Karte«, rief der Friseur, aber da war Snille schon verschwunden. Eine Karte hatte er ja auch nicht.

»Wie siehst du denn aus?«, sagte Märtha, als er etwas später am Boot auftauchte. »Warum hast du dir nicht gleich diesen Bart abnehmen lassen, wenn du schon beim Friseur warst?«

»Du, das ist meine Sache«, antwortete Snille, fuhr sich mit der Hand übers Kinn und ging flugs an ihr vorbei. Mit energischen Schritten lief er in die Küche hinüber, in einer Duftwolke aus Schampoo und Haarmousse. Er sah sich erwartungsvoll um. War Betty schon da? Auf dem Weg die Treppe hinunter traf er sie und war so überrumpelt, dass er fast stürzte. Er senkte den Blick.

»Wie gut du aussiehst«, sagte sie und zwinkerte ihm zu. »Dieser Bart macht dich so jung.«

»Meinst du wirklich?«, murmelte er und wurde knallrot.

Er fuhr sich rasch mit der Hand durch den frisch gefärbten Bart und musste so lachen, dass er kein Wort mehr hervorbrachte. Na so was, dass einem plötzlich ganz heiß und kalt werden kann, wenn man es am wenigsten erwartet.

31

Die Wochen vergingen, und der Tag der Eröffnung rückte näher. Alle warteten darauf, dass Stina sich die Vorschläge der anderen wenigstens anhören würde, aber nein, weit gefehlt. Ein Restaurant zu eröffnen sei eine so große Aufgabe, meinte sie, dass es das Beste sei, eine einzige Person sei zuständig und habe alles unter Kontrolle.

Da es höchste Zeit war, wurden die anderen langsam nervös, aber Märtha erinnerte immer wieder daran, dass das Restaurant Stinas Projekt sei und dass sie sich nicht zu viel einmischen sollten. Mit der Verantwortung wächst der Mensch, und Stina hatte außerdem Erfahrung mit dem Servieren von Mahlzeiten. In ihrer Zeit als Hausfrau hatte sie oft die Verantwortung für Geschäftsessen übernommen und dabei alle Gerichte kennengelernt, die in besseren Kreisen geschätzt wurden. In ihrem Wohnsitz in Östermalm hatte sie zwar Köche und Servicepersonal beschäftigt, aber sie konnte die beliebtesten Menüs immer noch auswendig.

»Wir werden unseren Gästen nur das Beste servieren und dies in Bio-Qualität, ohne dogmatisch zu sein«, hatte sie bei ihrem ersten Treffen zur Planung des Speisenangebots gesagt, ganz in dem Bewusstsein, dass sie sich vorsichtig ausdrücken musste.

»Nicht dogmatisch. Vielen Dank«, sagte Kratze und stopfte sich Snus unter die Wange.

Dann hatte Stina eine Plastikmappe geöffnet, in dem Rezepte aufgeschrieben waren, und die verschiedenen Gerichte vorgestellt. Grüne, gesunde Küche. Sehr grün. Da zeigte sich, dass sie im Großen und Ganzen eigentlich nur vegetarische Menüs, Diätnahrung und Paleogerichte zusammengestellt hatte. Die restlichen Angebote waren diverse Salate.

»Also Stina, wir betreiben doch kein Gewächshaus«, sagte Kratze. »Wir können doch kein Restaurant eröffnen, in dem sich die Gäste tothungern.«

»Diese Diäten mit Algen und Linsen sind nicht schlecht, Stina, aber die Leute müssen doch auch etwas anderes bestellen können!«, sagte Märtha und lächelte angestrengt. Plötzlich wurde ihr klar, dass sie ihrer Freundin vielleicht eine *zu* lange Leine gelassen hatte.

»Nein, fünf Tage in der Woche werden wir vegane und vegetarische Kost anbieten«, hielt Stina dagegen. »Die armen Tiere. Denkt doch mal an die schrecklichen Zustände in der Tierhaltung.«

»Und was ist mit freilaufenden Hühnern?«, fragte Märtha.

»Und was mit freilaufenden Rindern?«, brummte Kratze.

»Ökologisch und bio ist wunderbar, Stina, aber wir brauchen trotzdem auch Fisch und Fleisch«, sagte Anna-Greta und klang sehr bestimmt. »Jetzt setzen wir uns hin und gehen die Speisekarte gemeinsam durch.«

Aber Stina weigerte sich, und erst als sie einen Koch eingestellt hatten, der eine gesunde Einstellung dazu mitbrachte, konnte man sich auf die Speisekarte *Supernahrung* einigen. Alle lobten den Koch (außer Snille, der sauer war, weil der Betty immer wieder in den Hintern kniff), und schließlich entschied man sich für eine Karte mit zweiundzwanzig Gerichten mit viel Gemüse, Obst, Beeren, Nüssen und vegetarischen Hamburgern. Aber damit war das Problem nicht vom Tisch. So wie Stina sich mit ihrem Gesundheitswahn beim Essen ausgelebt hatte, stürzte sie sich nun auch auf die Einrichtung.

An einem Wochenende, als sie sich alle für ein Ruhepäuschen

entschieden hatten, war sie heimlich mit Anders und Emma zu ihrem Kahn geschlichen, und als die Freunde das Schiff am Montagmorgen wieder betraten, war es kaum wiederzuerkennen.

Die gesamte Einrichtung war grün. Das Öko-Konzept sollte man auch an den Wänden erkennen, damit hatte Stina früher schon mal gedroht, aber jetzt hatte sie es in die Tat umgesetzt. Heimlich hatte sie einige Aquarelle in verschiedenen Grüntönen gemalt, Kunstwerke, die sie frohgemut an den Wänden verteilt hatte, und von der Decke hingen Lampen, die wie grüne, rankende Blätter geformt waren. Stina war wirklich mit einem Riesenenthusiasmus zu Werke geschritten und hatte fast das ganze Restaurant in einen dichten Dschungel verwandelt. Mit hochgezogenen Augenbrauen und verdutzten Mienen waren Märtha und ihre Freunde durch das grüne Blattwerk gewandert und hatten Stinas Schöpfung begutachtet. Da waren zwar Tische, die mit farbenfrohen Sonnenblumendecken dekoriert waren, und Stühle, deren Sitzpolster wie grünes Moos aussahen, allerdings fehlten ganz normale Gänge zum Servieren, vielmehr waren, nur noch schmale, verwinkelte Waldpfade übrig. Und in all dem ertönte aus dem Lautsprecher über ihnen Vogelgezwitscher.

»Grün vermittelt so ein Gefühl von Sommer«, sagte Märtha tapfer.

»Ja, und verschiedene Vogelstimmen haben wir auch«, jauchzte Stina enthusiastisch. »Montags Wellensittiche, dienstags Blaumeisen, mittwochs Möwen und donnerstags Kohlmeisen. Dann können wir freitags die Buchfinken und samstags die Spechte abspielen und …«

Da konnte sich Anna-Greta nicht mehr beherrschen.

»Hier wird es gar kein Gezwitscher mehr geben! Wenn du nicht mindestens zwei Ruhetage pro Woche einführst, dann schmeiße ich dieses Projekt auf der Stelle hin!«

Alle fuhren zusammen, denn Anna-Greta war eigentlich immer in der Lage, die Dinge gelassen und ruhig zu betrachten, aber nun war sie richtig laut geworden und hatte ihre Meinung unverblümt kundgetan. Stina war so erschrocken, dass sie den Faden verlor, und um des lieben Friedens willen sagte sie zu, dass es am Wochenende dann weniger Vogelstimmen sein sollten. (Obwohl sie für die Eröffnung schon ein Archiv mit der kompletten schwedischen Vogelfauna angelegt hatte – doch dies behielt sie vorerst für sich.)

Man konnte von Vogelgezwitscher in einem Restaurant halten, was man wollte, zur Einrichtung passte es. Sie bestand aus Nadel- und Laubwald, und in ein paar romantischen Winkeln hatte sie an den Wänden Spiegel, die vom Dach bis zum Boden reichten, anbringen lassen, so dass es aussah, als wäre man in einem richtigen Wald. Baumstämme standen vereinzelt zwischen den Tischen und hier und da auch ein paar Büsche. Ein Dachs, ein Fuchs und ein Reh lugten hinter einem Stamm hervor, wo man am wenigsten damit rechnete, und ein Eichhörnchen und ein Specht saßen auf Zweigen direkt über einem Tisch. Den Wolf hatte Stina ganz einfach in die VIP-Lounge bugsiert, und am Eingang hatte sie eine *Shotbar* aufgebaut, wo man einen Kurzen trinken konnte, wenn man eintrat.

»Du meinst, damit man etwas schneller drinnen ist?«, fragte Kratze.

»Klar«, antwortete Stina lächelnd und fuhr dann mit ihrer Führung fort. »Das ist doch sehr exotisch, findet ihr nicht?«, fragte sie, und ihre Augen glänzten. Und sie sah so glücklich aus, dass die anderen es nicht übers Herz brachten, ihr zu sagen, was sie wirklich davon hielten.

»Wir könnten das Restaurant doch ›Grün ist schön‹ nennen«, sagte Kratze, weil er gern etwas Versöhnliches sagen wollte.

»Nein, mein Lieber. Es muss etwas Modernes sein. Ich habe mir darüber lange den Kopf zerbrochen. Was haltet ihr von ›SilverPunk‹?«

Totenstille. »SilverPunk«!?

»Aber das wird doch ein Restaurant für ältere Leute«, hatte Snille einzuwenden.

»Punk? Ist heute nicht eher Hippdopp modern?«, fragte Anna-Greta.

»Nein, das heißt Hiphop«, korrigierte Kratze. »Und ich finde, wir sollten das Restaurant ›Silversailors‹ nennen. Immerhin ist es ja mal ein Schiff gewesen.«

»Mag sein. Aber das hier soll doch so etwas wie eine Cocktailbar werden, hier soll sich alles mischen. Welche mit silbernen Haaren und mit Punkfrisur. Da passt ›SilverPunk‹ doch gut«, meinte Stina. »Dieses Restaurant soll ein Treffpunkt für verschiedene Generationen werden.«

Sie hatten zwar beschlossen, ein Rentner-Restaurant zu eröffnen, aber Stina hatte recht, es wäre schön, wenn sie auch jüngere Gäste hätten. Also drehten sie eine letzte Inspektionsrunde, und Märtha, die mit dem Rollator testete, wie man zwischen den Bäumen und den geschlungenen Pfaden vorwärts kam, befand, dass es gut ging, auch wenn sie sich über die romantischen Ecken etwas wunderte. Ob sie nicht etwas zu romantisch und versteckt in diesem grünen Dickicht waren, so dass sie schlimmstenfalls zu unzüchtigem Benehmen anregten? Gerade wollte sie Stina darauf hinweisen, als Stina stehen blieb und auf den Dating-Tisch zeigte.

»Hier gibt es zwölf Plätze, und man kann alle Leute gut sehen, so dass es leicht ist, zu flirten. Um den Tisch herum ist genügend Platz, damit man sich frei bewegen kann, wenn man jemanden gesichtet hat. Und hier werden wir keine laute Musik haben, die stören könnte, denn hier sollen die Leute miteinander reden können. Daneben gibt es eine Dating-Ecke, in der man dann ein Bier bestellen kann. Wisst ihr, da kann es schon mal hoch hergehen.«

»Daran zweifle ich keine Sekunde«, sagte Kratze.

»Und wer wird hier bedienen, macht das Betty oder …?«, fragte Snille und tat ganz uninteressiert.

Märtha sah ihn misstrauisch an.

»Wer hier bedienen wird? Na ja, das wird sich finden«, meinte Stina.

Am Dating-Tisch hatten sie ein warmes, stimmungsvolles Licht installiert, und Stina winkte die anderen heran. Sie legte die selbstgemachten Einladungskarten auf den Tisch und nahm eine in die Hand und kicherte.

»Ich dachte mir, wir laden Gäste aus der Wirtschaft ein, Künstler, Schauspieler, Musiker und Schriftsteller und dann auch Rapper aus den Vororten. Nur Typen, die gerade ›in‹ sind, und die Kontakte haben. Dann schreibt die Presse darüber, und unser Laden wird bekannt.«

»Warte mal«, entgegnete Snille. »Wie schlau ist es denn, die ganze Presse anzuleiern, wenn wir gesucht werden? Und außerdem müssen wir doch erst mal die Küche testen und schauen, ob auch alles funktioniert. Herd und Espressomaschine können ja kaputtgehen, und vielleicht streut der Koch zu viel Salz ins Essen. Am besten probieren wir erst alles selbst, bevor wir eine Menge Leute einladen.«

»Und wir müssen jedes Gericht von der Karte testen und außerdem darauf achten, dass Küche und Bedienung gut zusammenarbeiten, bevor wir für die Allgemeinheit öffnen«, fand Anna-Greta.

»Absolut«, stimmte Snille ein, der sogleich einige Möglichkeiten vor Augen hatte, in die Küche zu gehen und über Essen und Küchengeräte mit Betty diskutieren zu können.

Doch Stina hatte noch ein Problem. »Wie kriegen wir dann die Gäste her?«

»Ich hab eine Idee, mit der Bonuslotterie und dem Pflegepersonal. Wir haben doch die ganzen Adressen«, sagte Märtha und dachte an all die Menschen von den mobilen Pflegediensten und den Krankenhäusern, die ihnen gemailt hatten. »Wir laden sie an ein paar Abenden ein, an denen sie das Essen kostenlos testen dürfen. Und ihren ersten Bonus bekommen sie gleich in bar, wenn sie das Restaurant verlassen. Dann müssen wir das Geld nicht aufwendig verteilen.«

»Super Idee«, meinten die anderen, und dann einigten sie sich darauf, so viele Einladungen zu schreiben, wie es Plätze an den Tischen gab.

Am nächsten Tag saß die Seniorengang mit der Liste da und mailte in einem ersten Durchgang Einladungen an über hundert Personen. Alle waren sehr gespannt und etwas nervös, denn nun würde sich zeigen, was sie als Unternehmer taugten. Nur wenn sie es schafften, ein Restaurant zu betreiben, das Gewinne einfuhr, konnten sie ihre Tätigkeit auf ein ganzes Vintagedorf ausweiten.

»Wisst ihr, was, das Restaurant ›SilverPunk‹ wird über unsere Zukunft entscheiden«, sagte Märtha.

»Hmm«, murmelten die anderen und nickten ernst.

32

Der rote Teppich war ausgerollt, die Duftkerzen brannten (Note Waldduft), und an beiden Seiten des Landungsstegs standen riesige Kübel mit einem Meer von Blumen. Ein Neonschild, auf dem der Name RESTAURANT SILVERPUNK stand, glitzerte oben auf dem Dach und verkündete, dass hier etwas Neues und äußerst Spannendes im Gange war. Aus dem Schornstein kam Rauch, und hinter den Fensterscheiben schimmerte ein sanftes, grünliches Licht. An Deck befanden sich die Mitglieder der Seniorengang, die sich alle in Schale geschmissen hatten, um die Gäste zu empfangen. Märtha wanderte in langem Kleid und Pelzjacke auf und ab, den Blick unablässig an den Kai geheftet. Kratze in schwarzer Lederjacke, schwarzen Hosen, rotem Hemd mit Rüschen und Halstuch, faltete die Hände hinter dem Rücken und hielt diskret nach jungen Mädels am Kai Ausschau, während Snille in einem etwas abgenutzten Fünzigerjahreanzug in den Taschen nach seinem Schraubenzieher suchte. Sollte in letzter Minute etwas nicht funktionieren, war er gerüstet. Anna-Greta trug einen weißen Hut mit Schleier und stakste in hohen Schuhen herum, um elegant auszusehen, was zur Folge hatte, dass sie ständig kurz davor war zu stürzen.

»Denk an deinen Oberschenkelhals«, schrie Märtha. Anna-Greta griff sofort zu ihrem Stock, den Snille wieder repariert hatte, und drehte sich auf der Stelle so schnell um, dass sie zwei tiefe Löcher im roten Teppich hinterließ. Doch dann fielen ihr die Yogaübungen wieder ein.

»Mach dir keine Sorgen, Märtha, ich mache doch mit Stina

Yoga. Da bekommt man ein Gefühl fürs Gleichgewicht, ganz sicher«, sagte sie, schaute sich um, stolperte und fiel direkt in den nächsten Blumenkübel. Als sie sich wieder aufgerappelt hatte, sahen die Blumen etwas geplättet aus, und es dauerte eine Weile, bis sie ihre Kleider von der Erde befreit hatte. Aber dann warf sie den Kopf in den Nacken.

»Tja, heute Morgen habe ich die Yogastunde versäumt, das hab ich nun davon!«

Stina in einem eleganten gelben Kostüm, einem wärmenden Schal und mit rotlackierten Fingernägeln lief unruhig auf dem Schiff hin und her und konnte nicht stillstehen. Sie war so aufgedreht, dass sie schier durch die Decke hätte gehen können – stände sie nicht draußen unter freiem Himmel. Nach einer Weile erklang das Geräusch eines nahenden Motors.

»Seht ihr das Auto da drüben, da kommen die ersten Gäste«, rief sie, und ihre Stimme überschlug sich. Sie zeigte auf die Straße, wo ein blauer Volvo auf sie zusteuerte. Sie war so überdreht, dass Märtha schon morgens darüber nachgedacht hatte, ihr etwas zur Beruhigung zu verabreichen, doch dann fiel ihr ein, dass ihre Freundin ja etwas gegen Pillen hatte, und deshalb hatte sie ihr nur ein Glas Möhrensaft gegeben. Stina hatte unglücklicherweise gerade ihre alkoholfreie Woche. Typisch, gerade jetzt, wo sie ein Schlückchen Moltebeeren-Likör gebraucht hätte, um die Nerven zu beruhigen.

»In Zukunft möchte ich hier nicht mehr so viele Blumen im Eingangsbereich aufstellen, das Geld geben wir lieber an die ›Ärzte ohne Grenzen‹ weiter«, sagte Stina und zeigte auf die Pflanzenkübel. »Blumen auf Plakaten und Bildern sollten reichen.«

»Darüber unterhalten wir uns später«, erwiderte Kratze, der ein großer Blumenfan und Gartenexperte war. »Sieht komisch aus, wenn man Bilder gießt, weißt du.«

»Und wie läuft's mit dem Essen, Stina?«, fragte Märtha, die

alles darangesetzt hatte, sich nicht einzumischen. Allerdings, dachte sie besorgt, hätte sie doch nach den Gerichten auf der Tageskarte fragen sollen, denn aus der Küche kam ein sonderbarer Geruch. Aber noch bevor Stina antworten konnte, hörte man Lärm von der Treppe, und Olof, der Koch, tauchte auf. Er war rundlich, hatte dünnes Haar und war nicht sehr groß. Über vierzig Jahre war er in der Branche tätig gewesen, und als frischgebackener Rentner hatte er sich überlegt, dass er diesen Job annehmen könnte, um dabei zu bleiben. Er war knallrot im Gesicht und wedelte mit der Speisekarte.

»Was um alles in der Welt soll das denn? Linsen und Kartoffelbrühe? Ich dachte, wir hatten uns darauf geeinigt, den Leuten etwas Leckeres zu servieren und ihnen das gute Essen nicht zu verbieten.«

»Na ja, aber als Detox, weißt du …«, fing Stina an, doch sie wurde sofort unterbrochen.

»Hier steht, die Gäste dürften keinen Kaffee oder Alkohol trinken. Keinen Zucker, Fisch, Fleisch, Geflügel oder industriell verarbeitete Lebensmittel zu sich nehmen. Was zum Teufel soll das?«

Olof schmiss die Karte aufs Deck, trat mit dem Fuß darauf und band sich die Schürze ab. »Wenn das so ist, könnt ihr euch einen neuen Koch suchen!«

»Nein, nein, das regeln wir. Hier soll es leckeres, gesundes Essen geben«, sagte Märtha und ging dazwischen. »Das ist nur ein kleines Missverständnis.«

»Missverständnis? Nennst du gesundes Essen ein Missverständnis? Nein!«, protestierte Stina. »Wir servieren hier ausschließlich natürliche Produkte.«

»Aber wir sollen doch wohl nicht so komische moderne Sachen essen, ich meine so was wie Algen und Linsenauflauf?«, fragte Snille erschrocken. »Ich will Kohlrouladen.«

»Nur mit der Ruhe, das ist die Karte für unseren besonderen

Abend. Für die, die mal was Neues ausprobieren wollen oder eine Diät machen«, sagte Stina. »Heute gibt es etwas anderes.«

»Gott sei Dank«, murmelte Märtha, und ihr Herzschlag wurde langsam wieder normal.

»Wisst ihr, was, ich hab eine Idee. Warum nicht tausend Kronen für eine Linsensuppe verlangen?«, schlug Anna-Greta vor und wedelte eifrig mit ihrem Stock. »Je weniger Essen wir servieren, desto mehr Geld nehmen wir ein. Versteht ihr, was ich meine? Eine geniale Geschäftsidee, und außerdem verlieren die Gäste auch noch Gewicht.«

»Restaurant Mark und Bein. Juchu!«, rief Kratze aus.

»Ihr seid wirklich nicht bei Trost«, schrie der Koch, starrte die Seniorengang an und tippte sich mehrmals mit seinem fetten Zeigefinger an die Stirn. »Essen ist zum Essen da. Es muss lecker sein, und man sollte satt werden«, brummte er. »Und eure verfluchten Detoxabende könnt ihr selbst organisieren, nur dass ihr's wisst.«

»Aber Olof«, sagte Stina. »Ich habe doch gesagt, dass wir Essen anbieten wollen, das für jeden Geschmack etwas bietet.«

»Geschmack? Du willst doch nicht behaupten, dass dieser Schlabberkram nach irgendetwas schmeckt. Das ist Pferdepisse. Und was sind das eigentlich für komische Säcke, die in der Küche stehen? Vogelfutter?«

»Du übertreibst ganz schön. Das ist Sesam, der ist so gesund …«, protestierte Stina, doch wurde schon wieder unterbrochen.

»Piepmatznahrung müsst ihr selber zaubern. Für heute Abend habe ich richtig gutes Essen vorgesehen. Unsere Gäste bekommen Lasagne mit Pinienkernkruste, gegrillten Zander, Zwiebelsteak und Fleischbällchen mit Kartoffelmus. Ein bisschen müssen wir auf dem Boden bleiben!«

»Fleischbällchen? Gott sei Dank. Dann ist der Abend gerettet«, seufzte Kratze erleichtert, und sogar Märtha atmete nun ruhiger.

Eigentlich hatte sie selbst in die Küche hinuntergehen wollen, um nachzuschauen, was da im Gange war, doch sie hatte es sich verkniffen. Wenn man eine Sache delegiert, dann gilt das. Und außerdem hatte Snille – der angeboten hatte, ganz diskret einen Blick darauf zu werfen – schon mehrmals am Tag in der Küche gespickelt und war ganz zufrieden gewesen. Er hatte behauptet, dass alles unter Kontrolle sei. Olof setzte seine Kochmütze auf.

»Ich gehe jetzt lieber wieder zurück an meine Töpfe«, sagte er und flitzte hinunter. Märtha sah ihm hinterher. Ein Restaurant zu eröffnen war doch wesentlich schwieriger, als sie gedacht hatte. Genehmigungen, Personal, Essen, Lieferanten und dann diese Menge Gäste. Meine Güte, worauf hatten sie sich da eingelassen? Aber jetzt gab es kein Zurück mehr. Ihre Gäste waren im Anmarsch.

Einer nach dem anderen kam herein, gab seine Jacke an der Garderobe ab und wurde von Kratze an den Tisch geführt. Märtha freute sich riesig, als sie feststellte, dass Stinas komplizierte Waldkulisse funktionierte. Die Gäste hatten keine Probleme, sich auf den schmalen, verschlungenen Waldpfaden vorwärtszubewegen, ohne mit Büschen oder Baumstämmen zu kollidieren. Einige Gäste sahen neugierig zum Dating-Tisch hinüber, wo ein großes Schild mit der Aufschrift SPEEDDATING hing, während die anderen sich für die VIP-Lounge interessierten, die auf dem Podest stand, wo von Hand KARAOKE MIT RINGELPIETZ auf ein Schild geschrieben war. Aber alle sahen fröhlich und sehr gespannt aus, denn so etwas hatte noch keiner zuvor gesehen. Als alle Gäste ihre Plätze eingenommen hatten, ergriff Märtha das Wort.

»Seien Sie herzlich willkommen in unserem Restaurant ›SilverPunk‹. Hier sollen besonders die Älteren einen Platz finden, aber unsere Tür steht grundsätzlich allen Gästen offen. Wie Sie vielleicht schon am Namen sehen können, freuen wir uns auch über junge Gäste. Wir wollen ein Treffpunkt für alle Generationen sein und sie miteinander in Kontakt bringen.«

Da erklang ein fröhliches Gemurmel, und man hörte bald das Kratzen des ein oder anderen Gehstocks, worauf Märtha sich auf die andere Seite begab und den Dating-Tisch erklärte. Sie munterte diejenigen, die Witwen und Witwer oder ganz allgemein Single waren, auf, sich dort niederzulassen. Anschließend informierte sie auch über die Bonuslotterie. Sie beugte sich vor und nahm eine grüne Papiertüte in die Hand, auf der ein rotes Herz abgebildet war. Diejenigen, die eine persönliche Einladung per Mail bekommen hatten, würden einen solche »Goodiebag« mit nach Hause nehmen dürfen, erläuterte sie, und strich ein paarmal darüber. Dann rief sie Snille, Kratze, Stina und Anna-Greta auf die Bühne, wies sie an, sich in einer Reihe aufzustellen, und hob die Hände wie ein Dirigent. Dann stimmte sie *Komm, lieber Mai, und mache* an, alle sangen mit, und schnell wurde die Stimmung ausgelassen. (Zwar stimmte die Jahreszeit überhaupt nicht, doch dieses Lied ließ sich so schön mehrstimmig singen, und dann kam ja auch das Wort »grün« so oft vor.)

Schließlich überließ Märtha der Oberkellnerin Stina das Wort, die die Speisekarte erläuterte und am Ende ein grünes Band zerschnitt, das aus geflochtenen Blütenblättern bestand und symbolisch zwischen zwei Stühlen vor der Küche gespannt war. Daraufhin kamen der Koch und das Servicepersonal in den Salon, stellten sich vor und wurden beklatscht. Als die rothaarige Kellnerin Betty hereinkam, lächelte Snille ganz besonders herzlich, was Märtha natürlich bemerkte. Sie sah vom einen zum anderen und runzelte die Stirn.

Nach der Eröffnung verteilten Kratze und die anderen die Speisekarten, die Gäste bestellten ihre Gerichte, und bald wurde es im Salon deutlich lauter. Märtha ging zwischen den Tischen hin und her und stellte sicher, dass auch jeder zufrieden war. Dabei dachte sie, dass es jetzt wirklich ein richtiges Restaurant geworden war, mit dem kleinen Unterschied, dass es ihr eigenes war. Mit einem Mal überkam sie ein unglaublicher Stolz, dass sie nicht zu denen gehörte, die nur eine große Klappe hatten, sondern dass sie ihre Träume tatsächlich auch in die Tat umsetzte. Und wenn das jetzt gut anlief, dann könnten sie mit ihrem Vintagedorf weitermachen. Aber dann wäre die Voraussetzung, dass das Restaurant auch Gewinne einfuhr, denn mit ihrem Geld vom Banküberfall würden sie nicht weit kommen. Stinas Einrichtung hatte sie das letzte Hemd gekostet, und auch das Personal hatte seinen Preis. Außerdem wollte die Seniorengang niemanden schwarz bezahlen, und alles korrekt zu machen war teuer.

Als sei das nicht bereits genug, hatte Vessla auch noch die Miete erhöht. Bei der Entscheidung für den Kahn waren sie so aufgeregt gewesen, dass sie das Kleingedruckte überlesen hatten. Zusammen mit der Kücheneinrichtung, Wasser und Strom war die Miete nun dreißig Prozent teurer als abgemacht, und zum Jahreswechsel hatte er das Doppelte verlangt.

Märtha wurde klar, dass man sich auf Vessla nicht verlassen konnte. Er konnte die Miete weiter erhöhen, wie er lustig war, also hielt sie es für besser, das Schiff zu kaufen. Mit Anna-Greta hatte sie sich deshalb auf den Weg zum Amtsgericht gemacht, um Einsicht in das Seeschiffsregister zu nehmen und festzustellen, wie viel das Schiff wert war, damit sie ein angemessenes Angebot machen konnte. Und genau da entdeckte sie etwas Sonderbares. Der Lastkahn A39T gehörte gar nicht Vessla, sondern der Stadt Stockholm. Er hatte also das Eigentum der Stadt vermietet und sich das Geld in die Tasche gesteckt. Gleichzeitig liefen sie als Mieter Gefahr, jederzeit hinausgeworfen zu werden! Damit war die Sache klar.

Mit dem Rollator in vollem Einsatz war Märtha zum Technischen Rathaus in Stockholm marschiert und hatte ein Gebot für das Schiff abgegeben. Sie erzählte, dass sie ihr Vermögen gern in das Restaurant »SilverPunk« investieren wolle, das gesunde

Kost anbot, und zugleich versicherte sie, dass sie das Fahrzeug sofort abtransportieren würde für den Fall, dass es sinke (was sie nicht hoffen wollte). Der Beamte im Technischen Rathaus, der schon oft Probleme mit alten Schiffen gehabt hatte, die am Kai gesunken waren, unterstützte das Vorhaben der alten Dame daher sehr engagiert, und kurz darauf war Märtha stolze Besitzerin des Kahns.

Aber Vessla und seine Kumpel hatten angefangen, ihnen zu drohen. Durch die Blume teilten sie ihnen mit, was geschehen würde, wenn sie kein Schutzgeld zahlten. Märtha versuchte, das ungute Gefühl im Bauch zu verdrängen. Nein, jetzt durfte sie darüber nicht nachdenken. An diesem Abend wollten sie Spaß haben.

33

Im Laufe des Abends stieg Stinas Laune immer mehr. Olof, der Koch, war zwar schon etwas mürrisch, und er kniff Betty auch ziemlich oft in den Hintern, aber er kochte wunderbares Essen, und es sah aus, als würden sich die Gäste wohl fühlen. Stina schwebte in ihrem gelben Outfit zwischen den Tischen hin und her, lächelte und fragte bei den Gästen nach, wie es ihnen schmeckte. Da die Zeit schnell verging, war sie so abgelenkt, dass sie ihre alkoholfreie Woche komplett vergaß. Als Olof eine Champagnerflasche öffnete und dem Personal einschenkte, griff sie auch, ohne zu zögern, zu und stieß mit den anderen an. Sie liebte das helle, prickelnde Getränk aus Frankreich, und an solch einem Abend hatte man ja auch allen Grund zum Feiern. Nach einem Glas hatte sie die Idee, alle Gäste auf einen Champagner einzuladen, und nach zwei Gläsern fand sie, dass der Anstand es gebiete, durchs Lokal zu gehen und mit jedem Gast anzustoßen.

Die Champagnerkübel wurden geholt, und dann dauerte es nicht lange, bis Stina mit ihrem Glas auftauchte, prostete und zahlreiche, ausgesuchte Zitate aus der Literatur zum Besten gab. Ja, sie war wirklich bestens aufgelegt.

»Wenn du etwas haben willst, was du nie hattest, musst du etwas tun, was du nie getan hast«, oder … »nichts tun heißt auch etwas tun«, rief sie laut und lächelte mild, bevor sie den nächsten Tisch ansteuerte. Sie arbeitete sich von einer Seite zur anderen vor, und als sie die erste Hälfte hinter sich hatte, verwechselte sie bereits Fröding mit Karlfeldt, Runeberg mit Tegnér und zitierte

Elsa Beskow statt August Strindberg. Dann ging sie dazu über, aus voller Kehle, *Auf zum fröhlichen Jagen* zu singen, denn das passte doch so gut zu ihrer Einrichtung. Ja, mit jedem Glas wurde sie fröhlicher und ausgelassener.

Plötzlich fiel ihr ein, dass sie die Geräuschkulisse ganz vergessen hatte. Also nahm sie Snille diskret an die Hand, lotste ihn hinüber zur Musikanlage an die Bar und übergab ihm ihre Liste mit Vogelgezwitscher. Dass sie die gestreamt und als Audiodateien abgespeichert hatte, war für ihn etwas ungewohnt, doch nach ein paar Versuchen war der hübsche Gesang der Blaumeisen im ganzen Salon zu hören, und ganz erfüllt von der Illusion von Wald und Natur schloß Stina vor Freude die Augen. Alles ging gut, bis Snille versehentlich die Datei mit den Paarungslauten anklickte. Da versammelte sich ein Haufen kreischender Möwen oben auf dem Deck, und es dauerte eine ganze Weile, bis er wusste, woran das lag. (Zum Glück befanden sich die meisten Vögel zu dieser Jahreszeit im Süden, sonst wäre das Restaurant am Ende noch ein Paradies für angetörnte Vögel geworden.)

»Ach, Snille, du bist einfach wunderbar«, rief Stina, als Snille wieder Ordnung in seine Dateien gebracht hatte, und hob ihr Champagnerglas erneut. »Auf dich, zum Wooohl!«

Auch Märtha drehte ihre Runden zwischen den Gästen – allerdings mit einem Glas alkoholfreien Prosecco in der Hand – und tat, was sie konnte, um für gute Stimmung zu sorgen. Eine elegante Dame mit weißem Hut und geblümtem Kleid hatte es sich in einer der Nischen mit einer jüngeren Frau gemütlich gemacht. Die Dame im Kleid musste in den Neunzigern sein, ihre Hände zitterten. Die Jüngere half ihr, das Essen kleinzuschneiden.

»Herzlich willkommen«, sagte Märtha.

»Vielen Dank«, antwortete die ältere Dame. »Es ist wirklich spannend bei Ihnen!«

Sie zeigte auf einen Fuchs, der dicht vor ihr stand und sie anschielte. Das nach Märthas Meinung von Motten zerfressene

Tier trug zur Feier des Tages eine rosa Rosette um den Hals und sah wirklich komisch aus, wie es so hinter einem Baumstamm hervorlugte. Märtha holte tief Luft. Hätte sie das doch nur vorher gesehen, dann hätte sie wenigstens diese Rosette entfernen können.

»Ja, Stina, unsere Restaurantleiterin, hatte viele Ideen für die Inneneinrichtung, und wir haben ihr freie Hand gelassen. Sie wollte etwas Ungewöhnliches entwerfen«, erklärte Märtha. »Und von den Tieren kann man ja einiges über die Natur lernen. Aber wir haben vor, die Einrichtung immer mal wieder zu verändern.«

»Sehr originell«, antwortete die Dame. »Ich weiß nur nicht, wie oft ich kommen kann. Der Pflegedienst lässt einen ja nicht mehr raus.«

»Was sagen Sie?«

»Die Gemeinde und die privaten Unternehmen kürzen, wo es geht, und würde mir nicht manchmal meine Tochter unter die Arme greifen, würde ich gar nicht mehr aus der Wohnung kommen. Aber meine Ann-Marie hier ist so eine Liebe. Außerdem ist sie Krankenschwester und weiß, was zu tun ist, um alten Menschen zu helfen.«

Die Tochter nickte, lächelte Märtha an und schnitt ihrer Mutter die Lasagne in mundgerechte Stücke. Die Hände der alten Frau zitterten noch immer, es sah aus, als hätte sie Parkinson. Als sie fertig gekaut hatte, wischte sie sich den Mund an der grünen Serviette ab und fuhr fort:

»Es ist wirklich schwierig geworden. Die Beamten in der Gemeinde, diese Sachbearbeiter für die Pflegehilfe, haben eine Tabelle erstellt, in der die Dauer für jede Leistung aufgelistet ist. Und da haben die Angestellten nicht mehr viel Zeit zur Verfügung.«

»Eine Tabelle?«

»Ja, der Pflegedienst erhält dann eine Liste mit Leistungen, die sie erbringen sollen und wie lange das dauern darf.«

»Aber das ist doch unterschiedlich, je nach den Gegebenheiten«, sagte Märtha.

»Selbstverständlich, aber jetzt hat man festgelegt, wie lange es dauern darf, etwas zu erledigen, das Bett zu machen, einen zu duschen, einen anzuziehen, zu putzen, bei den Mahlzeiten zu helfen und so weiter. Und jetzt …« Die alte Dame ballte die Faust vor dem Körper. »Und jetzt haben diese Idioten diese Zeiten noch weiter gekürzt. Nur um zu sparen. Ich habe nur fünf Minuten pro Woche, um mich anzuziehen.«

Märtha spürte, wie es ihr den Hals zuschnürte. Fünf Minuten? Da wurde also versucht, an alten Menschen, die Hilfe und Pflege benötigten, derartig zu sparen? War das noch mit dem Gesetz vereinbar? Versuchten die Gemeinden jetzt etwa auch, Profit zu machen, wie so viele der privaten Betreiber?

»Die müssen ja völlig verrückt geworden sein.«

»Es ist wirklich verrückt. Jetzt darf ich nur noch eine Viertelstunde pro Woche duschen. Welcher Dummkopf legt so etwas fest? Und das Essen darf nicht mehr als zehn Minuten dauern. Aber man muss das Essen ja auch noch kauen!«

Märtha suchte Halt an der Tischkante. Sie wusste das eigentlich, doch regte sich jedes Mal wieder auf, wenn ihr jemand berichtete, wie es zuging. Welcher Mensch hatte sich so was ausgedacht? Von den Kapitalisten, die Abstriche bei der Pflege machten und die Gewinne in die Karibik schoben, hatte sie ja gehört. Aber jetzt auch die Gemeinden? Die alte Dame erzählte weiter:

»Wissen Sie, diese Typen, die da das Sagen haben, wissen ja überhaupt nicht, wie es ist, alt zu sein. Sie haben ausgerechnet, dass wir nur fünf Minuten auf der Toilette brauchen. Aber in der Zeit haben wir ja noch nicht mal die Kleider ausgezogen. Denken die, wir haben einen Reißverschluss, den man mal eben mit Fernbedienung auf- und zumacht?« Die Dame seufzte und wischte sich mit einem kleinen weißen Taschentuch über die Stirn. »Wissen Sie, mir tun die Angestellten leid, die so gern helfen wollen, es aber nicht dürfen. Wenn sie länger bleiben, als das Zeitfenster vorgibt, bekommen sie Ärger.«

»Sie kriegen also Ärger, wenn sie nett und hilfsbereit sind?« Märtha wurde ganz blass, und ihr war zum Weinen zumute.

»Was ist mit Ihnen?«, fragte die Alte.

»Ach nichts, nur der Blutdruck« antwortete Märtha und sank auf den Stuhl. Sie musste die Tränen unterdrücken. Auf welchem Weg befand sich diese Gesellschaft eigentlich? Diejenigen, die am Ruder saßen, schienen jeglichen Kontakt zur Wirklichkeit verloren zu haben. Da half auch kein Banküberfall von Zeit zu Zeit, nein, die Wertmaßstäbe, das ganze Denken in der modernen Gesellschaft musste sich von Grund auf ändern. Der Wert eines Menschen war heutzutage fraglich. Die Gemeinden machten ein Geschäft daraus, und die Chefs sahen dabei nur auf den Profit. Vergaßen sie denn ganz, dass echte Menschen von den Entscheidungen am Schreibtisch betroffen waren? Märtha öffnete ihre Gürteltasche und zog ihr Asthmaspray heraus. Nachdem sie das Spray einige Male eingeatmet hatte, fand sie wieder die Kraft aufzustehen.

»Wissen Sie, eine Pflegekraft im mobilen Dienst verdient im Monat so viel wie ein Geschäftsführer eines Unternehmens in der Stunde«, sagte sie. »In der Stunde!«

»Ich weiß«, seufzte die Dame.

»Es scheint, als hätten viele Unternehmer und Politiker den Kontakt zur Realität komplett verloren. Heutzutage lohnt es sich eher, sich um *Dinge* als um Menschen zu kümmern. Das darf nicht sein. Und das will ich ändern!«

»Ach ja, bist du wieder dabei, die Gesellschaft zu verändern«, sagte Kratze, der gerade vorbeikam. »Dann viel Glück!«

Märtha ignorierte Kratze und wandte sich wieder der Dame und ihrer Tochter zu.

»Heute Abend sind Sie eingeladen«, sagte sie. »Und wenn Sie gehen, vergessen Sie nicht den Goodiebag am Ausgang, ein Geschenk, das sie bitte erst öffnen, wenn Sie zu Hause sind.« Sie reckte sich nach der Champagnerflasche und füllte nach. »Zum Wohl und fühlen Sie sich herzlich willkommen bei uns!«

Märtha lief weiter von Tisch zu Tisch, begrüßte die Gäste und achtete darauf, dass sich jeder wohl fühlte. Da alle, mit denen sie sprach, das Essen lobten und einen äußerst zufriedenen Eindruck machten, besserte sich Märthas Stimmung wieder, und selbst als sie dieses komische Vogelzwitschern hörte, blieb sie gelassen. Stina hatte zwar wilde Ideen, aber Essen und Einrichtung kamen bei allen gut an, und da musste man sich eben an singende Störche, oder was das da gerade im Lautsprecher war, gewöhnen. Als Märtha schließlich zur Garderobe wanderte, war sie müde und ziemlich durchgeschwitzt. Sie brauchte ein bisschen frische Luft, um den Rest des Abends durchzustehen. Doch als sie zum Eingang kam, blieb sie wie angewurzelt stehen. Vor ihr stand ein kräftiger und sehr muskulöser Mann, den sie nie zuvor gesehen hatte. Er trug eine Lederjacke, seine Haare waren kurzgeschoren und sein finsterer Blick machte ihr Angst. Sie wollte ihn gerade bitten, sich zu entfernen, da spürte sie eine Hand auf ihrer Schulter.

»Du musst Kenta, meinen Kumpel kennenlernen«, sagte Vessla. »Er kümmert sich um die Garderobe. Also um die Einkünfte.«

Märtha starrte sie an. Die Mafia und die Rockerbanden kassierten häufig die Einkünfte an den Garderoben von Restaurants. Aber hier bei ihnen? Von einer Reihe Senioren auf einem Lastkahn? Sie spürte Wut aufsteigen und machte einen Schritt vor.

»So, du Pastinake, du nimmst jetzt deine Siebensachen und verschwindest von hier!«

Dann nahm sie ihre Gürteltasche, wedelte damit einmal um den Kopf und schleuderte sie mit einem harten Schlag direkt zwischen Kentas Beine.

34

Die Gäste waren alle gegangen, und die Seniorengang stieg in ihr Fahrdienstauto, um den Heimweg anzutreten. Märtha drehte den Schlüssel um und wollte gerade losfahren, als Stina sie von hinten an der Schulter stupste.

»Das mit der Mafia, glaubst du das?«, fragte sie und warf einen verängstigten Blick durch die Rückscheibe, um sicherzugehen, dass sie nicht verfolgt wurden. Sie war todmüde, und die Mascara von ihren Wimpern klebte schon tief unter ihren Augen. Der Abend war besser gelaufen als erwartet, das Essen hatte geschmeckt, und der Service hatte ihren Erwartungen entsprochen. Eigentlich hätte sie ganz glücklich sein müssen, wäre da nicht dieser unfreundliche Typ gewesen, der Anspruch auf die Garderobengebühren erhoben hatte. Das hatte den ganzen Abend zerstört.

»Mafia? Ja, das glaube ich, leider«, sagte Märtha. »Das sind clevere Burschen. Erst haben sie uns das Schiff vermietet, das eigentlich der Stadt gehörte, und jetzt wollen sie das Geld kassieren. Ich habe nicht gedacht, dass sich die Mafia für Senioren wie uns interessiert. Dass die auch noch Geld an Alten verdienen wollen!«

»Na ja, das tut doch jeder!« Stinas Stimme war schrill. »Schau dir doch nur die Banken an und die Kredite, die sie uns unschuldigen Alten andrehen.«

»Was meinst du damit?«, fragte Snille, der das Treiben im Bankensektor nicht direkt verfolgte.

»Die Banken ermutigen die alten Leute, Kredite für ihre Wohnung aufzunehmen. ›Um sich das Leben zu vergolden‹ steht da in der Werbung. Aber zehn Jahre später, wenn der Kredit zurückgezahlt werden muss, nehmen sie so horrende Zinsen, dass der Kreditnehmer es sich nicht leisten kann. Dann müssen die alten Leute die Wohnung wieder verkaufen. Auf diese Weise kann man sogar obdachlos werden«, erklärte Märtha.

»Solche Gauner!«, rief Snille.

»Ja, dagegen ist die Mafia ein ehrlicher Haufen. Da wird gleich Klartext gesprochen, und man weiß, worum es geht«, meinte Kratze.

»Stimmt«, nickte Stina. »Aber Märtha, warum hast du diesen Mafiatypen Pastinake genannt?«

»Na ja, mit diesem ganzen Grünzeug hier auf dem Schiff hat man irgendwann nur noch Gemüse im Kopf.«

»Aber die Sache mit der Gürteltasche? War es wirklich nötig, die dem Kerl in den Schritt zu knallen?«, fragte Snille nach.

»Aber ich bin doch so schrecklich wütend geworden! Die wollen uns das Geld klauen, das wir für die Armen brauchen. Und dann kaufen sie sich davon goldene Armbänder und einen Mercedes. Wenn sie wenigstens etwas abgeben würden, aber die kümmern sich einen Dreck um andere.«

»Der wollte wohl keine alte Dame schlagen«, murmelte Snille.

Und da mussten alle kichern, denn nicht zum ersten Mal war die Seniorengang davongekommen, weil sie eben alt waren.

»Aber ich mache mir schon Sorgen, dass der Typ wiederkommt«, sagte Stina.

»Wir sind schon einmal mit der Mafia fertig geworden. Dann schaffen wir es auch ein zweites Mal. Hauptsache, wir bleiben in Form«, sagte Märtha.

»So wie du zum Beispiel. Duckt euch, Jungs, hier kommt die Gürteltasche!«, rief Kratze und grinste.

Die Stimmung wurde wieder etwas gelassener.

»Ich schlage vor, wir machen mit dem Restaurant planmäßig

weiter, und in ein oder zwei Monaten stimmen wir ab. Andere Restaurantbesitzer haben ja auch überlebt, obwohl sich die Mafia eingemischt hat«, sagte Märtha.

Nach ihren Worten kehrte wieder Ruhe ein. Also schaltete sie in den ersten Gang, löste die Handbremse und fuhr in Richtung Ekedalsbro und dann weiter nach Solna. Eine Viertelstunde später hielt Märtha vor ihrer Djursholmvilla. Langsam wurde es draußen hell und der Verfall im Nachbargarten sichtbar. Die Blumenkübel waren voller Abfall und die Büsche so lange nicht geschnitten, dass sie schon verwilderten. Noch immer kümmerte sich niemand um den Garten. Bielke war noch nicht wieder aufgetaucht.

»Überlegt mal, ein Müllwagen im Beton bei unserem Nachbarn und die Mafia in unserem Restaurant. Bei uns ist was los!«, sagte Anna-Greta und brach in so lautes Gelächter aus, dass sie die anderen damit ansteckte. Und so lachten alle aus vollem Hals und beschlossen, sich schnell noch einen Schlummertrunk zu gönnen, bevor es in die Koje ging. Aber da sie so viel Champagner getrunken hatten, griffen sie lieber zu sprudelndem Eiswasser. Denn sie waren so erledigt, dass sie alles genommen hätten. Sogar etwas Alkoholfreies.

Das Restaurant SilverPunk war an allen Tagen außer montags geöffnet. Und abgesehen davon, dass sich einige beschwerten, keine großen Steaks zu bekommen, der ein oder andere sich betrank oder der Koch Betty zu oft in den Hintern kniff, klappte alles außergewöhnlich gut. Die Idee, die Gewinner der Bonuslotterie an Bord zu holen und zu einem kostenlosen Abendessen einzuladen, funktionierte ausgezeichnet, weil die Gäste das Restaurant wiederum an Bekannte und Verwandte weiterempfahlen. Ihre Bonusauszahlung über tausend Kronen, die sie in ihren Goodiebags erhalten hatten, stimmten sie überaus freundlich. Das SilverPunk war immer ausgebucht, und an den Wochenenden standen die Menschenschlangen sogar bis weit auf den Kai.

Aber es gab eine Sache, die Märtha Kopfweh bereitete. Vessla war wiedergekommen. Ein paar Tage nachdem sein Freund die Tasche zwischen die Beine bekommen hatte, stand er wieder in der Garderobe. Diesmal verlangte er ein hohes Schutzgeld.

»Du willst doch nicht, dass mit dem Restaurant etwas passiert?«, fragte er und sah sie bedeutungsvoll an. Da spürte Märtha ihren Herzschlag, und das Atmen fiel ihr schwer. Doch sie ließ sich nichts anmerken. Nicht einmal Snille erzählte sie davon. Sie war schließlich diejenige gewesen, die ihre Freunde da hineingezogen hatte, und nun würde sie das auch alleine bewältigen.

Aber Vessla war hartnäckig. Er und seine Freunde hatten außerdem verlangt, dass sie das Essen für das Restaurant lieferten – darunter unkontrolliertes Rindfleisch –, was Märtha natürlich abgelehnt hatte. Und dann wollten sie auch die Miete erhöhen. Aber das war zu viel.

»Du hättest niemals die Monatsmieten erhöhen sollen«, sagte Märtha und stemmte die Hände auf die Hüften. »Das hat uns nämlich die Stimmung versaut, und jetzt haben wir das Schiff gekauft.«

»Fahr runter. Das war kein Spaß. Die Miete ist spätestens am kommenden Montag fällig, sonst …«

»Der Kahn gehört der Stadt Stockholm, und nicht euch. Und wir bezahlen vertragsgemäß die Miete, aber keinen Öre mehr. Wenn das nicht recht ist, gehe ich zur Polizei! Und hier sind die Kopien für euch!«

Märtha hielt ihm den unterschriebenen Vertrag mit der Stadt Stockholm hin, ganz erstaunt über ihre eigene Coolness. Vessla las, starrte sie mit offenem Mund an, so dass ihm der Snus aufs Hemd fiel. Märtha lächelte freundlich und antwortete mit sanfter Stimme.

»Für heute vielen Dank, doch bevor wir auseinandergehen, darf ich auf ein Schlückchen Moltebeeren-Likör einladen?«

»Großmutterschnaps, nie im Leben«, sagte Vessla mit gefährlich dunklen Augen, er drehte ihr den Rücken zu und ging. Und gerade da sah er sehr gefährlich und unheimlich aus.

»Was haltet ihr von einem weiteren Schiff, dann machen wir doppelt so viel Gewinn«, sagte Anna-Greta ein paar Abende später, als sie einige Gäste wieder heimschicken mussten, weil sie komplett ausgebucht waren. »Ich habe gesehen, dass bei der Stadt mehrere Kähne zum Verkauf stehen, unter anderem einer, der dem Asphaltwerk gehörte«, sagte sie und hielt ihnen ein paar Fotos hin, die sie auf der Homepage gesehen und daraufhin ausgedruckt hatte.

»Sag bitte nicht, dass wir jetzt noch so ein Ding aufmöbeln müssen«, seufzte Snille.

»Alles grüüün«, schob Kratze hinterher.

»Was heißt schon wir. Wir delegieren den Job«, sagte Märtha. »Und wenn wir das neue Schiff neben das alte legen und dort ein Café einrichten und ein Kino, dann wird es auch nicht so viel Arbeit. Das wäre ja wieder ein Schritt auf dem Weg zu unserem Vintagedorf. Wir zeigen allen, die uns hier loswerden wollen, dass wir nicht nachgeben und uns tatsächlich etablieren können.«

»Zwei Schiffe, um die wir uns kümmern müssen. Bist du jetzt nicht ein bisschen sehr optimistisch, Märtha?«, fragte Kratze.

»Anders ist doch immer noch arbeitslos, da bekommt er eine gute Gelegenheit, sich wieder nützlich zu machen«, sagte Märtha. »Anders und Emma könnten das Restaurant vielleicht gemeinsam betreiben.«

Auch Snille war von dem Vorschlag nicht besonders begeistert, aber bei ihrem Treffen am nächsten Tag oben im Turmzimmer wurde das Vorhaben mit drei zu zwei Stimmen beschlossen.

Snille und Kratze machten säuerliche Mienen. Wieder einmal hatte die Frauengang sie ausgestochen.

Als sie abends schlafen gingen, nahm sich Snille besonders viel Zeit, bevor er ins Bett kam. Er kämmte seine Haare, putzte sich sehr gründlich die Zähne und hielt sich dabei so lange im Badezimmer auf, dass Märtha sich schon Sorgen machte.

»Geht's dir gut, mein Lieber?«, fragte sie, als er in seinem zerknitterten Flanellpyjama mit der Zahnbürste in der Hand ins Schlafzimmer trabte.

»Märtha, ich habe über eine Sache nachgedacht«, sagte er und begann, durchs Zimmer zu wandern und mit der Zahnbürste zu wedeln. »Kennst du eigentlich keine Grenzen?«

»Die Zahnbürste, mein Lieber«, erinnerte Märtha ihn.

»Vergiss die Zahnbürste. KENNST DU KEINE GRENZEN, überhaupt keine Grenzen?«

»Grenzen?«, fragte Märtha.

»Ja, du gibst dich nie zufrieden mit dem, was du hast, ständig musst du etwas Neues anfangen. Kannst du dich nicht einfach mal hinsetzen und das Leben genießen?«

»Hinsetzen? Das soll schön sein?«

»Hör mir mal zu. Es gibt etwas, das nennt sich Meditation. Das ist was für Menschen, die nicht aufhören können, Stress zu machen.«

»Ich mache keinen Stress.«

»Doch, das tust du! Betty hat gesagt, Meditation sei gut, denn da lernt man, im Hier und Jetzt zu leben. Das wäre bestimmt etwas für dich!«

»Ach so, wenn Betty das sagt. Wie schlau die doch ist, dieses kleine Püppchen! Weißt du, was? Jetzt ist jetzt, und ich lebe genau jetzt, verstehst du? Ich will weder dort noch irgendwo anders sein!«

»Aber wenn du meditierst, meine Liebe, bist du im Hier und Jetzt.«

»Ich weiß sehr wohl, wo ich mich befinde. Sieh doch selbst. Ich sitze hier auf der Bettkante.«

»Aber Märtha, dabei geht es darum zu entspannen. Ruhiger zu werden.«

»Das sagst ausgerechnet du? Meine Güte! Du rennst hier herum und wedelst mit der Zahnbürste, während ich hier ganz in Ruhe auf der Bettkante sitze. Die Hände friedvoll im Schoß!«

Snille brummte vor sich hin und ging mit seiner Zahnbürste zurück ins Badezimmer.

Dort blieb er eine ganze Weile, und als er zurückkam, sagte er kein Wort mehr, außer dem ein oder anderen »mhh«. Er kroch ins Bett, wühlte in der Decke herum und legte sich auf die Seite. Er roch nach Colgate und Duschgel.

»Ja, Snille, ich muss an den neuen Kahn denken. Wie können wir den denn taufen?«

»Was? Hast du das Geschäft schon abgehandelt?« Aus den Kissen erklang lautes Stöhnen.

»Warte einfach, bald haben wir das auch erledigt. Mit mehr Umsatz bekommen wir auch mehr Geld zum Verschenken.«

»Märtha! Ich habe dir vor ein paar Monaten einen Heiratsantrag gemacht, aber statt eine Hochzeit zu feiern, hast du Zement auf ein Müllauto gegossen und ein Restaurant eröffnet. Und jetzt willst du ein neues Schiff kaufen. Ein SCHIFF anstelle einer Hochzeit!« Seufzend griff er nach ihrer Hand und schüttelte den Kopf. »Meine Märtha. Jetzt ist es wirklich an der Zeit, die Verlobung zu lösen.«

»Aber Snille!« Märtha spürte eine Welle von Angst durch ihren Körper rauschen. »Wenn du das so empfindest, dann muss ich das natürlich überdenken.« Sie drehte sich um und streichelte ihm über die Wange. »Dann kaufen wir vielleicht nur einen ganz kleinen Kahn?«, scherzte sie

Wieder erklang ein Stöhnen, gefolgt von einem tiefen Seufzer, und Snille vergrub seinen Kopf im Kissen. Märtha beobachtete ihn ganz erstaunt. Er hatte nicht gelacht, nicht einmal die Mundwinkel verzogen. Nein, er schien ernstlich verstimmt zu sein. Vielleicht ging es ihm nicht gut? In letzter Zeit hatte er wirklich etwas grau und schlapp ausgesehen. Vielleicht, weil er keine Zeit mehr für seine Erfindungen hatte? Und sie war auch nicht gerade oft dazu gekommen, sich um ihn zu kümmern. Es war ja auch nicht leicht, wenn man so viel Neues in Angriff nahm … Aber sie sollte ja dafür sorgen, dass es ihm gutging und ihn vielleicht oben an Deck ein bisschen schrauben und werkeln lassen. Dann würde es ihm gleich bessergehen. Trotzdem könnte er auch selbst aktiv werden und nicht einfach darauf warten, dass ihm alles vorgesetzt wurde.

»Weißt du, Snille, jetzt musst du dich aber mal aufraffen. Wenn wir eine Bank überfallen, gefällt es dir nicht, und wenn wir ehrhafte Bürger sind und ein Restaurant betreiben, ist es dir auch nicht recht. Vielleicht solltest du ein bisschen mehr Gymnastik machen, damit du dich besser fühlst?«

»Gymnastik? Jetzt reicht's!«, rief Snille, griff nach dem Kissen und warf es an die Wand.

In dieser Nacht lagen sie jeder in ihrem Bett mit dem Rücken zum anderen, und kurz vor Mitternacht war noch keiner von beiden eingeschlafen. Märtha streckte vorsichtig ihre Hand aus und griff nach seiner.

»Entschuldige, mein Freund«, flüsterte sie in die Dunkelheit.

Aber Snille gab keine Antwort, zog seine Hand zurück und tat so, als würde er schlafen.

Zwei Tage später suchte Vessla sie wieder an Bord des Restaurants auf und verlangte Schutzgeld, »damit dem Restaurant nichts passiert«.

Da spürte Märtha wieder ihr Herz. Herzflimmern. Es schlug unregelmäßig, und sie bekam schlecht Luft. Aber sie tat so, als wäre nichts geschehen und alles in Ordnung.

35

Diese verfluchte Alte. Sie und diese Rollatorgang müssen weg.« Kenta zog lange an seiner Zigarette und blies den Rauch aus. »Endlich kam die Pizzeria in Gang, und dann taucht dieses Pack auf! Jetzt ist es hier wie ausgestorben.« Er wedelte mit der Zigarette und wies auf das leere Lokal.

Da saß er und redete mit Vessla in einer Ecke der Pizzeria Bella Capri in Hornsberg. Er hatte das Lokal übernommen und es ordentlich renoviert, nachdem der vorherige Besitzer zu alt geworden war. Seine Mutter hatte ihm dafür Geld geliehen. Ganz am Anfang lief es gut, und es kamen viele Gäste, sowohl Ältere als auch Jüngere, doch seit diese Alten das SilverPunk eröffnet hatten, waren ihm die Gäste abhandengekommen. Nicht nur, dass sie da drüben richtig gutes Essen hatten, sie waren auch noch günstig. Unter den jungen Leuten war es gerade hip, dorthin zu gehen. Kenta seufzte.

»Die fahren so eine Gesundheitsschiene. Scheiße. Ich habe auch schon vegetarische Pizza auf der Karte gehabt, aber die lief gar nicht.«

»Die verdienen dickes Geld mit ihrem Restaurant, aber weigern sich, das Schutzgeld abzudrücken. Mieses Pack!« Vessla trommelte auf seiner Bierflasche herum. Demnächst öffnete die Pizzeria, doch das machte keinen großen Unterschied. Vor 18 Uhr kamen fast gar keine Gäste und später am Abend nur vereinzelt ein paar Jugendliche und Penner. Die Alten hatten gesagt, sie würden ein Restaurant für Rentner eröffnen, und das hatte keiner von ihnen als Konkurrenz angesehen. Aber jetzt gingen da alle hin. Restaurant SilverPunk, was für ein bescheuerter Name auch noch.

»Gibt es keine Zwangseinweisung in Altersheime?«, fuhr Kenta fort. »Wir senden mal ein SOS aus. Die Alte schlägt ja auch noch. Und das ganz schön heftig.«

Vessla verzog den Mund, doch er drehte sein Gesicht weg, damit Kenta es nicht sehen konnte. Sein Kumpel hatte nach Märthas Angriff kaum laufen können, und von Frauen musste er eine Woche lang die Finger lassen.

»Scheiß Pech. Frag mich, was die in der Gürteltasche hatte.«

»Einen verdammt großen Schraubenschlüssel würde ich sagen, oder eine Boulekugel. Hat gebrannt wie Feuer«, sagte Kenta und verzog das Gesicht. Er erinnerte sich an ihre schnelle Handbewegung und den heftigen Schlag, der ihn so ins Taumeln gebracht hatte, dass er beinah nach hinten umgefallen wäre. Eine scheiß Rentnerin hatte ihn geschlagen! Da war er so baff gewesen, dass er gar nicht mehr gewusst hatte, was er tun sollte. Er hatte die Hand schon oben, um zurückzuschlagen, aber er konnte doch keine alte Frau misshandeln! Die wäre nach einem Schlag wahrscheinlich tot umgefallen. Nein, es war gut, dass er sich beherrscht hatte.

»Wie gesagt, diese Rollatorbande muss gestoppt werden! Und die Alte weiß auch noch, dass uns das Schiff nicht gehört. Sie verweigert die Putztrupps, die schwarzarbeiten, kauft nicht von unseren Lieferanten, zahlt kein Schutzgeld und hat uns aus der Garderobe rausgeschmissen. Ein echter Pfostenschuss!« Kenta aschte auf den Boden. Seine Hände zitterten.

»Und jetzt wollen sie das nächste Schiff kaufen, hab ich gehört«, seufzte Vessla. »So ein Scheiß.«

»Rollator-Scheiß.«

»Zeit, dem Ganzen ein für alle Mal ein Ende zu setzen.«

»Ja, echt. Aber was machen wir? Das Übliche?«

»Darauf kannst du Gift nehmen«, sagte Vessla.

Kommisar Blomberg hob Einstein von der Tastatur und ließ ihn auf den Boden plumpsen. Zum Glück war der PC aus, ansonsten hätte er einiges anrichten können. Die Male, die das Tier zwischen X und Z geruht und seinen Schwanz auf Enter abgelegt hatte, kosteten ihm mindestens einen halben Tag, um alles wieder rückgängig zu machen. Beim letzten Mal war es dem Katzenviech sogar gelungen, auf die Delete-Taste zu tippen, so dass ein paar Dateien einfach gelöscht wurden. Was Blomberg auch versucht hatte, es war ihm nicht gelungen, sie wiederherzustellen. In seiner Wut hatte er die Festplatte auf den Tisch geknallt und schwups, war noch mehr verlorengegangen. Danach hatte es Wochen gedauert, bis er die Berichte, die Bilder der Überwachungskameras und die wichtigen Protokolle vom Polizeirevier wieder auf seinem PC hatte. Seitdem machte er immer Backups auf zwei Festplatten, das hatte er daraus gelernt – denn auf die Katze wollte er nicht verzichten. Nein, die hatte er ins Herz geschlossen. Katzen waren ehrlich. Sie taten, was ihnen in den Sinn kam, und nicht das, was andere von ihnen wollten. Und sie wedelten auch wirklich nicht bei jedem mit dem Schwanz, sondern suchten sich ihr Herrchen sorgfältig aus.

Blomberg fuhr den PC hoch und streckte die Hand nach der Schokolade aus. Seine Finger tasteten suchend in der Pralinenschachtel herum, bis er merkte, dass da nur noch ein paar klebrige Reste übrig waren. Auf dem Boden saß Einstein und leckte sich das Maul. Verdammter Mist! Einen Moment lang war Blomberg versucht, das Tier rauszuschmeißen, aber dann sah er ein, dass er selber schuld war, weil er die Schachtel auf dem Tisch vergessen hatte. Und im Übrigen war es gar nicht schlecht, dass die Katze die Süßigkeiten gefuttert hatte. Seit er im Ruhestand war, hatte er einige Kilos zugenommen. Wahrscheinlich lag es an dem vielen Sitzen und daran, dass er Spaß am Backen gefunden hatte. Vielleicht sollte er auf die Hefezöpfe eine Zeitlang verzichten. Blomberg setzte seine Brille auf und blinzelte auf den Bildschirm. Und während die Katze ganz akribibisch ihre Schnurrhaare putzte, las er durch, was in der Nacht geschehen war. Offenbar nichts Besonderes. Und die Ermittlungen im Überfall auf die Nordeabank? Er scrollte und blinzelte. Auch da nichts Neues. Die Rentnergang, die Maskeradengang und die Gorbygang hatte er ja längst ausgeschlossen, und Jöback und diese Wichte da auf Kungsholmen konnten denken, was sie wollten. Nein, er suchte nach einer ganz neuen Konstellation, aber war keinen Schritt weitergekommen. Er hatte sich festgefahren. Das Gespräch mit Eklund auf dem Waxholmsschiff hatte nichts gebracht, und die mystische Gang hatte auch noch nicht wieder zugeschlagen, man hatte sie also nicht überführen können.

Und die Bilder von den Überwachungskameras? Leider hatte er das komplette Vergleichsmaterial von früheren Überfällen in Stockholm durch einen Virus auf dem PC verloren, aber ein paar Sequenzen waren noch bei seinen Bildern auf dem iPad. Er holte das Gerät und klickte die wertvollen Dokumente an. Da sah er wieder die alte Frau vor der Handelsbank, die mehrmals von ihrem Handy telefonierte, und zwar am selben Tag, als der Überfall stattfand. Er stockte. Eine ältere Dame mit ebendieser Körperhaltung war ihm auch auf den Bildern der Überwachungskamera in der Drottninggata in der Nähe des Kostümgeschäfts Buttericks aufgefallen. Er ging wieder hinüber zu seinem PC und öffnete die Datei. Ja genau, da war sie, leicht gebeugt, aber nicht unsportlich, und trug sie nicht Eccoschuhe? Buttericks war das einzige Geschäft in Stockholm, wo man Masken von Margaret Thatcher und Pavarotti bekam, also genau die, die bei dem Überfall auf die Nordeabank verwendet worden waren. Seine Hand fuhr gierig noch einmal in die Pralinenschachtel und zog ein paar kleine Krümel heraus. Dann schleckte er sich die Finger sorgfältig ab und starrte auf den Bildschirm. Mmh ... Diese Eccoschuh-Tante hatte das Geschäft eine Woche vor dem Überfall aufgesucht, und als sie herauskam, hatte sie ein Päckchen in der Hand. Blomberg sah sich die Bilder noch einmal in der Zeitlupe an, beugte sich zurück und pfiff erfreut. Eklund von den Waxholmsschiffen hatte doch von einer alten Frau vor dem Nationalmuseum erzählt. Wenn das nun dieselbe war? Vielleicht ein kleines bisschen weithergeholt, aber trotzdem ... Er musste ihn noch mal besuchen und ihm die Bilder auf dem iPad zeigen. Außerdem, wenn er sie jetzt so in Zeitlupe sah, kam ihm die Frau auch irgendwie bekannt vor, als hätte er sie schon mal getroffen. Aber sahen diese alten Damen nicht alle irgendwie gleich aus? Na ja, er konnte es wirklich nicht sagen, seine Aufmerksamkeit gilt ja eher jungen Blondinen. Blomberg gähnte und kratzte sich im Nacken.

Die Polizei hatte noch niemanden wegen des Banküberfalls verhaftet und wegen des spektakulären Diebstahls der Bilder aus dem Nationalmuseum auch nicht. Aber irgendwo mussten die Verbrecher doch sein. Wenn er das Rätsel lösen würde, wäre das ein Triumph! Wie herrlich, Jöback und sein Gespann zum Schweigen zu bringen. Aber damit ihm das gelingen konnte, musste er draußen recherchieren, sonst kam er mit seinen Ermittlungen nicht weiter. Warum warf er nicht mal einen Blick auf Rentnerclubs, Restaurants und Seniorenheime? Diese Gang mit den älteren Herrschaften musste ja irgendwo sein, denn in einer Diskothek oder dort, wo sich die Punks rumtrieben, waren sie ja wohl kaum. Blomberg gähnte noch einmal, stand auf und ging zum Kühlschrank, um sich ein Bier zu holen. Er fand ein Carlsberg, öffnete es und sank in seinen Lieblingssessel. Er würde sich diese Seniorengang vorknöpfen, aufgeben kam nicht in Frage. Jetzt gönnte er sich eine kleine Pause und trank sein Bier. Dann wollte er die Ärmel hochkrempeln. Wenn er etwas erreichen wollte, dann musste er zügig loslegen.

36

Stina saß mit den Füßen auf dem Tisch in der VIP-Lounge und hatte einen großen Block vor sich. Ihre Fingernägel waren frisch lackiert, sie war beim Friseur gewesen und hatte die Haare auf Lockenwicklern. Außerdem hatte sie sich einen hübschen roten Hosenanzug und eine Seidenbluse gegönnt, ein Outfit, von dem sie meinte, dass es im Dschungel sehr passend sei – Kratzes Bezeichnung für das Innere ihres Lastkahns. Nun hatten sich ihre Freunde in den weichen Samtsofas niedergelassen, alle hatten einen Notizblock vor sich, und auf dem Tisch lagen die örtlichen Zeitungen der vergangenen Wochen. Alle fünf waren hochkonzentriert, während sie die Kontaktanzeigen lasen. Die Seniorengang wollte sich einen Überblick über die Alleinstehenden verschaffen, die einen Partner für ihr Leben suchten, um ein erstklassiges Speeddating zu entwickeln. Kratze blätterte in den Östermalmnachrichten, räusperte sich und las laut und mit Göteborg-Dialekt vor:

»*Hier kommt ein kräftiger Superkerl, der eine mollige Frau sucht. Ist aber nicht Bedingung, 55 bis 80 Jahre.*« Er nickte Märtha zu. »Da hörst du es selbst. Da braucht man keine Gymnastik. Kräftiger Superkerl, schau!«

»Aber das schreibt er doch selbst, kapierst du nicht«, widersprach Märtha.

Snille grinste, kraulte seinen Bart (dass der immer so jucken musste) und sah Kratze zustimmend an.

»Hört mal her«, sagte er aufrührerisch und blätterte zu den

Kontaktanzeigen im Södermalmanzeiger. Er hielt die Zeitung hoch und las mit lauter und gekünstelter Stimme:

»Hallo da draußen in Stockholm. Gibt es keine mollige Frau, 55 bis 80 Jahre, die einen kräftigen Superkerl sucht für Nähe, Zärtlichkeit, gemütliche Stunden uvm.?« Snille drehte sich triumphierend zu Märtha um »Mollige Frau. Haha. Nichts mehr mit Gymnastik. Was hab ich gesagt. Entspannen. Meditation!«

»Kräftiger Superkerl, meine Güte, das ist doch klar, dass das ein und derselbe ist!«, seufzte Anna-Greta.

»Hier kommt ein riesiger, gemütlicher und liebevoller Mann, 45 Jahre alt, der …«, fuhr Kratze fort.

»Unsinn! Frauen wollen keine fetten Männer haben, die sich nicht um ihr Aussehen scheren«, unterbrach Stina ihn.

»Oder welche mit komischen Bärten«, meinte Märtha und warf einen scharfen Blick auf Snilles unrasierte Wangen. Das lag sicherlich an Betty, er versuchte, ganz modern zu sein, dachte sie sich. »Kratze hat immerhin eine *gepflegte* Schifferkrause«, fügte sie sicherheitshalber hinzu.

»Liebe Leute, hört auf zu sticheln. Wir müssen arbeiten«, rief Anna-Greta. »Wie läuft's mit dem Dating?«

Da kehrte Stille ein, weil die anderen bemerkten, dass sie ihr Ziel aus den Augen verloren hatten. Märtha hatte jedem freie Hand gelassen, eine »Dating-Karte« zu entwerfen, damit sich die passenden Personen am Dating-Tisch auch fanden. Indem man Fragen auf einem Formular beantwortete, sollte man seine Persönlichkeit skizzieren, und so würden die Alleinstehenden zueinanderfinden. Jetzt hatte die Seniorengang außerdem auf den Dating-Seiten im Netz recherchiert, um Inspiration für die richtigen Fragen zu sammeln. Der Gedanke dahinter war, das beste Formular zu entwickeln, und nicht, sich über die Kontaktanzeigen lustig zu machen.

»55-Jähriger, dicker und mittelloser Typ mit Alkholproblem sucht ein nettes, süßes Mädel im passenden Alter, gern zwischen 25 und

30. Noch besser, wenn du jugendlich und schlank bist«, fuhr Kratze fort. »Na, was sagst du, Stina?«

»Kommt wieder zur Sache«, rief Anna-Greta. »Die Fragen sind wirklich wichtig. Immerhin wollen wir Witwen und Witwer zusammenbringen und natürlich auch die, die noch nie verheiratet waren.«

»Die Unverheirateten bleiben es meistens auch«, brummte Snille und warf Märtha einen vielsagenden Blick zu.

»Ich finde das Aussehen sehr wichtig«, sagte Kratze. »Größe, Gewicht, Haarfarbe und so. Warum fragen wir nicht einfach: Bist du attraktiv ... oder grottenhässlich?«

»Das kannst du ja wohl kaum schreiben«, ging Stina dazwischen.

»Na ja, du weißt selbst, dass man in unserem Alter nicht direkt schön ist«, meinte Kratze und sah mit einem Mal ganz ernüchtert aus.

»Du darfst aber die *innere* Schönheit nicht vergessen. Die ist wichtiger als alles andere«, erklärte Märtha. Kratze sah sie hochachtungsvoll an, während ihm gleichzeitig klarwurde, warum sie so dachte. Seine Freundin versuchte schon, chic zu sein, aber es gelang ihr nicht immer. Zum Beispiel war da diese Gürteltasche.

»Ich finde, wir sollten nach der Religion fragen«, sagte Stina. »Die nimmt im Leben vieler Menschen einen großen Raum ein.«

»Religion? Lieber nicht, da gibt es doch nur Streit«, entgegnete Snille.

»Oder Krieg«, sagte Kratze.

»Ich finde, wir sollten uns auf die Charaktereigenschaften der Menschen konzentrieren«, kam von Märtha. »Ich meine Fragen wie, ob man Tiere mag, Dinge macht, die man sich vorgenommen hat, ob man fürsorglich ist oder eher auf sich selbst fixiert, so, in der Art.«

»Tja«, sagte Snille und legte die Hände auf den Bauch. »Die Persönlichkeit und der Charakter eines Menschen. Es wäre toll, wenn wir das mit den Fragen rauskitzeln könnten«, sagte er. »Und ob die Frauen zwei linke Hände haben.«

»Dann müssen wir auch abfragen, ob jemand sehr sparsam oder eher verschwenderisch ist«, ergänzte Anna-Greta.

»Sie könnten doch ankreuzen, ob sie Schulden haben oder nicht. Das würde schon reichen«, meinte Kratze.

Man konnte die Stifte auf dem Papier kritzeln hören, während alle ihre Notizen machten.

»Können wir fragen, ob jemand zufrieden oder unzufrieden ist, ob er Herausforderungen liebt oder die Dinge lieber so belässt, wie sie sind?«, fragte Stina und wedelte mit ihrem Stift.

»Absolut«, meinte Märtha.

»Ja, und ob man die Ruhe liebt oder auf Abenteuer aus ist. Das sagt viel über einen Menschen aus«, sagte Snille.

Da stimmten die anderen zu, und dann trat eine kleine Pause ein, weil alle nachdachten.

»Aber apropos Eigenschaften«, sagte Stina und sah von ihrem Notizblock auf. »Das Temperament ist auch wichtig. Ich meine, ist man eher empfindlich und gereizt, traurig oder fröhlich. So was müssen wir auch abfragen.«

Wieder waren die anderen ihrer Meinung, und man hörte das Kratzen der Stifte auf den Notizblöcken. Die Freunde schrieben mit.

»Und ist die Person glücklich, oder, na ja, ihr wisst schon, eher so ein ängstlicher Typ?«, überlegte Anna-Greta. »Manche stecken ja in einer Krise, aber sind Optimisten und bereit, den nächsten Schritt nach vorn zu tun. Andere klappen einfach zusammen.«

»Meine Güte, das klingt hier wie auf dem Therapiesofa«, fiel Kratze den anderen ins Wort. »Lasst es uns doch ganz einfach machen. Man soll nur ausfüllen, ob man gut aussieht oder nicht, na ja, und natürlich ob man Sex-Appeal hat.«

»Weißt du, hier geht es schon um ein paar anspruchsvollere

Fragen«, entgegnete Märtha in einem so säuerlichen Ton, dass er jede Bratpfanne durchgeätzt hätte.

»Nein, ich weiß. Wir können die Sache noch viel einfacher machen«, schlug Kratze vor. »Die Damen sollen einfach ankreuzen, ob sie es gern zärtlich hätten oder man direkt zur Sache kommen soll.«

»Jetzt ist es aber gut!«, schimpfte Märtha.

»Aber meine Lieben, was ist denn hier los? LASST UNS DOCH MAL BEIM THEMA BLEIBEN!«, schrie Anna-Greta so laut, dass Kratze sich stocksteif im Sofa aufsetzte, ›Ay, ay Käptn‹ rief, und dann verstummte.

Ihre Besprechung dauerte den ganzen Tag, und erst am nächsten Morgen, nachdem alle noch eine Nacht darüber geschlafen hatten, einigten sie sich auf ein Formular mit Fragen, das eine komplette A4-Seite füllte – oder einer Seite auf dem iPad entsprach. Als Anna-Greta das entdeckte, ließ sie einen Freundenschrei los.

»Wisst ihr, was, ich habe eine Idee! Wir haben doch Internet im Restaurant? Dann könnten wir doch jedem iPad eine Mail-Adresse geben. Wir würden die Dating-Teilnehmer direkt im iPad auf die Fragen antworten lassen, und dann muss man das Formular nur noch abschicken. Wenn man zum Beispiel einen Mann sucht, der nett und intelligent ist, bekommt man dann direkt eine Antwort von einem Mann, auf den das zutrifft.«

»Und wie machen wir das?«, fragte Stina.

Einen Moment lang war es still, und alle starrten Snille an.

»Warum montieren wir nicht an jedem Platz eine Lampe. Dann leuchtet eine kleine Glühlampe genau an dem Tablet, wo die Antworten passen«, überlegte er. »Das schnellste Dating der Welt.«

»Hervorragend, Snille, du bist ein Genie«, rief Anna-Greta. »Aber die iPads müssen wir dann anketten, sonst gibt es ein heilloses Durcheinander.«

»Und noch was. Wenn ganz viele nett sind? Dann brennen doch ganz viele Lampen«, fiel Kratze ein.

»Ist doch super! Dann hat man ja noch viel mehr Auswahl«, rief Anna-Greta aus. »Ach, wie ich das iPad liebe!«

»Okay. Die Lampen sind der erste Kontakt, aber dann kann man den Flirt auf einem anderen Level weiterführen«, sagte Snille.

»Paarung!«, schlug Kratze vor.

»Jetzt reiß dich zusammen!«, brüllte Märtha.

Snille kratzte sich ein bisschen an seinen Barthaaren und runzelte die Stirn.

»Hört mal. Wenn einer am Tisch schreibt, er sucht eine fröhliche, mittelgroße Frau, die gerne backt, und eine Frau schreibt, dass sie mittelgroß und ein fröhlicher Mensch ist und Kuchen mag, dann können die zwei sich direkt übers iPad weiter unterhalten. Sie kann ihm schreiben, was sie gern backt, und er kann ihr schreiben, was er gern isst«, fuhr Snille fort.

»Die Frau backt, und der Mann isst?«, schnaubte Stina. »Pah, das klingt wie in den fünfziger Jahren. Heute backen auch Männer, nur dass du's weißt! Wann hast du zuletzt für Märtha einen Kuchen gebacken?«

Snille saß mit offenem Mund da und vergaß komplett, was er hatte sagen wollen. Er zupfte wieder an seinem Bart herum, dann setzte er noch mal neu an.

»Also, die iPads und die Plätze am Tisch haben dieselben Nummern, und wenn zum Beispiel die Lampe an Platz 11 angeht, dann kann man mit dieser Person gleich auf dem iPad einen Chat beginnen. Und wenn es einem gefällt, drückt man O.K. …«

»Nein, man schlägt einfach vor, was zu trinken. Komm, Schatz, lass uns ein Bierchen trinken«, fügte Kratze hinzu. »Gibt es dafür auch Apps?«

»Ich meine, wenn man erfolgreich war, geht man mit seinem

neuen Freund in die Dating-Ecke und bestellt sich ein Bier. Und wenn man die Frau dann immer noch nett findet …«

»Oder den Herrn«, unterbrach Anna-Greta.

»Ja, dann kann man bei uns etwas zu essen bestellen.«

»Und so machen wir einen unverschämten Umsatz beim Essen. Phantastisch, Snille«, rief Anna-Greta.

Alle sahen ihn so voller Bewunderung an, dass er rot wurde, und Märtha konnte es sich nicht verkneifen, ihre Hand in seine zu schieben.

»Weißt du, was«, sagte sie und holte einmal ganz tief Luft. »Du hast gerade den ersten aktiven Dating-Tisch der Welt erfunden.«

»Ja, Freunde, jetzt geht es richtig zur Sache!«, rief Kratze aus.

37

Nur noch einen Tag. Der langersehnte Abend, an dem das Speeddating eingeführt werden sollte, stand unmittelbar bevor, und Anna-Greta rannte mit starrem Blick auf dem Schiff hin und her. Zum ersten Mal in ihrem Leben hatte sie nämlich ein Computerprogramm ganz allein geschrieben, und die Tablets hatten eine eigene App bekommen.

Snille und sie hatten das System so programmiert, dass es ungefähr wie bei einer Facebook-Gruppe funktionierte. Der Dating-Verkehr sollte nur hier an Bord möglich sein, nämlich unter denen, die am Dating teilnahmen, und das Formular mit den Fragen durfte nicht im Netz verschwinden, so dass es jeder lesen und darauf reagieren konnte.

Diejenigen, die den Eintritt bezahlt hatten, bekamen einen Code für die iPads und konnten sich darauf einloggen. Dann musste man nur die App diskret anklicken, und der Fragebogen erschien. Die Teilnehmer mussten dann auf die fünfundzwanzig Fragen, die die Seniorengang zusammengestellt hatte, antworten und sich selbst beschreiben sowie ihre Wünsche an einen potentiellen Partner formulieren. Danach ermittelte das Programm schnell, wer von den Anwesenden am besten dazu passte. Die Lampe leuchtete dann genau bei der Person auf, und der Flirt konnte losgehen.

»Das wird spitze«, sagte Anna-Greta. »Drück auf einen Knopf, und du findest die Liebe!«

»Unglaublich gut«, sagte Snille zufrieden, nachdem er acht verschiedenfarbige Lampen an jedem Platz installiert hatte.

Anna-Greta hatte nämlich darauf bestanden, unterschiedliche Farben zu haben, die verschiedene Charaktereigenschaften symbolisierten. Und hatte eine Person mehr als fünf positive Charakterzüge, ging eine Lampe mit einem Glitzerlicht an. Die Goldlampe.

»Und dann hat man das ultimative Date gefunden«, sagte Anna-Greta, schlug mit den Armen aus und sah für eine Weile richtig verträumt aus.

»Aber wenn dann alle genau dieselbe Person daten wollen?«, überlegte Kratze.

»Auch kein Problem. Dann kann man warten, bis die Person wieder frei wird oder zur nächstbesten wechseln«, sagte Stina. »Wir haben auch eine Silberlampe.«

»Ja, und dann habe ich noch eine mit einem bronzefarbenen Licht installiert«, erklärte Snille, nicht wenig stolz darüber, dass es ihm gelungen war, all diese Leitungen unter dem Dating-Tisch zu verlegen. Jetzt musste ein Elektriker das Ganze nur noch abnehmen.

»Bronzefarbenes Licht? Ach, man muss doch nur die Haare kämmen und so flirten wie gewohnt«, brummte Kratze. »Tauf die Dating-Ecke doch gleich *›direkt zur Sache‹*.«

»Meine Güte! Du kannst mit dir selbst direkt zur Sache kommen. Hast du noch nicht begriffen, dass es uns um die *inneren* Werte geht?«, seufzte Stina.

»Wie kann man bitte auf etwas *Inneres aus* sein?«, brummte Kratze.

In dem Moment rauschte Betty mit ihren glänzenden roten Haaren wie eine berühmte Diva vorbei. Sie war geschminkt, hatte Parfüm aufgelegt und ging mit sexy zackigen Bewegungen an ihnen vorüber. Snille schluckte und sah ihr lange hinterher.

»Es ist wichtig, die inneren Werte zu kennen. Schönheit kann einen in die Irre führen«, erklärte Märtha mit einem laserscharfen Tonfall. »Ein schönes Äußeres kann schließlich jedem den Kopf verdrehen.«

»Aber man ist doch auch nur ein Mensch«, seufzte Snille.

Als der Elektriker am späten Nachmittag die Anlage besichtigt und die Anschlüsse zu den zwölf Dating-Plätzen abgenommen hatte, beschloss die Seniorengang, das Ganze mal zu testen. Bei munterem Gebrabbel beantworteten Märtha und ihre Freunde alle Fragen und schickten ihre Dating-Karten ab. Bei jedem Treffer leuchtete eine Lampe, und als Kratze so viele Treffer erhielt, dass die Goldlampe anging, war er so stolz, dass man mit ihm lange Zeit kein Wort mehr wechseln konnte. Als Märtha ausgefüllt hatte, was sie sich von einem Partner wünschte und die Lampe neben Snille ansprang, wurde sie etwas verlegen. Fast gleichzeitig ging die Lampe neben ihr an, und als sie aufsah, sah sie Snille in die Augen. Beschämt senkten beide den Blick. Sie waren sich immer noch nicht grün, aber tief im Inneren hatten sie sich wirklich von Herzen gern.

Die Seniorengang schrieb sich auch kleine Nachrichten und schickte sie weg, nur um zu sehen, ob auch das klappte. Dann holten sie sich Decken, zogen den Vorhang zu, auf dem SCHLAFEN stand, und legten sich auf die Samtsofas in der VIP-Lounge, um ein Nickerchen zu halten. Es dauerte nicht lange, und alle schliefen tief und fest.

Etwas später, als Betty mit dem Blumenschmuck für den Tag an Bord ging – Kratze hatte nämlich durchgesetzt, dass es jeden Tag frische Blumen geben sollte –, hörte sie lautes Schnarchen aus der VIP-Lounge. Sie schmunzelte, weil die alten Leute sich immer mehr vornahmen, als sie schaffen konnten, und nicht selten fand sie sie dort schlafend vor. Auch gut, dann hätte sie ein Weilchen Ruhe, bevor Märtha wieder Anweisungen gab, Stina tobte und Snille zu ihr kam und über Gott und die Welt reden wollte. Sie wollte gerade vorbeigehen, als sie den Dating-Tisch bemerkte. Offenbar war er jetzt fertig, und alles stand für den

Abend bereit. Sie stellte die Blumenkübel hin, kam ein paar Schritte näher und ließ ihren Blick darüberschweifen. Zwölf nummerierte iPads mit Lampen daneben lagen an Ketten befestigt an jedem Platz. Sie musste lächeln. Diese Senioren waren wirklich goldig. In ihrem Alter noch ein Dating organisieren!

Das Ganze machte sie neugierig, und sie ging an den Platz Nummer drei, denn das war ihre Glückszahl. Was hatte das iPad noch für ein Passwort? Snille hatte es ihr erzählt, aber sie hatte nicht so genau zugehört. Vielleicht der Name des Schiffes? Sie probierte es aus. Nein, nichts tat sich. A39T, die Nummer vom Kahn? Ja, jetzt konnte sie sich einloggen. Unglaublich, dass die alten Leute das hingekriegt hatten. Diese etwas ruppige Dame mit dem Stock war offenbar richtig fit. Bewundernswert! Betty sah die Dating-App und öffnete sie. Na so was, man sollte fünfundzwanzig Fragen beantworten. Sie musste sich das Lachen verkneifen. Hier sollte man ankreuzen, ob man nett war, gutherzig oder großzügig und noch viele andere Dinge. Und ein bisschen weiter unten konnte man mitteilen, ob man schnell wütend wurde oder eher ruhig und vernünftig war. Gar nicht so blöd, dachte sie, denn einmal hatte sie sich in einen gutaussehenden jungen Mann verliebt, der immer so schlechtgelaunt war, dass sie nach vier Monaten Schluss machen musste. Hier erfuhr man gleich, wie der andere tickte. Spaßeshalber begann sie, die Fragen zu beantworten, und nach einer Weile hatte sie das ganze Formular ausgefüllt. Und da glimmte auch eine rote Lampe auf der anderen Seite des Tisches auf, so dass sie erschreckt einen Satz zurückmachte. Was war da passiert? Konnte sie das wieder rückgängig machen? Sie versuchte es damit, das Formular noch einmal auszufüllen und ganz andere Antworten zu geben. Doch die rote Lampe ging nicht aus, stattdessen blinkte nun auch die grüne. Wenn sie so weitermachte, würde sie den Raum wohl über kurz oder lang in eine Diskothek verwandeln, bevor sie fertig war. Sie wusste nicht weiter. Wie machte man das blöde Licht aus? Sie drückte ein paar Knöpfe, doch die Lampen gingen nicht aus. Schließlich gab sie auf und hoffte, dass die Lampen nach einer Weile von allein ausgehen würden, so wie es die Bildschirme auch taten. Doch bevor sie ging, konnte sie sich einen Spaß nicht verkneifen und schrieb *Hello Darling, I love you!* in die Rubrik *Sonstiges*. Sie schmunzelte und schickte die Mitteilung ab, ohne recht zu wissen, wo sie wohl landen würde. Egal, irgendwer würde sich darüber freuen. Zufrieden mit sich selbst, nahm sie die Pflanzen und ging in die Küche. Höchste Zeit, die Blumen in die Vasen zu stellen und das Boot zu schmücken.

38

Stina, ganz ehrlich. Muss der Weihnachtsschmuck wirklich schon Mitte November hängen?«, fragte Märtha am nächsten Tag und zeigte übers ganze Deck. Stina hatte einen Weihnachtsbaum mit bunten Engeln aufgestellt, Weihnachtsbeleuchtung an der Decke angebracht und um jeden Schiffsmast Glitzerketten gewunden. Hier und da hingen Glaskugeln und rote Laternen und statt der normalen Autoreifen, die zwischen Kahn und Kai angebracht waren, hatte sie blaue und weiße Fender aufhängen lassen. Mit den Lämpchen, die nun an beiden Seiten des Eingangs hinunter zur VIP-Lounge blinkten, sah das SilverPunk eher aus wie ein Nachtclub als wie ein Restaurant.

»Weihnachtsdekoration? Daran ist doch nichts auszusetzen.«

»Entschuldige, Stina, aber Blumen haben wir ja auch schon. Ist das mit den gefärbten Fendern nicht ein bisschen zu viel?«

»Aber Farben sind doch schön! Gestern hielt ein Typ in einem Mercedes am Kai, zeigte auf unsere hässlichen Autoreifen und fragte, ob wir nicht lieber schöne Fender haben möchten. Ja, und da habe ich die Gelegenheit genutzt. Er sagte, er habe für sein Boot zu viele gekauft und brauche sie nicht. Sie waren wirklich billig, und er hatte sie im Kofferraum dabei. Er hat auch gleich ein paar Seile rausgeholt und geholfen, sie anzubringen. Du musst zugeben, dass es jetzt viel besser aussieht.«

»Ja, schon«, murmelte Märtha, aber tief im Inneren war sie der Meinung, dass Stina im Moment viel zu viel schaltete und waltete. Vor allem tat sie vieles, ohne zu fragen. Märtha selbst diskutierte ihre Ideen immer mit dem Rest der Gang, aber Stina legte einfach los. Delegieren ist an sich ja gut, dachte Märtha, aber gleichzeitig riskiert man, dass manche Menschen ihre Fähigkeiten überschätzen. Hoffentlich traf das nicht auf ihre Freundin zu. Märtha sagte nichts mehr, beschloss aber, sie sicherheitshalber im Auge zu behalten. Zum Glück hatte Stina entschieden, dass der Koch die Küche an diesem wichtigen Abend allein übernehmen solle, denn Anna-Greta hatte sie gebeten, ihr beim Beaufsichtigen des Dating-Tisches zu helfen. Und das war etwas, woran Stinas Herz wirklich hing. Der Gedanke, Menschen zusammenzubringen, um deren Leben schöner zu machen, hatte sie derart inspiriert, dass sie sogar die Medien informiert hatte. Sowohl »Radio Stockholm« als auch »Mitten auf Kungsholmen« hatten über diese neue Methode, jemanden kennenzulernen, berichtet, und das Restaurant war für den Rest der Woche ausgebucht. Doch der riesige Ansturm hatte Stina etwas aus der Ruhe gebracht. Wenn sie vorher nervös gewesen war, dann war sie jetzt völlig kopflos. Deswegen hatte Märtha ihr am Morgen heimlich Rum in den Kaffee gekippt und gesagt, das sei eine kolumbianische Spezialmischung. Nach zwei Tassen von diesem Spezialkaffee (denn der schmeckte zum Glück so gut) hatte sich Stina etwas entspannt und war viel fröhlicher geworden. Und das war ein Segen, denn bereits um 18 Uhr war das Restaurant voll belegt, und es war höchste Zeit, das erste Speeddating zu eröffnen.

Kommissar Blomberg hatte sich schick gemacht und posierte vor seinem Spiegel im Flur. In seinem grauen Tweedanzug, dem blauen Lammwollpullover, hellblauem Oberhemd und passender Krawatte mit Katzenmuster fühlte er sich sehr elegant. Seine Schuhe waren blankgewienert, das Haar frisch geschnitten, und er trug weder Bart noch Haarwasser. Nein, wirklich. Er hatte gehört, dass viele Frauen fanden, dass Männer nach Mann riechen sollten, und nicht nach Parfüm, und deshalb achtete er darauf, frisch und ordentlich zu sein, aber mehr auch nicht. Er fuhr sich einige Male mit der Hand übers Haar, bevor er sich für einen Schal entschied, der zu seinem antikgrauen Mantel passte. Dann bürstete er ein paar Schuppen vom Kragen und setzte seine neuerstandene russische Pelzmütze mit Ohrenklappen auf. Das neue Restaurant SilverPunk lag ja ganz in der Nähe der Polizeiwache auf Kungsholmen, und da die Gaststätte in der Zeitung vier Sterne bekommen hatte, war das Risiko nicht gerade gering, dass er dort auf alte Kollegen traf. Als Privatermittler mit eigenem Detektivbüro wollte er lieber nicht erkannt werden, sondern in Ruhe arbeiten können. Und dann war da noch eine Sache. Im Artikel hatte er gelesen, dass das Restaurant Stockholms erstes *Speeddating* eingeführt hatte, bei dem man mit Hilfe eines professionellen Computerprogramms ganz schnell seine Liebste finden konnte. Gutes Essen, Dating und obendrein auch noch ein bisschen private Ermittlungen klangen gut, und außerdem konnte er den Besuch von der Steuer absetzen.

Summend ging er zur Tür hinaus und spazierte durch einige Viertel, bis er die Bushaltestelle erreichte. Der Bus war gerade abgefahren, und mit einem verärgerten Grummeln schlug Blomberg den Kragen hoch und zog die Ohrenklappen nach unten. Die Lichter der Stadt spiegelten sich am Himmel hoch über den Dächern, und die Verkehrsgeräusche drangen gedämpft zu ihm durch. All das war so, wie es immer gewesen war, doch er selbst hatte sein Leben verändert. Natürlich war es schön, sein eigener Herr zu sein, aber vor langer Zeit war er einmal verheiratet gewesen, und jetzt, da er im Ruhestand war, fühlte er sich schon manchmal etwas einsam. Einstein und er verstanden sich gut, aber irgendetwas fehlte. Eine Frau, ja, das war es. Wie leicht blieb er vor dem Fernseher hängen oder vor dem Computer, und da passierte einfach nichts. Das Restaurant SilverPunk hatte ihn nun endlich ermutigt, etwas zu unternehmen. Denn die Zielgruppe des Restaurants waren schon die Älteren, also Gleichaltrige, auch wenn es dort ebenso jüngeres Publikum gab. Und wenn dort viele Senioren waren, dann konnte er vielleicht die eine oder andere Spur zu den Alten finden, die die Überfälle begangen hatten. Nach Dieben und Frauen gleichzeitig Ausschau halten. Wenn das nicht hieß, zwei Fliegen mit einer Klappe zu schlagen!

Nachdem er den nächsten Bus bekommen hatte, stieg er vor dem Hauptbahnhof um und nahm den Bus, der am Karlbergskanal entlangführte. Als er die Haltestelle Hornsberg erreicht hatte, spazierte er am Kai entlang und musste nicht lange suchen, da sah er auch schon den beleuchteten Kahn mit Glitzer an den Masten und einem protzig dekorierten Weihnachtsbaum auf dem Dach: das Restaurant SilverPunk. Draußen schlängelte sich eine ganze Reihe festlich gekleideter Menschen, und als er näher kam, vernahm er in der Luft den Duft von Gewürzen, Käse und gegrilltem Gemüse. Hungrig zog er seinen Polizeiausweis aus der Jackentasche, um an der Schlange vorbeizukommen, doch dann fiel ihm ein, dass der ja bereits abgelaufen war. Außerdem wollte er hier inkognito sein. Er warf einen Blick auf die Menschenschlange und steckte seinen Ausweis seufzend wieder ein.

Als er eine halbe Stunde später endlich an Bord gekommen war, den Mantel an der Garderobe abgegeben und seine Frisur korrigiert hatte, bestellte er sich an der Bar ein Bier und hielt Ausschau nach den Damen. Das bescherte ihm ein besonderes Kribbeln. Einige sahen richtig gut aus, und wie gepflegt sie waren! Die hatten bestimmt viele Zeitschriften gelesen und unzählige »Dein neuer Style«-Sendungen im Fernsehen gesehen. Heutzutage sah man auch vielen älteren Frauen an, dass sie ins Training gingen. Ja, viele, die fünfzig plus waren, sahen umwerfend aus, und vermutlich würde man Muskeln anstelle von Fett spüren, wenn man sie am Oberschenkel anpackte. Er zupfte an seiner Eintrittskarte, die eine Runde am Dating-Tisch mit einschloss, und war ganz aufgekratzt. Mit gespielter Lässigkeit näherte er sich dem Piet-Hein-inspirierten Tisch voller Erwartung und stutzte, als er die angeketteten iPads sah. Was war das denn? Er drehte noch eine Runde um den Tisch und begutachtete die Tablets. Ach so, die waren für das Dating gedacht. Aber seine Wünsche würden da doch wohl nicht gespeichert werden? Und was waren das für sonderbare Lämpchen? Da waren in den Tisch Löcher gebohrt, in denen verschiedenfarbene Lampen saßen und die iPads einrahmten. Ach ja, er erinnerte sich, in der Zeitung hatte ja gestanden, dass die Lampen bei der oder den Personen aufleuchten würden, die die Charaktereigenschaften besaßen, nach denen man suchte. Und ebenso würde es neben dem eigenen iPad aufleuchten, wenn man selbst bei jemandem ins Schema passte. Er tastete nach seinem Bierglas und leerte es in einem Zug. Meine Güte, hier konnte es jeden Augenblick funken!

Als Stina bemerkte, dass sich der Dating-Tisch füllte, ging sie zu den erwartungsvollen Gästen hinüber, breitete die Arme aus und rief mit schriller Stimme:

»Meine Damen und Herren, herzlich willkommen zu unserem kleinen Willkommens-Dating!« Ihre Wangen waren rot, und sie strich sich immer wieder die langen, wallenden Haare aus dem Gesicht – weil sie nie gelernt hatte, die Haarteile richtig zu befestigen. (Einmal hatte sie sogar die komplette Haarverlängerung in der Hand.) Sie sah sich um und lächelte auffallend herzlich und gastfreundlich, doch jeder, der sie kannte, bemerkte, wie nervös sie war. Sie hatte sich den Nagellack vom rechten Daumen schon abgekratzt, ohne es zu merken, und ihr Haarteil saß leicht schief. Anna-Greta sah das, doch sie wollte Stina nicht noch mehr als nötig unter Druck setzen und hielt deswegen ihren Mund. Sie hatte sowieso schon mehr als genug zu tun. Um den Dating-Tisch war so ein Gedrängel, dass sie Nummern verteilen und eine Zeitbegrenzung auf fünfzehn Minuten an jedem iPad einführen musste. Mehr Zeit bekamen die Liebeshungrigen nicht, bis sie zur Dating-Ecke an der Bar weitergeschoben wurden. Aber auf der anderen Seite konnten sie dort in Ruhe ein Bierchen trinken und sich miteinander unterhalten, bevor sie sich hoffentlich ins Restaurant begaben und etwas zu essen bestellten.

Die erste Dating-Runde begann sehr zaghaft, aber nachdem die ersten Lampen angegangen waren, löste sich die Anspannung. Ein Herr in Tweedanzug, blauem Lammwollpullover und Krawatte mit Katzenmuster hatte mehrfach gepunktet, und die Lampen neben ihm blinkten in einem fort. Seine Laune stieg unaufhaltsam, und der etwas zurückhaltende, misstrauische Blick, mit dem er gekommen war, hatte sich in ein glückliches Augenstrahlen verwandelt. Nach einer Weile verschwanden er und eine Dame in der Dating-Ecke, wo sie ihr Gespräch fortführten, doch dann kam er zurück und versuchte es noch einmal. Dieser Mann schien sich nicht mit der Erstbesten zufriedenzugeben, dachte Anna-Greta und nahm ihn ins Visier. Was war das für ein Typ? Männer waren im Normalfall nicht so wählerisch. Oder lag es daran, dass er Betty ansprechen wollte, die ständig vorbeilief, wenn sie zu Bar musste? Anna-Greta hatte gesehen, dass er jedes Mal aufschaute, wenn die üppige Kellnerin vorbeikam, und Stina und sie sahen sich an und schüttelten den Kopf. Was hatte diese Braut nur, dass alle Kerle derart von ihr angezogen waren?

Offenbar hatte Blomberg keine Lust, eine der beiden Damen, mit denen er gechattet und sich in der Dating-Ecke persönlich unterhalten hatte, zum Essen einzuladen. Nein, sein Interesse galt vielmehr der Bedienung. Wenn sie vorbeischwebte mit ihrem Tablett in der Hand und ihrem Hintern, der sich wie ein Schiff im Sturm bewegte, fiel es ihm schwer, sich zu konzentrieren. Er war schließlich auch nur ein Mensch. Aber sein Typ war sie natürlich eigentlich nicht. Schließlich wollte er sich mit seiner Zukünftigen unterhalten und diskutieren können, Gedanken austauschen und gemeinsam Spaß haben. Deshalb war das mit dem Speeddating auch so spannend, denn dabei ging es ja um die inneren Werte eines Menschen. Wenn die Lampen ansprangen, dann war das wirklich ein Heidenspaß. Er war sehr gespannt auf diese Unbekannte, bei der alle Lämpchen gebrannt hatten. Auf seinem iPad war das Formular von Platz drei aufgetaucht, und diese Person hatte ganz eigenartige Charakterzüge. Na ja, ehrlich gesagt, war er besonders über die Nachricht unter der Überschrift Sonstiges gestolpert: *Hello Darling, I love you!* Irgendjemand hatte ihn also entdeckt, jemand, der seine nicht ganz unkomplizierte Persönlichkeit verstanden hatte. Aber wer konnte das sein? Blomberg wagte kaum, die Augen zu heben, dann nahm er allen Mut zusammen, sah auf und schaute ganz genau. An Platz drei mit iPad Nummer drei saß ein fetter Typ, der karierte Hosen und ein graues Sakko trug und nach Herrenparfüm stank. Blomberg schaute sich suchend um. Irgendwie musste es eine Fehlkopplung gegeben haben. Sehr enttäuscht begab er sich an die Bar, um sich mit einem Bier zu trösten. Mit dem Glas in der Hand, schaute er durchs Lokal, um denjenigen ausfindig zu machen, der hier für die IT zuständig war. Eine hochgewachsene Frau mit Stock ging von Zeit zu Zeit um den Tisch herum und kontrollierte die Tablets. Konnte sie es sein? Nein, sie sah vielmehr aus, als sei sie Kungsholmens Antwort auf Mary Poppins – die nur den Regenschirm gegen den Stock getauscht hatte. Doch als sie an ihm vorbeikam, sprach er sie an.

»Wissen Sie, dieses iPad«, begann er und fingerte an seinem Bierglas herum. »Das System und das Drumherum sind ja klasse, aber an meinem Tablet stimmt irgendwas nicht. Erst hat alles funktioniert. Aber dann hab ich keine Marilyn Monroe bekommen, sondern diesen Herrn.« Blomberg nickte zu dem Fettwanst hinüber.

»ACH DU LIEBER GOTT!«, rief Anna-Greta aus und brach in ein derartiges Pferdegewieher aus, dass Blomberg vor Schreck das Bierglas fallen ließ, so dass es auf dem Boden zerschellte.

»Und er stinkt auch noch nach Parfüm!«, beklagte sich Blomberg und beugte sich hinunter, um die Scherben aufzusammeln.

»Igitt, das ist eklig. Ein richtiger Mann muss nach Mann riechen.«

»Meinen Sie wirklich?«, fragte Blomberg und sah sie mit neuerwachtem Interesse an. Ich trage auch kein Parfüm, wollte er gerade sagen, konnte sich aber eben noch beherrschen. Stattdessen stand er auf und hatte zwei große Scherben in der Hand.

»Es tut mir ganz schrecklich leid, ich werde sofort dafür aufkommen.«

»Für ein Bierglas? Um Gottes willen, kein Problem. Das ist wie Missen in den Pississippi!«

»Wie bitte?«

»Sie bekommen ein neues!« Mit elchgroßen Schritten bahnte sich Anna-Greta den Weg an die Bar, besorgte ein neues Glas Bier und überreichte es ihm. Und bevor Blomberg reagieren konnte, hatte sie den Barmann schon angewiesen, den Boden zu wischen und trockenzureiben. Gleichzeitig machte sie sein iPad sauber.

»Sie sind also hier, um jemanden kennenzulernen?«, fragte sie, als alles fertig war, und nickte in Richtung Dating-Tisch.

»Kennenlernen, na ja, ich weiß nicht recht. Wie meinen Sie das?« Blomberg war ganz verunsichert.

»Ja, finden Sie denn Ihre Liebste?«, fragte Anna-Greta und zwinkerte etwas kokett.

»Ähm, hmpf«, murmelte Blomberg. »Da war ja leider diese Fehlkopplung …«

»Ach, vergessen Sie's. Ist schon behoben. Nein, auf dieses Dating-Programm bin ich wirklich stolz. Wissen Sie, ich möchte, dass bei jedem, der hier am Tisch sitzt, einer anbeißt. Ein Liebesfang. Über das iPad bekommt man einen Eindruck von den Charaktereigenschaften des anderen und an der Bar kann man Aussehen und Chemie abchecken. Gut, nicht wahr? Alles in einem. Außerdem spart das viel Zeit.«

»Absolut, und modern ist es auch.«

»Es hat eine Weile gedauert, bis ich alles programmiert hatte, aber am Ende hat es geklappt.«

»Das waren also Sie, Sie kennen sich mit Computern aus?«

Anna-Greta zupfte an ihrem Knoten, den sie im Nacken trug, und machte ein äußerst zufriedenes Gesicht.

»Ja, ein bisschen kenne ich mich aus, auch wenn es bei Ihrem iPad ein Problem gab. Ich wollte Ihnen wirklich keinen alten Fettwanst vermitteln, der nach Parfüm stinkt«, kicherte sie mit der Hand auf seiner Schulter und brach wieder in so ein Vierfüßlerlachen aus, dass ihm beinahe noch einmal das Glas aus der Hand fiel. Da musste auch er herzlich lachen, und es dauerte eine ganze Weile, bis Anna-Greta die Brille auf die Stirn schob, um sich die Freudentränen wegzuwischen, und sagte, dass es wieder Zeit sei, an die Arbeit zu gehen.

»Ich frage mich nur, was da schiefgegangen ist mit dem iPad«, überlegte Blomberg.

»Vielleicht hat einer am System herumgefummelt, als ich nicht hingesehen habe«, meinte sie.

»Herumgefummelt?«

»Ja, man muss das Pad ja jedes Mal löschen, wenn der Nächste dran ist. Vielleicht hat jemand das System unabsichtlich zurückgesetzt. Da war eventuell noch eine alte Nachricht abgespeichert.«

»Wie schade, da stand *I love you*!«

Anna-Greta legte den Kopf etwas sinnlich zur Seite.

»Ja, Liebe braucht jeder, nicht wahr? Aber so, wie an Ihrem Platz die Lichter ansprangen, bekommen Sie sicher noch mehr solcher Nachrichten, warten Sie's ab.«

»Sogar die Goldlampe ist angegangen«, sagte Blomberg stolz und merkte zu seinem Ärger, dass er rot wurde. »Aber natürlich gibt es nicht so viele ledige Männer in meinem Alter, die sich für reifere Frauen interessieren, glaube ich«, versuchte er abzulenken, während er gleichzeitig die Wahrheit leicht verbog.

»Ist das Ihr Ernst? Wunderbar! Die meisten älteren Herren wollen doch eher so junge Hüpfer haben, solche Pin-up-Girls, wissen Sie! Aber glücklicher werden sie mit denen bestimmt nicht. Denn wenn sie die tatsächlich rumgekriegt haben, wissen sie ja gar nicht, worüber sie mit diesem Püppchen reden sollen. Da ist unsere Lösung doch besser. Das Äußere und das Innere, alles in einem.« Sie warf einen Blick zum Dating-Tisch, wo die Lampen wild aufleuchteten.

Meine Güte, diese Dame hatte eine Sprache, dachte Blomberg. Aber I love you! Natürlich musste das eine jüngere Frau geschrieben haben. Und sie hatte ihn damit gemeint. Absolut. Ein Mädchen, das ordentlich baggerte. Und sicher sehr verlockend war. Nein, an einer Jüngeren war nichts auszusetzen. Aber wie gesagt, das Wichtigste war natürlich, was für eine Persönlichkeit die Frau hatte. Blomberg sah hinunter auf seine Hände.

»Es gibt glückliche Ehen, in denen der Altersunterschied zwischen beiden groß ist«, brachte er hervor.

»Na sicher, wenn er Geld hat.«

Blomberg kam aus dem Konzept, nahm einen Schluck Bier und sah die patente Lady nachdenklich an. Die wusste offenbar, was Sache war. Aber wenn im iPad noch alte Angaben abrufbar waren, was passierte dann wohl mit seinem eigenen Formular? Er räusperte sich.

»Sie löschen doch sicher alle Informationen, wenn jemand seinen Platz am Tablet verlässt, oder? Ich meine, der Vorfall bei mir war doch ein Versehen?«, fragte er nach.

»Selbstverständlich. Hier dürfen die Menschen anonym sein. So was darf nicht noch einmal vorkommen. Integrität ist das A und O. Ach übrigens, ich finde Ihre Krawatte sehr hübsch. Ich liebe Katzen.« Anna-Greta beugte sich vor und strich mit dem Zeigefinger über eines der abgebildeten Tiere.

»Finden Sie wirklich?«

»Aber ja! Katzen sind wunderbare Tiere! Süß und zutraulich,

aber gleichzeitig haben sie ihren eigenen Kopf. Grrrr!«, sagte Anna-Greta und kratzte zum Spaß in die Luft.

Da musste Blomberg lächeln. Sie war nicht gerade das hübscheste Geschöpf auf Mutter Erde, diese Mary Poppins. Nein, sie war groß und hager und hatte die Haare zu einem Knoten gesteckt, aber trotzdem ging von ihr eine gewisse Anziehungskraft aus. Sie schien voller Lebensfreude und Optimismus zu sein, und da musste er an seine Mutter denken, die so in sich ruhte und sich um andere kümmerte. Und ihr Haar war sehr gepflegt und ihre wachen Augen leuchteten. Nach Parfüm oder Cremes stank sie auch nicht. Er fingerte an seinem Bierglas und kippelte mit seinem Stuhl.

»Ich habe gesehen, dass Sie hier den ganzen Abend schon sehr beschäftigt waren. Aber hätten Sie vielleicht Zeit für ein Bier? Übrigens, ich heiße Ernst, Ernst Blomberg«, sagte er und hielt ihr die Hand hin.

»Anna-Greta«, sagte Anna-Greta und schüttelte seine Hand so heftig, als würde sie Wasser aus einer Spülbürste schütteln.

»Und mit Computern kenne ich mich übrigens aus«, fuhr Blomberg fort. »Wenn es irgendwelche Probleme gibt, bin ich gern behilflich.«

Anna-Greta schnappte nach Luft und sah mit einem Mal ganz verzückt aus.

39

Ein weißes Motorboot mit blauen Schiffslinien kam über den Riddarfjärd angebraust, drosselte seine Geschwindigkeit im Karlbergskanal nur kurz und gab wieder Gas, als es hinaus auf den Ulvsundasjö kam. Um diese Jahreszeit waren nicht viele Schiffe unterwegs und mit einem 250 H. Q. Evinrude konnte man richtig Stoff geben. Die Schals flatterten, und Kenta und Vessla sahen tatsächlich einmal hochzufrieden aus.

»Festhalten!«, schrie Vessla, und dann drehte er eine große Runde auf dem See, bevor er langsamer wurde und am neuerrichteten Kai unterhalb von Hornsberg anlegte. Vessla warf den Anker aus, und Kenta sprang mit dem Tauende an Land. Schnell hatte er das Boot an einem der Poller festgemacht. Langsam wurde es dunkel, und das passte gut. Ohne Laternen würde sie niemand entdecken können, wenn sie sich später in der Nacht davonmachten. Nun sprang auch Vessla an Land und zündete sich eine Zigarette an. Schweigend liefen sie in Richtung Restaurant SilverPunk.

»Willst du eine?« Vessla hielt Kenta die Zigarettenschachtel hin, drehte sie um und zeigte auf den Text. »Schau mal! Zigaretten gefährden Ihre Gesundheit. Und was meinen die, was sollen wir dann rauchen? So ein Blödsinn.«

»Du, rauch nicht alle Kippen auf, wir brauchen noch welche.«

»Ach, für die Fender reichen doch eine oder zwei.«

»Okay«, sagte Kenta und nahm sich auch eine Marlboro. Er zündete sie an Vesslas Zigarette an und sah sich um. »Meinst du wirklich«, fragte er und zeigte auf das Schiff. »Sollen wir wirklich noch mal runter in diesen Spinat? Das ist doch der reinste Dschungel. Außerdem wäre es bescheuert, wenn uns einer erkennt!«

»Mach dir nicht in die Hose. Wir gehen rein, plaudern ein bisschen mit den Alten, und dann denkt jeder, wir seien gute Freunde. Und wenn der Kahn zum Teufel geht, wird uns keiner verdächtigen.«

»Und wenn einer an Bord bleibt? Das ist echt gefährlich, denn dann ist es Brandstiftung.«

»Genau deshalb müssen wir erst eine Runde drehen und nachsehen. Und dann gibt's da noch gutes Essen und Speeddating. Voll in gerade. Schau es dir an. Vielleicht wäre das auch was für die Pizzeria.«

»Ja, stimmt«, sagte Kenta und strahlte. »Speeddating, das machen wir nach.«

»Schau dir mal diese Schlange an!«, sagte Vessla, als sie näher kamen. Er warf die Kippe fort und musste husten. »Da stellen wir uns aber nicht an.«

Eine lange Schlange mit älteren Gentlemen und aufgetakelten Damen mit schönen Frisuren versperrte ihnen den Weg. Kenta warf seine Zigarette ebenfalls weg, sah Vessla ernst an, und dann drängelten sie sich vorbei.

»Hier stellt man sich an«, schimpfte ein Herr mit Krawatte.

»Das kannst du gerne tun«, antwortete Vessla, und mit Kenta dicht im Rücken drängte er sich durch den Eingang und ging vor an die Bar.

»Zwei Bier«, rief er und ließ seine Lederjacke an.

»Cool hier!«, meinte Kenta und sah sich um.

Sie beobachteten das Speeddating und grinsten über die Paare, die in der Dating-Ecke saßen.

»Die sind ja echt niedlich«, sagte Kenta.

»Ich frag mich, ob bei denen noch was geht, ich meine, bei

den Alten«, sagte Vessla und feixte. »Und bei den Damen.« Er hielt inne, als er Märtha sah. »Verdammt, da ist die Tante mit der Gürteltasche. Jetzt wird Klartext geredet«, sagte er und nickte in Märthas Richtung. »Die blöde Alte kriegt jetzt ihre letzte Chance.«

»Dann pass auf deine Eier auf!«

Vessla stellte das Bierglas ab und rutschte vom Barhocker, als Märtha vorbeikam. Er stellte sich ihr in den Weg.

»Wir müssen reden!«

»Wie nett. Möchten Sie vielleicht ein Bier?«

»Nein, echt nicht.« Vessla seufzte, auch wenn sie sich prügelte, war sie immer sehr freundlich.

»Ein Mann ohne Bier ist wie eine Bank ohne Geld.« Sie hob zwei Finger, als der Barmann zu ihr sah, und wartete, bis er eingeschenkt hatte. Dann servierte sie sie mit einem Schälchen Nüsse. Vessla und Kenta sahen sich kurz an.

»Back to business. Sie hatten ein Anliegen?«, fragte sie und lächelte wieder.

»Ja, es geht um den Kahn. Wir wollen ihn kaufen.«

»Den Kahn? Tut mir leid. Den verkaufen wir nicht.«

»Aber wir zahlen gut.«

»Geld ist doch nicht alles, Jungs. Hier im SilverPunk wollen wir die Menschen erfreuen und glücklich machen. Lebensqualität, wisst ihr? Die ist viel wichtiger als Kohle.«

Lebensqualität? Vessla und Kenta sahen sich verständnislos an.

»Du und deine Gang, ihr könnt ein Restaurant in Södermalm dafür haben. Aber wir wollen den Kahn hier«, versuchte es Vessla. Er wollte diese aufrührerischen Senioren endlich loswerden und hatte sich mehr als einmal in den Hintern gebissen, dass er sie angeheuert hatte. Nicht in seiner wildesten Phantasie hätte er sich träumen lassen, dass die sich gegen ihn zur Wehr setzen würden, und er hatte die Miete und das Schutzgeld als ganz sichere

Einkünfte eingeplant. Aber bezahlt hatten sie nicht. Sie mussten schnellstmöglich weg aus der Gegend, ohne Diskussion.

»Södermalm? Aber mein Lieber, was soll das?« Märtha schüttelte den Kopf.

»Ein Restaurant an Land kann nicht sinken, aber, mmh, dieser Kahn hier ist doch nicht safe. Ein verdammt alter Kasten.«

»Und trotzdem wollen Sie ihn kaufen?«

Märtha versuchte, cool zu bleiben, aber die unterschwellige Drohung war deutlich genug. Die Mafiagang wollte sie loswerden, vielleicht sogar den ganzen Kahn versenken? Aber hier sollte doch das Vintagedorf entstehen. Märtha dachte hin und her. Snille hatte eine automatische Pumpanlage installiert, also mussten sie eigentlich sicher sein, aber dennoch, bei einem Stromausfall konnte was schiefgehen. Allerdings hatte sie nicht die geringste Lust, nach der Pfeife solcher Kleingangster zu tanzen. Jemand musste der Mafia doch die Stirn bieten. Schurken, gierige Unternehmen und Ausbeuter, die keine Steuern bezahlten, denen musste man doch etwas entgegensetzen.

»Tut mir leid, aber wir verkaufen nicht. Sie können dieses Restaurant in Södermalm ja an wen anders verkaufen. Das wird schon klappen«, sagte sie sanft und stellte sich dumm.

»Du, mit so einem Schiff kann einiges passieren«, wiederholte Vessla etwas verärgert.

»Mit einem Restaurant in Södermalm auch«, konterte Märtha.

»Nun mach schon, verdammt!« Vessla grinste spöttisch. »Also, du hast wirklich keine Wahl.« Er lehnte sich gegen ihr Bierglas, so dass es zu Boden fiel. »Kleines Mütterchen, reg dich nicht so auf, verstehst du …«

»Nicht aufregen? Kleines Mütterchen? Nee, danke!«

Vessla sah gerade noch, wie Märthas berüchtigte Gürteltasche angeschossen kam, konnte sich aber nicht mehr wehren. Plötzlich brannte es im Schritt, und er fiel vornüber. Dabei ließ er das Bierglas fallen. Das Bier landete auf seinem Hosenstall, und das

Glas kullerte unter den Barhocker. Kenta wollte eingreifen, aber da stellte Märtha ihren Fuß in den Weg. Ihr rechter Ecco-Saunter-Stiefel, der fünf Sterne im Internet bekommen hatte, stand fest auf dem Boden, so dass Kenta stolperte, sich um 180 Grad drehte und hinfiel.

»Zu alten Damen sollte man nett sein!«, zischte Märtha, und dann machte sie auf dem Absatz kehrt und rauschte mit der Gürteltasche in der Hand davon.

»Scheiße!«, jammerte Vessla.

»Kvidevitt, kvidevitt«, erklang in dem Moment aus den Lautsprechern, denn Snille hatte soeben die Hintergrundgeräusche eingeschaltet, weil er für eine romantische Stimmung sorgen wollte. Betty liebte gerade dieses Gezwitscher, eine Blaumeise auf der Balz – aber Vessla teilte ihre Sympathie überhaupt nicht.

»Ruhe, zum Teufel. Stell dieses verdammte Vogelgezwitscher aus!«

»Schau mal die Flecke da an, hast du etwa in die Hose gemacht?«, fragte Kenta und zeigte auf Vesslas Hosenstall.

»Ach, das ist nur Bier. Verfluchte Alte. Jetzt lassen wir die Gang über die Klinge springen, alle auf einmal!«

Vessla fluchte unüberhörbar laut und humpelte auf Kenta gestützt zur Herrentoilette.

»Bist du ganz sicher«, fragte Kenta etwas später, als Vessla wieder ansehnlich war und sie wieder zurück ins Lokal gehen wollten. »Ich meine, vielleicht können wir sie ja zur *Vernunft* bringen.«

»Nix da. Wenn sie uns den Kahn verkauft hätten, ja, aber so … höchste Zeit, was zu unternehmen. Wir sehen uns um und drehen dann eine letzte Runde durchs Lokal, bevor sie schließen. Kein Idiot darf mehr an Bord sein.«

Es roch lecker nach Gemüse aus dem Wok und orientalischen Gewürzen, und die Stimmung im Restaurant war hervorragend.

Einige, die sich in der Dating-Ecke kennengelernt hatten, saßen jetzt im Gastraum und flirteten weiter, während das Servicepersonal mit Getränken und Speisen durchs Grün flitzte. Es war ziemlich laut, und keiner schien Notiz davon zu nehmen, dass die Jungs langsam die Tische abliefen und alles genauestens begutachteten.

Kenta fiel auf, dass viele Gäste zwischen 65 und 85 Jahren alt waren, aber ein paar Jüngere sichtete er auch. Wie zum Teufel hatten die Alten das nur hingekriegt? Er seufzte und musste an seine leere Pizzeria denken und fand das furchtbar ungerecht. Auf der anderen Seite musste er widerwillig zugeben, dass das Restaurant wirklich hübsch eingerichtet war. Nirgendwo konnte er gerade Linien entdecken, alles war leicht gewölbt und romantisch, und am Waldpfad entlang standen die Tische in kuscheligen Nischen. Hier fehlte *nichts*, Stimmung und Atmosphäre waren super.

Vessla versuchte, sich alles zu merken. Gleichzeitig überlegte er, wo sie zuschlagen könnten. Wie gesagt, keiner durfte hier übrigbleiben, das Restaurant musste menschenleer sein.

»Pass auf!«, rief Kenta, als sein Kumpel beinahe direkt in ein Wildschwein gelaufen wäre. Vessla stoppte in letzter Sekunde, doch er kam trotzdem ins Straucheln und fiel. Fluchend suchte er nach Halt und konnte sich im letzten Moment noch mit den Händen an einem Baumstamm abstützen. Leider landete seine linke Handfläche mit Wucht auf einem vom Landesmuseum ausgestopften Specht. Lautlos sackte er in sich zusammen und fiel wie ein zusammengequetscher Klumpen nach unten ins Grün – außer dem Schnabel, der in Vesslas Handfläche steckte.

»Raus aus diesem Irrenhaus, so ein Scheiß«, schrie er.

»Und was ist mit dem Dating, wollten wir das nicht ausprobieren?«, fragte Kenta. »Ich wollte mir das doch mal ansehen, ob ich das auch lernen kann. Es ist noch so viel Zeit bis Mitternacht …«

»Mensch, ich kann mir eine Blutvergiftung holen!«, wetterte

Vessla und hob die Hand an den Mund. Vielleicht konnte er die Reste des Schnabels mit den Zähnen entfernen.

»Okay, dann ab ins nächste Krankenhaus«, sagte Kenta und sah seinen Kumpel besorgt an.

»Aber wir kommen wieder, ganz bestimmt!«, schwor Vessla.

Dann musste er husten und wurde knallrot im Gesicht. Ein Stück Schnabel war ihm in den Hals geraten.

40

Der Winter war nach Djursholm gekommen. In den Gärten und Parks hatte sich der Schnee sanft und weiß über Rasen und Asphalt gelegt, und im Licht der Straßenlaternen leuchtete er hell. Märtha sah aus dem Fenster im Turmzimmer und verfolgte die weißen Flöckchen, die langsam auf die Erde tanzten. Die Eichen waren mit einer dünnen Schicht Perlmuttweiß bedeckt, und das hohe Gras lag gebeugt und versteckt unter einer weißen Decke.

Wie viele Tage hatte es geschneit, und wie viele Tage hatte sie wohl hier gesessen und aus dem Fenster geschaut. Märtha wusste es nicht mehr, doch sie merkte, dass es ihr nicht gutging. Nach den Weihnachtsfeiertagen hatte sie sich eine hartnäckige Grippe eingefangen, und anschließend war ihr Asthma richtig schlimm geworden. Gleichzeitig hatte sich ihr Herz bemerkbar gemacht. Eigentlich sollte sie zum Arzt gehen, aber Stunden im Wartezimmer hocken und warten, nein, das wollte sie nicht. Dafür fehlte ihr die Geduld. Und außerdem konnte man erst recht richtig krank werden, wenn der Arzt einen ins Krankenhaus überwies! Ihr war zu Ohren gekommen, dass Patienten sich dort mit Krankenhauskeimen infiziert hatten und am Ende gestorben waren, obwohl sie mit etwas ganz Ungefährlichem eingewiesen worden waren. Nur weil man bei der Hygiene gespart hatte. Nein, sie hatte nicht vor, unnötige Risiken einzugehen, sondern ihre Grippe und ihre Rhythmusstörungen selbst zu behandeln. Außerdem war es voll im Trend, die Verantwortung für die eigene Gesundheit zu übernehmen und nicht ständig Pillen zu schlucken. »Der selbstheilende Mensch« nannte man das. Und das passte doch gut, wenn man sowieso auf dem Sofa mit dem Strickzeug saß und nirgends hingehen konnte. Seit diesem Abend, an dem sie Vessla und Kenta rausgeschmissen hatte, hatte sie sich auch kaum im Restaurant sehen lassen. Ganz bewusst hatte sie den anderen die Verantwortung überlassen und fand nun, dass sie im Delegieren immer besser wurde. Außerdem hatte das einen großen Vorteil. Während die anderen arbeiteten, hatte sie Zeit, nachzudenken und neue Verbrechen zu planen. Gleichzeitig konnte sie sich still und heimlich auskurieren.

Deshalb hatte sie auch Stina ganz beiläufig nach Gesundheitstipps gefragt, die sie nach und nach durchprobierte. Früher oder später würde ihr schon etwas über den Weg laufen, das funktionierte. Und dass sie Kammerflimmern hatte, war auch irgendwie nachvollziehbar, so viel, wie sie um die Ohren hatte. Vor allem war da das Problem mit Snille. Sie gingen nett und freundlich miteinander um, aber er hatte an der Sache mit der aufgeschobenen Hochzeit zu knabbern, das war deutlich zu spüren. Sie warf einen Blick auf den Verlobungsring. Sie hatten ihre Verlobung nicht gelöst, auch wenn er das im Ärger einmal vorgeschlagen hatte, aber seit diesem Abend, an dem er sein Kissen an die Wand geknallt hatte, war das Thema Hochzeit vom Tisch. Jetzt redete er vielmehr immerzu von dieser Betty. Betty hier und Betty da, und es fiel ihm selbst nicht einmal auf. Aber am schlimmsten war, dass er immer so glücklich aussah, wenn er aus der Küche des Restaurants kam. Das Glänzen in seinen Augen verschwand hingegen, sobald er den Kahn verließ. Dieses verfluchte Püppchen hatte ihm völlig den Kopf verdreht. Merkte er denn gar nicht, dass er sich lächerlich machte? Er war ein alter Mann und würde jeden Faltenwettbewerb haushoch gewinnen! Aber wenn er es wollte, dann musste er es eben tun. Märtha schnaubte – so sehr, dass ihr Herz gleich ein paar Extraschläge tat. Sie hielt inne. Dieses Kammerflimmern beunruhigte sie schon. Aber als altes Turnmädchen und Gymnastikkursleiterin machte sie sich Sorgen um ihr Herz? Nein, das kam gar nicht in Frage. Außerdem hatte Stina doch erwähnt, dass Magnesium helfen könne. Ja, sie hatte gesagt, dass es gut fürs Herz sei und auch gegen Krämpfe im Bein.

Märtha holte sich ihr Notebook, schob den Liegestuhl auf die Terrasse und googelte nach dem Wort Magnesium. Sie scrollte sich zwischen den einzelnen Seiten hindurch und nickte. Stina hatte offensichtlich recht gehabt, dieses Spurenelement war für alles Mögliche gut. Märthe beschloss, ihre Freundin um ein bisschen von dem Pulver zu bitten und einen Krampf im Bein vorzuschieben. Sie musste ja nicht gleich von ihren Herzproblemen erzählen. Äußerst zufrieden schob sie das Notebook zur Seite und holte sich eine Kanne Tee mit Moltebeeren-Likör und ein paar Eukalyptustabletten. Dann nahm sie Stinas Gesundheitsbibel *Die Heilkraft Ihres Körpers*, zwei bequeme Kissen und machte es sich mit einigen Decken in ihrem Bruno-Mathsson-Sessel bequem. Jetzt konnte sie sich beim Lesen erholen und hatte gleichzeitig Bielkes Garten im Blick. Ihr war nämlich aufgefallen, dass jemand die Gartenmöbel verrückt hatte, und deshalb fragte sie sich, ob Bielke zurückgekommen war – wenn es sich eben nicht um jemanden von der Gemeinde oder einen neuen Gärtner handelte. Aber warum sollte Bielke gerade jetzt nach Hause kommen, wenn er schon nicht Weihnachten hier verbrachte hatte? Jetzt war es auf den Cayman Islands doch schön warm, und bald würde er mit seiner Yacht auch schon auf dem Mittelmeer cruisen können. Ja, seine Luxusmotoryachten. Märtha versuchte, sich daran zu erinnern, was Anna-Greta herausgefunden hatte. Genau, sein Luxusschlitten war weit über 500 Millionen wert und auf den Cayman Islands registriert – wo man keinen Cent Steuern zahlte. Da liefen Märthas graue Zellen plötzlich auf Hochtouren: 500 bis 600 Millionen, das war eine Summe, da wurde es interessant! Die Diakonie hatte nicht gerade viele Millionen erhalten, und die Bonuszahlungen, die die Seniorengang an das Pflegepersonal verschenkt hatte, beliefen sich ja nur auf einen mickrigen Tausender pro Kopf. Die Manager in der Wirtschaft und die anderen Finanzhaie hätten sich totgelacht. Nein, die Seniorengang müsste eigentlich viel höhere Beträge verschenken. Und so eine Yacht … Wenn sie es schafften, nur eine einzige zu klauen, dann müssten sie lange keine Verbrechen mehr begehen. Dann könnten sie viel mehr Geld verschenken und hätten auf lange Sicht erst einmal Ruhe. Und für ihr Herz wäre das auch nicht schlecht. Wäre das nicht eine wunderbare Aufgabe, so einen Diebstahl zu planen, während sie den Großteil der Arbeit gerade an die anderen abgegeben hatte? Mittlerweile war ihr langweilig, und sie verspürte eine innere Unruhe. Und das konnte fürs Herz ja auch nicht gut sein …

Das Projekt SilverPunk hatte ihr viel Spaß gemacht, aber das Restaurant warf keine nennenswerten Gewinne ab. Und das neue Schiff mit Café und Kino, das ihr eine Zeitlang durch den Kopf gegeistert war, hatten sie noch nicht in die Tat umgesetzt, weil der passende Kahn in einem schlechten Zustand war und erst einmal zur Reparatur in die Werft musste. Außerdem würde dabei auch nicht viel Geld herausspringen. Märtha nahm sich eine Zitronenwaffel und kippte einen Schuß Moltebeeren-Likör in ihren Tee. Warum baten sie nicht einfach Anders und Emma, den Restaurantbetrieb zu übernehmen, dann könnten sie und ihre Freunde sich nach Staint-Tropez absetzen (weit weg von Betty) und ihr nächstes Ziel in Angriff nehmen? Ein gewaltiges Projekt. Denn das wäre schon irre, so ein großes Motorboot zu klauen, das sich nur Königliche Hoheiten, Ölscheichs und Milliardäre leisten konnten. Mit Helikopterlandeplatz, Schwimmbad, Luxussuiten und teurer Kunst an den Wänden. Ja, sie hatte gelesen, dass es Leute gab, die pro Woche 10 000 Euro zahlten, wenn sie so einen Wasserpalast chartern wollten. Der Gedanke hob ihre Stimmung beträchtlich, und sie griff zur nächsten Zitronenwaffel. Manchmal war es gut, innezuhalten und nachzudenken, sich nicht einfach vom Leben mitreißen zu lassen. Vielleicht machte es auch Sinn, dass man manchmal krank wurde? Die Art des Körpers, einem zu sagen, dass man einen Gang runterschalten sollte.

Sie stand auf, holte sich ein Notizbuch und einen Stift und fühlte sich gleich viel fitter. Anna-Greta hatte so eine Phase ja auch schon gehabt, als sie Erbsensuppe mit viel Thymian gegessen hatte. Snille würde vermutlich nicht scharf darauf sein, wieder neue Verbrechen zu begehen, auf der anderen Seite war sie von seiner Meinung nicht abhängig. In der Gang waren ja noch vier andere, und die würde sie überzeugen können. Außerdem würde es ihr vielleicht auch gelingen, Snille zu überreden, denn ihm gefiel es, wenn er etwas zu tun hatte, und im SilverPunk war er unterfordert. Außerdem würde ihm ein Tapetenwechsel ganz guttun, damit er mal auf andere Gedanken kam als Betty und die Damen am Dating-Tisch. Aber wie klaute man eine Motoryacht, die 500 Millionen wert war? Sie brachte die ersten Ideen zu Papier. Es würde nicht leicht werden, aber eine herrliche Herausforderung!

41

Es war Abend geworden, und wie immer wartete das SilverPunk mit einladendender Beleuchtung am Kai. Polizeikommissar Blomberg legte einen Schritt zu. Er hatte einen Hefezopf für Anna-Greta dabei, denn sie hatte erwähnt, dass sie Zimtschnecken liebte. In den vergangenen Wochen war er ständig im Restaurant zu Gast gewesen, wo er sich ein Bier gegönnt und etwas Abwechslung in seinen Alltag gebracht hatte. Es war so spannend, wenn die Lampen neben dem iPad ansprangen und wenn er selbst die Lämpchen bei einer anderen Person zum Leuchten brachte. Er probierte das Speeddating nun jeden Abend aus und hatte schon mit mehreren Damen zu Abend gegessen, die er gar nicht kannte. Außerdem saß er gern an der Bar und sah zu, wie Betty und die anderen Kellnerinnen vorbeiflitzten. Ein Glas Bier und was fürs Auge, keine schlechte Kombination. Ja, und dann war da auch noch Anna-Greta. Hin und wieder blieb sie bei ihm an der Bar stehen, und an einem Abend hatte er ihr sogar ein Bier ausgegeben. Sie hatten viel Gesprächsstoff, und ihre Diskussionen nahmen irgendwie kein Ende. Sie fragte nach, wie es mit seinen Dates lief, hörte ihm zu und schien sich dafür zu interessieren, wie er das Leben sah. Meist diskutierten sie über etwas, nur über die Arbeit sprachen sie nie. Da wich er aus und erklärte, dass er gerade in Rente gegangen sei und vorher als Consultant für Bildungsthemen gearbeitet hätte (die Polizei hatte Weiterbildung ja dringend nötig, und er hatte da schon das eine oder andere vermittelt, also war das nicht direkt gelogen). Aber kein Wort davon, dass er ehemals Kommissar gewesen war und nun ein eigenes Detektivbüro führte. Das sollte geheim bleiben. Dann konnte er sie nämlich ungestört über die Gäste im Restaurant ausfragen und bestenfalls ein paar Hinweise finden, die ihn zur Seniorengang führten. Zudem erzählte sie von sich selbst auch nicht besonders viel. Er wusste nur, dass sie in einer Bank gearbeitet, auf Djursholm gewohnt und später ihr Interesse für Computer entwickelt hatte. Also sprachen sie viel über Computer, Wirtschaft und die Musik der Fünfziger.

»Du solltest mal was von meiner Schallplattensammlung anhören«, sagte sie eines Tages. »Ich bringe mal ein paar Scheiben mit.«

»Wunderbar. Vinyl klingt einfach viel besser als diese CDs oder Musik, die man aus dem Netz runterlädt«, erklärte er fachmännisch, und da sah sie so entzückt aus, dass ihm ganz wohlig wurde. Am nächsten Tag hatte sie einen Plattenspieler herausgeholt und sich dann in eine der Nischen zurückgezogen (die mit dem Wildschwein), wo es eine Steckdose gab, den Plattenspieler angeschlossen und Duke Ellington und Chris Barber angehört. Seitdem nahm er immer eine Platte mit, und als er an diesem Abend Bill Haleys *Rock around the clock* aufgelegt hatte, ging die Post ab. Da beugte Anna-Greta sich vor, zwinkerte ihm zu und sagte:

»Weißt du, was, jetzt rocken wir die Bude!«

Und dann war sie in dieses energiegeladene Lachen ausgebrochen (fast wie ein Pferdewiehern) und hatte den Daumen hochgehalten. Ja, sie war wirklich amüsant, diese Mary Poppins, und er ertappte sich selbst bei dem Gedanken, dass er den Abenden im SilverPunk entgegenfieberte. Einige Male war er schon bis zum Schluss dageblieben und am nächsten Morgen erst ganz spät aufgestanden. Pflichtschuldig hatte er dann Jöback und dessen Trupp ein paar Infos geschickt, die die Latexmasken von Buttericks betrafen und seine täglichen Kontrollgänge rund um

Stockholms Banken. Und dann hatte er besonders ältere Leute beobachtet, die sich auffällig benahmen, doch bislang hatte er nichts zu berichten gehabt. Als Detektiv wurde er langsam ein wenig träge, aber irgendwann würde diese Seniorengang schon einen Fehler machen, und dann würde er sie endlich drankriegen. Zudem war es nur eine Frage der Zeit, wann sie im Restaurant auftauchten. Mittlerweile war es richtig in geworden, so dass diese Tante, die vor dem Nationalmuseum zu sehen gewesen war, irgendwann auftauchen würde. Vermutlich würde sie ihn zum Rest der Gang führen. Er hatte zwar ihre Gesichtszüge nicht gesehen, aber ihre Körperhaltung und die Art, wie sie sich bewegte, waren auffällig. Sie konnte ihm gar nicht entgehen!

»Nein, ein Hefezopf! Wie reizend! Und den hast du für mich gebacken?« Anna-Greta begrüßte ihn in der Dating-Ecke mit dem herzlichsten Lächeln, das er je gesehen hatte.

»Na ja, in letzter Zeit backe ich hin und wieder. Das riecht dann so gut«, antwortete Blomberg und legte ihr das Backwerk in die ausgestreckten Hände. Anna-Greta beugte sich vor und roch genußvoll daran.

»Mmmhh! Und auch noch mit Zimt und Zucker! Lecker! Das *liebe* ich. Ach, du bist wirklich *wunderbar*!«

»Ach was, das ist doch nicht der Rede wert«, sagte Blomberg nicht wenig stolz und spürte diese ärgerliche Röte auf seinen Wangen. »Ich kann auch Kardamomzöpfe backen. Na ja, so frisch in der Rente rühre ich gern mal den ein oder anderen Kuchenteig.«

»Du, den müssen wir gleich anschneiden«, sagte sie und sah sich um. »Wir können uns in die Nische mit dem Plattenspieler setzen. Hast du eine Platte dabei?«

»Na sicher! Dann lassen wir heute Frank Sinatra für das ausgestopfte Wildschwein singen.«

»Ha, ha«, wieherte Anna-Greta. »Sehr gut. Und dazu einen Kaffee, nicht wahr?« Sie machte ein Zeichen, als Betty vorbeikam, bat die Kellnerin, ein paar Scheiben aufzuschneiden, und bestellte Kaffee.

»Wir arbeiten hier«, erklärte sie.

»Das weiß ich schon«, antwortete Betty schnippisch und verschwand. Anna-Greta und Blomberg bezogen nun ihren Lieblingsplatz. Als sie saßen, stellte sie das iPad auf den Tisch. »Weißt du, was? Eine Sache würde ich gern mit dir besprechen. Ich glaube, man könnte das Speeddating auf eigene Beine stellen. Eine neue App.«

»Super! Dann mach' das!«

Blomberg schmunzelte. Es machte so viel Spaß, sich mit Anna-Greta über Computer zu unterhalten. Sie kannte sich aus und wusste Dinge, von denen Jöback und die Kollegen noch nie etwas gehört hatten. Sie loggte sich in das Dating-Programm ein, während Blomberg den Sinatra auflegte. Kurz darauf erklang in ihrer kleinen Ecke ein schmachtendes *Fly me to the moon.*

»Warum machen wir unser Programm nicht im Internet zugänglich und verdienen daran«, fuhr Anna-Greta fort und zeigte auf den Bildschirm. »Wir könnten einen Mitgliedsbeitrag verlangen und fünf Prozent für jedes Dating. Ganz Schweden könnte mitmachen.«

»Du bist so kreativ, Anna-Greta. In deiner Gesellschaft ist immer was los.«

»Ja, wenn es ums Geld geht! Denn je mehr man einnimmt, desto mehr kann man an die Armen verschenken, weißt du.« Sie beugte sich vor und zeigte auf ein paar Dating-Icons, die sie entworfen hatte. »Schau dir das mal an.«

Blomberg schielte auf den Bildschirm. Da waren drei Apps in Herzform, und in der Mitte standen die Worte *Freundschaft, Liebe* und *Ehe.*

»Toll. Hast du die gemacht?«

»Das ist nichts Besonderes, aber es hat eine Weile gedauert.« Anna-Greta sah sehr zufrieden aus.

»Aber warum gibt es verschiedene Apps für Liebe und Ehe?«

»Du weißt doch. Nicht jeder will heiraten. Mancher ist schon mit einer kleinen Affäre zufrieden.« Sie zwinkerte und stupste ihn vielsagend in die Seite. Blomberg schielte verstohlen zu Anna-Greta. Plötzlich war etwas anders. Flirtete sie vielleicht mit ihm, oder hatte er sich vertan? Gerade da kam Betty vorbei und servierte den Kaffee und eine Platte mit Hefezopfscheiben. Sie zwinkerte Blomberg zu, lächelte und verschwand wieder.

»Bitte bedien' dich, guten Appetit! Hast du immerhin selbst gebacken«, zwitscherte Anna-Greta und strahlte übers ganze Gesicht. Sie nahm ein Stück, lächelte ihn an und ließ ein Drittel des Gebäcks im offenen Mund verschwinden. »Leeecker!«, rief sie aus. »Ist dir wirklich gut gelungen!«

Im nächsten Moment spürte er ein Knie an seinem Oberschenkel.

»Männer, die backen, sind attraktiv, wusstest du das!?«, trompetete Anna-Greta, und dann lachte sie wieder, während sie ihr Knie an seines drückte. Da ging das Licht aus, und das Restaurant wurde in Dunkelheit getaucht.

»O Gott, wie schrecklich«, rief sie aus und griff nach seiner Hand. Kleine Aufschreie und Geflüster waren zu hören, Geschepper und Geräusche von Leuten, die aufstanden. Menschen bewegten sich oben an Deck, und ein paar Kerzen brannten weiter entfernt. Aber sie saßen noch im Dunkeln. Anna-Greta musste sich über sich selbst wundern. Natürlich wäre sie eigentlich die Erste auf dem Weg nach draußen gewesen, doch jetzt saß sie hier mit ihm.

»Der Strom kommt bestimmt gleich zurück«, tröstete Blomberg sie und strich ihr etwas unbeholfen über die Hand.

»Glaubst du wirklich?«, murmelte sie und rutschte etwas näher an ihn heran. Da flackerte das Licht wieder auf, Sinatras *Fly me to the moon* ging weiter, und im Kahn war es wieder hell. Anna-Greta zog sich unwillkürlich wieder ein wenig zurück.

»Aha, jetzt ist der Strom wieder da, oder Snilles Generator ist angesprungen. Das ist unsere Reserve für Notfälle«, räusperte sich Anna-Greta mit etwas roten Wangen. »Na ja, Hauptsache, das Licht funktioniert wieder. Jetzt ist alles wieder wie vorher.«

Nein, es ist nicht alles wie vorher, dachte Blomberg. Im Dunkeln war etwas geschehen. Zwischen ihnen. Da ging das Licht wieder aus.

42

Ganz Stockholm und Kungsholmen lagen im Dunkeln. Hier und da konnte man in den Fenstern noch einen schwachen Lichtstrahl sehen, aber unten am Kai war alles still und öde. Nur die Sterne erhellten die Straßen. Snille knipste seine Stirnlampe an und ging mit Stina Richtung Vorderdeck. Es schien, als würden sie noch eine ganze Weile keinen Strom haben, aber das war nicht schlimm, schließlich hatte er ja seinen Generator. Das Licht seiner Stirnlampe fiel aufs Deck, traf die Holzkiste mit den Feuerwerkskörpern und landete dann auf dem Generatorschrank. Der Generator war eine Zeitlang nicht in Betrieb gewesen, aber bei so einem Markengerät gab es damit keine Probleme. Er öffnete die Tür und nahm den Benzinkanister heraus. Am besten füllte er ihn noch mal auf. Aber wie war das mit dem Generator, würde er überhaupt anspringen? Er drehte den Benzinhahn auf, wartete einen Moment und drückte dann den Startknopf. Der Motor startete beim ersten Versuch.

»Wie gut, dass ich daran gedacht habe, den Notfallgenerator anzuschaffen. Jetzt haben wir wieder Licht«, sagte er zufrieden und wischte sich die Hände an den Hosen ab.

»Danke, Snille! Was täten wir nur ohne dich!«, sagte Stina und beobachtete, wie die Lampen im Lastkahn wieder leuchteten. »Aber vielleicht sollten wir jetzt trotzdem schließen«, fuhr sie fort und wies mit ihren hochhackigen Schuhen auf den Generator. »Dieses Ding kann ja wohl kaum ein ganzes Restaurant versorgen.«

»Doch, doch, so ein richtiger Generator schafft das«, erklärte Snille, stellte den Benzinkanister zurück und schloss die Schranktür. Sie machten sich gerade auf den Weg zum Achterdeck und waren auf halbem Wege, da hustete der Generator mit einem Mal auf und stoppte. Nun standen sie wieder im Dunkeln. Snille knipste die Stirnlampe wieder an.

»Vielleicht ist Wasser ins Benzin getropft«, brummte er und drehte mit Stina im Schlepptau wieder um in Richtung Vorderdeck. Er öffnete den Generatorschrank, leuchtete hinein und nahm den Kanister heraus. Mmh, der war schon ein bisschen alt und rostig. Er sollte wohl mal einen neuen kaufen, einen aus Kunststoff. Solche alten Gefäße konnten durchrosten, und dann drang Wasser ein. Gerade wollte er noch einmal versuchen, ihn zu starten, da kam der Koch mit einer Taschenlampe angerannt.

»Was für ein Glück, dass es bei uns so viel Salat gibt, sonst hätten sich viele beschwert, dass das Essen kalt ist«, sagte er mit überaus ironischem Tonfall.

»Diese blöden Stromlieferanten. Überall ist es finster. Im Radio hieß es, dass es dauern kann, bis alle wieder Strom haben.«

»Kein Problem. Wir machen das alles mit dem Generator. Muss hier nur kurz ein paar Dinge in Ordnung bringen«, erklärte Snille und beugte sich vor, um die Kabel zu untersuchen. Keine Löcher, keine Luftblasen und kein Wasser. Es musste an etwas anderem liegen. Ah ja, es sah aus, als sei ein Kabel lose, er befestigte es neu und startete noch einmal. Der Generator sprang sofort an. »Das Kabel. Dumm von mir, aber jetzt rattert er wieder.«

»Obwohl das Restaurant ab sofort geschlossen ist. Ich habe nicht vor, rohes Huhn zu servieren«, brummte der Koch.

»Raw food ist gesund«, fiel Stina ihm ins Wort. »Ein grünes Restaurant …«

»Aber nur das Grünzeug. Wir brauchen Strom. Das ist dir doch klar? Und wenn alle da drinnen Kerzen anzünden, riskieren wir einen Waldbrand!«

»Aber jetzt geht es ja«, sagte Snille abschließend. »Am besten marschieren wir wieder rüber zu den anderen.«

Im Restaurant machten die Gäste eine Menge Geschrei, und am lautesten waren die flirtenden Singles am Dating-Tisch. Kratze versuchte, die Liebeshungrigen zu beruhigen, doch vergeblich. Seine Haare sträubten sich, sein Gesicht war rot vor Aufregung, und er sah sehr erleichtert aus, als er endlich seine Freunde erblickte.

»Was für ein Glück, dass ihr das hingekriegt habt, allerdings funktioniert das Dating nicht mehr. Irgendwas ist mit dem System passiert«, erklärte er.

»Macht nichts. Wir müssen jetzt schließen. Die Leute sollen einfach morgen wiederkommen«, sagte Stina und sah sich um. Dann formte sie die Hände zu einem Megaphon und brüllte hinüber in die Dating-Ecke. »Leider müssen wir jetzt abbrechen wegen eines Stromausfalls. Unser Generator kann die Stromversorgung nicht mehr lange aufrechterhalten. Dafür laden wir Sie ein, morgen wiederzukommen, dann machen wir eine halbe Stunde länger.«

Dann ging sie rüber zu den Esstischen und gab die gleiche Mitteilung auch dort bekannt. Die Leute aßen auf; sie taten sich zwar teilweise schwer mit dem Bezahlen, weil die Kartenlesegeräte nicht funktionierten, doch im Grunde ging alles erstaunlich gut, weil Stina sagte, sie könnten auch am nächsten Tag wiederkommen und bezahlen. Dann holten die Gäste ihre Mäntel ganz geordnet aus der Garderobe, und alles in allem ging es sehr ruhig zu. Nur in der Dating-Ecke nicht, wo immer noch laute Stimmen zu hören waren. Beim Stromausfall hatten ein paar kühne Herren die Gelegenheit genutzt und die Oberschenkel mancher Damen berührt, weshalb eine Dame nun über eine Laufmasche an ihrer Stumpfhose klagte, eine andere so einen Frechdachs vors Schienbein getreten hatte und eine dritte diese haarige, tastende Hand ganz mutig ergriffen hatte und sich nun weigerte, sie loszulassen. Gleichzeitig hatte die eine oder andere forsche Lady trotz Krampfadern und Stützstrümpfen wild mit dem Knie geflirtet, als es dunkel wurde, was manche Gentlemen – als das Licht wieder da war – als aufdringlich empfanden, weil sie eigentlich nur wegen Betty gekommen waren. Aber am schlimmsten hatte es eine der attraktivsten Damen erwischt, eine 73-jährige Madame, die sich gut gehalten hatte. In einer Ecke des Sofas hatten drei Paar große Schuhe in Männergrößen gleichzeitig versucht, mit ihr anzubandeln, worauf ein einziges Zehen- und Schuhchaos entstanden war. Mit drei schweren Männerfüßen an ihrem linken Highheel für 99 Kronen hatte das nicht gutgehen können. Der Absatz hatte nachgegeben, und der schwarze, festliche Schuh mit einer Rose auf der Spitze war mit einem kurzen Zischen zusammengesackt. Doch die meisten regten sich darüber auf, dass das Lampensystem an den iPads durch den Stromausfall zusammengebrochen war. Jetzt blinkte es auf einmal überall, und keiner wusste mehr, mit wem er flirten sollte. In einer Art Verzweiflung versuchten nun alle, jeden anzubaggern, und so ging alles heillos durcheinander.

»Ich kann verstehen, dass es schwer wird, sich zu entscheiden, wenn es überall blinkt, aber auf der anderen Seite wird es dann doch auch besonders spannend«, versuchte Snille die Besucher zu beruhigen.

»Schrecklich spannend«, motzte eine fünfzigjährige Frau, um die sich drei aufdringliche Achtzigjährige scharten. Und ein einundneunzigjähriger alter Mann, der nicht einmal mit dreißig attraktiv gewesen war, seufzte laut.

»Wie ärgerlich, dass Sie das Licht wieder angeknipst haben. Ich war kurz vor dem Ziel!«

Snille klopfte ihm tröstend auf die Schulter.

»Kommen Sie morgen wieder. Die meisten hier sind Stammgäste. Das wird sich finden, Sie werden sehen.«

Es dauerte eine Weile, bis alle evakuiert waren, aber nach und nach hatten alle Gäste den Kahn verlassen. Sogar in der Küche war man mit allem fertig und schon auf dem Weg hinaus. Der Koch kam mit seinem Servicepersonal hoch an Deck, und als Betty vorbeiging, versuchte Snille, sie aufzuhalten.

»Setz dich doch für ein Weilchen«, sagte er und griff nach ihrer Hand.

»Nein, die Arbeit ist fertig, und jetzt will ich nach Hause.«

»Aber kann ich dich nicht auf ein Glas einladen?«

»Bist du verrückt! Nein, ich will heim.« Sie zog ihre Hand zurück und lief schnell davon.

Snille fuhr zusammen. Was in aller Welt war in sie gefahren? Sichtbar enttäuscht stand er da und ließ die Schultern hängen. Sie hatten doch etwas gemeinsam gehabt, ein unausgesprochenes Gefühl der Zusammengehörigkeit, das auf gegenseitiger Freude und Warmherzigkeit beruhte. Sie hatte ihn doch immer so herzlich angelacht und war so freundlich gewesen, sobald sie sich über den Weg gelaufen waren. Und jetzt? Offenbar hatte er etwas missverstanden. Er zuckte mit den Schultern, sammelte sich wieder und ging ernüchtert knurrend noch eine Runde über das Schiff, um zu kontrollieren, ob alle von Bord waren. Aber gerade, als er festgestellt hatte, dass keiner mehr da war, entdeckte er Anna-Greta. Sie hockte in dieser Nische mit dem Plattenspieler zusammen mit einem eleganten Herrn in einem blauen Pullover.

»Wir schließen jetzt. Kommt ihr?«, fragte er sie.

»Ja natürlich, wir wollten gerade aufbrechen. Aber mit dem iPad stimmt etwas nicht«, erklärte Anna-Greta.

»Bei dir auch? Ja, das ganze Dating-Programm ist abgestürzt. Aber das kannst du auch morgen noch in Ordnung bringen.«

»Ja sicher. Ich muss es nur richtig schließen, damit nicht alle Daten verlorengehen. Aber das geht schnell. Das ist übrigens Ernst Blomberg. Er kennt sich super mit Computern aus.«

Blomberg, der den Mund noch voller Hefezopf hatte, nickte ihm freundlich zu.

»Schließt du dann ab?«, fragte Snille.

»Kein Problem«, antwortete Anna-Greta entzückt, und Snille fand, dass sie etwas übereifrig klang.

»Und vergiss nicht, den Generator auszuschalten. Einfach den Schalter umdrehen.«

»Ich weiß«, rief Anna-Greta. »Ich will das hier nur zu Ende bringen.«

»Okay, bis später. Aber wir fahren jetzt, also nimm dir ein Taxi.«

»Ja, klar«, sagte Anna-Greta abwesend und sah nicht einmal auf. Ob sie sich wohl verliebt hat, dachte Snille und schielte zu Blomberg hinüber. In letzter Zeit hatte sie mit diesem Typen ständig zusammengehockt. Na ja, das war ihre Sache, Hauptsache, sie war glücklich.

»Aber bleibt nicht mehr zu lange. Das Benzin im Generator wird nicht ewig reichen.«

»Alles klar«, antwortete Anna-Greta fröhlich mit einem kleinen Ponywiehern. Snille seufzte, winkte und ging. Von fern sah er, wie Anna-Greta und Blomberg sich wieder über das iPad beugten. Komisch, diese Computer, dachte er. Dass so ein winzig kleiner Apparat so viel Macht über Menschen haben konnte. Und die beiden hatten ja schon den ganzen Abend vor dem Tablet gesessen. Mit Anna-Greta war es auch witzig. Sie war immer so schüchtern und zurückhaltend gewesen, aber seit sie diese Affäre mit Gunnar auf dem Finnlandschiff gehabt hatte, war sie richtig verrückt nach Männern. Ja, sie hatte sogar ihr wieherndes Lachen in den Griff bekommen.

Als Snille sich den Mantel übergeworfen hatte, an Land gegangen war und die anderen am Kai angetroffen hatte, winkten sie nach einem Taxi, das gerade vorbeikam und auch gleich hielt. Die Seniorengang öffnete die Türen und stieg ein, mit Ausnahme von Märtha, die ja zu Hause geblieben war, und Anna-Greta, die sich noch auf dem Boot befand.

»Djursholm, in den Auroraväg bitte«, sagte Snille und sank müde auf den Rücksitz. Gerade als sie losfuhren, bemerkte er, dass das Licht auf dem Kahn wieder ausging. Erst da fiel ihm ein, dass er vergessen hatte, das Benzin im Generator nachzufüllen. Der Kanister stand noch an Deck. Einen kurzen Moment lang überlegte er, ob er das Taxi anhalten sollte, um Anna-Greta zu helfen, doch dann dachte er sich, dass sie ja nicht alleine war. Die beiden kämen auch ohne Licht gut zurecht. Ziemlich gut, dachte er sich, schloss die Augen und lehnte sich wieder zurück in den Sitz.

43

Das Wasser lag im Dunkeln, und die Geräusche der Stadt hörte man nur wie einen summenden Ton ganz in der Ferne. An Hornbergs Strand ging ein Mann mit seinem Hund Gassi, und auf einem der Boote unten am Wasser lag ein Betrunkener auf dem Deck und schlief seinen Rausch aus. Sonst war kein Mensch zu sehen. Es war ruhig und nahezu windstill. Vessla und Kenta legten mit ihrem Außenborder an und stiegen an Land. Das Licht der Himmelskörper leuchtete ihnen den Weg.

»Mensch, so ein Glück. Der Stromausfall kommt genau richtig«, sagte Kenta und sah sich um. Die dunklen Fassaden der Häuser sah man schemenhaft an der Straße.

»Ja, endlich kommt der blöde Kahn weg.«

»Aber du, ernsthaft. Klappt das damit?«, fragte Kenta und zeigte auf Vesslas bandagierte rechte Hand. Die Bandage hatte sich gelockert, war ausgefranst und nur lose am Handgelenk befestigt.

»Du kannst mir glauben, dass ich ein Streichholz anzünden kann. Die Wunde ist fast verheilt.«

»Und der Verband?«

»Ach, lass gut sein.«

»Okay«, murmelte Kenta, aber richtig überzeugt war er nicht. Sein Kumpel hatte sich eine Blutvergiftung geholt und hatte ein paar Tage im Sankt-Görans-Krankenhaus verbracht. Jetzt behauptete er, die Hand sei wieder gut. Sie hätten auch noch eine Woche warten können. Aber Vessla ließ einfach nicht locker und war richtig fanatisch geworden. Das Schiff sollte weg, so schnell wie möglich. Sie gingen den Pier entlang und als sie um die Ecke bogen, spürten sie einen Adrenalinschub. Da lag der Kahn. Keine Lichter, keine Geräusche. Das Restaurant SilverPunk lag im Dunkeln.

»Mensch, so ein Dusel!«, sagte Kenta und stieß Vessla in die Seite. »Wir müssen ihn nur noch anzünden. Keiner wird uns sehen, wenn wir an Bord gehen.«

»Und dann ziehen wir Leine, während die Laternen aus sind.«

Jetzt waren sie gleich am Ziel. Es war sternenklar und die Nacht so hell, dass sie den Weg gut fanden. Als sie angekommen waren, blieben sie am Kai direkt neben der Backbordseite des Kahns stehen. Vessla hielt den Finger vor die Lippen, und da standen sie nun ganz still, während sie sich gründlich umsahen. Doch sie konnten nichts entdecken, und hören konnten sie auch nichts. Sicherheitshalber warteten sie noch eine Weile, doch als sie immer noch nichts Auffälliges feststellen konnten, schlichen sie vorsichtig auf den Landungssteg und weiter aufs Deck. Wachsam bewegten sie sich vorwärts und schauten dabei durch die Fenster. Sie konnten eine Reihe Tische und Stühle erkennen, mehr aber nicht. Keine Anzeichen, dass noch jemand dort war. Vessla hielt den Daumen hoch, und sie gingen weiter in diese Richtung. Als sie das Vorderdeck erreicht hatten, nahm Kenta seinen Rucksack ab und holte einen Gasanzünder heraus.

»Wir nehmen den«, flüsterte er.

Vessla antwortete nicht, sondern ging vor zu den weißen und blauen Fendern. Auf einige von ihnen drückte er mit dem Finger und stellte fest, dass die Putzwolle noch an Ort und Stelle war. Auch die kleinen Löcher, die sie zuvor hineingebohrt hatten. Alles schien unter Kontrolle. Die Fender waren so präpariert, wie sie es brauchten. Und die Alten hatten ihr kleines Geschenk mit den geteerten Seilen angebracht. Perfekt! Es war zwar ein bisschen schade um diese Rentnergang, aber die alte Tante und ihre Freunde hatten es wirklich übertrieben! Gerade wollte er den Anzünder betätigen, da fiel sein Blick auf einen Schrank und einen altmodischen Benzinkanister neben einer großen Holzkiste. Was sollte das? Er hob den Kanister auf und schüttelte ihn.

»Fast voll.« Sicherheitshalber beugte er sich darüber, schraubte den Verschluss auf und roch daran. »Ja, ja, das ist Benzin!«

»Hervorragend. Die Wolle könnte bestimmt ein bisschen Nachschub vertragen!«

»Haben wir ein Glück, das wird lichterloh brennen!« Vessla lächelte bösartig, machte ein paar Schritte vor und kippte Benzin über Seile und Fender. Ausgelassen stellte er den Kanister wieder ab, so dass es spritzte. Er schraubte den Verschluss zu, merkte, dass er Benzin an die Hände bekommen hatte, und wischte sie instinktiv an seinem Hosenboden ab.

»Okay, dann her mit dem Anzünder!«, sagte er.

»Wollen wir nicht noch runtergehen und uns vergewissern, dass da keiner mehr drin ist?«, fragte Kenta.

»Aber das siehst du doch. Hier ist kein Schwein!«

Doch Kenta schüttelte den Kopf, ging sicherheitshalber zum Eingang und umfasste den Türgriff. Abgeschlossen. Dann ging er hoch zur Tür an der oberen Treppe, aber auch die war zu. Erst dann war er zufrieden und hielt die Handflächen hoch als Zeichen, dass alles in Ordnung war.

»Okay, dann mal los!«, rief Vessla und nahm den Anzünder. »Action!«

»Ja, ja. Aber wollen wir nicht zuerst noch in die Holzkiste schauen?«, flüsterte Kenta und zeigte auf die große Holzkiste neben dem Schrank mit dem Generator.

»Man weiß ja nie. Besser, wir sehen nach.«

»Musst du es immer so genau nehmen? Wahrscheinlich sind da Schwimmwesten drin. Aber meinetwegen!«

Murrend tastete Vessla nach einem Schloss, konnte aber keines finden. Wahrscheinlich war die Kiste irgendwie anders verschlossen, ohne Vorhängeschloss. Verärgert fuhr er mit der Handfläche über den Deckel, doch er blieb mit seinem Verband an einem Nagel hängen, so dass der ihm in die Wunde stach. Ohne nachzudenken, riss er daran, um loszukommen, was zur Folge hatte, dass sich der Verband löste. Fluchend wickelte er ihn neu um seine Hand. Am besten beeilten sie sich jetzt, sonst würde sie vielleicht noch jemand entdecken. Der Strom konnte ja jederzeit wieder anspringen.

»Scheiß auf die Kiste. Du denkst doch wohl nicht, dass die alten Tanten hier Sprengstoff liegen haben. Nee, jetzt zünden wir das Ding an!«

Vessla holte zwei Marlboro aus seiner Zigarettenschachtel, und Kenta reichte ihm den Anzünder.

»Kein Idiot macht uns Konkurrenz. Damit ist jetzt Schluss!«, murmelte er, zündete die Zigaretten an und legte sie neben das um einen Fender geschlungene Seil. Dann machte er einen Schritt zurück und sah zufrieden zu, wie das Seil Feuer fing. Jetzt hatten sie ein paar Minuten Zeit und konnten in Ruhe an Land gehen. Es roch gut nach Teer, und im nächsten Augenblick sahen sie eine kleine Flamme aufflackern. Da konnte Kenta nicht an sich halten und machte einen letzten Versuch, diese Kiste zu öffnen. Es könnte ja auch etwas Gefährliches darin sein. Er holte sein Mora-Taschenmesser heraus und bog das Scharnier auseinander. Er schob die Finger hinein und hob den Deckel an, als das Feuer erlosch.

»Ach Mist, dann müssen wir ein bisschen nachlegen«, meinte Vessla und schraubte den Kanister noch einmal auf.

»Nein warte, ich will nur kurz …«

»Verdammter Dreck, jetzt aber«, sagte Vessla und kippte Benzin auf das Seil und die Fender drumherum, dass es spritzte.

44

Der Kahn war leer, und Anna-Greta und Blomberg saßen noch miteinander im Dunkeln. Der Generator war ausgegangen, doch sie waren in ihrer Nische geblieben. Keiner hatte Anstalten gemacht zu gehen, und es war offensichtlich, dass sie dort nicht hockten, um das iPad zu reparieren. Es war etwas anderes. Blomberg spürte, wie Anna-Greta nach seiner Hand tastete und ihren Kopf an seine Schulter lehnte.

»Huch, wie dunkel das ist«, sagte sie und hielt seine Faust ganz fest. Er drückte zur Antwort ihre Hand und dachte, wie sonderbar das Leben doch war. Anfangs hatte er noch mit Betty geflirtet, und jetzt saß er hier mit der mindestens fünfzehn Jahre älteren Anna-Greta, und es war richtig schön. Ja, wenn Betty ihm in diesem Augenblick aus der Dating-Ecke zugerufen hätte, dann hätte er es ignoriert. Mit Anna-Greta ging es ihm gut. In ihrer Gesellschaft konnte er ganz er selbst sein, und sie hatten es so gemütlich miteinander. Er schielte durch die Dunkelheit zu ihr hinüber. Ob er es wagen sollte, sie zu küssen? Aber wenn sie ihn dann abwies und er Hausverbot im Restaurant bekam … Nein, das wollte er nicht riskieren. Es war besser, etwas zurückhaltender zu sein, lieber ließ er sie den ersten Schritt machen.

»Schade, dass der Generator jetzt tot ist. Glaubst du, der Strom kommt heute noch zurück?«, fragte Anna-Greta aus dem Dunkeln, während sie seine Hand zärtlich streichelte.

»Ja, das sollte er schon. Vielleicht warten wir, bis das Licht wieder da ist. Sonst stolpern wir noch über irgendetwas.«

»Genau. Du bist so klug«, turtelte Anna-Greta.

Sie wirkte gerade wie ein schüchternes Schulmädchen, wie sie so dasaß, dicht an ihn geschmiegt im Dunkeln. Blomberg zögerte erst, doch dann beugte er sich weiter vor und schob sein Knie an ihres.

»Oh«, seufzte Anna-Greta und war noch verzückter.

Sieht doch ganz so aus, als gefiele ihr das, dachte Blomberg begeistert. Und schließlich war sie auch nicht aufgesprungen, als der Generator ausgegangen war, nein, sie hatte nicht einmal vorschlagen, aufzustehen und nachzusehen, was da los war. Immerhin hätte es eine ganz einfache Ursache haben können, vielleicht musste nur Benzin nachgefüllt werden. Dann konnte das also nichts anderes bedeuten, als dass … na ja, als dass sie hier unten bei ihm bleiben wollte! Mit gestärktem Selbstvertrauen wagte er sich vor und probierte es mit einem Küsschen auf die Wange. Da spürte er, wie sie ihr Knie gegen seines presste, und im nächsten Moment hatte sie ihre Hand an seinem Kopf und führte sein Gesicht geradewegs zu ihrem. Er legte die Arme um sie und wollte sie gerade küssen, da hörten sie Geräusche vom Kai. Der Kahn begann zu schaukeln, und oben an Deck waren heimliche Schritte zu spüren. Dann wurde es wieder still. Anna-Greta hielt inne und drückte seine Hand ganz fest. Dann hörten sie etwas rascheln, aber wussten nicht, was das war, darauf erklang ein Scheppern, als hätte jemand etwas Schweres abgesetzt.

»O Gott! Was war das?«, fragte Anna-Greta und drückte sich noch näher an ihn.

»Schhhh, da ist jemand oben an Deck.« Er legte den Arm um ihre Taille und hielt sie ganz fest. So saßen sie still da und lauschten. Jetzt klang es, als flüsterte da jemand.

»Stell dir vor, das sind Diebe!«, keuchte Anna-Greta.

»Es könnten auch ein paar Stadtstreicher sein. Ich gehe hoch und schaue nach.«

»Nein, tu das nicht. Das ist vielleicht gefährlich, bleib lieber hier«, flüsterte Anna-Greta.

Er hielt inne, blieb sitzen und liebkoste ihre Hand. Er war schließlich auch nicht mehr zwanzig. Wenn er nun an Deck rannte und die da oben ihn mit einem Hammer niederschlugen? So ein Mist, dass er keine Pistole mehr besaß, aber die hatte er ja abgeben müssen, als er in Pension ging. Die beiden saßen nun unter Hochspannung im Dunkeln. Sie horchten und warteten. Nach einer Weile bewegte sich niemand mehr über ihnen, und es war still geworden.

»Die sind wohl wieder weg. Vielleicht waren es ein paar Gäste, die etwas vergessen hatten. Und dann haben sie festgestellt, dass hier geschlossen ist«, sagte Anna-Greta im Flüsterton und küsste ihn auf die Wange. Blomberg hatte vorschlagen wollen hinaufzugehen, doch nun verlor er den Faden. Es war so schön, hier mit ihr zu sitzen. Hatte ihre Stimme nicht einen sehnsuchtsvollen Unterton? Als hoffte sie, dass sie nun wirklich wieder alleine waren. Und sie konnte durchaus recht haben, vielleicht hatte wirklich jemand etwas vergessen. Ja, warum dachte er eigentlich immer an den Job, und jedes Geräusch war gleich ein Einbruch und jeder Mensch ein Verbrecher? Er musste im Dunkeln über seine eigene Dummheit lachen.

»Wie wunderbar du bist«, murmelte er und beugte sich zu ihr. Sie schloss die Augen und schlang seine Arme um ihn, aber hielt mitten in der Bewegung inne.

»Riechst du das?«, fragte sie und schnüffelte ängstlich. »Das riecht doch nach Rauch, oder nicht?«

»Kein bisschen«, antwortete er ein wenig zu schnell und rückte wieder näher. In der Dunkelheit ihrer kleinen Nische hatte sein aufmerksames, professionelles Ich etwas anderem Platz machen müssen, das viel stärker war.

»Du bist so wunderbar«, wiederholte er und küsste sie.

Gerade als Vessla das Benzin über die Fender schüttete, passierte es. Ein Funkenschlag traf ihn, und er stolperte rückwärts.

Scheiße, ich hab zu viel draufgekippt, dachte er noch, als die Flammen aufloderten und seinen Verband in Brand steckten. Er wedelte und schlug wild mit der Hand, um es zu löschen, doch vergeblich. Wasser! Einen Lappen! Mist, wo war denn nur was zum Löschen? Er rannte herum, und da fiel sein Blick auf die Holzkiste. Kenta hatte den Deckel offen gelassen. Vessla reagierte blitzschnell. Wenn er die Hand in die Kiste steckte und zumachte, dann würde er das Feuer ersticken. Er warf sich nach vorn und schob die Hand hinein, aber er bekam den Deckel nicht richtig zu.

»Scheiße«, rief er noch, als der erste Feuerwerkskörper zu brennen begann.

»Pjuiiihuit«, hörte man aus der Holzkiste, als das Feuerwerk in Fahrt kam. Er sah gerade noch die Box Galant und eine grüne Luxury-Show-Box darin stehen, bevor er von einem heftig sprühenden Licht geblendet wurde und zurückspringen musste. Zwei bengalische Feuer begannen zu rotieren, und gleichzeitig stieg ein Dutzend farbiger Kometen in Form eines Fächers gefolgt von Palmbomben und knisternden Sternen auf. Der Kahn badete in Licht, und der Himmel wurde von weißen, roten und grünen Farbkaskaden erhellt.

»Ich hab doch gesagt, wir sollten nachschauen, was da drin …«, begann Kenta.

»Schnauze, hilf mir doch mal«, schrie Vessla und versuchte, sich auf die Hand zu setzen, um die Flammen zu ersticken. Zu spät fiel ihm ein, dass er sich das Benzin ja gerade am Hosenboden abgewischt hatte.

»Aua, verflucht! Keeenta, Hilfe!«

Aber sein Kumpel hatte Panik bekommen und rannte in Todesangst über den Landungssteg und hinunter zum Kai, während die Flammen sich zwischen den Fendern ausbreiteten. Vessla fuchtelte mit den Händen, aber der Verband brannte, die Hose brannte, und die Innenseite seiner Hand brannte –

besonders da, wo der Schnabel des Spechts hineingehackt hatte.

»Scheiiiße«, brüllte er und rannte über das Deck, während er versuchte, den Verband abzuwickeln. Da hörte er Schritte von der Treppe, ein Schlüssel wurde umgedreht, und die Tür ging mit einem Krachen auf. Ein älterer Herr kam mit aufgeknöpftem flatternden Hemd und einem Handy in der Hand aufs Deck gerannt. Als er das Feuer sah, begann er zu wählen, und Vessla konnte sich denken, dass er gerade die Feuerwehr rief. Da wollte er Richtung Landungssteg springen, doch eine ältere Frau mit zerzausten Haaren und etwas verrutschen Kleidern stellte sich ihm in den Weg. Sie war schmal wie eine Bohnenstange und hielt einen Feuerlöscher in der Hand. Als sie das Feuer sah, handelte sie, ohne zu zögern. Schnell sprang sie ein paar Schritte vor, zog den Sicherheitsstift heraus und drückte den Hebel hinunter. Im nächsten Moment wurde Vessla komplett von der Löschsubstanz übergossen und verschwand in einem Meer aus Schaum. Hilflos rang er nach Luft, bevor er eine neue Ladung direkt in den Hals bekam. Er hustete, spuckte und fuchtelte hilflos herum, bevor er seine Hand endlich freimachen und sich Mund und Gesicht abwischen konnte.

»Gerettet!«, stellte die Frau fest und sah sehr zufrieden aus, während sie seine qualmende Hose und den rußigen Verband betrachtete, dann lief sie weiter zu den brennenden Fendern. In dem Moment war der Mann mit dem Telefonat fertig, hielt sie an und nahm ihr den Feuerlöscher aus der Hand. Er wollte gerade die Taschenlampe wegstecken, um die Löscharbeiten fortzusetzen, als sein Blick an Vessla hängen blieb.

»Ach du bist das, du Gauner! Endlich! Endlich haben wir dich.«

Vessla sprang schnell auf. Shit, ein Bulle? Er machte sich auf in Richtung Landungssteg und rannte hinter Kenta her. Während die Kälte seinem durchgebrannten Hosenboden zusetzte und der

Verband wie ein Wimpel hinter ihm herflatterte, flüchtete er weiter zum Boot in Hornsberg. Jetzt ging es nur noch darum, in Sicherheit zu kommen, um nicht wieder hinter Gittern zu landen. Keuchend kam er an ihrem Außenborder an, als Kenta gerade den Motor angeschmissen hatte. Sein Kumpel machte die Taue los, und er sprang genau in dem Moment ins Boot, als es ablegte. Vollkommen im Dunkeln verschwanden sie in der Nacht zurück nach Huvudsta.

»So ein Mist, voll abgeloost«, stöhnte Vessla und versuchte, seinen Verband wieder anzulegen. »Das tut so übel weh!«

»Aber wer hätte gedacht, dass da unten im Kahn zwei Alte knutschen.«

»Und dann noch ein Bulle. Ich glaube, er hat mich erkannt. Restaurant SilverPunk! Echt, im Gefängnis war es ruhiger!«

»Am besten tauchen wir mal für eine Weile unter. Sonst sind wir da wieder früher als gedacht!« Kenta gab Gas. Eine Windböe fuhr übers Wasser, und die Wasseroberfläche kräuselte sich. Bald war das Motorboot nur noch ein kleiner Schatten in weiter Ferne.

45

Anna-Greta stand in nassen Kleidern, die an ihrem Körper klebten, allein am Kai und war enttäuscht. Der Schaum hatte ihr schönes Kleid bekleckert, und ihre Frisur war hinüber. Die Feuerwehr hatte das Feuer zwar löschen können, und darüber sollte sie froh sein, doch dann war alles schiefgegangen. Als die Polizei und die Feuerwehrleute abzogen, hatte Blomberg gesagt, dass er leider sofort nach Hause müsse – ohne jede weitere Erklärung. Dann hatte er sie beiläufig auf die Wange geküsst und war kurz darauf verschwunden. Und weil sie zu dem Zeitpunkt auch wieder Strom hatten, musste er sich wohl gedacht haben, dass sie jetzt auch gut ohne ihn zurechtkäme. Aber sie hatten doch so schöne Stunden miteinander gehabt, deshalb verstand sie überhaupt nicht, warum er es jetzt so eilig gehabt hatte. Meine Güte, alles war so schiefgelaufen, und während sie da so einsam und verlassen stand, fühlte sie sich als Frau plötzlich total minderwertig. Verdammter Kerl, man sollte von Männern wirklich die Finger lassen. Sie machten einen immer nur unglücklich, dachte sie.

Traurig und aufgewühlt schob sie das Absperrband beiseite und ging hinunter ins Boot, um ihre Jacke zu holen. Da bemerkte sie, dass Blomberg in all der Aufregung seinen Mantel vergessen hatte. Na, dann würde er ja zurückkommen müssen. Oder sie brachte ihm den Mantel selbst, anstatt hier auf ihn zu warten. Er würde ihr bestimmt die Tür aufmachen. Und dann könnten sie da weitermachen, wo sie aufgehört hatten … Was hatte er noch gesagt, wo er wohnte? War das nicht irgendwo in der Nähe von

Kungsholmen? Angeregt von dieser Idee, zog sie sich an und legte seinen Mantel über den Arm. Sie konnte ihn ja vorher anrufen. In dem Moment bemerkte sie sein Portemonnaie in der Manteltasche und konnte der Versuchung nicht wiederstehen. Da musste doch eine Adresse zu finden sein. Eifrig öffnete sie seine abgenutzte Geldbörse aus schwarzem Leder und begann zu suchen. Sie blätterte durch Geldscheine, Bons und sah eine Kreditkarte und einen Fahrausweis für die U-Bahn. Aber offenbar hatte er in seinem Portemonnaie keinen Namen hinterlassen. Sonderbar. Sie wollte den Mantel schon wieder auf den Bügel zurückhängen, da fiel etwas aus der anderen Tasche. Sie beugte sich hastig hinunter und hob es auf. Ja, das war ein Foto von ihm auf einem in Plastik eingeschweißten Ausweis. Sie setzte ihre Brille auf und las. Ihr fielen fast die Augen aus. Sie las es noch mal. Das konnte doch nicht wahr sein! Ein Polizeiausweis! *Sein Polizeiausweis*! Ihr Herz schlug ganz laut, und sie musste es sich mehrmals ansehen, bis sie es wirklich glaubte. Der Gauner hatte sie also ausgehorcht! Sie hatte sich eine Schlange an die Brust gelegt (auch wenn es vor ein paar Stunden noch richtig schön gewesen war). Müde steckte sie den Ausweis zurück in die Manteltasche und hängte das Kleidungsstück wieder hin. Da kamen ihr die Tränen, und sie wehrte sich nicht. Schluchzend machte sie das Licht aus, schloss ab und ging heulend hinauf aufs Deck und runter zum Kai. Und dann blieb sie noch eine ganze Weile an der Polizeiabsperrung stehen, mit offenem Mantel und ohne Schal. Ihr fehlte jede Kraft, das Handy in die Hand zu nehmen und sich ein Taxi zu rufen. Erst nach längerer Zeit hatte sie sich wieder beruhigt, so dass sie sich nun um ihre Heimfahrt kümmern konnte. Als der Wagen vorfuhr, war es ihr auch schon egal, ob sie heulte oder nicht. Es wurde langsam hell, und die Morgenbrise war bereits zu spüren, doch sie nahm das alles gar nicht wahr. Wäre sie noch die Alte gewesen und nicht so unendlich erschöpft, dann hätte sie sicher bemerkt, dass die Taue beim Brand beschädigt worden waren.

Aber sie saß auf dem ganzen Weg nach Djursholm nur schluchzend auf dem Rücksitz und merkte nicht einmal, wie der Wind immer stärker wurde.

Als die Polizei am nächsten Tag vorfuhr, um den Tatort zu untersuchen, sah sie die Absperrungen schon von weitem. Doch der Kahn war weg.

46

Wir müssen uns eine Auszeit nehmen. Ich glaube, das Vintagedorf muss noch ein bisschen warten«, sagte Märtha und streichelte Anna-Greta über die Wange. Die Augen ihrer Freundin waren gerötet vom Weinen, ihr Blick müde und leer und ihre Haltung jämmerlich. Sie hatte bis weit in den Vormittag geschlafen und völlig verstört ausgesehen, als sie aufgewacht war. Ohne ein Wort hatte sie ihr Frühstück gegessen, sich geweigert, auf Fragen zu antworten, und erst, als sie ihren Kaffee getrunken und aufgegessen hatte, war sie bereit, die anderen in der Bibliothek zusammenzutrommeln. Mit ernsten Gesichtern hockte die Seniorengang nun dort mit dem Kaffeetablett und wartete. Anna-Greta sah richtig finster aus.

»Ich habe leider schlechte Neuigkeiten. Sehr schlechte«, sagte sie auf einen Schlag. Ihre Stimme war belegt. Ihre Freunde rutschten unruhig hin und her. Märtha hatte sicherheitshalber noch den Moltebeeren-Likör und eine Flasche Whisky mitgenommen für alle Fälle, doch niemand hielt danach Ausschau. Anna-Greta suchte lange nach den richtigen Worten und faselte etwas von Feuer und Verrat, bevor sie endlich das aussprach, was sie so quälte.

»Wir sind an der Nase herumgeführt worden, und zwar richtig!«, seufzte sie unheilverkündend, und dann erzählte sie. Aus nachvollziehbaren Gründen ließ sie aus, was Blomberg und sie so spät noch im Dunkeln auf dem Kahn gemacht hatten, und begann direkt bei dem Stromausfall und dem unzuverlässigen Generator. Sie hielt sich auch sehr lange an dem zusammengebrochenen Dating-Programm auf, bevor sie verstummte und nach Luft schnappte.

»Du, das alles wissen wir doch. Komm zur Sache«, polterte Kratze. Da holte Anna-Greta noch einmal ganz tief Luft, bevor sie sachlich von dem Feuer berichtete und wie die Feuerwehr alles löschen konnte und dass nichts außer den Fendern, ein Stück von der Reling und ein paar Sachen, die an Deck herumlagen, Schaden genommen hatte. Doch dann versiegte ihr Erzählstrom.

»Nun komm schon, Anna-Greta«, bohrte Kratze. »Ich sehe doch, dass du noch etwas loswerden musst.«

Da fing Anna-Greta wieder an zu schluchzen, laut und unkontrolliert, so dass es sie am ganzen Körper schüttelte.

»Aber meine Liebe, was hast du denn?«, fragte Märtha und griff zur Whiskyflasche. Doch Anna-Greta schob sie beiseite und knüllte das Taschentuch zusammen. Dann legte sie die Hände in den Schoß, schob die Finger hierhin und dorthin, und dann brach es aus ihr heraus.

»Blomberg ist ein Schurke!«

»Aber doch nicht der Nette?«, fragte Stina dazwischen. Anna-Greta schniefte noch ein bisschen und rieb sich die Augen trocken.

»Doch, genau der! Und wir haben zusammen Musik gehört, und dann hat er mir mit dem iPad geholfen. Aber ...«

»Was aber?«, fragte Snille ungeduldig.

»Er ist Polizist!«

»Polizist?!« Ein Raunen der Bestürzung ging durchs Zimmer.

»Ein Kommissar! Das ist doch nicht möglich!«, rief Stina aus und ließ Nagelfeile und Puderdose mit einem Mal fallen.

»Glaubst du, er ahnt etwas?«, fragte Snille. »Vielleicht hat er das Restaurant ja als Privatperson besucht. Ich meine, wegen Speeddating und so.«

»Keine Ahnung. Er sagte, er sei Rentner und eine Art Berater, aber er hat offenbar gelogen. Denn als er Vessla sah, ist er richtig in Fahrt gekommen. ›Ach nein, du bist das, du Gauner!‹, hat er gerufen und ist hinter ihm hergelaufen. Dann habe ich den Polizeiausweis in seiner Manteltasche gefunden.«

»Aber weißt du, das klingt nicht, als sei er hinter uns her«, beruhigte Märtha sie.

»Aber Vessla ist offenbar ein Verbrecher, und das wusste er.«

»Dann weiß er sicher auch alles über den Banküberfall und die anderen Dinger, die wir gedreht haben«, meinte Stina.

Da trat Stille ein, alle überlegten, was jetzt passieren konnte.

»Wisst ihr, was, ich glaube, wir haben nur eine Möglichkeit. Wir nehmen uns eine Auszeit und machen uns für eine Weile auf und davon«, sagte Märtha.

»Politiker machen das, wenn sie etwas angestellt haben, also können wir das doch auch? Obwohl wir nicht so verrückte Sachen machen wie die«, meinte Stina.

»Na ja, ein paar krumme Dinger haben wir auch gedreht«, warf Kratze ein.

Märtha sah vom einen zum anderen. Die Ruhe der letzten Tage hatte sich ausgezahlt, es ging ihr jetzt viel besser, und sie konnte wieder klare Gedanken fassen.

»Hört mal. Ich schlage vor, dass wir Anders und Emma für eine Weile die Verantwortung fürs Restaurant übertragen. Stina, deine Kinder könnten den Betrieb ganz einfach weiterführen, und wir kommen zurück, wenn sich die Lage beruhigt hat. Und für diese Zeit, meine Lieben, habe ich einen Plan.«

»Wie ungewöhnlich«, sagte Kratze.

»Ich bin natürlich kein Banker, aber so viel weiß ich auch. Unser Geld vom Banküberfall und der Gewinn, den das Restaurant abwirft, sind ein Tropfen auf den heißen Stein. Bald können wir unsere Goodiebags gar nicht mehr füllen. Wir brauchen größere Summen Geld, um den Bonus an die Unterbezahlten weiterhin verschenken zu können.«

»Und wir dürfen nie die Kultur vergessen«, fügte Anna-Greta

automatisch hinzu, und ihre Stimme klang wieder munterer. »Aber wisst Ihr, was? Wir haben die Visakarte, und auf den Cayman Islands ist noch mehr Geld zu holen.«

»Das reicht nicht. Wir müssen an das GANZ GROSSE Geld kommen!«

»Sure, the big money. Nichts einfacher als das«, sagte Kratze.

»Sag nicht, dass wir uns wieder als Kriminelle betätigen sollen«, seufzte Snille.

»Das kommt darauf an, wie man die Dinge beurteilt«, antwortete Märtha, griff nach einer Waffel und goss sich noch etwas Kaffee ein. »Ein paar Millionen sind verteilt. Dann haben wir noch das Geld aus dem Fallrohr und einige der Las-Vegas-Diamanten im Aquarium, aber dann ...«

»Was, da liegen Diamanten zwischen den Kaulquappen?«, fragte Stina erschrocken. »Davon wusste ich ja gar nichts.«

Märtha senkte den Blick und lief rot an. Denn die Diamanten hatte sie komplett vergessen, aber jetzt, nachdem sie sich so lange ausgeruht hatte, waren sie ihr wieder eingefallen. Sie hatten im Keller ein Aquarium, und inspiriert von früheren Erlebnissen, hatte sie die Idee gehabt, dass das ein wunderbares geheimes Schließfach war. Also hatte sie die Las-Vegas-Diamanten bis auf weiteres ganz einfach hineingekippt und wollte es den anderen noch sagen. Aber am selben Tag hatten ihre Freunde teure, exotische Fische und Pflanzen gekauft, und es war so viel Trubel gewesen, dass Märtha beschlossen hatte, später darauf zurückzukommen, und na ja, dann hatte sie es schlichtweg vergessen. Alle waren mit dem Restaurant so beschäftigt gewesen, dass sie sogar vergessen hatten, die Fische zu füttern. Aus Versehen hatte Kratze zudem einen Piranya erstanden, der die anderen Tierchen ziemlich schnell verspeist hatte, und als der nun kein Essen mehr bekam, starb auch er sehr schnell. Und das Aquarium, in dem das Wasser immer trüber wurde, stand noch im Keller.

»Ja, die Diamanten von dem Diebstahl in Las Vegas«, sagte

Märtha und räusperte sich. »Ich fand sie in einer Schublade und dachte, die sollte man etwas sicherer verwahren. Und ein Aquarium ist ein ausgesprochen gutes Versteck.«

»Nächstes Mal versteckst du die Diamanten wohl im Katzenstreu, und dann kippst du alles in die Mülltonne«, stöhnte Kratze.

»Wenn wir wenigstens eine Katze hätten«, unterbrach ihn Anna-Greta. »Höchste Zeit, dass wir uns eine anschaffen. Blomberg und ich haben beide Katzen so gern und …« Beim Wort Blomberg stockte sie, senkte den Kopf und holte wieder ihr Taschentuch heraus. Märtha sah es, strich ihr über die Wange und kam auf ihren Vorschlag zurück.

»Also, ich habe mir Folgendes überlegt. Wenn Anders und Emma das Restaurant übernehmen, verschenken sie auch weiterhin das Geld an das Pflegepersonal, solange es reicht. Mit unseren Goodiebags hat es ja gut geklappt, das können sie fortsetzen«, sagte Märtha begeistert. »Und wir streben nach Größerem. Nichts unter 500 Millionen.«

»500 Millionen!«, riefen die anderen erschrocken aus, aber waren gleichzeitig auch sehr neugierig und aufgedreht.

»Aber, kleine Märtha, wie hast du dir das gedacht?«, fragte Snille aufgebracht.

»Ach, nur ein kleiner Diebstahl für die gute Sache«, sagte Märtha und biss in die nächste Schokowaffel.

Dann fuhr Anna-Greta fort und erzählte, was Märtha und ihr eingefallen war, als sie Bielkes kostbare Motoryachten im Netz gesehen hatten. Schwimmende Besitztümer, die auf den Cayman Islands registriert waren und für die ihr lieber Nachbar keine Steuern zahlte.

»Und ihr könnt euch vorstellen«, erklärte Anna-Greta am Ende, »dass er deshalb nur schwerlich etwas als gestohlen melden kann.«

Anders stand da, die Hände auf die Hüften gestemmt, und starrte den Kahn an, der da zwischen ein paar alten Erlen in Huvudsta schaukelte. Das Achterdeck stieß an den Steg, und das Vorderdeck hatte sich zwischen ein paar Zweigen verfangen. An Deck lag das kaputte, ausgebrannte Schild, auf dem RESTAURANT SILVERPU … stand. Der Kahn hatte sich losgerissen und war auf die andere Seite des Sees abgetrieben. Es war nicht schwierig gewesen, ihn zu finden.

»Hier sehen wir die Reste von Stinas Vintagedorf. So ist es ihrer Vision ergangen. Tolle Phantasien!«, sagte er.

Emma gab keine Antwort, sie machte die Zigarette aus und betrat den Steg. Die Reling war beschädigt, ein paar angekohlte Seile und Fender ebenso, und ein Schrank und eine Kiste waren auf dem Vorderdeck niedergebrannt. Alles andere war intakt.

»Wieso Phantasien? Mutter weiß, wovon sie spricht. Warum lassen wir den Kahn nicht hier in Huvudsta, und dann eröffnen wir hier neu, so wie es die alten Herrschaften sich vorgestellt haben. Speeddating und das volle Programm.«

»Aus deinem Mund klingt das alles so einfach!«

»Genau, und wenn die Gäste fertig geflirtet haben, können sie einen Spaziergang im Grünen machen.« Emma zeigte hinüber auf die Böschung, die Bäume und die großen Rasenflächen nebendran. »Und da oben, weißt du, da liegt der Hof Huvudsta, wo am Ende des 18. Jahrhunderts die Verschwörung gegen Gustav III. stattgefunden hat.«

»Und was hat das mit uns zu tun?«

»Denk' doch mal nach. Damals haben sich dort oben die Mörder des Königs versammelt und den Anschlag geplant. Verstehst du? Wir können das Speeddating mit historischen Spaziergängen am Sonntag anbieten. Glaub mir, das wird ein Erfolg.«

Von ihrem Bruder hörte sie nur ein Grummeln, wie so oft, wenn er nachdachte, und Emma legte ihm aufmunternd eine Hand auf die Schulter. Eigentlich war es schade um ihn. Er war ein Mann im besten Alter, aber arbeitslos. Das machte ihm natürlich zu schaffen.

»Verdammt, ich bin Mutter mit ihren Ideen so leid. Jetzt wollen sie und die anderen, dass wir das Restaurant übernehmen, wenn es unangenehm wird. Aber so ein Betrieb ist nicht ungefährlich. Hier hat es die Mafia ja auch schon versucht.« Er zeigte auf die angekohlte Reling und die Fender.

»Aber Mutter hat es uns doch erklärt. Das ist in Hornsberg passiert. Die Seniorengang ist denen in ihrem Revier in die Quere gekommen. Hier haben wir das Problem nicht.«

»Glaubst du. Immer müssen wir einspringen und nach ihnen aufräumen.«

»Aber unsere Kinder können hier baden, und dort drüben im Stall stehen Pferde. Das ist doch genial. Wenn du kneifst, suche ich mir einen anderen Kompagnon«, sagte Emma, und ihre olivfarbenen Augen verengten sich. Ihr Bruder erkannte das Warnsignal.

»Ja schon, aber ich bin jetzt über vierzig, und Mutter hält immer noch die Zügel in der Hand. Verstehst du nicht?«

»Wir machen den Kahn wieder schön, lüften ordentlich und schmeißen dieses schreckliche Wildschwein auf den Müll. Komm schon, Anders!«

»Na gut, wenn wir auch den Biber und den Wolf aussortieren, dann …«

»Na klar. Ich wusste es, ich kann mich auf dich verlassen!«

Emma machte einen großen Schritt vor und umarmte ihren Bruder. Sie hatten schon früher erfolgreich zusammengearbeitet. Und jetzt würde es auch gut klappen.

»Hast du mal über eine Sache nachgedacht? Märtha ist doch supergut im Organisieren. Während wir uns hier mit dem Restaurant abrackern, fahren sie und die ganze Gang nach Saint-Tropez. Verstehst du, wie sie das immer hinkriegt? Nächstes Mal machen wir es umgekehrt.«

»Du, die fahren da nicht hin, um sich in die Sonne zu legen. Ich wette, sie drehen wieder irgendein Ding.«

Ihr Bruder sah hinaus auf das glitzernde Wasser und dachte eine Weile nach. Dann sagte Emma: »Ich hoffe nur, dass Mama nichts passiert. Er reicht eigentlich schon, dass man sich Sorgen macht, weil sie alt ist. Jetzt muss man auch noch Angst haben, dass sie im Gefängnis landet.«

47

Vielleicht war alles etwas schnell gegangen, aber sobald die Seniorengang die Möglichkeit erkannt hatte, wie man an das richtig große Geld kam, hatten sich die fünf auf die Reise nach Saint-Tropez gemacht. Wer nicht wagt, der nicht gewinnt, wie Märtha es ausdrückte. Und das Argument, dass Bielke seine Yacht nicht als gestohlen melden konnte, hatte den Ausschlag gegeben. Nicht jeden Tag konnte man eine halbe Milliarde klauen, ohne dass der Bestohlene einem die Polizei auf den Hals jagen konnte. Warum also nicht einen Versuch wagen?

In Saint-Tropez waren bereits sommerliche Temperaturen. Herren in aufgeknöpften Hemden und Shorts und Damen in dünnen, geblümten Sommerkleidern ruhten sich in den Cafés bei einem Glas Wein oder einem Espresso aus, während die bereits gebräunten oder sonnenverbrannten Touristen den Kai entlangflanierten und sich die funkelnden Luxusyachten ansahen. Der Wind strich angenehm warm über die Haut, und es duftete nach Fisch und Meer. Die Seniorengang, die sich noch nicht akklimatisiert hatte, bewegte sich langsam vorwärts und schwitzte in der intensiven Mittelmeersonne.

»Aber, mein Lieber, du musst doch den Hut nicht ganz über den Kopf ziehen und dich verstecken, nur weil wir uns ein bisschen umsehen«, sagte Märtha und schielte Kratze an. »Wir können hier ganz gemächlich und ruhig umherschlendern, dann fallen wir auch gar nicht auf.«

Die Seniorengang war nun seit einer Woche in Saint-Tropez, und jeden Tag gingen die Freunde hinunter zum Hafen und hielten Ausschau nach Bielkes Motoryacht, dem Luxusschiff, das sie klauen wollten. Natürlich war der Gedanke an ein weiteres Verbrechen nicht gerade verlockend, aber auf der anderen Seite war es ein gutes Gefühl, es mit einem Gauner zu tun zu haben, den man bereits kannte. Und dieser Mann war in der kriminellen Szene ein richtig dicker Fisch, denn er bezahlte in Schweden keine Steuern. Märtha und ihre Freunde hatten sich über seinen ausschweifenden Lebensstil oft aufgeregt. Fast jeden Tag kam das Thema zur Sprache – denn das, was er tat, war sogar legal. Gesetz und Moral sind nicht dasselbe, behauptete Märtha, aber Snille, der aus einer Arbeiterfamilie in Sundbyberg stammte, meinte, dass sie selbst nicht viel besser seien. Die Sache mit dem Unternehmen und dem Steuerparadies gefiel ihm gar nicht, und er verstand auch nicht viel von diesen Dingen. Auf der anderen Seite genoss er die Wärme und dachte sich, dass Märtha und ihm der Klimawechsel sicher guttäte. So oft kam man einander näher, wenn man gemeinsam verreiste, und Märtha und er hatten das bitter nötig. In letzter Zeit war es nicht so gut gelaufen, und hier konnten sie vielleicht wieder zueinanderfinden.

Die Sonne schien, und eine angenehme Nachmittagsbrise wehte vom Meer her. Ein warmes Licht glitzerte auf den Wogen, und draußen auf der Reede lagen Segelboote und große Yachten vor Anker. Weit entfernt sah man einen grünen Küstenstreifen, und nur ein rostiges Containerschiff aus Panama störte die Schönheit des Bildes. Die lokale Presse hatte von diesem Panamawrack berichtet, und Märtha und die Gang fanden den Anblick abscheulich. Das Schiff war in einem solch schlechten Zustand, dass es jeden Tag aufs Meer hinausgebracht und versenkt werden konnte, weil man der Meinung war, dass es eine Gefahr für den Schiffereibetrieb darstellte. Das würde die Seniorengang sehr begrüßen.

»Es gefällt dir also nicht, wenn ich den Hut in die Stirn gezogen habe?«, brummte Kratze. Er schob ihn vom Haaransatz wieder weg, kämmte die Haare und murmelte etwas von übereifrigen Frauenzimmern. Wenn er wollte, konnte er doch statt einer Sonnenkappe einen Hut tragen! Der passte auch sehr gut zu seinem beigefarbenen Sommeranzug und dem Halstuch. Märtha war heute richtig hübsch gekleidet, aber deswegen musste sie ihn doch nicht gleich kritisieren. Er warf einen Blick zu ihr hinüber und stutzte. Ja, sie hatte sich wirklich so schick gemacht, dass sie kaum wiederzuerkennen war. Sie trug einen großkrempligen Hut mit Schleier, ein teures geblümtes Kleid von Dior – oder wie das nun hieß –, eine schicke modische rosa Handtasche und weiße, hochhackige Schuhe, die auf dem Absatz auch rosa Blümchen hatten. Sie sah aus wie eine schwerreiche Gräfin. Auch die anderen hatten sich mit teuren Kleidern ausstaffiert – denn Märtha hatte gesagt, dass der erste Schritt in ihrem Plan war, Bielkes Luxusyacht zu chartern, und dafür mussten sie auch wie echte Millionäre aussehen, nicht wie Neureiche, die versuchten, die Reichen zu imitieren. Aber Bielke nahm wirklich 10 000 Euro pro Woche.

»Mein Gott, so viel Geld«, hatte Anna-Greta gestöhnt.

»Was macht das schon?«, antwortete Märtha. »Wir bezahlen doch sowieso nicht.«

»Das ist unanständig, das darf man nicht tun«, protestierte Stina.

»Doch, darf man. Bielke ist ein Steuerhinterzieher, das geschieht ihm also ganz recht. Aber es wird hart. Erst müssen wir das Boot chartern, dann müssen wir es entführen und am Ende noch verkaufen. Vorher haben wir kein Geld mehr zu verschenken.«

»Na ja, so gesehen. Dann ist es okay«, sagte Stina etwas ruhiger. *»Raus aufs blaue Meer, dem Geld hinterher, dem Geld hinterher«*, dichtete sie.

Die alten Freunde gingen einen langen Anlegesteg hinaus, wo die großen Luxusyachten Seite an Seite mit dem Achterdeck festgemacht waren. Die meisten von ihnen waren weiß, einige glänzten in verschiedenen Farbtönen dunkelblau, und am Heck trugen sie ihren Namen. Fast alle Yachten hatten ein oder zwei Decks, und abgesehen von einem, auf dem ein Mann herumlief und putzte und polierte, wirkten alle merkwürdig verlassen.

»Jetzt sind wir hier schon eine Ewigkeit herummarschiert, ohne auch nur eine Spur von Bielkes Schiff zu sehen. Wo ist der Kerl nur?«, fragte Snille und sah Märtha unzufrieden an.

Seine Liebste hatte sich natürlich die Schuld für die Probleme in ihrer Beziehung gegeben, und sie hatte ihn um Verzeihung gebeten und hoch und heilig versprochen, dass sie hier in Frankreich aufeinander zugehen würden. In aller Ruhe. Als sie da auf der Bettkante gesessen und so vertrauensvoll miteinander gesprochen hatten, hatte es ihm ehrlich leidgetan, dass er nur Augen für Betty gehabt hatte, und er hatte vorgeschlagen, dass Märtha und er wieder versuchen sollten, sich anzunähern. Und – wenn es das Richtige war – vielleicht auch heiraten sollten. Dann hatten sie sich ganz lange umarmt, und er hatte sich wieder richtig zu Hause gefühlt. Doch kaum war ihr Flugzeug gelandet, war Märtha wieder ganz die Alte. Auf der Stelle versorgte sie die anderen mit Aufgaben. In erster Linie waren sie im Hafen herumspaziert und hatten die Luxusyachten inspiziert. Sie hatten auch versucht herauszufinden, wie das Chartern funktionierte und welche Besatzung dabei an Bord war. Er seufzte und dachte, Märtha habe ihn einfach vergessen und was sie gesagt hatte, sei nur Schall und Rauch gewesen. Da spürte er Märthas Hand in seiner.

»Sobald wir Bielkes Schiff haben, können wir uns entspannen, und dann haben wir Zeit zu zweit«, flüsterte sie.

»Äh, meinst du wirklich?«, grummelte er. »Und wenn er nach Australien gesegelt ist?«

»Ach was, doch nicht nach Australien, außerdem hat er kein Segelschiff«, tröstete Märtha ihn.

»Bielke hat einen Charterbetrieb, also wird das Schiff auf dem Meer unterwegs sein. Das kommt irgendwann zurück, ich weiß es genau«, sagte Anna-Greta.

»Da hörst du es, Snille«, sagte Märtha noch einmal zur Beruhigung und drückte seine Hand. »Und denk daran, dass wir doch unser Vintagedorf planen und noch mehr für das Pflegepersonal in Schweden tun wollen.«

»Ach so, das Freudendorf. Ja, was wäre das Vaterland ohne dich!«, höhnte Kratze.

Märtha ignorierte Kratzes Kommentar und steuerte ihren Rollator elegant an einem schlampig zusammengerollten Tau vorbei, dessen Ende im Weg lag, und um eine Katze herum, die sich in der Sonne räkelte. (Eigentlich brauchte sie den Rollator ja nicht, aber da sie ihre neuen hohen Schuhe angezogen hatte, hatte sie ihn sicherheitshalber dabei.)

»Ach, wie schön es hier ist«, rief Anna-Greta aus und sah weit über den Hafen. »Und das Meer ist so einladend blau, dass ich gleich mit den Kleidern hineinhüpfen könnte.«

»Dann halt den Hut fest!«, rief Kratze.

»Vergiss nicht, dass wir hier sind, um zu recherchieren«, ermahnte sie Märtha. »Erst die Arbeit, dann das Vergnügen!«

»Nun bevormunde uns doch nicht so. Wir können schon selber denken«, meckerte Snille. »Wir wissen schließlich, dass wir Bielkes Yacht klauen sollen.«

»Ruhe im Karton«, sagte Kratze und hob den Zeigefinger. »Jemand kann uns vielleicht hören, hier sind auch Schweden unterwegs. Und gib die Hoffnung nicht auf«, fügte er hinzu und senkte die Stimme. »Märtha liebt dich, ich weiß es sicher.«

»Hätte sie keine Hilfe von jemandem gebraucht, der die Motoren kurzschließen kann, dann hätte ich nicht einmal mitkommen dürfen«, sagte Snille säuerlich. »Ans Mittelmeer reisen, um

Motoryachten zu klauen. Kein kleiner Banküberfall mehr, nein, jetzt organisiert sie mehrere hundert Millionen! Sie verliert ein bisschen die Bodenhaftung, genau wie die Finanzjongleure.«

Kratze legte ihm die Hand auf die Schulter.

»Aber Snille, du solltest stolz sein. Wer denkt denn sonst an all die Armen zu Hause, denen es schlechtgeht und die von ihrer Rente kaum leben können? Die Politiker jedenfalls nicht.«

»Nein, aber …«

»Und die Kapitalisten auch nicht. Die verteilen die Bonuszahlungen nur an sich selbst. Märtha hingegen hat Schwedens ersten Niedriglohnbonus eingeführt. Sie verdient eine Medaille!«

»Ohne Kapitalisten gibt es keine Jobs. Keine Frage, dass wir sie brauchen!«, brummte Snille, steckte die Hände in die Hosentaschen und wurde ganz still. Aber Kratze hatte schon recht, dass Märtha an diejenigen dachte, die andere völlig vergaßen. Sie wollte nur denjenigen helfen, denen es schlechtging. Er druckste.

»Obwohl ich mir schon wünschen würde, dass sie auch mal an uns denkt.«

»Du meinst, an dich?!«

»Ja, schon«, musste Snille zugeben. »Ich würde lieber in einem Café am Wasser sitzen und übers Meer schauen, Schokoladentorte essen und eine Tasse Cappuccino trinken. So wie alle anderen auch.«

Snille und Kratze blieben etwas zurück, und Märtha hielt an und wartete auf sie.

»Snille«, begann Märtha und sah ihn freundlich lächelnd an. »Wie wäre es jetzt mit einem Cappuccino?« Er spürte eine warme Hand in seiner. »Ich habe einen Tisch im Club 55 reserviert, wo sie deine Lieblingstorte mit Schokolade und Schlagsahne haben. Was meinst du dazu? Wir können ja nicht jeden Tag Vollkornkekse essen.«

»Hmpf«, antwortete Snille und wurde rot. Märtha wusste genau, was er mochte, und hatte bei der besten Adresse in ganz

Saint-Tropez einen Tisch für sie reserviert. Wie gut sie ihn doch kannte! »Club 55 am Plage de Pampelonne?«, stammelte er.

»Ja sicher, ich habe uns schon als Mitglieder registrieren lassen. Schließlich wollen wir doch als schwerreiche Millionäre durchgehen, oder? Und wie sollen wir sonst die Leute finden, die das Geld haben, um eine gestohlene Motoryacht zu kaufen?«

Dann lächelte sie so zufrieden, dass er im nächsten Augenblick wieder merkte, wie sich ein Glückgefühl einstellte. Wie sie alles plante! Und immer vorausahnte, was er dachte. Natürlich ärgerte er sich manchmal über sie, aber eigentlich war sie eine spannende, wandelbare Frau! Er hätte sich dort auch sehr gern mit ihr allein unter einen Sonnenschirm gesetzt und geturtelt, aber die anderen hatten ihren Vorschlag auch gehört.

»Stellt euch vor, wenn wir da irgendeinen bekannten Jazzsänger treffen oder Sylvester Stallone«, fiel Anna-Greta ein und verdrehte die Augen. »Im Club 55 verkehren jede Menge Promis.«

»Oder Elton John«, sagte Stina. »Ich habe gehört, er ist auch öfters dort.«

»Ach was, Elton John kann ich auch sein. Mach' ich manchmal«, fiel Kratze ihr ins Wort.

Stina kicherte.

»Nein, du bist gut so, wie du bist. Jetzt gehen wir Kaffee trinken!«

Die Seniorengang steuerte die Strandpromenade an und winkte nach einem Taxi. Müde, aber zufrieden sanken die Rentner auf die Sitze und baten den Chauffeur, zum Plage de Pampelonne zu fahren. Ihre Erwartungen waren hoch, aber als sie ankamen, bemerkten sie, dass der Club 55 zu ihrem Erstaunen gar nichts so Besonderes war, sondern eigentlich so aussah wie alle anderen luxuriösen Cafés am Mittelmeer. Ein weißgekleideter Kellner brachte sie zu ihrem Tisch und überreichte ihnen die Speisekarte. Sie hatten kaum Kaffee und Kuchen bestellt, da sahen sie sich, aufgedreht und neugierig, wie sie waren, gleich nach Filmstars um. Diskret holte Märtha ihr Opernglas aus der Tasche, aber egal, wie sehr sie sich auch bemühte, sie konnte keine Berühmtheiten entdecken. Nein, die Paparazzis, die am Strand unterwegs waren, waren nur hinter jungen, unbekannten Schnecken her.

»Habt ihr die gesehen? Leichtbekleidete Frauen mit Donald-Duck-Lippen und Brüsten, die prall abstehen«, teilte Stina mit. Sie hatte zwar selbst schon einen Facelift machen lassen, aber das hier kannte ja kein Maß mehr.

»Ha, ha, und schau dir mal die tätowierten Männer mit diesen wilden Bärten an. Nein danke, dann doch lieber die altmodischen glattrasierten Herren!«, rief Anna-Greta aus.

»Keine Stars in Sicht, heute ist wohl nicht unser Tag«, sagte Märtha und steckte das Opernglas wieder ein.

»Wieso denn, sag doch das nicht«, meinte Kratze, der auf Brusthöhe Ausschau hielt.

Snille waren die Promis egal, er hatte ein paar Schiffe auf der Reede entdeckt. Fasziniert beobachtete er die großen Luxusyachten, die dort in den Wellen schaukelten. Motorboote, Segelboote und Yachten, die so groß waren wie Fähren. Im Vergleich zu denen waren die Schiffe auf Djursholm nur kleine Jollen.

»Habt ihr diese Motoryacht da drüben gesehen? Die muss mindestens ein paar Millionen wert sein«, sagte er und zeigte auf ein großes, dunkelblaues Luxusboot mit Hubschrauberlandeplatz.

»Das ist sie sicher, und schau dir das mal an!«, sagte Märtha und zeigte auf einen Mann, der einen schwarzen Neoprenanzug trug und Dutzende Meter über der Wasseroberfläche schwebte. Er flog geradewegs in die Luft und sah aus, als hätte man ihn direkt aus einem James-Bond-Film herausgeschnitten. Als er dem Strand näher kam, schwebte er in großen Kreisen über einer Horde Mädels.

»Was der für eine Show abzieht«, schnaubte Anna-Greta und hielt sich die Ohren zu. »Lebensgefährlich!«

»So ein Jet-Flyer kommt auf mindestens vierzig Stundenkilometer. Die Leute sind verrückt. Auf dem Wasser fliegen, wo es doch Segel gibt«, stellte Kratze fest.

»Es sieht aus, als würde er auf Wasserstrahlen fliegen«, sagte Stina. »Die Milliardäre amüsieren sich.«

»Ja, er kann sie mit den Schaltern, die er in den Händen hält, regulieren«, merkte Kratze an.

»Stell dir vor, Autos könnten mit Wasserstrahl statt mit Benzin angetrieben werden. Wie umweltfreundlich unsere Gesellschaft dann wäre«, überlegte Snille.

»Du bist ein Phänomen. Pausenlos überlegst du, wie du die Gesellschaft verbessern kannst«, sagte Märtha und sah ihn bewundernd an.

»Aber das machst du doch auch, Märtha, mit deinen Bonuszahlungen an die Pflegekräfte und all das«, antwortete Snille.

Da beugte sie sich zu ihm, umarmte ihn und gab ihm am Ende noch einen warmen, feuchten Kuss auf den Mund.

»Was …«, murmelte Snille, und wieder spürte er diese wohlige Wärme. Eigentlich verstanden sie sich wirklich gut. Das durfte er nicht vergessen. Und früher oder später würde aus dieser Hochzeit schon etwas werden. Er schöpfte neuen Mut und streichelte Märtha über die Wange. Sie lächelte und öffnete ihre geblümte Handtasche. Er wusste nicht, was er erwartet hatte, aber sie holte weder eine Blume noch einen Notizblock heraus, sondern ein weiteres Opernglas.

»Damit du den Jet-Flyer besser siehst«, sagte sie. »Und die Konstruktion genau erkennen kannst. Und übrigens, wenn du sowieso schon durch das Glas schaust, kannst du auch gleichzeitig nach Bielkes Yacht Ausschau halten.«

»Verbrechen anstelle von Hochzeit!«, murmelte Snille und sah mit einem Mal ganz erledigt aus.

Als sie ihren Kaffee getrunken hatten, riefen sie sich wieder ein Taxi und ließen sich zum Hafen zurückbringen, wo sie noch einen Pier und einige Anlegestege ablaufen wollten. Irgendwo musste Bielkes Yacht schließlich liegen, und vielleicht war sie ja heute eingelaufen, wenn er, was sie nicht hoffen wollten, sie nicht gerade für einen ganzen Monat vermietet hatte. Während sie den Kai entlangspazierten, waren sie ungewöhnlich still. Der süße Kuchen hatte sie müde gemacht, und gleichzeitig wurde ihnen der Ernst der Lage bewusst. Der neue Coup war viel größer und schwieriger als alles, was sie bisher angestellt hatten, und verlangte, dass jeder Einzelne von ihnen Höchstleistungen brachte. Aber wenn sie Erfolg hatten, würden sie noch mehr Geld verschenken können. Wenn sie an die vielen Rentner dachten, die unter dem Existenzminimum lebten und sogar am Essen sparen mussten, um über die Runden zu kommen – während hier allein die Jetboote, die sich an Bord dieser Luxusyachten befanden, mehrere Millionen wert waren. Märtha fummelte in ihrer Handtasche und holte eine Tüte Dschungelschreibonbons heraus. Die beruhigten sie immer, wenn sie sich aufregte. Und jetzt musste sie wirklich die Nerven behalten, um den bevorstehenden Coup zu meistern. Er war das komplizierteste Unterfangen bislang, denn sie mussten die Beute nicht nur holen, sondern auch gleich wieder verkaufen, sonst kämen sie nicht an das Geld. Aber eine 500-Millionen-Yacht ließ sich nicht auf E-Bay versteigern. Wie konnten sie bloß einen Käufer finden? Sie hatten sich zwar schon im teuersten Hotel in ganz Saint-Tropez einquartiert, um Kunden zu finden, aber es war trotzdem kein Kinderspiel. Sie hatten keinerlei Kontakte. Wie gut, dass das Zimmer und die Betten prima waren. Im Gegensatz zu modernen Büros und anderen unangenehmen Arbeitsplätzen hatten sie auf jeden Fall eine schöne Umgebung für die Planung ihres Diebstahls. Märtha war es fast ein bisschen peinlich, aber sie war von ihrem Fünfsternehotel eigentlich richtig begeistert.

Das Kube-Hotel am Pearl Beach verfügte über zwei Pools, Designersuiten, Sauna, Spa, Satelliten-TV und eigenem Whirlpool. Außerdem gab es eine Fitnessabteilung mit Ergometern, Hanteln, Laufbändern und einem Schwimmbecken, damit man sich fit halten konnte. Und gleichzeitig konnten sie sich genauestens umsehen; denn hier trainierten Typen aus der Finanzwelt, solche In-Jungs mit Aktien, dicken Brieftaschen und Muskeln. Und ausschlaggebend für die Wahl des Hotels waren die Konferenzen gewesen. Märtha hatte herausgefunden, dass der International Royal Yacht Boating Club seine Jahresversammlung hierherverlegt hatte, und es würde im Hotel vor Milliardären nur so wimmeln. Sie hatte also wirklich an alles gedacht – aber trotzdem warteten sie noch auf das Wichtigste: Von Bielkes Schiff fehlte bislang noch jede Spur, und ohne die Yacht hatten sie nichts zu verkaufen.

48

Märtha befand sich im Fitnessbereich des Hotels, als es geschah. Wie so viele andere entscheidende Begegnungen im Leben passierte es plötzlich und unerwartet. Vor kurzem war Märtha mit dem Hanteln fertig geworden und hatte auf den Ergometer gewechselt, wo sie auch schon ordentlich keuchte, da fiel ihr Blick auf einen Mann. Ein bildschöner Mann, Mitte vierzig, kam in den Fitnessraum geschlendert, das Handtuch lässig über die Schultern geworfen. Er hatte glatte blonde Haare, lange Wimpern, himmelblaue Augen, und seine Art, sich zu bewegen, war äußerst männlich.

Als er sie bemerkte, grüßte er höflich. Dann holte er sich eine Gymnastikmatte und begann mit Liegestützen. Nach etwa fünfzig Stück atmete er kurz aus und setzte sich auf ein Ergometer hinten am Fenster. Er trug rote Nike-Performance-Schuhe, und als er zu treten begann, spannten sich seine Oberschenkelmuskeln wie Drahtseile an. Märtha starrte ihn an. Sein kräftiger Bizeps und sein guttrainierter Oberkörper ohne ein Gramm Fett erinnerte sie an eine Skulptur von Michelangelo, und er sah einfach so gut aus, dass sie das Treten völlig vergaß. Verwirrrt schnappte sie nach Luft, suchte nach dem Lenker und fiel beinahe vom Rad.

»Are you o. k., my dear?«, fragte der Mann in gebrochenem Englisch und eilte zu ihr. Benommen sah sie hoch auf seinen glänzenden Waschbrettbauch, und erst als er ihr seine große, breite Hand auf die Schulter legte, gelang es ihr, eine Antwort zu murmeln, während sie außerdem leicht verwirrt über seinen

Bizeps strich. Dann bemerkte sie, was sie tat, und das war ihr dermaßen peinlich, dass sie keinen Ton mehr herausbrachte.

»Shall I call a doctor?«, fragte der Mann besorgt mit einem vermutlich russischen Dialekt.

Doch Märtha schüttelte den Kopf, denn nun hatte sie sein dickes Goldarmband, die goldene Kette mit Kreuzanhänger, die er am Hals trug, und seine Golduhr mit Kompass und Diamanteneinfassung gesehen. Ihr Hirn lief auf Hochtouren. Der Mann schien ein Vermögen zu besitzen, und er hatte einen russischen Dialekt, wahrscheinlich war er ein russischer Oligarch. Reicher konnte man kaum sein, na ja, ein paar malaysische Kaufleute vielleicht, und dann die gut achtzig Personen, die etwa die Hälfte des Vermögens der Gesamtbevölkerung besaßen. Wie auch immer, dieser Mensch war vielleicht der, den sie suchten. Viele russische Oligarchen waren um die vierzig und nach dem Fall der Sowjetunion in den neunziger Jahren zu Geld gekommen. Das waren Männer, die ihren Reichtum gerne zeigten, und möglicherweise gehörte ihm auch einer der Ferraris, die vor der Tür parkten. Märtha schloss die Augen. Wäre sie vierzig Jahre jünger, dann hätte sie es wie die Frauen in den James-Bond-Filmen aus den Siebzigern gemacht, ein bisschen Hüftschwung, ein bisschen Augenaufschlag, und dann hätte sie ihn mit aufs Zimmer genommen. Aber diese Möglichkeiten hatte sie jetzt nicht mehr. Sie tat so, als würde sie ohnmächtig, fiel vornüber auf den Lenker und wartete darauf, dass er sich ritterlich zeigen und sie retten würde. Und sie irrte sich nicht. Im nächsten Augenblick spürte sie ihren Körper in seinen Armen, und als er sie vom Ergometer hob und sie noch einmal fragte, ob alles in Ordnung sei, nickte sie erleichtert. Jetzt hatte sie Kontakt zu ihm aufgenommen und gleichzeitig eine praktische Information erhalten. Er stank nach Wodka. Ein reicher Oligarch, der trank. Ein gefundenes Fressen.

»Märtha Anderson«, sagte sie und hielt ihm die Hand hin.

»Oleg, Oleg Pankin«, sagte Oleg und drückte ihre Hand so

kraftvoll, dass sie fast brach. Märtha strahlte. Sie hatte darauf bestanden, sich zwischen Millionären einzuquartieren, und dies war das Ergebnis. Zufrieden ging sie hoch zu den anderen, um davon zu berichten.

»Wovon träumst du, mein Herz?«, fragte Snille ein paar Tage später, als sich Märtha und die anderen in einem kleinen Café am Hafen ausruhten. »Du bist so lange still gewesen, dass ich mir langsam Sorgen mache.«

Die Palmenkronen wiegten sich im Wind, und die Nachmittagsbrise brachte die Sonnenschirme zum Flattern. Alle hatten ein Tässchen Kaffee getrunken, saßen da und schauten aufs Wasser. Märtha sah auf und fühlte sich ertappt. Ihre Gedanken hingen noch immer an diesem Russen. Sie hatte den anderen davon erzählt, welch ein Glück sie gehabt hatte, einen russischen Oligarchen im Fitnessraum kennenzulernen, aber wenn sie ehrlich war, war das nicht *das Einzige*, woran sie denken musste. Ans Geschäft. Auch ältere Frauen erfreuen sich am Anblick eines schönen Männerkörpers, das war ihr bewusst geworden, und sie hatte in den letzten Tagen so viel trainiert wie nie zuvor. Betont entspannt setzte sie ihre Kaffeetasse ab und sah hinaus aufs Meer, darauf bedacht, keinem in die Augen sehen zu müssen.

»Wovon ich träume, meinst du? Natürlich von 500 Millionen Kronen (was auch keine Lüge war). Und dann fällt mir Oleg ein, dieser muskulöse Russe, weißt du«, sagte sie.

»Aber der ist nicht dein Traummann, oder?«, fragte Snille misstrauisch. »Ich habe gehört, wie du von Bizeps und Sixpack gesprochen hast.«

Märtha schüttelte den Kopf und versuchte, die Röte in ihrem Gesicht zu verbergen. Sie starrte noch intensiver aufs Wasser.

»Ach was, ich frage mich doch nur, wie wir an sein Vermögen kommen, das ist doch klar. 500 Millionen hat schließlich nicht jeder«, antwortete sie nicht ganz wahrheitsgetreu. »Aber es stimmt doch, dass ein Mann, der seinen Körper in Schuss hält, immer ansprechend wirkt. Also, da fragt man sich schon, wie viel er trainiert und wie er sich ernährt.«

»Dachte ich mir«, brummte Snille und sah hinunter auf seine Speckröllchen. »Obwohl mein Bauch ein viel besseres Kissen abgibt, nur dass du's weißt!«

»Das weiß ich sehr wohl, und du musst nicht glauben, dass ich nur auf Äußerlichkeiten reinfalle«, versicherte Märtha ihm, während ihre Wangen vor Röte leuchteten. Sie lehnte sich auf ihrem Stuhl zurück. Welch himmelblaue Augen dieser Russe besaß, und wie schön es sich angefühlt hatte, als er ihr vom Fahrrad geholfen hatte. Sehr angenehm, aber es ging ja ums Geschäft, obwohl ... es kam vielleicht etwas häufig vor, dass sie Schwindel simulierte, aber sie wollte ja bewirken, dass er glaubte, sie hätte Schwierigkeiten, das Gleichgewicht zu halten. Denn sie hatte einen Plan.

»Wenn man das Meer liebt, so wie ich, und sein Schiff nicht verkaufen will, dann muss man sich fit halten«, behauptete sie forsch und trat feste in die Pedale. Bis sie ins Schwanken geriet, dann musste er sie an den Schultern halten und ihr aufhelfen, damit sie weitertrainieren konnte. Dann schluchzte sie hier und da auf.

»Ich habe die schönste Motoryacht der Welt, und ich will sie behalten«, jammerte sie. »Deshalb muss ich ordentlich trainieren. Ich möchte übers Deck flanieren und das Meer und die Wellen genießen können. Wenn ich meine Beinmuskeln trainiere, wird es klappen. Es muss klappen, nur noch einen Satz.«

So ging sie es an, wenn sie sich trafen, aber Snille wagte sie nicht zu erzählen, warum sie so eine irre Lust aufs Training bekommen hatte.

»Ist es wirklich wahr, dass dich Äußerlichkeiten nicht interessieren?«, hörte sie Snille fragen. Aber glücklicherweise kam sie nicht zu Wort, bevor Kratze sie unterbrach.

»Habt ihr das gesehen?«, fragte er und zeigte auf ein großes Schiff mit drei Decks, das gerade auf dem Weg in den Pier war.

Die Yacht hatte nicht einen Hubschrauberlandeplatz, sondern zwei, und am obersten Deck war eine riesengroße Rutsche installiert, die direkt hinunter ins Wasser führte. An Bord sah man weißgekleidete Männer, die sich bereit machten anzulegen, und ein paar Frauen Mitte zwanzig, die Freunden an Land zuwinkten. Dies war ein viel schöneres Schiff als das von Bielke, ja, eins der schicksten, das sie hier überhaupt zu Gesicht bekommen hatten. Alle sprangen fast gleichzeitig auf, und Anna-Greta winkte dem Kellner zu.

»Die Rechnung bitte«, sagte sie. Als der Kellner etwas später wiederkam, schob sie die Brille hoch und warf einen Blick auf den Bon. »Teure Aussicht hier«, jammerte sie und legte das Geld auf den Teller.

»Kommt, da gehen wir mal rüber«, sagte Kratze.

»Auf jeden Fall«, sagte Märtha, und die anderen kamen hinterher. Kaum waren sie auf dem Pier angekommen, hörten sie hinter sich einen Wagen.

»Ein Rolls Royce«, stellte Snille fest und strahlte übers ganze Gesicht, als hätte er eine Harley Davidson entdeckt. Eine große schwarze Limousine fuhr auf das Schiff zu, wurde langsamer und hielt in der Nähe des Landungsstegs. Ein Chauffeur in Uniform stieg eilig aus und hielt einem Herrn in den Fünfzigern die Tür auf. Er trug eine Schifferkrause, einen weißen Anzug, ein hellblaues Hemd mit Krawatte und eine Seglerkappe. Doch nicht er zog Märthas Aufmerksamkeit auf sich, sondern etwas anderes. Der Mann, der aus dem Wagen ausgestiegen war, ging mit großen, wiegenden Schritten, die Arme neben den Hüften schwingend, zur Yacht. Und sie kannte nur einen Menschen, der so ging.

49

Märtha und ihre Freunde zogen sich schnellstmöglich zurück, hinter einen Lastwagen, der an einer Mauer parkte. Dahinter waren sie kaum zu sehen, aber sie konnten sich nach vorn beugen und erkennen, was auf der Yacht geschah. Ja, das war er. Ihr Nachbar, der Finanzjongleur Carl Bielke. Am Hauptdeck hatten sich die Besatzungsmitglieder in ihren weißen Uniformen an der Reling aufgereiht, und vom Deck darüber winkte ihm ein kleines Mädchen zu, das vielleicht fünf Jahre alt sein mochte.

»Papa, Papa«, rief sie auf Schwedisch und hüpfte vor Freude auf und ab, wie Kinder es tun. Aber Carl Bielke ignorierte sie. Stattdessen blieb er stehen und begrüßte die Besatzung. Lächelnd machte er eine Runde übers Deck und unterhielt sich mit den Leuten, und als das Mädchen noch mal rief, fuhr er sie an. Erst als er das Hauptdeck umrundet hatte und auf der Kommandobrücke gewesen war, ging er die Treppe zum obersten Deck hinauf, wo die Kleine wartete. Märtha betrachtete das Schauspiel mit großen Augen.

»Meine Güte«, murmelte sie und musste an ihren Sohn denken, den sie verloren hatte, als er so alt gewesen war wie dieses Mädchen, ein Kind, um das sie seitdem trauerte. Da hatte ihr reicher Nachbar schon eine Tochter, die am Leben war, und ließ sie links liegen. Ein Mann, für den Besitz und Prestige wichtiger zu sein schienen als seine Familie … Sie wurde mit einem Mal richtig traurig. Stina musste das bemerkt haben, denn im nächsten Augenblick stand sie neben Märtha und legte ihren Arm um sie.

»Derjenige, der um seinen Reichtum nicht weiß, ist arm und kann auch nie richtig glücklich werden«, sagte sie mit einem Blick hinauf zur Yacht. »Vielleicht tun wir ihm sogar etwas Gutes, wenn wir sein Schiff klauen.«

»Ja, ein Mann, der mehrere solcher Luxusyachten hat, ist sicherlich nie zufrieden«, überlegte Märtha.

»Wenn sie nicht von der Steuer absetzbar sind«, fügte Anna-Greta hinzu.

»Ach so, deswegen hat er sich vielleicht eine neue gekauft, wenn sie ihm überhaupt gehört«, sagte Märtha.

»Aber schau mal, die hier heißt Aurora 4, das ist derselbe Name wie seine Adresse in Djursholm, Auroraväg 4 nämlich. Dann passt alles zusammen. Vielleicht hat er eine der anderen Yachten verkauft, denn dieses riesige Schiff ist sicher viel mehr wert als 500 Millionen. Dass die ganz Reichen auch immer noch etwas Größeres und Teureres brauchen!«, überlegte Stina.

»Genau«, stimmte Märtha zu.

»Aber wir sind doch keinen Deut besser. Jedes Verbrechen, das wir uns vornehmen, soll mehr Geld einbringen als zuvor«, wandte Snille ein.

»Hmpf …«, setzte Märtha an. »Aber ihr wisst doch, warum. Wir brauchen noch mehr Geld für die Bedürftigen, das habt ihr doch nicht vergessen?«

»Sch, wenn uns jemand hört«, warnte Kratze, der genau wie die anderen die Augen nicht von diesem riesigen Luxusdampfer lassen konnte. Sie beobachteten, wie Bielke oben an Deck gestikulierte, verschwand und mit einem Longdrinkglas in der Hand wiederauftauchte. Dann gesellten sich die drei jungen Frauen, alle kaum halb so alt wie er, zu ihm. Sie legten sich auf die Sonnenstühle an Deck, die neben dem Pool standen, und hielten auch Gläser in der Hand. Anna-Greta starrte sie an.

»Diese Yacht ist sicher schweineteuer, lasst mich mal nachsehen.« Sie versuchte, sich an die Schiffe zu erinnern, die sie gegoogelt hatte, und rechnete kurz nach. »Zwei Hubschrauberlandeplätze, drei Decks, eine Rutsche ins Meer, zwei Pools und Wasserscooter, ja, da kommen wir sicher auf 600 bis 700 Millionen.«

»Gut! Dann können wir den Bonus für das Personal in den ambulanten Pflegediensten aufstocken«, sagte Märtha.

»Aber wie soll man so einen Palast kapern. Da brauchen wir Hilfe«, meinte Kratze.

»Und so ein teures Schiff wird auch schwer zu verkaufen sein«, überlegte Stina.

»Aber wir kriegen dann noch mehr Geld!«, sagte Anna-Greta, und ihre Augen funkelten.

Erst als Bielke mit den Frauen in seiner Kabine verschwunden war, trauten sich die Freunde, den Ort zu verlassen. Trotz kitzelnder Perücken und perfekter Verkleidung als Millionäre hatten sie doch Angst, erkannt zu werden. Am besten verhielten sie sich unauffällig. Aber bevor sie gingen, holte Märtha ihr Handy heraus und machte Fotos von der Yacht. Sie zoomte jedes Detail an Bord heran und ging auch auf einen der anderen Stege, um Bilder vom Vorderdeck und von der Steuerbordseite zu machen. Sie beeilte sich und gab sich viel Mühe, richtig schöne Fotos von der Luxusyacht zu kriegen. Und am Ende bat sie Snille, sie selbst vor der Yacht zu knipsen. Leise schlich sie die Treppe hinauf und lehnte sich lächelnd ans Geländer wie jemand, der mit seinem Besitz ein bisschen angeben will. Zum Beispiel mit einer wertvollen Motoryacht.

An dem Abend war die Seniorengang noch lange wach und schmiedete Pläne. Und bevor sie zu Bett gingen, hatte Kratze bereits seinen Sohn Nils, den Steuermann, angerufen. Da er Seemann war, der schon seit Jahren zur See fuhr und sich außerdem mit verschiedenen Schiffen auskannte, passte er perfekt. Sie brauchten jemanden, der sich in dem Metier auskannte, er war ihr Mann.

»Versteht ihr«, hatte Kratze gesagt und dabei sehr wichtig getan. »So einen Diebstahl kriegen nur echte Seeleute hin. Und da braucht ihr Nils und mich.«

Am nächsten Tag öffnete Märtha ganz vorsichtig die Tür zum Konferenzraum, wo der International Royal Yacht Boating Club seine Versammlung abhielt. Sie tat so, als habe sie sich in der Tür geirrt, konnte aber feststellen, dass viele Männer mittleren Alters, die sie vorher bereits am Pool gesehen hatte, mit von der Partie waren, ebenso Oleg, der sich über einen Stapel Broschüren und Unterlagen beugte. Still und leise ging sie rückwärts wieder hinaus, schloss die Tür und las auf dem Schild neben dem Eingang, wie lange der Konferenzraum belegt sein würde. Oleg und seine Kollegen würden den ganzen Vormittag lang beschäftigt sein. Da hatte sie genug Zeit für die Vorbereitung.

Ein paar Stunden später ging sie wie gewohnt in den Fitnessraum, um ihr Nachmittagstraining zu beginnen, und dieses Mal hatte sie ihre große geblümte Handtasche dabei. Vorsichtig legte sie sie neben das Ergometer, bevor sie auf das Gerät stieg und zu treten begann. Als sie gerade ins Schwitzen gekommen war, kam Oleg mit nacktem Oberkörper und seinem weißen Handtuch über den Schultern hereingeschlendert. Sie lächelten sich zu, und dann begann der Russe sein Programm mit den Liegestützen. Kaum war er damit fertig und hatte sich auf das Trainingsfahrrad gesetzt, da stöhnte Märtha mehrmals kurz auf. Umständlich versuchte sie, vom Ergometer abzusteigen, doch als er ihr nicht sofort zu Hilfe eilte, jammerte sie noch etwas mehr, und Oleg sah auf. Da tat sie so, als würde sie umkippen, etwa so, wie Anna-Greta es gemacht hatte, als sie mit ihrem Stock ausgerutscht war. Nur zwei große Sätze, und Oleg war zur Stelle, er hielt Märtha, und sie wartete – vielleicht besonders lange –, während er seine Arme um ihren Körper geschlungen hatte, bevor sie wieder so tat, als komme sie zu sich.

»I almost kippte um«, erklärte sie ihm.

»What?«

»Um ...« Märtha versuchte, es zu zeigen. »So«, sagte sie und sank zurück in seine Arme. Sie spürte noch einmal seine starken Muskeln um ihre Taille und schloss seufzend die Augen.

»Ist alles in Ordnung?«

»Ja, natürlich«, murmelte sie und tat völlig erschöpft, als würde sie gleich kollabieren. Er nahm ihre Hand und legte sie auf den Lenker des Trainingsfahrrads.

»Halten Sie sich hier fest!«

»Ach, Ihre Hände sind so ...«, flüsterte sie, aber konnte sich noch bremsen. Auch wenn es eine Weile her war, dass fünfundvierzigjährige Männer sie im Arm hielten, durfte er nicht den Respekt vor ihr verlieren, und sie musste konzentriert bleiben.

»Ach Gott, ach Gott, ich bin so alt geworden«, jammerte sie zu ihrer Entschuldigung, schwankte ein wenig, tastete nach dem Lenker und versuchte, schrecklich unglücklich auszuschauen. »Es ist das Gleichgewicht, ich bin uralt. Clock old, you see!«, betonte sie. »Aber dafür mache ich doch Sport. Denn ich will meine schöne Motoryacht nicht verkaufen. Nie im Leben.«

»Eine Yacht?«

»Ja, meine Superyacht. Sieht aus wie die von Spielberg, wissen Sie, aber sie hat zwei Hubschrauberlandeplätze.« Sie bemerkte, wie es in seinen Augen zu glitzern begann.

»Bei Seegang kann ein schlechter Gleichgewichtssinn aber gefährlich sein«, erklärte Oleg.

»Aber das Boot ist mein Augenstern, so schön und ganz neu. Und wenn ich verkaufe, mache ich Verlust. Nein, ich kriege das schon hin.« Märtha hielt den Lenker ganz fest, versuchte auf das Fahrrad wieder aufzusteigen, aber schwankte schon wieder. Sofort stand er neben ihr und stellte sie wieder auf die Füße. Sie schüttelte mit dem Kopf, war eine Weile mucksmäuschenstill und vergrub das Gesicht in den Händen.

»Nein, das funktioniert einfach nicht!« Sie begann zu schluchzen. »Ich habe alles versucht, um Kraft und Gleichgewicht mit dem Sport wiederherzustellen, aber ich schaffe es einfach nicht. Wahrscheinlich werde ich die Yacht doch verkaufen müssen. Aber ich will es nicht. Was soll ich nur tun?«

»Einen Moment, ich helfe Ihnen. Setzen Sie sich mal hier auf die Bank, dann hole ich Ihnen ein Glas Wasser.«

Oleg verschwand und kam kurz darauf mit einer Flasche Vichywasser und einem Glas wieder zurück. Er schenkte ein und reichte es Märtha.

»Wissen Sie, lieber verkaufen Sie die Yacht, als dass Sie sich noch verletzen«, sagte er und kontrollierte, dass sie genug trank. »Draußen auf See kann alles Mögliche passieren. Eine ganz neue Motoryacht, sagten Sie?«

»Ja, eine der größten und schönsten hier im Mittelmeer. Mein Mann hat sie vor zwei Jahren in Auftrag gegeben, doch er verstarb kurz nach der Jungfernfahrt. Das war im letzten Jahr und jetzt …«

»Eine ganz neue Motoryacht der Luxusklasse?«

»Ja, ein ganz phantastisches Schiff, mehrere Stockwerke hoch, und sie hat zwei Pools und zwei Hubschrauberlandeplätze. Hier, sehen Sie!« Sie beugte sich ganz geschmeidig vor – und musste daran denken, dass sie eben noch in seinen Armen gelegen hatte –, holte ihr Handy aus der Handtasche und begann, die Fotos durchzublättern. »Sie ist ein Traum, a sailors dream!«, sagte sie und seufzte, während sie Oleg einen Blick auf Bielkes Motoryacht werfen ließ. Er beugte sich vor, um sie besser erkennen zu können.

»Darf ich mal schauen?«, fragte er, und als sie ihm das Handy hinhielt, sah er sich die Fotos der Reihe nach an. Er wurde immer eifriger. »Eine Schönheit, ganz phantastisch!«

»Aber sie ist bestimmt zu teuer für Sie. Mein Mann hat für den Bau knapp 95 Millionen Dollar bezahlt, und wir haben sie kaum benutzt. 90 Millionen Dollar will ich auf jeden Fall haben. Aber wer hat schon so viel Geld? Vielleicht jemand von Ihren Freunden auf der Konferenz?«, fragte sie und zeigte hinüber zum Seminarraum.

»Dann können Sie sich doch vorstellen, sie zu verkaufen?«

»Ich weiß nicht. Vielleicht.« (Sie wollte nicht zu viel Interesse zeigen.)

»Würden Sie auch Diamanten nehmen? So eine Art schnelles Geschäft mit etwa der halben Summe in bar und dem Rest in Diamanten?«

»Alle Frauen lieben Diamanten«, sagte sie und tat so, als würde sie wieder straucheln.

Als Oleg nach seinem Training zurück in den Konferenzraum kam, stieß er auf seinen Kollegen Boris Sorokin, der in Moskau geboren war, aber seit seinem zehnten Lebensjahr in London lebte. Sie sprachen Englisch miteinander, da Boris' Russisch nicht das Beste war. Gerade hatten sie eine Kaffeepause zwischen zwei Vorträgen. Sie nahmen ihre Tassen und ein paar Kekse und setzten sich aufs Sofa. Um sie herum standen Tische und Stühle, hinter ihnen liefen Hotelgäste auf dem Weg zu ihrem Zimmer oder zur Rezeption vorbei. Es war heiß, und die Klimaanlage summte.

»Interessantes Seminar, da hast du was verpasst«, begann Boris, doch wurde von Oleg sofort unterbrochen.

»Du, erinnerst du dich an die alte Tante im Fitnessraum, von der ich dir erzählt habe?«

»Die mit den Gleichgewichtsproblemen?«

»Ja, genau die. Sie hat eine megaschöne Superyacht mit zwei Hubschrauberlandeplätzen. Ganz neu.«

»Cool! So eine suchen wir doch schon lange.«

»Ihr Mann ist gestorben, und jetzt will sie verkaufen. Das ist ein Sahnestückchen, es hat drei Decks und zwei Pools, und die Inneneinrichtung muss sehr luxuriös sein. Die Dame leidet unter

Schwindelattacken, und deshalb muss sie sie verkaufen. Sie ist sicherlich auch schon ein bisschen dement. 90 Millionen Dollar verlangt sie. Ein schnelles Geschäft, und wir können feilschen.«

Sein Kumpel strich sich mit der Hand über den Kopf und grinste.

»Eine arme, reiche Witwe über den Tisch ziehen?«

»Ach, sie ist doch viel zu alt, um sich um so eine Yacht zu kümmern. Ein paar Dollarscheine und Diamanten, und das Boot gehört uns. Ich versprech's.« Oleg musste lachen. »Wir sparen es uns, als Bauherren zwei Jahre darauf zu warten, dass das Schiff fertig ist und den ganzen Ärger damit. Ich bin einfach ein bisschen nett zu ihr, und dann wird das schon klappen. So eine Gelegenheit läuft einem nicht alle Tage über den Weg.«

»Ich habe sie gesehen. Sie lächelt so freundlich und macht einen ganz lieben Eindruck, finde ich. Sollen wir da wirklich …?«

»Solche Chancen kommen im Leben nur selten, und schnell sind sie wieder weg. Die lassen wir uns nicht entgehen, bestimmt nicht!«

Der Mann nahm einen Schluck Kaffee und war so ins Gespräch vertieft, dass er nicht bemerkt hatte, dass Märtha aufgetaucht war. Sie war auf dem Weg in ihr Zimmer gewesen, aber als sie gehört hatte, worüber die beiden sprachen, war sie stehen geblieben. Boris nahm sich einen Keks und wandte sich wieder Oleg zu.

»Okay. Gehen wir davon aus, dass das Schiff so super ist, wie du sagst. Dann bieten wir 65 Millionen und erhöhen schlimmstenfalls auf 70. Dann fahren wir die Yacht nach Zypern und verkaufen sie für 85 bis 90 Millionen weiter. Das müsste klappen. Und wir machen schnelles Geld.«

»Ja, aber erst machen wir uns eine schöne Zeit und cruisen ein bisschen hin und her. Wodka und Mädchen, wie immer. Ich hab ein paar Schnitten im La Place gesehen, die wir mitnehmen könnten. Keine senilen Gespenster wie diese Märtha. Nee, auf alte Schachteln bin ich nicht scharf. Du hättest mal die schlabbrigen Oberarme und die Dackelohren sehen sollen.«

»Dackelohren?«

»Na ja, ein Hängebusen, der beinahe den Boden berührt. Nee, Schnecken dürften nicht über dreißig sein. Ab fünfunddreißig kannst du sie nur noch entsorgen.«

»Aber du hast doch gesagt, dass sie ganz nett war.«

»Ja, schon, ein nettes Tantchen. Nett und will nichts Böses, aber trotzdem. Ich rede doch von einer Süßen im Bett. Und dann sollten die Mädchen auch kochen können. Wofür braucht man die Schnecken sonst?«

»Ja, wofür braucht man die Schnecken sonst«, stimmte Boris ihm zu. »Weißt du, dann verabrede doch einen Termin mit ihr, dann können wir das Schiff besichtigen.«

»Okay, ich kümmere mich drum. Ich werde sie im Fitnessraum aber erst noch ein bisschen umgarnen. Und du kümmerst dich um die Diamanten und ein bisschen cash?«

»Ist doch nicht das erste Mal. Am besten machen wir den Kauf perfekt, bevor einer von denen da drinnen Wind von der Sache kriegt!«

»Abgemacht!« Oleg hielt den Daumen hoch und grinste.

Aber das hätte er vielleicht nicht getan, wenn er gewusst hätte, wer hinter ihm gestanden und zugehört hatte. Eine alte Dame, die sehr, sehr viele schwedische Schimpfworte von sich gab.

50

Langsam wurde es dunkel, und die Lichter im Café Tropez wurden angezündet. Die vertäuten Schiffe schaukelten sanft, und hier und da tauchten kleine Grüppchen von Touristen auf, die im Hafenareal umherspazierten. Die Restaurants hatten sich nach und nach gefüllt, die Cafés waren fast vollbesetzt. Die Seniorengang hatte sich mit Latte macchiato, Keksen und Torte gestärkt. Jetzt waren sie voller Tatendrang.

»Also, seid ihr bereit?«

Märtha versuchte ihrer Stimme einen energischen Ton zu verleihen, obwohl sie ebenso nervös war wie die anderen. Noch immer war sie schrecklich wütend über das, was sie vor dem Konferenzraum mitangehört hatte, doch ihre Wut behielt sie für sich. Persönliche Befindlichkeiten durften das Wesentliche nicht beeinflussen. Jetzt würden sie Bielkes Yacht klauen, und alles andere käme später an die Reihe. Am Vormittag hatte sie mit Oleg über den Kauf gesprochen, und er schien äußerst interessiert. Aber weil sie sich Sorgen machte, dass irgendjemand hier in Saint-Tropez ihre Machenschaften möglicherweise aufdecken könnte, hatten sie sich darauf verständigt, dass sie ihm und seinen Freunden das Schiff in Cannes vorführen würde. Dort würden sie alles abwickeln. Und wenn sie sich einig wurden, könnten die Russen die Yacht dort direkt übernehmen. Doch das forderte der Seniorengang einiges ab. Sie mussten die Yacht nicht nur stehlen, sondern sie auch nach Cannes befördern. (Warum dachte sie sich eigentlich immer so knifflige Verbrechen aus? Konnte sie sich nicht mal mit einer kleinen Unterschlagung zufriedengeben, wie Snille zu sagen pflegte? Und genau in dem Moment war sie geneigt, ihm recht zu geben.) Märtha legte die Arme über ihre geblümte Handtasche und sah hinaus aufs Meer. Ach was, es würde schon gutgehen.

Mit zwei fähigen Seeleuten wie Nils und Kratze an Bord würden sie es hinkriegen. Und von Oleg und seinem Kompanion hatte sie verlangt, dass sie cash dabei hatten, sonst würde sie nicht verkaufen. Ihr Mann hatte ihr beigebracht, dass man es so machte. Keine Checks, keine Kreditkarten, wirklich nur cash! Nur dann bekäme Oleg das Boot an Ort und Stelle.

Dieses Mal hatte Märtha darauf geachtet, dass sie Snille bei Laune hielt, deswegen hatten Anna-Greta und sie den Coup mit ihm gemeinsam geplant. Außerdem hatten sie geübt, Schiffsleitern hochzuklettern und in Motorboote ein- und auszusteigen. Kratzes Sohn Nils, der von Göteborg angereist war, war bei den Übungen dabei gewesen, und sie hatten sogar die Zeit gestoppt. Aber natürlich blieb so einiges, was man nicht vorhersagen konnte. Beispielsweise konnte keiner wissen, wie lange es dauern würde, die Schiffspapiere zu finden und die Besatzung außer Gefecht zu setzen. Sie mussten darauf eingestellt sein, ein bisschen zu improvisieren. Aber wenn sie in Cannes angekommen waren, ging es nur noch ums Verkaufen. Und so reich, wie diese Russen waren, dürfte das Risiko, über den Tisch gezogen zu werden, eher gering sein. Eine Luxusyacht mehr oder weniger. Ach was, ein russischer Oligarch war für mehrere Millarden gut!

»Bei dir klingt immer alles so einfach«, seufzte Snille.

»In dieser Branche muss man Optimist sein!«, antwortete Märtha – mit einem Kloß im Hals.

Sie sah hinüber zur Yacht. Glücklicherweise hatten sie gutes Wetter, und ein leicht auflandiger Wind brachte die Schiffe im Hafen zum Schaukeln. Keine Windböen oder andere unvorhersehbare Faktoren. Nein, das Wetter würde ihnen sicher keinen Strich durch die Rechnung machen. Sie holte einige Male tief

Luft und studierte die Aurora 4, die ganz hinten am Landungssteg festgemacht war. Sie hatte beobachtet, wie Bielke das Schiff mit dem Hubschrauber verlassen hatte, und als sie auf den Steg hinausspaziert war, hatte sie von einem der Matrosen erfahren, dass Bielke geschäftlich nach London reisen musste.

»Er wird übers Wochenende fort sein, deswegen werden wir jetzt freinehmen«, hatte er mit einem Grinsen hinzugefügt. »Aber natürlich kann man das Boot chartern. 10 000 Euro die Woche. Na, meine Dame, wäre das nichts?«

»Ist das teuer«, hatte Märtha geantwortet.

»Reiner Marktpreis, so ein Boot kriegen Sie nirgendwo billiger.«

»Na gut. Dann würde ich es gern für eine Woche chartern. Ich hole nur noch meine Freunde«, sagte Märtha, hängte ihre Tasche über die Schulter und ging summend davon. An der Strandpromenade winkte sie ein Taxi heran, und auf dem Weg ins Hotel dachte sie angestrengt nach. Heute war Freitag. Am Samstag und Sonntag würde Bielke sich in London amüsieren und am Montag mit seinen Meetings und Banktransaktionen beschäftigt sein. Also mussten sie und ihre Freunde sofort zuschlagen. Der Zeitplan würde eng werden, aber diese hervorragende Gelegenheit durften sie nicht verstreichen lassen. Als das Taxi vor dem Hotel anhielt, hätte sie beinahe vergessen zu bezahlen, so sehr war sie in Gedanken. Auf direktem Wege ging sie zu Anna-Greta aufs Zimmer, und dort fand sie wie erwartet auch die anderen. Sie saßen mit Kaffee auf dem Balkon.

»Hört mal alle her! Es ist soweit: Nur Kapitän, Steuermann und Maschinist sind noch an Bord«, rief sie laut. »Wir müssen jetzt zuschlagen!«

»Meinst du das wirklich ernst?«, fragte Stina und griff zu ihrer Nagelfeile.

»Jetzt oder nie!«, sagte Märtha, und dann erzählte sie noch einmal, ja, es klang fast, als erzählte sie ein Märchen vom Jet-set-Leben an der Riviera. »Wie gesagt, die Reichen haben hier mehrere Yachten in verschiedenen Häfen liegen und alle mit Stand-by-Besatzung. Wenn der Eigentümer Lust hat, aufs Meer zu fahren, ruft er den Kapitän der Yacht an, die er sich ausgesucht hat. Dann kontaktiert die Besatzung weiteres Personal an Land, damit alles fertig zum Ablegen ist, wenn der Eigentümer landet.«

»Mit dem Hubschrauber oder Speedboot direkt von Nizzas Flughafen«, fügte Kratze hinzu.

»Genau. Und weil Bielke seine Yacht an diesem Wochenende nicht benutzen wird, sind nur drei Besatzungsmitglieder an Bord«, ergänzte Anna-Greta. »Der Kapitän, der Steuermann und der Maschinist.«

»Langsam verstehe ich«, murmelte Stina und steckte ihre Nagelfeile wieder ein.

»Außerdem«, sagte Märtha, »wollte Bielke das Boot vermieten. Deshalb habe ich gesagt, dass ich es für eine Woche chartern will. Aber erst wollen wir es uns einmal etwas genauer ansehen und eine Führung an Bord machen.«

»Jetzt verstehe ich es noch besser«, sagte Stina.

»Du willst natürlich, dass wir dabei auch gleich abhauen«, sagte Snille, dem dämmerte, dass es jetzt ernst wurde.

»Exakt«, antwortete Märtha. Dann hatten sie ihre Sachen geholt, sich passend für einen Ausflug auf dem Meer angezogen und außerdem Wechselkleidung und weitere Ausrüstung eingepackt, die eventuell nützlich sein konnte. Alles war so schnell gegangen, dass Märtha kaum Zeit geblieben war, nervös zu werden. Aber jetzt wirkten alle angespannt, wenn auch voller Tatendrang. In der Zwischenzeit war es dunkel geworden, und die Beleuchtung am Pier warf ihr Licht auf die Motoryachten. Märtha holte ihr Handy heraus und wählte die Nummer des Kapitäns.

»Yes!«, sagte sie dann und steckte das Telefon in die Tasche zurück. »Dieser Herr klang richtig nett. Wir können sofort kommen.«

Die Seniorengang sah sich schweigend an, dann erhoben sie sich. Sie sprachen kein einziges Wort, sondern starrten allein auf die Yacht.

Kratze wischte sich ein paar Krümel von der Hose, zog seinen Anzug zurecht und fuhr sich mit dem Kamm noch einmal durchs Haar. Seine Aufmerksamkeit wanderte immer wieder zu Bielkes Schiff.

»Da an Bord haben sie mit Sicherheit eine tolle Inneneinrichtung, wart mal ab. Irre, dass wir jetzt so eine Yacht von innen sehen dürfen. Wahnsinn!«

»Du, wir sind nicht hier, um sie anzuschauen. Nur dass du's weißt«, flüsterte Märtha.

Stina kramte in ihrer Handtasche, holte den Lippenstift heraus und frischte ihr Make-up auf. Sie puderte sich und richtete ihr Haar. Eigentlich hatte sie einen Hut haben wollen, der zu ihrem Kleid passte, aber Märtha hatte darauf hingewiesen, dass das gar nicht praktisch sei, denn ihre Kopfbedeckung saß so lose, dass sie sie leicht verlieren konnte. Und welches Verbrechen man auch verübte, man lief immer Gefahr, Spuren zu hinterlassen.

»Aber du trägst doch auch einen Hut!«, widersprach sie.

»Schon, aber aus gutem Grund … Du bist auch so elegant und hübsch und siehst schick und jung aus. Du brauchst wirklich keinen Hut«, entschied Märtha.

»Gib dir keine Mühe. Ich halte es mit Mark Twain. Wenn die eigenen Freunde anfangen, einem zu schmeicheln, und sagen, man sehe jung aus, dann ist das ein sicheres Zeichen dafür, dass man alt wird«, sagte Stina und warf den Kopf in den Nacken. »Nur dass du's weißt. Die Handtasche werde ich mitnehmen!«

»Ja, natürlich, Stina. Die brauchst du ja«, sagte Märtha und nickte. Dann ging sie vor zu Snille, nahm ihn an die Hand, streichelte sie ein wenig und gab ihm einen flüchtigen Kuss auf die Wange.

»Es wird schon klappen, ganz bestimmt. So ein Ding ist für uns ein Kinderspiel.«

»Nein, viel einfacher als ein Banküberfall. Hattest du es nicht so ausgedrückt, meine Liebe?«, seufzte Snille. Und spürte das Unwohlsein. Und war ganz grün im Gesicht.

Die fünf Senioren spazierten in ihren neuen Kleidern und dem kostbaren Schmuck ganz gemächlich in Richtung Pier. Sie waren dunkel gekleidet, darauf hatte Märtha bestanden. Schwarz wirkte elegant, und deshalb trug sie selbst ein schwarzes Kostüm, schließlich wollte sie reich, alt und würdevoll aussehen. Diesmal hatte sie die Ecco-Schuhe zu Hause gelassen und sich stattdessen mit superteuren Segelschuhen ausgestattet, die in der Schiffsszene gerade in waren. Als sie die Yacht erreichten, holte Märtha noch einmal ihr Handy heraus. Ein paar Minuten später erschien ein gutangezogener, sehr eleganter und braungebrannter Mann in einem perfekt sitzenden weißen Anzug neben der Bootsleiter. Er schien etwas erstaunt, als er die fünf Alten entdeckte, aber als er begriff, dass das seine Kunden waren, begrüßte er sie mit einer Verbeugung.

Dann folgte ein Rundgang auf der Yacht, den Märtha so schnell nicht vergessen würde. Wenn das Schiff nicht hin und wieder geschaukelt hätte, wenn ein Motorboot vorbeifuhr, hätte sie geglaubt, sie befänden sich in der Prinzessin-Lilian-Suite im Grand Hotel in Stockholm. Der Kapitän führte sie durch das luxuriös eingerichtete Esszimmer, das hellgrau gestrichen war und mit blauen Seidengardinen und passenden lila Kissen ausgestattet, und in den dicht möblierten Salon mit braunen Schränken und Chagall an den Wänden. Dann zeigte er ihnen den Raum für den Afternoon Tea, in dem herrliche geblümte Sessel standen, Glastische und Kristallvasen, und dann die Bibliothek, in deren Regalen klassische Literatur wie Dickens und Cervantes zu finden war. Stina konnte sich ein paar ausgelassene Freudenschreie nicht verkneifen. Dann waren sie bei den geräumigen

Schlafzimmern mit großen Fernsehbildschirmen, die man von der Decke herunterfahren konnte, angelangt. Waschbecken und Badewannen in den Badezimmern hatten eine eingebaute farbige Beleuchtung. Märtha war so beeindruckt, dass sie ganz vergaß, warum sie hier waren, und wenn Snille sie nicht in den Arm gekniffen und geflüstert hätte: »Vergiss nicht, was du vorhast!«, hätte sie vielleicht alles zerstört.

Dann nahm der Kapitän die Rentner mit auf die Kommandobrücke, und glücklicherweise gab es da einen Aufzug, so dass sie sich nicht mit Treppen und Geländern plagen mussten. Sowohl Kratze als auch Snille wurden ganz munter, als sie das Navigationssystem mit GPS, Echolot und Kompass entdeckten, und Kratze stellte sich breitbeinig ans Steuerpult und setzte seine Kennermiene auf, obwohl hier alles wahnsinnig neu und modern aussah. Es war gut, dass er Nils um Hilfe gebeten hatte, bald würde er an Bord kommen. Er hielt sich ein Stückchen entfernt auf dem Pier bereit, um dann, sobald er das Zeichen bekam, die Bootsleiter hinaufzusteigen. Sie hatten die Zeit gestoppt und wussten, dass das klappen würde. Es war nur so, dass sie schnellstens die Schiffspapiere finden mussten. Denn ohne Beweis, dass das Boot ihnen gehörte, konnten sie es schlecht wieder verkaufen.

»Stina, bist du so weit?«

Das war sie, auch wenn sie ganz blass aussah, trotz Puder, Rouge und Lippenstift. Auf ihr lastete die Veranwortung, denn sie wusste, dass alle gespannt waren, wie sie ihre Aufgabe erledigen würde. Bei ihrer letzen Vorbereitungssitzung hatten sie sich jedoch darauf geeinigt, dass, falls jemand sie entdecken würde, sie wild zu flirten beginnen sollte, als Alternative konnte sie sich auch dumm stellen oder ein bisschen dement. Darauf reagierten Männer sofort, und dann fühlten sie sich überlegen und waren mit sich selbst zufrieden. Man musste ihnen einfach gleich den Kopf verdrehen. Märtha hatte gehört, dass die Schiffspapiere in der Regel oben auf der Kommandobrücke verwahrt wurden, und

Stina hatte die Aufgabe, sie dort zu suchen. Jetzt kam es nur darauf an, die Schublade ausfindig zu machen, in der die Originale lagen.

Stina entfernte sich diskret ein wenig von den anderen, und während Märtha und ihre Freunde die Besatzung ablenkten, fing sie an zu suchen. Leise zog sie sich ins Büro zurück und begann, die breiten, stabilen Schubladen des Schreibtischunterschranks zu durchsuchen. Sachte, ganz vorsichtig zog sie eine nach der anderen heraus, öffnete Umschläge, kontrollierte Zeichnungen, Karten und Papierstapel, doch sie fand nichts. Sie biss sich in den einen Daumennagel, so dass es einen Abdruck hinterließ, und zuckte. Nein wirklich, das durfte nicht sein, sie durfte jetzt nicht die Nerven verlieren. Sie musste sich zusammenreißen! Weiter hinten im Zimmer entdeckte sie einen Schreibtisch und flitzte hinüber. Jetzt war sie zielstrebiger und durchsuchte entschlossen jedes Fach so leise und behutsam wie möglich. Hin und wieder warf sie ängstlich einen Blick zu den anderen.

»So, we can depart tomorrow?«, hörte sie Kratze fragen.

»Of course, I will call my crew and the boat is all yours.«

»Ja, du hast keine Ahnung, wie recht du hast«, murmelte Stina vor sich hin, während der Schweiß große Flecken an ihren Armhöhlen hinterließ. Wo zum Teufel hatte der Kapitän nur seine Unterlagen? Doch wohl nicht in seiner Kabine? Oder in einem privaten Tresor? Sie sah sich im ganzen Zimmer um. Vielleicht war ihr etwas entgangen, ein Schließfach, ein Schrank oder ein Regal? Ihr fielen ein paar Atlanten und Krimis auf, ansonsten waren die Bücherregale leer. Da hörte sie Schritte und beeilte sich, den Raum zu verlassen. Vorsichtig schlich sie wieder zur Brücke hinauf und lächelte angestrengt, als sie zufällig dem Kapitän in die Arme lief.

»The toilet, please?«, stammelte sie.

Der sonnengebräunte Mann lächelte übers ganze Gesicht und zeigte mit der Hand nach unten zur Backbordseite.

»Over there«, antwortete er und nickte. Sie flitzte davon. Als sie an ihm vorbeilief, fiel ihr ein braunes A4-Kuvert auf, auf dem eine benutzte Kaffeetasse und ein paar Bons lagen. Der Umschlag lag neben dem Safe im Büro. Es hatte den Anschein, als habe ihn jemand da abgelegt, als ihm einfiel, dass er keinen Schlüssel dabeihatte, und sei dann weggegangen, um ihn zu holen. Sie blieb stehen und bemerkte, dass der Kapitän wieder zu den anderen ging. Schnell griff sie nach dem Umschlag und ließ ihn in ihrer Handtasche verschwinden. Ihr Herz pochte unter dem Stoff ihres Kleides, und auf ihrer Oberlippe bildeten sich Schweißtropfen. Während Märtha und die anderen sich weiter übers Deck bewegten, öffnete sie den Umschlag und warf einen Blick auf die Unterlagen in ihrer Tasche. Manche waren voller Text, den sie nicht entziffern konnte, dann sah sie Quittungen und abgerissene Notizzettel, aber da, zwei A4-Blätter waren dicker als die anderen. Und sie trugen Stempel. Konnte das vielleicht … jawohl! Das waren sie, die Papiere für das Boot und der Eigentümernachweis. Aurora 4, Schiffszertifikat. Wie konnte der Kapitän nur so schlampig sein, dass er wichtige Unterlagen einfach offen liegen ließ? Sie flitzte hinüber zu den anderen und signalisierte Märtha mit dem vereinbarten Daumen hoch ihren Erfolg. Die wiederum stieß Kratze an, der nickte, nach seinem Handy griff und die Nummer von Nils wählte. So. Jetzt gab es kein Zurück mehr!

Es dauerte ein paar Minuten, dann beoachtete Märtha, wie Nils aus dem Schatten auftauchte und zur Yacht spazierte. Als sie Augenkontakt hatten, stellte er sich unten am Pier hin, schaute sich um und zündete eine Zigarette an. Das war Zeichen Nummer zwei.

Märtha atmete tief ein, fingerte an ihrer altmodischen Spitzenbluse, zog ihren Hut mit Schleier tiefer ins Gesicht und sprach den Kapitän an.

»Was für eine tolle Yacht! Natürlich wollen wir sie chartern. Aber was halten Sie von einer kleinen Spritztour vorab? Nur eine kleine Runde. Und Sie bekommen natürlich die Miete. Die bezahlen wir im Voraus.« Märtha kramte in ihrer großen, geblümten Handtasche und holte ihr iPad heraus.

»Das können wir später erledigen«, sagte der Kapitän und lächelte.

»Lieber nicht, womöglich kommt uns noch jemand zuvor. Nein, machen Sie mir den Mietvertrag fertig, dann bekommen Sie das Geld sofort. Bitte, Ihre Kontonummer!«

Der Kapitän kratzte sich am Kinn, konnte aber Märtha, wenn sie einmal mit ihren Überredungskünsten in Fahrt war, nichts entgegensetzen. Er machte auf dem Absatz kehrt und ging zurück auf die Brücke. Im selben Augenblick stand Stina mit den Papieren da. Märtha warf kurz einen Blick darauf, sah, dass es der Eigentümernachweis war, und erkannte Bielkes Namen. Sie faltete die Unterlagen und steckte sie zu Geld und Schlüsseln in ihrer wasserdichten »All weather wallet«, die sie unter der Bluse trug. Ein kurzer Schreck durchfuhr sie, als ihr der Gedanke kam, dass der Kapitän merken könnte, dass die Schiffspapiere fehlten, doch warum sollte er jetzt nach ihnen suchen? Der weißgekleidete, höfliche Gentleman war für eine Weile verschwunden, doch als er wieder auftauchte, trug er einen Ordner unter dem Arm.

»Da Sie das Schiff nur für eine Woche chartern, habe ich die Vollmacht, das zu regeln«, sagte er und legte den Mietvertrag auf den Tisch. Märtha unterschrieb wie immer in solchen Fällen – mit ihrer unleserlichen Handschrift, die sie mittlerweile so gut beherrschte – und gab dem Kapitän die Unterlagen wieder zurück. Als auch er unterzeichnet hatte, holte sie das iPad heraus und bat um Angabe von Bank und Kontonummer. Er notierte beides auf einem Blatt Papier für sie. Märtha nickte Anna-Greta zu, die sich neben ihr niederließ, und half, die Bankseite aufzurufen. Sie klickte sich weiter zu den Überweisungen und tippte die Zahlen ein.

»So«, sagte Anna-Greta und stockte mitten in der Bewegung.

»Aber wollen wir nicht erst noch unsere kleine Runde drehen. Ich liebe Schiffe!«

»Ja, diese Probefahrt, Kapitän, die müssen wir noch machen«, sagte Märtha und schob das iPad beiseite.

»Ich weiß, dass Sie und Ihre Besatzung uns begleiten und wir uns in den besten Händen befinden, aber ich möchte so gern wissen, wie es sich anfühlt, mit dem Schiff zu fahren. Sie werden verstehen, dass 10 000 Euro eine Menge Geld für eine Woche ist, und da möchten wir, dass alles passt.«

»Of course«, antwortete er entgegenkommend und bedeutete seinen Kollegen, sich bereitzuhalten. Märtha stand auf. Die Yacht war eine der modernsten und schnellsten im Mittelmeer und außerdem funkelnagelneu. Die Besatzung würde sich vermutlich noch mit dem Schiff vertraut machen müssen und auf den Vorschlag sicher eingehen, hatte sie vermutet. Und da lag sie nicht falsch. Der Steuermann und der Maschinist strahlten.

»Im Hafen zu liegen macht keinen Spaß, und für eine kleine Runde haben wir immer Zeit«, sagte der Steuermann, und der Maschinist nickte gleich, salutierte fast und stieg in den Fahrstuhl, um in den Maschinenraum zu gelangen. Der Steuermann nahm seine Position auf der Kommandobrücke ein.

»Great!«, rief Kratze, als der Motor ansprang und ihm der altbekannte Geruch von Diesel in die Nase stieg.

»Oh, how wonderful!«, rief Anna-Greta aus und schlug vor Begeisterung in die Hände.

»What a marvellous ship«, log Snille, der eigentlich überhaupt nicht hinaus aufs Meer wollte, sondern viel lieber ferngesehen oder ein ordentliches Menu zu sich genommen hätte. Und was sprach gegen einen gemütlichen Spaziergang durch die Werkstätten von Saint Tropez?

»Why don't we drink champagne and celebrate our little tour in the Mittelmeer?«, schlug Märtha vor und tastete in ihrer

Handtasche nach der Champagnerflasche, die sie extra eingepackt hatte. »We don't have an isle.«

»Es eilig«, korrigierte Snille.

»Der beste Champagner der Welt«, fuhr Märtha fort und hielt ihm eine der teuersten Champagnerflaschen vor die Nase, die sie je eingekauft hatte. Der Kapitän, der den Steuermann bereits gebeten hatte, loszumachen, war von Märthas Flaschengewedel etwas irritiert, und es wurde auch nicht besser, als sie ihn fest an seiner Uniformjacke packte und aufs Deck zog.

»Arrêt, arrêt«, rief er dem Steuermann zu und sprach Märtha an.

»But Madame, I must …«, setzte er an, doch Märtha legte den Kopf ein wenig schief und stupste ihn mit der Champagnerflasche an.

»Ein Wahnsinnstropfen!«, redete sie auf ihn ein. »Come on, why don't we?«, sagte sie lächelnd und steuerte die nahe gelegene Sitzgruppe an, wo sie sich auf einem der Liegestühle niederließ. Sie standen neben einem ovalen Tisch mit Rohrmöbeln, ganz nahe der aufblasbaren Rutsche, die ins Wasser führte. Etwas weiter hinten befand sich ein großer Whirlpool. Sie drückte den Kapitän auf den Sitz neben ihrem und tastete in ihrer großen Handtasche nach den Champagnergläsern. Dem Kapitän, der daran dachte, dass das Geld noch nicht auf dem Konto angekommen war, war klar, dass er es sich mit den Kunden nicht verscherzen durfte, und willigte ein. Lächelnd griff er zu seinem Glas und nickte dem Steuermann zu als Zeichen, auf der Kommandobrücke zu übernehmen. Aber kaum hatte er das Glas in der Hand, hielt Märtha auch den Steuermann an, als der vorbeiging.

»Pour vous!«, sagte sie strahlend und reichte auch ihm ein Champagnerglas. Anna-Greta, Kratze und Stina setzten sich auch, und dann öffnete Kratze die Flasche mit gewohnter Eleganz und schenkte ein. Märtha stellte zudem noch Chips, gesalzene Nüsse und eine Dose Oliven auf den Tisch. Dann erhob sie das Glas, prostete den anderen zu und passte auf, dass auch jeder austrank. Als der Maschinist an Deck kam, öffnete Snille Flasche Nummer zwei.

»Wollen wir nicht los?«, fragte der Maschinist, wurde aber mit einem Glas schnell zum Schweigen gebracht.

»Zum Wohl«, rief Märtha, achtete darauf, dass die Besatzung austrank, und füllte sofort nach. Anschließend stimmte sie den *Champagnergalopp* an, die anderen sangen mit, und im nächsten Augenblick war ihr Lied mehrstimmig. In schneller Folge trällerte die Seniorengang das *Heidenröslein* und *Nimm mich mit Kapitän auf die Reise*, bevor sie ihr kleines Minikonzert mit *What shall we do with a drunken sailor* abschlossen.

Mittlerweile war die Stimmung an Bord äußerst fröhlich und ausgelassen, und Märtha hielt die leere Flasche in Siegerpose triumphierend über ihren Kopf. Sie zeigte auf sich und den Kapitän und gestikulierte wild.

»Now it's time to dance, isn't it? Ein Schmusesong.«

»A smooth song, what's that? Anyway, no no, I don't think, I must …«, setzte er an, doch Märtha hielt ihn zurück und legte ihre Hand auf seine Brust.

»Captain, you love to dance, I can see it in your eyes!«

Leicht verärgert nahm der Kapitän Märthas Hand weg und versuchte, sich vorbeizudrängen, was zur Folge hatte, dass Märtha das Gleichgewicht verlor, ein paar Schritte rückwärts stolperte, ausrutschte und genau auf die Rutsche fiel. Sie versuchte sich noch irgendwo festzuhalten, aber die Rutsche war nass, und als sie auf dem weichen, aufblasbaren Kunststoff gelandet war, raste sie auch schon wie ein Pfeil hinunter ins Meer.

»Help, help, my God, she cannot swim«, schrie Snille schrill, fuchtelte mit den Armen und fing an, sich das Hemd aufzuknöpfen.

»No, no, don't«, hielt ihn der Kapitän zurück, der sich an dem

Unfall schuldig fühlte. Ohne sich überhaupt die Zeit zu nehmen, das Sakko abzulegen, stürzte er sich ins Wasser. Auch die zu diesem Zeitpunkt schon nicht mehr ganz nüchternen Kollegen, der Steuermann und der Maschinist, rannten vor zur Reling und sprangen hinterher. Nur Märtha, die in voller Absicht auf die Rutsche gefallen war, nahm alles sehr gelassen. Sie hörte, wie es platschte, als die Besatzung durch die Wasseroberfläche stieß, und musste grinsen. Alles hatte besser geklappt als gehofft. Jetzt hatten sie das Schiff verlassen, jetzt gehörte es der Seniorengang! Sie ließ drei schrille Möwenschreie los, das war ihr Zeichen, dass alles in Ordnung war, woraufhin sie leise von der Rutsche wegschwamm, hinein in den Schatten des Piers. Dort verhielt sie sich mucksmäuschenstill, während sie nach dem Kapitän und den anderen Besatzungsmitgliedern Ausschau hielt. Als sie sie gesichtet hatte, zog sie sich langsam hinter einen Poller zurück und hielt sich dort versteckt, während die drei sie verzweifelt suchten. Stina, die an der Reling stand und nach ihnen Ausschau hielt, begann, sich Sorgen zu machen.

»Wir sollten ihnen helfen, nicht auszudenken, wenn jetzt der Besatzung etwas passiert«, murmelte sie leicht beschwipst und sah sich nach einem Rettungsring um. Sie irrte über das Deck, doch sie konnte nichts finden und machte sich dann auf die Suche nach Rettungswesten. Aber eine Rettungsausrüstung konnte sie auch nicht auftreiben, stattdessen entdeckte sie die bunten Spielsachen am Pool. Da lagen ein Ball und zwei lächelnde, aufblasbare Seepferdchen. Die schwimmen gut, und man kann sich an ihnen festhalten, dachte sie sich, also beugte sie sich über die Reling und warf sie ins Meer.

»Was ist das denn? Badespielzeug? Ich glaube, ich kippe um«, stöhnte Kratze und schlug sich an die Stirn.

Märtha, die noch unten im Wasser war, wartete ab. Während der Kapitän und die anderen nun in Hafennähe nach ihr suchten, zog sie sich in die entgegengesetzte Richtung zurück. Als sie sich ein Stückchen weiter entfernt sicher fühlte, hob sie schnell die Hand über die Wasseroberfläche und winkte Nils zu. Doch sie war zu unachtsam gewesen. Die Männer im Wasser hatten es gesehen.

Nils in dunkler Kleidung und mit marineblauer Sporttasche über der Schulter bemerkte es. Er hatte mit Rettungsring und Fernglas unten am Pier gestanden und die dunklen Umrisse von Märtha über die Rutsche flitzen sehen. Sobald er sie in einer Fontäne eintauchen sah, hatte er den Rettungsring dorthin geschleudert. Danach hatte er seine Tasche geöffnet und die Drahtzange herausgeholt, die zwischen Damenkleidung, Handschuhen, Schal und Hut sowie einigen schweren Tauchgürteln verborgen lag. Er hatte sich vergewissert, dass er nicht beobachtet wurde, und dann am Stromkasten ein Stückchen entfernt die Leitungen durchtrennt. Die Laternen am Pier waren ausgegangen und hatten die Motoryachten und alles um sie herum in Dunkelheit getaucht. Gut, wenn man einen Plan B hat, dachte er und beobachtete sehr zufrieden, dass die Männer sich offensichtlich verirrt hatten. Das Einzige, was zu hören war, war ihr Planschen im Wasser und ihr Rufen nach Märtha.

»Madame, Madame«, schrien sie, aber niemand antwortete.

»Elle est là, elle est là!«, schrie Nils und warf die Sporttasche in großem Bogen dorthin, wo Märtha zuvor gelandet war. Die Tasche fiel platschend ins Wasser und begann langsam zu sinken. Auf der Wasseroberfläche erschienen Schal, eine Damenstrumpfhose und ein Hut – genau dieselben Kleidungsstücke, die Märtha getragen hatte. Dann rannte er schnell zu der kleinen Ecke draußen auf dem Pier, wo er versprochen hatte, auf sie zu warten.

»Jetzt hab ich sicher den Freischwimmer gemacht«, keuchte Märtha mit verstopfter Nase und dem Mund voller Wasser, als Nils ihren Arm zu fassen bekam und sie unter großer Anstrengung auf den Pier hinaufzog. Als sie auf dem Kai saß, tropfte es aus ihren Kleidern, und die Haare hingen strähnennass herab. Nils hob sein T-Shirt hoch und holte ihre Gürteltasche mit Geld und eine Plastiktüte mit einem kleinen Handtuch und Märthas hellem, geblümten Sommerkleid hervor. Sie trocknete sich schnell ab, stieg aus dem schwarzen Kleid und zog sich das geblümte Kleid hastig über den Kopf. Doch die Segelschuhe behielt sie an. Denn was auch passierte, sie durfte nicht riskieren auszurutschen. Die Sache mit der Rutsche war schon riskant genug gewesen, und wenn man alt war, war es das Beste, sich auf den Beinen zu halten. Dann trocknete sie sich die Haare, so gut es ging, und stopfte das nasse Kleid und das Handtuch zurück in die Plastiktüte.

»Wunderbar, Nils. Jetzt gehört die Yacht dir. Viel Glück!«, sagte sie und klopfte ihm auf die Schulter. Die Abendbrise wehte zum Kai hin, und die Backbordseite schlug gegen die Fender.

»Ich mache die Vertäuung am Vorschiff los«, sagte er, aber tat sich schwer, die Trosse zu lösen. Märtha bemerkte es, folgte ihm zum Poller und half am Heck. Jetzt mussten sie sich schnell aus dem Staub machen. Jederzeit konnte die Besatzung wiederauftauchen und versuchen, auf die Yacht zu gelangen. Besorgt sah sie hinaus aufs Meer, konnte aber im Dunkeln niemanden erkennen. Nils beobachtete sie.

»Die Besatzung ist vollauf damit beschäftigt, nach dir zu tauchen. Und jetzt schwimmen dein Hut, dein Schal und deine Strümpfe da im Hafen herum.«

»Schade um den Hut, aber die Idee war gut«, sagte Märtha.

»Also, alle Mann an Deck«, sagte Nils und konnte gerade noch die Leiter einziehen, bevor das Schiff ablegte. Ein letztes Mal hielt er Ausschau nach dem Kapitän und seinen Mannen, sah aber niemanden. Dann setzte er sich in Bewegung und rannte schnell die Treppe zur Kommandobrücke hinauf. Endlich stand er wieder am Steuerrad einer Yacht!

»Ich wusste, dass du es schaffen würdest!«, sagte Kratze stolz, als er seinen Sohn in der Tür erblickte. »Alles unter Kontrolle. Dann gehe ich mal runter in den Maschinenraum.«

»Gut. Der Motor läuft, und die Taue sind gelöst. So. Jetzt müssen wir nur noch losfahren.«

Aber Kratze hörte ihn nicht mehr, er war schon im Fahrstuhl, der nach unten fuhr. Nils zog mit einem seligen Lächeln im Gesicht und großer Zufriedenheit den Joystick zu sich heran. Alles war nach Plan gelaufen, und jetzt waren sie unterwegs! Wie er es liebte, wieder auf See zu sein!

Mit tropfnassem Haar, aber äußerst zufrieden stand Märtha am Kai und sah zu, wie Nils Bielkes Schiff bestieg und die Kommandobrücke in Besitz nahm. Nur eine Woche lang hatten sie diesen Coup geplant, und jetzt war er ihnen bis ins kleinste Detail gelungen. Sie war so glücklich, dass sie winkte, als die Yacht langsam aus dem Hafen steuerte, und ausgelassen tastete sie nach ihrer geblümten Handtasche mit dem Champagner. Natürlich wäre das jetzt ein Grund für ein Gläschen! Sie suchte eine Weile, doch fand sie nur die Gürteltasche. Da fiel ihr wieder ein, dass sowohl ihre Tasche als auch der Champagner mit den dazugehörigen Gläsern noch oben an Deck waren. Doch das war nicht das Schlimmste: Sie selbst hätte nämlich mit an Bord sein sollen.

51

Etwas entfernt von der großen Motoryacht war aufgeregtes Planschen zu hören und eine Schimpftirade auf Französisch. Und obwohl die Beleuchtung am Pier kaputt war, war da doch genug Licht, dass sowohl die gestrandete Märtha als auch die Gäste in den Hafenrestaurants beobachten konnten, wie drei Männer mit einem Schal, einem Hut und zwei lächelnden Seepferdchen an den Kai paddelten. Ihre weißen, frisch gebügelten Uniformen waren patschnass, die Schuhe voller Seegras, und zu allem Elend war dem Kapitän auch noch seine Uniformmütze abhandengekommen.

»MERDE!«, hallte es übers Wasser, als die Besatzung bemerkte, dass das Schiff den Pier verlassen hatte und auf dem Weg aus dem Hafen war.

»Merde!«, fluchte der Kapitän, als ihm klarwurde, dass er hereingelegt worden war und zudem jemand ein Foto von ihm gemacht hatte, wie er sich an einem der Seepferdchen festklammerte.

»Merde«, rief der Maschinist zerknirscht, als er hörte, wie der Motor mit viel zu hohen Umdrehungen davonrauschte, und sah, wie die Yacht aufs offene Meer zusteuerte. Schimpfend versuchte er, den Schal, der sich in seinen Hosenbeinen verfangen hatte, loszuwerden, ebenso die altmodische Damenstrumpfhose, die sich ihm um den Hals gewickelt hatte. Gemeinsam mit den beiden anderen kletterte er triefend nass und außer sich vor Wut an Land, gerade vor einem der Restaurants.

Märtha versteckte sich im Dunkeln und wartete ab, bis die drei in eine andere Richtung schauten, dann schlich sie hinter ihnen an der Mauer vorbei. An der Straße winkte sie schnell einen Taxifahrer heran.

»Cannes!«, sagte sie und machte es sich auf der Rücksitzbank bequem. Sie war jetzt zwar nicht mehr an Bord, aber so würde ihr Plan auch funktionieren. Eigentlich war es so besser, jetzt konnte sie auf dem Landweg nach Cannes fahren, wo Oleg und seine Freunde sie im Restaurant erwarteten. Aber vorher musste sie noch an so einem Shopping-Center, die auch abends geöffnet waren, haltmachen. Sie musste die Schiffspapiere kopieren, eine Handtasche kaufen und ein paar Knabbersachen für die Verhandlungen besorgen.

Draußen auf dem Wasser steuerte die Luxusyacht Aurora 4 mit einem seligen Nils als Steuermann langsam aus dem Hafen. Er, Anna-Greta und Stina standen auf der Kommandobrücke und schauten fasziniert aus dem Fenster, während der Leuchtturm draußen auf dem Pier an ihnen vorbeizog. Und Snille war hin und weg von all den technischen Apparaturen an Bord. Er wandelte zwischen GPS, Computern und komischen Joysticks hin und her, grinste von einem Ohr zum anderen und fand das Leben unheimlich spannend. Seine geliebte Märtha war zwar schon manchmal etwas anstrengend, aber keiner konnte behaupten, dass man mit ihr nichts erlebte. Und meistens waren es schöne Dinge.

»Märtha, komm, schau mal«, rief er, den Blick noch auf das moderne GPS geheftet. Als er keine Antwort bekam, ging er hinaus aufs Deck, um sie zu holen, doch seine liebe Verlobte war nirgendwo in Sicht. Verwirrt kratzte er sich im Nacken. Wann hatte er sie zuletzt gesehen? Ja, klar. Als sie mit Mordstempo diese Rutsche hinunter und dann im Wasser gelandet war. Danach hatte sie wie vereinbart die Möwenschreie von sich gegeben. Aber hätte sie nicht eigentlich schnell wieder an Bord kommen sollen?

Snille rannte vor an die Reling, um nachzusehen, ob sie irgendwo im Hafenbecken lag. Doch das Meer glitzerte schwarz, und außer Seegras und einem Handschuh, der hin und her schwamm, war nichts zu sehen. Er befeuchtete seine Lippen und spürte, wie sich sein Magen zusammenzog. Märtha war nicht an Bord gekommen. Was um Himmels willen? Er rannte hinüber auf die Kommandobrücke.

»Stoppt die Maschinen, wir haben Märtha vergessen!«, schrie er.

»Wie bitte«, fragte Nils, der damit beschäftigt war, das Ungetüm, für das er das Kommando übernommen hatte, zu manövieren. Die Motoryacht Aurora 4 war nicht so einfach zu steuern, wie er es anfangs gedacht hatte, und auf der Brücke war ein neues Computersystem installiert, das er nicht kannte. Außerdem waren ihm Joysticks nicht geläufig, wie auch all die anderen Bedienungsvorrichtungen.

»Märtha, wir müssen Märtha holen«, schrie Snille.

Nils fummelte an dem Joystick herum und sah besorgt durch das Fenster auf der Brücke. Unmengen ankernder Boote lagen ihm im Weg. Im selben Moment ging die Tür auf und ein atemloser Kratze sprang herein. Er war verschwitzt und hatte ganz zerzauste Haare.

»Du, dieses Schiff, also …«, sagte Kratze und fummelte nervös an seinem Halstuch. »Also … im Maschinenraum, weißt du … Verdammt schwierig alles. Nur Knöpfe und Elektronik. Der komplette Maschinenraum sieht aus wie ein Discopalast …«

Nils, der einem Segelschiff gerade noch ausweichen konnte, starrte Kratze an.

»Mensch, Vater! Du hast doch gesagt, dass du mit jedem Schiff klarkommst und dich mit den neuesten Entwicklungen auskennst.«

»Ja, schon. Aber diese Yacht …«, antwortete Kratze und klang ungewohnt piepsig. »Das ist immerhin eine brandneue Motoryacht. Und mit Maschinen habe ich es eigentlich gar nicht so. Ich war wesentlich besser als Kellner.«

»Aber du hast ganz schön geprahlt, dass du die Maschinen in jedem Schiff bedienen kannst!«

»Am besten lernst du es ganz schnell. Wir müssen zurück und Märtha holen!«, fiel Snille ihm ins Wort.

In dem Augenblick traf Nils blitzschnell eine Entscheidung. Sie waren jetzt an der Reede angelangt und bald wären sie zwischen vielen großen Schiffen draußen in der Fahrrinne. Es gab nur eine Möglichkeit.

»Lass den Anker runter. SOFORT!«

»Nee, das würde ich nicht machen …«, sagte Kratze.

»Du kapierst doch wohl, dass wir nicht ohne Märtha fahren dürfen«, schrie Snille fast hysterisch.

»Ach, komm, Märtha gehört nicht zu denen, die verlorengehen«, konterte Kratze. »Außerdem ist auch diese Ankervorrichtung hier ganz anders als auf den Schiffen, die ich gewohnt bin. Am besten fahren wir weiter.«

»So ein Mist!«, schimpfte Nils und sah mit einem Mal ziemlich müde aus.

Während Märtha im Taxi nach Cannes saß, standen der Kapitän, der Steuermann und der Maschinist noch am Kai und versuchten, ihr Äußeres einigermaßen in Ordnung zu bringen. Müde und mordswütend wrangen sie ihre Kleider aus, bevor sie sie wieder anzogen.

»Wir sind in die falsche Richtung geschwommen!«, stöhnte der Kapitän und holte sein Handy heraus, um die Polizei zu benachrichtigen. »Da haben die Alten doch einfach das Boot gekapert, ich glaub es nicht. Merde!« Er tippte die Nummer ein, doch das Handy war mausetot, ein nasses Sahnebonbonpapier lag in der Hülle, und es war klitschnatsch.

»Wie sollen wir das bloß erklären?«, jammerte der Steuermann. »Dass wir einer Horde Rentner auf den Leim gegangen sind.«

»Gehört das hier nicht Ihnen?«, unterbrach sie eine Frau, die auf sie zukam. Sie hielt ihnen ein fröhlich grinsendes Seepferdchen hin und machte vor dem Kapitän hochachtungsvoll einen Knicks.

»Merde!«, tönte der nun wieder noch lauter. Er riss ihr das lächelnde Seepferdchen aus der Hand und schleuderte es mit voller Wucht ins Wasser. Das hatte er zumindest vor. Unglücklicherweise kam es nicht ganz dort an, sondern blieb an einem rostigen Draht hängen und riss auf. Zischend ging das Lächeln in eine schrumplige Grimasse über, dann sackte das Seepferdchen in einem Häufchen auf dem Kai in sich zusammen. Der Kapitän stöhnte auf und gab den anderen ein Zeichen, dass es das Beste sei, von hier abzuhauen. Doch es war zu spät, da standen schon Leute im Weg. Einer der Restaurantbesitzer kam mit Handtüchern angerannt und versuchte sie, so gut es ging, abzutrocknen, während einige Essensgäste zu ihren Handys griffen und anfingen, Fotos zu schießen. Der Kapitän schrie und tobte und bat, ein Handy leihen zu dürfen, um die Polizei zu verständigen, aber alle hatten ja gesehen, dass da nur einige Senioren an Bord gegangen waren. Zudem hatten er und die beiden anderen ganz schön einen im Tee, so dass die Gäste nur grinsten, lachten und ihre Fotos machten, während die Aurora 4 den Hafen verließ.

»Gehört die vielleicht Ihnen?«, fragte eine junge blonde Frau und hielt eine nasse Kapitänsmütze in die Luft.

»Natürlich ist das meine«, sagte der Kapitän und setzte sie auf, doch das war ein bisschen voreilig. Eine kleine Krabbe und ein altes Kondom hatten sich im Futter verfangen. Der Kapitan fluchte, entfernte den Dreck von der Mütze und platzierte sie wieder auf seinem Kopf.

»Die haben die Yacht geklaut, rufen Sie die Polizei!«, fuhr er fort und zeigte hinaus aufs Meer.

»Ich weiß«, sagte der Restaurantbesitzer und lachte, während die Gäste winkten, lachten und fotografierten. Und jedes Mal, wenn der Kapitän ärgerlich schrie und wild fuchtelte, winkten alle fröhlich zurück.

»Die werden mit anderen Schiffen kollidieren«, jammerte der Kapitän und trat einen Schritt zur Seite. Und kaum hatte er seine Verzweiflung kundgetan, da hörte man auch schon ein lautes Schrabben, gefolgt von einem donnernden Krachen, als die Motoryacht im Dunkeln etwas rammte. Da schrie er nur noch aus vollem Hals:

»MERDE, MERDE, MERDE!«

52

Die Yacht wurde erschüttert, und Nils scherte mit dem Fahrzeug heftig aus. Das Schiff war gegen etwas gestoßen, saß aber nicht fest, und als Nils Vollgas gab, bewegte es sich fort. Gut. Aber der Anker! Kratze war an Deck herumgerannt und hatte überall gesucht und auch im Cockpit nach irgendeinem bekannten Ankersymbol Ausschau gehalten. Den Anker zu werfen war so selbstverständlich gewesen, dass er daran gar nicht gedacht hatte, und jetzt stand er hier und suchte. Nein, so musste es sein, er war ja blöd. Das Ankerspill war ja draußen an Deck und musste von dort bedient werden. Gerade wollte er hinausflitzen, da hörte er Snilles Stimme, wie er mit Nils sprach. Sein Kamerad klang jetzt schon viel weniger besorgt.

»Keine Panik. Wir müssen den Anker nicht setzen. Märtha nimmt sich natürlich ein Taxi. Ich kenne sie. Wenn ich runter in den Maschinenraum gehe und Kratze helfe, schaffen wir es schon bis Cannes.«

»Bist du sicher?«, fragte Nils erleichtert.

»Ja. Motor ist Motor. Damit kenne ich mich aus. Es ist nicht so wichtig, wo sie sich befinden.«

Sie hatten Glück. Oder Nils war ein talentierter Kapitän. Nach und nach fand er alle Kommandos, die er sowohl für die Motoren als auch für die Navigation benötigte, und schon wurde ihm wohler. Außerdem war er auch früher schon auf dem Mittelmeer gesegelt, und in der Fahrrinne musste er keine Angst haben, auf Grund zu laufen. Mit gestärktem Selbstvertrauen steuerte er hinaus, und bald hatten er und die Seniorengang Saint-Tropez weit hinter sich gelassen. In ihrer Nähe tauchten keine weiteren Schiffe auf, und nun kehrte Ruhe an Bord ein. So sehr, dass Nils klassische Musik auflegte und die Töne aus den Lautsprechern genoss. Nach einer Weile hatte er die prekäre Situation schon vergessen und stand da in bester Laune, während er Verdis *Gefangenenchor* summte. Er war glücklich, schließlich war er auf See und so in seine Musik vertieft, dass er zusammenzuckte, als Snille plötzlich auf die Brücke gerannt kam.

»Nils, wir müssen den Transponder abschalten«, rief er. »Jedes Schiff und jeder Hafenkapitän können uns orten.«

»Mensch, stimmt, das hab ich ganz vergessen«, antwortete Nils und betätigte sofort einen Knopf. »Heute muss man an so vieles denken. Ich hoffe, sie haben uns nicht schon ausfindig gemacht.«

»Ich glaube, um uns hat sich glücklicherweise noch niemand gekümmert. Und, meine Güte, schließlich ist es das erste Mal, dass wir eine Yacht klauen. Das erste Mal ist immer ein bisschen schwierig«, tröstete Snille ihn. »Man könnte sagen, Banküberfälle sind einfacher.«

»Wie das klingt, Snille«, sagte Nils. »Nicht gerade der übliche Seniorentratsch.«

Das Taxi bremste vor dem kleinen Familienrestaurant Quai des Brunes in Cannes, wo Märtha mit den Russen verabredet war. Von hier hatte sie gute Sicht auf den Hafen – eine strategische Entscheidung –, und dann war ihr zu Ohren gekommen, dass das Essen dort hervorragend sein sollte. Während sie da saß und wartete, bestellte sie schon eine kleine Vorspeise und ein Glas Wein, und gerade als sie nach der Speisekarte fragte, sah sie, wie Oleg und sein Kompagnon hereinkamen. Beide Männer waren sehr elegant gekleidet und trugen je eine Aktentasche. Sie legte die Serviette beiseite und winkte. Dann stand sie auf, um sie zu begrüßen, sie schwankte und stützte sich am Tisch ab. Nicht, weil der Wein so stark war, sondern um Schwindel vorzutäuschen.

Als Oleg vorsprang, um ihr zu helfen, lehnte sie dankend ab und versuchte, sich so würdevoll wie möglich wieder zu setzen. Die Rolle der schwächlichen Alten spielte sie mittlerweile richtig gut, und sie hatte sogar ein bisschen Spaß daran. Dumm nur, dass sie ihr Alter mitunter tatsächlich zu spüren bekam.

»Wie geht es Ihnen?«, fragte Oleg besorgt.

»Ach, ich bin nur zu schnell aufgestanden«, sagte sie. »Der Blutdruck, wissen Sie. Aber schön, Sie zu sehen. Was halten Sie von einer Mahlzeit? Auf leeren Magen sollte man doch keine Geschäfte machen.«

Oleg und Boris sahen sich kurz an und nickten. Am besten ließen sie der Alten ihren Willen.

»Selbstverständlich«, murmelten die beiden Russen und entzifferten die Karte. Französisch konnten sie nicht, und Englisch war nicht ihre erste Sprache, doch einige Gerichte und Getränke waren ihnen bekannt. Als der Kellner zurückkam, bestellten sie fritierten Tintenfisch mit Wein und dazu eine Flasche Wodka. Während sie warteten, kam Märtha auf den Verkauf zu sprechen. Und natürlich ließ sie kein Wort darüber fallen, dass sie die Yacht in die »Aurora 5« umgetauft und ein wenig die Schiffspapiere frisiert hatten. Wie Märtha immer sagte: Man solle nicht zu viel erzählen. Und früher oder später würden sie es vermutlich sowieso herausfinden.

»Meine Herren, die Aurora 5 ist in Kürze hier, aber ehe wir an Bord gehen, würde ich gern einen Blick auf die Diamanten werfen.«

»Auf die Diamanten? Jetzt?«, fragte Oleg verlegen, und Märtha nahm eine gewisse Unsicherheit in seiner Stimme wahr. »Nein, nicht wenn hier jeder zuschauen kann. Das machen wir, wenn wir an Bord sind.«

»Nein, da bin ich anderer Meinung. Mein Mann hat immer gesagt, dass man gar nicht vorsichtig genug sein kann. Ich will nur ganz schnell feststellen, ob sie auch echt sind«, fuhr Märtha fort, holte eine Lupe hervor und legte ihre Serviette auf den Tisch. »Bitte legen Sie sie hier drauf!«

Wieder sahen sich die Männer hastig an, und Oleg war davon gar nicht begeistert.

»Lassen Sie uns erst einen Blick auf die Yacht werfen.«

»Eine Sache möchte ich klarstellen«, sagte Märtha, und ihr Tonfall wurde mit einem Mal scharf. »Sie sind nicht die einzigen Kaufinteressenten. Ihre zahlungskräftigen Kollegen aus dem Hotel hätten sie auch gern gehabt. Meine Güte, so viele vermögende Leute auf dieser Konferenz. Einer hat sogar 98 Millionen geboten, aber darauf bin ich nicht eingegangen. Ich hatte sie ja schon Ihnen versprochen. Wissen Sie, ich halte mein Wort. Ja, also ...« Märtha machte eine kleine Kunstpause und sah die beiden eindringlich an. »Entweder zeigen Sie mir jetzt die Diamanten, oder wir können das Geschäft vergessen.«

Sie hob ihr Weinglas und nahm einen ordentlichen Schluck.

Oleg rutschte hin und her. Die Alte war nicht so leicht um den Finger zu wickeln. Aber Boris wirkte nahezu amüsiert, und ihm war das offenbar egal. Er griff zu seiner Aktentasche, öffnete sie und legte ganz diskret drei Diamanten auf den Tisch.

»Was sagen Sie jetzt? Facetten- und Brilliantschliff. Der da links wird auf mindestens 9 Millionen geschätzt, den, der rechts liegt, habe ich für 28 Millionen auf einer Auktion gekauft, und dann haben wir noch den schönen, rosafarbenen mit Brillantschliff, dessen Wert sich auf ungefähr 36 Millonen beläuft.«

Märtha tippte die Glitzersteine an, holte die Lupe heraus und besah den kostbarsten von ihnen. Sie raunte beeindruckt und wollte gerade Diamant Nummer zwei begutachten, als der Kellner sich dem Tisch näherte. Diskret schob sie die Edelsteine unter die Tischdecke und lächelte herzlich.

»Bevor wir miteinander ins Geschäft kommen, möchte ich gern noch eins von Ihnen wissen. Was haben Sie mit der Yacht meines Mannes vor?«

»Wir möchten sie behalten. Mit unseren Freunden ein bisschen durchs Mittelmeer schippern und Spaß haben. Wir wollen sie auf einen Liegeplatz nach Zypern bringen. Da müssen wir als Russen nämlich keine Steuern bezahlen.« Oleg ließ ein zufriedenes Lachen folgen.

»No tax! Raffiniert!«, sagte Märtha und tat so, als bewundere sie diesen Plan.

»Ja, eine gute Geldanlage. Wir haben viele Yachten und Immobilien. Das mit der Steuer ist nichts für uns.«

»Also zahlen Sie nie Steuern? Sehr gewieft. Mein Mann hat immer darüber geflucht, dass so viel Geld ans Finanzamt geht.«

»Der Arme! Nein, Steuern zahlen nur Amateure. Mit einem guten Anwalt und einer Firma lässt sich das meiste regeln.«

»Dass Sie so raffiniert sind, meine Lieben ...«, seufzte Märtha und wollte gerade wieder einen Blick auf die Diamanten werfen, als der Kellner erneut an den Tisch trat und das Essen brachte. »Ja, dann erst mal guten Appetit.«

Während sie aßen, fragte Märtha sie noch weiter über ihre Geschäfte aus, und bald prahlten die beiden mit ihren zahlreichen Transaktionen und Geldanlagen. Je mehr sie die beiden bewunderte, desto redseliger wurden sie. Sie schoben Millarden hin und her, bezahlten aber keinen Cent Steuern. Schließlich konnte Märtha sich nicht mehr beherrschen.

»Aber wie ist es denn mit der Krankenversorgung, der Infrastruktur und den Schulen, wer bezahlt denn das?«

Oleg und Boris sahen aus, als würden sie nichts verstehen.

»Wir bezahlen natürlich das Schulgeld für unsere Kinder, und dann haben wir einen privaten Chauffeur.«

»Und was ist mit den anderen, die sich das nicht leisten können?«

»Ja, das wird sich schon finden.«

Oleg und Boris schauten sich an, von Märthas Fragen leicht brüskiert.

»Aber eine Sache gibt es da noch, die mich beschäftigt«, fuhr Märtha fort und putzte sich ausgiebig und umständlich den Mund mit ihrer Serviette ab.

»Sie und viele andere wohlhabenden Russen haben ihr Kapital auf Zypern. Also, von Wirtschaft verstehe ich natürlich nicht viel, aber woher bekommt dann der russische Staat das Geld, das er für Schulen, Krankenpflege und Infrastruktur benötigt? Ich meine, wenn niemand Steuern bezahlt?«, fragte Märtha. Dann machte sie ein unschuldiges Gesicht und nahm noch einen Schluck Wein. Anschließend tupfte sie sich wieder den Mund ab und versuchte, so naiv und arglos wie möglich auszusehen.

»Äh, wie meinen Sie das?«, fragte Oleg mit einem ärgerlichen Unterton.

»Ich dachte, man bezahlt deshalb Steuern, damit die Gesellschaft funktioniert. Ja, dass man sich gegenseitig hilft. Aber um das Geld hat sich immer mein Mann gekümmert, dann habe ich da vielleicht irgendwas falsch verstanden.« Märtha lachte laut und lächelte die beiden freundlich an. »Aber Sie scheinen ja vor allem für sich zu sorgen, und es freut mich außerordentlich, dass ich das Schiff gerade Ihnen verkaufen darf.« Sie hielt die Edelsteine noch einmal ins Licht. »Und so schöne Diamanten! Allein der Anblick macht glücklich!«

Die Männer sahen sich an und lachten erleichtert, jetzt hatten sie die Situation wieder unter Kontrolle. Aber während sie aßen, drehten sich in Märthas Kopf die Worte der Russen. *Mit einem guten Anwalt und einer Firma lässt sich das meiste regeln.* Trotzdem profitierten beide von der Gesellschaft. Genau wie Finanzhaie überall auf der Welt. Und nicht genug, dass sie wahre Schmarotzer waren, weil sie selbst kein Stück zum Allgemeinwohl beitrugen. *Sie gaben damit auch noch an!* Märtha musste daran denken, was zu Hause passierte, mit den Einsparungen in der Altenpflege, im Pflegedienst und mit den Niedriglöhnen bei Berufsgruppen, die sich um andere Menschen kümmerten. Was sie heute alles wütend machte! Ihr Herz schlug schneller. Sie saß hier mit zwei Betrügern und spürte die Herausforderung. Sie hatte zwar vor, ihnen die Yacht zu verkaufen. Aber jetzt wollte sie mehr als das, viel mehr. Sie wollte ihnen eine Lektion erteilen.

53

Langsam steuerten sie auf Cannes zu, also zog Nils eine weiße Uniform an und setzte sich eine Kapitänsmütze auf, die er an Bord gefunden hatte. Als sie in den Hafen einliefen, hatte er die Rolle des Befehlshabers vollkommen verinnerlicht und war sogar etwas übermütig geworden. Hätte Anna-Greta nicht laut geschrien, dann wäre er sowohl mit der Mole als auch mit dem Pier kollidiert. Glücklicherweise hatte sie ihn rechtzeitig warnen können, und am Ende konnte er das Schiff mit Kratzes Hilfe am Kai festmachen.

»Dürfen wir hier überhaupt anlegen?«, fragte Kratze nervös und mit nassgeschwitztem Rücken, während er unsicher auf die Fangleine blickte.

»Heutzutage sind die Hafenkapitäne nicht mehr so auf Zack. Die sind wahrscheinlich gerade beim Essen. Wenn die das mitkriegen, sind wir längst wieder weg«, antwortete Nils, obwohl er selbst auch etwas nervös war. Im Hafenamt musste man das Zertifikat, die Zulassungspapiere und eine Reihe anderer Nachweise vorlegen, und das kam ihnen nicht gerade gelegen. Er hoffte inständig, dass Märtha die Russen erwischt hatte, damit das Geschäft schnell über die Bühne gehen konnte.

Aber er hatte sich ganz umsonst Sorgen gemacht. Märtha war die Erste, die er sah, als er über die Reling schaute. Sie wartete hinten am Pier in Begleitung zweier elegant gekleideter Herren mit Aktentasche, Oleg und sein Kollege. Aber gerade als er ihr zuwinken wollte, entdeckte er zwei andere Männer, die auf die beiden zugingen. Das waren zwei große, kräftige Kerle, die wie

Bodyguards aussahen. Er tastete nach der Zigarettenschachtel, um eine Kippe herauszuholen, da fiel ihm ein, dass er mit dem Rauchen aufgehört hatte. Bodyguards. So ein Mist!

Snille, auch er nun in weißer Uniform, lächelte erleichtert, als er Märtha erkannte, doch sein Lächeln gefror, als er die beiden starken Männer sah, die den Russen folgten. Und als sei das noch nicht genug, war Märtha nicht auffällig verzückt, als sie sie ansah? Ältere Herren, die nach jüngeren Damen schielten, waren eine Sache, aber Märtha! Snille holte ein paar Mal tief Luft, bis er sich wieder so gefasst hatte, dass er denen da unten zuwinken und sie bitten konnte, an Bord zu kommen.

Als sich die Gesellschaft an Deck begeben und in einem der Salons niedergelassen hatte, kam Kratze mit Champagner und machte vor den Russen ein paar Diener mehr. Doch Märtha sah ihn scharf an. Kein Alkohol, bevor das Geschäftliche erledigt ist, so lautete doch die Absprache! Aber nun war sie gezwungen, einen Toast auszusprechen, und hieß sie herzlich willkommen, während sie inständig hoffte, dass sich der Alkohol nicht nachteilig auf die Stimmung der Russen auswirken würde. Sie beschloss, sicherheitshalber ein bisschen Tempo zu machen.

»Vielleicht machen wir unsere Besichtigung jetzt sofort«, sagte sie und stand auf. »Ich möchte schließlich, dass Sie mit Ihrem Geschäft auch zufrieden sind.«

»Ich kann Ihnen den Maschinenraum zeigen«, sagte Kratze.

»Und ich übernehme die Brücke«, sagte Nils.

»Und wir Damen erledigen den Rest«, sagte Anna-Greta.

»Und was ist mit der Besatzung?«, fragte Oleg. »Die würden wir auch gern kennenlernen.«

»Selbstverständlich«, antwortete Märtha. »Aber ich habe den Leuten für heute Abend freigegeben, weil wir sie für die Besichtigung ja nicht benötigen. Sie sind natürlich jederzeit abrufbar, wenn wir sie brauchen.«

Damit gaben sich die Männer zufrieden, und in der folgenden

Stunde kümmerte sich die Seniorengang selbst um den Besuch. Kratze ließ sie nur ganz schnell einen Blick in den Maschinenraum werfen und sagte nicht viel über PS und Motoren, weil er Angst hatte, dass ihn irgendwelche falschen Bezeichnungen verraten könnten. Nils führte die Kommandobrücke sehr souverän vor und nannte alles und jedes *beautiful* und *wönderföll* und streichelte über den Radar und den Kompass, als seien sie alte Freunde. Stina kümmerte sich um die Führung durch die Räumlichkeiten und nahm das sehr ernst. Sie begleitete die Gäste von Zimmer zu Zimmer und erklärte fachmännisch Design und Künstler, als ob sie gerade ihr Examen in Kunstgeschichte ablegte. Doch die Russen lauschten ihr sehr interessiert, als sie sie von dem luxuriös eingerichteten Speisezimmer in den eleganten Salon führte, in dem schwarze Ledersessel und ein Eichentisch standen und an den Wänden ein Bild von Chagall hing (hier pfiff Oleg vor Begeisterung, dann ging er dicht heran und besah es eingehend. Er nahm es sogar von der Wand und betrachtete die Rückseite, bis er es summend wieder an seinen ursprünglichen Platz zurückhängte).

Dann begab sich die Gesellschaft ins Afternoon-Tea-Zimmer mit den luxuriösen cremefarbenen Sesseln, Glastischen und Kristallvasen, in denen Rosen standen. In der Bibliothek hielten sich alle länger auf, weil Stina leidenschaftlich über Tschechow, Puschkin und Boris Pasternak referierte. Doch als sie um ein paar russische Zitate gebeten wurde, verstand keiner ein Wort, deshalb ließ sie es am Ende mit einem kleinen, schüchternen »Kalinka« gut sein. Mittlerweile waren Oleg und seine Begleiter schon recht müde geworden und wurden erst wieder munter, als sie die großen, breiten Betten in den Schlafzimmern sahen. Als die Russen die eleganten Zimmer betraten, in denen man die Fernsehbildschirme mit einer Fernbedienung von der Decke herunterfahren konnte, und dann die Bäder sahen, die in blauem Mosaik gefliest und in Waschbecken und Badewanne mit roter

Beleuchtung ausgestattet waren, strahlten sie richtig. Da war die Yacht so gut wie gekauft. An den kleinen roten Motorbooten mit Kajüte, Skootern und Jet-Flyern im unteren Deck liefen sie sonderbarerweise sehr schnell vorbei, und Märtha hoffte, dass das nur daran lag, dass sie ihre Entscheidung bereits gefällt hatten.

Nach dieser Besichtigung von Bielkes frisch geklauter Motoryacht ließ sich das Grüppchen wieder im Salon nieder. Märtha fuhr mit der Hand über den Tisch und wischte ein paar imaginäre Staubkörner fort.

»So«, sagte Märtha. »You buy?«

Oleg und Boris begannen, heftig auf Russisch zu diskutieren, und Märtha verstand kein Wort, doch dann räusperte sich Oleg und sprach sie auf Englisch an.

»Ja, ein schönes Schiff. Wir bieten 65 Millionen Dollar.«

»Sie beschmutzen das Andenken meines Mannes!«, rief Märtha empört aus und schnaubte wie ein Flusspferd, sprang abrupt auf und fuchtelte so wild hin und her, dass die Obstschale zu Bruch ging. »Er hat die Yacht mit Liebe und mit Hilfe der besten Architekten Frankreichs gebaut, sie hat ihn all seine Ersparnisse gekostet, und jetzt kommen Sie und wollen nicht den Preis bezahlen, den sie wert ist …« Sie setzte sich wieder, zog den Reißverschluss ihrer Gürteltasche zu und sah sich empört um. »Nein, dann wird aus diesem Geschäft nichts.«

Oleg und Boris sahen sich flüchtig an und gaben zu Märthas Ausbruch keinen Kommentar ab. Mit einer eleganten Handbewegung hob Boris stattdessen seinen Aktenkoffer vom Boden und legte ihn auf den Tisch. Er ließ das Schloss aufspringen. Auf grünem Samt lag eine Reihe schimmernder Diamanten, die noch schöner waren als die, die er ihr im Restaurant gezeigt hatte. Einer von ihnen ähnelte dem berühmten afrikanischen Diamanten Pink Dream mit 59,60 Karat, der bei Sotheby's für 83,2 Millionen Dollar über den Tisch gegangen war. Dieser hier war natürlich etwas kleiner, aber fast genauso schön.

»Meine Güte«, sagte Märtha und schlug sich überwältigt vor die Brust.

»Riechsalz!«, rief Anna-Greta und streckte die Hand aus, um die Edelsteine zu berühren.

»No, no, weg mit den Fingern«, brummte Boris und zog den Koffer zu sich heran. Die Bodyguards machten einen Schritt auf Anna-Greta zu, aber Märtha gab sich unbeeindruckt und gelassen.

»Glauben Sie nicht, dass mich ein paar Diamanten völlig verzaubern. Ich kann mich mit einem etwas niedrigeren Kaufpreis einverstanden erklären, aber niemals unter 85 Millionen.«

Oleg knuffte Boris diskret in die Seite und griff nach einem der Steine mit Brillantschliff, der auch im Koffer lag. Ein hellblauer, glitzernder Schmuck in einer Fassung aus Gold.

»Und 75 Millionen?« Er hustete leicht in seine geballte Faust. »Plus diesen unheimlich schönen Stein aus Südafrika?«

Märtha schüttelte den Kopf.

»Nie im Leben. Aber ich will Ihnen ein Angebot machen. Sie bekommen die Yacht für 82 Millionen.«

»Mit dem Bild von Chagall?«

Märtha überlegte, daran hatte sie nicht gedacht. Das Bild war ja allein ein Vermögen wert.

»Na gut«, antwortete sie.

Die Russen diskutierten daraufhin lange miteinander, und die fünf Senioren verunsicherte das sehr, denn sie verstanden kein Wort von dem, was die Männer sprachen. Eine Yacht zu klauen strapazierte die Nerven an sich schon genug, aber es war weiß Gott noch schlimmer, sie verkaufen zu müssen! Und dann redeten die Herren auch noch Kosakenkauderwelsch! Die Verhandlungen dauerten noch ein paar langwierige Minuten, die zu Stunden wurden, bis Märtha klarwurde, dass sie sich einander annäherten. Da hatten sie sich auf 80 Millionen Dollar inklusive des Gemäldes von Chagall geeinigt.

»Das reinste Verlustgeschäft!«, sagte Märtha schließlich mit zittriger Stimme und versuchte, todtraurig auszusehen. »Wie gut, dass mein Mann nicht mehr lebt. Das hätte er mir nie verziehen.«

»Ach was, Sie haben ein richtig gutes Geschäft gemacht«, hielt Oleg dagegen. »Nicht jeder kann cash in Dollar und Diamanten bezahlen. Sie kriegen keine Probleme mit den Banken und wissen gleichzeitig, dass Sie nicht über den Tisch gezogen worden sind. Die Welt ist voll von Gaunern.«

»Gauner? Um Gottes willen!«, sagte Märtha und fühlte sich beinahe ertappt.

»So, und hier sind die Dollarnoten!«, sagte Oleg, hob seinen Aktenkoffer auf den Tisch und öffnete ihn.

»Himmlisch!«, rief Anna-Greta, als sie die Scheine sah, und sofort war sie zur Stelle und hatte ein Bündel in der Hand. Geübt blätterte sie die Banknoten durch und sah hier und da ganz genau nach, ob Scheine und Wasserzeichen auch wirklich in Ordnung waren. Dabei summte sie die ganze Zeit zufrieden vor sich hin, während sie so flink beim Blättern war, dass es den Russen imponierte.

»Sie scheinen ein Vollprofi zu sein, Madame«, sagte Oleg höflich.

»Ich war der härteste Banker von Stockholm«, rief sie froh und lachte entzückt. »Und wir Frauen versuchen ja immer, besser als die Männer zu sein.«

Schnell hatte Anna-Greta ihre Kontrolle beendet, und als sie aus dem Geldmeer wieder aufsah, zeigte sie auf die Diamanten.

»Und jetzt möchte ich auch gern die Diamanten sehen«, sagte sie fordernd.

»Of course«, antwortete Boris geduldig und legte ein Stück roten Samt auf den Tisch. Dann nahm er einen nach dem anderen heraus und platzierte sie mit einer eleganten Handbewegung auf dem Stoff. Alte, von Krampfadern überzogene Hände begutachteten die Steine von allen Seiten, und man hörte das eine oder andere »Oh« und manchen Seufzer, und einige hielten den Atem an, als die Kostbarkeiten untereinander weitergereicht wurden. Märtha hingegen betrachtete Diamant für Diamant auch noch kritisch unter ihrer Lupe.

»Du liebe Güte, sind die schön«, sagte sie bei jedem neuen Stein, und soweit sie es beurteilen konnte, waren sie echt. Von all den Edelsteinen, die ihr untergekommen waren, seit sie das Seniorenheim verlassen hatten, waren dies die schönsten, die sie je zu Gesicht bekommen hatte.

»Formidable, great, wonderful«, sagte Oleg fröhlich, während sie die Steine begutachtete, allerdings nun mit einer etwas schludrigeren Aussprache, denn Kratze hatte ihn und seine Freunde ohne Märthas Zustimmung zu einem Glas Wodka eingeladen. »Nice, nice, yes! Bei einem Geschäft soll jeder zufrieden sein.«

»Das hat mein Mann auch immer gesagt. Aber wenn nun ein oder zwei dieser Diamanten viel mehr wert sind, als Sie denken«, fuhr Märtha fort. »Das wäre doch sehr unglücklich.«

»Sie könnten auch weniger wert sein«, merkte Boris an.

»Wohl kaum, Ihre Diamanten sind außergewöhntlich! Denken Sie doch mal an die vier Cs: *Clarity, Colour, Cut* und *Carat* – diese vier Dinge bestimmen der Wert eines Diamanten. Einer oder sogar zwei Ihrer Diamanten haben vermutlich mehr Karat, als Sie glauben«, fuhr Märtha fort und hielt die Lupe wieder vors Auge. Sie drehte sie hin und her und besah sie ganz genau. »Na ja, ich will Sie wirklich nicht über den Tisch ziehen, wissen Sie, falls das so ist, möchte ich das Geld zurückzahlen. Recht muss Recht bleiben.«

»Nett von Ihnen, aber …«

Märtha pfiff leise und reichte Oleg einen rosafarbenen Diamanten. »Zum Beispiel dieser Diamant. Den haben Sie sicher unterschätzt. Am besten lassen Sie ihn von einem unabhängigen

Gutachter überprüfen. Wenn es um ein paar hundert Dollar geht, macht es ja nichts, aber wenn es mehr ist, dann muss ich das anständigerweise zurückzahlen. Man kann sich schließlich um fünf oder zehn Millionen verschätzen, und so eine Summe will ich Ihnen nicht zu viel abknöpfen. Mein Mann nahm es immer sehr genau, alles korrekt zu erledigen.«

»Zehn Millionen, das wäre übel«, brummte Oleg.

»Ja, genau. Nennen Sie mir einfach ein Konto, auf das ich das Geld einzahlen kann, dann kümmere ich mich darum.« Märtha holte ihren Notizblock hervor, schob die Brille zurecht und legte den Kopf leicht schräg. »Sie haben ein Unternehmen, oder? Dann bräuchte ich wohl den Namen des Unternehmens, Ihrer Bank und die Kontonummer.«

Die Kontonummer weitergeben? Oleg zögerte. Aber wenn es der alten Dame so wichtig war, dass alles seine Richtigkeit hatte, dann mussten sie ihr auch entgegenkommen. Und dann war es besser, das Geld landete bei ihm als auf einem falschen Konto. Er holte eine Visitenkarte aus seiner Brieftasche, drehte sie um und notierte auf der Rückseite die gewünschten Angaben.

»Ja, ich habe gehört, dass es manchmal schwierig sein kann, Diamanten richtig zu schätzen. Wie aufmerksam von Ihnen«, sagte er höflich und reichte ihr die Karte.

»Danke! Jetzt müssen Sie das Schiff nur noch übernehmen.«

»Und die Papiere?«, fragte Anna-Greta und zeigte auf Märthas geblümte Handtasche.

»Ach ja, stimmt«, antwortete Märtha.

Die Russen nickten nachsichtig, während Märtha in ihrer Tasche nach dem Besitzernachweis und dem Vertrag suchte. Die fleißige Stina hatte es geschafft, die Unterlagen zu kopieren. Märtha nahm die Papiere heraus, unterschrieb (mit ihrer wie üblich unleserlichen Handschrift) und reichte den Russen den Vertrag.

»Die Papiere«, sagte sie und lächelte überschwänglich.

Als die Russen sie überflogen hatten, fügte sie diskret eine Seite hinzu, ohne dass es jemandem auffiel, und heftete die Papiere zusammen. Dann bat sie Oleg, dass er auf jedem Blatt abzeichnete, denn sie hatte gehört, dass man es bei Verträgen so machte.

»Nun gehört die Yacht Ihnen«, sagte sie und griff nach den Aktenkoffern. »Reicht es, wenn Sie das Boot morgen früh übernehmen?«

»Morgen früh? Ja, sicher.«

»Wir würden heute Nacht nämlich noch gern hier schlafen, denn das war ein langer Tag für uns, und wir sind hundemüde.«

»Ja, wir sind schließlich alt«, fügte Anna-Greta hinzu.

Oleg und Boris sahen sich kurz an. Eigentlich war so etwas ungewöhnlich, aber eine Nacht mehr oder weniger spielte wohl auch keine Rolle. Zudem waren sie gutgelaunt, nachdem sie das Schiff so billig bekommen hatten.

»Selbstverständlich«, sagte Oleg.

»No problems«, schob Boris hinterher.

»Sie können natürlich auch an Bord übernachten«, bot Märtha mit ihrem herzlichsten und ergreifendsten Lächeln an und merkte, wie ihre Freunde kurz zuckten. Denn das war nicht geplant gewesen. Aber Märtha sah so entschieden aus, wie immer, wenn sie eine eigene, unumstößliche Entscheidung getroffen hatte. Snille knuffte sie in die Seite.

»Meine Liebste, was führst du im Schilde?«

»Warte nur ab, du wirst schon sehen!«, flüsterte sie und zwinkerte. Danach winkte sie Kratze zu sich, der gehorsam den Champagner nachfüllte.

»Zum Wohl!«, rief Märtha aus und hob das Glas. »Nichts kann mit einem guten Geschäft mithalten. Haben wir es nicht gut?«

Die Russen nickten und stießen an, während Snille und die anderen sich so schnell wie möglich verdrücken wollten. Sie verstanden es nicht, warum Märtha sich noch so lange am Tatort aufhalten und sogar noch dort übernachten wollte. Jeden Moment konnte das Schiff vermisst gemeldet werden, und dann würde die Suche beginnen. Aber sie schien ungewöhnlich ruhig.

»Märtha, was führst du im Schilde?«, wiederholte Snille.

»Vertrau mir. Wir hatten einen sehr guten Plan, aber der neue ist noch viel besser! Komm, dann erzähl' ich dir mehr.«

54

Die Seniorengang hatte sich in Anna-Gretas Kabine im mittleren Deck zurückgezogen, während die Russen noch im Salon saßen und Karten spielten. Zu diesem Zeitpunkt waren Oleg und seine Begleiter bereits so laut, dass es schwer war, ein Gespräch zu führen. Außerdem war es Märtha wichtig, dass keiner von denen auch nur ein Wort von dem, was sie zu sagen hatte, hören konnte. Auch nicht auf Schwedisch. Dafür war die gemütliche Kabine – oder das Schlafzimmer, wie sie es nannte – mit Daunendecken, Vorhängen und Kissen genau richtig. Märtha sah ihre Freunde an und sprach dann leise, aber sehr deutlich.

»Oleg und Boris bezahlen keine Steuern. Überhaupt keine, obwohl sie so reich sind. Außerdem haben sie mich eine alte Schachtel genannt. Und sogar senil. Solche miesen Verbrecher! Dass sie es wagen konnten! Man beleidigt ältere Damen nicht ungestraft.«

Anna-Greta und Stina nickten zustimmend und sahen richtig erbost aus.

»Solche Idioten, wie kann man so unüberlegt daherreden! So darf man sich nicht verhalten«, sagte Stina.

»Ohne uns Alte würde die Welt untergehen. Die Kultur und das gesamte Leben in der Gemeinschaft würden zusammenbrechen, und es gäbe nur noch Fussball und Computerspiele«, meinte Anna-Greta.

»Ach was, jetzt übertreib nicht! Ohne uns Männer würde die Welt untergehen, nur dass du's weißt. Und Schachtel hin oder her. Nee, junge, hübsche Mädels sind schon nicht zu verachten!«, meinte Kratze und bekam im nächsten Augenblick einen ordentlichen Tritt vors Schienbein.

»Jetzt reicht's!«, zischte Stina, und Märtha zog ihr Gesicht zu einer schrumpligen Rosine zusammen. Ihr Blick war so scharf, dass er einen Diamanten zertrennt hätte. Aber Kratze ließ sich nicht beirren.

»Ja, aber jetzt komm doch mal zur Sache, Märtha. Was war denn so wichtig, dass du es erzählen wolltest?«

»Oleg und Boris waren unverschämter, als ihr es euch vorstellen könnt! Sie haben über mich geredet, als wäre ich ein Nichts«, fuhr Märtha fort und zeigte den Abstand mit Daumen und Zeigefinger.

»Du ein Nichts? Nee, du nimmst mich auf den Arm«, sagte Kratze.

»Es ist schrecklich, alt zu werden und sich so was anhören zu müssen. Nein, wirklich! Deshalb habe ich mir gedacht, dass wir uns Oleg und diese Seniorenrassisten vorknöpfen. Mich hat das alles so wütend gemacht, dass ich jede Menge Energie hatte, einen Plan auszutüfteln. Einen teuflischen Plan, das könnt ihr mir glauben. Einen neuen Raub, könnte man sagen.«

»Nein, nein, nicht noch ein Verbrechen. Es ist viel schöner, wenn du nicht so energiegeladen bist«, stöhnte Snille.

»Wir können noch gut eine halbe Milliarde dazubekommen«, sagte Märtha und sah ganz stolz aus.

»Was, noch eine halbe Milliarde!«, schrie Anna-Greta, so dass ihr Hörgerät zu Boden fiel.

»Hört mal her. Dieser Transponder auf dem Dach, der zeigt doch an, wo wir uns befinden, nicht wahr? Also, wo sich Bielkes Yacht befindet.«

»Ja, genau, aber ich habe ihn ja ausgeschaltet, damit keiner feststellen kann, wo wir sind«, sagte Nils.

»Genau. Aber manchmal ist es auch nicht schlecht, wenn jemand das Fahrzeug orten *kann*. Deshalb, lieber Snille, könntest du den Apparat mal holen?«

»Jetzt musst du aber erklären, was das soll«, rief Kratze aus.

»Es ist so: Den Transponder brauchen wir für unseren neuen Coup, und die Russen dürfen davon nichts mitbekommen.«

Die anderen Seniorengangmitglieder starrten Märtha irritiert an und schüttelten den Kopf. Was war passiert? War sie nun völlig durchgedreht? Peinliches Schweigen trat ein. Keiner von ihnen rührte sich, keiner reagierte. Aber in den Köpfen ging eine Menge vor sich. Da beugte sich Märtha vor und flüsterte Snille etwas ins Ohr. Die anderen sahen, dass sie etwas sagte, aber hörten nicht viel mehr als die letzten Worte.

»Snille, bist du so lieb und holst das Ding, um das ich dich bitte? Du wirst gleich sehen …«

Sie und Snille unterhielten sich noch eine Weile, und plötzlich wurde Snille ganz munter und packte Nils am Arm.

»Du, jetzt verstehe ich, was sie meint. Und dass es eilig ist! Wir müssen sofort hoch aufs Dach. Das ist wichtig, extrem wichtig!«

Nils versuchte zu protestieren, doch als er sah, dass Snille selbst hochgehen wollte, hatte er keine Wahl, er musste mit. Er wollte schließlich nicht, dass Kratzes guter Freund stolperte oder sich da draußen im Dunkeln irgendwie verletzte.

»Na gut«, brummte er, doch blieb noch kurz am Lagerraum stehen und holte zwei Stirnlampen und die Werkzeugkiste. Dann stiegen die beiden Männer in den Aufzug und fuhren zum oberen Deck. Als sie dort waren, warteten sie noch einen Moment ab und lauschten, doch von den Russen war nur ein entferntes Gegröle zu hören. Sie nickten einander zu, setzten sich die Stirnlampen auf und öffneten die Luke, die zum Dach führte.

»Der müsste hier irgendwo sein«, sagte Nils leise, knipste seine Stirnlampe an und sah sich um. Die Lichter von Cannes schimmerten auf dem Wasser, und über dem Meer leuchteten die Sterne. Sie hatten Neumond. Die beiden Männer liefen geduckt unter dem Radar durch und schlichen vor zur Kommandobrücke.

»Schau mal, so ein Glück!«, sagte Snille kurze Zeit später, als der Lichtkegel auf einen rechteckigen Gegenstand aus Metall fiel, der genau über der Kommandobrücke befestigt war. Nils nickte, holte einen stabilen Schraubenzieher und einen Engländer aus der Kiste und schritt zu Werke. Das war nicht gerade leicht, weil die Schrauben sehr fest saßen, doch es gelang ihm schließlich, den Transponder von der Yacht abzumontieren. Die Männer wickelten ihn in einen Pullover, packten ihn in Snilles Sporttasche und gingen zurück zu den anderen.

»Hier ist der Transponder, ein AIS Match Mate!«, sagte Snille zufrieden und zeigte auf seine Tasche. »Erledigt!«

»Du bist phantastisch, aber jetzt wollen wohl alle dieses Ding auch sehen, oder?«, fragte Märtha. Woraufhin die Männer ihn brav aus der Tasche holten und ans Fußende von Anna-Gretas Bett stellten. Das graue Gerät mit Zeiger und Knöpfen sah wenig spannend und ziemlich mitgenommen aus. Aber offenbar war es sehr wichtig.

»Ein irres Ding«, staunte Kratze und studierte die mysteriöse Vorrichtung, die es zu seiner Zeit noch nicht gegeben hatte.

»Sieht aus wie ein Plattenspieler«, meinte Anna-Greta und tippte den Apparat vorsichtig mit der Fingerspitze an. »Kann das Ding Musik abspielen?«

»Nein«, antwortete Snille lächelnd und strich über die Kiste. »Das Ding ist die schlaueste Erfindung auf dem Meer, seit man den Radar entwickelt hat. Dieser Apparat sendet Radiosignale automatisch und empfängt sie auch, und so können andere Schiffe und die Hafenämter sehen, wo man sich befindet. Sie sind dann informiert über die Geschwindigkeit, den Kurs und die genaue Position des Schiffs.«

»O Mist. Wenn Sie uns jetzt beobachten, werden sie sich wundern«, brummte Kratze und zeigte aufs Bett.

»Dann glauben Sie, die Yacht sei auf Grund gelaufen und mit einem Bett kollidiert«, kicherte Stina.

»Meine Güte«, seufzte Kratze. *»Aber was machen wir mit einem Transponder im Bett!?«*

»Ich habe mir Folgendes überlegt«, fing Märtha an zu erklären und machte ein äußerst zufriedenes Gesicht. »Wenn die Russen das AIS wieder einschalten, passiert nichts, weil das Gerät ja bei uns ist. Okay? Weder die Behörden noch andere Fahrzeuge in der Gegend werden ahnen, wohin Bielkes Yacht Aurora 4 verschwunden ist, und es wird eine ganze Weile dauern, bis jemand reagiert.«

Anna-Gretas Augen funkelten, und sie ließ einen schrillen Pfiff los.

»Genial!«, rief sie laut.

»Wir haben einen Plan, und wenn der gelingt, dann können wir an die Pflegekräfte mindestens noch eine halbe Millarde mehr verteilen«, sagte Snille großspurig.

»Genau. Snille und ich haben alles durchgesprochen«, fuhr Märtha fort und drückte seine Hand. Gemeinsam mit diesem Mann Probleme zu lösen war einfach unschlagbar, und jetzt sah Snille so gewitzt und zufrieden aus wie immer, wenn er eine neue Erfindung gemacht hatte.

»Wie gesagt, Beute vom Banküberfall ist nur Portokasse«, ergänzte Anna-Greta, die sich langsam an die größeren Summen gewöhnte.

»Ja, aber damit unser Plan aufgeht, müssen wir uns davonschleichen. Und das am besten gleich«, sagte Märtha.

»O Gott! Oleg und Boris sind immerhin russische Oligarchen. Da müssen wir ganz vorsichtig sein. Das wird doch wohl nicht gefährlich?«, rief Stina atemlos und konnte ihre Hände im Schoß nicht mehr stillhalten.

»Nicht wenn wir uns ganz normal verhalten, dann fällt es gar nicht auf«, erwiderte Märtha. »Aber jetzt zeigen wir's ihnen. Das haben sie sich selbst zuzuschreiben. Steuern hinterziehen und Frauen mobben. Nein, eine alte Frau beleidigt niemand ungestraft!«

»Amen!«, rief Kratze aus.

»Aber, Märtha, du hast deine Gefühle doch hoffentlich noch unter Kontrolle? Sonst kann man leicht die Kontrolle verlieren«, warnte Anna-Greta.

»Keine Sorge, denen verpassen wir nur einen kleinen Denkzettel«, antwortete Märtha. Und dann bat sie um Ruhe, beugte sich vor und erklärte ihren Plan.

55

Die Seniorengang hatte sich abgesprochen, und alle waren sich im Klaren, dass ihnen noch eine schwierige Aufgabe bevorstünde, sollte Märthas Plan gelingen. Und das Schlimmste war, dass sie sich in den kommenden Stunden nicht entspannen oder hinlegen durften, sonst würden sie alles gegen die Wand fahren. Mittlerweile war es schon ein Uhr in der Nacht, und sie mussten bis zum Sonnenaufgang durchhalten. Das war etwas anderes als im Altersheim, wo man abends um sieben ins Bett gesteckt wurde. Oder wie Kratze es ausdrückte: »Nicht genug, dass wir Verbrechen begehen müssen. Jetzt müssen wir das auch noch nachts.«

»Wir werden eben immer besser und gerissener«, antwortete Märtha.

»Vor allen Dingen müssen wir uns wach halten, bis die Russen eingeschlafen sind, denn die Aktenkoffer stehen unten im Salon«, sagte Anna-Greta.

»Stimmt«, murmelte Märtha. »Das hätte ich beinahe vergessen. Allerdings gehört der Inhalt der Koffer ja auch uns, den haben wir uns ehrlich verdient.«

»Aber es sieht schon irgendwie verdächtig aus, wenn wir sie einfach nehmen und abhauen.«

»Finde ich auch«, sagte Snille. »Eigentlich müsste man auch für Verbrecher ein Rentenalter einführen. So viel kann schiefgehen, nur weil man etwas vergisst. Obwohl das alles nicht nötig gewesen wäre, wenn die Menschen von ihrer Rente leben könnten.«

»Exakt. Und den Verbrechern geht es wie den Frauen. Keiner kann es sich leisten, in Rente zu gehen. Also, Dieb, bleib bei deinen Leisten!«, sagte Märtha.

»Stimmt genau, das tun die meisten!«, rief Stina, die es sich nicht verkneifen konnte, eine Gelegenheit zum Reimen auszulassen.

Die fünf Mitglieder der Seniorengang hielten sich nun wach, indem sie Bridge spielten, auch wenn ihnen die Augenlider fast zufielen und Kratze so müde war, dass er nicht einmal mehr schummeln konnte. Doch schließlich wurde es still im Salon, und Stina wurde vorgeschickt, um nachzusehen, ob die Luft rein war. Als sie zurückkam, hatte sie ganz rote Wangen.

»Oleg und die anderen schlafen!«

»Ausgezeichnet. Packt eure Sachen zusammen, dann hole ich die Koffer«, sagte Märtha. Und während die anderen ihr Hab und Gut zusammenräumten, begab sich Märtha ganz, ganz leise hinunter in den Salon, um die Beute einzusammeln.

Als sie den Raum betrat, sah sie die Russen vornübergebeugt auf dem Tisch liegen, den Kopf auf den Händen, mit Ausnahme von Oleg, der auf dem Sofa lag. Sein Mund war weit geöffnet, und er schnarchte laut. Überall standen leere Flaschen herum, und auf dem Tisch lagen vollgeschmierte Spielkarten. Jetons waren haufenweise auf den Boden gefallen. Märtha schüttelte den Kopf. Offenbar hatten sie auch noch angefangen, um Geld zu spielen. Wie dekadent! Sie streckte sich und ging so entspannt und lässig wie möglich (für den Fall, dass ihr jemand unter halb geschlossenen Augenlidern hinterherspionierte) auf die Aktenkoffer zu. Dann blieb sie einen Moment ganz still stehen und lauschte, bevor sie sie vorsichtig hochhob und damit zur Tür ging. Vorsichtig schlich sie hinaus und ging wieder hoch aufs Deck, als ein Ruf vom Kai her erklang.

»Attention! Vos papiers s'il vous plaît!«

Ein junger Mann in T-Shirt und Shorts und mit einem

Klemmbrett in der Hand starrte von unten hinauf aufs Schiff und schien sich sehr wichtig zu fühlen. Stimmt ja! Die Behörden hatten Personal, das die Kais ablief und alle Boote kontrollierte. Nils hatte erzählt, dass man an einem Kai höchstens eine Stunde liegen durfte, dann musste man wieder fahren oder draußen an der Reede ankern. Man konnte natürlich auch zum Hafenmeister gehen und eine Liegegebühr bezahlen. Aber da würden sie die Schiffspapiere, das Zertifikat und eine ganze Menge anderer Unterlagen kontrollieren. Märtha zögerte einen Augenblick, dann spazierte sie vor an die Reling.

»Excusez-nous! Also uns«, sagte sie, stellte die Koffer ab und zeigte auf sich selbst. »Nous avons eu des problems, mais maintenant, voilà our captain will sail any minute!«

»Il faut aller maintenant!«, antwortete der Wichtigtuer.

»Naturellement! Sofort, tout de suite, immédiatement, direct, hopp, hopp!«, sagte Märtha brav und hörte, wie die Russen drinnen im Salon aufwachten. Jetzt mussten sie sich schnell aus dem Staub machen. Sie stieß auf Nils an der Treppe.

»Du, wir müssen sofort hinaus auf die Reede. Die wollen unsere Papiere sehen.«

»Mist, ja, so ist das«, sagte er und drehte auf der Stelle um. »Kratze, übernimmst du die Maschinen?«, rief er und eilte hinauf auf die Kommandobrücke.

»Aye, aye, captain«, antwortete der Vater und spürte das Adrenalin ausströmen. Jetzt wurde es ernst. Jetzt musste er die Motoren sofort in Gang setzen, und dies nicht zu viel und nicht zu wenig, sonst konnten die Schiffe im Hafen schnell zu Mikadostäbchen werden. Snille stand ratlos da, bis ihm wieder einfiel, was er zu tun hatte. Ach ja, die Taue! Er fuhr mit dem Fahrstuhl nach unten, stieg aber erst auf der falschen Ebene aus, und als er endlich angekommen war, hörte er, wie die Taue mit einem lauten Klatscher bereits ins Wasser eintauchten. Märtha hatte den jungen Mann, der am Kai stand, um seine Mithilfe gebeten. Ein anderes Schiff nahm nämlich bereits Kurs auf den Hafen.

Der Motor sprang an, Nils drückte die Hebel nach unten und steuerte Bielkes Yacht langsam hinaus in die Dunkelheit. Als sie so weit gefahren waren, dass sie die Reede erreichten, ankerten sie und schwojten. Diesmal konnte Nils den Anker sofort bedienen, und in dem Moment, als er ins Wasser plumpste, wurde die Tür zur Kommandobrücke aufgerissen.

»Was machen Sie mit meinem Schiff?«, schrie Oleg wutentbrannt. Nils schob schnell die Ärmel seines Hemdes hoch, so dass sein tätowierter Anker am Handgelenk sichtbar wurde.

»Harbour authorities«, erklärte er ihm und machte eine Geste der Hilflosigkeit. »Sorry. But don't worry. The crew is on its way.«

Da beruhigte sich Oleg etwas, aber Nils bemerkte, dass er noch viel Alkohol im Blut hatte und sich auf den Kompass stützen musste. Da kam Märtha mit dem Handy in der Hand angeflitzt.

»Our captain«, sagte sie und zeigte auf das Handy. »The crew, you know, is here any minute. So we fahren zurück und holen sie. We picken them auf, you know«, sagte sie, so gelassen sie konnte, und als gehörte die ganze Besatzung zum Geschäft dazu. »Don't you worry. We organize this. Mein husband hat immer gesagt, man solle die Ruhe bewahren und das Leben genießen. So don't you worry, go to sleep again.«

Oleg war wirklich ein schlauer Kopf und intelligent genug, doch wenn es spät geworden war und er zu viel getrunken hatte, dann funktionierte sein Hirn nicht so, wie es sollte. In solchen Situationen hielt er sich gern an die Anweisungen von anderen und dachte selbst nicht richtig nach.

»Aha, captain, good«, sagte er nur, zuckte mit den Schultern und kehrte zurück in den Salon. In der letzten Partie Poker hatte er schon seinen Ferrari verloren und wollte ihn nun unbedingt zurückgewinnen. Märtha sah Nils kurz an.

»Am besten machst du jetzt die Rampe auf. Wir brauchen das

Motorboot SOFORT, das rote, du weißt schon. Und vergiss keine Papiere, die wichtig sind, oder irgendwelche Dinge von dir. In fünf Minuten müssen wir weg sein.«

Mit den Worten verließ Märtha die Brücke und holte Snille und die anderen, die alle todmüde waren und sich nur danach sehnten, endlich schlafen zu dürfen.

»Schnell, schnell, ins Motorboot. Und lasst nichts hier liegen!«

Müde und wenig konzentriert packten sie nicht nur ihre eigenen Sachen zusammen, sondern auch dies und das, von dem sie dachten, dass sie es brauchen konnten. Vor allem Plaids und schöne Kissen, damit sie auf dem Weg nach Saint Tropez ein Nickerchen machen konnten. Und Anna-Greta packte, ohne mit der Wimper zu zucken, das Gemälde von Chagall ein, denn den hatte sie schon immer gemocht. Aber weil sie sich für ihren Diebstahl schämte, verlor sie den anderen gegenüber kein Wort darüber, sondern legte das Bild einfach heimlich in ihren Koffer.

»Und ich habe mir den Kopf zerbrochen, um eine gute Erklärung dafür zu finden, warum wir das Motorboot benutzen und die Yacht verlassen, ohne dass jemand Verdacht schöpft«, sagte Märtha, als sie Snille einholte. »Und dann haben uns die französischen Behörden den Weg geebnet. Voilà! Jetzt wird alles genau nach Plan laufen!«

»Hoffen wir es!«, antwortete Snille und schob seine Hand in ihre. Hand in Hand flitzten sie daraufhin den ganzen Weg hinunter zur Rampe, wo das Motorboot lag und startklar war. Aber gerade als sie einsteigen wollten, hielt Märtha an, knallrot im Gesicht.

»Entschuldige, Snille. Die Aktenkoffer!« Sie hatte sie in Anna-Gretas Kabine stehen lassen.

»Die habe ich schon nach unten getragen«, beruhigte sie Snille und lächelte.

Das Wasser lag dunkel und schwarz in der Bucht, und das Motorboot konnte direkt durch das geöffnete Achterschiff hinausfahren. Wären wir doch bloß ein bisschen jünger, dann hätten wir uns jetzt die Jet-Flyer geschnappt und noch ordentlich Spaß gehabt, dachte Märtha, die sonderbarerweise einsah, dass das nichts mehr für sie war. Nils war so geistesgegenwärtig gewesen, dass er den Tank noch kontrolliert hatte, bevor er den Motor angelassen hatte. Beim zweiten Versuch sprang er mit einem tiefen Brummen an, und er nickte Kratze zu, das Boot loszumachen. Sie konnten fahren.

»Okay, jetzt machen wir uns aus dem Staub!«

»Nein, warte noch«, sagte Märtha. »Wir dürfen nicht das Wichtigste vergessen.« Und dann holte sie zwei Spraydosen mit Farbe heraus. Die weiße hatte denselben Farbton wie die Yacht, die schwarze stimmte exakt mit der Schrift Aurora 4 überein. Stina nickte, und Nils manövrierte das Boot nun zum Achterschiff, so dass Stina an die Beschriftung kam. Er positionierte sich so, dass sie weder vom Deck noch vom Wasser aus gesehen werden konnten, und Stina beeilte sich. Sie als Profi malte in schnellen Zügen über die Vier auf dem Bootsnamen eine Fünf. Mit Stirnlampe und einem kleinen Pinsel besserte sie die Zahl aus, dass Größe und Kursivierung zur Schrift passten, in der »Aurora« geschrieben stand. Dann lehnte sie sich zurück und betrachtete das Ergebnis. Mit der schnelltrocknenden Farbe hatte sie den Namen der Yacht in »Aurora 5« geändert, genau so, wie es auf den Papieren der Russen stand.

»Fertig! Manchmal wird etwas unter Zeitdruck viel besser«, sagte sie sehr zufrieden und signalisierte den anderen, dass sie abfahren konnten. Langsam entfernten sie sich von der Motoryacht. Und nur zum Schein steuerte Nils den Kai Nummer fünf an, wo die Besatzung theoretisch an Bord gehen sollte. Aber als sie fast dort waren, täuschte er eine Motorpanne vor, und das Boot begann zu treiben. Die Seniorengang winkte wild und wollte den Eindruck erwecken, dass sie ganz verzweifelt wären, während das Boot immer weiter vom Kai abgetrieben wurde. Der Hafen wurde immer kleiner und kleiner, und als sie weit genug von allen Anlegestegen entfernt waren und zudem außer Sichtweite, ließ Nils den Motor wieder an. Dann aber gab er Vollgas. Die Seniorengang hatte noch eine ganz wichtige Aufgabe vor sich. Doch dafür mussten sie zurück nach Saint-Tropez.

56

Während Nils die Motoryacht auf vollen Touren nach Saint-Tropez steuerte, versammelte Märtha die verschlafenen Freunde um sich, um ihnen näher zu erklären, was sie erwartete.

»Tut mir leid, dass ich euch so hin und her jage. Aber dieser Transponder kann für uns wirklich ein Glücksfall sein.« Sie zeigte auf das kleine Gerät, das in Snilles Schoß lag.

»Ja, das hast du schon gesagt«, erwiderte Kratze. »Das Glück im Leben besteht also aus einem Transponder? Wirklich! Ist ja logisch!«

Märtha ignorierte seinen Kommentar und begann, ihren Plan in allen Einzelheiten zu erläutern.

»Könnt ihr euch noch an dieses Schiffswrack erinnern, das an der Einfahrt zum Hafen von Saint Tropez lag, das Panamaschiff«, fuhr Märtha fort, ohne sich von Kratze stören zu lassen. »Dieses schreckliche Schiff, über das wir uns alle so aufgeregt haben?«

Alle nickten.

»Das soll am Montag versenkt werden.«

»Jetzt sag bitte nicht, dass wir dieses Wrack auch noch kapern sollen«, seufzte Kratze.

»Nein, im Gegenteil. Wir werden uns freuen, wenn die alte Kiste versenkt wird. Mit Bielkes Transponder auf dem Dach.«

Anna-Greta pfiff anerkennend und brach dann in so ein wieherndes Lachen aus, dass die anderen sich die Ohren zuhalten mussten.

»Ach, jetzt verstehe ich«, sagte sie und machte ein sehr zufriedenes Gesicht. »Wir befestigen den Transponder an dem alten Panamakahn, und wenn das Schiff gesunken ist, denken die Behörden, dass Bielkes Yacht verschwunden ist, nicht wahr?«

»Genau. Wenn das Panamaschiff mit dem Transponder untergeht, dann können die Behörden ›Bielkes Schiff‹ nicht mehr auf ihren Bildschirmen sehen. Und dann melden wir das Schiff gestohlen …«, fuhr Märtha fort.

»… und kassieren die Versicherungssumme«, ergänzte Anna-Greta, und ihre Augen strahlten vor Freude. Sie hatte die Vorgehensweise schon durchschaut und lachte breit. »Du hast die Papiere ja schon besorgt, Märtha, stimmt's?«

»Ja, und die Russen haben nichts davon gemerkt. Hoffentlich dauert es noch ein Weilchen, bis sie kapieren, dass sie gelinkt worden sind.«

»Wie war das jetzt noch?«, fragte Kratze, der nicht mehr alles parat hatte.

»Die Russen haben doch die Yacht Aurora 5 gekauft, während wir die Papiere für die Yacht Aurora 4 haben, die versichert ist. Die kleinen Details machen den Unterschied«, sagte Märtha und sah sehr zufrieden aus.

»Wisst ihr, was, wir sollten auf der Stelle die Waffeln und den Moltebeeren-Likör aus dem Schrank holen«, sagte Stina.

»Nix da, wir feiern erst, wenn alles in trockenen Tüchern ist«, widersprach Kratze. »Es kann noch einiges dazwischenkommen.«

»Genau«, meinte auch Anna-Greta, die sehr wohl wusste, dass sie das Geld noch längst nicht hatten.

»Das Problem wird sein, den Transponder an dem Panamaschiff zu befestigen, ohne dass es jemand sieht. Das wird vermutlich mein Job«, sagte Nils seufzend, ohne den Blick von der Fahrrinne abzuwenden. Jederzeit konnten andere Motorboote auftauchen und ihnen gefährlich nahe kommen. Die anderen äußerten leise ihre Zustimmung.

»Ja, das müsste man erledigen, sobald es hell wird«, meinte Snille. »Und am Montag aktivieren wir den Transponder mit meiner Fernbedienung, und dann machen wir uns auf den Weg zum Flughafen. Das sollte klappen.«

Märtha nickte, und auch die anderen waren einverstanden. Und Anna-Greta konnte es sich nicht verkneifen, selbstzufrieden mitzuteilen, dass sie die Besitznachweise, den Vertrag und alle übrigen Bootspapiere bei sich hatte. Alles, was man benötigte, um sich die Versicherungssumme auszahlen zu lassen.

»Pass' auf die Papiere gut auf. Das sind die Originale, die Russen haben nur deine hübschen Kopien bekommen, Stina. Außerdem war Oleg ungewohnt schlampig, als er unterschrieben hat. Er hat gar nicht gemerkt, dass dort ›Aurora 5‹ und nicht ›Aurora 4‹ stand«, erklärte Märtha.

»Dann besitzen wir die Aurora 4«, stellte Kratze fest und musste zugeben, dass Märtha wirklich mitgedacht hatte.

»Genau, und bald ist der Panamakahn mit Bielkes Transponder verschwunden, und Lloyds Versicherung ist mindestens um eine halbe Millarde ärmer. Parampampam.« Märtha klang äußerst zufrieden.

»Du bist gewieft, kleine Märtha«, sagte Snille, und in seiner Stimme lag deutlich hörbar Bewunderung.

»Ach was, längst nicht so wie du«, sagte Märtha diplomatisch, wie Frauen nun einmal sind, und griff nach seiner Hand. »Und dann habe ich ja noch eine zusätzliche Seite in den Vertrag geschummelt. Oleg und Boris werden den Schock ihres Lebens bekommen. Man sollte Frauen niemals als alte, senile Schachteln beschimpfen. Der Schuss kann nach hinten losgehen.«

»Mir machst du keine Angst!«, erwiderte Kratze.

Als Oleg spät am nächsten Morgen erwachte, war es ungewöhnlich still. Er hatte stechende Kopfschmerzen und brauchte einen Moment, bis er wieder wusste, wo er sich befand. Märtha und der

Kauf der Yacht, genau. Wie er sie kleingekriegt hatte! Hatte sich diese Superyacht zu einem Spottpreis unter den Nagel gerissen! Er lächelte zufrieden. Jetzt musste er nur einen Kaffee organsieren und ein leckeres Frühstück. Er sah sich um. An Bord musste es doch irgendetwas Essbares geben. Vielleicht konnte Märtha ihnen ein schönes Omelett besorgen. Er stand auf, gähnte und reckte die Arme weit über den Kopf. Boris und die anderen beiden schliefen noch immer. Er überlegte kurz, ob er sie wecken sollte, kam aber zu dem Schluss, dass es auch ganz angenehm war, für eine Weile allein zu sein. Neben dem Wellengang war es mucksmäuschenstill, und Märthas betriebsame Stimme war nirgends zu hören. Vermutlich schliefen sie und die anderen in einer Kabine im oberen Deck. Er streunte eine Weile umher und freute sich an dem phantastischen Schiff, das nun in seinen Besitz übergegangen war. Dann fielen ihm der Jet-Flyer und dieses Motorboot ein, die hatte er sich noch gar nicht genau angesehen. Pfeifend fuhr er mit dem Fahrstuhl ins untere Deck und sah, dass das Motorboot fort war. Ach ja, stimmt. Märtha hatte ja gesagt, dass sie zum Hafen fahren würden, um die Besatzung zu holen. Das Letzte, was er von den Alten gesehen hatte, war, wie sie den Kai ansteuerten. Aber dass sie jetzt immer noch fort waren … Wieso dauerte das so lange, hatte sich einer von denen verspätet? Na ja, früher oder später würden sie zurückkommen, und dann würde er erst einmal ein längeres Gespräch mit dem Kapitän und den übrigen Besatzungsmitgliedern führen. Er wollte feststellen, ob sie kompetent genug waren, die Yacht nach Zypern zu bringen.

Dann ging er wieder hinauf, um die anderen zu wecken, und während sie warteten, machte er für alle Frühstück. Glücklicherweise war der Kühlschrank voller Köstlichkeiten, und so gab es ein hervorragendes Frühstück mit Omelett, Croissants, Obst, Saft und jeder Menge Kaffee. Oleg hatte auch Bier und Kopfschmerztabletten gefunden, die er am Ende zu sich nahm, und danach holten sich alle eine Sonnenliege und begaben sich hinaus aufs Deck. Die Tage auf der Konferenz waren anstrengend gewesen, und nun war es angenehm, ein bisschen zu entspannen. Einen kurzen Moment lang überlegte er, ob der alten Dame etwas zugestoßen sein konnte, doch auch wenn sie hin und wieder Schwindelattacken hatte, war ihr Allgemeinzustand doch recht gut. Nein, diese Sorge war umsonst. Sie würden sicher jeden Moment zurück sein. Wahrscheinlich hatte sich die Besatzung aus irgendeinem Grund verspätet. Neben dem Pool entdeckte er Sonnencreme, mit der er sich einschmierte. Dann fasste er sich an den Kopf. Sie hatten am Abend zuvor wirklich viel getrunken. Vielleicht sollte er sich noch ein Bier holen oder einen Muntermacher gegen den Nachdurst aus der Bar. Ach nein, besser führte er erst in Ruhe das Gespräch mit der Besatzung. Wenn doch nur die Kopfschmerzen nachlassen würden! Am Tag danach war man immer so tranig und benebelt. Beim nächsten Mal würde er aufpassen und weniger trinken.

Oleg schloss die Augen und machte sich auf seiner Sonnenliege lang. Das Leben war nicht schlecht. Fast zwanzig Millionen Kronen hatten Boris und er den Preis gedrückt. Zwanzig Millionen! Mein Gott! Alte Damen sollten keine Geschäfte machen! Doch das Pech der einen ist das Glück der anderen!

Die Seniorengang war derweil in Saint-Tropez angekommen, und Kratze übernahm die Kontrolle des Motorbootes, damit Nils auf den alten, verlassenen Panamakahn klettern konnte. Nils hatte ganz zittrige Beine, und als er auf das Schiff hinaufkletterte, hatte er Angst, auszurutschen und hinzufallen. Verschiedene Meeresbewohner hatten sich an Deck ausgebreitet, und hier und da waren auch große Öllachen. Die Treppen waren zum Teil durchgerostet, ein Geländer gab es nicht. Obwohl Nils nur ein T-Shirt trug, schwitzte er. In der Morgendämmerung war es noch nicht so heiß, aber er kletterte ja auf dem Boot herum und musste zudem noch Werkzeug und den Transponder tragen. Jetzt war er gleich oben, aber er musste das Gerät noch so befestigen, dass es auch funktionierte. Märtha dachte sich natürlich, dass das eine leichte Übung sei, aber auf Kommandobrücken und Dächern hin- und herzurennen, riesige Motoryachten zu steuern und außerdem noch die Erwartungen an einen Monteur zu erfüllen und einen Versicherungsbetrug mitzumachen verlangte ihm so einiges ab.

Er wischte sich ein paar Schweißtropfen von der Oberlippe und presste den Transponder noch fester an seinen Körper. Ein Schritt daneben und Bielkes AIS landete im Wasser. Und mit ihm eine halbe Millarde, na ja, zumindest wenn man Anna-Greta Glauben schenkte. So viel würden sie von der Versicherung bekommen, hatte sie ausgerechnet. Aber da mussten die Signale erst bei den Hafenbehörden eingehen, damit sie merkten, dass die Aurora 4 auf See war, und anschließend mussten sie registrieren, dass die Yacht plötzlich verschwand. Aber dann durfte er den Transponder bloß nicht fallen lassen. Eigentlich wäre das hier oben eine Aufgabe für zwei Männer gewesen, aber jetzt musste er alles allein erledigen und hatte keinen, der ihm half. Was würde geschehen, wenn er ausrutschte? Auf der anderen Seite, Kratze oder einer der anderen Senioren wären sicherlich nicht die Retter in der Not, die ihn auffingen, wenn er fiele.

Noch zwei Treppen. Hoffentlich fand er oberhalb des Brückenflügels eine geeignete Stelle, an dem er das Gerät festschrauben konnte. Vielleicht an der Reling in der Nähe des Radars? Da würde man den Transponder vom Wasser aus nicht sehen können, und gleichzeitig würden seine Signale in jede Himmelsrichtung senden. Hervorragend! Bielkes AIS war nicht übermäßig schwer und auch nicht viel größer als ein altmodisches Videogerät oder ein Plattenspieler. Eigentlich müsste es funktionieren. Doch in diesem Moment schien es ihm, als wäre dieses Ding tonnenschwer. War seinem Vater und den anderen eigentlich klar, dass sie ihm die Verantwortung für eben mal 500 Millionen übertragen hatten? Warum hatte er diese Aufgabe nur angenommen?

Kratze und seine Freunde dachten sich ständig neue Streiche aus, und am Ende war er es, der sie ausführen sollte. Und sobald er eine Sache erledigt hatte, wartete schon die nächste. Diese Senioren hatten einfach zu viel Energie und waren richtig anstrengend. Auf der anderen Seite musste er zugeben, dass er seitdem ein ganz anderes Leben führte und einen spannenden Alltag hatte, der viel mehr Spaß machte als sein alter Job. Zur See zu fahren war für ihn eine große Herausforderung gewesen, als er jung gewesen war, aber jetzt war das Dasein als Seemann monoton und eintönig geworden, und man durfte nur selten an Land gehen. Insofern hatte er eigentlich gar nichts gegen all diese neuen und außergewöhnlichen Dinge, die auf ihn zukamen, es war nur so, dass die Verantwortung mit dem Transponder schwer auf ihm lastete. Sie hätten doch einfach verschweigen können, wie viel Geld da auf dem Spiel stand. Erst nachdem er schon zugesagt hatte, hatten sie ihn darüber aufgeklärt, dass der Transponder anzeigte, wo sich »Bielkes Yacht« befand, bevor die Radiosignale verstummten und das Panamaboot sank. Versicherungsbetrug über eine halbe Millarde. Wenn er nur daran dachte, fiel ihm das Ding schon fast aus der Hand.

Seufzend drehte er sich um. Die Sonne ging langsam auf, und das Wasser lag ganz still vor ihm. Das alte Fischerdorf Saint-Tropez schlief noch, und andere Boote waren nicht in Sicht. Nur Kratze befand sich mit seinem Motorboot direkt unter ihm und wartete, bis er fertig war. Nils holte tief Luft und sprang die Treppe hinauf. Vorsichtig lief er um einen Plastikeimer, ein rostiges Rohr, eine offene Truhe mit Rettungswesten und ein paar alte Kisten auf dem mittleren Deck herum und kam zu der Treppe, die ganz nach oben führte. Schnell machte er die letzten Schritte und war endlich draußen oberhalb der Kommandobrücke. Vorsichtig trat er auf das verrostete und rutschige Dach hinaus. Wie in aller Welt sollte er da das Gerät befestigen? Überall sah er Rost und Stahl. Glücklicherweise hatte Stina den Transponder mit alter Farbe, Rost und etwas Dreck so präpariert, dass er aussah, als sei er ein Teil des alten Kahns. Aber das AIS musste ja festgeschraubt werden, damit es an Ort und Stelle blieb, wenn das Fahrzeug sank. Von Steuerbord her näherten sich in der Ferne einige Schiffe. Nils brach in Panik aus. So, jetzt musste er sich entscheiden, wo das Ding hin sollte, ihm lief die Zeit davon. Die Tasche mit dem Werkzeug scheuerte an seiner Schulter, und der Transponder schien ihm noch schwerer als zuvor. Er sah sich um und entdeckte direkt an der Reling einen Holzbalken, der einigermaßen stabil schien. Er ging zu ihm hin, legte den Transponder ab und holte das Werkzeug heraus. Da würde er das blöde Ding festnageln. Er sah in seiner Tasche nach. Ja, da waren passende Nägel und ein Hammer. Er wollte sie gerade herausholen und anfangen, da hörte er Kratze aufschreien.

»Polizei!«

Nils sprang hastig auf und sah, dass eines der Boote, die er zuvor gesichtet hatte, auf sie zusteuerte. Und tatsächlich war das ein Polizeiboot, da stand GENDARME an der Seite. Shit! Nein, er würde es trotzdem schaffen. Schnell wie der Blitz griff er zum Hammer, steckte sich ein paar von den Nägeln zwischen die Lippen und schob gehetzt die Tasche zur Seite, um an den Balken zu kommen. Genau da passierte es. Die Tasche traf den Transponder, der sanft über die Kante rutschte und fiel. Ohne einen Laut fiel Bielkes AIS auf das Deck unter ihm. Kein Knall war zu hören, kein Aufprall – es war einfach nur still.

»Scheiße!«, schrie Nils, als er das Unglück bemerkte. Erschrocken sprang er auf und starrte nach unten. Der Apparat war an Deck nicht zu sehen, er musste ins Wasser gefallen sein. 500 Millionen einfach weg? Nein, so was passiert nicht im richtigen Leben, das gibt es nur im Film. Das durfte man keinem erzählen, nicht einmal dem Allmächtigen selbst!

»Beeil dich, die Polizisten können uns sehen«, brüllte Kratze vom Motorboot.

Nils schwitzte, er wusste nicht, was er tun sollte. Aber ein Blick auf das sich nähernde Schiff und er traf seine Entscheidung.

»Ich komme«, rief er, hängte sich die Tasche über die eine Schulter und schaffte es leicht benommen, die Treppen hinabzuspringen und die Strickleiter hinunterzuklettern. Aber als er das Motorboot bestieg, war er ganz still. Wie wenn man soeben 500 Millionen versenkt hat.

Als Kratze und Nils zum Hotel zurückkehrten, waren alle von der Seniorengang schon ausgecheckt und standen und warteten. Sie waren nun in ein kleineres und weniger ansehnliches Hotel außerhalb von Saint-Tropez umgezogen, wo sie sich aufhalten wollten, bis der Panamakahn endgültig aufs Meer hinausbugsiert worden war. Aber zuerst musste Snille den Transponder mit der Fernbedienung in Gang bringen, damit sie sich wirklich sicher waren, dass auch alles funktionierte, bevor sie den Flieger nach Stockholm bestiegen.

In den nächsten vierundzwanzig Stunden litten alle fünf Rentner unter schlechtem Schlaf und nahmen fast gar nichts zu sich. Stina ging hin und her und verteilte Obst und frische Bio-Salate, aber keiner hatte Appetit. Und Nils litt wirklich Höllenqualen. Ihm war klar, dass er eigentlich sagen müsste, was geschehen war, doch er traute sich nicht. Und tief im Inneren hegte er die Hoffnung, dass er möglicherweise darum herumkäme. Denn wenn Snille die Fernbedienung anschaltete, würde er natürlich denken, dass damit etwas nicht stimmte, ja, dass irgendwas an der Technik fehlerhaft sei und deshalb keine Signale gesendet wurden. Und niemand würde erfahren, was tatsächlich geschehen war. Aber Nils schämte sich sehr für seine Gedanken. Das tat man eigentlich nicht. Aber die Alternative? Die war noch tausendmal schlimmer!

57

Der Hafenmeister von Saint-Tropez drehte eine letzte Runde an Bord der in Panama registrierten M / S Maria Bianca. Endlich konnte der skandalumwitterte Kahn versenkt werden. Bald ein Jahr lang hatte man versucht, den rostigen Koloss aus dem Hafen zu entfernen, doch vergebens. Hätte nicht am Ende der Bürgermeister persönlich ein Wörtchen mitgeredet, wäre der Beschluss wohl niemals durchgekommen. Doch die philippinische Besatzung hatte dem Schiff schon vor langem den Rücken gekehrt, und andere Verantwortliche hatten die Behörden nicht ausfindig machen können. Keiner hatte die Kosten fürs Abwracken übernehmen wollen, fürs Versenken noch viel weniger. Aber nun war es so weit gekommen, dass das Schiff ein hygienisches Problem darstellte, und außerdem hatte man Angst, dass das Ungetüm im Hafen sinken könnte. Endlich würden sie das alte ausgediente Fahrzeug ins tiefe Wasser bugsieren. Aber zuerst musste er sich noch vergewissern, dass auch alle Öltanks leer waren und dass sich kein umweltgefährdendes Gut mehr an Bord befand. Er seufzte, weil er sich diesen Drecksjob eingehandelt hatte, aber die Schlepper waren bereit, also war es höchste Zeit.

Der Hafenmeister Hardy begann ganz oben und lief das Schiff systematisch nach unten ab. Als er auf dem mittleren Deck war, kam ihm der Gedanke, dass man die Feuerlöscher und die Rettungswesten, die sich an Bord befanden, eigentlich noch benutzen könnte. So etwas wurde immer gebraucht. Er ging aufs Deck hinaus und stolperte fast über einen Plastikeimer und ein rostiges Rohr, bevor er zur Truhe mit den Rettungswesten kam. Aber, mon Dieu! Auch die sahen ganz schön mitgenommen aus. Er nahm eine, die oben lag, in die Hand. Der Stoff war ausgeblichen, fast schon verwittert, und als er ein bisschen daran zupfte, rissen sofort die Fasern. Er wühlte noch weiter und griff nach einer anderen Weste. Die hatte einen hohen Kragen, war ganz altmodisch aus Kork gefertigt, und der ursprünglich orangefarbene Stoff war blass und ziemlich spröde. Als er an dieser Weste zog, passierte dasselbe, sie riss. Nein, die konnten sie nicht aufheben, die waren kaputt, und die Feuerlöscher konnte man vermutlich auch vergessen. Auf die konnte man sich wahrscheinlich nicht mehr verlassen. Er wollte die Weste gerade wieder zurück in die Truhe werfen, da fiel ihm etwas auf, das glitzerte. Das Ding sah aus wie ein Transponder. Hatten die Philippinen vielleicht technische Ausrüstung geschmuggelt? Er hob den Apparat hoch, aber sah schnell, dass es ein ganz gewöhnlicher AIS Match Mate war, den man wohl an Bord benutzt hatte. Er sah rostig und morsch aus, und kaum, dass er ihn angefasst hatte, hatte er Rost an den Händen. Nein, igitt, den brauchte auch niemand mehr, der funktionierte sowieso nicht mehr. Er stellte ihn aufs Deck und lief schnell weiter. Eine halbe Stunde später war er das ganze Fahrzeug abgelaufen und hatte alles kontrolliert. Nicht eine Schraube an dem alten Kahn war noch etwas wert. Er bürstete sich sauber, griff zu seinem Handy und gab grünes Licht für die Schlepper. Dann bat er darum, dass ihn jemand abholte.

Während das Panamaschiff und die Schlepper aufs Meer hinaussteuerten, trank er mit der Besatzung an Bord Kaffee, und sie spielten eine Partie Poker. Und ein paar Stunden später, als die Küste wie ein hellgrauer Nebel am Horizont lag, gab er den Befehl zum Versenken. Zwei Schiffsjungen gingen an Bord und öffneten die Bodenventile, während das Personal auf den Schleppern die Drahtseile losmachte. Dann holte man die Mannschaft zurück und entfernte sich von dem sinkenden Schiff. Hafenmeister Hardy und die anderen gingen hinaus auf Deck und lehnten lange an der Reling und sahen zu, wie das Schiff, das lange eine Gefahr für die Umwelt gewesen war, langsam im Meer versank.

»So ein altes Wrack, wirklich keinen Penny wert«, sagte er und schnaubte. Aber da lag er völlig falsch.

Die Seniorengang hatte eine unruhige Nacht hinter sich. Das billige Hotel, das sie sich ausgesucht hatten, beherbergte leider lärmende Gäste, die die ganze Nacht Dinge hin- und hergeräumt hatten, so dass keiner der alten Leute richtig zum Schlafen kam. Außerdem fiel es allen fünfen schwer, sich zu entspannen. Nachdem sie gehört hatten, dass der Panamakahn schon am Vormittag versenkt werden solle, saßen sie abflugbereit auf ihren Koffern. Aber zuerst mussten sie noch den Transponder anschalten. Mit Sand in den Augen und einer zusätzlichen Tasse Kaffee im Magen stiegen sie in ein Taxi, das sie zum Hafen bringen sollte, damit sie nach dem Fahrzeug Ausschau halten konnten.

Als das Taxi sie abgesetzt hatte und sie auf den Kai gelaufen waren, sahen sie zwei Schlepper am Wrack und begriffen, dass sie nun nicht mehr länger warten mussten. Dann marschierten sie auf einen der Bootstege hinaus, um gut beobachten zu können, was sich ereignete. Sicherheitshalber hatten sie keinen Rollator oder irgendetwas anderes dabei, an dem sie wiedererkannt werden konnten. Anna-Greta und Märtha hatten sogar Perücken auf. Dieses Mal rote Haare. Snille und Kratze trugen Seglerkleidung und dazu bequeme Segelschuhe. Sie passten exakt in die Szenerie.

»So. Jetzt müssen wir Bielkes Motoryacht nur noch aktivieren, komm, Aurora 4!«, sagte Snille grinsend, hielt die Fernbedienung hoch und zielte aufs Panamaboot. Dann drückte er einige Male, kontrollierte die Batterien und drückte wieder. Doch Bielkes Transponder gab kein Signal.

»Mist, ist das sonderbar!«, rief er überrascht, und das, obwohl er es üblicherweise sehr genau damit nahm, nicht zu fluchen. »Ich kann keinen Kontakt herstellen. Die Verbindung ist tot. Mein Gott, ich kann den Transponder nicht anschalten!«

»Klar kriegst du das hin. Vorher hat es doch auch geklappt«, sagte Stina.

»Ja, Snille, versuch's einfach noch mal!«, ermunterte ihn auch Märtha. »Da steht eine Menge auf dem Spiel.«

»Eine halbe Millarde ist ja nicht gerade Peanuts«, betonte Anna-Greta.

Snille sah sich die Batterien noch einmal an, hob und senkte die Fernbedienung und lief zum äußersten Punkt des Stegs, um von dort sein Signal zu senden. Aber er war sehr aufgebracht, als er zurückkam.

»Es funktioniert nicht! Ich verstehe nicht, woran das liegen kann.«

»Vielleicht haben wir heute auch schlechten Empfang«, sagte Nils und versuchte so zu klingen, als sei nichts geschehen. Als sei er völlig unschuldig und eine halbe Millarde ein Pappenstiel.

»Aber es hat noch funktioniert, als ich es getestet habe«, entgegnete Snille stur.

»Das stimmt schon, aber seitdem ist ja auch einiges passiert«, antwortete Nils etwas vorsichtig – und das war auch wirklich nicht gelogen.

»Und wenn es an der Rostfarbe liegt«, rief Stina aus und faltete verzweifelt die Hände. »Stellt euch vor, ich habe 500 Millionen weggemalt.«

»Nein, das hast du bestimmt nicht«, versuchte Kratze sie zu trösten und nahm sie in den Arm. »Ich habe zugesehen, wie du das Ding bemalt hast, und du warst dabei sehr vorsichtig. Du hast nicht mit der Farbe gekleckst.«

Alle verstummten und standen lange so hilflos schweigend da, wie man es nur tut, wenn man soeben eine halbe Millarde in den Sand gesetzt hat. Was sollten sie jetzt tun? Müde und entmutigt sahen sie hinüber zum Schiff. Oben auf dem Kahn stand ein Mann in Uniform, der in ein Telefon sprach, dann winkte er und kletterte die Strickleiter herunter und bestieg einen der Schlepper. Die Mannschaft machte die Drahtseile los, und nach einer Weile drehten die zwei Schleppboote das Vorderschiff zum Horizont. Kurz darauf waren die Motoren zu hören, die Drahtseile spannten sich, und langsam steuerte das Gespann aus dem Hafen.

»Mhh«, sagte Snille, »ich gehe jetzt bis zum letzten Ende des Piers, vielleicht kriege ich dort Kontakt.«

Er lief, so schnell er konnte, und als er ganz weit draußen stand und die Fernbedienung wieder auf das Boot richtete, da tat sich etwas. Es war, als würde der Transponder aus einem tiefen Dornröschenschlaf erwachen und sich recken und strecken. Erst kam das Signal nur schwach, doch als das Schiff ein bisschen schwenkte, kam wieder Leben in das Gerät. Snille jubelte. Jetzt konnten das Hafenamt und die anderen Schiffe sehen, dass »Bielkes Motoryacht« auf dem Weg aufs offene Meer war. Natürlich gab es ein minimales Risiko, dass jemand feststellte, dass der Transponder jetzt an dem Panamaschiff saß und nicht an einer Luxusyacht, aber alle waren vollauf damit beschäftigt, das Ungetüm aus dem Hafen zu bugsieren und Acht zu geben, dass sie nichts ramponierten. Bevor jemand diese Informationen registriert hatte, würde Bielkes Schiff längst weit draußen auf dem Meer sein und im nächsten Augenblick schon verschwunden. Versenkt und für immer von allen Bildschirmen verschwunden. Snille flitzte freudestrahlend zurück zu den anderen.

»Jemand muss den Transponder bewegt haben, denn jetzt habe ich ein Signal erhalten«, berichtete er. »Es funktioniert. Jetzt hauen wir ab!«

»Du hast ihn in Gang bekommen? Du bist verdammt nochmal ein echtes Genie«, murmelte Nils und sah erschrocken aus. Dann war der Transponder also doch nicht ins Wasser gefallen, sondern hatte irgendwo an Deck gelegen, wo er ihn nicht entdeckt hatte.

»Ach, Motoren und all dieser Technikkram, das ist doch nicht schwer, aber komm mir nicht mit Computern«, antwortete Snille.

»Also. Jetzt ab zum Flughafen«, kommandierte Märtha – aber erst, nachdem sie Snille umarmt und ausgiebig für den wertvollsten Einsatz in der Geschichte der Seniorengang überhaupt gelobt hatte. Und während das Panamaschiff mit Bielkes Transponder seinem Schicksal auf dem Meeresboden entgegensank, bestellte Nils, der noch unter Schock stand, zwei Taxen. Und dann fuhren sie allesamt zum Flughafen von Nizza.

58

Die gesammelte Mannschaft bestieg nun das Flugzeug, machte es sich in den Sitzen bequem und schlief, bis sie in Stockholm ankamen. Und dann hatten sie wirklich Glück, anders kann man es nicht beschreiben, wie sie spielend den Zoll am Flughafen Arlanda passierten. Sicherheitshalber hatte Stina ein Spiel-Roulette und ein paar Tüten mit Korallen und Souvenirsteinen besorgt, unter die sie einfach die echten Diamanten gemischt hatte – mit Ausnahme von einem –, doch alles ging glatt, keine beklemmenden Fragen. Stina erklärte es damit, dass sie etwas mehr als üblich mit den Hüften gewackelt hatte, das war offensichtlich genau richtig gewesen.

»Hmpf«, sagten Kratze und Snille wie aus einem Munde und brummelten dann etwas in der Art, dass das heute doch keinen Unterschied mehr mache, das seien die Zollbeamten doch gewohnt. Das war ihnen gerade noch eingefallen. Denn was sie eigentlich dachten, aber keiner von ihnen aussprechen wollte, war, dass der Hüftschwung von Damen, die bereits Ende siebzig waren, nicht dieselbe Wirkung erzielte wie der der jüngeren Konkurrenz.

Und dann waren da noch die Aktenkoffer mit den Dollarnoten. Aus irgendeinem Grund fiel er einem der Zollbeamten ins Auge.

»Darf ich mal sehen?«, fragte er und stoppte Märtha.

»Monopoli!«, rief Märtha schrill und holte ein paar Scheine heraus. »Ich weiß, ich sollte nicht spielen, aber das macht doch nichts, wenn es nur Spielgeld ist. Wollen Sie auch ein paar Scheine?«

Und dann lächelte sie den Beamten so einnehmend an, dass auch er lächeln musste.

»Wie bitte? Nein, nein«, sagte er und winkte sie durch.

Als die Seniorengang schließlich das Terminal verließ und auf die Straße kam, waren sie zum einen erleichtert, zum anderen aber etwas durch den Wind, und so setzten sie sich in der Hektik ins falsche Taxi, der Fahrer hatte keine Zulassung. Als sie in Djursholm ankamen, verlangte der Fahrer eine Unsumme, genau genommen das Zehnfache des normalen Preises.

»Ja klar«, sagte Märtha, und begann in ihrer Handtasche nach dem Portemonnaie zu suchen. »Ich übernehme die Rechnung«, erklärte sie den anderen müde und bat sie, schon auszusteigen und die Koffer auszuladen. Als sie fertig waren, stieg Märtha mühevoll vom Vordersitz und schloss die Tür. Dann rollte sie ein Bündel Scheine zusammen und reichte sie dem Fahrer durch die Seitenscheibe.

»Bitte schön, das stimmt so. Das Trinkgeld ist vielleicht ein bisschen hoch, aber Sie sind wirklich einer der besten Fahrer, mit dem ich je gefahren bin!«, sagte sie freundlich, winkte und griff zu ihrem Handy. Der Fahrer lächelte, zündete sich eine Zigarette an und betrachtete das Geldbündel sehr zufrieden. Er zog ein paar Male, dann rollte er die Scheine auseinander. Und bekam große Augen. Das reichte gerade eben fürs Benzin, verteilt auf ein paar Hunderter und zahlreiche Zwanziger. Wütend riss er die Tür auf, um sich die Dame vorzuknöpfen, doch blieb er kurzerhand stehen. Ein paar Meter weiter fand er sie, die Hand in die Hüfte gestemmt und das Handy am Ohr.

»Schäm dich, du Schwarz-Taxifahrer! Man betrügt keine älteren Damen. Ich habe die Polizei verständigt«, rief sie kurzangebunden und steckte das Handy zurück in die Handtasche. Ihr Blick war so finster und wild entschlossen, dass der Fahrer es aufgab, fluchte, mit dem Finger hässlich gestikulierte und dann davonrauschte.

»O Gott, du hast doch nicht wirklich die Polizei gerufen?«, fragte Stina erschrocken.

»Bist du verrückt? Ich wollte ihm nur ein bisschen Angst einjagen. So ein unverschämtes Benehmen dulde ich nicht«, antwortete Märtha.

»Aber warum hast du ihn zu Bielkes Adresse fahren lassen?«, wollte Snille wissen und sah sich auf der Garageneinfahrt um. Als er aus dem Taxi gestiegen war und seinen Koffer herausgeholt hatte, hatte er erstaunt festgestellt, dass sie ja vor dem Nachbarsgrundstück angehalten hatten.

»Es ist besser, wenn keiner weiß, wo wir wohnen.«

»Der arme Bielke, immer muss er für alles herhalten!«, murmelte Snille. »Und warum steht hier eigentlich ein Motorboot in der Einfahrt?«

»Ja, das hat hier doch vorher nicht gestanden. Und die Hecken sind geschnitten, und der Rasen ist gemäht. Womöglich ist er auf dem Weg nach Hause«, sagte Anna-Greta.

»Das ist mir egal, ich will jetzt nur schlafen«, rief Kratze, dem alles Gerede jetzt zu viel wurde, und keiner hatte etwas dagegen einzuwenden, weil sie alle ganz erschöpft waren. Gemächlich liefen sie auf ihre Villa zu, und als sie zur Tür hereinkamen, waren sie derart müde, dass sie sich hinlegten, ohne die Kleider auszuziehen. Und die Aktentaschen versteckten sie nicht mehr in der Sauna, sondern schoben sie einfach unters Bett. Sie wollten nämlich nicht, dass auch diese Scheine – und womöglich auch noch die Diamanten – einen herben Essiggeruch annahmen.

59

Der Geschäftsmann Carl Bielke saß im Flugzeug von London auf dem Weg nach Nizza. In der englischen Hauptstadt hatte er ein erfolgreiches Wochenende verbracht, seine Geschäfte liefen hervorragend. Dort hatte er zwei Immobilien aus einer Konkursmasse im Zentrum erworben, den Vertrag bereits unterzeichnet und den Kaufpreis von 380 Millionen angewiesen. Eine Erneuerung von Rohren und Leitungen und ein paar Restaurierungen an der Fassade des einen Hauses sowie eine neue, luxuriöse Ausstattung der Panoramawohnungen am anderen, und schon konnte er die Mieten ordentlich erhöhen. Mit der Zeit würde das Millionenumsätze bringen. Jetzt konnte er sich wirklich ein paar Tage Urlaub gönnen!

Er und seine zwei Sekretärinnen stiegen in Nizza aus dem Flieger, und als sie den Zoll passiert hatten, ging er direkt an den Schalter, wo man Hubschrauber chartern konnte, und hielt seinen Aktenkoffer hoch.

»Das Übliche. Sofort nach Saint-Tropez bitte!«

Sehr zufrieden mit sich selbst und bei bester Laune, wartete er mit seinen Begleiterinnen darauf, dass der Hubschrauber startklar war. In der Zwischenzeit rief er die Stand-by-Besatzung in Saint Tropez an und bat sie, sich für einen kleinen Ausflug bereitzuhalten.

»Wie wäre es mit einem Wochentrip entlang der Küste und kleinen Abstechern an ein paar Strände hier und da?«

»Das wird leider nichts«, sagte der Kapitän, und seine Stimme klang ungewöhnlich piepsig. Und dann berichtete er mit gebrochener Stimme, dass Bielkes neuerworbene Motoryacht gesunken war. Seine Aurora 4 war draußen im Meer untergegangen, und nach den ersten Berichten des Hafenamts war das Fahrzeug bereits um die Mittagszeit am selben Tag von den Bildschirmen verschwunden. Das Wetter war gut gewesen, und eine Kollision hatte niemand registriert. Aber das Boot war verschwunden und offenbar gesunken.

»Was zum Teufel?«, schrie Bielke.

Der Kapitän versuchte es zu erklären, doch das gelang ihm nicht besonders gut. Er murmelte etwas davon, dass eine neue Besatzung die Yacht geliehen habe, um das Steuern zu üben, und als die Yacht von den Bildschirmen verschwunden war, habe er selbst geglaubt, dass sie den Transponder absichtlich abgeschaltet hätten und an einem geheimen Ort geankert hätten und dies aus einem etwas delikaten Grund. Ja, die Damen von der Modewoche in Saint-Tropez seien ja noch in der Stadt.

»Sie verstehen?«, sagte der Kapitän. Aber ein paar Stunden später, als vom AIS des Fahrzeugs noch immer keine Signale kamen, war er misstrauisch geworden.

»Die haben uns reingelegt«, seufzte er. »Diese Typen sind mit der Yacht aufs Meer verschwunden.«

Carl Bielke war so aufgebracht, dass er kaum noch Luft bekam. Zuvor hatte der Kapitän erzählt, dass eine Gruppe Senioren das Boot chartern wollten. Hatten sie eine eigene Mannschaft mit an Bord gebracht, inkompetentes Pack, das das Schiff ins Verderben gestürzt hatte? Aber da wäre ja die Seerettung informiert und die Alten wären vermisst gemeldet worden. Oder – guter Gott – wenn jemand das Schiff gekapert hat? Der Kapitän, dessen Stimme nun noch jämmerlicher klang, falls das überhaupt noch möglich war, gestand schließlich – nachdem Bielke mächtig Druck ausgeübt hatte, alles zu erfahren –, dass die alten Leute selbst die Yacht gestohlen hätten und er selbst und die anderen im Wasser gelandet waren. Das leere Motorboot hatten sie in einer Bucht gefunden. Doch diese Geschichte glaubte Bielke natürlich nicht. Senioren mit Rollator könnten doch wohl kaum eine ganze Motoryacht klauen, das versteht sich von selbst, es war wohl eher so gewesen, dass der Kapitän und die anderen zu viel getrunken und sich mit den jungen Models aus Saint-Tropez vergnügt hatten. Und dann hatten sie eine Ausrede gesucht für das, was geschehen war. Vermutlich hatte eine der Damen Verbindungen zur Mafia gehabt – wahrscheinlich einen Lover, der sie gebeten hat, der Besatzung Schlafmittel in die Drinks zu kippen. Und als der Kapitän und die anderen sanft schliefen, hat man sie irgendwo abgesetzt, und dann haben die Gangster das Schiff übernommen und sind hinaus aufs Meer gefahren. Und da hatten sie den Transponder natürlich ausgeschaltet. Jetzt mussten sie sein erst kürzlich gekauftes Schiff nur umlackieren und vielleicht ein bisschen an der Einrichtung verändern, und schon hatten sie ein Bombengeschäft gemacht. Wahrscheinlich war es so gewesen. Dass Auroras Motorboot gefunden worden war, war ja ein Zeichen dafür, dass etwas Mysteriöses geschehen sein musste! Mein Gott! Wie die Besatzung auf so einen einfachen Trick hereinfallen konnte! Jetzt waren diese miesen Verbrecher sicher schon auf dem Weg nach Neapel oder einen anderen Hafen der Mafia.

Während sich der Hubschrauber Saint-Tropez näherte, sah Bielke hinaus aufs glitzernde Wasser und überlegte, was er jetzt tun sollte. Schon vor einem Jahr hatte er über seinen Besitz nachgedacht, weil es recht anstrengend war, drei große Motoryachten in verschiedenen Häfen liegen zu haben. Deshalb hatte er sich lange mit dem Gedanken getragen, eine zu verkaufen und sich lieber auf zwei große Yachten der Luxusklasse zu konzentrieren. Eine würde er selbst benutzen, und die andere könnte vermietet werden. Unter dem Gesichtspunkt war das, was geschehen war, gar nicht verkehrt, sondern ein Wink des Schicksals, der ihm und seinen Entscheidungen auf die Sprünge geholfen hatte.

Ja, vielleicht war doch nicht alles so pechschwarz, wie es aussah. Jetzt musste er nur noch die Versicherungssumme kassieren, und das Leben ging weiter – auch wenn er dieses Gemälde von Chagall vermissen würde. Mit diesen Gedanken wurde er wieder ruhiger, legte den Arm um die beiden Damen und küsste erst die eine, dann die andere auf die Wange.

»Wisst ihr, was, wir gehen jetzt eine Nacht ins Hotel und überlegen uns morgen, was geschieht. Da ist Markt, falls ihr etwas einkaufen wollt. Und dann können wir in den Club 55 gehen und baden. Wenn wir keine Lust mehr haben, flanieren wir ein bisschen durch die Stadt. Ich brauche eine Uhr, und Van Cleefs Juweliergeschäft hat eine Menge hübschen Schmuck, der euch gefallen wird. Was meint ihr dazu?«

Die jungen Damen sahen ihn bewundernd an und waren so entzückt, dass er sie beide drückte. Dann checkte er mit den beiden Schönheiten in einem Luxushotel ein und amüsierte sich die ganze Nacht königlich. Erst spät am Vormittag des nächsten Tages fiel ihm ein, dass sich die Versicherungspolicen ja im Büro der Motoryacht befanden. In der Yacht, die gesunken war! Oder gekapert …

60

Oleg war mit seiner neuen Motoryacht Aurora 5 äußerst zufrieden und zudem froh, endlich auf dem Weg nach Zypern zu sein. Zwar hatte es Ärger mit der Besatzung gegeben, die nie aufgetaucht war, aber dann hatte er seine eigene geordert. Er hatte nicht länger warten wollen. Die Konferenz war vorbei, und Märtha und ihre alten, kauzigen Freunde nur noch eine Erinnerung. Jetzt würden Boris und er erst einmal Urlaub machen, ein paar Mädchen am Playa aufreißen und sich ein Päuschen gönnen, bevor es wieder an die Arbeit ging. Er holte sich einen Drink auf Eis und ging auf die Brücke. Bald wären sie in Famagusta. Wunderbar, da konnten sie sich in ein Restaurant setzen und gut essen. Vielleicht einen Mittelmeerteller mit Krabben, Muscheln und Hummer, das wäre lecker. Lange stand er oben auf der Brücke und sah nach vorn, bis das Boot seine Fahrt drosselte und am Kai anlegte. Als sie die Yacht vertaut hatten und sich für den Landgang fertig machten, fiel ihm eine Gruppe Senioren auf, die unten wartete. Etwa dreißig Personen mit Rollstühlen und Rollatoren standen am Kai und winkten. Erstaunt lehnte er sich über die Reling.

An der Spitze der Gruppe stand ein energischer, älterer Herr, der Shorts, ein weißes Sakko und ein Bermudahemd trug und mit einer kleinen Flagge wedelte, auf der »Aurora 5« stand. Er rief ihnen zu und wollte den Kapitän sprechen. Als Oleg verwundert die Leiter herabstieg und dem Gentleman die Hand gab, erfuhr er, dass die Aurora 5 ab der kommenden Woche für eine Kreuzfahrt auf dem Mittelmeer gebucht sei. Als Gruppenreise für Senioren Siebzig plus nämlich, und jetzt wollten die Herrschaften an Bord kommen und sich umschauen.

»Da haben Sie sich wohl geirrt«, antwortete Oleg lachend.

»Haben wir nicht!«, entgegnete der Mann und zeigte auf ein hübsch verziertes Zertifikat, das er per Mail vom Rentnerverband Seniorenfrieden erhalten hatte. Das war ein Diplom (das, so wie es aussah, einigen von Stinas besten Werken ähnelte) mit einer Blumenborte in Aquarellfarbe verziert, einem langen verschnörkelten Text und zwei unleserlichen Unterschriften. Ganz unten befand sich ein Logo mit fünf Panthern. Oleg schüttelte den Kopf und versuchte, den Mann zur Seite zu schieben. Doch der ließ sich nicht abwimmeln.

»Hier ist das Zertifikat, und außerdem habe ich einen Nachweis, dass die Rechnung bereits beglichen ist«, erklärte der Mann und zog noch ein Dokument aus der Tasche. »Sie sind der Besitzer des Schiffs Aurora 5, nicht wahr? Dieses Fahrzeug gehört zu einer Seniorenflotte mit drei modernen Yachten, die für eine Kreuzfahrt im Mittelmeer gechartert sind. Morgen brechen wir zu einer vierzehntägigen Reise auf.«

»Nein, das ist völlig falsch«, hielt Oleg dagegen, aber er lachte nun etwas nervös. »Diese Abmachung hatten Sie eventuell mit dem Vorbesitzer, aber nicht mit mir. Ich habe das Boot erst kürzlich erworben. Lassen Sie mich den Vertrag holen, dann werden Sie es sehen.«

Verärgert rannte Oleg hoch auf die Kommandobrücke, wo der Tresor stand und holte die Unterlagen heraus, die Märtha und er unterschrieben hatten. Ohne den geringsten Zweifel blätterte er die Papiere durch. Doch als er sie sich etwas genauer ansah, entdeckte er ein extra Blatt, das ihm vorher nicht aufgefallen war – und da war seine eigene Unterschrift in der untersten Ecke. Erstaunt nahm er das Papier in die Hand und begann zu lesen:

Mit dem Kauf der Aurora 5 verpflichte ich mich, Oleg Pankin, der neue Besitzer dieser Yacht, das Schiff für zwei kostenlose Mittelmeerkreuzfahrten pro Jahr für Rentner zur Verfügung zu stellen. Alle, die minderbemittelt sind und sich einen solchen Luxus sonst nicht leisten könnten, sind berechtigt, daran teilzunehmen. Die Reiseteilnehmer der Kreuzfahrt haben ein Recht auf kostenlose Verpflegung an Bord sowie die kostenfreie Teilnahme an allen Ausflügen, die mit den Hafenbesuchen organisiert werden. Die Kosten trägt der Besitzer des Kreuzfahrtschiffes.

»Was zum Teufel ist das denn!?«, schrie er, und jetzt machte er sich ernsthaft Sorgen. »Habe ich das unterschrieben!?« Er schluckte einige Male, ging hinaus aufs Deck und hielt sich mit beiden Händen an der Reling fest. Dann schob er den Oberkörper vor und schrie auf Russisch etwas, das man so übersetzen könnte: »Das hier ist doch keine verfluchte Seniorenpension. Das ist meine Motoryacht. Verschwinden Sie!«

Woraufhin er dem Kapitän den Befehl gab, wieder abzulegen. Oleg, der nun richtig unter Druck geraten war, änderte seine Pläne und steuerte jetzt in Richtung Westen nach Capri, wo die Mafia sich im Sommer erholte, wie er gehört hatte. Es hieß, das sei ein ruhiges Plätzchen für alle, die sich mit zwielichtigen Geschäften abgaben. Vielleicht würde er sich dort ein friedliches Resort zulegen.

Und bis hierher gelang es Anna-Greta, die Yacht zu verfolgen. In einem Blogg, den ein alter Djursholmer schrieb, mit dem sie auch auf Facebook befreundet war, erfuhr sie, dass die Aurora 5 im Hafen von Capri festgemacht hatte. Er war Mitglied der Stiftung San Michele, und dort wusste man alles, was auf der Insel vor sich ging. Jetzt erzählte ihr alter Freund von einem ungefälligen und mürrischen Kapitän, der es älteren Leuten, die eine

Kreuzfahrt gebucht hatten, verweigert hatte, an Bord zu kommen. Empört ging Anna-Greta hinüber zu Märtha ins Zimmer.

»All unsere Bemühungen mit Seniorenfrieden waren umsonst. Oleg entzieht sich dieser Wohltätigkeitsaktion einfach.«

»So ein Mistkerl, und zwar ein ausgekochter«, fluchte Märtha. »Klar, das war nicht schön von mir, dass ich ihn reingelegt habe, aber bitte! Er hatte seine Chance, mal an andere zu denken, und er hat sie nicht genutzt. Jetzt ist er selber schuld.«

»Dann verfahren wir jetzt nach deinem Plan B?«

»Na sicher! Leg los, meine Liebe!«

Und dann hockten sich die zwei älteren Damen vor den PC, um ihren raffinierten und sehr ausgefeilten Plan umzusetzen. Märtha holte Olegs Visitenkarte heraus.

»Hier sind Bank und Kontonummer. Dass er die überhaupt herausgerückt hat!«

»Kein Finanzhai kommt auf die Idee, dass ihn eine alte Tante über den Tisch ziehen könnte.«

»Nein, und schon gar nicht eine senile alte Schachtel mit schlabbrigen Oberarmen und Hängebusen.«

So versuchten sie, sich in die Bank und das Konto einzuhacken, doch als es nicht klappte, holte Märtha Kaffee, Kekse und einen Obstteller. So was half in der Regel. Doch diesmal leider nicht. Den ganzen Tag lang saß Anna-Greta da und versuchte, vorwärtszukommen, doch nach wie vor ohne Erfolg. Von Stunde zu Stunde wurde sie verzweifelter.

»Vielleicht haben wir die falsche Kontonummer, oder Russland macht es uns extra schwer«, sagte sie jedes Mal, wenn Märtha in der Tür stand und nachfragte, wie es lief.

»Lass dir Zeit, meine Liebe. Ich weiß, dass es nicht einfach ist. So was kriegt ja nicht einmal die Polizei hin.«

Die Polizei! Da fiel Anna-Greta Blomberg ein, vielleicht

konnte der ihnen helfen. Sie hatte ihn schon vermisst, doch mit einem echten Polizisten befreundet zu sein war ja, als würde sie das Schicksal herausfordern. Es ging schließlich nicht nur um sie, sondern um die ganze Seniorengang. Aber ein paar Tage später war sie immer noch nicht weiter, trotz Irish Coffee, Moltebeeren-Likör, Whisky oder Cognac – ganz zu schweigen von all dem Powerfood, das Stina brachte, und ihren Grünen Smoothies.

»Mir fällt ehrlich gesagt nur ein Mensch ein, der uns hierbei helfen könnte«, sagte Anna-Greta schließlich, hustete trocken in die Faust und traute sich kaum, ihren Freunden in die Augen zu sehen.

»Und wen meinst du?«, fragte Snille.

»Blomberg. Er war doch IT-Berater und kennt sich gut aus.«

»Aber der Mensch ist doch Polizist!«, rief Märtha energisch. »Bist du verrückt?«

»Aber er ist doch Rentner. Er ist bei der Rentenkasse registriert, das habe ich nachgeprüft. Und erinnert euch mal: Wir beide haben dieses Speeddating hingekriegt.«

»Das ist gefährlich, Anna-Greta. Er hat bestimmt noch viele Kontakte aus seiner aktiven Zeit«, warnte Stina ängstlich.

»Aber ich glaube, er mag mich wirklich. In der Zeit, in der wir fort waren, hat er jede Woche Schallplatten ins Restaurant geschickt und immer liebe kleine Grüße drangehängt, und nach mir erkundigt hat er sich auch. Wenn er etwas verdächtig findet, wird er uns nicht verraten.«

»Wie bitte? Er macht dir den Hof? Das hast du ja gar nicht erzählt«, rief Kratze verärgert aus.

»Nein, ich hab mich nicht getraut. Aber ich habe ihn höllisch vermisst!« Ihre Stimme zitterte, und dann musste sie ein Taschentuch hervorholen und sich die Augen trockentupfen. Dann fing sie an zu schluchzen. Keiner sagte ein Wort, es war mucksmäuschenstill.

»Ihr habt ja alle wen, aber ich nicht«, fuhr sie mit brüchiger

Stimme fort. »Ich will ihn so gern wiedersehen. Ihr habt ja keine Ahnung, wie sehr er mir gefehlt hat. Und außerdem kann er uns wertvolle Tipps geben. Ich muss ihm ja nicht sagen, worum es geht.«

»Aber kann er uns dabei wirklich helfen, ohne Verdacht zu schöpfen?«, fragte Snille skeptisch.

»Er ...« Anna-Greta schniefte laut und putzte sich deutlich hörbar die Nase.

»Ich denke schon. Es steht viel auf dem Spiel. Bis das Geld von der Versicherung ausgezahlt ist, kann viel Zeit vergehen, deshalb würde uns Olegs Geld für den Übergang sehr helfen. *Wenn* er von seiner Tätigkeit etwa 300 Millionen monatlich einnimmt, und wir ganz diskret einen Dauerauftrag von seinem Konto auf unsere Bank auf den Cayman Islands einrichten, dann fließt mindestens eine Million Dollar pro Monat direkt in unseren Diebstahlfonds Gittergroschen. Dann hätten wir die eine Hälfte für den Pflegedienst und die andere für das Vintagedorf zur Verfügung. Das wäre doch toll, nicht wahr? Aber wir müssen es so hinkriegen, dass uns niemand etwas nachweisen kann. *Wenn* das funktioniert! Mein Gott, so viel Geld!«

»Sehr viele *wenns*, finde ich«, sagte Kratze. »Wenn das Wörtchen ›wenn‹ nicht wäre, wären alle Millionäre.«

»Und wenn wir dann im Gefängnis landen«, erinnerte Märtha.

»O Gott, nein«, seufzte Stina. »Sich mit einem Mann einzulassen ist nie ganz ungefährlich. Und dann auch noch ein Polizist. Anna-Greta, ich weiß nicht.«

Da stand Anna-Greta auf und verließ laut heulend das Zimmer. Die anderen blieben schweigend sitzen und sahen ihr hinterher. Sie wollten doch, dass es Anna-Greta gutging, aber diese Geschichte war wirklich ein Risiko.

Die nächsten Tage beherrschte sich Anna-Greta, doch als sie mit den russischen Konten einfach nicht weiterkam, bestellte sie sich ein Taxi und ließ sich ins Restaurant SilverPunk in Huvudsta fahren. Sie stieg aus und warf einen Blick auf den beleuchteten Kahn. Unter Anders' und Emmas Leitung war das Restaurant nochmals aufgeblüht und das Speeddating so beliebt, dass sie jeden Tag ausgebucht waren und die Leute an den Wochenenden sogar Schlange standen. Anna-Greta lächelte, als sie das Boot da auf dem Wasser liegen sah. Es sah so gemütlich aus, und sie musste an die vielen schönen Stunden denken, die sie dort verbracht hatte. Eigentlich hatte sie schon früher zu Besuch kommen wollen, aber es war mit dem Anwalt und den Finanzen immer so viel los gewesen. Und zudem war sie auch ein bisschen ängstlich und verunsichert. Aber jetzt, wenn sie da Blomberg traf! Davon musste ja niemand etwas wissen. Dann könnten sie sich wieder verabreden und gemeinsam ein bisschen am Computer herumspielen, so wie früher. Wobei sie so viel Spaß gehabt hatte. Das konnte doch kaum gefährlich sein?

An diesem Abend hockte sie lange an der Bar und nahm sogar am Speeddating teil, aber kein neuer Verehrer tauchte auf und auch kein Blomberg. Da der Abend verging, wurde sie immer niedergeschlagener, und am Ende beschloss sie, nach Hause zu gehen. Sie stand gerade vor der Garderobe und hatte ihren Mantel übergeworfen, als sie eine Hand auf ihrer Schulter spürte.

»Anna-Greta? Na endlich!« Blomberg lächelte übers ganze Gesicht und nahm sie in den Arm. Sie bekam kein Wort heraus und traute sich kaum, ihn anzusehen.

»Meine Güte. Bist du es wirklich?« brachte sie schließlich hervor mit der wohl lautärmsten Stimme, die Anna-Greta jemals von sich gegeben hatte.

»Es tut gut, dich wiederzusehen«, sagte er und sah ganz glücklich aus. Ohne zu fragen, nahm er ihr den Mantel wieder ab und hängte ihn zurück in die Garderobe. »Na, haben dir die Platten gefallen?«

»Ja, Bill Haley und Sammy Davis, wirklich gut. Das war wirklich lieb von dir. Aber ich war ganz schön sauer auf dich. Wohin bist du denn an diesem Abend verschwunden? Plötzlich warst du weg. Ich dachte, du hättest es dir anders überlegt mit uns.«

»Komm, hier können wir doch nicht rumstehen!«, sagte er, nahm sie an die Hand und zog sie an die Bar. »Natürlich wollte ich mich weiterhin mit dir treffen. Aber das war ein Notfall. Diese Typen, Vessla und Kenta, nach denen wurde gefahndet. Ich wollte dir hinterher alles erklären, aber dann warst du weg und hattest mir auch keine Nachricht hinterlassen.«

»Ich hab ein bisschen Urlaub gemacht«, nuschelte Anna-Greta.

»Gerade jetzt? Na ja, wir bestellen uns erst mal ein Bier. Zwei Carlsberg bitte«, sagte Blomberg zum Kellner und drehte sich dann wieder zu ihr um. Und während sie ihr Bier tranken, erklärte er ihr, wie er die Verbrecher dingfest gemacht hatte und welcher Erfolg dies für ihn und sein Detektivbüro gewesen sei.

»Dann bist du also Detektiv? Warum hast du das nicht früher gesagt?«

»Ach, mit so was geht man nicht hausieren.«

»Nein, das verstehe ich«, sagte Anna-Greta, und ihr Mut schwand. »Schade, dass deine Arbeit wichtiger war als wir, ich meine …«

»Du hast recht. Das sollte nicht sein. Aber ich bin jetzt zu dem Schluss gekommen, dass das Leben nicht nur aus Arbeit besteht. Man muss schließlich auch leben. Ich habe ein paar Kurse besucht. Willst du mal sehen?« Er holte ein Buch aus seinem Koffer, das Anna-Greta richtig spannend fand.

»Wir können doch rüber in unsere Plattenecke gehen, und da kannst du es mir zeigen«, schlug sie vor, denn ihr fielen einige Dinge ein, die man dort tun konnte – besonders, wenn das Licht aus war.

Blomberg strahlte, bestellte noch mal zwei Biere, nahm sie mit, und dann machten sie es sich in ihrer Ecke gemütlich. Stolz hielt er ihr ein Buch mit Kreisen und Blättern auf dem Cover hin. Als sie darin blätterte, sah sie, dass darin vorgefertigte Zeichnungen waren, die er selbst angemalt hatte. Einen schönen großen Pfau fand sie da und auch ein paar Bilder mit Blumen. Alle waren mit fröhlich bunten Farben ausgemalt.

»Mindfulness, da spürt man Frieden in sich«, erklärte er und zeigte auf das Bild mit dem Pfau, auf das er richtig stolz war.

»Das heißt, man kommt runter?«, fragte Anna-Greta und blätterte jetzt etwas langsamer.

»Genau. Die Sache mit meinem Detektivbüro zum Beispiel. Keine ruhige Minute. Von morgens bis abends gab es immer was zu tun. Nicht ich, sondern die Verbrecher haben meine Arbeitszeit bestimmt. Ich hab' das jetzt eingestellt.«

»Eingestellt? Und wenn jetzt ein Gangster, hinter dem du her warst, vorbeikommen würde, dann bliebst du trotzdem mit mir hier sitzen?«, fragte Anna-Greta.

»Absolut.«

»Du würdest nicht einmal dein Handy in die Hand nehmen und die Polizei anrufen?«

»Wenn man aufgehört hat zu arbeiten, dann ist das so. Rentner, die ihren Job nicht loslassen können, machen sich doch lächerlich. Nein, ich habe ein neues Leben angefangen. Ich habe eine ganze Menge Schallplatten gekauft und einen Webshop gestartet. Ich verkaufe alte Jazzplatten und Musik aus den fünfziger Jahren. Siehst du. Das macht Spaß.«

Anna-Greta saß still da und sah ihn an. Sie wusste nicht, ob sie dem trauen konnte, was er eben gesagt hatte. Das musste sie testen. Aber wie?

»Ja, Spaß«, murmelte sie etwas abwesend.

»Du scheinst irgendwie woanders zu sein«, sagte Blomberg. »Bist du traurig?« Er nahm ihre Hand und streichelte sie sanft.

»Ich bin bei einem Geschäft über den Tisch gezogen worden. Meine Freunde und ich haben in Frankreich ein Boot verkauft. Aber wir haben das Geld nicht bekommen«, log sie.

»Geht es denn um viel Geld?« Unsicher liebkoste er ihre Handfläche und die langen, schmalen Finger.

»Sehr viel. Jetzt frage ich mich, ob man sich in sein Konto einhacken könnte. Glaubst du, das geht?«

»Meine Güte, ich war immerhin IT-Experte bei der Polizei. Auf dem Gebiet bin ich ein Ass.« Er hielt ihre Hand hoch, küsste sie kurz, und sie erzitterte.

»Meinst du wirklich«, fragte Anna-Greta völlig verzaubert und bemerkte selbst, wie hoffnungsvoll sie klang. Sie lehnte sich näher an ihn. Wenn er sie jetzt nicht im Stich ließ, dann konnte man ihm vielleicht vertrauen. Man hackte sich nicht einfach beliebig in andere Konten ein und nahm das Risiko auf sich. Und die Folgen vor dem Gesetz. Ob er bereit war, das für sie zu tun? Dann mochte er sie vielleicht wirklich.

»Komm mit zu mir, dann zeige ich es dir«, schlug er vor.

Anna-Greta durchfuhr ein Wärmeschauer, und gerade in dem Augenblick wünschte sie sich nichts lieber. Doch dann besann sie sich.

»Oder was hältst du von der Idee, dass wir uns hier morgen um dieselbe Zeit wiedertreffen?« Blomberg nickte.

»Ich bringe den Laptop mit. Und du …« Er beugte sich vor zu ihr und strich ihr zärtlich über die Wange. »Entschuldige bitte. Ich versprech's. Das mit den Verbrechern ist vorbei. Vergiss nicht, dass ich ein neues Leben angefangen habe.«

Wird sich zeigen, dachte Anna-Greta, doch sprach es nicht aus. Stattdessen lächelte sie und sagte:

»Ja klar, das ist toll.«

Am nächsten Tag beim Frühstück war sie so einsilbig, dass die anderen sich fragten, ob sie krank sei. Doch sie schüttelte nur den Kopf und starrte weiter vor sich hin. Es half auch nichts, dass Märtha ihr heimlich ein bisschen Whisky in den Morgenkaffee kippte. Anna-Greta war besorgniserregend still.

»Wir verlieren mehrere Millionen pro Monat, nur weil ich es nicht schaffe, mich in dieses Konto einzuhacken«, seufzte sie schließlich.

»Dann nimm Kontakt zu einem EDV-Spezialisten auf, aber lass Blomberg aus dem Spiel«, sagte Märtha und sah sie streng an. »Lieber warten wir oder verzichten auf das Geld.«

»Ja, natürlich. Aber ein paar Millionen jeden Monat? Ich überlege ja nur«, sagte Anna-Greta, stand auf, simulierte ein Gähnen und verließ den Raum. Sie wollte mit ihren Gedanken alleine sein.

Anna-Greta blieb den ganzen Tag lang für sich, aber als der Abend nahte, nahm sie noch einmal ein Taxi und fuhr zum Kahn. Sie hatte das iPad dabei und die Kontonummer von Oleg Pankin – und obendrein ein furchtbar schlechtes Gewissen, weil sie zu den anderen kein Wort gesagt hatte.

»Ich brauche ein bisschen Zeit für mich«, hatte sie zu ihrer Entschuldigung vorgebracht. »Und möglicherweise wird es spät. Und ich schaue vielleicht auch im Restaurant vorbei, kann sein, dass sie da Hilfe bei den iPads brauchen.«

Da zog Märtha die Augenbrauen hoch und sah ihre Freundin misstrauisch an. Blomberg kam doch hoffentlich nicht wieder regelmäßig dorthin?

»Du bist auch vorsichtig, Anna-Greta?«

»Mach dir keine Sorgen. Ich hab' nicht vor, schwanger zu werden«, antwortete sie, warf den Kopf in den Nacken und ging.

Als Anna-Greta eine halbe Stunde später den Kahn bestieg, begrüssten Anders und Emma sie freundlich und sahen sie ernst an, als sie ein großes Bockbier bestellte.

»Wieder in die Schallplattenecke, wie immer?«, fragte Emma. Und da wurde Anna-Greta rot.

»Ja, natürlich. Ich liebe es, da zu sitzen. Das ist etwas Besonderes«, antwortete sie und hoffte inständig, dass sie es nicht gleich Stina weitererzählten.

Blomberg war schon da und wartete auf sie am Tisch, und mit einem Mal hatte Anna-Greta ganz weiche Knie. Er war schick angezogen, frisch frisiert und hatte seinen Laptop dabei. Er machte gerade ein Computerspiel, und bevor er es schloss, konnte Anna-Greta noch sehen, dass er schon bis 251 gekommen war.

»Du bist aber fleißig!«

»Ach was, einfach Glück, aber das ist gut fürs Gehirn«, antwortete er und stand auf. Wie schon am Vortag umarmte er sie, und dann ließen sie sich nieder. Der Plattenspieler war kaputt und wurde gerade repariert, daher war die Stimmung anders als sonst, und sie waren beide etwas schüchtern. Schließlich sagte Blomberg: »Du hattest also ein Problem, dich in ein Konto zu hacken, hast du gesagt?«

Anna-Greta nickte, fuhr das iPad hoch und ging ins Netz. Dann erzählte sie ihm die Geschichte, die sie sich zurechtgelegt hatte.

»Irgendwo in Russland befindet sich dieses Konto, an das ich rankommen muss, um mein Geld zu kriegen.«

Sie hielt ihm einen Zettel hin, auf dem sie Olegs Namen, seine Bank und die Kontonummer notiert hatte.

»Mmh, die Bank kenne ich«, sagte er und lächelte sie an. »Da haben die Millionäre ihr Geld, solche russischen Oligarchen, weißt du. Dann muss dieser Oleg eine ganze Menge besitzen.« Er summte beeindruckt vor sich hin und leckte sich unbewusst über die Lippen. Er arbeitete mit voller Konzentration und schaffte es nach einer Weile, ins System zu kommen. Er pfiff.

»Kennst du den Mann? Übler Mistkerl.«

»Dann kannst du an der Kontonummer gleich erkennen, dass er Geld hat?«

»Nach dreißig Jahren Erfahrung mit Verbrechern«, antwortete Blomberg stolz, dann beugte er sich vor, und seine Nase verschwand fast im Laptop. Kurz darauf sahen seine Augen ganz fiebrig aus und seine Finger flitzen über die Tastatur, dass sie fast schwebten. Er trank keinen Schluck Bier, sah nicht einmal zu ihr hinüber, er war völlig absorbiert von dem, was er auf dem Bildschirm las. Und er klickte und summte, während unzählige Kontonummern und Zahlen vorbeirollten. Schließlich meinte Anna-Greta, dass das aussah, als wären da mehr Zahlen auf dem Schirm als Mücken in Norrland.

»Ernst! Kannst du mir mal zeigen, was du da machst?«, fragte Anna-Greta und versuchte, ihre Ungeduld zu verbergen.

»Moment noch. Mensch, das ist unglaublich.«

»Hast du was gefunden?«

»Du, dieser Mann bekommt jeden Monat etwa 400 Millionen aufs Konto.«

»Meine Güte!«, murmelte Anna-Greta und versuchte, auch an das Konto zu kommen.

»Kannst du mir nicht einfach zeigen, wie es geht?«, bat sie ihn und küsste ihn sanft im Nacken. Und da drehte er sich um, beugte sich über ihr iPad und instruierte sie Schritt für Schritt. Am Ende erklärte er ihr, wie sie die Firewall umgehen konnte.

»Oh, das ist aber spannend«, rief Anna-Greta aus und klatschte in die Hände. »Dieser Mistkerl hat die Yacht nicht bezahlt. Er schuldet mir …« Sie atmete ein und überlegte kurz, welche Summe jetzt passend wäre, »ja, 29 Millionen Dollar sollte er an mich bezahlen. Er ignoriert jede Aufforderung und hat schon Rache angedroht, wenn ich einen Anwalt konsultiere. Aber wenn man direkt von seinem Konto etwas überweisen könnte … So einen kleinen Dauerauftrag, den er gar nicht bemerkt.«

»So viel Geld, Anna-Greta! Jetzt erzähl mir mal, was du vor mir verheimlichst.«

»Also, das ging um eine Wohltätigkeits-Stiftung, der die Yacht gehörte, und ich habe mich um die Finanzen gekümmert. Verstehst du, das ist mir schrecklich peinlich.«

»Wenn man es so betrachtet«, murmelte Blomberg und schien die Lüge zu schlucken und merkte nicht einmal, dass Anna-Greta etwas Illegales vorgeschlagen hatte. Er war so eifrig geworden, dass seine Augen glänzten. »So eine Unverschämtheit, solche ausgekochten Ganoven mag ich gar nicht!« Voller Entrüstung bewegte er die Tasten so schnell, dass Anna-Greta kaum mitkam. »Du kriegst also noch 29 Millionen von diesem Gauner?«

»Ja, aber bitte mit einem Dauerauftrag in einer Größenordnung, die er nicht bemerkt. Kleinere Beträge jeden Monat verteilt auf mehrere Jahre. Sonst fällt es ihm vielleicht auf.«

»Kein Problem«, sagte Blomberg, und seine Stimme klang autoritär. Und dann zeigte er ihr, wie man das macht, und sie wurde von einem warmen Glücksgefühl überrollt. So viele Männer behielten ihr Wissen für sich, aber er war da wirklich großzügig und gab alles an sie weiter. Und während er den Auftrag auf dem besagten Konto einrichtete, sah sie zu, machte Notizen und wiederholte das, was er ihr gerade beigebracht hatte.

»So, das war schon alles. Bei der Polizei haben wir solche Reichenkonten früher auch schon kontrolliert. Dein Schurke in Russland wird kaum bemerken, dass wir sein Konto besucht und ein bisschen gemopst haben. Sollte er es wider Erwarten doch tun, dann kann er die Spur zu deinem Unternehmen nicht zurückverfolgen. Anna-Greta, du bist ja lustig, ich sehe gerade, dass du ein Konto auf den Cayman Islands hast.«

Blomberg musste herzlich lachen und sah sie amüsiert und bewundernd an.

»Was? Das kannst du sehen?«, rief Anna-Greta aus und war auf einen Schlag erschrocken und gleichzeitig tief beeindruckt.

»Im Netz sieht man alles, Darling«, antwortete er, fasste sie unterm Kinn und gab ihr einen hastigen Kuss auf den Mund. »Geschafft! Bin gleich wieder da«, sagte er, zeigte auf die Herrentoilette und verschwand.

»Ja, alles klar«, murmelte Anna-Greta überwältigt. Was hatte er da eigentlich gemacht, dachte sie und beugte sich über ihr iPad. Sie wollte auch gerne wissen, was das für viele Konten gewesen waren, die er aufgerufen hatte, doch als sie versuchte, sich durchzuklicken, passierte nichts. Gerade als sie es noch einmal versuchen wollte, hörte sie eine vertraute Stimme.

»Hab' ich's mir doch gedacht. Emma hat erzählt, dass du hier hockst«, sagte Märtha und nahm Platz. »Du wartest auf ihn, stimmt's?«

Anna-Greta wurde so rot, wie sie es in ihrem ganzen Leben noch nicht geweseen war. Sie war auf frischer Tat ertappt worden und brachte kein einziges Wort heraus. Sie hätte es wissen müssen, dass Märtha sie durchschauen würde.

»Meine Liebe, ich bin gekommen, um dich zu warnen, bevor du etwas Dummes tust. Einmal Polizist, immer Polizist. Bitte, hör auf, dich mit ihm zu treffen.«

»Einmal Gauner, immer Gauner«, antwortete Anna-Greta trotzig und schielte zur Herrentoilette hinter Märthas Rücken.

»Begreifst du nicht, dass wir alle für Jahre ins Gefängnis wandern können? Nur weil du dich verliebt hast«, sagte die Freundin leise. »Ich bitte dich: lass ihn ziehen!«

»Du kannst das leicht sagen, du hast ja Snille. Du weißt gar nicht, wie das ist, wenn man alleine ist. Alle sind wichtiger als man selbst. Der Ehepartner, die Kinder, die Enkel. Alle anderen kommen zuerst. Man hat keine Chance.« Anna-Greta tastete nach einem Taschentuch.

»Aber du hast doch deine Freunde, du hast uns!«

Anna-Greta gab keine Antwort, und im nächsten Moment sah Märtha, wie sie erstarrte. Märtha folgte ihrem Blick! Mein Gott! Das war doch dieser Kommissar, den sie auf dem Polizerevier damals getroffen hatte. Dann hatte Anna-Greta die ganze Zeit also von diesem Blomberg gesprochen …? Märtha stand auf, um zu gehen, doch hielt inne. Sie konnte ja nicht einfach abhauen, das würde ja komisch aussehen, vielleicht sogar Verdacht erregen. Also blieb sie stehen. Blomberg fing sich als Erster.

»Ernst, Ernst Blomberg. Nett, Sie kennenzulernen.«

»Märtha, Märtha Anderson«, sagte Märtha und lächelte, obwohl sie sich eher so fühlte, als würde sie auf Uhu oder irgendeinen anderen Sekundenkleber beißen.

»Netter Kahn, nicht wahr? Und gutes Essen gibt es hier auch im Restaurant SilverPunk.«

»Ja, es ist hier immer nett. Und Schallplatten und Empfang gibt es hier.«

»Ja, alles sehr modern«, meinte Blomberg und sah sie so intensiv an, dass sie es im Rückenmark spürte.

»Also, ich wollte mich gerade verabschieden«, stammelte Märtha und nickte zu Anna-Greta hinüber. »Schön, dass wir uns über den Weg gelaufen sind. Aber jetzt will ich nicht länger stören.« Sie zog sich zurück und verschwand. Blomberg setzte sich, ganz weiß im Gesicht, als sei ihm übel.

»Kennst du sie?«, fragte er.

»Wir grüßen uns«, sagte Anna-Greta und wich seinem Blick aus. »Eine Sandkastenfreundin.«

»Weißt du, was? Ich habe sie schon mal gesehen«, flüsterte Blomberg. »Und zwar auf Bildern einer Überwachungskamera. In der Nähe dieser Banken, die ausgeraubt worden sind.«

Anna-Greta saß schweigend da. Brachte kein Wort heraus. Wartete.

»Diese nie aufgeklärten Banküberfälle in Stockholm, du erinnerst dich«, fuhr Blomberg fort. »Ich glaube, sie war darin verwickelt. Sie ist die einzige Person, die auf den Bildern der Kameras vor der Nordeabank und vor Buttericks zu sehen war. Außerdem wurde sie auch vor dem Nationalmuseum erkannt, wo Gemälde gestohlen wurden.«

Anna-Greta konnte kaum noch reden und schnappte nach Luft und Worten gleichzeitig.

»Um Himmels willen! Märtha ist die liebenswerteste, süßeste und ehrlichste Person auf der Erde. Sie war die Beste in der Schule!«

»Die stillen Wasser sind tief. Man sollte sie mal verhören.«

»Mindfulness«, rief Anna-Greta da. »HAST DU ES SCHON VERGESSEN!?«

»Was?« Blomberg zuckte zusammen. »Ja, stimmt, du hast recht.«

Anna-Greta legte ihre Hand auf sein Knie und zog ihn zu sich.

»Weißt du, wenn du einfach abschaltest und deinen alten Job Job sein lässt, dann könnten wir es uns richtig gutgehen lassen«, sagte sie. Und dann küsste sie ihn so, dass ihm die Luft wegblieb. Ja, das konnte Anna-Greta.

Zu späterer Stunde, als sie mit ihm nach Hause gefahren war und ohne Scheu bis Mitternacht wild mit ihm geknutscht hatte, verabschiedete sie sich tränenreich von ihm und stieg in ein Taxi nach Djursholm. Mit zerzaustem Haar und leicht angeschwolleen Lippen schlich sie durch die Haustür und hoffte inständig, dass ihr keiner über den Weg lief. Kaum war sie in ihrem Zimmer angekommen, fuhr sie den Computer hoch und suchte nach diesen Kontonummern, die er angeklickt hatte. Gab es in Russland wirklich so viele Konten? Sie suchte und suchte, aber wurde immer müder und schlief am Ende ein, genau da, wo sie saß.

61

Am darauffolgenden Tag gab es Grund für eine wichtige Besprechung. Das Geld von der Versicherung war gekommen, und Märtha hatte den Tisch oben im Turmzimmer mit Kaffee, dem üblichen Waffelgebäck und Moltebeeren-Likör gedeckt. Als Snille und Kratze aus dem Fahrstuhl stiegen, sah man ihre Samsung-Handys aus den Taschen hervorlugen. Sie hatten wieder gespielt, aber wollten das vor den Damen nicht zugeben. Und Stina, die sich gerade die Haare gemacht hatte, kam die Treppe hinunter mit einem neuen Hüftschwung, einem, der ihrer Meinung nach für eine Dame über siebzig passend sei. Außerdem trug sie ein neues Make-up, eine neue Frisur und hatte ihre Fingernägel in einer neuen Farbe lackiert. Jetzt würde Kratze doch wohl aufallen, wie hübsch sie war!?

»Liebe Freunde«, sagte Märtha und erhob ihr Glas mit Moltebeeren-Likör. »Ihr habt es wirklich gut gemacht. Ich bin richtig stolz auf euch. Sagt mir, welche Diebe es in einem Jahr auf über eine Millarde Beute bringen.«

»Na ja, dass ein Banküberfall nur was fürs Taschengeld ist, wissen wir ja jetzt. Und dass die Banken selbst viele hundert Milliarden von uns Normalsterblichen abzwacken, wissen wir auch«, sagte Anna-Greta, die ja Ahnung davon haben musste.

»Ja, ja, nur was die selbst leihen, ist ja Luftgeld. Wir haben jetzt richtige Moneten. Und gerade ist das Geld von der Versicherung gekommen …« Weiter kam sie nicht, denn draußen war ein Fahrzeug zu hören. Die Senioren sahen sich besorgt an, sprangen auf und liefen ans Fenster. Ein blauer Volvo war auf Bielkes

Grundstück eingebogen und stand nun in der Garageneinfahrt hinter dem Motorboot. Zwei Männer in Grau stiegen aus.

»Schaut mal. Die sehen aus wie Beamte von der Jobzentrale oder dem Statistischen Bundesamt oder so«, sagte Stina und zeigte auf die zwei. Die beiden Männer umrundeten das Haus und sahen zu den Fenstern hinein, ebenso in den Schuppen, dann betrachteten sie Bielkes Motorboot. Sie holten einen Notizblock heraus, machten Fotos und nahmen hier und da Maß. Nach einer halben Stunde etwa waren sie mit ihrer Inspektion fertig, dann setzten sie sich wieder ins Auto und fuhren ab. Als der Fahrer den Volvo durch das Tor zurücksetzte, las Stina auf der Seite des Fahrzeugs die Aufschrift GEMEINDE DANDERYD.

»Und was wollten die?«, rief sie aus, als die Männer verschwunden waren.

»Huh, das ist mir aber unheimlich. Ich hoffe, sie haben keine Tipps wegen des verschwundenen Müllwagens bekommen«, antwortete Märtha.

»Ach, kleine Märtha, in den seltensten Fällen gießen Bankräuber Müllwagen in Beton«, sagte Snille tröstend. »Die hatten bestimmt ein anderes Anliegen.«

»Aber ich habe wegen Bielke schon ein ziemlich schlechtes Gewissen. Wir haben ihm ganz schön übel mitgespielt.«

»Einem skrupellosen Steuerhinterzieher, der in Saus und Braus lebt und nichts an andere abgibt? Nein. Geschieht ihm ganz recht. Vergiss nicht den Grund dafür, Märtha. Heute haben wir mindestens 20 000 Benachrichtigungen über das Bonusgeld an die Bedürftigen in der Pflege verschickt. Die Krankenpflege hat etwas abbekommen und jedes Museum eine Million. Richtig gut. Und Bielke hat schließlich immer noch zwei Motoryachten«, verteidigte sich Anna-Greta und schob sich eine Portion Snus unter die Lippe. (Sie hatte auf Blombergs Anraten die Zigarillos sein lassen, denn er machte sich Sorgen um ihre Gesundheit.)

»Ja, ja, ich weiß ja, aber trotzdem«, seufzte Märtha. »Wir haben seinen Swimmingpool ruiniert.«

»Aber er hat doch das ganze Mittelmeer und die Karibik, wenn er will. Einen Pool braucht er doch gar nicht. Und schau dir den schönen Garten an, den er jetzt hat.« Snille zeigte auf die gepflegte Rasenfläche, die sich jetzt genau da befand, wo zuvor der Pool gewesen war. Er legte den Arm um ihre Schulter, und sie sahen hinaus auf Bielkes Garten, den jemand in den vergangenen Wochen wieder auf Vordermann gebracht hatte. Warum hatte Bielke sich jetzt eigentlich wieder um das Grundstück gekümmert? Hatte er den Gärtner gewechselt oder wollte er das Haus verkaufen?

Drei Wochen später erhielt die Seniorengang die Erklärung. Da hielt ein Taxi vor Bielkes Haustür. Die fünf hörten das Fahrzeug und gingen sofort hinaus auf den Balkon, um nachzusehen, was geschah. Carl Bielke himself stieg aus, er war in Begleitung einer mindestens zwanzig Jahre jüngeren Frau. Märtha fand so etwas immer sehr peinlich. Man wusste nie, ob es sich um die Tochter oder die Geliebte handelte. Lange blieb er in der Garagenauffahrt stehen und starrte in seinen Garten. Dann ging er vor zum Boot und riss einen Zettel ab, der an der Seite festgeklebt worden war. Märtha und die anderen sahen zu, wie er den Inhalt las, den Kopf schüttelte und anfing, herumzuschimpfen. Da konnten sie nicht mehr an sich halten, stiegen die Treppe hinunter und trabten in den Garten.

»Willkommen zu Hause!«, sagte Märtha und beugte sich über den Zaun.

»Ja, willkommen. Was gibt's Neues?«, fragte Snille freundlich nach.

»Was zum Teufel ist denn hier passiert?«, schrie Bielke und wedelte mit dem Papier. »Ich verstehe gar nichts. Der Pool ist nicht mehr da, und dann finde ich an meinem Boot diesen verfluchten Zettel. Haben Sie etwas gehört oder gesehen?«

»Ach, mein Lieber, was Sie nicht sagen! Ob etwas passiert ist? Wir hören und sehen doch mittlerweile so schlecht«, sagte Märtha. »Aber ab und zu waren merkwürdige Typen hier. Das fiel uns auf.«

Bielke schien gar nicht zuzuhören, er war einfach viel zu aufgebracht, um noch irgendwelche Informationen aufnehmen zu können.

»Da kommt man nach Hause, um in den Schären ein bisschen Urlaub zu machen, und dann das! Ich hatte einen Freund gebeten, das Boot startklar zu machen, damit ich es direkt auf den Hänger laden kann. Und jetzt das!« Er machte eine verzweifelte Geste mit den Armen und stöhnte auf. »Jemand hat den Garten gerodet und diesen Zettel an meinem Boot angebracht. Was geht hier eigentlich vor?«

»Ist es etwas Ernstes?«, fragte Stina ganz unschuldig.

»Schauen Sie sich das an. Nichts darf einem bleiben.« Er hielt ihr den Zettel hin. »Nein, in dieses Land werde ich meinen Fuß nicht mehr setzen.«

»Warten Sie, ich hole die Lupe«, sagte Stina und machte Kratze ein Zeichen, dass er ein Vergrößerungsglas holen sollte. »So, jetzt schauen wir mal, fuhr sie fort, als er mit der Lupe zurück war. Sie rollte das Papier aus und las laut.

> »Dieses Schiff wird beschlagnahmt, weil festgestellt worden ist, dass Sie dafür keine Steuern bezahlen. Eventuelle Widersprüche gegen diesen Beschluss müssen bei uns bis Ende Juni eingereicht werden.«

Das Schriftstück war von einer Ann Forsen vom Finanzamt unterzeichnet.

»Ach du liebe Güte! Sie Armer!«, rief Stina und schlug theatralisch die Hände vors Gesicht.

»Jetzt hat dieses verdammte Blutsaugeramt mein Motorboot

beschlagnahmt! Heutzutage soll man für alles Steuern zahlen«, fluchte Bielke und tobte, dass ihm fast Rauch aus dem Kopf aufstieg. »Für eine arme kleine Jolle wie die hier soll ich jetzt auch noch Steuern bezahlen. So ein Scheiß! Und für seine Steuern bekommt man nichts.«

»Ja, das ist furchtbar, nicht wahr?«, sagte Märtha mit einer Stimme voller Empathie. »Aber man muss auch das Finanzamt verstehen. Viele bezahlen ihre Steuern ja nicht anständig, und wie soll es dann mit den Schulen und Krankenhäusern funktionieren?«

»Was sagen Sie, alte Frau? Sie sind ja komplett verrückt. Und Sie wollen Djursholmerin sein? Hier kann man wirklich nicht bleiben. Verdammtes Scheißland. Ich geh ins Ausland!«

»Vielleicht auf die Cayman Islands? Ich habe gehört, dass man dort in Ruhe gelassen wird«, sagte Anna-Greta und setzte ein ganz unschuldiges Gesicht auf.

»Auf keinen Fall werde ich in Schweden bleiben. Hier kann man keinen Wohnsitz mehr haben!« Er hakte seine Dame ein und ging ruckartig zum Hauseingang. Doch da unterlief ihm ein Fehler – genau wie Kratze. Er passte nicht auf, stolperte über den Weihnachtsmann, fiel auf die Löwenskulptur und schlug sich an der Tatze die Stirn auf. Da wandte sich die Seniorengang diskret ab und ging zurück ins Haus, damit er ihr Gekicher nicht hören konnte.

Einen Monat später machte Bielke Nägel mit Köpfen und verkaufte die Villa. Mit Müllauto und allem Drumherum. Anna-Greta war neugierig und googelte ihn im Netz. Ja, er hatte seinen Facebook-Account nach wie vor und sonderbarerweise auch seinen Blog. Da hatte er ein Selfie gepostet, auf dem er lächelnd neben einer U-Boot-ähnlichen Yacht stand, die aussah wie die eines malaysischen Händlers – so ein Boot mit einem Preisschild um eine Millarde. Die Yacht schwoite vor Saint Tropez, und Bielke hatte einen Kommentar unter dem Bild veröffentlicht.

»Hab' ein neues Schiff gekauft, unglaublich schön. Werde mich künftig mit zweien vergnügen, weil mehr Schiffe zu viel Arbeit machen. Madelaine und ich werden im Herbst heiraten und in die Karibik reisen. Dafür ist dieses Boot wunderbar. Ich liebe Sonne und Meer. Was soll man da im kalten Schweden?«

62

Die Seniorengang hatte nun Zeit zum Erholen, und Märtha hatte den Gymnastikraum unten im Keller etwas aufgemöbelt. Sie hatte Sprossenwände installieren lassen und neue Matten, Hanteln und drei Laufbänder gekauft. Zwei Ergometer gab es außerdem. Sie achtete darauf, dass die anderen jeden Tag Sport trieben, und Snille hatte sich in letzter Zeit sogar richtig ins Zeug gelegt. Vielleicht hatte er am Ende doch eingesehen, wie wichtig Bewegung war? Sie wusste es nicht, war aber sehr zufrieden.

Snille legte die Hanteln beiseite und sah hinab auf seinen Bauch. Er hatte ein paar Kilo abgenommen, seit er wieder Stinas Yogastunden und Märthas Gymnastik mitmachte, die die so energischen Frauenzimmer eigentlich jeden Tag veranstalteten. Aber obwohl er langsam richtig attraktiv wurde (was er selbst so sah), hatte Märtha die Hochzeit mit keinem Wort mehr erwähnt. Sie waren verlobt, Punkt, Schluss, aber seit sie aus Saint-Tropez zurückgekommen waren, hatte er sich sehr viel Mühe gegeben, ihr zu gefallen. Ja, sogar den Bart hatte er abgenommen. Aber jetzt war er langsam müde und spürte, dass er an einem Scheideweg angekommen war. Entweder musste er sie ziehen lassen und sein Leben wie bisher weiterleben oder ihr ein Ultimatum stellen. Aber vorher mussten sie sich aussprechen, das rieten doch auch immer die Psychologen. Er duschte, seifte sich mit seinem besten Shampoo ein, und als er fertig war, bat er sie um ein Gespräch unter dem Sonnenschirm im Garten. Sie sah ihn mit großen Augen an.

»Du siehst ja ganz ernst aus, Snille!«

Er murmelte leise eine Antwort, und Märtha ging in die Küche und mixte ihnen beiden noch einen erfrischenden Blaubeersmoothie mit Erdbeeren. Der würde seiner Laune guttun. Sie ließen sich auf den Gartenstühlen nieder.

»Märtha, du weißt, dass ich dich mag, aber ich habe nicht das Gefühl, dass du mich heiraten willst.« Er kam direkt zur Sache. Märtha trank ihren Smoothie so lange und langsam, dass sich ihre Zähne unvorteilhaft blau verfärbten. Er sah recht traurig aus.

»Wir hatten doch mit dem Diebstahl und dem Banküberfall jede Menge zu tun«, antwortete sie ausweichend.

»Genau. Ich habe auf unsere Hochzeit jetzt bald ein Jahr lang gewartet. Und wir haben Milliarden geklaut, aber immer noch nicht geheiratet.«

»Nein, wie gesagt, es war alles etwas viel«, murmelte Märtha und rührte so heftig in ihrem Smoothie herum, dass ihm schwindelig geworden wäre, wenn er gekonnt hätte.

»Träumst du vielleicht von einem anderen? Von einem mit mehr Muskeln?«, fragte Snille und schielte auf seine schlaffen Oberarme, die allerdings einige frische Rundungen bekommen hatten.

»Ach, du Lieber! Nein, überhaupt nicht.«

Dann sind es also nur Motoryachten, Banküberfälle und Goodiebags für Arme, von denen du träumst, wollte er fast sagen, doch verkniff es sich im letzten Moment. Stattdessen sagte er:

»Ich habe nachgedacht. Das mit dem Heiraten ist vielleicht nicht so dein Ding …«

»Nein, stimmt genau«, sagte Märtha wie aus der Pistole geschossen und sehr erleichtert – aber merkte das gleich selbst und sah, sofern möglich, noch verlegener aus. »Ich meine, eine Ehe ist doch keine Garantie für Liebe, und schon gar nicht für Liebe, die ein Leben lang hält. Man ist mit jemandem zusammen, den man liebt, weil man es *will*, ja, das ist etwas anderes. Irgendwie echter«, sagte Märtha mit leuchtenden Wangen. Snille saß eine Weile still da und versuchte zu verstehen, was sie damit meinte.

»Echter? Du meinst also, du magst mich?«, fragte er.

»Natürlich tue ich das. Ich liebe dich«, sagte sie ganz direkt. Und als sie realisierte, was sie eben ausgesprochen hatte, traute sie sich nicht recht, ihm ins Gesicht zu sehen, denn nun war sie so geniert wie noch nie in ihrem Leben. Aber Snille sah das und nahm seinen Mut zusammen, ging zurück ins Haus und kam mit einem hübsch verpackten, kleinen Päckchen wieder heraus. Es war keine harte Schachtel oder so etwas, sondern etwas kleines Weiches.

»Für dich. Ich hatte schon lange vor, es dir zu schenken. Aber da waren ja immer Überfälle und Diebstähle und so im Gange.«

»Du bist ja süß«, sagte Märtha leise, lächelte und öffnete das Päckchen. »Aber ich habe doch gar nicht Geburtstag, erst in einem halben Jahr.« Sie wickelte das Geschenk aus und sah etwas kleines Schwarzes. Im weißen Seidenpapier lag ein glänzendes schwarzes Lederband mit Fransen. So wie sie junge Paare am Handgelenk trugen. Zum Beispiel die Punks auf dem Kahn. Snille räusperte sich.

»Also, das hier ist nichts Bindendes, und wir müssen dafür auch nicht vor den Altar treten. Aber vielleicht zeigt es ja, dass wir zusammengehören«, sagte er und zog das gleiche Lederarmband aus der Jackentasche. »Und außerdem ist es sehr modern.«

Da musste Märtha wieder lächeln, und als sie ihn ansah und das Lederband, das er in der Hand hielt, war sie so gerührt, dass ihr die Tränen in die Augen schossen. Sie schnürte sich das eigene Band um und knotete dann das andere um Snilles haariges, kräftiges Handgelenk. Nicht, dass jetzt einer von ihnen wie ein Punker aussah, aber cool war es schon irgendwie.

»Snille, so ein Armband ist zehnmal besser als jede Hochzeit auf der Welt. Denn das bedeutet, dass wir beide zusammengehören.«

»Und uns lieben?«

»Ja, was dachtest du denn?«, fragte Märtha.

Da nahm Snille Märtha an der Hand, und dann gingen sie in sein Zimmer. Und an diesem Tag blieben die zwei da so lange, dass die anderen schon anfingen, sich Sorgen zu machen. Aber als sie Hand in Hand wieder herunterkamen und jeder ein schwarzes Lederarmband trug, da verstanden sie es. Und Stina flitzte hinunter in den Weinkeller und holte den besten Champagner hoch, und Anna-Greta deckte den Tisch mit Gläsern, Chips und Oliven. Dann stießen sie an und feierten miteinander, auch wenn Anna-Greta nicht so richtig anwesend war, sondern mit ihren Gedanken woanders. Ohne dass die anderen es wussten und gegen alle Bedenken, traf sie sich weiterhin heimlich mit Blomberg. Sie konnte ihm einfach nicht widerstehen. Obwohl sie wusste, dass es gefährlich war.

63

Ein paar Wochen waren vergangen, und Anna-Greta war wieder einmal beim Anwalt Hovberg gewesen, um die Geschäfte der Seniorengang zu erledigen. Die Sonne schien, und sie hörte in ihrem Ferrari »My way« von Frank Sinatra auf höchster Lautstärke, als sie mit einer Portion Snus unter der Oberlippe nach Hause fuhr. Seit sie nach Hause gekommen waren, hatte sie Hovberg regelmäßig aufgesucht, um ihre Überweisungen im Blick zu behalten. Anfangs hatte es zwar einige Schwierigkeiten mit der Versicherungssumme von Lloyd gegeben, aber sie hatten ja den Besitzernachweis, den Vertrag und alle anderen Unterlagen vorlegen können, die man brauchte, und mit Hilfe des Anwalts war es dann erstaunlich schnell über die Bühne gegangen. Geld, das aber überlicherweise nicht an sie ging, sondern an den Gittergroschen, den sie jetzt auf den Cayman Islands unter dem Namen *Fence* hatten registrieren lassen. Bis jetzt hatten sie dorthin schon so viel Geld überwiesen, dass sogar der Verbrecheranwalt Hovberg stark beeindruckt war.

»Sie schuften ganz schön, obwohl Sie Rentner sind«, sagte er und pfiff laut, als er die letzten Geldeingänge sah.

»Ach wissen Sie, wir hatten ja auch ein Leben lang Zeit, die Kraft dafür zu sammeln«, antwortete Anna-Greta fröhlich.

»Aber eine Milliarde!«

»Na ja, nur die erste Million ist schwer«, sagte Anna-Greta lässig und hielt nach einem Aschenbecher Ausschau, als ihr einfiel, dass sie ja auf Snus umgestiegen war.

»Wenn man Klienten wie Sie hat, geht die Arbeit nie aus«,

sagte Hovberg lächelnd, und auch Anna-Greta grinste breit. Ja, dieser Anwalt war gut. Mit der Diskretion eines Profis hatte er sich unterstanden nachzufragen, woher das Geld stammte – auch wenn er sein Honorar natürlich sofort entsprechend angepasst hatte. Gehorsam platzierte er das Geld der Seniorengang dort, wo es den meisten Ertrag brachte, und das konnte er wirklich gut. Folglich konnten die fünf noch mehr Geld an die Armen verteilen. Vom Konto des Gittergroschen ging jeden Monat eine beträchtliche Summe direkt an den Bonusfonds für Unterbezahlte in Pflege und Krankenhäusern – und dies alles über diverse Tochterunternehmen, so dass die Überweisungen nicht zurückverfolgt werden konnten. Und zwanzig Prozent blieben für das geplante Vintagedorf.

»Wunderbar, vielen Dank für Ihre Hilfe«, sagte Anna-Greta eine Stunde später und stand auf.

»Ja, das sind ziemlich viele Konten, die man kontrollieren muss, aber das geht schon«, meinte Hovberg und begleitete sie hinaus.

»Viele Konten, die man kontrollieren muss?« Plötzlich fielen ihr diese Kontonummern wieder ein, die Blomberg aufgerufen hatte. Irgendwo hatte sie sie noch. Eigentlich hatte sie sie am selben Abend genauer anschauen wollen, doch war dann so müde gewesen und eingeschlafen. Danach hatte sie es vergessen. Höchste Zeit, sich mal die Überweisungen aus Russland anzusehen. Ihr Ferrari, den sie an der Straße geparkt hatte, hatte einen Strafzettel bekommen, doch sie schnaubte nur und warf ihn in weitem Bogen in den nächsten Abfalleimer und fuhr los. Dann dachte sie noch mal nach, legte den Rückwärtsgang ein und holte sich den Zettel zurück. Es war besser, ihn zu bezahlen. Denn niemals, wirklich niemals sollte man Spuren hinterlassen.

»Dass es so einfach ist, die Finanzämter an der Nase herumzuführen und den Staat um Milliarden Steuergelder zu betrügen!«, sagte Märtha später am Abend, als Anna-Greta von ihrem Besuch bei Hovberg Bericht erstattet hatte. Die Seniorengang saß in der Bibliothek, trank Abendtee und besprach die Geschäfte. »Die im Finanzamt scheinen gar nichts zu merken. Das ist doch furchtbar. Denn Schweden braucht das Geld doch dringend.«

»Ja, wie kann das sein? Jemand muss sich diese Finanzjongleure vorknöpfen. Denn wer versorgt die Alten und Armen mit Geld, wenn wir es nicht mehr können?«, meinte Stina.

»Aber jetzt gibt es UNS noch, und wir haben Geld und jetzt haben wir wirklich die Möglichkeit, etwas richtig Gutes auf die Beine zu stellen. Ich meine dieses Vintagedorf, von dem du gesprochen hast, Märtha«, sagte Anna-Greta.

»Vintagedorf, wieso eigentlich Vintage? Gibt es keinen besseren Namen dafür?«, fiel Snille ihr ins Wort.

»Freudenhausdorf«, schlug Kratze breit grinsend vor.

»Ich weiß, wir eröffnen das beste Altersheim der Welt. Ein Seniorenheim im Weltall – oder wie sagen die Politiker, wenn sie nicht wissen, wovon sie reden«, fragte Märtha, ohne von den Herren Notiz zu nehmen.

»Dann reden sie von *Weltklasse*«, korrigierte Kratze.

»Stimmt. Ein Seniorenheim der Weltklasse. Die Brillant-GmbH!«, rief Stina aus.

»Eine ausgezeichnete Idee«, antworteten die anderen wie aus einem Munde und sahen ganz glücklich aus.

»Aber der Name?«, fragte Märtha. »Warum denn gerade Brillant?«

»Ich musste an das Aquarium denken, an unsere Bank«, antwortete Stina. Ja, die Idee für den Namen hatte sie gehabt, als sie im Keller vor dem Aquarium gestanden hatte. Im Moment enthielt es mehr glitzernde, echte Steine und Brillanten als sattgefütterte Fische. Ihr Aquarium war inzwischen der private Banktresor der Seniorengang geworden. Alle vertraten die Ansicht, dass man in Zeiten, in denen man den Banken nicht mehr vertrauen konnte, sich selbst eine Lösung überlegen musste. Einem Aquarium konnte man sehr schnell ansehen, ob jemand versucht hatte, etwas zu klauen (man sah die Hände, und das Wasser wurde trüb). Und wenn man zudem noch ein Schild angebracht hatte, auf dem WARNUNG PIRANHAS geschrieben stand, würden Einbrecher dort sicher nicht als Erstes suchen. Man bekam da zwar keine Zinsen auf sein Geld, doch die hatten die Banken ja auch schon abgeschafft. Außerdem musste man keine Ausweise vorlegen oder ewig an der Kasse Schlange stehen, um sein Geld abzuheben – und dies nur, um festzustellen, dass es nicht funktioniert. Genauso wie das Geld, das man auf die Bank gebracht hat, in schlechten Zeiten auch noch ohne Vorwarnung konfisziert werden kann. Nein, hier konnte man sein Geld direkt keschern – und es dann mit dem Handtuch abtrocknen.

So kam es, dass die Planung für das Seniorenstift Brillant GmbH ins Rollen geriet, und sie hatten auch gleich alle Hände voll zu tun. Es war ein ungewohntes Gefühl, nichts Illegales zu tun, aber Märtha und die anderen vier gewöhnten sich schnell auch daran. Früher waren sie aus einem Altersheim getürmt, weil es dort so elend war – jetzt hatten sie die Chance, so ein Heim selbst zu gestalten. Sie wollten ein Traumhaus bauen, in dem jeder sein eigenes, schönes Zimmer hatte und Zugang zu allen Bequemlichkeiten. Wo genügend Personal vor Ort war, das anständig entlohnt wurde und vernünftige Arbeitszeiten hatte, ein Ort, an dem alle würdevoll behandelt wurden, wo es leckeres Essen gab, wo man sich draußen aufhalten durfte, wann immer man Lust hatte, und wo man ein ruhiges und schönes Leben führen konnte. Und für sie selbst würde es auch das Richtige sein, denn nach der ganzen Jagd nach dem Geld und dem Untertauchen vor der Polizei waren sie ziemlich entkräftet. Wie bei so vielem hieß es auch hier, zur rechten Zeit aufzuhören. In ihrem Fall bevor jemand geschnappt und ins Gefängnis gesteckt wurde. Jetzt ging es nur noch darum, dass ihnen keiner auf die Schliche kam.

Anna-Greta stand vor dem Spiegel im Badezimmer und runzelte die Stirn. Sie hatte sich heimlich Stinas Schminke ausgeliehen und war gerade dabei, die Wangen abzupudern – so, dass die Haut matt und glatt war, ohne geschminkt auszusehen. Doch sie hörte nicht früh genug damit auf, sondern puderte, bis sie am Ende furchtbar trockene Haut hatte. Sie war mit den Gedanken nämlich ganz woanders, bei Blomberg. Ja, sie hatte so ein schrecklich schlechtes Gewissen, weil sie sich immer noch mit ihm traf. Mit einem Polizisten. Natürlich hatte sie versucht, es zu lassen, doch nach all ihren Gesprächen, den herrlichen Stunden mit der Musik und den Umarmungen und seinen Komplimenten war sie hin und weg. Ja, und dann war es einfach so gekommen. Sie traf ihn heimlich. Obwohl sie sich bei ihm nicht hundertprozentig sicher war. Und obwohl es eine Reihe Warnsignale gab, wollte sie sie gar nicht wahrnehmen. Weil jemand, der wirklich verliebt ist, so was nicht sehen will.

An einem Abend schlug Blomberg einen Spaziergang durch den Freilichtpark Skansen vor. Er hatte etwas Wichtiges mit ihr zu besprechen und wollte sichergehen, dass sie nicht belauscht werden. (Ein Nebeneffekt seiner früheren Tätigkeit, dachte sich Anna-Greta, aber sie spürte trotzdem einen Kloß im Hals.)

Also fuhren sie in den Park, spazierten Hand in Hand durch die Handwerkerviertel, vorbei an den alten Häuschen und den Gehegen der Tiere.

»Ich muss dir was erzählen, Anna-Greta. Ich kann es einfach nicht länger für mich behalten.«

Das klang so besorgniserregend, dass Anna-Greta ihren Kopf sofort an seine Schulter lehnte, um sich trösten zu lassen.

»Die Polizei ist hinter Märtha her«, fuhr er fort. »Ich habe mit Jobäck und seinen Kollegen auf Kungsholmen gesprochen. Sie wollen die Bilder von der Überwachungskamera, die ich habe, noch mal anschauen. Da gibt es belastende Fotos von ihr.«

»Aber du musst sie ihnen doch nicht geben, oder? Ich meine, sie ist eine arme, alte Frau.«

»Aber das bedeutet das Ende für mich als Polizist und für mein Detektivbüro.«

»Meine Güte! Hast du nicht gesagt, du hast damit aufgehört? Du mit deiner Mindfulness und so?«

»Ja, aber ganz so leicht ist es nicht, seinen alten Beruf aufzugeben.«

»Und die Schallplatten? Du hattest doch einen Webshop aufgemacht.«

»Der läuft nicht besonders. Also, ich will nicht, dass du traurig bist, aber ich sollte schon …«

Anna-Greta blieb wie angewurzelt stehen, und ihre Augen wurden hart wie Muscheln.

»Nur dass du es weißt. Wenn du auch nur Andeutungen machst, dass Märtha in einen Banküberfall verwickelt sein könnte, siehst du mich nie wieder. Verstanden?«

»Aber …«

Anna-Greta warf den Kopf in den Nacken und ging mit energischen Schritten davon. Aufgebracht stiefelte sie durch das Tor, winkte sich das erstbeste Taxi herbei und ließ sich nach Hause fahren.

Als sie zur Tür hereinkam, grüßte sie die anderen nur kurz und ging dann direkt in ihr Zimmer und schloss die Tür. Im nächsten Moment fuhr sie ihr iPad hoch. Das hatte sie schon so lange tun wollen, denn der Gedanke hatte sie nicht losgelassen. Dass die Möglichkeit bestand. Als sie mit Hovberg die Konten aufgerufen und kontrolliert hatte, welche Summe Geld auf ihrer Bank auf den Cayman Islands angekommen war, war es ihr so vorgekommen, als sei das nicht der Betrag gewesen, den sie mit Blomberg vereinbart hatte. Ein anderer hätte das sicher kaum bemerkt, aber mit ihrer Fähigkeit zum schnellen Kopfrechnen und sich an Zahlen zu erinnern, wurde ihr klar, dass ein Teil des Geldes verschwunden sein musste. Hatte Blomberg sich bei der Arbeit vertippt, als er zwischen den russischen Konten hin- und hergedribbelt war? Oder? Das war komisch. Warum hatte er mehrere Konten aufgerufen?

Sie legte ihre alten Aufzeichnungen ab und versuchte zu rekonstruieren, was Blomberg gemacht hatte. Und als sie ein paar Stunden an ihrem iPad verbracht hatte, hatte sie die ganze Historie bis zu Oleg nachvollziehen können. Sie trommelte mit den Fingern auf die Tastatur und studierte die Informationen vom Bildschirm. Mmh. Ja, da war eine Überweisung vom Konto des Russen auf das Konto der Seniorengang. Gut, das stimmte soweit. Aber hier … was war das? Ihr Blick wanderte über den Bildschirm. Kleine Summen zwischen 80 000 und 90 000 schwedischen Kronen pro Monat wurden über diverse Tochterunternehmen auf ein anonymes Konto gebucht, während die Seniorengang ihr Geld aber parallel bekam. Komisch. Sie versuchte, den Namen zu ermitteln. Es war wirklich ermüdend, aber ein nagendes Gefühl sagte ihr, sie solle weiterkämpfen statt aufzugeben. Die Spur führte zu einem Unternehmen, das Einstein GmbH hieß. Dann hatte sie also recht mit diesem komischen Gefühl, dass etwas nicht stimmte. Einstein GmbH! Das war doch der Name von Blombergs Kater! Hatte der erfahrene Polizist tatsächlich den einfachen Fehler begangen, sein Unternehmen nach dem Lebewesen zu taufen, das ihm am nächsten stand? Ja, das musste ihr ernst sein, und mit einem Mal verspürte sie eine enorme Erleichterung, eine Genugtuung, die so stark war, dass sie sich nicht länger beherrschen konnte. Sie raste zu den anderen hinunter in die Bibliothek und jubelte laut.

»Blomberg ist ein Gauner! Er ist ein richtig großer Schurke, und ich bin ihm auf die Schliche gekommen!«

»Was, Anna-Greta, was sagst du da? Hat er mehrere Frauen gleichzeitig?«, fragte Kratze.

»Nein, kommt mit hoch ins Turmzimmer, und ich hole Abendtee für uns alle.«

Und weil die anderen verstanden, dass Anna-Greta etwas Wichtiges mitzuteilen hatte, standen sie freundlicherweise auf und folgten. Und als sie alle oben im Turm saßen, mit einer dampfenden Tasse Tee vor sich, begann sie zu erzählen. Mit schamroten Wangen gestand sie, dass sie Blomberg weiterhin heimlich getroffen habe, aber nie das Gefühl gehabt hatte, dass sie die Kontrolle verlöre. Und so war es auch. Sie hatte recht behalten.

»So«, beendete sie ihren kleinen Vortrag. »Er ist mindestens genauso kriminell wie wir. Jetzt gehe ich zu ihm und sage, was ich weiß, und sage, dass er alle Beweise und Bilder von Überwachungskameras vernichten muss. Sonst gehe ich zur Polizei.«

»Das muss sein«, meinte Snille. »Aber dann kann er ja sogar einer von uns werden. Was meint ihr?«

»Ach was, es gibt doch nur eine Seniorengang«, antwortete Stina.

»Ja, aber wir brauchen einen Assistenten«, hielt Anna-Greta dagegen. »Unsere Aktionen im internationalen Umfeld gehen ganz schön an die Substanz. Ich merke das zumindest. Ich hatte wirklich zu viel zu tun.«

»Wollten wir nicht mit den Verbrechen aufhören?«, fragte Stina. »Ich meine, wenn wir nicht rückfällig werden und noch mal eine Bank überfallen.«

»Genau«, sagte Anna-Greta. »Aber wenn wir einen Rückfall kriegen, dann befassen wir uns nur mit dem dicken Geld. Ja, warum lassen wir uns dann nicht von Blomberg helfen, wenn zum Beispiel die Konten verschiedener Steuerhinterzieher geplündert werden sollen.«

Diese Idee gefiel den anderen auch, so dass mit fünf zu null Stimmen beschlossen wurde, Blomberg in die Gang aufzunehmen. Dann holten sie den Champagner aus dem Kühlschrank und stießen darauf an.

Als Anna-Greta Blomberg am nächsten Tag treffen wollte, wartete sie nicht im Restaurant auf ihn, sondern ging direkt zu ihm nach Hause.

»Einstein GmbH, du bist ganz schön raffiniert«, setzte sie an.

Blomberg sah völlig entsetzt aus.

»Ach, das ist doch nur ein bisschen Taschengeld«, antwortete er ausweichend, noch unsicher, ob sie auch seine heimlichen Überweisungen bemerkt hatte.

»Ja, aber, Ernst, Männer wie dich mag ich. Das ist doch spannend! Denn du bist *sowohl* Verbrecher als auch Polizist. Das ist doch das Salz in der Suppe!«

»Hrm«, sagte Blomberg.

»Und wenn du jetzt alle deine verdächtigen Dateien, die irgendwie mit Banküberfällen zu tun haben, löschst, dann verspreche ich auch, dich nicht zu verraten.«

»Hrm«, sagte Blomberg.

Aber dieses Mal war er verliebt, richtig heiß verliebt wie noch nie in seinem Leben. Und ein bisschen hatte er ja von seinen Erfahrungen auch gelernt. Spät am Abend, als sie alles in Ruhe besprochen hatten, öffnete er den Kühlschrank und holte ein paar wunderbar gewürzte Strömmingfilets heraus. Dann fuhr er den Computer hoch und rief die Dateien auf, die das Material von den Banküberfällen enthielten. Danach legte er den Strömming auf die Tastatur und ging zum Sofa und schlang seinen Arm um Anna-Greta. Und es dauerte nicht lange, da sprang sein geliebter Kater Einstein hinauf auf die Tastatur und tapste hin und her, genau wie es zu erwarten gewesen war. Datei für Datei wurde gelöscht, während Einstein den Strömming verspeiste und Blomberg sich lächelnd abwand und sich stattdessen um Anna-Greta kümmerte. Er hörte es nicht einmal, als der Strömming zu Boden fiel, und der Kater hinterhersprang, lange nachdem die Dateien längst gelöscht waren. Denn er war verliebt, richtig heiß verliebt, und da macht man manchen Fehler. Aber was machte das schon, wenn er nun ernsthaft daran dachte, sein Rentnerdasein zu beginnen und damit ein völlig neues Leben.

EPILOG

Anna-Greta kam mit einem Stapel Schallplatten im Arm angetrabt, während Märtha gerade dabei war, Ballons und Papierschlangen an den Wänden ihres neuen Zuhauses aufzuhängen. Snille wiederum war mit dem Anschließen der zwei neuen Plattenspieler beschäftigt, Stina deckte und schmückte die Tische, und Kratze stand in der Küche und hatte ein Auge auf den Koch. An diesem Abend stand bei der Seniorengang wie gewohnt der Mittwochstanz auf dem Programm. Oder wie Märtha zu sagen pflegte, es war der Höhepunkt der Woche. Noch immer sparten sie Geld für ihr Vintagedorf oder Dorf der Freude, wie sie es jetzt nannten. Aber zwischenzeitlich hatten sie ihr Seniorenwohnheim Brillant in gemieteten Räumlichkeiten eröffnet, in denen es auch möglich war, Essen zuzubereiten.

Der übliche Betrieb mit den Senioren war bereits voll im Gange. Dort probierten sie fast alles aus, was sie für ihr Dorf der Freude planten. Blomberg hatte eine eigene Ecke im Lokal bekommen, wo er eine neue Form des Speeddatings anbot, eine einfache Variante, die mit Apps übers Smartphone funktionierte. Und wer das Speeddating des Tages gewann, erhielt einen Gutschein für den SilverPunk und durfte sich dort eine generöse Mahlzeit gönnen. Die Seniorengang mit Assistent Ernst Blomberg arbeitete eng mit Anders und Emma drüben in Huvudsta zusammen.

»Wollen wir mal Elvis Presley auflegen?«, fragte Anna-Greta, als Snille mit der Installation fertig war. »*Jailhouse Rock?*«

»Ja, warum nicht, das hält uns wach«, antwortete Snille fröhlich grinsend.

Und so setzte Anna-Greta die Nadel auf die Platte und drehte die Lautstärke auf Maximum.

Der fünfundfünfzigjährige Sten Falander, Vorsitzender des Wohnungseigentümervereins Sankt Erik, hielt sich die Kissen an die Ohren und stöhnte. Was für ein Krach! Diese alten Leute waren auch noch nachts in Aktion! Ihm wäre nie im Traum eingefallen, dass ältere Menschen einen solchen Lärm veranstalten könnten. Märtha Anderson und ihre Freunde, die das Haus gemietet hatten, waren zwischen 77 und 84 Jahren alt, deshalb hatten er und die anderen Vorstände gedacht, das wäre ruhiges Klientel. Von wegen. Als er sich beim Ordnungsamt über den Lärm beschwert hatte, hatte man ihn nur ausgelacht. Senioren seien freundlich und ruhig, hieß es, und er solle ihnen nicht solche Lügen auftischen, nur weil er scharf auf die Räume sei. Rauswerfen konnte er sie auch nicht. Nein, als er es versucht hatte, hatte man ihm Seniorenhass vorgeworfen, und die Stadt hatte damit gedroht, die Diskriminierungsstelle einzuschalten.

Brillant GmbH hieß das Seniorenelend. Ein neues, modernes Seniorenheim, so hatte Märtha Anderson es ihm vorgestellt, als sie auf der Suche nach geeigneten Räumlichkeiten gewesen war. Im selben Haus befanden sich Gymnastikräume, ein Spa und ein Schwimmbad. »Perfekt« hatte sie gesagt, freundlich gelächelt und so lieb geschaut. Wie eine Kiefer war er eingeknickt. Aber dann! Meine Güte, er hatte dem Teufel Tür und Tor geöffnet.

Frank Sinatras »My Way« hallte im Großen und Ganzen jeden Tag durch die Wände – aber besser als Volksmusik war das allemal oder als diese Hiphop-Musik, die sie kürzlich gespielt hatten. Und die Tanzmusik an den Mittwochabenden ließ die Fensterscheiben beben. Er hatte es ihnen persönlich gesagt, dann Beschwerdebriefe eingeworfen, und darauf hatten sie sehr freundlich geantwortet, dass sie die Lautstärke selbstverständlich drosseln würden, und sich herzlich entschuldigt. Aber schon am nächsten Tag war es so weitergegangen. Sie wollten niemandem etwas Böses, sie hatten es einfach vergessen. Sagten sie.

Aber es war nicht nur die Musik. Sie hatten auch Billardtische und spielten Roulette. Wie konnte das sein? Er war ihnen noch nicht auf die Schliche gekommen, aber er vermutete ernsthaft, dass sie in den Räumen heimlich einen Club betrieben, in dem um große Geldmengen gespielt wurde. Er hoffte es, dann konnte er sie vielleicht drankriegen. Irgendetwas Illegales war es auf jeden Fall, wenn sich diese 82-jährige Bohnenstange von der Leitung einen Ferrari leisten konnte. Aber die paar Male, die er unangemeldet gekommen war, um die Zimmer zu inspizieren, hatte er nichts Auffälliges feststellen können. Falander presste das Kissen auf sein Ohr und versuchte zu schlafen. *Jailhouse Rock* dröhnte in seinen Ohren, und kaum war der Song zu Ende, da war auch schon *Gotländische Sommernacht* mit Trompetenklängen in voller Lautstärke zu hören. Verflucht nochmal! Es war schon halb zwölf.

Falander stand auf, zog sich an und kämmte sich die Haare. Dann ging er hinunter und schloss die Tür zur Sicherheit mit seinem eigenen Schlüssel auf, damit man ihm nicht noch zufällig die Tür vor der Nase zuschlagen konnte. Klingeln hätte keinen Sinn gehabt, selbst mit Hörgeräten hätte das niemand wahrgenommen.

Erst ging er an den Räumen für Fußpflege und Nageldesign vorbei, dann an ihrem privaten Friseursalon. Das Büro war abends geschlossen, aber dort, wo sich die Schwestern aufhielten, brannte noch Licht. Und in der Küche tobte das Leben. Zwei ältere Köche bereiteten gerade eine nächtliche Mahlzeit zu, und Falander strömten die köstlichsten Düfte in die Nase. Außen neben der Küchentür hing eine Speisekarte, die ihm den Atem raubte.

Was für Herrlichkeiten! Es gab Nüsse, Obst und Gemüse,

dann natürlich Fisch und Geflügel, und sonntags wurde gegrillt. Er musste sich beherrschen, nicht um eine Kostprobe zu bitten, dann ging er an der Küche vorbei und kam in den Salon. Dort lief auf höchsten Touren Tanzmusik, und die alten Leute mit oder ohne Stock oder Rollstühle schoben übers Parkett. Etwas weiter entfernt saß die Bohnenstange vor zwei Plattenspielern, wedelte mit den Armen über dem Kopf und spielte DJ.

»Das ist klasse, absolut. Und was haltet ihr jetzt von Volksmusik?«, rief sie lauthals.

»Nein, *Rock around the clock*!«, warf ein älterer Gentleman ein, der ein Halstuch trug.

»Ja, leg das auf!«, schrie ein Grüppchen, das an der Bar hockte, und machte sich sofort auf den Weg auf die Tanzfläche. Die waren auf dem Papier mindestens 25 Jahre älter als er selbst, aber sahen wesentlich jünger aus. Natürlich hatte er schon davon gehört, dass Japaner irgendwo in einem Bergdorf über hundert Jahre alt wurden, unmöglich war es ja nicht. Aber wie kam es, dass Achtzigjährige hier in Schweden so jung aussahen? Er machte sich gerade auf den Weg zum Plattenspieler, um die Dame zu bitten, ihn auszuschalten, als sein Blick auf eine Tafel fiel, auf der die täglichen Angebote aufgeführt waren. Wieder hielt er inne. Die Alten hatten tatsächlich jeden Tag Yoga und Gymnastik und darüber hinaus noch eine Menge anderer Kurse. Unglaublich, es gab Aquarell-Malen, Kochen und einen Fortgeschrittenenkurs für schwedische und internationale Literatur, dazu spezielle Workshops in Töpfern, Drechseln und Silberschmieden. Daher stammte also das Hämmern im Haus, das ihm kürzlich aufgefallen war. Und als wäre das noch nicht genug: Freitags organisierten sie noch Mindfulness und Speeddating.

Er blieb stehen und kratzte sich im Nacken. Konnte das wirklich wahr sein? Offenbar *arbeiteten* sie auch noch. Da hing noch ein Schild nebendran, auf dem »Seniorenfriedens Servicepool« stand, wo die alten Leute Dienstleistungen wie Festorganisation,

Gartenpflege, Backen und sogar Unterricht im Lösen von Kreuzworträtseln anboten. Die Alten hatten Computerkurse, in denen Einsteins IT-Firma einem beibrachte, wie man Überweisungen übers Internet tätigte. Und wie man gewährleistete, dass man nicht gehackt wurde.

Er schüttelte den Kopf und schielte hinüber zur Bar. Jetzt wurde es ihm langsam alles zu viel, und wie sie zur ihrer Schankerlaubnis gekommen waren, war ihm gerade schnurzegal. Jetzt wollte er einfach nur ein Bier. Ein großes Maibock.

»Hallo, möchten Sie vielleicht tanzen? Wir haben immer Männernotstand. Kommen Sie«, rief eine ältere Dame und zwinkerte ihm zu. In ihren Augen spiegelte sich die pure Lebenslust. Das war nicht die, die so rohrartig lang und dünn war, nein, das war Märtha, die ihn überredet hatte, an sie zu vermieten. Er verlor den Faden komplett.

»Tanzen? Ich will schlafen, Ihre Musik ist so laut, dass …«

»Aber mein Lieber! Holen Sie sich Oropax und isolieren Sie Ihre Fenster. Kommen Sie!«

»Aber …«

»Man muss sich amüsieren, wenn es Gelegenheit gibt, finden Sie nicht?«, fragte sie. Und als Falander ihre ausgestreckten Arme sah, konnte er nicht mehr nein sagen. Als der DJ dann *Heart Break Hotel* auflegte, folgte er ihr auf die Tanzfläche und legte los, und beim nächsten Lied forderte er sie auf. *Fly me to the moon* lag auf dem Plattenteller, und Frank Sinatras schmachtende Stimme erfüllte den Raum.

»Wollen wir tanzen?«, fragte er etwas schüchtern, woraufhin sie nickte und ihn so herzlich anlächelte, dass er ganz verlegen wurde. Sie und all die anderen um ihn herum strahlten so eine Lebensfreude und Wärme aus. Man sollte das Leben genießen und Spaß haben, solange es ging. War das nicht genau das, wovon diese Märtha gesprochen hatte?

DANK

Jetzt hat die Seniorengang wieder zugeschlagen und der Autorin so einiges an Arbeit verursacht. Wie gut, dass ich dabei auf jede Menge Hilfe und Unterstützung zählen konnte.

Ein ganz herzliches Dankeschön an alle im Bokförlag Forum, die an diesem Buch mitgearbeitet haben. Ein Riesendankeschön an meine Verlegerin Teresa Knochenhauer, die das Manuskript sehr sorgfältig und konstruktiv korrigiert hat, und an meine Lektorin Liselott Wennborg Ramberg für alle Mühe, für alles Schleifen und Polieren am Text. Dann auch an Anna Cerps fürs Korrekturlesen, Agneta Tomasson für den Satz und Désirée Molinder, die die Produktionsleitung innehatte. Ebenso Dankeschön an Sara Lindegren und Annelie Eldh aus der PR-Abteilung, die viel Kraft investiert haben, um das Buch an den Mann zu bringen, und an Göran Wiberg, Bernt Meissner, Torgny Lundin und Bo Bergman, die die Geschichte von der Seniorengang im ganzen Land vertrieben haben. Da war der wunderbare Umschlag von Nils Olsson, wie auch schon bei den ersten zwei Bänden, das Salz in der Suppe.

Außerhalb des Verlags konnte ich mich auf die unschätzbare Hilfe von vielen guten Freunden verlassen. Inniges Dankeschön an Lena Sanfridsson für deine wohlüberlegte Kritik und die professionelle Hilfe und an Inger Sjöblom-Larsson für deine klugen und professionellen Kommentare. Ihr habt mir das Schreiben wirklich versüßt.

Ebenso bedanke ich mich herzlich bei Ingrid Lindgren für ihr superschnelles Feedback auf meine Autorennöte, woraufhin das

Buch dann entstand, ebenso danke an Gunnar Ingelman, der meinen Weg vom ersten bis zum letzten Kapitel abwechselnd mit konstruktiver Kritik und fröhlicher Aufmunterung begleitet hat. Ein Riesendankeschön geht an Mika Larsson, der mir mit treffsicheren, ehrlichen Anmerkungen weiterhalf, ebenso wie Barbro von Schönberg, die die Autorin mit kompetentem und positivem Feedback erfreut hat. Danke dir, Agneta Lundström, für deine wunderbare Unterstützung.

Ganz lieben Dank auch an Isabella Ingelman-Sundberg für ihre herzliche, schnelle und wunderbare Unterstützung, an Fredrik Ingelman-Sundberg für die herrliche Inspiration und die flotten Problemlösungsvorschläge und an Henrik Ingelman-Sundberg für deine immer wieder wunderbar aufrichtige Kritik.

Ich möchte mich auch bei Magnus Nyberg bedanken, der mir ganz aufrichtig und ungeschminkt gesagt hat, was gut ist und woran ich arbeiten sollte, und bei Solbritt Benneth, die den ersten Manuskriptentwurf so sorgfältig durchgegangen ist. Großes Dankeschön ebenso an Kerstin Fagerblad, die all meine Bücher von der allerersten bis zur letzten Version zuerst gelesen hat, eine großartige Leistung all die Jahre.

Weiterhin danke ich meinen Lehrern bei den Manuspiloterna, Kurt Öberg und Fredrik Lindqvist, die einen hervorragenden Unterricht in den Fächern Gestaltung und Filmdramaturgie machen.

Lieben Dank auch an Maria Enberg, Lena Stjernström, Peter Stjernström, Lotta Jämtsved Millberg und Umberto Ghidoni in meiner Agentur Grand Agency. Dank Eurer Bemühungen ist die Seniorengang in zahlreiche Länder auf der ganzen Welt verkauft worden. Großes, großes Dankeschön!

Am Ende möchte ich Hans und Sonja Allbäck danken, die mein Schreiben jahrelang inspiriert und unterstützt haben, und danke auch an Rehné und Kim-Benjamin Falkarp bei Fryst für den inspirierenden Gedankenaustausch und das beste Eis in ganz Stockholm.

Catharina Ingelman-Sundberg
Wir fangen gerade erst an
Roman
Band 19681

Wie viel schöner ist es, im Leben voll zu entbrennen,
als auf kleiner Flamme zu köcheln

Alles begann mit dem Chor in diesem trostlosen Altenheim. Das Singen erinnerte Märtha, Snille, Kratze, Stina und Anna-Greta an bessere Tage und daran, dass es im Leben noch so viel zu entdecken gab. Überall sonst ist es besser als hier, sagten sich die fünf Freunde und schmiedeten einen verwegenen Plan. Sie würden ein Verbrechen begehen, um ins Gefängnis zu kommen. Denn dass es dort besser war, das wusste doch jeder. Aber die Planung und Durchführung eines Verbrechens sind gar nicht so einfach – schon gar nicht, wenn man es ehrlich meint.

Catharina Ingelman-Sundberg
Jetzt kriegt jeder was ab
Roman

Haben Sie schon mal in Las Vegas ein Casino geknackt? Für Märtha, Snille, Kratze, Stina und Anna-Greta ist das kein Problem. Kluge Planung, sorgfältige Recherche und ihr hervorragend aufeinander eingespieltes Team machen diesen Coup zu einem Kinderspiel. Wieder zurück in Schweden ist es an der Zeit, nicht nur das Geld an Arme und Alte zu verteilen, sondern auch höchste Zeit, sich einmal näher mit den neuen Nachbarn zu beschäftigen. Die scheinen nämlich zu einer Rockerbande zu gehören und haben die fünf Freunde ihrerseits auch schon im Visier …

»Ein wunderbar lustiges Buch!« *Smålandsposten*

Aus dem Schwedischen
von Stefanie Werner
384 Seiten, broschiert